Knaur.

Knaur.

Im Knaur Taschenbuch Verlag ist bereits folgendes Buch der Autorin erschienen:
Rosenzeit

Über die Autorin:
Elizabeth Buchan lebt mit ihrem Ehemann und ihren beiden Kindern in London. Sie arbeitete mehrere Jahre im Verlagswesen, bevor sie sich ganz dem Schreiben widmete. Heute schreibt Elizabeth Buchan als Literaturkritikerin für mehrere große überregionale englische Zeitungen wie *The Times, The Sunday Times* und *The Daily Mail.*

Elizabeth Buchan

Sommer der Perlmuttfalter

Roman

Aus dem Englischen von
Georgia Sommerfeld

Knaur Taschenbuch Verlag

Die englische Originalausgabe erschien 1995
unter dem Titel »Perfect Love« bei Macmillan, London

Dieser Titel erschien im Knaur Taschenbuch Verlag
bereits unter der Bandnummer 60462 und dem Titel
»Und wenn sie nicht gestorben sind ...«

Besuchen Sie uns im Internet:
www.knaur.de

Vollständige Taschenbuch-Neuausgabe Juni 2005

Umschlaggestaltung: ZERO Werbeagentur, München
Umschlagabbildung: FinePic, München
Illustration: Susanne Kracht, München
Satz: Ventura Publisher im Verlag
Druck und Bindung: Clausen & Bosse, Leck
Printed in Germany
ISBN 3-426-62963-1

2 4 5 3 1

In Erinnerung an meinen geliebten Vater
Peter Oakleigh-Walker (1917–1993)

DANKSAGUNG

Ich schulde vielen Menschen Dank, einschließlich meiner Agentin, Caroline Sheldon, und meiner Lektorin, Suzanne Baboneau, für ihre Unterstützung und Sachkenntnis, Peta Nightingale, deren Beitrag von entscheidender Bedeutung war, und Hazel Orme, auf die ich mich absolut verlasse. Und – last but not least – meiner Mutter, meinen Schwestern, meinen Kindern und meinem Mann.

Es gibt eine große Anzahl Werke, die sich mit dem Leben von Johanna von Orléans beschäftigen, und ich möchte zwei besonders erwähnen: Edward Lucie Smith's »Joan of Arc« (Allen Lane, 1976) und Marina Warners brillantes »Joan of Arc: The Image of Female Heroism« (Weidenfeld & Nicholson, 1981). Ich habe diesen beiden Büchern wertvolle Fakten und Anregungen entnommen.

Die Liebe scheint von allen Dingen
am schnellsten zu wachsen,
doch in Wahrheit wächst sie am langsamsten.
Kein Mann und keine Frau wissen,
was vollkommene Liebe ist,
ehe sie ein Vierteljahrhundert
verheiratet gewesen sind.

MARK TWAIN

PROLOG

Lassen Sie mich Ihnen eine Geschichte über Ehebruch erzählen, eine Heldin, den Zorn eines Kindes, Stimmen, Johanna von Orléans und – da sie im Jahr 1992 spielt – eine Wirtschaftskrise.

Keines dieser Dinge ist neu. Tatsächlich sind sie, da die Menschen und die Wirtschaft sich nie wesentlich verändern, sogar die grundlegenden Bestandteile einer immer wieder gleichen Geschichte. Doch jedesmal, wenn sie erzählt wird, unterscheidet sie sich durch bestimmte Einzelheiten: durch einen anderen Gesichtspunkt, eine andere Art von Glück, eine andere Art von Traurigkeit – und Leiden ist immer eine individuelle Angelegenheit.

Draußen fegte ein kalter Winterwind von der Hügelkette herunter, doch in der Kirche hatte man den Eindruck, als hätten die Frostfinger der Rezession die Ortschaft Dainton – die Pfarre nahm, wenn man Winchester mit Jerusalem gleichsetzte, den Rang eines Nazareth ein – nur am Rande berührt, denn der Blumenschmuck anläßlich des Weihnachtsfestes des Jahres 1991 war geradezu verschwenderisch. Euphorbias, Lilien und importierte Narzissen waren nicht für billiges Geld zu bekommen. Als Prue Valour die Kosten dafür im Geiste überschlug, war sie verwirrt. Vielleicht hatte ein Neuzugezogener sie gestiftet, um sich damit beliebt zu machen. Vielleicht war die Dekoration ja auch über andere aus der Kirchenkasse zu bestreitende Anschaffungen gestellt worden (zum Beispiel die Isoliermatten für die Obdachlosen), doch das erschien Prue unwahrscheinlich.

Kate Eliot, Prues Freundin und Vertraute und eine Frau, die eine Herausforderung gern annahm – vorausgesetzt, sie sah eine gute Chance, ihr gerecht zu werden –, hatte sich die Mühe gemacht, den Christbaum mit echten Kerzen zu dekorieren, die im Gegensatz zu den anderen, die überall ihren warmen Schein verbreiteten, aus versicherungstechnischen Gründen jedoch nicht hatten angezündet werden dürfen. Das war schade – aber wie sie da wie Stangenspargel aus dem Grün aufragten, wirkten sie wie ein Triumph über die Vorschriften und wie ein Symbol für die Reinheit und Hoffnung, die anderswo so sehr fehlten.

Zufrieden, mit einundvierzig entschieden besser aussehend und heiterer, als sie es mit einundzwanzig gewesen war, und nach beendeten Vorbereitungen (sie hatte den Truthahn gefüllt, eine Extraportion Obstsalat gemacht und Reserve-Geschenke eingepackt und im Schrank gestapelt) fiel Prue in den Gesang des letzten Weihnachtsliedes ein. Falls Gott sich angewidert von England als Ganzem abgewandt hatte, so bestand doch trotzdem die Möglichkeit, daß er kurz in die Kirche von Dainton hereinschaute und einen Blick auf seine Schäfchen warf, die um ihre Existenz kämpften, rechtschaffen und vom Dasein an den Rändern ein wenig angenagt und ausgefranst, unvollkommen und – wie in Prues Fall – ein wenig festgefahren waren, nicht willens, auf neue Stimmen zu hören …

Im Gegensatz zu Johanna von Orléans, die nur zu gut auf sie gehört hatte. Wie Prue im Laufe ihrer Recherchen über das Leben der Heiligen herausfand, hatte Johanna sich im Garten ihres Vaters in Domrémy aufgehalten, als sie die Stimmen an einem Sommertag um die Mittagszeit zum ersten Mal hörte. Danach hatten sie sich bei verschiedenen Gelegenheiten bemerkbar gemacht, oft, wenn die Glocken läuteten – die Glocken zum

Vespergottesdienst, zum Komplet oder beim hellen Klang des Angelusgeläutes.
Die Glocken waren wichtig, müssen Sie wissen. Sie brachten Ordnung in ungeordnete Leben, sie verkündeten die Tageszeit, übermittelten Nachrichten, gaben Warnungen aus – und da Frankreich wie ein aufgeschnittener Pfirsich dalag, um dessen Schnitze die Franzosen, die Burgunder und die Engländer stritten, waren häufig Warnungen vonnöten.
Die Glocken vermittelten Routine und Frieden und – wenn sich Verzweiflung über den offensichtlichen Mangel an beidem einstellte – wiesen sie auf Gottes unerforschlichen Ratschluß hin. Und auf Gottes Güte.
Um welche Zeit es war, spielt keine Rolle – fest steht, daß in der lastenden Stille, im Zurückfluten verdrängter Luft, die über den Feldern und dem Dorf bebte, die vom Krieg niedergewalzt worden waren, die Stimmen des Erzengels Michael und der heiligen Katharina erklangen und Johannas Leben unwiderruflich veränderten.
Oh, ja, dachte Prue, in deren Bewußtsein sich die Erkenntnis stahl, daß ihr Leben während der letzten zwanzig Jahre recht gleichförmig abgelaufen war, es war richtig, daß die Stimmen damals laut wurden – und daß Johanna ihre Botschaft beherzigte.

FRÜHLING

1. KAPITEL

Das steht doch schon in den Märchen«, hatte Jane eines Freitags auf der Heimfahrt vom Internat im Auto insistiert. »Alle hassen die böse Stiefmutter, und die böse Stiefmutter schmiedet einen Plan, um die schöne Stieftochter loszuwerden. Denk an Schneewittchen!«

»Ich sage aber nicht ›Spieglein, Spieglein an der Wand‹«, protestierte Prue nur ansatzweise amüsiert.

»Das brauchst du auch nicht, Mum.«

»Ich danke dir«, entgegnete Prue mit Würde. Schönheit war nie ein Problem für sie gewesen – und jetzt, mit knapp über Vierzig und der Erkenntnis, daß mehr unter der Oberfläche lag als darauf, begriff sie, daß Schönheit durchaus ein Problem darstellte. Nicht, daß sie es in irgendeiner Form auf sich selbst bezog, denn in ihren Augen – aber nicht unbedingt in den Augen derer, die sie liebgewannen – besaß sie keine Schönheit. Violet hingegen tat es – im Übermaß.

Glücklicherweise befand Violet sich samt Ehemann und neugeborenem Baby in sicherer Entfernung in New York und störte Prues Kreise nicht. Jedenfalls nicht bis zu jenem Morgen im Januar 1992.

»*Wann* sagtest du, kommen sie?« fragte Prue, während sie Milch für die Katze in ihre Untertasse goß. Bella legte eine elegante, getigerte Pfote, die gezeichnet war, als trüge sie einen Armreif, auf Prues Knie, sprang auf ihren Schoß und war überrascht, als Prue sie unangenehm fest an ihr Zwerchfell drückte.

»Ich wünschte, du würdest das nicht tun«, sagte Max, ihr Mann, statt einer Antwort und beobachtete mißbilligend, wie die Milch das Tischtuch besprenkelte. »Es ist so unhygienisch.« Es war nicht sein erster Protest, und es würde auch nicht sein letzter sein. »Im Februar. Wegen der Rezession reduziert die Bank das Personal der Übersee-Filialen. Wie auch immer – sie wollen, daß Jamie zurückkommt und die Leitung der Londoner Zweigstelle des europäischen Netzes übernimmt.« Er schob Prue den Luftpostbrief hinüber.

Prue nahm ihn widerwillig auf, und Max, der erkannte, was in ihrem Kopf vorging, sagte: »Es ist ja nur, bis sie ein Haus in London finden. Jamie kann pendeln, und Violet wird sich einen Job suchen.«

»Glücklicher Jamie.« Prue warf nur einen kurzen Blick auf den Brief und legte ihn dann wieder hin. Währenddessen zerknitterte Max die Seiten der »Times« zu einem Meer sturmgepeitschter Wogen.

»Du hast doch nicht allzuviel dagegen, oder, Prue?«

Sie beugte sich über den Tisch, zog ihm die Zeitung aus den Händen und legte sie ordentlich zusammen. »Ich habe etwas *dagegen.*«

»Macht es dir etwas aus?«

Sie dachte über seine Frage nach, mit dem vertraut schläfrigen Ausdruck, der besagte, daß sie angestrengt nachdachte. War das Teilen einer Küche mit ihrer Stieftochter etwas Gutes, weil es Prues Charakterstärke zu Höchstleistungen anspornen würde, oder war es etwas Schlechtes, weil der unvermeidliche Zusammenstoß alle bis dahin gewonnenen Pluspunkte zunichte machen würde?

Ich hasse dich, Prue …

»Violet ist hier zu Hause, und du bist ihr Vater.« Fairneß, dachte sie bitter, war der Fluch der Mittelklasse, die unheilvolle Schwäche. »Sie können ja für sich selbst sorgen.«

Bellas Schnurren durchbrach das unbehagliche Schweigen, das zwischen ihnen entstand. Oh, Max, dachte Prue – du freust dich sichtlich darauf, daß deine Tochter heimkommt. Wie könnte ich dir das verwehren?

Max schaute auf seine Uhr und stand auf, wobei er den Schmerz, der gelegentlich seine rechte Hüfte befiel, mit einer Grimasse quittierte. »Zeit, zu gehen.« Er holte sich die »Times« zurück, die er nicht dazulassen beabsichtigte. Prue trank in einem Zug die Hälfte ihres Kaffees, der so stark war, daß er ihre Zunge pelzig machte, doch genau so mochte sie ihn. Eines Tages würde sie auf das Koffein verzichten – das nahm sie sich täglich vor, wenn sie durch die Innenseite der Kaffeemaschine darauf hingewiesen wurde, wie ihre Magenschleimhaut aussehen mußte – aber noch nicht heute. Sie schielte zu Max hinüber. Er wirkte ärgerlich und ungeduldig, zwei Eigenschaften, die seinem Wesen bis vor kurzem fremd gewesen und, wie sie vermutete, durch Panik ausgelöst worden waren. Max war sechzig, und die Vorstellung, in Pension zu gehen, mißfiel ihm.

Tick, tack.

Zur Zeit betonte er ein wenig zu häufig, daß er sich im besten Mannesalter befinde. Noch immer leistungsfähig sei. Oh, ja, seine Zuhörer stimmten ihm zu – aber sie durften es sich auch nicht erlauben, ihm zu widersprechen. Um der Fairneß willen mußte man sagen, daß Max' hochgewachsener, durchtrainiert wirkender Körper den Eindruck von Kraft und einem gut funktionierenden Verstand vermittelte – und beides zu Recht.

Auch Prue begeisterte die Vorstellung von seiner Pensionierung nicht, aber man konnte nichts tun, um sie abzuwenden. Manchmal fing sie einen Blick von Max auf, der zu besagen schien: Es ist unfair, daß du zwanzig Jahre jünger bist. Ein andermal spürte sie, daß er es ihr fast übelnahm. Ich kann nichts dafür, hätte sie dann gern gerufen. Ich würde dir deine Jahre gern abnehmen, wenn ich könnte. Es kam ihr gar nicht in den Sinn, daß es nicht ihre Aufgabe war, Max' Weg ins Alter zu bewältigen – es war seine. Aber für Menschen, die durch innige Gefühle und Gewohnheit miteinander verbunden sind, ist es beinahe unmöglich, nicht im Leben des anderen aufzugehen.

Inzwischen war es Prues Aufgabe, ihm dabei zu helfen, diese kritische Periode zu meistem. Sie schob die widerstrebende Katze von ihrem Schoß.

»Du hast heute die große Konferenz, stimmt's? Ich rechne also erst spät mit dir.« Sie hielt einen Moment inne und tat dann den ersten Schritt im Aufbauprogramm für Max: »Ich weiß wirklich nicht, was die Firma ohne dich täte.«

Max klopfte mit der rechten Hand auf den Tisch, und die kleine, weiße Narbe – das Relikt der Verletzung durch Helen – zog ihren Blick auf sich, wie sie es im Laufe ihrer Ehe schon viele tausend Male getan hatte. »Ich habe verlauten lassen, daß ich gern die Leitung des Ausschusses für den Aufbau des europäischen Netzes übernehmen würde.« Die große und florierende Kanzlei in der City, für die Max tätig war, hatte vor, eine Arbeitsgemeinschaft mit gleichgesinnten Anwaltsfirmen in Frankreich, Deutschland und Spanien zu gründen. Dem Plan lag das Bestreben zugrunde, daß Klienten auf allen Gebieten die bestmögliche Beratung erhielten. »Ich würde es sehr begrüßen, wenn man mich dafür auswählte«, sagte Max, dessen perfekte Kenntnisse in Französisch, Deutsch und Spanisch ihn auf jeden Fall zu einem aussichtsreichen Kandidaten machten. »Also drück mir die Daumen.«

»Das werde ich, Liebling. Das werde ich.« Sie spielte mit ihrer Kaffeetasse. »Sie wären dumm, wenn sie dich übergingen.«

»Danke.« Er nickte mit einem Anflug von Sarkasmus, rückte das

seidene Einstecktuch – sein einziges Zugeständnis an modische Unnötigkeiten – zurecht und warf ihr eines seiner unvermittelten Lächeln zu, das ihr sagte, daß er sich nicht von seinen Gefühlen übermannen zu lassen beabsichtigte. »Nett von dir, Liebling. Schmier dem alten Knaben nur Honig ums Maul. Vielleicht bringe ich heute abend einen guten Tropfen mit – um darauf zu trinken.«
Er streckte seine flache Hand über den Tisch und bog einladend die Finger ab. Prue tippte mit ihren auf die Tischkante, und ihre Mundwinkel zuckten.
»Liebste Prue ...«, schmeichelte Max. »Sei nicht gemein. Gib mir einen Kuß.«
Sie lachte, beugte sich vor und zeichnete mit der Fingerspitze einen Kreis auf seine Handfläche. Er fing ihre Hand ein und drückte seine Lippen darauf.
»Meine süße Prue«, sagte er.
»Ich liebe dich wirklich.« Sie lächelte.
»Das ist ein Glück«, sagte er. »Denn du hast mich auf Lebenszeit am Hals.«
Prue entzog ihm ihre Hand, senkte den Blick auf ihren Schoß und machte sich an die mühsame Arbeit, die Katzenhaare von ihrem Rock zu entfernen.

Sie bogen gerade noch rechtzeitig in den Bahnhof von Winchester ein. Max stieß die Beifahrertür schon vor dem Anhalten auf, um Prue damit seine Verärgerung darüber deutlich zu machen, daß sie in letzter Minute darauf bestanden hatte, einen anderen Rock anzuziehen. Zu allem Überfluß waren dann auch noch auf der Straße von Stockbridge lauter Bummelanten unterwegs gewesen, die sich weigerten, schneller als sechzig zu fahren.

»Kein Mensch kann deine untere Hälfte sehen, wenn du hinter dem Ladentisch stehst«, hatte Max argumentiert, und das durchaus einleuchtend, was Prue ziemlich verärgert hatte – ungerechtfertigterweise, wie sie wußte. Trotzdem war der gute Wille, den sie beim Frühstück gezeigt hatte, gemindert. Sie schlug einen Haken, um einem überfahrenen Igel auszuweichen, der den Fehler gemacht hatte, das Bahnhofsgelände für sicheres Terrain zu halten. Es war nicht nötig, das arme Tier auch noch mit Nichtachtung zu strafen, und außerdem war die Vorstellung, den blutigen, kleinen Körper zu überrollen, um diese frühe Morgenzeit zuviel für ihren Magen.

»Es tut mir leid, daß ich dich aufgehalten habe«, sagte sie.

»Das hoffe ich.« Max ließ für einen Augenblick seine große, eckige Hand auf ihren Oberschenkel fallen, und sie legte ihre darauf.

Obwohl Prues Leben nach seinem ausgerichtet war, vergaß sie ihn, sobald er außer Sicht war. Dieses Phänomen war ihr immer wieder ein Rätsel. War es nach zwanzig Ehejahren eine normale Erscheinung? Wahrscheinlich. Schließlich war sie sich auch nicht ständig ihres Eherings bewußt, und das, obwohl er die unangenehme Eigenschaft hatte, sich ins Fleisch zu graben, sobald ihre Finger witterungsbedingt anschwollen. Er war da, ebenso wie ihre Nase (die ihr mißfiel) oder ihre Beine (die ihr kaum besser gefielen) oder das ziemlich auffällige Muttermal über ihrer rechten Augenbraue.

Früher einmal hatte es keinen Tag gegeben, an dem sich nicht ihr ganzes Sein um Max drehte. Bei jedem Atemzug, den sie tat, bei jeder Mahlzeit, die sie zu sich nahm, bei jeder Briefmarke, die sie anleckte (Prue war Sekretärin gewesen, als sie sich kennenlernten), war sie sich seiner bewußt. Und warum auch nicht? Er war älter, weiser und unendlich trauriger und dadurch unwiderstehlich für eine Neunzehnjährige, eine *junge* Neunzehnjährige, deren Lieblings-Kinderspiel es gewesen war, Florence Nightingales Gang durch die schlechtbeleuchteten Gänge zwischen den Lazarettbetten von Scutari nachzuspielen. Vielleicht eine zu junge Neunzehnjährige?

Was ihr Leben mit Max charakterisierte, waren eine dauerhafte Liebe, Angelruten, zwei Gewehre, an denen sein Herz hing, Behutsamkeit im Umgang miteinander, eine dörfliche Umgebung und ein gewisses Maß an Luxus.

Prue fuhr durch die Stadt und kam zu dem Schluß, daß zu viel Grübeln über die Frage der Normalität nicht guttat. Wenn man Steine aufhob, stieß man auf Würmer.

Mit einem Extraaufkommen an Auspuffgasen und reichlichem Hin- und Herschalten manövrierte sie den Wagen in ihre geheime Parklücke hinter dem Marktplatz. Der Morgen war noch empfindlich kühl und atmete Depression, und wo immer Prue auf ihrem Weg zur Buchhandlung hinschaute, sprangen ihr »Ausverkauf«-Schilder ins Auge.

Entgegen ihrer Erwartung erwies sich sehr schnell, daß Buchhandlungen keine Oasen der Ruhe waren – und ganz besonders »Forsight's« nicht. Der Laden war bestens besucht, was gut war, aber es herrschte eine schreckliche Schlamperei, und das war schlecht. Prue mußte ihre Vorstellung, sich – bezahltermaßen – durch die Roman-, Klassik-, Trivialliteratur- oder sogar die Geschichts- und Medizin-Abteilung zu schmökern, bereits am Ende der ersten Woche zu Grabe tragen. Seitdem versuchte sie – seit nunmehr zwei Jahren – Ordnung ins Chaos zu bringen, doch Ordnung – das wußte Prue, denn Prue war eine Mutter – war ein glitschiges Geschöpf und rutschte einem bei der erstbesten Gelegenheit aus den Fingern.

Täglich wurden Bücher geliefert, andere türmten sich, darauf wartend, zurückgeschickt zu werden, Werbematerial stapelte sich in Ecken und Durchgängen, und Gerald, der Besitzer, hatte die Angewohnheit, Prues Vorstellungen der Bücherpräsentation mit seinen eigenen zu sabotieren. Aber immerhin war der Laden an den meisten Tagen voll, und das nicht nur mit Schmökerern, die keine Absicht hegten, etwas zu kaufen. Der Familienurlaub mochte ebenso gestrichen werden wie der Erwerb eines neuen Autos, man mochte Zeuge der Zwangsversteigerung des eigenen Hauses werden, gezwungen sein, die BT-Aktien zu verkaufen, über die Zerstörung des eigenen Lebens weinen, aber der Kauf eines Buches blieb ein realisierbarer Wunsch und noch dazu erstrebenswert, wenn die Buchhandlung einem Wärme spendete und den tröstlichen Beweis lieferte, daß es anderen genauso erging.

Chaos ist etwas, woran man sich relativ leicht gewöhnen kann, und auch in Prues Fall war das so. Sie war es gewohnt, Pfade durch Problemzonen zu ebnen, doch in gewissen Punkten war sie stur. So war sie zu ihrer eigenen Überraschung nicht bereit, ihren Job aufzugeben. Was die Sauerstoffversorgung angeht, kann man keine Kompromisse eingehen, und sosehr ihr Herd und Staubsauger auch am Herzen lagen – die drei allwöchentlichen Vormittage bei »Forsight's« (Barzahlung und keine Fragen) waren wie saubere Atemluft für Prue.

»Was meinen Sie?« Gerald hielt ein Taschenbuch mit einem eindeutigen Cover hoch.

Sie richtete ihren schläfrigen Blick darauf. »Es wird sich verkaufen.«

»Winchester hat für Sex nichts übrig – ist Ihnen das noch nicht aufgefallen? Aber legen Sie es auf dem Tisch aus, ja, Prue – nachdem Sie den Kunden an der Kasse bedient haben, der ein Buch über Hüte sucht.«

Manchmal klang Gerald erstaunlich ähnlich wie Max. Prue warf ihr Halstuch in ihren Korb, zupfte ihre Bluse zurecht und verkniff sich die Frage, ob er letzte Nacht schlecht geschlafen habe. Bis um halb eins hatten drei Leute Bestellungen für ein Buch aufgegeben, das sich mit der Bewältigung des Bankrotts befaßte. »Sie sollten einen Vorrat anlegen«, schlug Prue Gerald angesichts dieser offensichtlich gefragten Thematik vor, als sie ihren Mantel anzog.

»Können sie es auch *bezahlen*, meine Liebe?«

Neben »Forsight's« lag eine Bäckerei, die »kontinentale« Brotsorten verkaufte und nach Backhefe duftete. Prue erstand ein Wurstbrötchen und ein Mandelcroissant und aß beides, während sie zur Stadtbibliothek schlenderte. Es bereitete ihr – noch immer – Befriedigung, gegen eine der Regeln ihrer Mutter zu verstoßen: Iß niemals auf der Straße.

Es sind die kleinen Dinge wie Regelübertretungen, Schlafpositionen, eine bestimmte Art, sich die Haare zu bürsten, die dem Leben Beständigkeit verleihen. Und es war auch die Gewohnheit, die Prue wie üblich auf »ihre« Nische in der Bücherei zusteuern ließ, doch diesmal fand sie sie besetzt. Ein Stirnrunzeln unterdrückend, setzte sie sich in die Nähe der Tür, legte sich ihre Bücher zurecht und begann zu schreiben.

»Es war in meinem dreizehnten Jahr, als Gott mir eine Stimme schickte, um mich zu führen ...«

So beschreibt Jeanne la Pucelle, »fille de Dieu«, wie jene geheimnisvollen Stimmen sie anredeten, den Augenblick, da ihr Leben, das von harter Arbeit geprägte, einfache Leben der Tochter eines wohlhabenden Bauern, eine entscheidende Wendung nahm. »Man kann sagen, was man will«, schrieb Prue in ihre Notizen und hielt inne. Man konnte sagen, daß Johanna mit dem zwanghaften Drang zum Exhibitionismus geboren wurde, der vielen unserer in der Öffentlichkeit stehenden Persönlichkeiten eigen ist, der sie dazu trieb, etwas zu erfinden – irgend etwas –, das ihre Existenz unauslöschlich in der oft trostlosen und erschreckenden mittelalterlichen Chronik von Leben und Tod verewigen würde. Daß sie schizophren war, daß sie ein Transvestit war, der gegen die Beschränkungen des Zeitalters, in dem er lebte, mit extremen Handlungen aufbegehrte. Man konnte sagen, was man wollte, aber als Johanna da in ihrem Garten stand, inmitten von Maiglöckchen und wilden Erdbeeren, hielten eine heroische Poesie, eine Bedeutung, ein Klirren von Waffen und eine schreckliche Schönheit Einzug in ihr Leben.

Prue hatte sich nie für eine leidenschaftlich engagierte Frau gehalten oder für einen Menschen, der in die stählernen Fänge einer fixen Idee geraten könnte, und ihr Ehrgeiz, eine Biographie dieser Frau und Heiligen, Johanna von Orléans, zu schreiben, überraschte sie selbst ebenso wie jeden, dem sie es anvertraute.

Tu es, drängte Max sie, als sie es ihm zögernd gestand. Tu es. Tu es.

Tu es, echote die Stimme des aufsässigen Teils ihrer Persönlichkeit, den Prue in den dunklen Winkeln ihres Bewußtseins versteckt hielt (vor denen sie sich insgeheim fürchtete). Sie gehorchte, und darum saß sie nun an jedem freien Nachmittag in der Bibliothek.

Prues Biographie war als unwissenschaftliche Betrachtung einer Frau aus dem Mittelalter mit den Augen einer heutigen gedacht. Woher die Idee stammte, war ihr ein Rätsel – fest stand, daß sie so unvermittelt aufgetaucht war wie ein Sonnenstrahl aus Gewitterwolken, der eine trostlose Landschaft in helles Licht taucht. Selbst jetzt noch war Prue über ihren Wagemut erstaunt, denn nichts in ihrem Leben hatte sie auf ein Projekt wie dieses vorbe-

reitet. Vielleicht beflügelte sie bei ihren Nachforschungen ein unbewußtes Bedürfnis, etwas in ihrem eigenen Leben zu verändern. Doch nicht so, daß sie sich damit rechtfertigen würde.
Die Resultate beschränkten sich bislang auf die Überschriften »Leben«, »Tod« und »Schlachten«, die sie in ein aus China importiertes, rot-schwarzes Notizbuch geschrieben hatte, und Notizen auf DIN-A4-Blättern, die sie irgendwann unter diese Überschriften zu übertragen plante, sobald sie das Material durchgearbeitet hätte, das sie sich zur Pflicht gemacht hatte. Dieses beinhaltete Biographisches, das ihr als Anhaltspunkt dienen sollte, Geschichtslektüre wegen der Hintergrundinformationen über die labyrinthische Politik jener Zeit, goldverzierte Gebrauchsgegenstände und die Sammlung von John the Bolds, the Fearlesses, the Bads und die verderbten Valois, die das mittelalterliche Frankreich ins Chaos gestürzt hatten.
Die Bücherei roch nach Möbelpolitur und – was weniger angenehm, aber nicht überraschend war – nach Schweiß, denn die Zentralheizung war auf Hochofen-Temperatur eingestellt, und die Gesichter an den Tischen, einschließlich Prues, wiesen einen unnatürlichen Glanz auf. Sie spürte den Fleck, der jedesmal an ihrem Hals hochkroch, wenn sie schwitzte oder sich aufregte, und sich wie rote Tinte über ihrem Blusenkragen ausbreitete. Jemand sollte der Verwaltung Bescheid sagen. *Sie* sollte der Verwaltung Bescheid sagen.
Einkaufen. Die heilige Johanna. Bügeln. Jane. Bankschalter. Max. Versammlungen. Ein ausgefülltes Leben!
Sie schaute auf die Uhr. Es war Zeit, Jane von der ausgezeichneten, aber erschütternd kostspieligen Schule abzuholen, die sie während der Woche als Internatszögling besuchte. Sie stapelte ihre Bücher aufeinander und stand auf.
Draußen wehte ein kalter Wind, kühlte Prues gerötete Wangen,

und sie griff sich mit einer Bewegung, die allmählich zur Gewohnheit wurde, an den Hals. Noch immer faltenlos, dachte sie und kam sich ein wenig albern vor, weil ihr das wichtig war.

Vor ihr pulsierte das Leben der Großstadt – ein arterieller Verkehrsstrom, unterbrochen durch Nervenknoten in Gestalt von Geschäften, Polizeirevieren und dem Markt. Über all der kommerziellen Geschäftigkeit ragte die Kathedrale auf, deren massive symbolische und gegenständliche Gegenwart eine osmotische Wirkung auf das Leben der Stadt ausübte. *Mutatis mutandis* ... (Prue bekam auch etwas Latein mit.) Heute, nachdem sie im Sinne der Wissenschaft und des Kommerzes ausgeschlachtet worden war, bestand ihre Bedeutung hauptsächlich in der Erinnerung und der Ehrerbietung, die die Briten der Vergangenheit zollten. Doch Prue erfreute sich an dem Bauwerk und machte oft, wie auch diesmal, einen Umweg, um durch die Domfreiheit zu schlendern oder hineinzuschauen. Das Januarlicht war nicht kräftig genug, um den dämmrigen Innenraum zu erhellen, der hier und dort durch einzelne, helle Kerzensterne erleuchtet wurde. Der Hauptgang lag in eine grünliche Dämmerung getaucht, durch die geisterhaft die geflüsterten Unterhaltungen der Touristen und der Kirchenbediensteten hallten, die ihrer Arbeit nachgingen.

Mit ihrem schweren Korb am Arm verharrte Prue im Querschiff und dachte über die Menschen und ihre getrennten Kreise der Isolation nach, die manchmal andere überlappten und sich manchmal ohne eine Berührung fortbewegten. Es war durchaus möglich, ein durch christliche Gewohnheiten bestimmtes Leben zu führen, ohne einen echten Glauben zu besitzen. Sie wußte das, denn sie praktizierte das ebenfalls, und gelegentlich schwor sie Gott ab, weil er sich nicht kümmerte. Das Leben wäre mit ihm einfacher.

Eine Gruppe japanischer Touristen eilte geschäftig flüsternd und gestikulierend durch das Hauptschiff, und einige Nonnen knieten betend in den Bänken. Wahrscheinlich liebte Gott diesen steinernen Tribut an ihn. Sie vertraute darauf, denn er war mit Schweiß und Ehrgeiz erbaut worden und hatte Menschenleben bestimmt. Natürlich ließ sich das gleiche auch über Autobahnen und Supermärkte sagen.
Prue nahm Abschied vom Geruch des Wachses und der Blumen und kehrte ins Tageslicht zurück.

*

»Wer hätte das gedacht – du bist pünktlich, Mum.«
Den Worten folgte zunächst eine Sammlung von Gepäckstücken, die mit Schwung auf den Rücksitz befördert wurden, und dann erschien die blondbezopfte Sprecherin, Jane, in einer Symphonie in Grün, bestehend aus Schuluniform und Strumpfhose.
»Wie war deine Woche?«
»Okay.« Jane degradierte die Frage stets zur Bedeutungslosigkeit.
»Die Französisch-Schulaufgabe?«
»Oh, Mum – löcher mich doch nicht schon, wenn ich noch gar nicht richtig sitze!«
Die Schule lag auf einem kahlen Hügel, und der Wind pfiff um die Mauern. Im Osten durchschnitt die immer stark befahrene Autobahn die Landschaft in Richtung London, und im Westen wurde der Kalksteinebene zur Verbitterung der örtlichen Aufbegehrer ein neuer Streckenabschnitt abgerungen. Die Aussicht war also nicht gerade eine Augenweide.
Jane seufzte.
»Was ist, Schätzchen?«
»Nichts. Bin nur froh, daß du gekommen bist.«

Prue steuerte den Wagen aus dem Schulhof. »Violet und ihre Familie werden für eine Weile bei uns wohnen.«

Jane fuhr hoch. »Oh, Mum!« sagte sie wieder, diesmal jedoch mit ersterbender Stimme, um ihr Entsetzen auszudrücken. »Das ist ja gräßlich! Wo sollen die denn alle schlafen?«

»Im Gästezimmer, natürlich. Gott sei Dank ist es so groß, daß das Baby auch Platz hat. Aber wenn sie den Kleinen nicht bei sich drin haben will, können sie ihn ja ins Gästebad stellen.«

Jane kaute auf ihrer Unterlippe herum.

»Bist du nicht neugierig auf deinen Cousin?«

»Nicht besonders«, erwiderte Jane, der ihr Computer lieber war als Ballettunterricht und Software lieber als Kleider. »Babys sind langweilig.«

Prue lächelte. »Du warst das nicht. Du warst hinreißend.«

Sie beobachtete ihre Tochter aus dem Augenwinkel. Diese Form der Annäherung funktionierte immer – besonders, weil sie jedes Wort ernst meinte, das sie sagte. »Ich fragte mich ständig, womit ich so ein braves Baby verdient hatte. Manchmal stellte ich mir vor, daß am Himmel ein Riesenfuß darauf lauerte, mich zu zermalmen, weil das Glück mich so reichlich bedacht hatte.«

»Wirklich?«

»Ehrlich.«

Tatsächlich *hatte* es das Äquivalent für diesen Fuß am Himmel *gegeben* – in Gestalt von Violet, doch Prue gestattete sich nicht, das Jane zu offenbaren.

Jane verfiel in Schweigen. Sie fuhren zwischen Hecken dahin, die bereits neues Leben erahnen ließen – die Natur entwickelte sich stets schneller als man dachte –, durch Schlammpfützen, die vom Regen der letzten Nacht übriggeblieben waren, und vorbei an Telegrafenmasten, auf deren Drähten sich Saatkrähen versammelt hatten. Die Landschaft befand sich, oberflächlich betrachtet, in einem Schwebezustand, insgeheim jedoch flossen schon die Säfte, in Vorbereitung auf den Moment, da es Zeit wäre, ihr Frühlingsgewand zu präsentieren. Immer wieder ergoß sich ein Sturzbach auf die Windschutzscheibe, und als sie den Hügel hinunter auf Stockbridge zufuhren, wurde die Straße glatt.

Womit hatte ich ein so braves Baby verdient – und so eine schreckliche Stieftochter?

Der Wagen geriet leicht ins Rutschen, und eine Vision von Jane, die zerschmettert und blutend an einem Straßenrand lag und nach ihrer Mutter rief, schoß durch Prues Kopf – so lebensecht, daß sie ihr fast den Atem raubte. Es war ein alter Alptraum, der sie wieder heimsuchte, die alte Angst. Seine Bedeutung war vielschichtig.

Prue versuchte Max ihre Angst um Jane zu erklären – und wie sie mit der Vorstellung von Vollkommenheit verknüpft war. Sie wird sich schnell legen, sobald sie ein Teenager mit einer Sicherheitsnadel durch die Nase ist, meinte er.

Jane brach das Schweigen. »Es ist schade, daß du Violet nicht magst. Du magst sie doch nicht, oder, Mum?«

»Wie kommst du darauf?«

»Intuition«, erwiderte ihre elfjährige Tochter. »Mach dir keine Vorwürfe – das ist unter den gegebenen Umständen ganz normal.«

Und dann erläuterte Jane ihre Schneewittchen-Theorie.

Was spielte es für eine Rolle? In ganz England gingen die Lichter aus. Nebel legte sich über die Städte im Norden und verhüllte die schicken Einkaufszentren im Süden. Sorgengepeinigte Männer und Frauen bereiteten sich auf das Wochenende vor, sprachen miteinander über Kreditaufkündigungen von Banken,

hohe Schuldzinsen, das Verhalten von Bausparkassen, über Arbeitslosenunterstützung und Schlafstörungen, über bankrott gehende Firmen und Arbeitsmangel.
Andererseits – vielleicht schwiegen sie auch. Vielleicht spricht man nicht über Dinge, die zu bedrückend sind. Vielleicht ist Schweigen einfacher. Vielleicht liegt es in der menschlichen Natur, zu ignorieren, was einem am bedrohlichsten im Leben erscheint.
Als Prue an diesem Abend ins Bett schlüpfte, schnitt sie das Thema Violet nicht an.

2. KAPITEL

Kannst du uns in Heathrow abholen?« Violet machte sich nie die Mühe, sich bei ihrer Stiefmutter einzuschmeicheln – dieses Stadium war längst überschritten, falls es überhaupt je bestanden hatte –, aber da ihr davor graute, ein öffentliches Verkehrsmittel benutzen oder Geld für einen Leihwagen ausgeben zu müssen, fügte sie wohl oder übel hinzu: »Wenn du so nett wärst, Prue.«

Prue überwand sich und sagte zu, und auch sie rang sich einen Nachsatz ab: »Ich freue mich darauf, dich wiederzusehen und Jamie und das Baby kennenzulernen.«

»Also, dann bis um fünf – Terminal vier.«

»Fünf Uhr *früh?*«

»Ich fürchte, ja.«

»Das ist aber eine unchristliche Zeit, Violet.«

»Na ja – wenn du dich damit überfordert fühlst, Prue – könntest du uns dann wenigstens einen Wagen besorgen?« Violet zog zwei Faktoren ins Kalkül. Erstens würde ihre Bitte Prue vielleicht so beschämen, daß sie doch käme – und zweitens, falls nicht, gab's noch die Wahrscheinlichkeit, daß ihr Vater bezahlen würde. Es war ein Maßstab für ihren derzeitigen Geisteszustand, daß sie vergaß, daß Jamies Bank die meisten Ausgaben abdeckte. Vielleicht wollte sie Prue aber auch nur schikanieren.

Die gleichen alten Tricks, dachte Prue, machtlos gegenüber Violets energischem Auftreten. »Nein, nein – ich schaffe das schon.«

»Bis dann also.«

Für die Bewohner von Dainton war Prue so etwas wie eine Heilige: mit einem älteren Mann verheiratet, in dessen Vergangenheit

es zwei Tragödien gegeben hatte – nun ja, zumindest zwei Vorfälle –, und mit einer Stieftochter gestraft, die viel zu sehr von sich überzeugt war und es sich zum Anliegen machte, zu opponieren. Violet war sich Prues vermeintlicher Heiligkeit deutlich bewußt und hatte in jenen schwierigen, unangenehmen Jahren, bevor sie von zu Hause wegging, damit gelebt. Es hatte ihren fixen, aber jegliche Feinfühligkeit vermissen lassenden Verstand geschult. Unser Charakter wird durch jene geformt, die wir hassen – ebenso wie durch jene, die wir zu lieben beteuern. Und so war Violet zum großen Teil Prues Geschöpf – eine Tatsache, die beide Frauen erstaunt hätte.
»Ich hoffe, daß wir dir nicht zu große Umstände machen.« Violet dachte über den Gnadenstoß nach, den sie im Kopf hatte, und konnte schließlich nicht widerstehen. »Immerhin«, flötete sie mit honigsüßer Stimme, »hast du ja ansonsten nicht allzuviel zu tun.«
Nachdem sie den Hörer aufgelegt hatte, starrte Prue, bis ins Innerste aufgewühlt, auf den Kalender an der Wand. Nur Violet gelang es, die Fassade aus Gelassenheit und Liebenswürdigkeit zu durchbrechen, die Prue ansonsten ohne Mühe aufrechterhielt. Nur Violet konnte einen solchen Zorn und Unwillen in ihr wecken. Sie griff zu einem Stift und kritzelte »Heathrow, fünf Uhr früh« – mit einem so wütenden Schwung, daß das ganze für den 7. Februar 1992 vorgesehene Feld ausgefüllt war.

Violets Erinnerung an ihre Kindheit war ein bruchstückhaftes, unangenehmes Durcheinander aus Träumen und Erinnerungen. Einerseits schöpfte sie Trost aus einem gemütlichen, kaminfeuerbeheizten Kinderzimmer, einer Kreuzung zwischen Enid-Blyton- und Charles-Dickens-Schilderung, wo sie sicher zu sein gewiß war (»sicher« war in diesem Fall als Synonym für »seelisch unversehrt«, »vollkommen gesund« zu verstehen). Aber vielleicht entsprang dies auch nur einem Wunschdenken. Andererseits – und diese Empfindung war unbestreitbar – schleuderten ihre Erinnerungen oder Träume, was auch immer, sie in eine tiefe Schlucht, aus der sie verzweifelt zu entkommen versuchte, auf der Flucht vor einem Entsetzen, das sie nicht in Worte zu fassen vermochte.

Oh, dieser weiße Staub, der auf ihrem Gesicht brannte und ihr Mund und Nase verstopfte, während sie keuchend durch ihre Seelenlandschaft hetzte. Die abgebrochenen Fingernägel, mit denen sie an den ausdruckslosen Felsengesichtern kratzte, die ihr den Weg versperrten. Der Schweiß, der wie Lava an ihrem Körper herabströmte. Der namenlose Schrecken, der seine Klauen nach ihrem Rücken ausstreckte. Menschen, die ihre Mutter früh verlieren, haben häufig Phantasievorstellungen, wie Violets behagliches Kinderzimmer einerseits und die Schreckensszenerie andererseits zeigten. Daß Violets Traumgebilde so leicht zu deuten waren, minderte weder ihr Gewicht noch ihre Wirkung. Es waren grausame Phantasien, zum einen wegen der Furcht, die sie auslösten, und zum anderen – und schlimmer – wegen der Illusion von Sicherheit, die das flackernde Kaminfeuer, der Fleckerlteppich, der Schaukelstuhl und der Schrank vermittelten, in dem Ned, der Teddy, und Muffin, das Maultier, wohnten. Das Seltsamste war, daß Violet keine Erinnerung an ihre Mutter hatte. Dabei war sie fast sechs gewesen, als ihre Mutter das Haus zum letzten Mal verlassen hatte, und volle sechs Jahre alt, als sie starb. Jamie verstand das. »Du hast das Sterben deiner Mutter als Im-Stich-Lassen empfunden«, sagte er. »Und weil du deshalb böse auf sie bist, hast du eine Blockierung aufgebaut, was sie betrifft.«

Violet bereute es, dem Impuls gefolgt zu sein, ihn ins Vertrauen ziehen zu wollen – aber ihre Ehe war noch jung. »Ich frage mich«, gab sie scharf zurück, »wie die Welt wohl war, bevor Freud sie neu erfand. Unkompliziert und unschuldig, vielleicht?«

»Es macht mir nichts aus, wenn meine Anteilnahme zurückgewiesen oder falsch interpretiert wird«, sagte Jamie. »Mein Sinn für Humor bleibt trotzdem intakt.«

Sein Tadel verhallte nicht ungehört. »Es tut mir leid«, entschuldigte sich Violet, die immer noch froh darüber war, einen gutaussehenden Mann ergattert zu haben, den sie darüber hinaus auch noch liebte.

Sie befanden sich im Schlafzimmer der New Yorker Wohnung und waren dabei, ihre letzten Gepäckstücke zu packen. Jamie legte einen pastellfarbenen Stapel Brooks-Brothers-Hemden in seinen Koffer und klappte den Deckel herunter. Violet schaute ihm zu. Da sie seine gelegentlichen Schweigsamkeitsanfälle nicht deuten konnte, beunruhigten sie sie.

»Es tut mir wirklich leid, Jamie.«

Er stellte den Koffer zu den anderen neben die Tür. »Ich werde darüber nachdenken, ob ich deine Entschuldigung annehme.« Da er ihr den Rücken zuwandte, konnte sie sein Lächeln nicht sehen.

Unsicher, wie sie seine letzte Bemerkung aufnehmen sollte, setzte sie sich aufs Bett. »Ich weiß bei dir nie, wie ich dran bin, Jamie.« Violet hatte die Angewohnheit, mit zwei Fingernägeln zu knipsen, wenn sie verwirrt war. Das Geräusch überbrückte die folgende Stille. Schließlich fuhr sie fort: »Ich möchte nicht ausgeschlossen werden – wenn du verstehst, was ich meine. Ich bin deine Frau, und ich möchte über nichts im unklaren gelassen werden.«

»Es ist ganz einfach.« Jamie kam herüber und drückte sie in die Kissen zurück. »Ich liebe dich, und ich kann deine Biestigkeit verkraften.«

Violet hätte antworten sollen: »Ich liebe dich auch, und ich danke dir, daß du so lieb bist.« Statt dessen sagte sie: »Paß auf meine Brüste auf – sie tun weh.«

»Das werde ich nicht.« Jamie rückte näher. »Schöne, kluge Ehefrauen müssen sich mit dem Interesse an ihren Brüsten abfinden.«

Das war vertrautes Terrain. Violet lachte auf und fuhr mit der Hand über Jamies Rücken. »Freunde?« flüsterte sie, womit sie Liebende meinte.

Er legte den Arm über ihren Körper. »Freunde.«

Nach ein paar Sekunden wand sie sich darunter hervor. »Ich muß packen.«

Jamie rollte sich herum und verschränkte die Hände hinter dem Kopf. »Wirst du einen schwachen Panikanfall bekommen oder einen starken?«

»Weder noch. Kannst du eigentlich nie ernst sein?« Violet zog die oberste Kommodenschublade auf und begutachtete den Inhalt. Sie haßte Unordnung – doch genau die hatte sie vor sich.

»Jamie?«

»Ja?«

»Du glaubst doch nicht, daß es den Verstand dauerhaft schädigt, ein Kind zu bekommen, oder?« Sie hatte die Frage kaum gestellt, als sie sich auch schon auf die Lippe biß: Ein jämmerliches Bündel postnataler Depressionen wirkte nicht ausgesprochen animierend.

»Es ist nicht dein Verstand, was mich an dir interessiert.«

Sie zog die Augenbrauen hoch. »Wenn wir mal von dem primitiven Touch des deinen absehen – glaubst du, daß ich je wieder normal sein werde?« Sie ließ ein Liz-Claiborne-Halstuch und einen Ralph-Lauren-Gürtel durch ihre Finger laufen und in die Schublade zurückfallen. »Mein Erinnerungsvermögen ist dahin und mein Organisationsvermögen ebenfalls. Ich hatte immer ein so gutes Gedächtnis.« Eigentlich hätte sie noch hinzufügen wollen: »Ich habe immer Bestleistungen erbracht, was auch immer ich in die Hand nahm«, und das hätte der Wahrheit entsprochen, doch sie sah davon ab.

Wütend kramte sie in den Tüchern und Gürteln herum und schob die Schublade schließlich mit einem Ruck zu, wobei sie einen Gürtel einklemmte. Nach einer Weile sagte sie hilflos: »Ich scheine meinen ganzen Unternehmungsgeist verloren zu haben, Jamie.«

Diese Stimmung war uncharakteristisch für Violet. Jamie sprang auf und zog sie in seine Arme. »Hör mir zu«, bat er. »Ein Baby zu versorgen, eine Abteilung zu leiten und einen Haushalt zu schmeißen, fordert seinen Tribut. Dein Körper signalisiert dir, daß du kürzer treten sollst, das ist alles – nur bis du wieder zu Kräften gekommen bist.«

»Glaubst du?«

Jamie schaute über Violets dunkle, schimmernde Haare auf das vom Fenster eingerahmte New Yorker Panorama hinaus. »Ich weiß es.«

Violet versteifte sich. Ehe er sie kennenlernte, hatte Jamie zehn Jahre lang mit Lara und deren Tochter Jenny zusammengelebt. Das bedeutete, daß er ihr zehn Jahre Erfahrung voraushatte, und diesen Vorsprung könnte sie niemals ausgleichen, was sie bezüglich ihres Wettbewerbsinstinkts unsäglich frustrierte. Dabei störte sie nicht so sehr, daß sie zehn Jahre an Jamies Seite versäumt hatte, als vielmehr, daß sie sich auf einen Staffellauf eingelassen hatte, bei dem sie unabänderlich auf die Außenbahn verbannt war. Was immer Violet tat, wie schnell sie auch lief – Jamie lief ihr auf der Innenbahn davon.

Es ärgerte sie, denn mit ihren siebenundzwanzig Jahren war

Violet noch zu jung, um den Schild durchbrochen zu haben, der die jungen Leute gegen das Wissen schützt, daß in späteren Jahren sehr oft eine Umkehrung stattfindet.
Sie lehnte sich an Jamies in Kaschmirwolle gehüllte Schulter – aber nur für einen Moment. Dann rückte sie von ihm ab und musterte durchdringend sein Gesicht. Ich möchte in dir lesen, dachte sie. Ich möchte dein Ich ausloten – doch ich kann es nicht.
Jamie quittierte ihren prüfenden Blick mit einem kaum merklichen Anheben seiner Brauen, und Violet wurde von einer Welle der Verzweiflung erfaßt, weil es ihr nicht gelang, etwas zu erkennen, das, wie ihr Gefühl ihr sagte, von großer Wichtigkeit war. Sie streckte die Hände aus, zog seinen Kopf herunter und gab ihm einen ihrer weichen, trockenen Küsse auf den Mund, die er immer so unglaublich erotisch fand. »Danke, Jamie.«
Ein Heulen aus dem Nebenzimmer ließ sie zusammenzucken. Das Heulen wurde lauter. Violet verschränkte die Arme über dem Magen, und ihr Mund wurde schmal. (Wenn sie gewußt hätte, wie nachteilig sich das auf ihr Gesicht auswirkte, hätte sie es vermieden.) »Ich kann nicht, Jamie! Er ist erst vor ein paar Stunden gestillt worden. Ich kann einfach nicht!«
Jamie schob seine Frau sanft weg. »Du bleibst hier, und ich hole ihn rüber.«
Da sie in einer teuren Gegend wohnten – sie hatten sich seinerzeit darauf geeinigt, dafür Einschränkungen in Kauf zu nehmen –, war das Apartment winzig, und demzufolge erschien Jamie bereits dreißig Sekunden später mit dem kreischenden Edward auf dem Arm und streckte ihn Violet hin. Widerstrebend nahm sie ihn. Das Baby war puterrot und zornig, und der Ausschlag auf seinem Gesicht wirkte wie eine Reliefarbeit.
»Oh, Baby«, sagte Violet, wütend über seine Rücksichtslosigkeit. »Wie kannst du nur!«

»Ich hole dir eine Tasse Tee«, erbot sich Jamie.
Edward roch, und sie hatte die Wahl, entweder sein Weinen zu ertragen oder den Geruch. Die zweite Möglichkeit war die leichter zu bewältigende. Violet zwang sich, das Baby in ihren Arm zu legen, zog – sich dafür hassend, daß sie ihn haßte – das Vorderteil ihres Designer-Pullovers hoch und erlaubte dem Kleinen zuzuschnappen. Stille senkte sich über den Raum, so tief, wie sie nur nach einem ausgestoßenen Seufzer der Erleichterung möglich ist.
Jamie kam mit einem Tablett zurück und reichte ihr einen Becher. Violet führte ihn an die Lippen, trank jedoch vor lauter Angst, heißen Tee auf das Baby zu kleckern, nur einen kleinen, unbefriedigenden Schluck. Sogar eine Tasse Tee zu trinken, war in diesen Zeiten mit Mühe und Umstand verbunden. Die Kekse blieben auf der Untertasse liegen. Offiziell ignorierte sie sie, inoffiziell jedoch brannten ihr Duft und unendlich verlockender Anblick ein Loch in ihren Magen.
Edward gab zufriedene Geräusche von sich. Schön für ihn, dachte sie. Sie war ausgelaugt, ein ausgetrocknetes, schlaffes Arrangement von Adern und Organen, durch die nicht länger süße Säfte pulsierten, sondern Gallenflüssigkeit. Der Babymund an ihrer Brust zog an ihr und quälte sie mit der Überheblichkeit völligen Besitzanspruchs. Violet schaute auf die fleischgewordene Heimsuchung hinunter, die ihr Leben umgekrempelt hatte, und bemühte sich, ihn nicht dafür zu hassen, daß nicht nur er mit seinen Pickeln abstoßend aussah, sondern daß er auch sie zu einem abstoßenden Monster gemacht hatte, indem ihre Kleider nicht mehr paßten, sie aufgrund ständigen Schlafmangels mit ihren Nerven am Ende war und die Naht des Dammschnitts noch immer schmerzte. Niemand hatte Violet gewarnt.
Was soll ich tun? dachte sie in echter Panik. Sie hatte ein Baby

und mußte New York verlassen. Können wir die Uhr nicht zurückdrehen, Jamie? fragte sie ihn im stillen. Warum zwingst du uns dazu, nach Hause zurückzukehren?

Es waren vier ungeheuer aufregende Jahre gewesen. Von allen faszinierenden Metropolen der Welt, unter denen man wählen konnte, war New York Violets Ideal. Hier hatte sie sich beruflich etabliert, und der Pulsschlag der Stadt hatte den gleichen Rhythmus wie der ihre.

New York sprach ihren modischen Geschmack an, ihren scharfen, mit Gerissenheit ausgestatteten Verstand, und es schätzte die Terrier-Mentalität, die Violet befähigt hatte, sich in der Rechtsabteilung einer Verlagsgruppe aus der Masse der Mitarbeiter herauszuheben.

»Ich weiß, ich weiß«, hatte Jamie vier Monate zuvor gesagt, als er Violet eröffnete, daß der amerikanische Zweig der Bank wegen der Rezession beschnitten werde. Er kniete vor dem weißen Sofa, auf dem sie saß. »Aber es wartet daheim ein guter Job auf mich.«

Violet hatte sich nicht gerührt. »Und was ist mit *meinem* Job?« hatte sie gefragt »Kannst du nicht hier einen anderen finden?«

Um seine Antwort zu unterstreichen, legte er sanft eine gespreizte Hand auf ihren schwangerschaftsgewölbten Leib. »Es gibt Wichtigeres ...«

»Offenbar nicht für dich!« fuhr sie ihn an. »Dein Job kommt an erster Stelle!«

Edward nuckelte weiter an ihrer Brust, als hinge sein Leben davon ab – was es natürlich auch tat. Sie drückte mit dem Daumen auf sein Kinn, und begleitet von einem Plopp ließ Edward gezwungenermaßen die Brustwarze los. Mit abgewandtem Gesicht legte Violet ihn an ihre Schulter und wartete. Nachdem er in ihr Ohr gerülpst hatte, gab sie ihm die andere Brust.

Eine Zukunft, die durch unterbrochene Nächte, Milchtropfen auf ihrer Schulter und – was fast am schlimmsten war – einen auf ewig schlaffen Bauch charakterisiert war, breitete sich vor Violets geistigem Auge aus. Die Vision war so schrecklich und erfüllte sie mit einer solchen Verzweiflung, daß sie den Kopf über ihr Baby senkte und zu weinen begann. Später trug sie Edward in sein Zimmer, um ihn zu wickeln.

Sie hatte unendliche Mühe auf das Zimmer verwandt – mehr als auf das Baby, hatte Jamie sarkastisch bemerkt. Es mußte blau-weiß sein, peinlich ordentlich, mit weißen Handtüchern bestückt, sauber duftend und entschieden un-erwachsen. Wie in den meisten Fällen erreichte Violet ihr Ziel, und als das Kinderzimmer fertig war, war es ein aussichtsreicher Kandidat für eine Veröffentlichung in »Schöner Wohnen«.

Jedenfalls bevor Edward geboren war, und sich Wattebäusche auf dem Boden tummelten wie eine Horde Spatzen und die schneeweißen Handtücher durch nicht auswaschbare Flecken verunziert waren.

Violet schob eine Locke aus ihrem Gesicht, die schick nach vorn auf ihre Wange fiel – ein Ausdruck des Stilempfindens eines Friseurs namens Kelvin, dessen Honorar sich in Dimensionen bewegte, die die Aufnahme eines Bankkredits erforderlich machten. Die Frisur war optimal für Violets Power-Frau-Image, aber äußerst ungünstig, wenn sie ihrer Hausfrau-und-Mutter-Seite gerecht werden mußte. Edward mit einer Hand auf die Wickelunterlage drückend, kramte sie mit der anderen in ihrer Tasche nach einer Haarspange und klemmte sie in ihre Haare. Edward protestierte weinerlich.

»Halt den Mund!« fuhr sie ihn an. »Sei endlich still!«

Das philippinische Hausmädchen, das täglich kam, hatte alles weisungsgemäß erledigt – abgesehen von der Beatrix-Potter-

Polstermatte im Bettchen, die sie aus irgendeinem Grund immer so befestigte, daß die Bilder auf dem Kopf standen. Eine Demonstration der Auflehnung? Vielleicht erschien ihr Peter Rabbit auf diese Weise sinnvoller. Violet korrigierte den Fehler.

Das Baby ließ sich ohne großes Theater hinlegen. Violet fixierte seine Seitenlage durch eine zusammengerollte Windel, spulte die Tonbandkassette zurück und ließ das Mutterleibskonzert wieder anlaufen.

Unaussprechliche Geräusche begannen den Raum zu füllen, und sie schlich hinaus.

Wie lange würde es dauern? Eine Stunde? Anderthalb Stunden? Zwei Stunden? Wie lange würde es dauern, bis alles von vorne anfing?

Adieu, New York. Adieu, Jogger, Straßenräuber, makellos gekleidete Frauen, die den Weg zu ihrer Arbeitsstelle in Turnschuhen zurücklegten, adieu, Designer-Salate, Designer-Sex, Designer-Scheidungen. Adieu, Canal Street, Soho, adieu, beste Pasta-Bar der Welt in der Fifth Avenue.

Adieu, Stadt, in der ich mich profiliert habe.

Violet verrenkte sich den Hals, um durch das Flugzeugfenster noch einen letzten Blick auf die geliebte Silhouette zu erhaschen. Dort unten auf der Landzunge hob und senkte sich die Brust Manhattans im ewigen Auf und Ab von Leben und Tod. Wieder einmal wappnete sich New York für eine Nacht.

Adieu, herrliches, herrliches New York.

Jamie lächelte seine Frau über die »British-Airways«-Wiege hinweg an, in die Edward verfrachtet worden war. Ich verstehe, besagte sein Lächeln. Nein, das tust du nicht, dachte Violet, denn du hast deinen Willen bekommen. Doch sie bereute den

Gedanken sofort und erwiderte das Lächeln, bevor sie sich in ihrem Sitz zurücklehnte. Nachtflüge waren die Hölle.
Sie flogen in die Morgendämmerung hinein, und es war so kalt in der Stratosphäre, daß es der Sonne nicht gelang, die Eiskristalle auf den Tragflächen wegzuschmelzen. Das Licht wandelte sich von Rot über Malve zu Flieder und weiter ins Zartrosa. Danach kamen Opalblau und Türkis und ein weiches Graurosa. Violet betrachtete das Schauspiel voller Bewunderung – hier oben war die Welt schön und makellos.
»Wir werden uns nach einem Haus mit Garten umsehen«, murmelte Jamie, der ebenfalls nicht schlief. »In der Nähe einer städtischen Parkanlage oder so.«
»Nicht zu weit draußen.« Violet war nun einmal ein Stadtmensch. Ein neuer Gedanke drängte sich ihr auf. »Und in der Nähe einer guten Schule.«
»In der Nähe einer guten Schule«, bekräftigte Jamie.
»Mit einem Kinderzimmer im Parterre, damit in unserem Schlafzimmer nicht die ganzen Babysachen herumfliegen.«
»Was immer du möchtest, Violet.«
Jamie war glücklich. Nach achtzehn Monaten Ehe kannte Violet ihn gut genug, um seine jeweilige Stimmung beurteilen zu können. Verstohlen beobachtete sie, wie er in die Wiege schaute und mit dem hellwachen Edward sprach. Es gab so große Abschnitte in Jamies Leben, über die Violet nicht das geringste wußte – und Lara war einer davon. Nicht, daß sie den Wunsch gehabt hätte, die Vergangenheit zu erforschen – sie war keine Titanic-Überlebende, die den Drang hatte, an den Ort der Katastrophe zurückzukehren und sich den Eisberg anzusehen. Nein – es war besser, weiterzureisen. Plötzlich beschloß Edward, verursacht durch die ungewohnte Umgebung, die fremde Wiege und das seltsame Brummen in seinen Ohren, gründlich traumatisiert zu

sein. Eine Stunde später drückte Violet ihrem Mann seinen noch immer weinenden Sohn in die Arme.
»Kümmer du dich um ihn!« flüsterte sie mit gifttriefender Stimme und zwängte sich an ihm vorbei.
Kurz darauf schloß sie so heftig wie möglich die Falttür der Toilettenkabine und musterte sich im Spiegel: die Frau, die ihr Baby nicht zum Schweigen bringen konnte, das Ziel jedes Augenpaares an Bord. Wütend betupfte sie mit einem Papiertuch einen Fleck auf ihrer Bluse. Das war Fehler Nummer zwei: sich für den Heimflug elegant anzuziehen, wenn man ein hysterisches Baby dabeihatte. Eine Sekunde lang wurde Violet der belustigende Aspekt der Situation bewußt, was bei ihr ungewöhnlich war, und sie grinste sich ins Gesicht. Doch die Sekunde verging, und das Grinsen erlosch auf Nimmerwiedersehen.
Als sie zu ihrem Platz zurückkam, fand sie Jamie mit einem friedlich schlafenden Edward im Arm vor. Die Züge des Kleinen waren schlafschlaff, und seine Haut hatte ihre übliche Durchsichtigkeit zurückgewonnen.
»War nichts dabei«, sagte Jamie, und Violet mußte all ihre Beherrschung aufbieten, um ihrem selbstgefälligen Mann nicht ihre Handtasche über den Schädel zu schlagen.

Wie stets hatte ihr Vater sich seit ihrer letzten Begegnung kaum verändert. Hünenhaft, grauhaarig, mit einer Vorliebe für Cordhosen und grüne Sweater und der Angewohnheit, ständig seine bifokale Brille auf- und abzusetzen, war Max ein zurückhaltender Mann, außer wenn es um seine Töchter ging. Als er Violet kommen sah, trat er auf sie zu und begrüßte sie mit einer seiner Grizzlybären-Umarmungen, die knapp an Körperverletzung vorbeigingen.

»Liebling«, sagte er in dem verlegen-zärtlichen Ton, der jedesmal Violets Kehle zuschnürte, »ich mußte einfach kommen!«
Es dauerte einen Moment, bis Violet begriff, was ihr Vater meinte, bis ihr zeitverschiebungsgeschädigter Verstand realisierte, daß Freitag war. Max hatte sich freigenommen, weil er, wie er Prue erklärte, die Heimkunft auf keinen Fall versäumen wolle, wonach er noch anfügte, daß es ihr vielleicht lieber wäre, wenn er führe.
Sie hatten es zwar beide nicht zur Hochzeit geschafft, die einem spontanen Entschluß entsprungen und so romantisch gewesen war, doch Max war in die Staaten hinübergeflogen, um Jamie kennenzulernen, und hatte berichtet, daß Violet eine gute Wahl getroffen habe. Aber er kannte Edward noch nicht, und nachdem er Violet freigegeben hatte, wandte er seine Aufmerksamkeit seinem Enkel zu, der vor lauter Decken kaum zu sehen war. Die anderen beiden ignorierend, beugten Vater und Tochter sich über den Buggy.
»Er ist ein netter kleiner Kerl«, urteilte Max. »Und hübsch noch dazu.«
»Nein, das ist er nicht«, widersprach Violet. »Aber ich freue mich, daß er dir gefällt.«
»Hallo«, sagte Jamie, der neben einem Berg Handgepäck stand. »Du kannst nur Prue sein.«
Prue transferierte ihre Aufmerksamkeit von der Familienidylle zu Jamie. Einen Moment lang runzelte sie die Stirn, als schlüge sie sich mit einer Frage herum, dann weiteten sich ihre Augen kaum merklich. Violets Mann erinnerte sie an jemanden. An wen?
Er drehte sich prüfend nach dem Gepäck um, und sie erkannte, daß Jamie eine jüngere Ausgabe von Max war. Er war sehr groß und braunhaarig, mit einem ähnlich geschnittenen Gesicht und

großen, aber nicht grobschlächtigen Händen. Er war besser angezogen als Max und duftete nach einem teuren Rasierwasser, das niemals Eingang ins eheliche Badezimmer von Hallet's Gate finden würde. Aber wie die Züge von Max ließen auch die von Violets Mann Humor und Neugier erkennen und eine Gefühlstiefe ahnen, die die Fotos nicht vermittelt hatten. Die Fotos hatten, schloß sie die nur Sekunden dauernde Betrachtung ab, lediglich zwei Dimensionen vermittelt und die dritte weggelassen.

»Hallo, Jamie.« Prue reichte ihm die Hand.

Der Basingstoke-Abschnitt der M3 sei noch häßlicher, als sie ihn in Erinnerung gehabt habe, verkündete Violet, nachdem sie vom Wagen aus einige der zugegebenermaßen schlimmsten Exzesse gemustert hatte, die in den letzten vier Jahren aus dem Boden gestampft worden waren. Falls das möglich sei. Violet sorgte immer dafür, ein Gesprächsthema im Ärmel zu haben, das sie auf Parties und bei Dinner-Einladungen zum besten gab. Es war eine nützliche Verteidigungstaktik. Da sie Autobahnarchitektur für einen Gesprächsstoff hielt, der ihr die Möglichkeit gab, die taktisch richtige Haltung einzunehmen, stürzte sie sich auf dem Weg nach Dainton in einen Probelauf. Max stieg darauf ein, und während sie sich ihre Argumente wie Bälle beim Tischtennis zuspielten, suchte Violet ebenso aufmerksam wie verstohlen bei ihrer Stiefmutter Anzeichen von Alter.

Sie hatte Jahre gebraucht, um es zu begreifen: Prues Aussehen forderte den Betrachter zur Gründlichkeit heraus. Auf den ersten Blick beurteilte man sie als gut aussehend, attraktiv und als eine angenehme Erscheinung. Beim zweiten und dritten Blick jedoch wurde der Betrachter durch den Schwung ihrer Brauen, die Form ihrer Lider, die wohlgestalteten Brüste, den sinnlichen Mund und die schmalen Handgelenke zu dem Gedanken veranlaßt: Da ist noch mehr.

Trotz ihrer eingehenden Prüfung konnte Violet nicht viel entdecken. Vielleicht ein Pfund mehr auf den Hüften und am Bauch. Ein Fältchen unter dem Auge, das Violet vorher nicht gesehen zu haben hoffte – aber das war's auch schon. Ansonsten waren Prues hinter die Ohren gekämmte, dunkelbraune Haare und die reine Haut so, wie sie sie in Erinnerung hatte. Und die Brüste zeigten keinerlei Neigung zum Durchhängen. Irgendwie, dachte Violet bitter, schaffte ihre Stiefmutter es immer, jünger auszusehen, als es ihrem Alter entsprach.
Violet hatte einen Punkt erreicht, an dem sie sich nicht länger bemühte, ihre Überlegungen zu zensieren. Von Beginn ihrer Bekanntschaft an hatte sie Prue als Freiwild betrachtet. Gelegentlich fragte sie sich, ob Prue wußte, wie sehr sie sie verabscheute, und falls ja, ob es ihr weh tat. Prue ließ sich kaum je etwas anmerken, und das machte sie zu einem so provozierenden Gegner und schwierigen Feind. Für ein zorniges, trauerndes Kind war ihre sanfte Unerbittlichkeit entsetzlich gewesen.
Nachdem die Autobahn-Architektur in gebührender Form abgehandelt war, wechselte Violet thematisch zu dem Job, der in dem Verlag, den sie am meisten schätzte, möglicherweise zur Disposition stand. Unter ihrem Armani-Hosenanzug weinte das Kind, das sie gewesen war, über eine neuerliche Veränderung und machte so dem Kummer Luft.

»Kann ich helfen?« Prue stand in der Tür des Gästezimmers von Hallet's Gate. »Du mußt todmüde sein.«
Die Männer machten einen Spaziergang, um die Flasche Wein abzutrainieren, die sie unklugerweise zum Mittagessen geleert hatten. Edward schlief, und Violet war beim Auspacken.
»Ich kann nicht glauben, daß ich das alles erst gestern eingepackt habe.«

Prue wußte, daß Violet nicht aus New York hatte weggehen wollen, und empfand tatsächlich Mitleid mit ihr. Sie hob einen Nadelstreifenrock hoch und schüttelte ihn aus. Liz Claiborne, las sie auf dem Etikett. »Wie schick.«
»Ja, nicht wahr?« Violet reichte Prue einen mit schottenkariertem Stoff überzogenen Bügel von einem Stapel. »Häng ihn für mich auf«, sagte sie. Und nach einer kleinen Pause: »Bitte.«
Prue schob die Drahtbügel aus der chemischen Reinigung, die sie aufgehoben hatte, zu einem Ende der Kleiderstange und tat wie geheißen. Die Drahtbügel klapperten in ihrer Verbannung, als sie die Kleider, Kostüme und Röcke auf ihren gepolsterten Rivalen arrangierte und sie in spezielle Kleidersäcke hängte.
»Das mache ich nie«, bemerkte sie.
Violet warf ihr einen Blick zu, und sie lehnte es ab, ihn zu deuten. »Hast du auch irgendwelche rustikalen Sachen?« fragte sie. »Die wirst du hier brauchen.«
»Lieber Gott, Prue – ich habe zwanzig Jahre hier gelebt!« Länger als du, Prue, hätte sie gern hinzugefügt, aber das stimmte nicht mehr. Doch ich war lange, lange vor dir in diesem Haus. Damals, vor all den vielen Jahren, als Helen, die schöne, betrunkene Helen ihre kleine Tochter im Stich gelassen und Schockwellen das Dorf erschüttert hatten, die denen beim Tod von Grace Archer glichen. Prue war erst drei Jahre später aufgetaucht, ein Eindringling aus London. »Ich kenne die Schlammpfützen ebensogut wie mein Gesicht. Und, ja – ich habe jede Menge Sweater und Leggings.« Sie sprach Sweater mit amerikanischer Klangfärbung aus.
Violet knallte ihre Haarbürste auf den Frisiertisch, und Prue zuckte zusammen, denn sie sah im Geiste die Glasplatte zerspringen. »Ich denke, ich werde mich etwas hinlegen.«
Prue zog aus dieser Ankündigung ihre Gastgeberschlüsse. Sie

brachte Wärmflaschen, eine Tasse Tee, eine zusätzliche Decke, und Violet, die vor Erschöpfung ganz grau im Gesicht war, kroch dankbar ins Bett.

Es war ihr eine halbe Stunde Ruhe vergönnt, bevor Edward jeden im Haus wissen ließ, daß auch er hier eingezogen war. Darüber hinaus demonstrierte er dies während der späten Nachtstunden des Samstags und Sonntags und verbrachte die Tage im Ausgleich dazu im Tiefschlaf. Demzufolge war es ein reichlich angegriffenes Grüppchen, das sich am Montag morgen zum gemeinsamen Frühstück einfand.

»Ich dachte, du sagtest, es würde deinen Schlaf nicht stören, wenn anderer Leute Kinder weinen, Mum«, sagte Jane, die wegen eines Zahnarzttermins noch nicht ins Internat zurückgekehrt war. Sie löffelte wie betäubt Cornflakes in sich hinein. »Ich möchte dich daran erinnern, daß wir heute nachmittag eine Latein-Schulaufgabe schreiben.«

Violet, die am Spülbecken Edwards Flasche auswusch, wirbelte herum: »Du hast Glück – ich muß mich *jede* Nacht damit herumschlagen!«

Janes Löffel sank in den Teller, und sie sah ihre Schwester ohne jedes Mitgefühl an. »Ich habe nur erklärt, warum ich die Schulaufgabe verhauen werde«, sagte sie. »Als Vorwarnung.«

Prue schlug für Max ein Ei in die Pfanne: Jeder Mensch, der tagein, tagaus den Bus um 7 Uhr 33 erwischen mußte, verdiente eine ordentliche Wegzehrung, auch wenn sie das reine Cholesterin war.

»Würde es dir etwas ausmachen, wenn ich auch an den Herd komme?« Violet trat neben Prue, streifte sie.

Prue machte sich so schmal wie möglich. »Natürlich nicht.«

Violet öffnete eine Tüte Haferflocken mit der Aufschrift »Del-Monico's New York, Ihre naturbelassen-gesunden Lebensmittel«

und schüttete eine Tasse voll davon in einen Topf. »Ein Teil meiner Strategie, um Jamie gesund zu erhalten«, sagte sie. »Bei all den Geschäftsessen …«
Prue musterte den Haferbrei, der geradezu widernatürlich naturbelassen aussah, und richtete ihre Aufmerksamkeit dann darauf, innerhalb des ihr noch verbliebenen Aktionsradius ein makelloses Spiegelei zustande zu bringen.
Jamie kam herein. »Guten Morgen.« Er duftete nach Seife und Vetiver. »Mmm! Ei mit Speck! Kann ich auch so was haben?«
Violet präsentierte ihrem Mann das naturbelassene, gesunde Frühstück, das sie ihm zugedacht hatte. »Nein, Jamie – ich habe das hier für dich gemacht.«

3. KAPITEL

Teuer, spitzenbesetzt und zart starrten Violets Höschen Prue aus dem Korb mit der gewaschenen Wäsche an. Das Bild eines schlanken Rumpfes und dazugehöriger, absolut cellulitisfreier Oberschenkel erschien vor Prues geistigem Auge, und sie seufzte. Früher einmal war Violet ein mageres, kleines Mädchen mit brennendem Blick gewesen, linkisch und unproportioniert, doch dann hatte sie sich im Laufe eines Jahres zur Überraschung der Betrachter zu einer Schönheit gemausert.

Ich hasse dich, Prue.

Neben den frivolen Gebilden lagen Prues Schlüpfer, schlichte und zweckmäßige Marks and Spencer. Da sie zu Blasenentzündungen neigte, legte Prue Wert darauf, daß ihre Nieren bedeckt waren. Sie bückte sich und hob eines von Violets gewagten, schwarzen Dessous hoch. Vernunft gegen Chic. Das schreckliche, alte Sofa gegen das zur Nähe zwingende zweisitzige. Höschen waren eine kluge Methode, die männliche Phantasie anzuregen und am Kochen zu halten, und Violet wußte offenbar genau, wie sie das erreichte. Wenn man in sie drang, würden die meisten Frauen zugeben, daß die Modelle, die die Nieren warm hielten, bequemer waren als die winzigen Spitzen-Nichtigkeiten, sie jedoch, wie Violet, zugunsten der Optik die Kälte und einschneidende Gummizüge in Kauf nahmen. Wie die Dinge lagen, schätzte Prue ihre Stieftochter jedoch falsch ein – etwas, wozu die wohlmeinende Prue ausgesprochen neigte. Violet trug ihre Unterwäsche ausschließlich zu ihrem eigenen Vergnügen.

Prue bezweifelte nicht, daß Jamie seine Frau liebte, und erkannte, da sie selbst geliebt wurde und deshalb die Sprache verstand, die Anzeichen dafür, doch sie fragte sich, ob er sich nicht vielleicht auch etwas auf die Trophäe einbildete, die er als Schmuck für seinen Kaminsims ergattert hatte. Keine Sekunde kam sie auf den Gedanken, daß das Umgekehrte zutreffen könnte. Sie ließ das Höschen in den Korb zurückfallen.

»Träumst du, Prue?«

Jamie war mit der Zeitung unter dem Arm in die Küche getreten. Es war sieben Uhr an einem Mittwoch abend, und er hatte seinen Geschäftsanzug gegen Cordhosen eingetauscht.

Prues Antwortlächeln war besonders schläfrig.

»Ich habe über Wäsche nachgedacht.« Mit einem Tritt beförderte sie den Korb unter den Tisch, denn die Vorstellung, daß Jamie ebenfalls einen Dessous-Vergleich anstellte und zum selben Schluß käme, gefiel ihr irgendwie nicht.

»Kann ich dir bei den Dinner-Vorbereitungen helfen?«

Sie starrte ihn entgeistert an. »Ist das eine ernstgemeinte Frage?«

»Natürlich.«

Sie deutete auf den Kartoffelschäler, und Jamie legte die Zeitung hin, ließ kaltes Wasser ins Spülbecken laufen und machte sich ans Werk. Wie immer mit Freude bei der Sache, hackte Prue Zwiebeln, schüttete sie zu dem Fett in die Bratpfanne und sah zu, wie die Würfel weich und glasig wurden.

»Hast du je das Theaterstück gesehen, in dem sie auf der Bühne Zwiebeln brieten? Die Zuschauer gingen fast ein vor Hunger.«

»Nein, habe ich nicht.« Jamie ließ frisches Wasser ins Spülbecken und fügte hinzu: »Ich gehe nicht oft ins Theater.«

Prue ergänzte den Pfanneninhalt durch Gulasch, und gleich darauf gesellte sich der leicht scharfe Geruch angebratenen Fleisches zu den anderen Gerüchen in der Küche.

»Seit wir da sind, hast du viel mehr Arbeit«, sagte Jamie.

»Ja und nein. Max ißt abends immer warm.«

»Wo ist er?«

Sie berichtete ihm, daß Max angerufen habe, weil er sich verspäten würde. Es würde zwar bezüglich Violet niemals ein Wort der Kritik über Max' Lippen kommen, doch Prue hatte den Verdacht, daß er das volle Haus ebenso strapaziös fand wie sie. Es war lauter als sonst. Nachts herrschte Unruhe. Überall lagen Sachen herum. Ein geborgter Kinderwagen behinderte den Durchgang im Flur. Der Wäschekorb quoll über von Babykleidung. Auf dem Treppenabsatz stand ein halbleerer Koffer. Jedes Zimmer war belegt, und das Haus wirkte, als sei es geschrumpft.

Wo sind all die stillen Winkel in meinem verschlafenen Haus? rief sie stumm.

»Trotzdem hast du mehr Arbeit«, insistierte Jamie, »und wir sind dir sehr dankbar.«

Prue schob mit dem Handgelenk eine Locke aus ihrem Gesicht. Hausarbeit war ihr Metier, doch es war schön, wenn jemand sie zu würdigen wußte. »Habt ihr schon ein akzeptables Haus gefunden?«

»Im Prinzip ja.« Jamie beschrieb ihr eines, das sie sich in Wandsworth angesehen und für das sie Interesse angemeldet hatten. Es sei teuer, aber er könne eine zinsgünstige Hypothek bekommen.

»Aha«, sagte Prue.

In Max' Wirtschaftszeitschrift hatte ein Artikel gestanden, in dem abgehandelt wurde, daß das eine Prozent der Reichsten im Lande achtzehn Prozent des marktfähigen Reichtums besaß – und ein Angehöriger dieser Kategorie stand in ihrer Küche und ging ihr bei den Vorbereitungen der Schäferpastete zur Hand. Im Gegensatz dazu besaßen die ärmsten fünfzig Prozent gemeinsam nur sechs Prozent des marktfähigen Vermögens.

Natürlich würde Jamie Beckett eine zinsgünstige Hypothek bekommen – er gehörte zu den Menschen, die die Voraussetzungen dafür hatten. Zu den Menschen mit Beziehungen, die außerdem über einen Schwarm von Arbeitsbienen verfügten, die diskret summend seinen Wünschen entsprechend handelten.

Daß das so war, erzürnte Prue nicht, denn, so sagte sie sich, es bedeutete nicht, daß es Jamie an Anstand oder Gefühl mangelte. Sie ihrerseits engagierte sich beispielsweise für die Bedürftigen, indem sie zugunsten der Obdachlosen, der Bosnier et cetera, et cetera Kuchen backte und Tombola-Lose verkaufte, doch das Schicksal dieser Menschen ging ihr nicht wirklich unter die Haut. Wie könnte sie da den ersten Stein werfen?

»Wie kommst du mit den Kartoffeln voran?«

Jamie schob ihr einen vollen Topf hin. »Was jetzt?«

»Du könntest den Tisch decken – aber willst du tatsächlich noch weiter helfen?«

»Ich habe heute sowieso ›Dienst‹«, antwortete er. »Heute nacht darf Violet schlafen. Wir wechseln uns ab.«

Meine Güte, dachte Prue. Da sie nicht wußte, was sie dazu sagen sollte, schwieg sie.

Jamies »Nachtdienst« verlief nicht reibungslos. Violet hatte beschlossen, Edward innerhalb einer Woche abzustillen, und er verabscheute die Flasche, die ihm um halb zwei gereicht wurde, und auch die nächste, die er um halb drei trinken sollte. Er schrie und schrie – mit der Intensität und Lautstärke einer Luftangriff-Warnsirene. Die Bewohner des Hauses, die nicht in das Drama einbezogen waren, zogen sich die Bettdecke über den Kopf – einschließlich der jungen Mutter, die dem jungen Vater erklärt hatte, daß sein Sohn das lernen müsse.

Um drei Uhr früh nahm Jamie den Kleinen mit hinunter und wanderte in seiner Verzweiflung mit ihm durch die Eingangshalle, durch das Speisezimmer, auf und ab durch den Salon und immer und immer wieder um den Küchentisch herum, und das alles im Dunkeln. Er beschwor seinen Sprößling, still zu sein, erinnerte sich aber an seine eigenen Kindheits-Alpträume und Ängste.

»Bitte sei still«, flehte er Edward an.

Der mit zartem Flaum bedeckte Schädel des Babys pulsierte heftig unter Jamies Kinn, und der kleine Körper war ganz steif vor Protest. Als Jamie auf seiner Runde wieder in die Halle kam, entdeckte er eine schattenhafte Gestalt auf der Treppe.

»Ist er krank?« fragte Prue in normaler Lautstärke – angesichts der Umstände erschien es ihr sinnlos, zu flüstern.

»Ich weiß es nicht«, antwortete Jamie. »Er akzeptiert die Flasche nicht, und ich kann nicht beurteilen, ob er es aus Widerborstigkeit nicht tut oder weil er Bauchweh hat.« Erschöpfung begann sich seiner zu bemächtigen und – nicht unbegründet – Panik.

Prue ging voran in die Küche und machte Licht. »Soll ich es mal versuchen?«

Dankbar reichte Jamie ihr den Jungen. Prue nahm ihn und drückte ihn instinktiv an ihre Brust. Als sie sich Jamies Blick bewußt wurde, sagte sie, ohne aufzuschauen: »Ich hätte nach Jane gern noch weitere Kinder gehabt, aber es klappte nicht.«

Sie trug einen blauen Morgenrock, hatte jedoch den Gürtel nicht zugebunden, und ein weiches, weißes Baumwollnachthemd lugte darunter hervor. Sie strahlte Wärme und Sinnlichkeit aus mit den zerzausten Haaren und ihrer Verschlafenheit, und plötzlich wurde ihm bewußt, daß er sie von einer sehr privaten Seite sah. Vielleicht schärfte seine Übermüdung seine Wahrnehmungsfähigkeit – jedenfalls registrierte er die Farben, die Prue charakterisierten, ihre blauen Augen, das braune Haar und die weiße

Haut – von Adern durchzogen und zart am Übergang vom Hals ins Schlüsselbein, trocken und straff auf ihren Händen – plötzlich sehr genau.

»Wo ist die Flasche?« fragte sie nach einer kleinen Pause, sich der prüfenden Musterung bewußt.

Jamie gab sie ihr. Sie legte Edward in ihrem Arm zurecht und testete die Temperatur der Milch. »Sie ist kalt«, konstatierte sie. »Ich wette, das ist der Grund für seine Verweigerung.«

»Wir machen sie nachts nie warm.«

Prue hob die Augenbrauen und senkte sie dann wieder: Es ging sie nichts an. Sie trug Edward zum Herd hinüber und setzte Wasser auf. Jamie konnte nicht verstehen, was sie sagte, doch ihre Stimme wirkte beruhigend. Der Junge schien das auch zu empfinden, denn er verstummte, und als Prue ihm die im Wasserbad erwärmte Milch anbot, begann er versuchsweise an dem Sauger zu nuckeln. Nach ein paar Bäuerchen begann er zu trinken.

»Es kann eine Weile dauern, weil er so aufgeregt war«, sagte sie. »Willst du wieder ins Bett gehen?«

Ja, das wollte er, liebend gern sogar. Und doch wieder nicht. »Ich bleibe mit dir auf.«

Die Manschetten von Prues Nachthemd waren heraufgerutscht, und Jamie ertappte sich dabei, daß er fasziniert die Bewegungen der zarten Handgelenksknochen unter der Haut und der langen Finger beobachtete, die Wunder bei dem Baby bewirkten. Es war sehr still in der Küche und sehr kalt. Sie schwiegen, und jedesmal, wenn Prue das Baby in ihrem Arm zurechtrückte oder den Neigungswinkel der Flasche veränderte, wurde Jamie an Gemälde erinnert, die die Madonna mit Kind zum Gegenstand hatten – das Ruhe und Kraft ausstrahlende Bild, aus dem wir Trost schöpfen.

»Wie die ›Jungfrau‹«, faßte er seinen Eindruck schließlich in Worte.
»Die heilige Johanna nannte sich ›Jungfrau‹.«
»Wie bitte?«
»Ich interessiere mich für sie.«
»Erzähl mir von ihr.«
Prue kam seiner Bitte nach. Johanna waren im Laufe ihres Lebens verschiedene Beinamen gegeben worden – und nach ihrem Tod sogar in noch größerem Umfang, sagte sie, erneut das Fläschchen steiler ausrichtend, was darauf hinweise, was für eine verwirrende und unbegreifliche Persönlichkeit sie für ihre Zeitgenossen gewesen sei. Johanna selbst gab dem Terminus *la pucelle* den Vorzug, was »Jungfrau« bedeutet – aber in einem Sinn, der Freude auf die Änderung dieses Zustands beinhaltet.
»Oh«, sagte Jamie.
»Es war ein Zustand, der eine Weiterentwicklung verhieß«, erklärte Prue, was sie zunächst nicht hatte begreifen können. »Aber jetzt«, sie schaute zu Jamie auf, »glaube ich, begreife ich es.« Es beschrieb das junge Mädchen, ebenso unschuldig wie mannbar, am Scheitelpunkt der Entwicklung.
Eine Pause entstand.
»Vieldeutig«, sagte Jamie schließlich.
»Aber erstaunlich treffend«, meinte Prue. »Von beachtlichem, psychologischem Durchblick für ein sogenanntes ungebildetes Bauernmädchen – und das fasziniert mich.«
Es wurde immer kälter. Prue wandte sich an das jetzt friedlich nuckelnde Baby. »Ich denke, es ist Zeit für ein Bäuerchen.« Sie lehnte Edward an ihre Schulter. »Hattet ihr in New York auch nachts Schwierigkeiten mit ihm?«
»Manchmal. Aber es ist viel schlimmer, wenn man dafür ver-

antwortlich ist, daß sich die Mitbewohner die Ohren zuhalten.« Jamie begann mit einer Orange aus dem Obstkorb zu spielen und schaute mit einem Lächeln zu Prue auf, das sie durch seine Mischung aus Zerknirschung und Selbstironie bezauberte. »Ich bin noch Lehrling, was den Vaterberuf betrifft.«

Sie erwiderte sein Lächeln. »Wenn du glaubst, daß Elternschaft ein Zustand permanenter Erschöpfung ist ...«

»Das tue ich. Das tue ich.«

»Dann muß ich ergänzend hinzufügen, daß es auch ein Zustand permanenten Schreckens ist.«

»Wie das?«

»Man lebt in ständiger Angst um die Kinder.«

Jamie schwieg.

»Hältst du es für richtig ...«, begann Prue zögernd. »Hältst du es für richtig, daß Violet so bald wieder arbeiten will?«

Er runzelte die Stirn und warf die Orange von einer Hand in die andere. »Da rede ich ihr nicht rein.«

Das war ein indirekter, aber dennoch deutlicher Tadel.

Die Küche war nur mangelhaft erleuchtet, aber hell genug, daß Jamie sah, wie Prue die Röte ins Gesicht stieg. Der Wunsch, aufzuspringen und sie in den Arm zu nehmen, ließ sich nur mit allergrößter Mühe unterdrücken. Er ließ die Orange fallen. »Ich wollte dich nicht kritisieren, Prue.«

»Aber es war ja gerechtfertigt.« Sie stand auf und reichte ihm seinen Sohn. »Ich glaube, jetzt wird er Ruhe geben.« Und damit ließ sie ihn mit dem feuchten, aber zum Schweigen gebrachten Baby allein.

Als Folge dieser Episode trat Emmy Horton in ihrer aller Leben, denn Violet bestand darauf, daß sie eine Hilfe brauche, basta.

In Ordnung, gab Prue resigniert nach und schrieb eine Anzeige für das schwarze Brett, das draußen am Dorfladen in einem Schaukasten angebracht war.

Freundliche, fürsorgliche Kraft gesucht, die für einige Zeit junge Mutter bei der Betreuung ihres vier Monate alten Sohnes entlastet und leichte Putzarbeiten übernimmt. Bewerberinnen stellen sich bitte bei Mrs. Valour, Hallet's Gate, vor.

Die Anzeige fand ein großes Echo, nicht zuletzt, weil sie neben der hing, die für den 26. Februar den Ausverkauf des Privatbesitzes des pleite gegangenen Jack Woodham ankündigte. Jack war der Vorsitzende der örtlichen Farnzüchtervereinigung, und seine Gewächshäuser, die jetzt gefährdet waren, weil er sie nicht heizen konnte, waren heiß begehrt.

»Mrs. Valour hat ein Kind bekommen?« fragte Anna Vigas erstaunt, nachdem sie den Text gelesen hatte.

»Nein«, sagte Emmy Horton.

Annas Aufmerksamkeit, die nie lange von etwas gefesselt wurde, erlosch. Sie stieß mit der Schuhspitze einen kleinen Erdbrocken weg und warf in einer preiswürdigen Imitation von Annalise in der Seifenoper »Neighbours« ihr blondes Haar nach hinten. »Kommst du heute abend mit?«

»Warte doch mal!« Emmy kramte in ihrer Handtasche, einem großen, ledernen Schlamperbeutel mit Fransen, nach einem Kugelschreiber.

»Du willst dich doch nicht etwa bewerben, Em! Ein Baby *und* Putzen!«

»Ich finde die Idee gut – so könnte ich mein Arbeitslosengeld aufbessern«, erwiderte Emmy. »Außerdem mag ich kleine Kinder und möchte etwas tun.«

»Du könntest viele Dinge tun«, entgegnete Anna unfair, denn ihr eigener Horizont war recht begrenzt.
»Aber ich mache es nicht, oder?«
Der Tag war bitterkalt, doch keines der beiden Mädchen hatte viel an – nur T-Shirts, Leggings und Jacken aus dem Discountladen. Beide waren mager und froren sichtlich, doch es schien sie nicht zu stören. Emmy zog prüfend die Luft ein.
»Es wird noch kälter«, prophezeite sie. »Ich glaube, ich versuche jetzt mein Glück bei Mrs. Valour.«
Trotzig wendete Anna sich ab.

»Das Baby ist noch sehr klein«, sagte Prue später in der Küche von Hallet's Gate mit einem besorgten Blick auf das dünne T-Shirt und die mit Gänsehaut überzogenen Arme, »aber es ist nicht schwierig, es zu versorgen. Meine Stieftochter möchte eine Hilfe haben, weil sie zwischendurch etwas Ruhe braucht und außerdem relativ häufig nach London muß.« Prue schilderte die Situation.
Emmy setzte sich auf dem Küchenstuhl zurecht, und ihre Augen leuchteten auf, als ihr Blick auf eine gerahmte Fotografie fiel, die auf der Kommode stand und ein schönes Mädchen mit schwarzen Haaren und recht bemerkenswerten Augen darstellte.
Sie sah intelligent aus, herrisch und wohlhabend. Aha, dachte Emmy, die nicht dumm war – Madam braucht ihren Schönheitsschlaf.
Prue entschuldigte sich für Violets Abwesenheit und fragte, wann Emmy anfangen könne. Sofort, antwortete Emmy.
Wollen Sie mich nicht nach meinen einschlägigen Erfahrungen fragen, schlug Emmy im stillen vor, die sich fast für Prue genierte.
Wie aufs Stichwort brachte Prue ein rot-schwarzes Notizbuch zum Vorschein und überflog die letzte Seite, auf der zwischen

Stichworten wie »Märtyrertum« und »Verrat, Burgunder« Worte wie »Stundenlohn vereinbaren«, »Nichtraucher« und »Kündigungsfrist« standen, die Violet, die sich in solchen Dingen für firm hielt, Prue diktiert hatte.

»Haben Sie Erfahrung mit Babys?«

»Nein.«

Prue schaute Emmy einen Moment lang verdutzt an, dann lächelte sie. »Die hatte ich auch nicht, als ich meine Tochter bekam.«

Ihr Lächeln war ansteckend. Okay, dachte Emmy – nicht schlecht. Es war ihr bewußt, daß ihre äußere Erscheinung einiges zu wünschen übrigließ. Sie und Anna hatten gestern einen alkoholintensiven Abend verbracht, und es hatte sie beträchtliche Mühe gekostet, am Morgen aufzustehen. Sie spürte die dunklen Ringe unter ihren Augen förmlich, und ihre schrecklichen Haare kamen ihr heute noch dünner und strähniger vor als sonst, und außerdem war ihr Mund wie ausgedörrt.

Prue zog wieder ihre Notizen zu Rate. »Wie steht es mit Erster Hilfe? Wissen Sie, was zu tun ist, wenn ein Baby einen Erstickungsanfall hat?«

»Es auf den Kopf stellen?«

Es war nicht gerade die Ideallösung, aber es würde seinen Zweck erfüllen.

»Möchten Sie eine Tasse Kaffee?«

Nach kurzem Zögern fragte Emmy: »Könnte ich vielleicht Tee haben?«

Sie sah zu, wie Prue die Tassen aus dem Schrank nahm und auf den Tisch stellte. Sie kannte diesen Typ Frau: Mrs. Valour war ein Mensch, der sich angestrengt bemühte, niemanden zu kränken, es jedoch gerade dadurch manchmal tat. Ob sie wohl weiß, daß sie schön ist? sinnierte Emmy. Sie hielt sich selbst für häßlich und beurteilte ihre Geschlechtsgenossinnen von dieser Warte aus, und Prues gepflegte Frisur, ihre englisch-weiße Haut und ihr ungezwungenes, ungekünsteltes Auftreten beeindruckten sie. Ob ihr Mann wohl so nett ist, wie er aussieht? Das Ehepaar Valour war in Dainton gut bekannt, doch Max, der wie die meisten hochgewachsenen Männer ein wenig gebückt ging, war aufgrund seines Erscheinungsbildes und seiner Aktivität in Komitees und Kollegien eine herausragende Persönlichkeit am Ort.

Die in der Küche herrschende Wärme ließ Emmys Wangen glühen. Offenbar war Prue unmittelbar vor ihrem Eintreffen vom Einkaufen zurückgekommen. Der Menge der Artikel nach zu urteilen, war der Besuch in der örtlichen »Sainsbury's«-Filiale sowohl eine Zumutung für den Einkaufswagen als auch für das Scheckbuch gewesen. Sie bückte sich, um eine ausgebüchste Konservendose aufzuheben.

»Danke«, sagte Prue. »Stört es Sie, wenn ich auspacke, während wir reden? Einige dieser Dinge müssen in den Gefrierschrank.«

Emmy sprang auf. »Ich helfe Ihnen.«

»Das ist lieb von Ihnen.« Prue schob Emmy ein Styroportablett mit vierundzwanzig Hähnchenschenkeln hin, ehe diese es sich wieder anders überlegen konnte. »Sonderpreis« stand auf dem roten Etikett. Darunter: »Preiswerte Familienpackung«. »Könnten Sie daraus bitte Viererpäckchen machen – in Gefrierbeuteln?«

Emmy tippte auf das Etikett. »Bevorzugung! Bekommt man je was zum Sonderpreis, wenn man allein lebt?«

Prue reichte ihr die Rolle Plastikbeutel über den Tisch, und das Licht fiel auf ein paar Haarsträhnen an ihren Schläfen, die heller waren als der Rest. »Nein, ich glaube nicht.«

Emmy trank einen Schluck Tee, der einen für sie ungewohnten

Geschmack hatte, aß die Kekse, die Prue ihr dazugelegt hatte, und machte sich an die Arbeit. Nach kurzer Zeit türmte sich ein Berg aus Styropor, Plastikfolie und Tesafilm vor ihr auf. Prue raffte alles zusammen und stopfte es in den Mülleimer.

»Ich weiß, ich weiß.« Sie verzog schuldbewußt das Gesicht. »Es ist nicht gut. Immer wieder nehme ich mir vor, gegen die Massen von Verpackungsmaterial zu protestieren.«

»Aber dadurch haben Leute Arbeit«, gab Emmy zu bedenken.

Prue schoß durch den Kopf, daß sie und Emmy vielleicht nicht miteinander auskommen würden, und Emmy schoß durch den Kopf, daß dies eine entschieden andere Welt war als die, die sie kannte.

Sie stellte Sherry- und Weinflaschen auf den Tisch, stapelte Butter und kalorienreduzierte Margarine aufeinander und stellte Büchsen mit *petit pois, flageolets* und grünen Linsen für die Speisekammer zusammen. Es waren Tüten mit verschiedenen Teigwaren und Nudelsaucen da, aber keine Speisestärke zum Binden von Saucen und auch kein Salatdressing.

»Farfalle«, las Emmy auf einer Packung. »Ich weiß nicht, warum sie sich die Mühe mit den verschiedenen Formen machen. Im Magen wird doch alles zu einem Brei.«

»Es besteht die Theorie, daß die Sauce um so besser an den Teigwaren haftet, je größer die Oberfläche ist.«

Prue sammelte die Tüten ein, und Emmy verkniff sich ihre Erwiderung.

Die Speisekammer beeindruckte sie. Es war einer jener kalten, begehbaren, mit Wandregalen ausgestatteten Räume, die durch Fliegenfenster belüftet und von Immobilienmaklern großspurig-humorvoll als »Turnhalle« apostrophiert wurden. Auf der einen Seite standen aufgereiht Büchsen mit Linsen, Artischockenherzen und Eiertomaten, auf der anderen Gläser mit Chutney, teuren Marmeladen, eingemachtem Obst und Flaschen mit smaragdgrünem Olivenöl. Außerdem war noch ein ganzer Schinken da, der Rest von einem Käselaib und eine halbleere »Quality Street«-Packung. Irgend jemand in diesem Haus war ein Süßschnabel.

Emmy schloß für einen Moment die Augen.

»Sie müssen sich selbst nehmen, was Sie möchten«, sagte Prue freundlich, bemüht, ihre etwas überhebliche Bemerkung über die Teigwaren wiedergutzumachen. »Ich bin drei Vormittage in der Woche in einer Buchhandlung, und Missis Beckett verköstigt sich selbst.«

Damit umging Prue die Eröffnung, daß Violet sich kategorisch geweigert hatte, sich für das Kindermädchen in die Küche zu stellen. »Ich habe gerade mit einer strengen Diät begonnen, um für London ansehnlich zu werden, Prue.« Für Hampshire brauchst du nicht ansehnlich zu sein? hätte Prue gern gefragt.

»Haben Sie eine Mikrowelle, Missis Valour?«

Prue reichte Emmy die letzte zu verstauende Büchse und ließ sich mit der Beantwortung dieser Frage so viel Zeit, daß Emmy sich fragte, ob sie vielleicht als Beleidigung aufgefaßt worden sei.

»Nein, haben wir nicht.«

Prue hatte über Jamies tadelnde Bemerkung bezüglich Violet nachgedacht.

Anna war mißtrauisch. Geldverdienen war ja gut und schön, aber Babys bedeuteten Arbeit. »Die wollen dich nur ausnützen«, predigte sie Emmy immer wieder.

»Sei still«, fuhr die sie schließlich an, als es ihr zuviel wurde. Anna rückte ein verrutschtes Schulterpolster ihrer Bluse zurecht und musterte ihre Freundin prüfend. Emmy trug wieder einmal

ihren Traurig-und-allein-Ausdruck zur Schau. »Entschuldige, Em.«
Plötzlich erhellte ein Grinsen Emmys Miene. »Ich werde darauf achten«, versprach sie. »Wenn sie mich überfordern, kann ich den kleinen Babyhintern ja mit Scheuersand schrubben.«
Die das Dorf einbettenden Gärten und Wiesen mit den Augen nach Dingen absuchend, die sie interessierten – Maulwurfshügel, ein Hochwasser führender, schnellfließender Bach, das leuchtendgrüne Gras, das die von den Winterregenfällen durchweichte Erde bedeckte –, wanderte Emmy nach Hause. Regelrecht blendend weiß an diesem trüben Tag ergoß sich Winterjasmin über die Mauer der Horton-Farm. Ein Stück weiter die Straße hinauf setzten Saatkrähen in den Buchen, die das Gehölz auf der Anhöhe säumten, alte Nester instand. Das kündete von Frühling. Nicht, weil der Frühling kalendermäßig fällig war, sondern weil sich in der Erde allerhand tat.
Emmy dachte über den Frühling nach. Sie wußte eine ganze Menge über die Natur, hatte dies und das im Biologieunterricht aufgeschnappt und sich die medizinischen Informationen gemerkt, mit denen ihre Mutter, die in Winchester im Krankenhaus arbeitete, sie gelegentlich erfreute. Ihr Wissen überraschte sie manchmal selbst, denn Emmy hielt sich, obwohl sie einen wachen Verstand hatte und gewitzt war, in keiner Weise für intelligent, und die Schule war für sie eine Erfahrung gewesen, die sie so schnell wie möglich vergessen wollte.
Der Wind änderte seine Richtung, und sie zog die Schultern hoch und den Kopf ein. Wo überwinterten in den feuchten, eiskalten Wäldern die Raupen der Perlmutterfalter? Verborgen in den Veilchenblättern? Sie hoffte es, denn es war eine hübsche Vorstellung, und sie mußten da sein, denn sie hatte im letzten Sommer Perlmutterfalter gesehen – und auch ein Paar der selte-

nen Chrysippusfalter, die der Wind dreieinhalbtausend Meilen über den Atlantik geweht hatte.
Man stelle sich das vor – so weit geweht zu werden!
Sie bückte sich, um eine herabgefallene Buchecker aufzuheben, sie knackte zwischen ihren Fingern. Vorsichtig öffnete sie sie und legte den darin versteckten, zartgrünen Kern frei. Die Überraschung und der Kontrast – Tod und Leben, süß und bitter – erfüllten sie mit großer Freude.
Zur Zeit war ihr Vater auf Kurzarbeit und die Mutter auf Nachtschicht, weil es mehr einbrachte, und ihre beiden älteren Brüder waren in die Armee eingetreten, und sie sah sie nie. Was blieb, war Emmy, ein einsames Mädchen in einem leeren Haus am Rande von Dainton. Entweder das, oder es war voll mit Menschen, die zu merkwürdigen Tageszeiten zu schlafen versuchten.
Gefolgt von einem Volvo fuhr ein grüner Range-Rover die Straße hinunter. Emmy wich hastig in den Graben aus, um dem aufspritzenden Wasser zu entgehen.
»Saukerle«, schimpfte sie, doch sie war nicht wirklich böse. Im Heckfenster des Volvo klebte ein Schild. »Zu verkaufen« stand darauf. »Bei Barzahlung guter Preis.«
Zu Emmys offensichtlichem Mangel an Schönheit gesellte sich noch das charakteristische Aussehen von Menschen, die nicht genug zu essen bekamen, das in auffallendem Kontrast zu dem derer stand, deren gesunde Ernährung sich in glänzenden Haaren und rosigem Teint äußerte. Wie bei Mrs. Valour zum Beispiel.
Andererseits machten eine unspektakuläre Figur und unansehnliche Haare das Leben einfacher: Die Konkurrenz war so stark, daß man sich die Bemühung, dagegen anzutreten, sparen konnte. Als Zeugin von Annas unermüdlicher Beschäftigung mit

ihrem Erscheinungsbild und des ständigen Stresses, den die Friseurbesuche, die Gesichtsmasken und die Enthaarungsaktionen mit sich brachten, genoß Emmy ihre Freiheit und war dankbar für die Anonymität, die ihre Häßlichkeit ihr garantierte. Die Leute schauten durch Emmy hindurch auf die blonde Anna mit den sinnlichen Lippen, und die mußte mit der Aufmerksamkeit zurechtkommen, die sie erregte.
»Ich weiß nicht«, sagte ihre Mutter oft kopfschüttelnd. »Du versuchst nicht einmal, nett auszusehen.«
Diese Klage empfing Emmy auch bei ihrer Rückkehr ins Haus, und sie wurde massiver, als Emmy erzählte, daß sie einen Job angenommen habe. Die Mutter schlug vor, daß sie sich – wenigstens – eine Dauerwelle machen lassen solle. Sie schüttete den Inhalt ihres Einkaufskorbes auf den Tisch, klaubte ihr Portemonnaie aus dem Durcheinander – eines von diesen bauchigen Dingern, in denen unglaubliche Mengen Platz haben –, nahm eine Zwanzig-Pfund-Note heraus und hielt sie ihrer Tochter hin. »Hier, ich spendier sie dir.«
»Glaubst du wirklich, daß sie was nützt?« fragte Emmy.
Mrs. Hortons Gesicht wurde von einer Konstruktion aus wasserstoffblonden Locken eingerahmt. »Natürlich«, erwiderte sie ungeduldig und zupfte an einem wegstehenden Stückchen Nagelhaut. Dann trommelte sie mit ihren lackierten Fingernägeln auf die Resopalplatte des Küchentisches. »Weißt du – du bist so viel allein, und ich tue nicht genug für dich«, sagte sie zerknirscht.
»Und du meinst, daß eine Dauerwelle das ändert?« gab Emmy scharf zurück.
Mrs. Horton war erschöpft – sie hatte drei Kinder aufgezogen, das reduzierte Familieneinkommen war eine tägliche Qual, und die Doppelbelastung Haushalt – Beruf zerrte an ihren Nerven.

(»Gott sei Dank«, sagte sie oft, »daß ich in meinem Sarg keine Staubsaugerbeutel mehr ausleeren muß.«) Sie fühlte sich der Aufgabe, Emmys Leben in Schuß zu bringen, nicht gewachsen. Eine Dauerwelle war das beste Angebot, das sie ihr machen konnte. Emmy wußte das, und sie wußte, daß ihre Mum sich Mühe gab, und sie war dankbar dafür. »Dann mach dich schon mal auf den Ansturm gefaßt«, sagte sie, »und auf die Selbstmorde unter meinem Fenster.«

Die Dauerwelle war erwartungsgemäß kein Erfolg. In den Sekunden, ehe ihre mit Chemikalien getränkten Haare zwecks Wärmeentwicklung mit einer Plastikhaube bedeckt wurden, gestattete sie sich die Phantasievorstellung, daß die Prozedur ihr Ausstrahlung und Schönheit verleihen würde, doch gleich darauf rief sie sich zur Ordnung und studierte ihr Spiegelbild, während Neil sich an ihrem Kopf zu schaffen machte. Eingerahmt von grellen Lampen und Flaschen mit Shampoo und Kurpackungen, die traumhaftes Haar verhießen, war der Spiegel kein freundlich gesinnter. Es war seine Aufgabe, die Schwächen seines Opfers bloßzulegen, und das tat er auch im Fall von Emmy, die wie ein gerupftes Huhn auf ihrem Stuhl hockte, mit knochigen Handgelenken, einem spitzen Gesicht und Schlüsselbeinen, die sich unter ihrem T-Shirt abzeichneten. Sie zündete sich eine Zigarette an.

»Solltest du nicht machen«, riet Neil ihr. »Zerstört deinen Vitamin-C-Spiegel. Trink statt dessen eine Tasse Kräutertee. Else!« rief er durch den Frisiersalon, »bring uns eine Tasse schwarzen Johannisbeertee.«

Neil war beträchtlich hübscher als Emmy, und sie erkannte an seinen klaren Augen und seiner frischen Haut, daß sein Vitamin-C-Spiegel nichts zu wünschen übrigließ. Er war eine vor Gesundheit strotzende, fönfrisierte, wandelnde Reklame für Ascorbinsäure.

Else stellte einen Becher vor Emmy hin, und ein süßlicher Geruch stieg mit der sich daraus kräuselnden Dampfwolke auf.
Zwei Stunden später stieg Emmy in Dainton aus dem Bus. Gefrorene Pfützen schimmerten in dem Licht, das aus den Fenstern der Häuser fiel, die die Straße säumten, und die Landschaft präsentierte sich in der ihr liebsten Form: öde, mit hageren, kahlen Pflanzen. Sie mochte die glatte Rinde, die bleichen Äste und die Sauberkeit der blattlosen Winterbäume. Es wurde noch kälter, und ihre neuen Locken knisterten um ihr Gesicht. Sie strich sie unwillig nach hinten und spielte mit dem Gedanken, es Sinead O'Connor nachzutun und ihren Kopf rasieren zu lassen.
Sie hatte es mit ihren achtzehn Jahren noch nicht weit gebracht im Leben, doch was genau sie daraus machen sollte, war ihr noch immer ein Rätsel. Ein Mittlere-Reife-Zeugnis, das als beste Noten drei »Befriedigend« aufwies, war, wie Mrs. Horton ihr vor Augen führte, kein Wegbereiter zu einem Aktenkoffer und einem Firmenwagen. Über den anderen Fächern, in denen Emmy sich abgemüht hatte und gescheitert war, lag der Mantel des Schweigens. Seit dem Verlassen der Schule hatte sie sich mit verschiedenen Jobs über Wasser gehalten, jedoch nie länger als ein, zwei Monate durchgehalten und für keinen davon echtes Interesse entwickelt.
Sie blieb einen Moment bei der alten Eiche stehen, die am Ende des von Weißdorn gesäumten Weges stand. Früh am Morgen hatte hier eine Wacholderdrossel gesessen und ihr graues und rostrotes Gefieder aufgeplustert. Das hatte Emmy gefallen.
Die gefrorenen Pfützen knackten unter ihren Schuhen, und das Geräusch hallte durch die kalte, klare Luft. Auf der Wiese vor ihr standen die Mietpferde nah beieinander, um sich gegenseitig zu wärmen. Ein großer Brauner war durch eine Decke gegen die Kälte geschützt, die dicker war als Emmys Jacke. In dieser Ge-

gend wurde Mietpferden das gleiche geboten wie Hotelgästen – Weißwäsche und fließend warmes und kaltes Wasser.
Emmy bog um die Ecke, und Hallet's Gate kam in Sicht. Als sie näher kam, sah sie die Valours in der Einfahrt stehen und hörte sie miteinander sprechen.
»Gehen wir hinein – du frierst«, sagte er, und es lag ein solches Maß an Zärtlichkeit in seiner Stimme, daß Emmy unwillkürlich stehenblieb. Manchmal machte sie die Ungerechtigkeit, mit der Liebe ausgeteilt wurde, neidisch. Warum bekamen manche Menschen so viel davon? Emmy hatte keine Ahnung, daß das Vorhandensein der Liebe mehr Probleme verursachen konnte als ihr Fehlen. Sie verharrte noch ein paar Sekunden, ein dunkler, ziemlich bekümmerter Schatten mit einer Dauerwelle, die nur mangelhaft einen Geist verbarg, der sich nach Erweiterung seines Horizonts sehnte, jedoch nicht wußte, wie er das bewerkstelligen sollte.
Mr. Valour legte den Arm um Mrs. Valour, und sie lehnte sich kurz an ihn, bevor sie gemeinsam auf die Haustür zugingen, aus der Licht nach draußen fiel.
Und plötzlich wurde es Emmy klar. Sie hatte Wünsche an das Leben. Sie wünschte sich ein eigenes Haus. Kein großes, nur ein paar Zimmer, eine Küche und ein anständiges Bad – und mit einem Garten. Sie wünschte sich weißgetünchte Wände und Lampen mit Fransenschirmen, Bastteppiche und Zierpflanzen. Sie wünschte sich Ordnung und Ruhe – nicht die tödliche Ruhe, die in Nummer 5 herrschte, sondern ihren ganz privaten, eigenen Frieden. Die Sehnsucht danach ballte sich in ihrem Magen zusammen, überraschte Emmy durch ihre körperliche Intensität.
Als Emmy ihr derzeitiges Heim betrat, schlugen ihr Kälte und Unwirtlichkeit entgegen. Mit einem Knacken sprang der Boiler

an. Sie schaltete die Lampe an, die durch ihre Milchglaskugel hartes Licht auf den gemusterten Teppich warf.
In der Küche fand sie eine Nachricht, die Mrs. Horton auf die Rückseite eines Briefumschlags geschrieben hatte: »Du mußt dir selbst was zu essen machen – Dad und ich gehen aus.«
Emmy seufzte.

4. KAPITEL

Emmy erwies sich als Gottesgeschenk – und was den Umgang mit Babys betraf, als Naturbegabung. Edward faßte spontan Zuneigung zu ihr und Prue nach einer Woche Anlaufzeit ebenfalls. Emmy lernte schnell und war nicht in unangenehmem Maße redselig, allem Anschein nach zuverlässig und – und das vor allem – bemüht. Prue entspannte sich, und Violet zog ihren Nutzen aus all diesen Vorteilen.

»Ich werde in Zukunft viel außer Haus sein«, erklärte sie Emmy und nippte an einem Pfefferminztee, während Emmy den Kleinen wickelte. »Ich muß in London die Renovierung des neuen Hauses überwachen. Schließlich habe ich, was das Stillen anbelangt, meiner Pflicht Genüge getan – was immer Sheila Kitzinger auch sagt.«

Emmy hatte zum Thema Stillen keine Meinung, und sie wußte nicht, wer Sheila Kitzinger war – aber Violets defensiver Tonfall fiel ihr auf. Hatte sie Schuldgefühle, weil sie ihr Kind abschob? Nein, Mrs. Beckett machte nicht den Eindruck, als neige sie zu Schuldgefühlen. Emmy spürte intuitiv, daß die Sache komplizierter war. So wie Violet wirkten und klangen Leute, die sich nicht sicher waren, wie sie sich verhalten sollten – das hatte sie bei ihren Schulkameradinnen erlebt, vor allem bei denen, die sich besonders aufspielten. Violet – das erkannte Emmy schließlich zu ihrer Befriedigung – tat nur so, als sei sie eine engagierte Mutter.

Emmy brachte Edward keine tiefen Gefühle entgegen, doch sie mochte ihn, und wenn er die Flasche bekam anstatt der warmen Brust und dann weinte, brach Emmy vor Mitleid der Schweiß aus, und es überraschte sie nicht, daß Violet diesen Szenen so oft wie möglich fernblieb.

»Sie ist eine feine Dame«, erklärte sie Anna.

Anna musterte den teuren Kinderwagen. »Mit einem Haufen Kohle.«

»Mit einem Haufen Kohle.«

»Und das hältst du aus, Em?«

»Natürlich. Je verwöhnter Madam ist, um so mehr ist für mich drin.«

»Du hast einen Knall.«

Emmy dachte an Prues Küche und Speisekammer, die Parfumflakons auf Violets Toilettentisch, die Stapel von Pullovern und Blusen mit den illustren Etiketten und warf Anna einen Blick zu. In ihrem Hinterkopf hatte sie die Vorstellung, daß, wenn sie bei der Stange blieb, etwas von dem Luxus und der Exklusivität auf sie abfärben würde – wie Glitter von einer Weihnachtskarte. Allerdings war Emmy sich nicht sicher, ob diese Überlegung vernünftig war und was sie ihr am Ende bringen würde. Weder Violet noch Prue trugen T-Shirts, und keine der beiden besaß eine Lederjacke, die Emmy irgendwann hätte »erben« können. Was also hatte sie zu gewinnen? Nudelpackungen? Insider-Wissen über das Sortiment von »Salisbury's«? Die umfassende Kenntnis des Wochentagsprogramms von »Radio 4«?

Es war nicht das *savoir-faire*, das Emmy in der Disco nützen konnte oder in der Fabrik oder – der Gedanke, daß es dazu käme, veranlaßte Emmy zu einer angewiderten Grimasse – in der Verpackungsabteilung des Supermarkts.

»Kopf hoch, Em.« Anna ließ ihre Haare fliegen. »Heute abend machen wir einen drauf.«

Von Anfang an – und durchgehend – hatte Violet das gemeinsame Leben von Max und Prue beeinträchtigt. »Ich komme nicht mit ihr zurecht – ich *schaffe* es einfach nicht!« hatte Prues unmittelbar nach Janes Geburt in hormonellem Aufruhr befindlicher und geschwächter Körper sie dazu getrieben, Max anzuschreien. »Sie haßt mich! Und sie haßt das Baby!«

Max' große, schwere Hand auf ihrer Schulter und sein Schweigen, was sie beides als Ausdruck schweren Tadels interpretierte, schmerzten sie tief und ließen sie etwas sagen, das sie bereute: »Sie ist wie eine böse Fee in unserer Ehe.«

Max hatte abrupt seine Hand weggezogen und das Zimmer verlassen. Später fand Prue ihn im Arbeitszimmer, wo er damit beschäftigt war, mit verbissenem Eifer die Gewehre aus dem Waffenschrank zu reinigen. Das Purdey seines Onkels benutzte er stets für die Jagd, doch dem anderen, das William, seinem Vater, gehört hatte, wurde die gleiche Sorgfalt zuteil. Sie hatte eine Entschuldigung gestammelt und war schließlich hysterisch schluchzend in den Ohrensessel gesunken. Und nun trat Max in Aktion. Er steckte sie ins Bett, ließ ihre Mutter, die damals noch gut in Form war, und Mrs. Blake aus dem Dorf kommen, damit sie sich um Violet kümmerten, bis das Schlimmste vorüber wäre – allesamt wunderbare Lösungen, die er ohne Dramatik, Wirbel oder Vorwürfe in die Tat umsetzte, und Prue war voller Dankbarkeit. »Wir brauchen alle Luft zum Atmen«, sagte er, als sie versuchte, ihm zu danken. »Sonst machen unsere Nerven schlapp.«

Und so wurde Prue mit ihrem Baby in Ruhe gelassen, und ihr Kopf bekam Gelegenheit, ab- und wieder einzuschalten, die Geburt so oft zu durchleben, bis sie zur verarbeiteten Erinnerung wurde, und sich mit dem Gefühl auseinanderzusetzen, daß sie einem Gott danken sollte, ihn jedoch nicht finden konnte.

Zumindest war ihr die Ruhe gewährt worden, die ihr ermöglichte, es zu versuchen.
Max hatte nie ein Wort über Prues Ausbruch verloren, doch sie hatte den Eindruck, daß die Erinnerung daran und die Bedeutung bestehenblieben, unterschwellig, aber vorhanden.
»Violet sieht erschöpft aus.« Max setzte sich und streifte die linke Socke ab. Es war eine turbulente Woche gewesen, und alle hatten sich dafür entschieden, früh schlafen zu gehen. Violet war nach zwei Tagen London bis oben hin voll mit Neuigkeiten über das neue Haus und den Job, den man ihr angeboten hatte, nach Dainton zurückgekehrt.
»Ich mache mir Sorgen, daß ihr das alles zuviel werden wird.« Max ließ die rechte Socke folgen und hob die Hand, um Prue zuvorzukommen. »Ich weiß, ich weiß – die Frauen wollen es nicht anders.«
Das Echo der Unterhaltung, in der sie Violets Entscheidung in Frage gestellt hatte, hallte Prue unangenehm in den Ohren, doch anstatt zuzugeben, daß ihre Gedanken in die gleiche Richtung gegangen waren, sagte sie: »Du klingst wie jemand aus dem finstersten Mittelalter.«
»Vielleicht. Aber ich schaue mir an, wie die berufstätigen Mütter sich abstrampeln, um ihre Doppelbelastung zu bewältigen, und ich frage mich, ob das gut ist. Nimm zum Beispiel Delphine Watson. Ich habe dir schon von ihr erzählt. Sie war mal eine hübsche Person. Jetzt sieht sie schrecklich aus. Ich habe sie zum Lunch eingeladen, um herauszufinden, weshalb. Offenbar hat ihr zweijähriger Sohn seit seiner Geburt noch nicht eine Nacht durchgeschlafen, und ihr Mann ist ihr keine Hilfe.«
»Wenn man nicht zum Schlafen kommt, ist das zu Hause genauso strapaziös.« Prue schlüpfte neben Max ins Bett, beugte sich zu

ihm hinüber und drückte einen Kuß auf seinen Scheitel. »Es war nett von dir, der Sache auf den Grund zu gehen.«

»Das Mädchen hat einen guten Job, und ich mußte wissen, warum sie aussieht, als werde sie ständig gefoltert. Wie kann sie in diesem Zustand ihrer Arbeit gerecht werden?«

Prue zog sich in ihre Betthälfte zurück.

»Worauf ich hinauswill, ist folgendes: Ich möchte nicht, daß Violet irgendwann halb tot vor Erschöpfung auf einen Nervenzusammenbruch zusteuert.« Max knuffte sein Kissen und legte sich bequem zurecht.

Er deutete Prues Schweigen richtig und warf ihr einen Brocken hin. »Natürlich ist die ›arbeitende Mutter‹ kein neues Phänomen – nur hatten die Damen, die früher die Landgüter und Herrenhäuser führten, die Unterstützung der Familie. Heutzutage sind Mädchen wie Emmy vonnöten.«

»Emmy ist sehr zuverlässig.«

»Kann sein.« Max wandte sich ihr zu, ohne den Kopf vom Kissen zu heben, und tastete unter der Decke nach der Hand seiner Frau. »Aber sie ist geistig minderbemittelt.«

»Das weißt du nicht«.

»Jeder, der im Februar nur im T-Shirt herumläuft, ist geistig minderbemittelt.«

»Sehr komisch.«

Prue machte die Nachttischlampe aus und nahm ihre bevorzugte Schlafhaltung ein. Damals, nach ihrer Heirat, hatte Max ihr verboten, zu arbeiten. Nun, nicht ausdrücklich verboten – er hatte nur gewichtige Argumente dagegen vorgebracht. »Schau«, sagte er, »ich habe schon eine Frau verloren, und außerdem brauchen Violet und ich dich zu Hause.«

Sie erinnerte sich noch genau an die Szene: Sie hatte auf dem Sofa gesessen, und er stand vor ihr und schaute mit sorgenzerfurchtem Gesicht drängend auf sie herab. Dann nahm er Prues Hand und drückte sie an seine Wange. »Bitte, Prue! Ich möchte eine Familie und ein Heim.«

Prue hatte keine berufliche Laufbahn vor sich gehabt, für die es sich zu kämpfen gelohnt hätte – die Rolle einer Sekretärin mit Aufstiegschancen zur Forschungsassistentin hatte keine Chance aufs Rampenlicht, und auf ihr Recht auf Berufstätigkeit zu pochen versprach einen Pyrrhus-Sieg.

»Ich möchte ein Heim«, wiederholte Max eindringlich. »Und du hast hier zu Hause mit Sicherheit genug zu tun.«

Auch praktische Erwägungen fielen ins Gewicht. Die Aussicht auf einen täglichen Wettlauf mit der British Rail, auf die Ochsentour im Stoßverkehr, die hastig hinuntergewürgten Schokoriegel nach einem arbeitsintensiven Tag und das Einschlafen über dem »Evening Standard« erschienen ihr nicht als erstrebenswerte Lebensziele. Wer würde sich um all die Kinder kümmern, die in ihrer Vorstellung hungrig am Küchentisch saßen? Ein Adam und ein Edmund. Eine Eleanor und eine Freya.

Prue drehte sich auf den Bauch. Sie war sich bewußt, daß ihre Abneigung gegen das Pendler-Leben bei denen, die dazu gezwungen waren, auf Unverständnis stoßen würde. Ihre Hand suchte und fand die Ecke des Kopfkissenbezugs, und sie rieb ihn zwischen den Fingern. Es gefiel ihr, den Stoff an ihrer Haut zu spüren und eine Kante unter ihren Fingernagel zu schieben.

Max schlief bereits. Dies war Prues Zeit, und ihre Gedanken stiegen auf, flogen über die rauhen und lieblichen Gegenden ihrer Lebenslandschaft dahin und versuchten Probleme oder die Ruhelosigkeit zu analysieren, die sie gelegentlich quälte. Manchmal, im Augenblick des Übergangs vom Wachen zum Schlafen, streifte sie ihre hinderliche Körperlichkeit ab und ließ sich treiben. Nur für ein paar kurze Momente. Dann empfand sie einen tiefen Frieden und fühlte sich in höchstem Maße aufnahmebereit, aber gleichzeitig paradoxerweise auch energiegeladen. Ich habe Glück gehabt.

Ja – bisher hatte Prue wirklich Glück gehabt: mit ihrer Ehe, mit ihren Lebensumständen und auch mit ihrer Tochter.

Männer verstehen sich gut darauf, Ikonen zu schaffen, und Max hatte Prue zu einer gemacht, die ihm Geborgenheit und unendlichen Trost spenden sollte, und sie hatte sich nicht dagegen gewehrt. Auch ein französisches Bauernmädchen, das eine Rüstung und einen Haarschnitt wie ein Mann trug, war mittels des männlichen Auges und der männlichen Feder zu einer Ikone gemacht worden (auch wenn weibliche Zungen nicht unwesentlich dazu beigetragen haben mußten, Johannas Geschichte zu formulieren und zu verbreiten). Soweit Prue informiert war, gab es nur einen einzigen Fall, in dem eine Frau Johanna schilderte, und darin sagte sie lediglich aus, daß Johanna ihren Beobachtungen nach Jungfrau war. Noch seltsamer war, daß Männer bei der Schaffung einer Ikone dieser im weiblichen Fall merkwürdige Attribute beigeben. Betonte, gequälte Jungfräulichkeit. Leiden. Unantastbarkeit. Unbefleckte Empfängnis.

Eine Jungfrau, die *pucelle.* Eine Frau am Wendepunkt ihres Lebens.

Bevor sie einschlief, durchlebte Prue noch einmal die kurze Szene in der Küche: Jamie und Edward, das beglückende Gefühl, das Baby im Arm zu halten, und Jamies müdes, liebevoll beherrschtes Gesicht. Er war ein Fremder und anders, ein Mensch, dessen Charakter sie nicht kannte. Nur eines wußte sie mit Bestimmtheit: Was Jamies Persönlichkeit ausmachte, lag unter der Oberfläche verborgen. Ihre Gedanken wanderten weiter … zu Jamie, der seinen Sohn an sich drückte und ihr durch die Blume mitteilte, sie solle sich um ihre eigenen Angelegenhei-

ten kümmern. Zu seiner Hand auf ihrem Arm, die eine ebenso heftige Wirkung zeitigte, wie es die Schwerter von Johannas Männern getan haben mußten, wenn sie sich in englisches Fleisch senkten.
Nachdem Prue eingeschlafen war, richtete Max sich auf und betrachtete den von leuchtendem Weiß eingerahmten, dunklen Kopf seiner Frau. Nach einer Weile ließ er sich – vorsichtig, um sie nicht zu wecken – wieder zurücksinken.

Jamie beugte sich zu Violet hinüber, um ihr einen Gutenachtkuß zu geben. Sie hatte sich in ihrem Bettzeug vergraben und schlief schon fast. Ihre Haarflut lag reglos auf dem Kopfkissen. Er machte das Licht aus.
Blau war die Farbe der Jungfrau, die Farbe der Madonna, und sie paßte so gut zu Prue wie sie schlecht zu der so wenig madonnenhaften Violet paßte, die Rot- und Grüntöne bevorzugte. Er starrte an die Decke, während seine Augen sich auf die Dunkelheit einstellten. Blau war eine Farbe, in die man sich fallenlassen konnte, die einem mit ihrer stillen Heiterkeit Ruhe und Frieden schenkte.
Prue war geheimnisvoll oder besser gesagt zurückhaltend, und Jamie erkannte plötzlich, daß Mauern und Dornenhecken nicht nur im Berufsleben eine Herausforderung darstellten. Wie hoch hinauf konnte man klettern? Wagte man es, sich den Weg zur Prinzessin zu bahnen, die, in Blau gehüllt, in ihrem Gemach verborgen schlief?
Um in die Realität zurückzufinden, ließ Jamie die Hand unter die Bettdecke gleiten und legte sie auf Violets schlanken Schenkel. Er fühlte sich kühl und fest an.
Gute Nacht, meine Frau.

»Meine Mutter hat immer gearbeitet«, erzählte Emmy Prue beim Flaschen-Sterilisieren. Das Gerät nahm zuviel Platz auf dem Sideboard ein und ließ die ganze Küche nach »Milton« stinken.
»Und wer hat sich um Sie gekümmert, wenn Sie aus der Schule kamen?«
Emmy betrachtete Prue, als habe sie eine Besucherin vom Mars vor sich. »Niemand. Mum kochte mir morgens was, und das machte ich mir dann warm. Manchmal waren meine Brüder zu Hause. Manchmal kam meine Oma rüber. Und wenn ich was brauchte, konnte ich zu den Nachbarn gehen.«
»Ja«, sagte Prue. »Natürlich.«
Emmy ging im Geiste ihre Traumvorstellungen durch. Eine davon war ein warmes Haus, ein loderndes Feuer im Kamin und eine Mutter, die in der Küche Kuchen backte. Es war ein Bild, das sie sich nur nach sorgfältiger Überlegung gestattete – oder nach einem Drink zuviel im Pub, denn es schmerzte sie, darüber nachzudenken.
»Wie gefällt es Ihnen, ein Baby zu versorgen?« Prue setzte sich an den Tisch, um das Einkaufsgeld für diesen Tag herauszulegen.
»Am Anfang hatte ich eine Todesangst.«
Prue schaute sie amüsiert an. »Und jetzt?«
»Jetzt gefällt es mir. Er ist ein liebes Kind, und es macht wirklich Spaß. Allmählich bekomme ich Routine – und ich lerne schon seine Sprache. Das ist gar nicht schwierig für mich.«
»Ach ja?« Prue schüttete eine Handvoll Münzen in die Büchse zurück, auf der die Aufschrift »Fortnum and Mason. English Breakfast Tea« stand.
»Ja«, sagte Emmy. »Ich bin gut im Kreuzworträtseln.«
Prue war das nicht, und die Unterhaltung versiegte. Außerdem erschien ihr Emmys Argumentation nicht unbedingt logisch.

Einer Sache jedoch war sie sich sehr sicher: ihrer Sehnsucht danach, das Haus wieder für sich zu haben. Ein Baby verursachte eine solche Unruhe und so große Gefühle – Panik, Unzulänglichkeitsempfinden, lähmende Zärtlichkeit. Wenn es das eigene war, verlängerte sich die Liste noch um Kurzsichtigkeit, denn es war schwierig, über das von Saugbläschen verunstaltete Mündchen und die eigene Erschöpfung hinauszuschauen. Damals, bei Jane, hatte Prue von Zeit zu Zeit einen Blick auf die Außenwelt geworfen und sie als alarmierend eng geworden empfunden, sich jedoch – kampfbegeistert und zu jener Zeit, dank Mrs. Drake, mehr oder weniger im Gleichgewicht mit Violet – eine größere Familie gewünscht. Als sich kein zweites Kind einstellte, verlor sich die Sehnsucht allmählich und machte nach ein paar Jahren Erleichterung darüber Platz, nicht mehr an vorderster Front zu stehen.

Anders als bei Johanna, für die nur die vorderste Front in Frage kam.

Doch Johanna hatte einen Vorteil genossen: Gott. Von Anfang an stand sie in Verbindung mit ihm. Wenn man den Aussagen von Jean Waterin und Mengette Yoyart Glauben schenkt, wie sie im »Procès de condamnation et de réhabilitation de Jeanne d'Arc« gemacht werden, war sie – selbst für ein Zeitalter der Frömmigkeit – ein außergewöhnlich frommes Kind. In seiner Aussage behauptet ihr Taufpate, Jean Morel, auch, daß Johanna sich oft, wenn sie eigentlich die Kühe hüten sollte, davonstahl, um am Schrein der Muttergottes von Bermont zu beten. Gott muß das Leben sogar im kriegszerrissenen Frankreich leichter gemacht haben, insbesondere, wenn er über den Erzengel Michael, die heilige Katharina und – hin und wieder auch – über die heilige Margarethe Instruktionen auf die Erde hinunterschickte.

Anstatt sich abzuhetzen, um den Bus um 7 Uhr 33 zum Waterloo-Bahnhof zu erreichen oder rechtzeitig in die Schule zu kommen, hatte Johanna ihr geflicktes, rotes Kleid aus grobem Wollzeug – das für Frauen in dieser Gegend übliche Kleidungsstück – abgelegt, sich ein Männerhemd und ein Beinkleid besorgt, sich zu einem »hohen Tier« in Vaucouleur, Robert de Baudricourt, begeben und nicht locker gelassen, bis er bereit war, sich ihre verrückte Idee anzuhören, ihren todgeweihten Valois-Dauphin zu retten und zu krönen. Da sie in einer Zeit lebte, die einen Dialog mit Gott nicht nur gestattete, sondern sogar befürwortete und Wunder für real hielt, gelang es ihr, ihn zu überzeugen, und sie machte sich mit sechs Begleitern nach Chinon auf, mit neuen Kleidern und einem neuen Pferd, für deren Erwerb die braven Bürger von Vaucouleur gesammelt hatten. Anmerkung: Der Sattel war ein Modell, das das Gesäß und die Schenkel stützte – wie hätte ein reit-unerfahrenes Bauernmädchen sich sonst auf so einem Pferd halten sollen?
Der Wollstoff ihres neuen Beinkleides muß die Innenseite ihrer rock-gewohnten Schenkel aufgescheuert haben, und die Freiheit, die ihr Hemd und Wams boten, muß ihr ebenso fremd gewesen sein wie die Einengung ihrer sonst an Luft gewöhnten und nun in Lederstiefel gezwängten Füße und der Geruch von Zaumzeug und Männerschweiß. Auch der Lärm muß die an die ländliche Ruhe ihres Dorfes gewöhnte Johanna gepeinigt haben. Sie klagte ihren Stimmen später, daß sie deshalb manchmal Probleme gehabt habe, durchzuhalten. Prue versetzte sich in sie hinein, als sie las, wie Johanna inmitten des Lärms der Schlachten und des mittelalterlichen Gemeindelebens verzweifelt nach ein wenig Ruhe suchte. Heute hätten ihr angesichts des Flugverkehrs, des Frühstücksfernsehens und der neu ausgebauten A303 binnen kürzester Zeit die Nerven versagt.

»Hast du die naturbelassenen Haferflocken bekommen?« fragte Violet, als Prue begann, wieder einmal die gigantische Ausbeute eines Wochenend-Einkaufs zu verstauen. Es war inzwischen März geworden, und alle Welt wartete sehnsüchtig auf den Frühling.

»Tut mir leid – hab ich vergessen.«

»Und den Kamillentee?«

»O Gott!«

Violet schob das Sterilisiergerät mit einem Ruck unter das Fenster und stapelte an dem Platz, der eigentlich für Prues Brotkasten reserviert war, Dosen mit Baby-Sojamilchpulver. Prue wartete ab, bis Violet mit dem Wasserkessel beschäftigt war, dann schob sie die Milchdosen beiseite und stellte den Brotkasten wieder hin. Sie kam sich schrecklich kindisch vor.

Violet schaute auf. »Waren sie im Weg?«

»Nein«, erwiderte Prue kühl. »Aber es ist der Platz für das Brot.« Violets Gesichtsausdruck veranlaßte sie hinzuzufügen: »Ach, mein Gott – es ist ja völlig unwichtig, wo der Brotkasten steht.«

»Das«, sagte Violet, »dachte ich auch.«

Emmy, Violet und Prue setzten sich an den Küchentisch und tranken Kaffee. In früheren Zeiten hatte Violet Orangensaft getrunken und eine Geschichte zu hören verlangt, eine Ablenkung, die sie ständig forderte.

Wenn Prue sie geliebt hätte – und sie versuchte es, sie versuchte es wirklich –, hätte Violet sie fasziniert. Sie war ein komisches kleines Mädchen, sammelte leidenschaftlich Comic-Hefte, »Girl«-Jahrbücher, billigen Schmuck und Muscheln, war anormal ordentlich und hegte eine übertriebene Liebe zu ihren Stofftieren. Jedes davon hatte in ihrem Zimmer ein Haus, ein Regal, eine Ecke, eine Schlafzone und ein zweites Quartier im Parterre, und es erging Prue schlecht, wenn sie sie auch nur berührte. In regelmäßigen Abständen sammelte Violet ihre Menagerie von Teddybären, Katzen und Hunden ein, schleppte sie ins Bad, schloß hinter sich ab und wusch die ganze Bande. Und danach wurde der Fön auf Dauerbetrieb geschaltet, und irgendwann kehrten die Objekte von Violets leidenschaftlicher Liebe dann noch feucht, gebürstet und flauschig in ihre Häuser zurück. Dieser Ordnungs- und Sauberkeitswahn hatte eine zusätzliche Barriere zwischen Stiefmutter und Stieftochter gebildet.

»Ach, übrigens«, Violet hielt Prue auffordernd ihre leere Tasse hin, »ich habe heute die offizielle Bestätigung bekommen: Ich werde Group Rights Director.«

Emmy konnte die Bedeutung dieser Eröffnung nicht abschätzen, doch Prue sagte mit ungespielter Freude: »Gratuliere!«

»Das ist genau das, was ich wollte.« Violets rotlackierte Fingernägel schlossen sich um ihre Tasse. »Es ist das aufregendste aller Verlagsressorts.«

»Wird das Haus rechtzeitig fertig?«

»Tut mir leid, Prue – ich habe vergessen, es dir zu sagen: Jamie hat es mir gestern abend mitgeteilt. Am Montag ist Verbriefung, und in zwei Wochen ist alles erledigt. Jamie sorgt dafür, daß in Rekordtempo gearbeitet wird.«

Lieber Gott – nur zwei Wochen.

»Das ist ja wunderbar«, sagte Prue. »Ein Grund zum Feiern.«

Emmy, die an einer Stirnseite des Tisches saß, schauderte. »Ich friere«, verkündete sie.

Prues Blick traf sich mit Violets, und dieses eine Mal bestand völlige Einigkeit zwischen den beiden Frauen.

»Sie sind zu dünn angezogen«, faßte Violet ihre gemeinsamen Gedanken in Worte.

An diesem Wochenende machte Prue sich zum ersten Mal Sorgen um Jane, die bedrückt und blaß aus dem Internat gekommen

war. Prue hatte ihre Fürsorge übertrieben, indem sie auf der doppelten Dosis eines Stärkungsmittels und auf Abendessen im Bett bestand. Das führte zu einem erbitterten Kampf zwischen Mutter und Tochter. Jane wollte aufbleiben und sich im Fernsehen »Home and Away«, »Neighbours« und »Eldorado« anschauen, und Prue hatte es verboten. Jane hatte verlangt, daß sie drei einleuchtende Gründe für ihre Unerbittlichkeit vorbrächte, und Prue hatte den Fehler gemacht, zu sagen, daß sie nicht wolle, daß Jane sich den Kopf mit einem solchen Mist vollstopfe. »Ich muß doch auf dem laufenden bleiben«, jammerte sie auf dem Weg nach oben. »Alle sehen sich die Serien an. Na ja«, meinte sie dann abschließend, »in der Schule sehen wir sie sowieso.«
Was Prue zu einer von Verstimmung geprägten Betrachtung über das Verhältnis zwischen Schulgeld und Seifenopern veranlaßte. Sie kam zu dem Schluß, daß das Thema so empörend war, daß es sich nicht empfahl, sich ausgiebig damit zu befassen.
Am Samstag nach dem Mittagessen hatte sie sich gerade ans Bügeln gemacht, als Jane sie damit überraschte, daß sie sich von hinten an sie heranschlich und die Arme um ihre Taille schlang.
»Hallo, Püppchen«, sagte Prue.
Jane drückte die Wange an Prues Rücken. »Ich habe meine Hausaufgaben gemacht, Mum.«
Das war Janes Entschuldigung. Angerührt durch diese indirekte Methode, die so typisch für Jane war, schob Prue die Spitze des Bügeleisens unter den Kragen des vor ihr liegenden Hemdes, und der Stoff kräuselte sich. »Schlitzohr«, murmelte sie.
»Ich habe noch eine Fleißaufgabe drangehängt, weil es so leicht war.«
»Brav.«
Janes Arme drückten sie noch fester. »Victorias Mum und Dad lassen sich scheiden. Wußtest du das?«

Prue hatte es nicht gewußt. Sie stellte das Bügeleisen mit einem Ruck auf die Ablage und drehte sich zu ihrer Tochter um. »Das ist ja schrecklich. Die arme Victoria.«
»Die ist ganz glücklich darüber. Sie sagt, jetzt kann sie die beiden gegeneinander ausspielen. Ich und Sally haben gewettet, daß Victoria ein Pony zu Weihnachten bekommt.«
Diese Darstellung paßte nicht zu dem Bild, das Prue von Victoria hatte, die ein schüchternes, ziemlich in sich gekehrtes Kind war, und es tat ihr in der Seele weh, sich vorzustellen, welche Tapferkeit das Mädchen für ihre schnoddrige Aussage hatte aufbringen müssen.
»Und worauf wärst *du* aus – wenn du Dad und mich gegeneinander ausspielen könntest?«
Janes Augen leuchteten auf. »Du weißt, was ich mir wünsche, Mum: einen A 389 Computer. MS-DOS, vier Megabytes von RAM. Windows ...«
Prue musterte das Gesicht ihrer Tochter, so klein und unfertig, und strich ihr eine Haarsträhne aus der glatten Stirn. Es versetzte sie immer wieder in Erstaunen, daß sie ein Geschöpf in die Welt gesetzt hatte, dessen Leidenschaft Naturwissenschaften, Computer und ähnliches waren, während sie selbst sich für diese Gebiete weder interessierte noch etwas darüber wußte.
»Du hast recht – ich hätte es wissen müssen«, sagte sie zärtlich.
»Wollen wir Feuer im Kamin machen und zusammen fernsehen, Mum?«
Als Max von seinem Spaziergang zurückkam, fand er Mutter und Tochter im Salon vor, wo sie einträchtig am Kamin saßen. Es war ein so hübsches Bild, daß er sie voller Zuneigung ein paar Sekunden lang betrachtete, ehe er sich bemerkbar machte.
»Hallo, Liebling«, begrüßte er Jane, beugte sich über das Sofa und gab ihr einen Kuß.

Sie streckte eine Hand nach oben, und er zog an ihren Fingern. Dann deutete er auf die Zeitung, die auf dem Couchtisch lag. »Hast du gelesen, daß das Pfund in Schwierigkeiten ist?«
Prue setzte sich aufrecht hin. »Ich hoffe, sie heben nicht die Zinsen an.«
»Wäre möglich«, erwiderte Max.
Erst jetzt bemerkte Prue, daß jemand hinter ihrem Mann stand. Rein zufällig trafen sich Prues und Jamies Blicke, forschten ineinander und tauschten eine Botschaft aus, die keiner von beiden ganz verstand.

5. KAPITEL

Schließlich zogen die Becketts tatsächlich in ihr Haus in der Austen Road. Prue hatte ihre Abreise herbeigesehnt, empfand der widersprüchlichen menschlichen Psyche entsprechend ihre neugewonnene Freiheit jedoch als unbehagliche Leere.

»Es ist seltsam«, sagte sie zu Max, als sie den geliehenen Kinderwagen zu seiner Besitzerin zurückschoben, »wie wenig dankbar man ist, wenn man etwas bekommt, das man sich gewünscht hat.«

Max' Gesichtsausdruck war nicht zu deuten. Unverwandt geradeaus blickend sagte er: »Ich bin dankbar dafür, daß ich bekam, was ich mir gewünscht hatte – auch wenn es von einer Heiligen besessen ist.«

Prue starrte ihn einen Augenblick lang verständnislos an, dann begriff sie, daß er scherzte. Sie versetzte ihm einen Rippenstoß. »Im Gegensatz zu Wein wird dein Humor mit wachsendem Alter nicht besser.«

Er lachte, und weil sie den Spaziergang genossen, wählten sie den längeren Heimweg.

Doch der Frieden sollte nicht von Dauer sein.

Ein paar Wochen später klingelte das Telefon.

»Meinst du, du kannst mir helfen, Prue?« Violets Ton ließ die Frage sehr viel eher wie einen Befehl klingen. Sie erklärte ihrer Stiefmutter, es sei unerläßlich, daß sie zur Einführung in ihren neuen Job an der Programmplanungskonferenz teilnehme, und das von ihr engagierte Kindermädchen hatte offenbar angerufen,

um ihr mitzuteilen, daß die Stellung doch nicht das sei, was ihr vorschwebe.
Nicht das, was ihr vorschwebe? Violet bekam nicht oft einen Korb. Nicht das, was Ihnen vorschwebt? hatte sie an ihrem Ende der Leitung fassungslos wiederholt und die ersehnte Teilnahme an der Planungskonferenz wie eine Seifenblase zerplatzen sehen. Das können Sie mir nicht antun – ich habe berufliche Verpflichtungen. Tja, das sei Pech, meinte das Kindermädchen, das im Gegensatz zu der Regierung und den Beamten, die im Land die Macht hatten, in einer beträchtlichen Anzahl von Haushalten die Macht hatte.
Prue ließ sich Zeit mit ihrer Antwort. Sie spielte mit dem Gedanken, nein zu sagen.
Ihre akute Notlage veranlaßte Violet dazu, ihre Taktik zu ändern. »Ich bin verzweifelt, Prue.«
Das entsprach der Wahrheit. Sie wünschte sich verzweifelt, ihr Anhängsel abzuschütteln und sich frei bewegen zu können. In Augenblicken größter Seelenqual verfiel sie in Klischeevorstellungen und sah sich als einen Vogel im Käfig – und dieses Bild war natürlich zutreffend.
Prue schaute durch das Küchenfenster auf die *Prunus autumnalis* hinaus. An einer Stelle gepflanzt, wo, wer immer das Geschirr wusch – also sie – sich vom Spülbecken aus an ihrer Winterblüte erfreuen konnte, hatte sie ihre beste Zeit hinter sich, doch darunter sprossen üppig die Narzissen und Chinodoxia, die sie in letzter Minute eingesetzt hatte. London war eine andere Welt. Nicht ihre und, wie sie vermutete, gefährlich.
»Ich brauche dich nur von Dienstag- bis Donnerstagnachmittag«, hakte Violet nach, die tatsächlich verzweifelt klang.
Prue gab nach. »Ich kann ja etwas an meinem Buch arbeiten, wenn Edward schläft.«

Violet hütete sich vor der Erwiderung, daß sie das für höchst unwahrscheinlich hielt, und sagte statt dessen in dem Ton, der sich als erfolgreich erwiesen hatte, wenn sie in New York gezwungen war zu lügen, weil Lügen zum Geschäft gehörte: »Ich wäre dir unendlich dankbar!« Dankbarkeit war kein Gefühl, das sie Prue für gewöhnlich entgegenbrachte, doch Violet war eine Strategin.

Es war niemand am Waterloo-Bahnhof, um sie abzuholen – nicht, daß sie damit gerechnet hätte –, und die Taxi-Schlange war enorm lang. Ihren Koffer mit dem Fuß vor sich herschiebend, verschaffte sie sich einen ersten Eindruck von der Stadt, wozu ein Bahnhof recht gut geeignet war. In ihrer Kindheit, als sie hier immer ausgestiegen war, um in die Schule zu kommen, war er ihr unwandelbar und stets unverändert erschienen, wie die Gebiete in ihrem Atlas, die durch eine rosa Färbung gekennzeichnet waren, die laut Aussage ihres Lehrers Anstand und Ordnung symbolisierte.

Jetzt war das Gebäude mit Schutznetzen umhüllt, doch es fielen trotzdem hier und da Mauerstücke herab, und eine Schicht aus Abfall, Blättern und Staub bedeckte den Boden. Ein paar Obdachlose hatten am Eingang Posten bezogen. Einer von ihnen hatte einen Welpen vorne in seinem Mantel, der mit Schnüren zusammengebunden war. Der andere trank mit gierigen Schlucken aus einer in einer Papiertüte steckenden Flasche und wandte dazwischen sein vom Alkohol zur Konturlosigkeit verschwommenes Gesicht Passanten zu, die ihn geflissentlich ignorierten. Prue schätzte ihn auf Mitte Zwanzig.

Der Aussage des Taxifahrers nach war die Albert Bridge gesperrt und das Leben ein verdammter Alptraum. Prue saß auf dem Rücksitz, trieb in einem Meer von Autos und in Wolken von Benzindunst und Auspuffgasen und fühlte sich förmlich erdrückt von der Masse der Häuser und der Menschen, die auf einem begrenzten Gebiet um ihre Existenz kämpften.

In Großstädten wird mit anderen Farben gemalt. Die Blätter sind durch düstere Gelb- und Ockertöne verunziert, die das Grün wie Säureflecken zerfressen. Dünenbeige Zementfugen von Ziegelbauten sind mit Kohlenstaub überpudert. Geschwungene, graue Dachschindeln glänzen im Regen; trostlose Grautöne bilden einen faden Kontrapunkt zu dem harten, unschönen Rot der Londoner Ziegel.

Prue drückte ihre behandschuhte Hand an das Taxifenster, und ihre Auflehnung gegen ihr Hiersein übertrug sich von ihren Fingern auf die Glasscheibe. Richtete ihr Protest sich gegen Violet oder ging es dabei um die Schwanzflosse, die die Oberfläche der bis dato ruhigen Gewässer ihrer Ehe in Aufruhr zu versetzen drohte?

Ein Radfahrer zwängte sich zwischen den Autos durch und klappte dabei den Außenspiegel des Taxis um.

»Idiot!« schimpfte der Fahrer in gutmütigem Ton aus dem Fenster.

Das Haus lag zwischen Wandsworth und Clapham Common in einer Straße, die breiter als die übrigen in dieser Gegend war. Prue wurde vor einem spätviktorianischen Bau mit harmonischen Proportionen und einer braunen Eingangstür abgesetzt.

Violet hatte schon auf sie gelauert und öffnete, bevor Prue Zeit zum Klingeln hatte. »Eine gräßliche Farbe, was?« sagte sie, womit sie sich auf die Eingangstür bezog.

Prue folgte ihr in eine weitläufige, lichterfüllte Halle, in der Malerzubehör herumstand. Sie mußte niesen. Über ihren Köpfen dröhnten schwere Schritte über nackte Dielen und ein Schwall deftiger Flüche. Violet entschuldigte sich.

»Ich dachte, du sagtest, es sei nichts an dem Haus zu machen.«

»Ach, du weißt doch, wie das ist«, sagte Violet. »Schließlich brauchte Jamie dann doch ein Ankleidezimmer, und das Kindermädchen muß ein eigenes Bad haben. Einige der Zimmer mußten neu tapeziert werden, und die Küche war nicht ganz so, wie ich sie haben wollte, und deshalb wird sie umgestaltet. Mach dir keine Sorgen – im Augenblick arbeiten sie an dem besagten Bad und werden dich nicht stören.«

Es ist möglich, bereits beim Überschreiten der Schwelle eines Hauses zu wissen, welche Einstellung man dazu hat, und an diesem interessierte Prue die Unvollständigkeit. Immerhin sind die meisten Häuser, die man betritt, zu diesem Zeitpunkt komplett.

»Das Haus hat eine gute Ausstrahlung«, sagte Prue.

»Was für ein Glück.« Violet ging voraus zur Küche. »Ich werde nämlich sehr lange nicht mehr umziehen.«

Die Küche war geräumig und sonnig und der Boden frisch mit sandgestrahlten und blitzblank gebohnerten Dielen belegt. Prue ging zwischen einem Haufen Handwerkeroveralls und riesigen Farbkanistern hindurch zum Tisch und setzte sich.

Violet ragte vor ihr auf – wie ein Geschöpf aus einem Stich von Fuselli, dachte Prue, dunkel und drohend, mit zum Abflug gespannten Flügeln.

»Edward ist nebenan. Er schläft. Ich habe seine Fläschchen für heute vorbereitet – sie sind im Kühlschrank. Es müßte noch etwa eine Stunde dauern, bis er sich rührt. Gib ihm was zu trinken, wenn er aufwacht. Nach dem Mittagessen wird er gern spazierengefahren – und dann bete, daß es schnell sechs Uhr wird und du ihn wieder hinlegen kannst.«

»Soll ich ihn baden?«
»Wenn du willst.« Violets Ton war gleichgültig. »Trink doch eine Tasse Kaffee.«
Sie verschwand, und als sie zehn Minuten später zurückkam, war sie frisiert und geschminkt, trug ein olivgrünes Wollkostüm, und ihre Augen leuchteten.
»Meinst du, du kommst zurecht?« Violet konnte es offensichtlich kaum erwarten, sich zu verabschieden.
Prue löste ihren Blick von dem Garten – sechs auf fünfzehn Meter, die im Augenblick einem städtischen Müllplatz ähnelten – und antwortete: »Viel Glück.«
Plötzlich verunsichert, drückte Violet ihren Aktenkoffer an die Brust. »Das werde ich brauchen. Ich muß einen guten Eindruck machen, ihnen zeigen, daß das Baby meinen Arbeitseinsatz nicht beeinträchtigt.«
»Das wird aber nicht immer so sein«, wandte Prue sanft ein. »Du kannst nicht so tun, als hättest du kein Kind.«
»Doch, das kann ich«, widersprach Violet, und ihr selbstsicherer Ausdruck war wieder da. »Ach, ja«, sagte sie von der Tür her, »du wirst dir etwas zum Abendessen kaufen müssen. In der Northcote Road. Der Stadtplan liegt in der Halle. Im Kühlschrank sind Alfalfasprossen.«
Edward hielt sich mitnichten an die veranschlagte Stunde, sondern begann bereits zwanzig Minuten, nachdem seine Mutter das Haus verlassen hatte, nach seiner Flasche zu brüllen. Prue gab sie ihm, denn sie vertrat die Meinung, daß ein Baby am besten wußte, wann es Hunger hatte. Damit wurde der Nachmittagsspaziergang um eine Dreiviertelstunde vorverlegt, aber Prue freute sich darauf, die Gegend zu erkunden. Außerdem trieb der Gedanke an ein aus Alfalfasprossen bestehendes Abendessen sie in Richtung Fleischer.

Das in der spätviktorianischen Zeit entstandene Viertel hatte in den fünfziger und sechziger Jahren vor sich hingemodert, erlebte jetzt jedoch offensichtlich eine Renaissance. Viele der Häuser waren in Pastellfarben gestrichen worden – eine Nachwirkung der britischen Liebesaffäre mit dem Mittelmeerraum – und mit dekorativen Pflanzen berankt, wobei auffiel, daß Clematis und Rosen eindeutig den Vorzug gegenüber den üblichen Mahonien und Lorbeerbüschen genossen. Das erinnerte Prue an die mittelalterlichen Gärten, die sie in Stundenbüchern gesehen hatte, unbestreitbar hübsch, aber für diese Breiten zu wenig robust.

Bei der Innenausstattung erfreuten sich – soweit sie sie von außen erkennen konnte – Schabracken großer Beliebtheit. Die eine Zeitlang allenthalben mit Begeisterung installierten Jalousetten in Pastelltönen waren verschwenderischer, mittels edler Gardinenstangen gehaltener Stoffülle gewichen. Velux-Fenster saßen wie starre Fischaugen in Dächern, so daß es schien, als bestehe Blickkontakt zwischen den Häusern.

Edward regte sich in seinem Kinderwagen und öffnete die Augen, die inzwischen hellblau waren, blinzelte und döste, eingelullt durch die Bewegung des Gefährts, wieder ein.

»So ist's gut, du kleiner Quälgeist«, sagte Prue.

Als sie schließlich beim Fleischer ankam, war Prue zu dem Schluß gelangt, daß sie, was Vorhänge anging, einen langweiligen Geschmack hatte und in dieser Hinsicht etwas unternehmen sollte. Sie kaufte im Schreibwarenladen ein Einrichtungsmagazin, in dem mehrere Seiten altschwedischem Mobiliar gewidmet waren, von Musselin umflossen und in einem Licht dargestellt, das dem Ganzen mit seiner hellen Sonnigkeit Traumqualität verlieh – doch dieser Traum paßte stilistisch nicht in ihr Leben.

Prue tauschte die Zeitschrift gegen die aktuelle Ausgabe eines Haushaltsratgebers und eine Computerzeitschrift für Jane ein. Wie sich herausstellte, bot der für die Austen Road zuständige Lebensmittelladen seinen Kunden ein Sortiment französischer Käsesorten, italienischer Salami und extrem teuerer Gemüse. Nebenan befand sich ein Blumengeschäft, dessen Schaufensterdekoration eine Komposition aus Lilien und Mimosen war, und in der Spirituosenhandlung weiter unten in der Straße gab es australischen Wein, der nur kistenweise abgegeben wurde.

Das richtige Viertel für Violet – und sie hatte es sich mit Bedacht ausgesucht. Hier brauchte sie keinen Tante-Emma-Laden zu betreten, keine in Klarsichtfolie gewickelten Käseportionen zu kaufen, und nirgends mutete man ihr den Anblick von preiswerten, in Dreierpacks sortierten Socken in Universalgröße zu. Aber Violet hatte recht: Diese Angebote waren reizvoll. Vignotte- und Chaumes-Käselaibe, die auf einem – wenn auch zugegebenermaßen künstlichen – Strohbett ruhten, Pesto, Häagen-Dazs und Bach-Blütenmischungen vermittelten den Eindruck wirklichkeitgewordener Phantasien.

Als sie ins Haus zurückkam, erschien es Prue düster und ungemütlich. Sie setzte sich mit Edward in die Küche, um ihm die Flasche zu geben. Das vorhanglose Fenster weckte ein unangenehmes Gefühl der Schutzlosigkeit in ihr. Weil er müde war, quengelte Edward beim Trinken, und plötzlich kamen Prue zwei Tage sehr lang vor.

Sie rief Kate an, daheim in Dainton, und es bereitete ihr nicht die geringsten Gewissensbisse, eine halbe Stunde auf Kosten der Becketts zu telefonieren.

»Du bist lieb«, sagte Jamie, als sie ihm Würstchen mit Ofenkartoffeln servierte. »Ich fürchte, wir nutzen dich aus. Stört es dich, wenn ich schon anfange? Ich habe solchen Hunger.« Sie saßen einander am Tisch gegenüber, zwischen sich eine Kerze, die in einer Flasche steckte. Prue trug einen Pullover in ihrem Lieblingsblau, der Jamie gestattete, die Umrisse ihrer Brüste zu sehen.

Wie weich sie wohl waren? Weicher und willfähriger als Violets? Jamie zwang sich, seine Aufmerksamkeit auf seinen Teller zu konzentrieren.

»Ketchup?« fragte sie.

Sie reichten sich gegenseitig den Senf, jagten Würstchen auf ihren Tellern herum, tranken Wein aus Wassergläsern, weil alle anderen noch eingepackt waren, und empfanden eine Vertrautheit, die sonst nur zwischen Menschen besteht, die sich sehr gut kennen.

Jamie sprach über seine Arbeit in der Bank, unterstrich wichtige Punkte durch Gesten mit seinem Besteck. Er sprach über die australische Wirtschaftslage, über die Aussichten, die ein vereintes Europa versprach – »sind noch ein bißchen unsicher« –, und das Schreckgespenst des Wechselkurs-Mechanismus. Prue schilderte die Proteste gegen die Autobahnerweiterung bei Twyford, die immer massiver wurden, und erklärte, daß sie besorgt sei, sie könnten in Gewalttätigkeiten ausarten.

»Ich weiß nicht, wie ich mich verhalten soll«, gestand sie. »Einerseits bin ich gegen Gewalt, andererseits möchte ich dazu beitragen, die Realisierung dieses Plans zu verhindern.« Sie trank einen Schluck Wein. »Ich weiß – das ist das typische Geschwafel der liberalen Mittelklasse, aber zu mehr reicht es nicht.«

Mit deprimierender Deutlichkeit wurde Prue die Armseligkeit ihrer Bestrebungen bewußt, und wenn sie erwartete, daß ihr die Löblichkeit ihrer Absichten bestätigt würde, so wurde sie enttäuscht. Die Erwähnung der Autobahn hatte Jamie an eine Akte erinnert, die er vor dem Verlassen des Büros noch hätte durchsehen sollen, und seine Aufmerksamkeit wanderte ab. Besorgt, ihn zu langweilen, verfiel Prue in Schweigen und nieste dann mehrmals.

»Tut mir leid – das ist der Staub.«

»Wie Lara.« Jamie goß Wein nach.

»Lara?«

»Ich lebte mit ihr zusammen, bevor ich Violet kennenlernte. Sie nieste ständig.«

Die Eröffnung traf Prue unvorbereitet – und mit der für Eifersucht typischen Härte. »Ich wußte nichts von Lara. Warum ging die Beziehung auseinander?«

»Sie verliebte sich in einen anderen, nahm ihre Tochter und verließ mich.«

»Das tut mir leid.«

Er schaute auf seinen leeren Teller hinunter. »Das tat es mir auch. Aber kurz darauf ging ich nach Amerika und traf Violet, und so erwies sich die Trennung am Ende als Gewinn.« Nach ein paar Sekunden schaute er auf, und sein Ausdruck schien ihr zu sagen, daß er ihr Mitgefühl zu schätzen wisse. In Wahrheit hatte er nur gerade bemerkt, daß das elektrische Licht faszinierende Lichter in Prues Haar zauberte.

»Hast du noch Kontakt zu den beiden?«

»Ich schreibe Jenny hier und da.« Seine Stimme klang traurig. »Ich habe sie aufwachsen sehen, weißt du.«

Prue trank ein paar Schlucke Wein. »Bereuen wir Fehler ebensosehr wie Dinge, die wir nicht tun?«

Eine alte, aber immer wieder neue Botschaft wurde über den Tisch geschickt. Eine Sekunde verging. Und noch eine.

Jamie ließ sich Zeit mit der Antwort, ging die verschiedenen Möglichkeiten in Gedanken durch, sich deutlich bewußt, daß

auch der kleinste Schritt über eine Grenze eine Rückkehr unmöglich macht.
»Du wirkst nicht wie ein Mensch, der Fehler macht, Prue – dazu bist du zu vernünftig.«

Bin ich das? fragte Prue die kahlen Wände des ihr zugewiesenen Schlafzimmers. Dann ging sie zum Fenster, zog das Laken beiseite, das im Moment noch die Aufgabe eines Vorhangs erfüllte, und schaute auf die Stadt hinunter, die sich davor ausbreitete. Pfützen spiegelten sich unter Straßenlaternen. Schwarze Baumschemen. Düster geheimnisvolle Gärten. Was dort wohl herumschlich? Füchse? Katzen? Diebe? Zu Hause, dachte sie, und in ihrer Kehle bildete sich ein Kloß, war die Erde jetzt naß vom Regen, und verrottetes Herbstlaub verbarg noch das beginnende Frühlingswachstum. Ihr *Prunus* gewann im Mondlicht die bezaubernde Anmut eines Rackham-Gemäldes, und Stille breitete sich unter dem Nachthimmel aus, nur unterbrochen vom gelegentlichen Bellen eines Fuchses.
Prue ließ das Laken los, und London verschwand. Sie hatte erfahren, daß Jamie neununddreißig war. Bis heute hatte sie nicht realisiert, daß er in ihrem Alter war.

*

Ein gut Teil des nächsten Tages verging damit, daß Prue sich die Kindermädchen ansah, die die Agenturen auf Violets Veranlassung hin zur Begutachtung schickten – Zeit, die sie eigentlich auf Johanna hatte verwenden wollen, nun aber brauchte, um sich Angaben zu Alisons, Sarahs und Annes zu notieren, damit Violet sich anschließend ein Bild von den Kandidatinnen machen könnte. Waren sie ausgebildete Säuglingsschwestern?

Hatten sie einen Führerschein? Keine von ihnen schien ideal zu sein.

Sie rief Max an und eröffnete ihm, daß dieser Job einem die denkbar besten Voraussetzungen bot: einen Wagen, Kost und Logis, gute Bezahlung – und man konnte jede Menge Sonderwünsche anmelden. Eine hatte zur Voraussetzung gemacht, ihr eigenes Baby mitbringen zu dürfen, die andere war Hobbyreiterin und erwartete, daß die Unterbringung ihres Pferdes im nächstgelegenen Mietstall finanziert würde. Max' Interesse an ihrem Bericht hielt sich jedoch merklich in Grenzen. »Erzähl mir, was es bei dir Neues gibt«, bat sie.

»Ich habe die neue Bewohnerin des Dower House kennengelernt – eine Lady Truscott.«

»Und ...?«

»Ein dummes Geschöpf. Riesige Perlen, nikotinfleckige Finger – und als ich sie fragte, was ihr Mann gewesen sei, sagte sie: ›Ein Gentleman‹.«

Prue lachte amüsiert. »Wundervoll!«

»Wann kommst du wieder?«

Seine Sehnsucht nach ihr kam fast greifbar durch den Draht, und wieder verspürte Prue einen Anflug von Auflehnung.

»Freitag vormittag«, antwortete sie. »Wie geht's der Katze?«

Max ließ sich nicht ablenken. »Ich hasse Essen aus dem Tiefkühler.«

»Liebling – die Hälfte unserer Mahlzeiten kommt aus dem Tiefkühler.« Sie sah ihn vor sich, wie er gebückt über dem Telefon stand und den rituellen Tanz mit seiner Brille aufführte. »Mach dir doch einen der backfertigen Aufläufe oder so was.«

»Es ist einsam ohne dich.«

»Max – es sind nur zwei Nächte. Was ist denn los mit dir?«

Er räusperte sich. »Nichts.«

»Der Kleine schreit – ich muß auflegen.«
»Zum Teufel mit dem Balg«, sagte Max, aber Prue wußte, daß er es nicht böse meinte.
Unfähig, sich auf ihre Arbeit zu konzentrieren, verbrachte sie die Zeit, in der Edward schlief, damit, Violets reichbebilderte Kochbuch-Sammlung zu durchforsten. Bei einem der Rezepte machte ihr Finger halt: Um eine Zunge kalt zu pressen, schrubbt man sie gründlich ab, legt sie dann einen halben Tag in kaltes Wasser und kocht sie anschließend. Die Zunge ist gar, sobald die Haut Blasen wirft und der T-förmige Knochen an der Wurzel sich leicht herauslösen läßt. Nachdem er entfernt und die Zunge gehäutet ist, legt man sie auf eine Platte, gießt mit Portwein angereicherten Bratensaft darüber und drückt sie mittels eines schweren Gewichts platt, bis sie fertig ist. Beim Servieren kann man nicht mehr erkennen, um was für ein Fleischstück es sich handelt.
Konnte man diese Prozedur vielleicht als Metapher für die Behandlung eines gewissen Typs von Ehefrauen sehen?
Prues Finger gab die Seite frei, und sie blätterte weiter.
Am Donnerstagmorgen wachte Edward spät auf und verweigerte seine Milch, indem er den Mund zukniff und die Flasche wegstieß. Tränenbäche rannen über seine Bäckchen und tropften auf Prues Ärmel. Sie stellte die Flasche weg, um ihn sich genauer anzusehen, und eine kalte Hand legte sich um ihr Herz. Die Lippen des Kleinen schimmerten bläulich, und die sonst muschelblassen Wangen waren gerötet. Er sah nicht gesund aus, und als Prue seine winzige Hand in die ihre nahm, merkte sie, daß die dünnen Fingerchen glühend heiß waren. Sie stürzte zum Telefon.
Nach endlosem Warten in einer überheizten, lauten und überfüllten Praxis warf eine junge und uninteressiert wirkende Ärztin einen flüchtigen Blick auf Edward. Nur ein vorübergehender

Fieberanfall, informierte sie Prue. Babys haben das öfter. Es sieht immer schlimmer aus als es ist. Geben Sie ihm viel zu trinken und ziehen Sie ihn nicht zu warm an. Ihre Gelassenheit verstärkte Prues Sorge noch – sonst hätte sie über das herablassende Gehabe dieses grünen Gänschens gelacht. Sie fuhr in die Austen Road zurück und saß einen unbehaglichen Vormittag lang an Edwards Bettchen. Ab und zu jammerte er im Schlaf, und wenn er kurz aufwachte, zuckte sein kleiner Körper. Jedesmal, wenn Prue ihm Dioralyte hineinzwang, übergab er sich.

Um halb drei rief Prue wieder in der Praxis an. Die Empfangssekretärin, die echte Panik von »Panik« unterscheiden konnte, versprach, der Ärztin Bescheid zu sagen, sobald diese eine freie Minute habe.

Eine Stunde verging. Prue wusch den kleinen Körper mit warmem Wasser ab, und in ihrer Angst bildete sie sich ein, daß sich nur noch Haut über die zarten Vogelknochen spannte und der Kugelbauch zusammenfiel wie bei den Mohnkapseln, die ihre Samen auswerfen und dann einschrumpfen.

Kein Grund zur Sorge, hatte die entmenschte Ärztin gesagt, Babys haben das öfter. Ja, das haben sie – und manche sterben daran. Wie viele Millionen Babys mußten das im Laufe der Jahrhunderte gewesen sein.

Edward schien die Waschprozedur mit dem weichen Schwamm genossen zu haben, denn als sie fertig war, schob er die Hand unter seinen Hals, seufzte und schlief ein.

Prue setzte Teewasser auf.

Sie hatte sich gerade hingesetzt, um eine Tasse zu trinken, als Edwards durchdringendes Kreischen sie mit einem Ruck auf die Füße brachte. Sie stürmte ins Kinderzimmer. Der Kopf des Kleinen war dunkelrot, und er hatte sich heftig übergeben.

Prue rief Jamie an. »Ich glaube, er muß ins Krankenhaus.«

Jamie zögerte keinen Moment. »Bring ihn mit dem Taxi ins St. Thomas. Ich komme hin.«

Er war bereits da, als Prue ankam, leichenblaß und alarmiert aussehend. »Ich habe ihn schon angemeldet«, sagte er. »Wir können gleich reingehen.«

Prue merkte, daß sie zitterte.

Jamie hielt Edward fest, während der Arzt den Kleinen untersuchte. Er schaute nur einmal auf, um Prue zu danken, ansonsten konzentrierte er sich auf seinen Sohn. Prue verkrampfte ihre zitternden Hände ineinander und ging hinaus, um dort zu warten. Die Notaufnahme war voller Leute, die in verschiedenen Stadien der Niedergeschlagenheit im Korridor auf Bänken saßen. Jedesmal, wenn eine Krankenschwester oder ein Arzt vorbeiging, schauten sie erwartungsvoll auf. Vielleicht hofften sie, daß gleichzeitig mit ihren Körpern auch ihre Seelen verarztet würden.

Prue schloß die Augen und öffnete sie erst wieder, als Jamie ihre Hand nahm. »Kein Grund zur Besorgnis – sie glauben, es ist nur ein Vierundzwanzig-Stunden-Virus.«

Hinter ihm war der Arzt herausgekommen, dicht gefolgt von einer Krankenschwester, die Edward auf dem Arm hatte.

»Sie können ihn wieder mit nach Hause nehmen, Mr. Beckett. Wir haben ihn gründlich untersucht und ihm Paracetamol gegeben. Er ist leicht dehydriert, Sie müssen also versuchen, ihm Flüssigkeit zuzuführen. Sollte sein Zustand Ihnen besorgniserregend erscheinen, bringen Sie ihn wieder her.«

Die Heimfahrt verlief in tiefem Schweigen. Prue lehnte sich zurück und schloß die Augen, genoß die Erleichterung. Als sie ihre Lider einen Spaltbreit hob, ertappte sie sich dabei, daß ihr Blick zu Jamie hinüberwanderte, den sie nur als Silhouette wahrnahm, die nach teurem After-shave und einem Hauch von Zigarrenrauch duftete. Alle Hemmungen über Bord werfend, öffnete sie die Augen weiter und verlor sich in der Betrachtung des Kontrasts zwischen seinen braunen Haaren und dem dunkelblauen Mantel, der Färbung seines Teints und der Art, wie seine langen, feingliedrigen Hände aus den Manschetten des weißen Hemdes ragten.

»Warum musterst du mich, Prue?«

Prues Hände zitterten verräterisch in ihrem Schoß. »Tue ich das?«

Nach dem Abflauen seiner Sorge regelrecht übermütig und dementsprechend bedenkenlos, beugte Jamie sich herüber und küßte sie.

»Oh, Prue, oh, Prue«, murmelte er an ihrem weißen Hals, als seine Erleichterung sich zu körperlichem Verlangen wandelte.

Prue spürte ihrerseits ihren Körper vor Verlangen brennen und wußte, wenn sie ihm auch nur in der geringsten Weise nachgäbe, es auch nur ansatzweise nährte, würde sie vergessen, daß sie die Frau eines anderen und Jamie der Mann ihrer Stieftochter war.

Zu Hause angekommen, flößte Prue Edward abgekochtes Wasser mit Dioralyte ein, während Jamie sich auf die Suche nach einer Flasche Sherry begab.

»Es ist zwar erst fünf Uhr nachmittags, aber ...« Prue leerte ihr Glas.

Jamie sagte, er werde Violet anrufen – sie wolle unter diesen Umständen sicherlich heimkommen. Das anschließende, im Salon geführte Telefonat war mit vielen Pausen durchsetzt. Prue konzentrierte sich auf Edward, der sich mit dem Trinken viel Zeit ließ. Jamie hatte ihr nachgeschenkt, bevor er nach nebenan ging, und sie trank immer wieder ein Schlückchen. Der Sherry floß wärmespendend durch ihre Kehle, süß und herrlich willkommen.

Jamie kam zurück und schenkte sich auch etwas ein. »Violet kommt nicht vor morgen. Sie sagt, es wäre schwierig für sie, sich jetzt abzusetzen, da heute abend ein großes Dinner stattfinde, und es sei ja auch nicht nötig, nachdem Edward das Schlimmste offenbar überstanden habe.«

Es war Prue unmöglich, seinen Gesichtsausdruck zu deuten. Auffordernd hielt sie ihm ihr inzwischen erneut geleertes Glas hin.

»Ich kann nicht«, sagte Prue sanft, als Jamie gegen Morgen in ihrem Schlafzimmer erschien, wo sie die ganze Nacht wachgelegen und an ihn gedacht hatte.

Er schaute auf ihr von dunklen Wellen umrahmtes Gesicht und die runden Schultern hinunter, die das vom Flur hereinfallende Licht beleuchtete, und dann wanderte sein Blick über die Silhouette ihres unter der Bettdecke verborgenen Körpers.

»Nein«, stimmte er zu, doch in seiner Phantasie nahm er ihre vollen, verführerischen Brüste und das unbekannte Land ihres Körpers in Besitz. Er beugte sich zu ihr herunter und fuhr mit einem Finger liebkosend über ihre Wange.

»Gute Nacht, Jamie.«

»Gute Nacht.«

Wie ein Kokon hüllten die Laken ihren Körper ein. Sie spürte das Gewebe auf der Haut, eine Mischung aus Waschmittelduft und dem Geruch von Wolle stieg ihr in die Nase. In der Dunkelheit wurde das Leintuch vor dem Fenster zu einer Maske, die die verbotenen Gefühle und leidenschaftlichen Phantasien verbarg, die dahinter tobten.

Prue war überzeugt davon gewesen, daß ihr Begehren sich auf Max beschränkte. Die Entdeckung, daß sie sich geirrt hatte, war ein Schock für sie.

*

Violet kam Freitag vormittag zurück. Sie stieg mit trotziger Miene aus dem Taxi und hielt ihren Aktenkoffer an die Brust gedrückt. Prue kannte diesen Ausdruck bei ihr. Er bedeutete: Ich werde mir nicht anmerken lassen, daß ich ein schlechtes Gewissen habe.

An Prue vorbeistürmend, lief Violet die Treppe hinauf zum Kinderzimmer. Ein paar Minuten später kam sie mit Edward auf dem Arm wieder heraus. »Er sieht doch völlig gesund aus«, rief sie von oben. »Ihr habt mir einen solchen Schreck eingejagt! Ich konnte mich gar nicht konzentrieren.«

Du konntest dich nicht konzentrieren! Sich die Szenen mit Jamie vor Augen führend, überwand Prue sich dazu, Nachsicht mit Violet zu üben. Wie hätte sie, Prue, sich nach alldem erdreisten können, ihrer Stieftochter Verhaltensfehler vorzuhalten? Mütterlichkeit stellte sich nicht automatisch mit der Geburt eines Kindes ein – man mußte sie mühsam lernen. Und wie sie selbst damals, so würde auch Violet eine gewisse Zeit dazu brauchen.

Machte Prue sich übertriebene Vorwürfe? Den Mann der Stieftochter zu begehren ist zwar schlimm, aber doch kein so schwerwiegendes Vergehen wie die Vernachlässigung eines Babys.

Leise auf Edward einredend, kam Violet herunter in die Küche und deponierte ihn in seinem Stuhl. »Es war nicht sehr nett von dir, krank zu werden, Baby. Ich glaube fast, du hast das absichtlich getan.«

Sie war sich sicher, daß Prue ihre Haltung verurteilen würde, und wußte, daß sie hätte heimkommen sollen. Aber sie hatte nicht gewagt, die Tagung zu verlassen, und außerdem Angst vor dem gehabt, was sie bei ihrer Rückkehr erwartet hätte. Sie ließ den Blick durch die Küche wandern. »Meine Güte, was für eine

Unordnung!« Sie begann das Geschirr aus dem Abtropfgestell zu stapeln.

»Tut mir leid«, sagte Prue, »es war etwas hektisch.«

»Natürlich«, entgegnete Violet.

Prue machte sich daran, die Töpfe vom Herd zu räumen, die sich dort angesammelt hatten, und dachte dann: Verdammt – was soll das? »War die Konferenz interessant?«

Violet streckte einen Fuß aus und schubste Edwards Schaukelstuhl an. Der Kleine wackelte hin und her wie ein Apfel an einem Baum, der geschüttelt wurde. »Na ja«, antwortete sie vage, »viel Gerede, zu viele Drinks und viel zuviel zu essen. Ich bin sicher, ich habe Kilos zugenommen.«

Sie war damit beschäftigt, Schubladen zu öffnen und zu schließen, den Inhalt zu ordnen und Geschirr aufeinanderzustapeln, und Prue, die sie dabei beobachtete, fühlte sich entsetzlich unzulänglich.

»Hast du die Bosse beeindruckt?«

Ein Lächeln erhellte Violets schönes Gesicht. »Ja, ich denke schon. Sie waren jedenfalls sehr nett zu mir. Und es kommen ein paar gute Verträge zustande.«

Prue zog den Zettel aus der Tasche, auf dem der Name des Arztes und die Dosierungsanweisung für das Dioralyte stand. »Das brauchst du vielleicht.«

Violet warf einen gleichgültigen Blick auf Edward, der endlich aufgehört hatte zu wackeln. »Hoffentlich nicht.«

Mit offensichtlichem Widerwillen streifte sie ihre olivgrüne Kostümjacke ab und drapierte sie über eine Stuhllehne. »Danke für alles, Prue.« Sie sagte das wie ein Kind nach seiner Geburtstagsparty. »Soll ich dir ein Taxi rufen?«

Wenn ein Samen gesät ist, treibt er aus. Nein, das ist nicht korrekt: Ein Samen treibt nur aus, wenn die Bedingungen günstig sind. Wenn genügend Wasser da ist und genügend Licht. Wenn die Möglichkeit besteht, daß eine Wurzel – zuerst nur ein rudimentärer Ansatz – aus dem sie umgebenden Keimblatt herausstoßen und sich tief in die warme Verborgenheit der Erde bohren kann.
Das hatte Jamie getan – einen Samen gesät. Und Prue wollte nicht, daß er austrieb.

6. KAPITEL

Emmy dachte nicht lange darüber nach, ob sie Violets Angebot annehmen sollte, als Edwards Kindermädchen nach London zu kommen.

»Für eine gewisse Zeit«, setzte Violet hastig hinzu (keine der Alisons und Sarahs hatten ihren Ansprüchen genügt), womit sie sich ein Hintertürchen offenließ, um Emmy verabschieden zu können, falls sie jemand besseren fände. »Vielleicht gefällt London Ihnen nicht. Oder unsere Familie.« Sie stieß ein Lachen aus, das besagte, daß letzteres unwahrscheinlich wäre.

Im Haus Hallet's Lane Nummer 5 starrte Emmy in den Spiegel, der über der Telefonbank hing, und schnitt eine Grimasse. Sie scharrte mit dem Fuß, wodurch sie eine Welle statischer Aufladung auf dem Nylonteppich auslöste. »Ich mache es«, sagte sie.

Violet ratterte Einzelheiten bezüglich Bezahlung, Unterbringung, Arbeitszeit und die Benutzung eines Wagens herunter. Emmy quittierte jede Information mit einem Ja, das höre sich alles gut an, aber dürfe sie fragen, ob Violet sie ordnungsgemäß anmelden werde?

»Anmelden?« echote Violet in scharfem Ton. »Ich denke nicht, daß das nötig sein wird.«

Emmy erkannte, daß sie einen Fehler gemacht hatte. Andererseits war es ihr wichtig, daß ihre Rechte gewahrt würden – sie waren alles, was sie hatte. »Und ich muß krankenversichert werden«, ergänzte sie ihre Forderung.

»Oh.« Violet wurde hörbar nachdenklich. »Das verteuert die Sache erheblich.«

Emmy hielt es für klüger, dazu keinen Kommentar abzugeben.

Violet lenkte ein. »Sollten Sie sich entschließen, bei uns zu bleiben, werden wir Sie natürlich regulär anmelden, Emmy.« Sie fluchte in sich hinein, weil sie dem Gerücht Glauben geschenkt hatte, daß Kindermädchen es vorzogen, »schwarz« beschäftigt zu werden.

»Danke, Mrs. Beckett.«

»Äh ... Emmy, in Anbetracht dieser Umstände könnte ich mich, falls Sie wirklich bei uns bleiben, gezwungen sehen, Ihr Gehalt wegen der Steuer und Versicherung eine Spur zu kürzen, denn sonst würde es im Moment ein wenig zu kostspielig für uns. Ich nehme an, Sie verstehen das – die Wirtschaftskrise und so weiter ...«

Verlogenes Miststück, dachte Emmy und gab zustimmende Laute von sich. Warum war Madam so gemein? Sie hatte massenhaft Geld. Jedenfalls genug, wie Anna mit lästiger Hartnäckigkeit betonte, um sich den Hintern, den Bauch und das Gesicht liften lassen zu können, wenn es nötig würde.

Frage: Machte Geld die Menschen gemeiner, oder waren sie von vornherein gemein? Nachdem sie nie welches besessen hatte, konnte Emmy nicht mit einer Antwort aufwarten. Das Problem beschäftigte sie, während sie mit dem Staubtuch durch Nummer 5 wanderte und die Messingpferde ihrer Mutter aus Devon, das blaue Malteserglas und den pausbäckigen Porzellanengel aus Portugal abwischte – doch die Stille, die sie umgab, brachte ihr keine Erleuchtung. In der Küche fiel das Licht der ersten Frühlingssonne auf mit einem Geschirrtuch bedeckte Plastikschalen, deren Inhalt für das heutige Mikrowellen-Dinner vor sich hin taute. In dem blankgescheuerten Spülbecken fristete ein Teeblatt ein einsames Dasein. Emmy entfernte es, indem sie es zwischen Daumen und Zeigefinger nahm, und nun war die Küche wieder makellos, keimfrei sauber und so ordentlich wie der

Tornister eines Sergeant-Majors. Plötzlich konnte sie es kaum noch erwarten, wegzukommen, weg von der Stille und der sterilen Harmonie von Nylon.

Wenn die Tage mit dem Näherkommen des Frühlings länger werden, geschieht es manchmal, daß es kälter wird, und die letzte Märzwoche war eisig gewesen. Eine unbarmherzige Kälte hatte die Talsohle im Griff, und auf der Flucht davor hatten sich die Vögel in der Nähe der Häuser versammelt. Sie waren hungrig und froren wahrscheinlich. Emmy zog eine Gartenschere aus der Tasche ihrer Jacke und steuerte auf die Stechpalme zu, die das Ende der Hecke bildete und den Garten zur Straße hin begrenzte. Aus irgendeinem Grund mieden sie die Vögel. Emmy schnitt den größten Zweig ab, bei dem sie es wagen konnte, ohne einen optischen Schaden anzurichten, und steckte ihn mitten auf dem Rasen in den Boden. Dann zog sie sich zurück.

Nach einer Minute kamen die ersten beerenfressenden Vögel angeflogen und stürzten sich auf die Delikatesse. Eine Hand auf die Hüfte gestützt, schaute Emmy ihnen zu. Eßt alles auf, forderte sie sie im stillen auf. Ich hab' es euch spendiert.

Emmy ging die Straße hinauf, in Richtung des Weges, der aus der Mulde hinausführte, in der Dainton lag. Oben auf der Anhöhe hatte der Frost vor etwa einer Woche ungehindert gewütet und Teile der Heckenreihen verbrannt, die wie Zahnlücken wirkten. Ein Rebhuhn lief rechts von Emmy über die Wiese, und sie blieb stehen. Die Rebhühner mußte ihre Ehen für dieses Jahr bereits geschlossen haben, und wenn sie Glück hatte, würde sie vielleicht ein paar Pärchen entdecken.

War das Leben in Pärchenform erstrebenswert? War es nicht besser, es allein zu führen, nach den eigenen Vorstellungen zu gestalten?

Emmy bog nach rechts ab und tauchte in den Waldstreifen ein,

der sich bis nach Danebury Rings hinauf erstreckte. Ihre Füße sanken in die aufgeweichte Erde ein, die an ihren Schuhen klebenblieb. Als sie am Fuß des steilen Hanges ankam, wurde sie von den ersten Schlüsselblumen begrüßt.
Sie steckte ihre nackten, steifgefrorenen Hände in die Jacke und schob sie über ihrem leeren Magen zusammen, wodurch sie sich gleich besser fühlte.

Die Handwerker zauberten ein Bad aus einem Wandschrank, und Mickey beglückte seine Männer gerade mit einer Geschichte, die einen Sexualtherapeuten hätte erröten lassen, als Emmy mit dem Fuß die Tür zu ihrem künftigen Schlafzimmer aufstieß. Flammende Röte überflutete ihr Gesicht, und da sie nicht wußte, wie sie sich verhalten sollte, blieb sie mit dem schweren Tablett in den Händen verlegen stehen.
»Denk dir nichts, Schätzchen.« Der Große mit dem makellosen Teint und dem Pferdeschwanz hatte Mitleid mit ihr. »Hör nicht hin – Mickey ist ein Chauvi.«
War ihr Gesicht nur rot oder leuchtend rot? »Schon gut«, sagte sie. »Ich kenn die Texte alle.«
»Tatsächlich?«
Sie mochte Pferdeschwänze bei Männern – sie weckten in ihr Erinnerungen an Märchen aus ihrer Kindheit, bei deren Illustrationen die tugendsame Maid von Männern mit hohen Stiefeln und wallenden Haaren gerettet oder als hilfloses weibliches Wesen verschleppt wurde. Wie auch immer – Emmy schätzte, daß Passivität ihre Vorteile hatte.
Der Pferdeschwanz zwinkerte ihr zu. Meine Güte, ist der schön, dachte sie. Und gleich darauf folgte der unvermeidliche Kontrapunkt: Und ich bin es nicht.
Später – nachdem sie die Küche in Ordnung gebracht, den

Wäschetrockner ausgeräumt, den Fußboden gewischt und Edward gewickelt hatte – sah Emmy zu, wie die Vögel an dem Fettklumpen herumpickten, den sie an einen Ast des Ahornbaumes gehängt hatte. Nach etwa einer Minute merkte sie, daß sie beobachtet wurde, und fuhr herum.

Es war der Pferdeschwanz: Er brachte das Tablett zurück. »Danke.« Seine körperliche Präsenz füllte die Küche aus – die Haare, die Haut, die von festem Fleisch umhüllten Knochen. Neben ihm verwandelte Emmy sich in eine zarte, winzige Nymphe, die Maid, die auf dem Felsen gefangen saß und auf Rettung wartete.

»Möchtet ihr einen Nachschlag?«

Er nickte, und sie bewegte sich in Richtung Teekessel.

»Wie heißt du?«

Sie sagte es ihm, und er eröffnete ihr, daß sein Name Angus sei. Sie unterdrückte ein Kichern, denn »Angus« war für sie untrennbar mit Schottenröcken verbunden.

»Interessierst du dich für Vögel?« Er deutete auf die Szene vor dem Fenster.

»Ich liebe sie«, antwortete sie und gab ihm das Tablett zurück.

Angus schien über ihre Aussage nachzudenken. »Geschmackssache«, sagte er schließlich, aber sein Gesichtsausdruck war freundlich. Emmy zuckte innerlich zusammen, denn sie vermutete darin die Freundlichkeit, die für Krüppel und Geistesschwache reserviert war.

»Geschmackssache«, stimmte sie zu.

London war ein Schock für Emmys Organismus, der diesen für Wochen in Aufruhr versetzte. Wie konnten Menschen in dieser Luft atmen? Wie konnten sie schlafen bei diesem Lärm, dem Verkehr, den Sirenen der Polizei- und Krankenwagen, den spätabendlichen Unterhaltungen auf den Straßen, den klirrenden Milchflaschen – und dem nie verlöschenden Licht?

Den größten Teil dieser Zeit herrschte in der Austen Road Nummer 6 Tumult. Teilweise ähnelte das Haus einer Baustelle, das Baby zahnte und litt, und Violet war zu barsch und nervös, um ihrem Sohn eine Hilfe zu sein.

Manche Dinge ändern sich nie, und Emmy fand sich unter der Fuchtel einer Arbeitgeberin, deren Ordnungswut ebenso schlimm war wie die ihrer Mutter, was äußerst strapaziöse Bedingungen für sie schuf, da die Handwerker es sich zur Aufgabe machten, einen eindrucksvollen Prozentsatz des Londoner Lehms mit ihren Schuhen ins Haus zu tragen.

»Ich habe schon schulterpolsterdicke Schwielen auf den Knien«, vertraute Emmy Anna im Rahmen eines langen und – da es nach neun Uhr früh und vor zwölf geführt wurde – heimlichen Telefonats an.

»Ist ja sexy«, sagte Anna.

»Wie soll ich mich ihrer Meinung nach um das Baby kümmern, wenn ich meine Zeit auf allen vieren mit Bodenschrubben verbringe?«

»Tu's einfach nicht, Em.« Emmy hörte, wie Anna Zigarettenrauch inhalierte. Sie sehnte sich selbst nach einem Glimmstengel, doch Violet hatte strikte Vorschriften erlassen und Emmy mitgeteilt, sollte sie sie je beim Rauchen erwischen, wäre sie draußen.

Trotz ihrer Abneigung gegen London wäre das nicht in Emmys Sinn gewesen.

»Was hat sie denn für Kleider?« Anna blies geräuschvoll Rauch in Emmys Ohr.

»Müssen einen Batzen gekostet haben. Aber …« Emmy hielt einen Moment inne, »sie sehen nicht bequem aus.«

»Brauchen sie sicher auch nicht zu sein«, sagte Anna. »Sie trägt sie bestimmt nicht lange.«

»Ich glaube nicht, daß sie der Typ ist.«
»Wo kaufst du ein?«
»Bei ›Sainsbury's‹.«
»Und ...?«
»Was ›und‹?«
»Wie hoch sind die Rechnungen?«
»Im Durchschnitt so um die zweihundert. Sie ist unheimlich pingelig, besteht auf umweltfreundlichen Putzmitteln. Der Ärger ist nur, daß die Sachen mit dem Zeug nicht richtig sauber werden.«
Anna verlangte nach weiteren Details, und Emmy tat ihr den Gefallen, und so verbreitete die Buschtrommel alle möglichen persönlichen Einzelheiten. Wenn die Leute, die Kindermädchen einstellten, ahnten, in welchem Ausmaß ihr Privatleben bis hin zu Angaben über das von ihnen bevorzugte Badeöl in der Öffentlichkeit breitgetreten wurde, hätten sie sich vielleicht dazu entschlossen, ihre Sprößlinge selbst zu versorgen, anstatt arbeiten zu gehen. Stand das dafür? Ein Gehalt im Austausch gegen eine präzise Auflistung der persönlichen Gewohnheiten, der Art der Unterwäsche, der Farbe der Zahnbürste und der Ausdrücke, die man dem Ehemann an den Kopf warf, wenn er nach der Arbeit »nach einem Kurzen« betrunken nach Hause kam?
»Hast du jemanden kennengelernt, Em?«
Emmy dachte an die einsamen Abende, die sie oben in ihrem Zimmer vor dem Schwarzweißfernseher verbrachte (»nur, bis wir uns einen in Farbe leisten können, Emmy«), wo ihre Behaglichkeit von Bovril und einem penetrant riechenden Gasfeuer bestritten wurde, weil die Heizung nicht ganz so weit hinaufreichte. »Nein«, antwortete sie.
Abgesehen davon, daß er sie als freundlich und tüchtig registrierte, schenkte Jamie Emmy keine besondere Aufmerksamkeit. Er

war froh, daß das Problem der Kinderbetreuung gelöst worden war, und schaltete, nachdem er festgestellt hatte, daß sein Sohn sich in guten Händen befand, erleichtert ab. Emmy ihrerseits beobachtete Jamie jedoch aufmerksam und verglich ihn mit den Männern, die sie kannte.

Einerseits mußte Jamie eine Menge von Madam einstecken. Andererseits wurde er gut damit fertig und sagte ihr auch mal, sie solle sich zum Teufel scheren. Von Zeit zu Zeit half er bei Edward aus, indem er nachts aufstand und ihn wickelte. Manchmal schlug er sogar Eier in eine Schüssel auf und verquirlte sie pfannenfertig. An übellaunige Männer gewöhnt, fand Emmy seine gute Laune zunächst verwirrend, dann verdächtig und schließlich verführerisch. Daß sie ihn heiligsprach, vereitelte er allerdings durch gelegentliche Anwandlungen von Gereiztheit, die sich vorzugsweise dann einstellten, wenn Jamie und Violet beide ausgelaugt und hungrig von der Arbeit kamen. Edward war dann natürlich immer in Schlimmstform.

»Du kümmerst dich um ihn«, befahl Jamie Violet an einem Freitagabend. »Ich lege mich in die Badewanne.«

»Ich bin zu erledigt«, entgegnete Violet patzig. »Und wie komme ich überhaupt dazu?«

»Du kommst dazu, weil du seine gottverdammte Mutter bist – auch wenn niemand auf diese Idee käme, der dich mit ihm erlebt.« Jamie riß sich die Krawatte herunter.

»Das ist ungeheuerlich und unfair«, empörte sich Violet.

»Ach, ja?« Jamies Stimme war gefährlich ruhig.

Edwards Schreien unterband eine Fortsetzung der Diskussion, und Emmy, die sich auf dem Flur herumtrieb und sich nutzlos und überflüssig fühlte, zog sich in ihr Zimmer zurück. Später hörte sie trotz der Themamelodie der TV-Seifenoper »Coronation Street« einen heftigen Streit darüber, welche Aufgaben wem

oblagen, der immer hitziger wurde, bis sie Violet die läuferlose Treppe hinunterklappern hörte.
Sie wünschte, sie müßte weder über den Becketts wohnen noch ihre Auseinandersetzungen miterleben.
Als Emmy am Montag morgen unausgeschlafen herunterkam, hörte sie Jamie, als sie durch die Halle ging, in der Küche sagen: »Du kannst ihr nicht noch mehr aufhalsen.«
»Das werden wir ja sehen. Sie hockt hier herum und frißt uns die Haare vom Kopf. (Diese Unterstellung empörte Emmy: Was immer man ihr auch vorwerfen konnte – ihr Appetit war mehr als bescheiden.) Sie hat ein Dach über dem Kopf, sitzt im Warmen, telefoniert auf unsere Kosten, kutschiert in ihrer Freizeit mit dem Wagen durch die Gegend – es wird sie nicht umbringen.«
Emmy umklammerte das Geländer. Es war schlimm genug, Zeuge einer vertraulichen Unterhaltung zu werden – und das auch noch zur Frühstückszeit –, aber noch schlimmer war es, selbst das Thema dieser Unterhaltung zu sein. Sie fühlte sich gekränkt. Bei Emmy gab es keine Intimsphäre zu schützen und keine Vereinbarungen, die über einen Toast hinweg geschlossen wurden. Das machte ihr nichts aus – sie suchte die Einsamkeit sogar – aber es machte ihr etwas aus, daß über sie gesprochen wurde, als sei sie ein Zubehörteil fürs Bad oder für die Küche.
Als Emmy eintrat, strich Violet sich gerade Gemüsepaste auf ihren Vollkornweizentoast. Jamie schaute auf.
»Hallo, Emmy. Wir haben eben über Sie gesprochen.«
Noch immer im Krieg mit ihrer Dauerwelle liegend, hatte Emmy ihre Haare oben auf dem Kopf zusammengerafft und einen Gummiring herumgeschlungen. Einzelne Strähnen waren herausgerutscht, wodurch Emmy, dessen war sie sich bewußt, einem gerupften Huhn ähnelte. Doch der Nacken, in dem sie sich

kringelten, war bemerkenswert schlank. Violet rieb sich den ihren, als sie sagte: »Emmy – wären Sie bereit, in Zukunft den Kleinen ins Bett zu bringen? Ich weiß, ich habe gesagt, ich würde es tun – wegen des Bindungsprozesses und so weiter –, aber Edward kommt mir ausgesprochen ungebunden vor, und ich bin erschöpft. Wenn Sie die Abende übernehmen, kann ich die Morgenprozedur bewältigen.« Violets manikürte Fingernägel wirkten wie scharlachrote Blütenblätter auf weißer Seide.

Emmy warf Jamie einen Blick zu. Was immer er dachte – er behielt es für sich. Doch er erwiderte ihren Blick, und plötzlich spürte Emmy, wie ihre Mundwinkel zuckten. Jamie schien die Situation nicht unter Kontrolle zu haben, doch trotzdem hoben sich auch seine Mundwinkel, und sie hatte das Gefühl, daß sie und Jamie einander verstanden.

»Wenn es Ihnen hilft – okay.« Emmy setzte sich, erinnerte sich, daß die Becketts Kaffee tranken, sie jedoch Tee bevorzugte, und stand wieder auf. Jamie suchte Zuflucht hinter der »Financial Times«, und Violet bebte fast sichtbar vor Ungeduld, aus dem Haus zu kommen – weg von allem. Sie warf einen Blick zu ihrem Mann hinüber.

»Männer haben es leicht«, sagte sie und ließ ihre Fingernägel gegen ihre Kaffeetasse klicken, und ihr verbitterter Ausdruck war nicht nur erschreckend – er machte sie auch urplötzlich älter.

»Ich *bitte* dich«, entgegnete Jamie, der kurz den Kopf gehoben hatte, und vertiefte sich wieder in seine Lektüre.

Emmy aß eine Scheibe Toast und trank Lapsang Souchong, den sie nicht mochte – sie zog die einfachen, althergebrachten Teebeutel vor.

Es war ein merkwürdiges Gefühl, Zeuge dieser Ehezwistigkeiten zu werden, berichtete sie Anna später. Sie wußte nicht recht, was sie von den Becketts halten sollte. »Manchmal turteln die

beiden regelrecht«, erzählte sie. »Aber dann sind sie wieder wie Hund und Katze. Ob das das Gelbe vom Ei ist?« Sie war gerade von ihrem Nachmittagsspaziergang mit Edward zurückgekommen, den sie so lange ausgedehnt hatte, wie die Kälte es erlaubte, und nahm eben das Baby und die Einkäufe aus dem Kinderwagen, als Angus sich über das Geländer lehnte.
»Du siehst aus, als kämst du von einem Wettrennen«, sagte er.
Emmy stieß ein unsicheres Lachen aus. Sie wußte, daß ihre Nasenspitze feuerrot sein mußte. Vielleicht hing sogar ein Tropfen daran.
»Ich habe was für dich.«
Emmy nahm das riesige Bündel, zu dem Edward durch seine Winterausstattung geraten war, auf den Arm und folgte Angus in die Küche. Er deutete aus dem Fenster. Emmys Blick folgte seiner Geste und blieb auf dem Bergahorn haften. Ihre Augen weiteten sich. Angenagelt auf einem der unteren Äste befand sich eine kleine, hölzerne Plattform. Emmy schaute Angus an, und er nickte. Emmy klemmte sich Edward unter den Arm, öffnete die Hintertür und flog förmlich über den Rasen.
Der Landeplatz für die Vögel war zwar roh gezimmert, aber zweckmäßig und außerhalb der Reichweite hungriger Katzen angebracht.
»Ich fand, die Vögel sollten in Ruhe essen können.« Angus war Emmy gefolgt und stand hinter ihr, während sie sein Werk begutachtete.
Emmy spürte, wie ein Lächeln in ihren Mundwinkeln begann und sich ausbreitete, bis sie über das ganze Gesicht lächelte. In ihrem Kopf tirilierte aus voller Brust, klar und voller Freude, eine Nachtigall.
»Danke.« Sie setzte sich das Baby auf die Hüfte. »Das war unheimlich nett von dir.«

In den darauffolgenden Tagen wünschte Emmy sich jedoch, Angus hätte kein Interesse an ihr entwickelt. Nicht, daß sie sich nicht über den Eßplatz für die Vögel gefreut hätte – das tat sie. Sehr sogar. Sie brachte viel Zeit damit zu, durch das Fenster die Kleinvögel und Goldammern zu beobachten, die Stare anzuschreien, daß sie verschwinden und sich mit Konkurrenten ihrer Größe ums Futter streiten sollten.

Nein – es lag daran, daß Angus das Tor zu einer neuen Art von Unsicherheit geöffnet hatte, die sie wie eine Rasur auf empfindlicher Haut erlebte und die bewirkte, daß sie gleichzeitig voller Unbehagen, erwartungsvoll und hilflos war. Warum hatte er die Plattform gemacht? Doch wohl nicht aus Freundschaft. Vielleicht aus einem Impuls heraus. Oder ... er konnte sie doch unmöglich attraktiv finden?

Wie sollte er?

Das war eine Frage, bei der Emmy Anna nicht zu Rate zog, sondern Stillschweigen bewahrte.

Eines Morgens, nachdem Emmy das Frühstücksgeschirr abgewaschen und sich im Bügeln versucht hatte, schlich sie sich nach oben, wusch ihre Haare, behandelte sie mit einer Kurpackung und verwendete unüblich viel Zeit darauf, sie zu trocknen.

Die Prozeduren ergaben keine spektakuläre Verbesserung. Emmy betastete eine Locke und musterte ihr Spiegelbild. Wenigstens fühlten sich die Haare jetzt weich an – sie hatte befürchtet, sie sei dazu verdammt, auf Dauer mit einer Drahtbürste auf dem Kopf herumzulaufen. Dann suchte sie nach einem Pullover, der zumindest eine Spur von Chic hatte.

All ihre Bemühungen waren jedoch für die Katz, denn Angus erschien an diesem Morgen nicht mit seiner Mannschaft. Emmy verbrachte den Tag in dem unangenehmen Zustand ständiger Alarmbereitschaft. Würde er noch kommen? Wenn nein,

weshalb nicht? Vielleicht war er an anderer Stelle eingesetzt worden?
Sie machte den Handwerkern so oft Tee, wie sie es verantworten konnte, ohne daß es übertrieben wirkte, und tapste jedesmal wieder in der Hoffnung mit ihrem Tablett nach oben, irgendeine aufschlußreiche Information aufzuschnappen. Vergeblich.
Während sie Edward seine Abendmahlzeit einflößte, führte Emmy eine erbitterte Debatte mit sich selbst. War sie so bescheuert, daß eine kleine Geste (die er inzwischen sicherlich vergessen hatte) sie dazu veranlaßte zu glauben, sie sei eine Kreuzung zwischen Meryl Streep und Madonna? Okay, nette Gesten waren dünn gesät, aber das war kein Grund, hüftenschwingend herumzustolzieren.
Wo war ihre berühmte Vorliebe für Unabhängigkeit geblieben? Für Einsamkeit? Für die Befriedigung, die es ihr gab, ihr Leben zu gestalten, wie es ihr paßte?
Emmys hochentwickelter Instinkt für Selbstschutz sagte ihr, daß Kerle Schwierigkeiten bedeuteten.
Edward würgte, und sie riß ihm den Sauger aus dem Mund und hielt ihn hoch, bis der Anfall vorüber war. Nachdem der Kleine in hohem Bogen eine Menge herausgespuckt hatte, die ausgereicht hätte, um die Londoner Docks zu überfluten, nahm sein Gesicht wieder eine normale Färbung an, und er beruhigte sich. Sein Blick wanderte zu Emmys Gesicht hinauf. Er studierte es, ab und zu blinzelnd, während er geräuschvoll durch den Mund atmete. Wer bist du? schien er zu fragen, und Emmy merkte, daß sie grinste. Edward blinzelte erneut, schenkte Emmy ein hinreißendes Lächeln und zog sich an ihr hoch, bis er saß.
»Mein Gott!« sagte Emmy. »Das hast du noch nie gemacht. Wenn ich das deiner Mum erzähle.«
Wie sich herausstellte, hielt Mums Begeisterung sich stark in

Grenzen. »Wenigstens entwickelt er sich normal«, sagte sie unbeeindruckt. »Zumindest eine kleine Belohnung für all die Mühe.«
Violet war gerade von der Arbeit gekommen und schleppte sich mit einem langen Kamelhaarmantel und einer übervollen Aktentasche ab. Sie zog an den Fingern ihrer Handschuhe (italienische, schwarzes Leder), ging in die Hocke, streckte ihrem Sohn das Gesicht entgegen und öffnete die Lippen. Edward war nicht erfreut darüber – vielleicht hatte seine Mutter ihn erschreckt – und fing an zu schreien.
»Oh, nein!« stöhnte Violet genervt. »Was für eine Begrüßung!«
Sonntags hatte Emmy frei. Theoretisch auch samstags, doch Violet hatte sie inständig gebeten, in den ersten Wochen darauf zu verzichten, bis sie sich in ihren neuen Job hineingefunden habe, und versprochen, daß Emmy einen richtigen Anstellungsvertrag bekäme, falls sie sich zu bleiben entschließe.
»Entweder das, oder ich muß mir Prue zu Hilfe holen«, sagte sie, als Emmy einen deutlichen Mangel an Zugänglichkeit erkennen ließ.
»Mrs. Valour?« fragte Emmy überflüssigerweise.
»Ja, meine Stiefmutter. Aber ich greife nur zu dieser Lösung, wenn mir gar nichts anderes übrigbleibt.«
»Ach ja?«
»Sie … sie kann nicht besonders gut mit Kindern. Ich muß es wissen. Ich bediene mich ihrer nur, wenn ich dazu gezwungen bin.« Violet klang gestreßt.
Emmys Eindruck nach war Mrs. Valour eine warmherzige, fürsorgliche und mehr als geeignete Mutter. Sie zog die Brauen hoch und begann einen Stapel Babyhemdchen zusammenzulegen. Es war besser, nicht zu tief in diese Beziehung einzudringen.

An jenem Sonntag stand sie spät auf und verließ, bewaffnet mit dem Stadtplan, das Haus, in der Handtasche zwei Wochenlöhne, die sie mangels Gelegenheit nicht ausgegeben hatte. Der Stadtplan informierte sie darüber, daß der Clapham und der Wandsworth Common ganz in der Nähe lagen, und da sie nach ein bißchen Grün hungerte, beschloß sie, die Parks zu erforschen.

Emmy verbrachte eine gute halbe Stunde damit, im Wandsworth Common herumzuwandern und Eltern zu beobachten, die Wickelkinder und größere auf Dreirädern und Skateboards beaufsichtigten. Hundebesitzer führten Vertreter aller erdenklichen Rassen spazieren, und die Fitness-Brigade lieferte verbissen Beweise für ihre Gesundheitsbestrebungen.

Emmy war neugierig. Die Londoner schienen sich ihrer selbst soviel bewußter zu sein als die Leute daheim in Dainton. Dort arbeitete, plauderte und bewegte man sich, ohne sich Gedanken über sein Erscheinungsbild zu machen. Sie achtete darauf, nicht in die von den Fahrradreifen verursachten Rinnen zu treten, in denen sich Regenwasser gesammelt hatte, oder in den Schlamm, der sich über die Ränder des Kinderspielplatzes hinaus ausbreitete, und steuerte, da sie Frühstückshunger verspürte, auf die Ladenterrasse zu. Als sie dort ankam, verging ihr der Appetit, denn das Angebot an Lokalen erschöpfte sich in einer eleganten Weinstube und einem teuer aussehenden Restaurant. Nirgendwo war ein McDonald's in Sicht! Emmy bekam Gänsehaut vor Angst. Sie konnte unmöglich da hineingehen – nicht zu den schicken Joggern, Müttern und Hundebesitzern.

Das einzige, wohin sie sich unter Aufbietung allen Mutes wagte, war der Zeitungsladen, und Emmy ging hinein, um sich die »Mail on Sunday« zu kaufen. Als sie heraustrat, hatte sie sich überredet, ihre Schüchternheit abzulegen. Hocherhobenen

Kopfes marschierte sie in die Brasserie und bestellte Kaffee und ein Sandwich. Der Kaffee war schaumig und mit Schokoladenflocken bestreut, und das Sandwich war ein Baguette.
Emmy starrte an, was man ihr da gebracht hatte, und konnte sich plötzlich gut vorstellen, wie einem Außerirdischen zumute wäre, wenn er zum ersten Mal auf die Erde käme. Sie biß in das Sandwich, die Füllung quoll heraus, und Eigelbbrocken fielen auf ihre Jeans.
Sie wanderte an großen viktorianischen Häusern vorbei und an einem Pub mit glitzernden Fensterscheiben. Eine Gruppe von jungen Männern stand davor an dem Geländer, Biker in Leder mit schweren Stiefeln und vielen Verschlüssen. Einer davon stand mit dem Rücken zur Fahrbahn, und Emmys Magen krampfte sich zusammen, denn sie bildete sich ein, den breiten Rücken und den Pferdeschwanz zu erkennen.
Mit gesenktem Kopf hastete sie vorbei. Wer immer es war, er schaute sich nicht nach ihr um.

7. KAPITEL

Freud vertrat die Meinung, daß wir Dinge vergessen, verlieren oder nicht zu Ende bringen, weil es unbewußt unser Wunsch ist. Wenn das stimmt, ist das Fundbüro in der Baker Street ein äußerst interessanter Ort, und die Berge gestrandeter Regenschirme, Aktenkoffer, Handtaschen und künstlicher Gliedmaßen plus die Dinge, die auf Einkaufslisten geflissentlich unerwähnt bleiben, und die ungeschriebenen Dankesbriefe erzählen eine Geschichte des Menschlichen und allzu Menschlichen.

Prue hatte eine Bluse in der Austen Road vergessen.

»Typisch«, sagte Max und verschränkte die Arme über der Brust.

Da Prues gelegentliche Gedankenlosigkeit ihm zärtliche Belustigung abnötigte und er diese leichte Form von Vertrotteltsein genoß, worüber sich Prue bewußt war, hatte seine herablassend-nachsichtige Haltung sie früher nicht gestört.

Doch offensichtlich wandelte sich ihre Beziehung zueinander, und plötzlich störte sie sich daran. Ja, es lag eine unbeendete Stickarbeit in ihrem Handarbeitskorb – etwa seit 1984. Ja, sie hatte vor, ihr Kunststudium wieder aufzunehmen – irgendwann. Und ja, Johanna von Orléans' Geschichte wartete darauf, von ihr geschrieben zu werden. Aber, gab sie hitzig zu bedenken, als sie ihre Wochenend-Reisetasche voller Wut in den Schrank pfefferte, jeder Mensch, der einen Haushalt führt, jeden Abend eine warme Mahlzeit auf den Tisch bringt, einen Job hat (wenn auch nur auf Teilzeitbasis), bei den jeweiligen Kirchendekorationen mitwirkt, sich bei Dorffesten engagiert und die Arbeit der »Teddys für Katastrophenopfer«-Nähgruppe beaufsichtigt, könne mit Fug und Recht erwarten, als klardenkender Mensch mit nicht unbeträchtlichem Organisationsvermögen beurteilt zu werden.

»Ich finde dich äußerst unfair«, schloß sie ihre Tirade.

Die für ihn ungewohnte Gereiztheit seiner Frau veranlaßte Max zu einem verdutzten Blinzeln. Ein paar Sekunden lang war sein Gesicht ausdruckslos, dann wurde sein Blick vorsichtig. Helen hätte das sofort bemerkt. Prue tat es nicht.

»Tut mir leid, Liebling – das war ein wenig taktlos.« Max löste seine verschränkten Arme und streckte die Hand aus. Leuchtend weiß sprang die Narbe von seiner Messer-Attacke Prue ins Auge. »Nach dem prickelnden London muß die Rückkehr hierher ganz schön deprimierend sein.«

»Nach dem ›prickelnden London‹? Max – ich habe die ganze Zeit damit verbracht, Windeln zu wechseln und mich um ein krankes Baby zu kümmern. Sei nicht albern.«

Max verfiel in Schweigen. Er drehte sich auf dem Absatz um und verließ das Zimmer. Prue hörte ihn später in seinem Arbeitszimmer hin- und hergehen. Und sie hörte auch das leise Klicken von kaltem Metall und roch Rangoon-Öl, und daran erkannte sie, was er tat.

Jamie ließ eine Woche verstreichen. Dann rief er in Hallet's Gate an und schlug vor, sich mit Prue zum Lunch zu treffen – er werde ihre Bluse mitbringen.

Prue versuchte zu sagen: »Bitte schick sie mit der Post«, doch sie schaffte es nicht. »Ich bin nächsten Mittwoch in London, um für mein Buch zu recherchieren.«

»Wir schulden dir ein großes Dankeschön, Prue – vor allem für den Vorschlag, Emmy als Kindermädchen zu engagieren. Wie wär's mit dem ›Ivy‹?«

Prue hätte die Weltentrücktheit einer heiligen Augustine und

deren bis zur Askese betriebene Enthaltsamkeit besitzen müssen, um abzulehnen.
»Ja«, hörte sie sich sagen und beschloß, bei der Gelegenheit ein paar klärende Worte zu sprechen. »Ja, das ist mir recht.«
Als sie ins »Ivy« kam, wartete ihre Bluse auf sie, sorgsam in Seidenpapier eingeschlagen und in einer schicken Tragetüte. Als Dankeschön hatte Violet einige Gesichtscreme-Pröbchen von einer der teuersten Kosmetikfirmen dazugepackt. »Ich dachte, die solltest du ausprobieren«, stand auf dem beiliegenden Kärtchen. »Nochmals danke.«
Prue stellte die kleinen Schachteln wieder auf den Boden der Tragetasche. »Wie aufmerksam«, sagte sie.
Mit gerötetem Gesicht vom Kampf mit dem Stadtplan und dem in forschem Tempo zurückgelegten Weg von der Bibliothek zum Restaurant nahm sie am Tisch Platz, breitete ihre Serviette über ihre Knie und erkannte, daß sie einen Fehler gemacht hatte. Dieses Mittagessen würde zu einem zutiefst beunruhigenden Erlebnis werden und das Zünglein an der Waage, das bisher in der Mitte zwischen Zufriedenheit und quälenden Sehnsüchten gestanden hatte, in Bewegung setzen. Warum tat sie das? Warum saß sie hier, ihrer durch nichts betonten Schönheit und deren Wirkung nicht bewußt, in einem grauen Wollkostüm und weißer Bluse, und aß mit Jamie zu Mittag?
Wer weiß? Vielleicht hatte es etwas mit ihren Nachforschungen über die heilige Johanna zu tun. Für einen Moment fühlte Prue sich in die Bücherei zurückversetzt und sah wieder Decaris Kupferstich vor sich, auf dem Johannas Verbrennung dargestellt war. Die Zehen waren bereits zur Hälfte ein Opfer der Flammen geworden, die schmalen, langen Finger (es war eine äußerst idealisierte Darstellung) in Todesangst ineinander verkrampft, und

Johanna selbst war transparent und unwirklich, wirkte wie das Negativ einer Fotografie.
Sie kehrte in die Gegenwart und zu Jamie zurück, und wieder fiel ihr seine Ähnlichkeit mit dem jüngeren Max auf. »Ich nehme an, dies ist ein ›In‹-Restaurant.«
»Das ist es«, sagte er. »Und ich bilde mir einiges darauf ein, wie leicht ich einen Tisch bekommen habe.«
Prue stellte fest, daß die Anwesenheit zweier Schauspieler und eines Fernseh-Moguls sie beeindruckte. »Wenn ich das dem Frauenbund und Kate erzähle!«
Jamie warf ihr einen Blick zu, der ansonsten für Klienten reserviert war, die die Schüchternen spielten. »Prue – sehe ich so aus, als würde ich dir die Landpomeranze abkaufen?«
Prues Augen verschwanden urplötzlich unter ihren Lidern, und dahinter erstand ein Bild von Johanna, die aus Vaucouleur fortritt, ein unwissendes, ungebildetes Bauernmädchen mit Ideen, die ganz und gar nicht ihrer Herkunft entsprachen, das sich bemühte, mit einem Streitroß zurechtzukommen und mit dem ungewohnten, langersehnten Beinkleid.
»Das solltest du aber«, entgegnete sie kühl. »Ich komme vom Land – und der Frauenbund hat breitgefächerte Interessen.« Sie nippte an ihrem Wein. »Du hast Vorbehalte dagegen.«
Jamie ließ sein Messer kreisen und verfolgte die Bewegung, die von einem Aufblitzen des Silbers begleitet wurde. »Ja, die hatte ich«, gab er zu.
Sie erkundigte sich nach Violet und dem neuen Job und dann nach Jamies jetziger Position. »Welche Voraussetzungen mußtest du dafür mitbringen?« Sie wollte unbedingt erfahren, was ein Vermögensverwalter tat. Sie nahm eine Scheibe Carpaccio auf die Gabel, schob sie in den Mund und aß sie genüßlich.

Ihr Interesse amüsierte Jamie zunächst, dann freute er sich darüber. »Energie. Den Sinn dafür, wann der geeignete Zeitpunkt zum Handeln gekommen ist. Das ist schwierig. Man muß den *advocatus diaboli* spielen und die Ohren weit offenhalten.« Im Gegensatz zu Prue legte Jamie beim Essen ein beachtliches Tempo an den Tag, und sein »Cäsar«-Salat war im Nu vertilgt. Die von ihm erwähnte Energie strömte über den Tisch und saugte sie an, zog sie unwiderstehlich mit sich. Jamie war über zwanzig Jahre jünger als Max, und das machte einen Unterschied. Jamies Leben war im Fluß, er war dabei, seinen Horizont zu erweitern. Max nicht mehr so sehr. Wie er einmal sagte, als sie über seine 1997 anstehende Pensionierung sprachen, hatte er den Berg erklommen und befand sich nun auf dem Plateau. Damals hatte Prue das nicht verstanden.

Man weiß nie, was einen erwartet, wenn man einen Menschen kennenlernt. Prue lächelte Jamie über die leer gegessenen Teller hinweg an, und er erwiderte ihr Lächeln. Man weiß nicht, ob derjenige den gleichen Entwicklungsstand erreicht hat wie man selbst, und es ist Pech, wenn man ihm zu weit voraus ist.

Jamie machte einen Scherz. Prue lachte. Dann verfiel sie in Schweigen. Jamie ebenso. Ihren Blick festhaltend, reichte er ihr ein zweites Stück Brot aus dem Korb. Sie nahm es.

»Schläfrige Prue«, sagte er.

Ihre Augen weiteten sich angesichts seiner Zärtlichkeit, und das Brot zwischen ihren Fingern wurde zu Stein. Gekleidet in irreführendes Grau musterte Prue Valour den Mann ihrer Stieftochter mit einem Übermaß an … was war es? … unangebrachtem Interesse und Freude und fühlte sich auf einmal bedeutend.

Und plötzlich hatte sie das Bedürfnis, diesem Mann gegenüber rückhaltlos offen und ehrlich zu sein. Es war ihr wichtig, daß die dunklen Punkte, die Vergangenheit und was daraus erwachsen und falsch gemacht worden war, jetzt und hier ohne Beschönigung auf den Tisch kamen. »Ich weiß nicht, was Violet dir erzählt hat, aber sie ist manchmal regelrecht grausam mit mir umgegangen«, sagte sie hastig und riß so mit Vehemenz einen Damm ein, den sie nie hatte einreißen wollen, aber nun, getrieben von einer Aufrichtigkeit und entschlossen, daß er ihre schlechteste Seite kennenlernte. Jetzt. Bevor sich diese Geschichte weiterentwickelte. »Und ich wünschte, ich könnte sagen, daß ich es ihr nicht übelnahm, doch das tat ich. Ich tue es noch immer. Das soll nicht heißen, daß Violet nicht gelitten hat. Ich weiß, daß sie das tat. Sehr sogar.«

Als Selbstrechtfertigung war das nicht gerade eine Bravourleistung, aber es hatte in Jamies Vergangenheit eine Lara gegeben, und er verstand, was Prue zu ihrem Geständnis veranlaßt hatte. Verletzlichkeit rührte ihn stets, und Prue sah so verletzlich aus, so angeschlagen durch eine komplizierte Familiensituation – beinahe selbst wie ein Kind. »Man neigt dazu, Dinge so zu sehen, wie sie einem geschildert werden«, sagte er, »und ich hatte keine Veranlassung, Violets Version in Frage zu stellen.« Er fuhr sich mit seiner Serviette über den Mund und warf sie auf den Tisch. »Viel hat sie ohnehin nicht erzählt.«

»Ich bedauere den Loyalitätsbruch«, sagte sie schnell. »Er ist unverzeihlich. Der, den du begehst, meine ich – indem du mir zuhörst. Aber es ist nicht deine Schuld – du hast das Gespräch nicht angefangen.«

Er nahm die zerdrückte Serviette auf und ließ sie wieder fallen. »Wenn wir Wahrheiten über die hören, die wir lieben – erfüllt das den Tatbestand des Loyalitätsbruchs?«

»Ich hasse dich, Prue. Er liebt dich nicht. Er liebt nur Mummy, aber sie ist tot.« Prue wiederholte die Worte, die so lange durch ihren Kopf gehallt waren und die sie vor Max geheimgehalten hatte, weil sie wußte, daß sie ihnen gar keine Aufmerksamkeit schenken sollte. Doch sie hatte es getan.

Wie auch immer – ihre Loyalität bei diesem Mittagessen, beziehungsweise der Mangel daran, war nicht mehr zu korrigieren, und die Intimität ihres Geständnisses hatte … nun … hastig trank sie noch ein paar Schlucke Wein, etwas ungeheuer Erotisches.

Daddy mag dich gar nicht wirklich. Er liebt mich, und er möchte Mummy wiederhaben, aber sie ist tot. Granny sagt, sie glaubt, daß Daddy dich nur aus Bequemlichkeit geheiratet hat.

»Auch ich war grausam, Jamie. Zuerst aus Unwissenheit heraus, dann aber sicherlich, weil sie mich so oft kränkte. Es machte mir klar, daß unschuldig zu sein einen nicht daran hindert, gemein zu sein.«

Jamie hörte ihr schweigend zu. Dann schenkte er ihr Wein nach.

»Entschuldige«, sagte sie. »Das reicht. Ich werde das Thema nicht mehr anschneiden.«

Jamie war kein Narr, und er wußte, wann es Zeit war, den Rückzug anzutreten. Außerdem war das alles vor langer Zeit geschehen, ehe er auf der Bildfläche erschien. Er lenkte das Gespräch von Violet ab, und da seine Arbeit nie ganz aus seinen Gedanken verschwand, fragte er sie, ob sie meine, daß London sich verändert habe.

Ein wenig überrascht und entwaffnet dachte Prue darüber nach. Die Leute wandten sich an Max, wenn sie Rat brauchten, und an Prue, wenn sie Hilfe bei einem Schulsportfest oder einem Erntedankfest brauchten. Es war Gewohnheit, und Prue verzieh den männlichen Chauvinisten und verwandten Spezies wie altjüngferlichen Tanten, denn sie selbst war ebenso gewohnheitsgebunden wie sie. Trotzdem hatte sie sich anfangs darüber geärgert, sich dann jedoch daran gewöhnt, wie Frauen sich an Fettpolster auf ihren Hüften gewöhnen.

»Tja – was meine ich?« kurbelte Prue ihr Gehirn an, das so schwer in Gang kam, als stecke es im Schlamm fest. »Ich glaube, die jüngsten Ereignisse zeigen, daß die Politik London nicht mehr beeinflußt. Die Geldmärkte beeinflussen die Politik.«

»Die Politiker haben ihr Verfallsdatum überschritten?«

»Gewissermaßen.«

»Ist das gut? Immerhin wählen wir die Politiker.«

Prues Aufmerksamkeit wurde durch eine Blondine in einem schwarzen Minikostüm abgelenkt, die sich an einen Nebentisch setzte. Eine Schildpattspange hielt die mit Strähnchen versehenen Haare aus einem Gesicht, dem durch Künstlerhand perlmuttschimmernde Makellosigkeit verliehen worden war. Sie war Prue so unähnlich, wie man es nur sein konnte.

Sie kehrte zu Arbeitslosigkeit und Londons Schwachstelle zurück. »Die Mitte ist nicht tragfähig«, sagte sie.

»Das ist ein Zitat, stimmt's? Ich kann mich allerdings nicht erinnern, woher ich es kenne.«

»Ich auch nicht.«

Johanna hätte vielleicht dasselbe gesagt – nur wußte sie nichts über Philosophie und Mystizismus. In Frankreich herrschte das Chaos, in Domrémy ebenfalls, seine Kirche war teilweise zerstört. Was dachte sie über ihr ruhiges, fruchtbares Meuse-Tal, während sie die Morgendämmerung über die tauschweren Wiesen gleiten und die Nebel zerreißen sah, die über dem berühmten *Bois chenu* hingen? Was dachte sie, nachdem die anglo-burgundische Bande das Vieh abgeschlachtet und die Kirche geplündert hatte? Daß die Mitte nicht tragfähig war?

Jamie sprach über das russische Hilfsprogramm, den Deal, den ein drogensüchtiger König mit dem Gericht gemacht hatte, um eine Strafmilderung zu erreichen, und das Hochkommen der neuen Rechten in Deutschland, die bei der Wahl dreizehn Prozent der Stimmen eingesackt hatten. Prue hörte zu, wie er das Weltgeschehen abhandelte – Wirtschaft, Hochfinanz, Bombenexplosionen, die Politik der Habgier, Hilfe und Übereinstimmung. Sie war ein so großer Planet, diese Erde, auf der sich kleine Dinge wiederholten, bis sie riesig groß wurden – Gier, Machthunger und Umweltverschmutzung.

Jamie war in Fahrt. Prue hörte ihm zu, warf hin und wieder etwas ein, und es kam ihr vor, als werde ein durchsichtiger Glassturz über sie gestülpt und schließe sie unter seiner schimmernden, nichts verbergenden Kuppel ein. Prue wußte, daß sie eigentlich an die Wände trommeln sollte, um hinausgelassen zu werden, doch sie tat nichts dergleichen.

Später gingen sie die St. Martin's Lane hinunter, und Jamie fragte Prue, weshalb sie sich so für Johanna interessiere.

»Wahrscheinlich, weil sie das Unmögliche möglich gemacht hat«, erklärte sie.

Als sie durch das Heckfenster des Taxis schaute, in das Jamie sie gesetzt hatte, sah sie ihn reglos dastehen, den Blick auf den Boden geheftet. Kein Wort war über den beschämenden Vorfall in jenem anderen Taxi verloren worden oder über das, was danach geschehen war.

Das Zwischenspiel ist vorbei, der Vorhang ist gefallen. Behütet und beschützt, wie zu leben sie sich entschieden hatte, begriff sie jetzt, daß Leidenschaft aus heiterem Himmel kommen konnte – wie ein Blumenstrauß von Fleurop mit einem Kärtchen daran, auf dem stand: Du bist dran.

Janes Ratten machten Probleme. Wann hatten sie das nicht getan? dachte Prue, sich ohne Kummer an ihre kurzen, aber zwischenfallreichen Leben erinnernd. Sie wirkten nicht nur wie Magneten auf Katze Bella, womit die Gefahr eines Ratten-Holocausts an der Tagesordnung war, sondern hatten auch noch Geschmack an der Freiheit gefunden. Dank Jane, für die das Wohlbefinden ihrer Lieblinge oberstes Gebot war, hatten die Ratten Gelegenheit, sich morgens und abends in ihrem Schlafzimmer zu ergehen, was Prue veranlaßte, in regelmäßigen Abständen den Teppich zu shampoonieren und sich selbst immer wieder zu versichern, daß Exkremente von als Haustieren gehaltenen Ratten unmöglich krank machen könnten.

Das Schlimmste an der Sache war: Rattenleben sind nur kurz, und Toffee kränkelte bereits seit vierzehn Tagen. Als Prue Jane an jenem Freitag abholte, bestand diese darauf, ihn zum Tierarzt zu bringen.

»Er ist krank. Ich *weiß*, daß er krank ist.« Sie drückte die Nase an das Drahtgitter des Käfigs, wo Toffees Schwanz kalt und schlaff von einem Haufen zerfetzten Zeitungspapier herunterhing.

Prue bückte sich und musterte Toffee. Was sie sah, war nicht ermutigend. »Okay – bringen wir ihn zum Tierarzt.«

Janes Gesicht spiegelte eine Mischung aus Kummer und Furcht wider – und rückhaltloses Vertrauen in ihre Mutter. »Meinst du, er wird wieder gesund?«

Soll man lügen, um die Angst eines Kindes zu mildern? Soll man diesen Blick verscheuchen, der wie ein Messer in das Herz eines Erwachsenen fährt, nur um ein paar Minuten der Erleichterung willen? Wenn Jane litt, litt Prue ebenfalls, und sie wußte nie genau, ob sie log, um Janes Schmerz zu lindern oder ihren eigenen.

Im Endeffekt erwies sich die Fahrt zum Tierarzt als Toffees letzte. Als sie endlich die Praxis erreichten, war er schon tot. Prue

würde sich lange an Janes gequälten Aufschrei erinnern und an den Anblick, den ihre Tochter bot, als sie, umgeben von einem Zeitschriftendurcheinander, auf einem Plastikstuhl hockte und schluchzend eine tote Ratte an ihre Brust drückte.
»Ich bin geübt im Umgang mit Hinterbliebenen, Mrs. Valour«, flüsterte der Tierarzt ihr zu und löste Toffee behutsam aus Janes Umklammerung. »Ich kümmere mich um sie.« Seiner Erfahrung nach trauerten Menschen tiefer um ihre Tiere als um andere Menschen – es war erstaunlich, aus wie vielen Witwen »lustige« wurden. Er zog aus dem Kartongewirr unter dem Tisch eine Schachtel als Sarg für Toffee heraus und legte ihn vorsichtig hinein.
»Komm mit und such das Etikett raus, das draufgeklebt werden soll«, forderte er Jane auf und machte die Schachtel zu. »Du mußt seinen Namen und seine Daten draufschreiben.«
»Wenn Sie bezüglich der Trauerarbeit meine Hilfe benötigen, Mrs. Valour – es braucht seine Zeit, wissen Sie –, dann kommen Sie her«, sagte er, während er Buttons, den Überlebenden, untersuchte, den er für gesund befand.
»Ich gebe ihm nur für alle Fälle ein paar Vitamine«, sagte er, zückte eine riesige Spritze und schrieb anschließend eine ebenso eindrucksvolle Rechnung.
»Was wird Buttons ohne Toffee machen?« Tränen strömten über Janes Wangen. »Er ist doch jetzt ganz allein.«
Ein riesiger Kloß bildete sich in Prues Hals, und sie verfluchte den Tag, an dem die Ratten Einzug ins Haus gehalten hatten. »Vielleicht wird es ihm gar nicht so sehr auffallen, Schätzchen – er empfindet ja nicht wie ein Mensch.«
Jane hörte abrupt auf zu weinen und starrte ihre Mutter an. Prue erlebte ihren Blick wie einen Peitschenschlag.
»Woher weißt du das, Mum?«
Sie zog ihre Tochter an sich. »Ich weiß es nicht, Schatz – aber ich

halte es für ziemlich wahrscheinlich, daß er nicht die gleichen Gefühle hat wie wir.«

Jane klammerte sich an Prue. »Es ist so schrecklich, daß alles auf der Welt sterben muß. Warum ist das so?« Und sie fügte hinzu: »Toffee hat niemandem was getan – nur brav in seinem Käfig gelebt.«

Prue streichelte das nasse Gesicht. »Diese Fragen stellen die Menschen seit Anbeginn der Zeit, und ich kenne die Antworten auch nicht.« Sie dachte einen Moment nach. »Es mag dir seltsam vorkommen, Janey – aber der Tod macht das Leben wertvoller.«

Vielleicht, dachte sie, als sie ihre wieder schluchzende Tochter zum Auto führte und hineinsetzte, ist das Sterben einer geliebten Hausratte eine nützliche Hilfe dabei, einem Kind die Grundursachen der menschlichen Herkunft näherzubringen.

Als Jane am Samstag morgen aufstand, fühlte sie sich wie gerädert. Blaß und mit verquollenen Augen verbrachte sie den Vormittag über Buttons Käfig gebeugt. Um die Essenszeit ging Prue nach ihr sehen.

Das Zimmer sah aus, als sei eine Bombe darin explodiert, doch Prue verkniff sich eine entsprechende Bemerkung und zog nur die Vorhänge auf. Dann bückte sie sich und räumte die Rollschuhe aus dem Weg, die, wenn sie dort, mitten auf dem Teppich, liegengeblieben wären, eine ernsthafte Gefahr für Leib und Leben dargestellt hätten.

»Es gibt Mittagessen«, sagte sie. »Hast du mich nicht rufen gehört?«

Jane hob den Kopf, und Prues Verärgerung verpuffte sofort. Ihre Tochter hatte dunkle Ringe unter den Augen, die ein früheres Au-pair-Mädchen einmal sehr bildhaft als »Säcke« beschrieben hatte. Alter Gewohnheit entsprechend erwachten postwendend die alarmierendsten Assoziationen – Anämie, Leukämie – in Prue.

»Fühlst du dich krank?«

»Nein – alles okay.«

Das war gelogen. Prue setzte sich aufs Bett und musterte Jane eingehend. »Ist in der Schule alles in Ordnung?« Das offensichtliche Zögern war eine erleichternde Erleuchtung für Prue. Sie klopfte auffordernd auf den Platz neben sich. »Erzähl's mir.«

Janes Blick wurde starr. Prue erkannte intuitiv, daß in ihrem Innern ein Kampf tobte – zwischen dem Wunsch, den Schein zu wahren, und dem, sich ihren Kummer von der Seele zu reden.

»Alle hassen mich.« Janes Ton ließ das Geständnis wie eine Entehrung klingen. »Sie verspotten mich.«

»Ach, ja?«

»Niemand will mit mir zusammenarbeiten. Im Chemiesaal stand ich allein da, und Miss Cook mußte das Experiment mit mir machen. Ich dachte, ich würde sterben.« Jane ließ sich gegen Prue sinken. »Wenn ich sterben würde, würde ich wenigstens Toffee wiedersehen.« Jane bemühte sich angestrengt, ihre zitternde Unterlippe ruhigzuhalten, und sagte: »In Wirklichkeit macht es mir gar nichts aus, Mum.«

Jede Andeutung eines Angriffs auf ihre Tochter weckte elementare Gefühle in Max und Prue, allen voran den Wunsch nach Rache und tiefes Mitleid mit ihrem Kind, und es nutzte nicht das geringste, daß Prue und Max sich immer wieder ermahnten, nicht zu emotional zu reagieren oder darauf hinzuweisen, daß Jane, um im Leben bestehen zu können, notwendigerweise einige Lektionen lernen mußte, daß sie, ihre Eltern, sie nicht vor allem Negativen bewahren konnten, ja, es nicht einmal sollten. Da sie ihrer Stimme nicht traute, nahm Prue schweigend Janes

Hand in die ihre und fuhr zart mit dem Daumen über die kindlich glatte Handfläche.

»Alicia haßt mich, und sie stiftet alle anderen an, zu sagen, daß ich dumm und häßlich bin. Sogar Lydia.«

Theoretisch war Lydia Janes beste Freundin, mit der sie Armbänder getauscht hatte und – als noch eindrucksvollere Demonstration enger Freundschaft – Barbie-Pferde. Prue konzentrierte sich darauf, ein Bild von der Situation zu gewinnen, und unterdrückte auf diese Weise den Drang, Alicia zu schütteln, bis ihre Zähne wackelten.

»Was soll ich tun, Mum?«

Der Haßvirus war in der vierten Klasse ebenso entstellend und ansteckend wie Windpocken, und im Moment entstellte er das Gesicht ihrer elfjährigen Tochter ebenso wie die verunstaltenden Pusteln. Prue umfaßte es, spürte die Schädelknochen, als seien es ihre eigenen, und küßte Jane auf die Stirn. »Hör mir zu. Es wird nicht so bleiben. Nichts bleibt für immer, wie es ist. Ich weiß es – mir ist das auch passiert.«

Jane hob ihren tränenverhangenen Blick und schaute ihre Mutter an. »Wirklich, Mum? Wirklich? Sagst du das nicht nur so?«

»Es war so schlimm, daß ich Granny und Gramps anflehte, mich von der Schule zu nehmen. Sie weigerten sich, und ich entdeckte, daß Unbeliebtsein kein Dauerzustand ist. Manchmal ist man es und manchmal nicht. Ich wette, im nächsten Schuljahr haßt Alicia jemand anderen.«

»Ein ganzes Schuljahr, Mum!«

»Hör zu. Wenn du dir anmerken läßt, daß es dir etwas ausmacht, wird Alicia noch gemeiner werden. Sie möchte, daß du dich elend fühlst – also zeig ihr nicht, daß du es tust. Und wenn sie dich attackiert, sag ihr, sie soll den Mund halten. Rädelsführer mögen es gar nicht, wenn man ihnen den Mund verbietet.«

Jane lehnte sich wieder an ihre Mutter und schien ihren Rat zu verinnerlichen. Prue atmete den Duft ihrer Tochter ein – eine Mischung aus Prues bester Jasmin-Seife und billigem Shampoo – und war sich des erblühenden Körpers an ihrer Seite deutlich bewußt. Wie eine heiße Flut ergoß sich ihre Liebe über das kleine Gesicht mit den dunklen »Säcken« unter den Augen, die runden Kinderhände und die zu hageren Schultern.

Bitte (Gott?) – bitte sorge dafür, daß ich sie beschützen kann, bis sie alt genug ist, um allein zurechtzukommen.

»Eins noch, Janey: Wenn sie sich ein anderes Opfer vornehmen, vergiß nicht, wie dir zumute war. Vergiß nicht, wie es ist, sich elend zu fühlen.«

»Nein, Mum.«

Selbst wenn sie aussehen wie eine Kreuzung aus Rotkäppchen und Barbie, sind Kinder nicht von Natur aus christlich eingestellt. Selbstkasteiung war etwas für Erwachsene, und selbst da verhielt es sich wie mit den weißen Weihnachten: Man sollte sich nicht darauf verlassen, sie zu erleben. Prue würde es jedenfalls nicht tun.

Jane nahm das Taschentuch, das Prue ihr hinhielt. »Danke, Mum«, sagte sie mit kleiner Stimme. »Ich weiß nicht, was ich ohne dich tun sollte.«

Niemals, niemals werde ich Jane Kummer machen, schwor Prue sich. Sie ist das Wichtigste in meinem Leben.

Niemals, niemals.

Jamie rief an.

Prue umklammerte den Hörer so fest, daß ihre Fingerknöchel weiß hervortraten.

»Vielleicht können wir wieder miteinander essen, wenn du das nächste Mal in der Stadt bist.«

Sie schloß die Augen und dachte an Jane. »Ich halte das für keine gute Idee«, sagte sie zu ihrem leichenbleichen Fingerknöchel und dachte, wenn ich dich mit aller Wucht gegen den Tisch schlage, bringe ich damit vielleicht den Teufel um, der mich reitet. Sie telefonierte in Max' Arbeitszimmer, hatte die Fotografien vor sich, die auf seinem Schreibtisch standen. Eine war eine Familienaufnahme – sie und Max mit Jane zwischen sich. Max schaute Prue an, voller Zuneigung und – wie ihr jetzt auffiel – ein wenig besitzergreifend. Ihre Knie waren weich, und ihr Herz hämmerte gegen ihre Rippen. Sie atmete tief ein und sprach weiter: »Ich denke, du weißt, warum.«

Das Schweigen am anderen Ende der Leitung war unheilschwanger, schwer von ungesagten Worten. Sie stellte es sich wie einen Sommerhimmel vor, an dem blauschwarze Wolken aufgezogen waren, die ein Unwetter ankündigten.

»Du brauchst dir keine Sorgen zu machen, Prue.«

Mit atemberaubender Geschwindigkeit vollführten Prues Gefühle eine Kehrtwendung. Sie hatte sich also geirrt! Der Kuß im Taxi war nur der Erleichterung nach der Anspannung entsprungen, der nächtliche Besuch in ihrem Zimmer nur eine höfliche Geste, die in seinen Kreisen den gleichen Stellenwert genoß wie die Verabredung auf einen Drink oder zum Essen. Da Jamie sie nach der Taxi-Episode nicht kränken wollte, war er aus Anstand in ihrem Schlafzimmer erschienen, aus dem er sich zweifellos gern unverrichteter Dinge entfernt hatte. Das war alles. Jamie hatte ihre Gefühle nicht verletzen wollen. Alles, was Prue abverlangt worden war, um sich vor einem Fauxpas zu schützen, war, sie zu verbergen. Statt dessen hatte sie sich wie der vielzitierte Elefant im Porzellanladen benommen. In der segensreichen Abgeschiedenheit des Arbeitszimmers ballte Prue ihre Hand zur Faust und schlug sich damit fest gegen den Magen.

»Tut mir leid – ich habe einen Fehler gemacht.«
»Nein, das hast du nicht.«
Sie spürte, wie ein idiotisches Lächeln auf ihrem Gesicht erschien. Du bist verrückt geworden, Prue Valour. Verrückt und gefährlich.
»Aber du hast recht, Prue – Mittagessen ist wahrscheinlich wirklich keine gute Idee.«
Das Arbeitszimmer erschien ihr plötzlich sehr kalt und staubig, und die Stille, die sie umfing, nachdem sie den Hörer aufgelegt hatte, war unangenehm laut. Prue betrachtete eines der Fotos. Damals war sie schlanker gewesen, und das hatte ihr gut gestanden. Sie musterte ihr jüngeres Ich kritisch und verglich es mit dem Konterfei von Helen, das ebenfalls auf dem Schreibtisch stand.
»Ich kann dich nicht ausstehen«, erklärte sie der schönen Vorgängerin zum x-tenmal, »und obwohl du tot bist, hast du mir mein Leben vergiftet.« Helens glänzende Augen und blutrote Lippen bewegten sich nicht, und kein Luftzug brachte ihr sorgfältig frisiertes, schimmerndes Haar durcheinander.
Prue nahm Helens Foto und stellte es nach hinten, so daß es teilweise durch eines von Max bei einem Firmen-Dinner verdeckt wurde.

Am anderen Ende der Leitung saß Jamie in seinem Büro und drehte den mit dem Bank-Logo bedruckten Kugelschreiber zwischen Daumen und Zeigefinger.
»Kleines Tagtraum-Intermezzo?« fragte Dyson, einer seiner Kollegen, der den Kopf zur Tür hereinstreckte. »Malen Sie sich aus, wie viele Millionen Sie verdienen werden?«
»Ich dachte gerade über Klischees nach.«
»Guter Gott.« Dyson ließ sich in den Sessel sinken, der vor

Jamies Schreibtisch stand. »Haben Sie die Lösung für das große Klischee ›Wirtschaftskrise‹ gefunden?«
Jamie war über sein eigenes Verhalten schockiert. »Nur weil ein Klischee ein Klischee ist, sollte man nicht den Fehler machen, es zu unterschätzen.«
»Guter Gott«, wiederholte Dyson unbeeindruckt.

8. KAPITEL

Der Wecker schrillte durch die Dunkelheit und riß Violet aus dem Schlaf. Ein paar Sekunden lang lag sie regungslos da, verzweifelt und kraftlos, ehe das Adrenalin durch ihre Adern strömte.

Die Skandinavier widmen dem Schnee ein umfangreiches Vokabular – Mütter haben eines rund um den Schlaf entwickelt. Oh, diese bleierne, köstlich lähmende Wärme. Diese Mattigkeit, die langsam von einem Körper Besitz ergreift, der sich in Sehnsucht danach verzehrt. Komm, komm schnell.

Bleib.

Schlaf.

Aufstehen. Anziehen. Frühstück machen. Edward füttern. Zähne putzen. Zur Arbeit gehen ... nach Hause kommen. Abendessen machen. Zähne putzen. Zu Bett gehen ... aufspringen und Edward füttern.

Ein Schrei klang aus dem Kinderzimmer herüber und sprengte den Verschluß von dem Bohrloch, in dem Violets Wut gefangen gewesen war. Heiß schoß Zorn durch ihren Körper, und mit einem Ruck zog sie sich die Decke über den Kopf. Wieviel konnte ein Baby von seiner Mutter verlangen? Und wie alt müßte es werden, bis es endlich durchschliefe? Zweimal hatte sie in dieser Nacht antreten müssen, um das unersättliche Monster zu bedienen, das offenbar im Körper ihres Sohnes wohnte. Edward hatte keinen Grund zu schreien, und die Grundlosigkeit steigerte ihren Zorn um ein weiteres. Er genoß alle erdenkliche Fürsorge. Er wurde gefüttert. Er wurde gewickelt. Man sprach mit ihm. Man schmuste mit ihm. Aber kein noch so häufiges Füttern,

Wickeln oder Schmusen vermochte den ständig offenen Mund versöhnlich zu stimmen, dessen Daseinszweck das Schreien zu sein schien.

Unter ihrer Bettdecke versuchte Violet sich zu erinnern, wie es gewesen war, als sie – vor noch gar nicht so langer Zeit, mein Gott – kein Kind gehabt hatte. Es gelang ihr nicht.

Jamie gab verschlafene Geräusche von sich, und sie drehte sich zu ihm um und zog die Decke von ihrem Gesicht. »Bitte, schau du nach Edward, Jamie. Ich bin fertig. Im Kühlschrank ist Saft.«

»Muß ich?«

»Ja«, antwortete Violet scharf.

Jamie rappelte sich auf und tapste aus dem Zimmer. Violet drückte den Kopf in ihr Daunenkissen. Sie sehnte sich zurück nach Ruhe, Stille und dem herrlichen Gefühl, nicht gefordert zu sein – und den Richtlinien, nach denen sie vor Edwards Existenz gelebt hatte.

Sie hörte Jamie mit dem Kleinen reden und Edward mit leisen Grunz- und Kicherlauten antworten, und dann verschwanden Vater und Sohn nach unten. Violet ließ ihren angehaltenen Atem entweichen, rollte sich aus dem Bett und streifte ihr Nachthemd ab. Dekolletiert und spitzenbesetzt war es ein Relikt aus der Vor-Baby-Ära, ungeeignet für nächtliche Ausflüge, und sie ermahnte sich lustlos, zweckmäßigere zu kaufen. Die Vorstellung von sich in einem zweckmäßigen Nachthemd ließ ihren Zorn überschäumen. Mit knirschenden Zähnen zwang sie sich, ins Bad zu gehen und wie jeden Morgen die Maske anzulegen, ohne die sie das Haus grundsätzlich nicht verließ.

Der Anblick ihres ungeschminkten Gesichts löste stets ein – symbolisches – Jucken in Violets Fingern aus, denn hier hatte sie das ideale Grundmaterial für eine Gestaltung nach ihren Wünschen.

Reinigungsmilch, Gesichtswasser, Nährcreme. Violet wich nur selten von den Vorschriften ab, die sie sich selbst gemacht hatte, nachdem sie in einem eindrucksvollen Alter in der sechsten Klasse Artikel über Hautpflege gelesen hatte. Die Artikel waren hoch wissenschaftlich gewesen, und Violet hatte sich leicht skeptisch, aber entschlossen Notizen gemacht und sich nach den empfohlenen Produkten umgesehen – etwa wie ein überzeugter Atheist insgeheim mit der Idee liebäugelt, daß es den Messias doch geben könnte: Man hat nichts zu verlieren.

Wenn man es glauben wollte, dann öffneten Liposomen eine mögliche Tür zur ewigen Jugend. Violet war schlau und entschied sich für das teuerste Präparat, da ihr bei diesem die Wunderwirkung am sichersten erschien.

Sie warf einen Blick auf die Uhr und griff nach einem Moisturizer, der sie durch seine kühl-elegante Verpackung bestochen hatte und die ersehnten Liposomen der Beschreibung nach löffelweise enthielt. Ein bösartiger Gnom, der in ihrem Hinterkopf auf und ab hüpfte, teilte ihr mit, daß sie betrogen worden sei: Werbetexte lügen, sagte er – das ist ihre Aufgabe. Der langjährige Umgang mit dem tückischen Kobold befähigte Violet, seine zersetzenden Äußerungen zu ignorieren.

Sie verteilte die Creme auf Gesicht und Hals. Anschließend bürstete sie mit kräftigen Strichen ihr Haar in alle Richtungen, begutachtete das Ergebnis, überprüfte ihre Brauen auf etwaig nachgewachsene Härchen, kämmte ihre Wimpern und beschnitt mit einer Spezialzange die Nagelhaut an ihren Fingern.

Jamie kam ins Schlafzimmer zurückgetapst und legte Edward aufs Bett. Widerwillig überließ Violet ihrem Mann das Bad. Der

Blick des Babys konzentrierte sich auf seine Mutter, und ein Lächeln entblößte vier weiße Zähnchen.
»Er scheint heute morgen guter Dinge zu sein«, sagte Jamie und hob ein Handtuch vom Boden auf. »Aber durstig.«
Violet streckte ihrem Sohn einen Finger hin, doch sie nahm ihn nicht hoch. Sie war bereits bürofertig angezogen, und Edward hatte Spucke im Gesicht kleben, und sein Strampelanzug wies einen undefinierbaren Fleck auf. Edward packte ihren Finger, steckte ihn in den Mund und biß zu.
»Au! Du kleines Biest!« Violet riß ihren Finger weg, und Edward jaulte enttäuscht auf. Im Badezimmer blickte Jamie mit gerunzelter Stirn sein rasierschaumumkränztes Spiegelbild an. »Vorsicht«, mahnte er durch die offene Tür. »Ich habe ihn gerade erst mit Mühe aufgeheitert.«
Violet wertete seine Bemerkung als Kritik, und eine neuerliche Zorneswelle überspülte sie.
»Ich gehe Frühstück machen«, sagte sie gereizt und eigentlich hieß das: »Laß mich in Frieden, Jamie.«
»Mußt du so unleidlich sein, Violet?«
Sie wäre am liebsten zu ihm gelaufen und hätte den Kopf gegen seine Brust geschlagen, bis auch das letzte bißchen Atem aus seinem provozierenden, überlegenen und überheblichen Körper gewichen wäre.
»Ach, halt den Mund!« fuhr sie ihn an.
Eine Flamme der Gemeinheit und Abneigung züngelte zwischen den Eheleuten auf. Das Baby spürte es und begann zu weinen, aber Violet machte keine Anstalten, den Kleinen hochzunehmen.
Jamie sah Violet einen Moment lang an und drehte ihr dann den Rücken zu.

An den Wochenenden sehnte Violet die Erleichterung herbei, mit der es sie erfüllte, wenn sie am Montagmorgen das Haus verlassen durfte – ähnlich wie ein Patient, der das Krankenhaus verlassen darf. Die Haustür mit einem Klicken einrasten lassen, zwei Schritte den roten Plattenweg hinunter, durch das Gartentor, auf die Straße hinaus und – ahhhh! Freiheit. Luft.
Das ganze Wochenende spielte sie mit dieser Vorstellung. Ein ganzer Tag, eine ganze Woche ohne mein Baby.
»Morgen, Vi«, begrüßte Lavinia, ihre Sekretärin, sie fröhlich, als Violet am Montag morgen um Punkt Viertel nach neun hereinkam. Es war der fünfundzwanzigste Mai, der Tag, vor dem ein Palästinenser einen jungen Israeli ermordet hatte, und der Tag, bevor in Nantes eine gerichtliche Untersuchung begann, die sich mit den angeblichen Kindermorden des Gilles de Rais befaßte, der 1440 dafür mit dem Tode bestraft wurde. Gilles hatte natürlich an der Seite von Johanna von Orléans gekämpft.
Violet interessierte sich zwar nicht für Angelegenheiten, die so weit außerhalb ihrer Welt lagen, doch Lavinias gute Laune war ansteckend. »Guten Morgen«, erwiderte sie, zog ihre Jacke aus und hängte sie sorgfältig auf einen ihrer mit schottenkariertem Stoff überzogenen Bügel. »Irgendwelche Nachrichten?«
Lavinia zog ihren mit Hieroglyphen bedeckten Notizblock zu Rate. »Nein – sieht nicht so aus.«
Violet quetschte sich hinter ihren Schreibtisch. »Lavinia – ich möchte Sie bitten, mich nicht ›Vi‹ zu nennen.« Lavinia schaute sie einen Moment verständnislos an, dann errötete sie. »So heiße ich nämlich nicht.« Violets Ton war freundlich – und tödlich. »Es ist so, als würde ich Sie mit ›Lav‹ oder ›Lavvy‹ ansprechen.«

»Entschuldigen Sie«, sagte Lavinia.
Violet bat um eine Tasse Kamillentee und bereitete sich auf die Marketing-Konferenz vor, die schwierig, wenn nicht gar stürmisch zu werden versprach. Sie legte sich im Geiste die Fakten zurecht, schärfte sich noch einmal die ihr bekannten Daten über amerikanische Discount-Angebote ein und las einen Bericht über ein »großes« Buch, dessen Rechte zur Versteigerung standen, was in dem Bestreben, sie sich zu sichern, sämtliche Verlage in Hysterie versetzte.
Allmählich ließ ihre Gereiztheit nach, und ein warmes Glücksgefühl stieg in Violet auf.
Unglücklicherweise war die Konferenz stürmisch, und das Gewitter entlud sich ausgerechnet auf ihr Haupt. Nachdem sie versäumt hatte, einige Zahlen zur Vorlage zusammenzustellen, mit deren Anforderung sie bei genauer Überlegung hätte rechnen müssen, wurde zur Sprache gebracht, daß sie einen Vertrag abgesegnet hatte, der amerikanische Lizenzgebühren noch auf der alten Basis veranschlagte, anstatt – entsprechend der neuen Gepflogenheit – ihn unter Zugrundelegung des erzielten Preises zu spezifizieren.
Niemand in der Runde äußerte sich zu der Kritik, doch es war höchstwahrscheinlich, daß sich hinter den Stirnen der betont ausdruckslosen Gesichter am Tisch – einschließlich der von Sebastian Westland – emsig Verteidigungsstrategien für den Fall entwickelten, daß es einem selbst an den Kragen ginge, oder Schadenfreude produzierte. Rezession macht Herzen hart; Arbeitskräfteabbau ist eine direkte Folge der Rezession – und in der Verlagsindustrie war diese Tendenz besonders ausgeprägt. Die Fee, die bei Violets Geburt am Bett stand, hätte ihr sagen sollen, daß es sich nicht empfahl, unvorbereitet zu einer wichtigen Konferenz zu erscheinen.

Die Luft im Raum wurde stickig, und ein Geruch von Wildtieren auf der Pirsch hing vielsagend über angespannten Körpern und Gesichtern, die im kalten Licht der Stadt wie bleiche Pilze aussahen.
Violet richtete ihren Blick mit etwas geweiteten Augen (für gewöhnlich erzielte das die gewünschte Wirkung) auf den Verlagsleiter, einen attraktiven, aber zu Jähzorn neigenden Mann. Auch wenn man ein Baby hatte, zwei Babys, drei Babys, die Augen tief in den Höhlen lagen und Schlafmangel einen ausgelaugt hatte – es interessierte nicht. Erschöpfung war keine Entschuldigung für berufliche Patzer. Das war kein Argument. Sie mußte mit den anderen mithalten – ebenso entschlossen, kämpferisch und hungrig, wie sie es waren.
»Es wäre hilfreich gewesen, wenn diese Zahlen vorgelegen hätten«, wiederholte der Verlagsleiter, und sein Ton war beißend. »Können wir sie nächste Woche haben? Wenn Sie es nicht schaffen, kann ja jemand anderer sie zusammenstellen, Violet.«
Niemals! Da hätte sie sich eher selbst den Wölfen zum Fraß vorgeworfen.
»Überlassen Sie es ruhig mir«, sagte sie und verzog den Mund zu einem, wie sie hoffte, überzeugenden Lächeln.
Eine kurze Pause folgte, dann kam das nächste Thema auf den Tisch. Violet kritzelte angelegentlich etwas auf ihren Notizblock. Sie sehen mich alle an, dachte sie, wobei sie nicht einkalkulierte, daß die meisten Menschen sich auf sich selbst konzentrieren (ein Phänomen, für das Violet selbst das beste Beispiel war). Sie glauben, ich kann nicht mithalten. Oder sie freuen sich, daß ich eins aufs Dach bekommen habe.
»Violet?« kam die bohrende Stimme des Verlagsleiters. »Wie lautet Ihre Meinung dazu?«

Die Aufsässigkeit und der Stolz, die in Violet lauerten, kamen ihr zu Hilfe, und sie hob den Kopf und teilte sie der Runde mit.
Als sie in ihr Büro zurückkam, hatte Lavinia ihr Telefon mit einem gelben Haftzettel dekoriert: »Emmy hat angerufen: Was wollen Sie zum Abendessen?« Einen Augenblick lang dachte Violet, sie bekäme einen Schreikrampf. Um Himmels willen – konnte Emmy das nicht selbst entscheiden? Sie riß den Hörer von der Gabel.
»Ist etwas im Tiefkühler, Emmy?«
»Suppenfleisch, glaube ich.«
»Könnten Sie einen Eintopf machen?« Violet mochte zwar keine Eintöpfe, aber sie begann die Vorteile ihrer Dehnbarkeit zu erkennen.
»Ich weiß nicht wie.«
»Hat Ihre Mutter Ihnen das nicht beigebracht?«
»Nein – wir haben sie immer fertig gekauft.«
Violet hörte im Hintergrund »Capital Radio« spielen. »Wenn Sie um die Ecke Hackfleisch kaufen würden – wie wär's mit einer Schäferpastete?«
»Tut mir leid – die kann ich auch nicht. Können Sie mir's am Telefon erklären?«
Um Himmels willen!
»Lassen wir das.« Violet bot all ihre Beherrschung auf. »Gehen Sie zu ›Marks and Spencer's‹ und kaufen Sie eine von den Fischpasteten oder so was. Haben Sie noch Haushaltsgeld?«
»Ich habe das letzte ausgegeben, als ich den Saft für Edward gekauft habe.«
Mit mühsam gemäßigter Stimme erklärte Violet Emmy, wo sie die eiserne Reserve finden würde. Während ihres Gespräches ertönte alle dreißig Sekunden der Summer, der ihr bedeutete, daß sich Anrufe stauten, und Lavinia winkte ihr von ihrem

Schreibtisch her zu und formte mit den Lippen die Worte »New York!«

Violets Wohlgefühl hatte sich verflüchtigt. Verärgerung (ich bezahle dieses Mädchen – warum kann sie nicht ihren Verstand benutzen?), Wut (warum bleibt immer alles an den Frauen hängen?) und Groll darüber, daß sie die heutige Morgenauseinandersetzung mit Jamie nicht beigelegt hatte, drohten sich zu einem Vulkanausbruch verheerenden Ausmaßes zu verdichten.

»Hören Sie, Emmy – kochen Sie, was immer Sie wollen. Hauptsache, wir haben heute abend etwas zu essen. Verstanden?«

Violet knallte den Hörer auf – und dann schlug sie zu Lavinias Verblüffung die Hände vors Gesicht. Der Druck ihrer Handballen löste gleißende Funken hinter ihren Lidern aus – große, helle, gelbe Funken, die mit ihrem wilden Tanz eine Freiheit symbolisierten, die Violet nicht länger vergönnt war.

Jamie dachte an den Bericht, den er über die israelisch-palästinensische Situation gelesen hatte, während er sich durch die St. Mary Axe quälte, wo noch immer die Behebung der Millionenschäden im Gange war, die die IRA-Bombe im April verursacht hatte.

Er versuchte, sich in den Terroristen hineinzuversetzen. Wie konnte jemand so von Haß oder einer Doktrin besessen sein – für gewöhnlich hing das eine mit dem anderen zusammen –, daß er (oder sie) bereit war, die Grenze zwischen denen zu überschreiten, die Gewalttätigkeit übten, und denen, die es nicht taten? Es war nur ein Schritt, doch wenn er einmal getan war, gab es kein Zurück mehr, nur noch ein Vorwärts. Jamie unterließ es, sich zu fragen, ob das Küssen einer Stief-Schwiegermutter in einem Taxi den Tatbestand einer Grenzüberschreitung erfüllte.

»Jamie – findest du, daß dein Leben sich durch Edward sehr verändert hat?« fragte Violet später bei einer Fischpastete aus dem Delikatessenladen und (was bei Violet nur höchst selten auf den Tisch kam) Erbsen aus der Dose.
»Natürlich.«
Violet nahm eine winzige Portion Kartoffelpüree auf die Gabel, während ihr Wunsch wuchs, große Löffel voll davon hinunterzuschlingen, bis ihr Magen zum Bersten voll wäre. Sie legte die Gabel auf den Teller. *»Du* wirst nicht im Büro angerufen und gefragt, was es zum Abendessen geben soll.«
»Stimmt.« In diesem Punkt hatte sie recht, und Jamie war stets bemüht, fair zu sein. In früheren Zeiten hatte Violet ihn dafür geliebt. Heute abend schien es sie zu erbosen.
»Ich finde, du solltest dich an der Haushaltsführung beteiligen – ich habe auch einen wichtigen Job.«
Sie wußte genau, daß ihre Aggressivität teilweise auf den Rüffel zurückzuführen war, den sie bei der Konferenz hatte einstecken müssen, doch das würde sie Jamie nicht verraten. Es war offensichtlich, daß Jamie ihren Vorschlag als eine himmelschreiende Zumutung betrachtete. Violet schärfte ihr zweischneidiges Schwert und zog in die Schlacht. »Störe mich ja nicht bei meiner wichtigen Arbeit mit Fragen bezüglich gebackener Bohnen und Windeln – kommt das hin?«
»Mit einem Wort – ja.«
»Ich verstehe«, sagte sie. »Du erwartest, daß Essen auf dem Tisch steht, wenn du nach Hause kommst – aber du willst nicht mit den Vorbereitungen dafür behelligt werden.«
Jamie befleißigte sich einer zerknirschten Miene, doch er wußte, daß bei Violet Angriff die beste Verteidigung war. »Sei doch nicht so ekelhaft – ich verspreche, ich helfe, wenn ich kann.«

Seine verblümte Entschuldigung entschärfte die Atmosphäre, die gedroht hatte, vergiftet zu werden, trug jedoch nichts zur Lösung des Problems bei – das wahrscheinlich ohnehin unlösbar war. Nichtsdestoweniger kam Violet während der Neun-Uhr-Nachrichten auf das Thema ihres veränderten Lebens zurück. Die Herzogin von York war offenbar an irgendeinen exotischen Ort gejettet, und Bilder von ihrer Ankunft flackerten über den Bildschirm.

»Das können wir nicht mehr«, sagte Violet. »Ich dachte, es wäre machbar, aber das ist es nicht.«

»Warum denn nicht, um Himmels willen?« Jamie nahm eine Haarsträhne seiner Frau zwischen die Finger und strich mit dem Daumen darüber.

Violet ging die Logistik einer etwaigen Ferienreise durch. Kinderwagen. Sterilisierungsausrüstung. Windeln. Babynahrung. Reisebett. Wundsalben ... Eine Ankerkette hatte sich um ihren Hals geschlungen und zog sich immer enger zusammen.

»Denk doch an die Schlepperei von all dem Zeug, das wir mitnehmen müßten!«

»Es ist durchaus zu schaffen.« Jamie streichelte ihre Wange. »Nur Mut.«

»Woher weißt du das?« fuhr sie ihn an, beantwortete ihre unüberlegte Frage jedoch sofort selbst: »Natürlich! Jenny und Lara. Du hast das alles ja schon mit ihnen gemacht.«

Sie wünschte inständig, sie hätte den Mund gehalten: Lara und Jenny waren ein gefährliches Terrain, das zu meiden angeraten war. Jamies Hand fiel von der Sofalehne, und er wandte sich Violet mit einer Mischung aus Kummer und Zorn zu, die mehr als tausend Worte vermittelte, wie tief sein Schmerz darüber, daß Lara ihn verlassen hatte, noch immer war.

»Hör endlich auf, Violet – laß das Thema ruhen.«

Es war so ungewöhnlich für Jamie, daß er Zorn zeigte oder sie tadelte, daß Violet in Schweigen verfiel.
Auf dem Bildschirm kamen und gingen Gestalten, und die Bilder tanzten.
»Entschuldige«, sagte Violet. »Küß mich.«
Er beugte sich über sie und betrachtete das schöne, aber aufgebrachte Gesicht, und sie atmete seinen Duft ein, den sie so anziehend fand. »Entschuldige«, sagte sie noch einmal.
Jamie küßte sie sanft, ohne jede Leidenschaft, stand auf und verließ das Zimmer. Die Schlinge der Ankerkette um Violets eingecremten und liposomengenährten Hals zog sich mit einem Ruck noch enger zusammen.

»Wir machen zuerst die Analyse, Mrs. Beckett.«
Die Violet zugewiesene Betreuerin in dem schicken Fitneßstudio, für dessen Mitgliedschaft sie einen schwindelerregend hohen Betrag bezahlt hatte, trug Radlerhosen und ein T-Shirt mit der Aufschrift: »Training ist gesünder als Sex«.
Violet fühlte sich nicht berufen, einen Kommentar zu diesem Motto abzugeben. Sie ließ sich in ein Kabäuschen führen, das ein Schild an der Tür hochtrabend als »Analyse-Raum« auswies. Es war mit einer Massageliege und einer Maschine ausgestattet, aus deren Bauch verschiedenfarbige Drähte quollen, einem Computer und einem Sortiment von Formularen in unterschiedlichen Farben und mit voneinander abweichender Gestaltung, die Atemfrequenzen, Kalorienverbrauch und Fitneßkategorien zum Gegenstand hatten.
Ihre Betreuerin schloß die Tür und damit die Luft in dem winzigen Zimmer ein, die so schweißgeschwängert war, daß Violet sich an eine altmodische, nasse Wolldecke erinnert sah. Sie schluckte.

»Ich messe zuerst Ihr Körperfett, Mrs. Beckett – mit der Maschine hier. Der Computer wird Ihre Bedürfnisse errechnen, und anhand seiner Ergebnisse werden wir Ihr persönliches Fitneßprogramm zusammenstellen.«
Sie sprach mit der Intensität einer Fanatikerin, und Violet begann sich zu entspannen.
»Ich danke Ihnen«, sagte sie. »Ich muß etwas für mich tun, denn ich habe ein Baby bekommen und hatte bisher weder die Energie noch die Zeit, mich wieder in Form zu bringen – aber ich habe einen Job, der ein optimales Erscheinungsbild verlangt.«
Das Mädchen nickte mitfühlend. »Ja – es geht höllisch auf die Schenkel und die Hüften.«
Violet fragte sie nicht, ob sie sich damit auf die Schwangerschaft oder auf den Job bezog.
»Mein Name ist Carole«, eröffnete Carole ihr und schrieb ihn auf eine jungfräuliche Liste, die sie in ihr Clipboard geklemmt hatte. »Fangen wir an ...« Sie zog ein Maßband heraus. »Als erstes die Oberweite.«
Violet schaute auf den Kopf hinunter, der sich einmal in Höhe ihrer Hüften und dann ihrer Schenkel befand, und zum ersten Mal seit Monaten fühlte sie sich seltsam befreit und innerlich ruhig.
»Hüfte einundachtzig-acht.« Carole ließ das Maßband schnalzen. »Taille siebenundsechzig-fünf.«
»Oberschenkel?« Violet wagte kaum zu fragen.
Carole sagte es ihr und fügte dem Schock noch den des Oberarmumfangs hinzu. Die beiden Frauen sahen sich kopfschüttelnd an.
»Nicht gut«, sagte Violet mit zusammengebissenen Zähnen. »Na ja – wir werden ja etwas dagegen unternehmen.« Carole sprach mit dem Enthusiasmus eines Menschen, der sich der Aufgabe

gegenübersah, die er als seinen Lebenszweck betrachtete. »Jetzt nehmen wir uns Ihre körperliche Verfassung vor. Bitte, legen Sie sich hin.« Sie deutete auf die schmale Liege. »Ich werde diese Elektroden an Ihren Füßen und Handgelenken befestigen. Ihre Oberschenkel dürfen sich nicht berühren.«
Violet starrte an die Decke und erinnerte sich an ihr letztes Erlebnis, bei dem eine Maschine eine Rolle gespielt hatte: Damals ragten ihre gespreizten Beine in die Höhe, und etwas Entsetzliches geschah mit ihrem entblößten Körper. Sie schloß die Augen.
Carole legte die Elektroden an, las die Aufzeichnungen des Gerätes ab und gab die Daten in den Computer ein, der ein paar Sekunden später eine Analyse Violets einzelner Körperbestandteile ausspuckte.
»Gar nicht schlecht«, resümierte Carole. »Sogar ganz gut. Sie müssen drei Pfund Fett loswerden. Damit ist reines Fett gemeint – das bedeutet eine Gewichtsabnahme von etwa sieben Pfund.«
Drei Pfund Fett! Violet starrte auf den Bildschirm. Sie hatte das Baby am Hals, den Haushalt, ihren Mann, mußte ihrem Job gerecht werden – und nun sollte sie bei all ihrer Erschöpfung auch noch drei Pfund widerlich glänzender, widerlich gelber Fettklumpen wegtrainieren! Wie sollte sie das schaffen?
»Blasen, bitte.« Carole hielt ihr ein Meßgerät für die Lungenkapazität hin. Darauf vertrauend, daß es keimfrei war, blies Violet hinein, wie angewiesen. Das Resultat war nicht berauschend, aber auch nicht schlecht.
Carole hockte sich, indem sie hin- und herrutschte, auf die Liege und baumelte entspannt mit ihren von purpurrotem Lycra umschlossenen Beinen, während sie eifrig das Ergebnis in die entsprechende Liste eintrug.

»Also – Ihr oberstes Ziel ist Schlankwerden. Dazu werden wir spezielle Übungen für die Oberschenkel und die Bauchregion ansetzen und Sie zusätzlich auf das Laufband stellen.« Sie schrieb weiter. »Die nächste Analyse erfolgt in sechs Wochen, und wir werden dafür sorgen, daß Sie gute Fortschritte machen. Aber zuerst kommt der Stepper dran. Ich verspreche Ihnen – Ihre Pobacken werden um Gnade flehen.«

»Sehr schön«, sagte Violet.

Danach, während die Tage länger und wärmer wurden, ging Violet ins Fitneßstudio, sooft sie konnte, tauchte aus dem Frühlingssonnenschein in die dunkle, elektrisch beleuchtete, exklusive Zauberwerkstatt hinab. Sie leistete sich ein Trikot, Leggings und Designer-Schuhe und erinnerte in ihrem Outfit und mit ihren dunklen Haaren und der Magnolien-Haut an einen Kolibri.

Anfangs hatte sie Hemmungen, ihren Körper vor so vielen, möglicherweise kritischen Blicken zur Schau zu stellen, doch sie stellte bald fest, daß sie bei dieser Annahme ihre eigene Wesensart zugrunde gelegt hatte. Sicherlich – das Studio war ein Tempel des Narzißmus, mit deckenhohen Spiegeln ausgestattet, die dazu gedacht waren, jedes Muskelzucken zu registrieren, und es war voller Frauen, die von einer Kultur zur Verzweiflung und hierher getrieben wurden, weil sie Ästhetik, Schlankheit und jugendliche Gewebefestigkeit zum obersten Gebot erhoben hatten. Aber die Novizinnen dieses Ordens waren so sehr von den Bemühungen in Anspruch genommen, ihrerseits ihre Schenkel und Bauchregionen zu reduzieren und zu festigen, daß sie ihre Glaubensschwestern kaum zur Kenntnis nahmen. Sie waren vollauf mit ihren eigenen, keuchenden, übergewichtigen, schweißbedeckten Körpern beschäftigt und hatten nicht die Energie, sich auch noch mit anderen zu befassen.

Violet wurde anstandslos in den Orden aufgenommen, dessen Mitglieder jede freie Minute dazu nutzten, ihrem Götzen zu huldigen, ihre Hoffnungslitanei auf dem Stepper herunterzubeten und Jane Fonda zu beobachten, die ihnen via Video als leuchtendes Vorbild diente und deren Outfit-Vielfalt unerschöpflich zu sein schien. (Selbst Violet fragte sich, ob ein schwarzer Spitzenbody, der in der Taille mit einem Designer-Gürtel zusammengeschnürt wurde, ganz passend war.)
Mitte Juni hatte Violet sich insgesamt zweieinhalb Zentimeter abtrainiert, und Carole, die das als persönlichen Triumph betrachtete, war hoch erfreut.
»Ihre Oberschenkel sehen wirklich gut aus. Wir werden das Programm verschärfen.«
Oh, ja, dachte Violet und bot all ihre Willenskraft auf, um ihren protestierenden, ausgehungerten Körper im Griff zu behalten. Mehr, bitte. Mehr.

Jamie war nicht damit einverstanden. »Du verbringst das gesamte Wochenende dort«, sagte er, als Violet ihm Edward am Sonntagmorgen übergab. »Meinst du nicht, du übertreibst die Sache etwas?«
»Nein.«
Sie standen in der Halle der Austen Road Nummer 6, und Violet war dabei, ihre Tasche zu packen. Jamie transferierte Edward von einem Arm auf den anderen. Der Kleine war übermütig, trommelte auf der Schulter seines Vaters herum, bog sich weit nach hinten und fand dieses Spiel offensichtlich unheimlich lustig.
»Geh nicht, Violet. Schließlich haben wir doch nur die Wochenenden für uns.«
Violet stopfte ein rosa Handtuch in die Tasche. »Es ist ja nur für

eine Stunde oder so – ich verschwinde doch nicht fürs ganze Wochenende.«

Jamie konnte Edward gerade noch daran hindern, kopfüber abzustürzen. Eine innere – und ehrliche – Stimme sagte ihm, daß nicht nur die Aussicht darauf, um die Gesellschaft seiner Frau gebracht zu werden, ihn zum Protest veranlaßte, sondern auch das Wissen, daß selbst eine kurze Stunde mit einem die ganze Aufmerksamkeit beanspruchenden Kind eine lange Zeit ist – besonders wenn man die Sonntagszeitungen lesen möchte.

»Warum gehen wir statt dessen nicht gemeinsam ein Stück spazieren und trinken dann irgendwo etwas?«

Violets Gesicht nahm einen aufsässigen Zug an. Jamie kannte diesen Ausdruck, aber es war ihm bisher noch nie so aufgefallen, wie in Stein gemeißelt es dann wirkte. Sie beugte sich über ihre Tasche, und ihr Haar ergoß sich wie ein Wasserfall über ihre Schultern. Sie wirkte weich und duftete frisch und erschien ihm plötzlich ungemein verführerisch, und Jamie wünschte sich, daß sie wieder so wäre wie am Anfang ihrer Beziehung.

»Reg dich nicht auf«, sagte sie, »ich komme schon rechtzeitig heim, um Mittagessen zu machen.«

(Das sie nicht essen würde.)

Jamie zog die Schultern hoch – das tat er immer, wenn er angegriffen wurde – und setzte Edward auf den Boden, woraufhin dieser schnurstracks auf den Fußabstreifer und die daraufliegenden Schlammbrocken zusteuerte. »Darum geht es mir gar nicht«, log er. »Wenn du zurück bist, werde ich meinerseits etwas für die Konditionsverbesserung tun und joggen gehen.«

Gleich darauf starrte er auf die frisch gestrichene Haustür, die mit einem scharfen Knall ins Schloß gefallen war, und er wußte, daß Violet jetzt den kurzen Weg hinunter- und durch das Gartentor auf die Straße hinausstürzte, als hinge ihr Leben davon ab.

Vielleicht war es so. Aber Violet hinterließ ein Vakuum – und Vakua laden zum Auffüllen ein. Manchmal geschieht das leise, manchmal mit Gebrüll. Ein Bild von Prue erschien vor Jamies geistigem Auge. Was war sie für ihn? Ein graues Augenpaar über einer grauen Kostümjacke und ein Paar zarte Handgelenke. Sie hatte ihn in jener Nacht weggeschickt, als er in ihrem Schlafzimmer erschien, doch sie war entgegenkommend gewesen, hatte ihm geschmeichelt, sich für seine Person und seine Arbeit interessiert und mit ihrer ruhigen Art unendlich verführerisch auf ihn gewirkt, durch ihre Andersartigkeit den Wunsch in ihm geweckt, dieses Neuland zu erforschen.

Ich muß verrückt gewesen sein, dachte er.

Duftend, nachgiebig, geheimnisvoll – so sah er Prue. Immer sanft und mit einer tief in ihrem Innern schwelenden Sehnsucht nach Leidenschaft.

Er bückte sich, um seinen Sohn hochzunehmen, und in dieser Stellung klopfte und rauschte das Blut in seinen Ohren. Jamie drückte Edwards kompakten, sich windenden Körper an sich, strich ihm über den Lockenkopf und verliebte sich ein zweites Mal und wider besseres Wissen in die Stiefmutter seiner Frau.

Man muß für alles bezahlen, dachte Violet, als sie den Wagen über die Westminster Bridge steuerte. Irgend jemand da oben verdiente sich seinen Himmelslohn damit, daß er die Einnahmen und Ausgaben notierte. Wenn man etwas nahm, wurde das automatisch in der anderen Spalte als Schuld eingetragen. Wie in der Buchführung. Daß es Violet zuwider war, Jamie etwas zu schulden, und sie sich ihr altes Leben zurückwünschte, machte die Bilanz nicht erfreulicher.

»Wer ist der heißeste Typ in eurem Laden, Violet?«
Violet konzentrierte sich darauf, die Augen offenzuhalten. Sie saß mit einer amerikanischen Justitiarin, mit der sie sich in New York angefreundet hatte, in einem eleganten Restaurant in Covent Garden – ihrem bevorzugten Ambiente – beim Mittagessen.
Nicole war eine äußerst erfolgreiche Karrierefrau mit blondgesträhnten Haaren und langen Fingernägeln – und ohne Kinder. Ihr Kollege, der ebenfalls am Tisch saß und Nicoles Liebhaber war, war verheiratet. Er hieß Chuck, und der Ausflug nach London bot ihm eine willkommene Gelegenheit für ein entspanntes Zusammensein mit Nicole.
Violet hatte ihre Schläfrigkeit besiegt und suchte, über ihre Schüssel mit naturbelassenem Radicchio und ebensolchen Artischockenherzen hinweg (ein Dressing durfte sie sich nicht erlauben), in Chucks Gesicht nach einer Spur von Gewissensbissen, die darauf hindeutete, daß sein Verhältnis mit Nicole ihn mit gemischten Gefühlen erfüllte. Sie fand keine. »He!« herrschte Nicole sie ungeduldig an. »Du schläfst ja fast!«
Violet hätte gern gesagt: »Ich sterbe, wenn ich nicht endlich eine Nacht durchschlafen kann«, doch sie wußte, daß sie sich damit eine Blöße geben würde, und so bemerkte sie statt dessen: »Es gibt Gerüchte, daß ›Dinsen and Fraser‹ aufgekauft wird.«
Ihre beiden Gegenüber quittierten diesen zugegebenermaßen nicht gerade aufregenden Klatsch entsprechend wenig beeindruckt.
»Da kann ich dir aber hundertmal Aufregenderes bieten, Schätzchen«, sagte Nicole.
Und sie erzählte Violet – mit Pausen, um an ihrem Wein zu nippen –, wer mit wem schlief, welches Buch eines berühmten

Autors von seinem Lektor faktisch umgeschrieben worden war (was diesen den Job kostete), und berichtete ihr von dem Wirbel um Helen Hines' Publicity-Kampagne, die Nicoles Firma an die Hunderttausend gekostet hatte.

Eine kleine Episode reaktivierte sich vor Violets geistigem Auge: Durchdringendes Schreien trieb sie mitten in der Nacht aus dem Bett, Kälte kroch an ihren Beinen hoch, ein fordernd aufgerissener Babymund gähnte ihr entgegen, und sie wurde von dem ebenso erschreckenden wie intensiven Drang erfaßt, zuzuschlagen. Mit voller Wucht.

»Wie fanden Sie den Hines-Roman?« fragte Chuck.

»Sehr gut«, antwortete sie, ohne nachzudenken. »Es gefiel mir, wie sie die Liebesgeschichte abhandelte.«

»Aber Violet – es ist eine *Anti*-Liebesgeschichte. Es ist eine *Haß*-Geschichte. Nach Ansicht der Hines ist Liebe eine alberne Kulturerscheinung.« Chuck, in Armani-Hemd und gutgeschnittenem Anzug, schenkte ihr einen herablassenden Blick. Er genießt es, daß er mich belehren konnte, dachte sie.

Wie es schien, war die Welt voller feindseliger Männer.

»Ja, genau das meinte ich«, nickte sie.

Nicole lachte und schenkte Wein nach. Ihre Armbänder klirrten gegen die Flasche, und Violet mußte sich zwingen nicht zusammenzuzucken.

»Haben Sie Kinder?« fragte sie Chuck.

Einen Moment lang bildete sie sich ein, daß seine Ohren sich röteten, kam dann jedoch zu dem Schluß, daß sie sich geirrt hatte.

»Zwei. Das eine ist drei Monate alt, das andere zwei Jahre.«

Ein drei Monate altes und ein zweijähriges – und du sitzt frisch und fröhlich mit deiner Geliebten hier! Das Ausmaß ihrer Empörung überraschte sie.

»Sind die Kinder allein Sache Ihrer Frau?«

»Aber sicher. Ihr ist das sehr recht«, sagte Chuck. »Wir sind, übereingekommen, daß das ihre Aufgabe ist.«

Violet trank einen Schluck Wein und enthielt sich einer Antwort. Ihr gegenüber zuckte Nicole kaum merklich mit einer Schulter, was besagte: Was hast du erwartet, Schätzchen?

9. KAPITEL

Jamie«, begann die auf einen der leuchtendgelben Bank-Notizzettel geschriebene Nachricht, »ich habe das Gefühl, daß Sie mich ignorieren, und ich habe Schwierigkeiten mit Ihrer Art. Ich würde es begrüßen, ein ›Guten Morgen‹ zu hören, wenn Sie ins Büro kommen – es würde unser Arbeitsverhältnis wesentlich verbessern.«

Jamie las den Text zweimal, um sicherzugehen, daß er nicht phantasierte. Dyson war ein netter Kerl, freundlich, hilfsbereit, gescheit – und er machte nicht den Eindruck, als habe er einen Hang zur Dramatik.

Schriftliche Mitteilungen dieser Art waren nichts Ungewöhnliches unter Kollegen. Jamie war sich sehr wohl bewußt, daß Verärgerung, Verletztheit und Sorge nicht ausschließlich dem anderen Geschlecht vorbehalten waren, sondern auch in der stressigen Welt der Hochfinanz jähe Gefühlsausbrüche wie Buschfeuer an unerwarteten Stellen aufflammten.

Die Punkte, an denen ein Kontakt zwischen Menschen entsteht, müssen ebenso sorgfältig isoliert werden wie elektrische Drähte, machen also eine dicke Ummantelung erforderlich, die Schutz gegen die Angriffe und Unwägbarkeiten dieser Welt bietet. Diese Schicht aufzutragen gehörte zum Leben, das wußte Jamie sehr gut. Er holte sich einen Kaffee aus dem Automaten, ging den Flur hinunter zu Dysons Büro und sagte laut und deutlich: »Guten Morgen!« Errötend schaute Dyson von der vor ihm liegenden Statistik auf.

»Hören Sie – es tut mir leid, wenn ich Sie gekränkt habe. Das lag ganz gewiß nicht in meiner Absicht.«

Mit dem Kaffeebecher in der Hand lehnte Jamie sich an den Türrahmen. »Ich weiß nicht, was ich verbrochen habe, aber was immer es war – ich entschuldige mich dafür.«
Die lässige Pose irritierte Dyson, und er sagte steif und mit sichtlicher Mühe: »Vielleicht habe ich überreagiert – aber ich hatte das Gefühl, daß ich nach unserem Gespräch etwas *sagen* mußte.«
Jamie durchforstete sein Gedächtnis, und schließlich fiel ihm ein, daß er Dyson bezüglich des Themas »Aus privaten Fonds finanzierte Autobahnen« angegriffen hatte. Das an sich war kein Problem – ineinander verhakte Geweihe führten häufig zu Blutvergießen. Nein – das Problem war vielmehr, daß sowohl der Aufsichtsratsvorsitzende als auch der Bankdirektor bei der Auseinandersetzung anwesend waren und daß Dyson in der Diskussion den kürzeren gezogen hatte.
»Alles klar.« Jamie richtete sich ein wenig auf. Es bestürzte ihn, wie wenig ihn Dysons Gekränktheit kümmerte. Und außerdem bestürzte ihn die Erkenntnis, daß der Job in London, auf den er so scharf gewesen war, im Augenblick weniger Bedeutung hatte als angenommen – eine Erfahrung, die neu für ihn war. »Treffen wir uns doch nach der Arbeit auf einen Drink und klären die Sache.«
Die Schlagzeilen wurden von den großen Sünden der Welt beherrscht: Mord, Folter, Vergewaltigung, Verleumdung. Aber richteten Faulheit und Drückebergerei nicht – wenn auch auf weniger spektakuläre Weise – ebensoviel Schaden an und wurden in weit größerem Maße praktiziert?
Oh, ja, setzte er den geistigen Dialog mit sich fort, angesichts der Tatsache, daß die Menschen zur Faulheit und Drückebergerei neigten, war es erstaunlich, daß es überhaupt Güte und Hilfsbereitschaft auf der Welt gab. Jamies Gefühlswelt war an diesem Punkt seiner philosophischen Betrachtungen zu sehr in Aufruhr,

als daß er daran gedacht hätte, seiner Liste das Vergehen »Ehebruch« hinzuzufügen – falls er es je soweit kommen ließe. Natürlich schloß er sich, was die genannten Sünden betraf, nicht aus, neigte jedoch, wie die meisten von uns, dazu, sich einen größeren Durchblick zuzuschreiben, als er tatsächlich besaß.
Doch das Ergebnis seiner Überlegungen war nicht angetan, seine Stimmung zu heben, und er wandte sich dem Posteingangskörbchen zu, in dem ein Brief lag, der – in vertrauter Handschrift – den Vermerk »persönlich« trug. Er war von Jenny, die – so jung sie war – was Eifersucht anging, bereits den Erwachsenenstatus erreicht und sich angewöhnt hatte, ihre Briefe an ihn ins Büro zu schicken, um Violet zu umgehen.

Lieber Jamie (schrieb sie),
ich will für ein paar Jahre im brasilianischen Regenwald arbeiten. Falls Du einen kleinen Beitrag zu einer guten Sache leisten möchtest – ich brauche ein Paar Stiefel.
Alles Liebe, Jenny.

Jamie lächelte und zog sein Scheckbuch heraus. Jenny lag ihm sehr am Herzen, und der Gedanke, daß Laras neuer Mann mehr von ihr hatte als er, schmeckte ihm gar nicht. »Viel Glück, Jen«, schrieb er. »Und kauf Dir ›ordentliche‹ Stiefel!«
Jamie hatte nicht vorgehabt, einen Ausfallschritt auf seinem Lebensweg zu machen. Als konventioneller Mensch hatte er beabsichtigt, einen schnurgeraden Kurs zu verfolgen. Deshalb war es nicht vernünftig gewesen, sich die faszinierende, aber unstete Lara als Weggefährtin auszusuchen. Aber sie war reif und verlockend gewesen – und auf der Suche nach einem neuen Mann. Er war romantisch gewesen, leidenschaftlich – und er hatte es eilig. Und schon war's passiert.

Die nachfolgenden Ereignisse zerstörten Jamies einstige Überzeugung, daß gute Dinge unwandelbar gut blieben, und lehrten ihn das Gegenteil. Etwas Gutes konnte – und das häufig – zu etwas Schlechtem werden.

Jamie schaute aus dem Fenster. Die Abenddämmerung besaß die für den späten Frühling typische weiße Nacktheit, die er liebte. Sie weckte die Vorstellung von Prue in ihm, wie sie die Hauptstraße von Dainton hinunterging, und eine unbekannte Spannung schnürte seine Kehle zusammen.

Wie er sie begehrte! Wie er damals seine Frau begehrt hatte. Seine Hand bewegte sich auf das Telefon zu, hielt inne.

Wenn man älter wird, kann man die Beziehung zur Liebe verlieren (und vielleicht eine Beziehung zum Jähzorn entwickeln), und wenn die Liebe dann über einen hereinbricht, ist es entsprechend schwierig, damit umzugehen.

Jamie faltete Jennys Brief zusammen. Je mehr harte Schichten sich im Laufe der Jahre um den Körper und die Seele legen, um so schwerer ist es, durch Lagen von Selbstsucht zu den ursprünglichen Impulsen der Freundlichkeit vorzustoßen, die man früher so selbstverständlich ausgeteilt hat. Er fragte sich allen Ernstes, ob überhaupt noch etwas davon in ihm übrig war.

Es klopfte, und Eve Watts kam herein. Sie war die PR-Managerin, hochgewachsen, schlank und mit einer Vorliebe für Leinenkostüme mit kurzen Jacken, die ihre Taille optimal zur Geltung brachten, die langen, roten Haare in einem Pferdeschwanz gebändigt. Sie wollte mit ihm über die Umsätze sprechen und darüber, in welcher Form sie sie der Öffentlichkeit zugänglich machen sollten. Eve war gescheit und gewandt, und sie wußte, wie man als Frau auf einem Stuhl saß, ohne unentwegt hin- und herzurutschen und an seinem Rock zu zupfen, und nachdem sie gemeinsam eine Strategie entwickelt hatten, blieb sie noch auf einen kleinen Schwatz. Eve machte es sich zur Aufgabe, bis hinunter zum letzten Nieser über alles Bescheid zu wissen, was sich tat. Sie sprachen über Büroklatsch und den Streit zwischen den Konservativen und Lloyds.

»Könnte ein handfester Krach werden.« Eves Rock rutschte nach oben und enthüllte einen äußerst ansehnlichen Oberschenkel. »Man sollte sich schon mal Plätze auf der Tower Bridge sichern, um das Rollen der Köpfe nicht zu verpassen.«

Jamie erinnerte sich an ein Gespräch mit Prue. Sie hatte die berühmte Befreiung der Stadt Orléans durch die heilige Johanna im Jahr 1429 geschildert, und wie das Mädchen am Morgen von dem Lärm aufgewacht war, den die Bürger von Orléans vollführten, als sie außerhalb der Stadtmauern in St. Loup eine englische Garnison angriffen. Johanna war aufgesprungen und hatte sich ins Schlachtgetümmel gestürzt. Wie berichtet, hatte sie beim Anblick vergossenen französischen Blutes geweint, ehe sie ihre Standarte am Rand des Grabens in den Boden rammte und den um eine verlassene Kirche errichteten Schutzwall stürmte. Es waren Ströme von englischem Blut geflossen, doch es wird nirgendwo berichtet, daß Johanna auch darüber weinte.

Er musterte den zur Begutachtung freigelegten Oberschenkel, und als Eve seinen nüchternen Blick sah, zog sie den Rock wieder herunter. »Haben Sie eine Meinung über Lloyds?« fragte er.

Die hatte sie natürlich und rammte ihre Standarte selbstbewußt am Rand eines Grabens in die Erde, in dem Jamie einen Abgrund vermutete. Er riß sich zusammen und ging darauf ein, sich deutlich bewußt, daß Eve durch seinen Mangel an Begeisterung und das Fehlen jeglicher Reaktion auf ihre eindeutigen Signale etwas befremdet war.

Nach einer Weile stand sie auf. Der rote Pferdeschwanz schwang

über ihre Schulter nach hinten, und der Leinenrock wurde glattgezogen.
»Bis dann.« Und nach einer Pause: »Vielleicht gehen wir mal miteinander zum Mittagessen?«
Jamies »Gute Idee« klang nicht überzeugend.
Sie verstand die Botschaft und zuckte graziös mit den Schultern. »Wir jüngeren Frauen trennen Liebe und Sex, wissen Sie – so wie die Männer das schon immer tun. Ja?«
»Verallgemeinern Sie da nicht ein wenig?«
Eve bewegte sich in Richtung Tür. »Eine kürzliche Umfrage hat ergeben, daß mehr als fünfzig Prozent der verheirateten Frauen ihre Männer irgendwann betrügen.« Sie winkte ihm freundschaftlich zu. »Nur so ein Gedanke mit auf den Weg.«
Wieder starrte er aus dem hermetisch verschlossenen Fenster.
Sollte er Prue anrufen?

Prue kniete in Dainton auf dem Küchenboden – wie eine verdammte Sklavin, dachte sie – und putzte die mit dem Eintopf zugeschütteten Fliesen, denn ihr war gerade der Topf aus den Händen geglitten.
Ich werde ihn nicht anrufen.
Es schmerzte, verheiratet zu sein und einundvierzig, sich von Erwartungen zu verabschieden, an denen die Jugend sich erfreut, ohne darüber nachzudenken, und zu wissen, daß man eine Brücke überschritt und niemals zurückkehren würde. Leute, die Prue kannte, begannen wegzusterben. Ihre Eltern waren tot und ein paar Freundinnen, unter ihnen Mary, die bis zum Schluß protestierte, weil sie noch so viel zu tun habe. Manchmal suchten ihre Geister sie heim. Auch Prue starb bereits – zumindest teilweise. Das Recht auf intensive Gefühle aufzugeben – oder, noch schlimmer, die Fähigkeit, sie erst zu wecken und dann zu

verlieren, weil Cellulitis, erschlaffende Haut und die Schwerkraft sich zwischen die Sehnsüchte und ihr Objekt stellen – war schwerer, als sie es je für möglich gehalten hatte.

Während sie dem Wind zuhörte, der Regen und kalte Luft durch den Garten trieb, trauerte Prue um ihre Jugend und lauschte den Stimmen aus der Vergangenheit. Früher einmal hatte sie geglaubt, sie könnte den fernsten Planeten berühren, wenn sie es nur wollte.

Prue wischte weiter den Küchenboden auf. Ihre Hände brannten von dem heißen Wasser mit dem Putzmittel.

Max und Jane, dachte sie. Max und Jane.

Das Telefon klingelte.

Seine Mutter käme aus Schottland herunter, erzählte Jamie Prue – die letzte Vertreterin eines uralten, vornehmen Geschlechts, das im Laufe der Zeit sein Selbstvertrauen verloren hatte und – was wichtiger war – sein Vermögen. Auf ihre Weise schön, hatte sie keltisch-schwarze Haare, milchweiße Haut und kein überflüssiges Gramm Fett am Körper. Sie trug stets maßgeschneiderte Tweedkostüme und Leinenblusen und dazu Diamantohrringe und eine doppelreihige Perlenkette – die Reste des MacIndrews-Vermögens. Eines jedoch besaß sie im Überfluß: Familiensinn. Eine ihrer Lieblingsbeschäftigungen war es, Jamie und Amelia, seine ältere Schwester, zu den Verwandten zu schleppen.

»Ihr müßt wissen, wer eure Familie ist«, erklärte sie, wenn die Kinder protestierten. »Ihr müßt wissen, wo ihr hingehört.«

Wir müssen einander kennen, meine Lieblinge, weil wir füreinander verantwortlich sind.

Stell dir das vor, sagte er zu Prue. Mal dir die Szene aus. Und Prue hörte ihm zu, begierig auf jedes Detail, saugte jedes

seiner Worte auf wie ein trockener Schwamm. Stell dir das nur mal vor.
Eine seiner bleibenden Erinnerungen betraf die Qual, zum Rezitieren von Kiplings »If« gezwungen zu werden – kostümiert mit viel zu großen, grauen Flanell-Shorts und Krawatte und vor einem Publikum, das sich aus Großtanten zusammensetzte, die in einer riesigen, düsteren Wohnung in Edinburgh lebten, ein graues, betuliches Grüppchen, das nach Kampfer und indischem Tee roch. Nachdem er geendet hatte, tätschelten knochige abgearbeitete Hände seinen Kopf und servierten Tee und Sandwiches, die bei dem Wort »Belag« in Ohnmacht gefallen wären.
»Großtante Dorothy«, sagte seine Mutter, die über einen gewissen sadistischen Humor verfügte, »würde sich freuen, wenn ihr herkommen und ein Weilchen hierbleiben würdet.« Ihre Augen blitzten teuflisch, denn sie wußte genau, daß sie lieber sterben würden. »Ich sagte, ihr würdet Edinburgh für euer Leben gern ausführlich erkunden ...«, sie hatte Mitleid mit ihren Sprößlingen, »aber ich fürchte, wir haben in diesen Ferien viel zu tun.«
Jamie blieb keine Zeit, in Erleichterung zu schwelgen: Eine knochige Hand schoß aus dem Klumpen von Großtanten auf der anderen Seite des Tisches hervor und griff nach einer Teetasse.
»Aber Isobel«, sagte eine Stimme, »wir werden nicht mehr lange dasein, nicht wahr?«
Eine nach der anderen nickten die Großtanten Jean, Ellen und Margery wie Blüten in einem Kräuterbeet, in dem der Gärtner die verblühten Köpfe hat stehenlassen.
Ja, er erinnere sich noch ganz genau daran, sagte Jamie zu Prue, der an diesem Punkt des langes Gesprächs einfiel, daß es gut war, daß Jamie angerufen hatte, denn wie hätte sie die hohe Telefonrechnung erklären sollen? Er sah alles vor sich. Die Großtanten, die Spitzenvorhänge, die riesige Fenster verhüllten, und die

silberne Teekanne auf dem Tisch. Düsternis und gedämpfte Geräusche. Annie, das Dienstmädchen, in Schwarz und Weiß, Haferplätzchen und heiße Teekuchen, in Leinenservietten eingeschlagen. Drucke von Hochland-Ansichten an den Wänden, weiche Leintücher, das alte Jakobiter-Weinglas mit der Spirale im Fuß – und noch immer war die Tortur in ihm lebendig, jeden Tag nach dem Tee »If« vortragen zu müssen, ebenso wie die Qual, sich das Lachen zu verbeißen, als Melly (die in den Ballettunterricht ging und es lieber hätte lassen sollen) aufgefordert wurde, zu der entsprechenden Tschaikowsky-Begleitung, die ein Aufzieh-Grammophon lieferte, »Schwanensee« zu tanzen.
Großtante Hilda hatte sein Kichern mitbekommen und verlangt, daß er sich bei seiner Schwester entschuldigte, »denn, mein Kleiner, gute Manieren sind unabdingbar für einen Gentleman«.
Das waren die Stücke, die Jamie aus dem Puzzle seiner verflossenen Kindheit herausgepickt hatte.

Edward jammerte, als Jamie die Haustür aufsperrte und in die Halle trat. Violet erschien am oberen Treppenabsatz, den Kleinen auf dem Arm.
»Gott sei Dank!« sagte sie. »Wo warst du denn so lange?« Noch weiter oben, im zweiten Stock, beugte sich eine offensichtlich besorgte Emmy übers Treppengeländer.
»Er brüllt seit einer Stunde.« Violet stand an der Schwelle zu einem hysterischen Anfall. »Ich glaube nicht, daß ich das noch länger aushalte.«
»Gib ihn mir.« Jamie warf seinen Aktenkoffer auf den Stuhl neben der Garderobe. »Hast du den Arzt angerufen?« Er musterte das zerquälte Gesichtchen seines Sohnes. Die Haut um den offenen Mund und die geblähten Nasenlöcher herum schimmerte bläulich.

»Er ist schon unterwegs«, berichtete Emmy.
Der Arzt kam erst eine Stunde später, und zu diesem Zeitpunkt hatten Violet und Jamie Beruhigung im Whiskey gesucht, und das Baby war kraftlos vor Erschöpfung und Schmerz. Der Arzt war seinerseits sichtlich erschöpft, untersuchte Edward jedoch gründlich.
»Ich halte es für eine Kolik – aber es kann auch ein Darmverschluß sein.« Er betastete den harten, kleinen Bauch. »Ich schreibe ein paar Zeilen für Sie, und wenn er weiterschreit, nachdem ich ihm etwas Calpol gegeben habe, fahren Sie mit ihm ins St. Thomas. Unterlagen über ihn haben sie da ja schon vom letzten Mal.«
Nachdem sie den Arzt zur Tür gebracht hatte, sank Violet aufs Sofa. »Oh, mein Gott!«
Jamie hielt Edward an sich gedrückt. Es war warm und behaglich im Salon. Von Violet mit Sorgfalt ausgewählte Bilder zierten die Wände, von Violet mit Sorgfalt ausgewählter Bezugsstoff zierte geschmackvoll die Sitzmöbel, der graue Teppich war makellos. Eine Kulisse, die als Schauplatz eines solchen Dramas viel zu perfekt wirkte.
Liebe zu seinem Sohn schnürte Jamie die Kehle zu. Dicht an dem zerbrechlichen Nacken flüsterte er: »Werd gesund.«
Emmy erschien mit einem Teetablett in der Tür. Sie sah blaß und ängstlich aus und hatte dunkle Ringe unter den Augen. Jäh stieg Sympathie für sie in Jamie auf.
»Wie wär's mit einer Wärmflasche für sein Bäuchlein?« schlug sie vor. »Ich glaube, das würde helfen.«
Jamie schenkte ihr ein dankbares Lächeln.
In Verbindung mit dem Calpol schien die in mehrere Geschirrtücher gewickelte Wärmflasche tatsächlich zu helfen. Jamie hielt Edward auf dem Schoß, und Emmy drückte die Wärmflasche

sanft auf den Bauch des Babys. Allmählich wurde Edward ruhiger, und die verkrampften kleinen Glieder begannen sich zu entspannen. Violet saß auf der anderen Seite des Raumes und beobachtete die Szene schweigend.
Edwards Lider flatterten und wurden schwer, und dann schlossen sie sich unvermittelt über seinen tränennassen Augen. Schwitzend vor Erleichterung hob Jamie den Kopf und schaute zu Violet hinüber, die so weiß geworden war wie der Schirm auf ihrer teuren Marmorlampe.

Emmy trug das schlafende Baby nach oben und gönnte sich dann ein heißes Bad. Jamie sank vor Violet auf die Knie und barg seinen Kopf in ihrem Schoß. Er spürte die Schweißflecken auf seinem Hemd.
»In Ordnung?«
»Ja.« Violets Lippen waren pergamenttrocken. Nach kurzem Nachdenken fragte sie: »Und du?«
»Ja.« In der Dunkelheit von Violets Schoß schloß er die Augen. »Gott sei Dank war er nicht ernstlich krank.«
Eine Hand zog an seinen Haaren, und er hob den Kopf. »Ich möchte unter keinen Umständen ein zweites Kind«, sagte Violet mit verzerrtem Mund. »Unter keinen Umständen.«
Jamie setzte sich auf seine Fersen. »Das ist doch nicht dein Ernst.«
»Doch, das ist es.« Sie mied seinen Blick. »Es ist zu … zeitaufwendig. Ich meine strapaziös.«
»Sei nicht albern.« Jamie kam auf die Füße hoch und zog sein Hemd vom Rücken weg. »Natürlich willst du ein zweites Kind.«
Violet trank einen Schluck Whiskey. Sie hob den Blick, und Jamie erkannte, daß sie wütend war.
»Hör auf, mich zu bevormunden, Jamie. Du hast keine Ahnung,

was ich denke, und ich sage dir, ich will kein zweites!« Sie stellte ihr Glas ab und sprang auf. Trotz ihres Zornes wirkte sie, durch ihre Blässe, verletzlich und – es war ein Schock für ihn, als er es erkannte – einsam. Er reagierte darauf, indem er sie an sich zog und ihr seidiges Haar und die kühle, pflegeverwöhnte Haut ihrer Wange küßte.

»Bitte beruhige dich doch, Violet. Alle Eltern machen solche Erfahrungen. Edward geht es doch jetzt wieder gut.«

»Ja – du weißt über all das Bescheid«, fuhr Violet ihn an. »Und erinnerst mich ständig daran!«

Er ließ sie los und trat einen Schritt zurück. »Jenny war fünf, als ich bei Lara einzog – alles weiß ich also auch nicht.«

Sie schaute mit verschlossenem Gesicht auf den Teppich. »Selbst wenn – ich weiß, du meinst, dein Wissen berechtige dich, mich zu belehren. Die arme Violet hat von Tuten und Blasen keine Ahnung, aber sie hat ja mich, und ich bringe ihr das schon bei.«

Einen Moment lang starrte Jamie sie verblüfft an, dann flammte Zorn in ihm auf. Mit einem leisen, mißbilligenden Zungenschnalzen räumte Violet die Gläser vom Tisch, stellte sie ordentlich auf das Tablett und verließ das Zimmer.

Jamie hörte das Klirren, als sie sie in den Geschirrspüler stellte. Außer für schottische Großtanten hatte Jamies Mutter auch eine Vorliebe für Sprichwörter. Er hörte förmlich, wie sie jetzt eines in der für sie typischen, amüsierten, ironischen Art zitierte: »Wie man sich bettet, so liegt man, mein Liebling.«

In der mit gebleichtem Holz und Lindgrün ausgestatteten Küche starrte Violet auf das schmutzige Geschirr in der Spülmaschine. Sie war völlig erschöpft, Whiskey und Müdigkeit hatten eine leichte Übelkeit zur Folge. Während des Dramas waren ihr verschiedene Gedanken durch den Kopf gegangen, der sich geweigert hatte, in seiner gewohnten Schnelligkeit zu funktionieren – und der vorherrschende war gewesen, daß sie, wenn Edward ernstlich krank wäre, nicht an der Programm-Konferenz teilnehmen könnte, auf die sie sich so sorgfältig vorbereitet hatte.

Die geringe Anteilnahme an dem Leid ihres Sohnes entsetzte sogar Violet selbst.

10. KAPITEL

Haben Sie eine Biographie von Charles Dickens?« Die Frage kam von einem magersüchtig aussehenden Mädchen in schwarzen Leggings und Springerstiefeln mit einer leuchtendgrünen Kakadu-Frisur.

Prue war verblüfft – das Erscheinungsbild paßte nicht zu der Vorstellung, die sie von Dickens-Interessierten hatte. »Wir haben den Ackroyd da.«

»Ich nehme ihn«, erklärte das Mädchen. »Und alles, was Sie über Elizabeth Barrett Browning haben.«

Es herrschte drangvolle Enge in der Buchhandlung, und Prue war gezwungen, sich zwischen schmökernden Kunden und Tischen hindurchzuzwängen, auf denen sich Neuerscheinungen türmten. Um an das »A« im Biographien-Regal zu gelangen, mußte sie sich auf die Zehenspitzen stellen. Mit welchem Buchstaben des Alphabets der Name eines Schriftstellers begann, hatte einen nicht unwesentlichen Einfluß auf seinen Erfolg. Autoren, deren Namen mit einem »A« oder »B« begannen, wurden von hochgewachsenen Leuten gelesen – »LMN« kamen in den Genuß sowohl der großen als auch der kleinen Leser.

Das Mädchen bezahlte die Bücher, wozu sie das Geld aus einem Lederportemonnaie auf den Ladentisch zählte, das am Auseinanderfallen war. Prue hoffte, daß die Bücher ihren Preis wert wären und den Zweck erfüllten, für den sie gedacht waren. Zur Unterhaltung? Als Lehrstoff? Oder als Türstopper?

Sie drückte auf den Knopf, der die Kassenschublade öffnete. Wie immer versetzte sie ihr einen Schlag in den Magen. Klimpernd fielen die Münzen in die vorgesehenen Fächer. Prue erinnerte sich, wann sie das letzte Mal einen solchen Berg Kleingeld gesehen hatte: Im »Ivy« – als Jamie auf der Suche nach Kreditkarten seine Taschen ausgeräumt hatte. Damals hatte sie eine scherzhafte Bemerkung darüber gemacht, wieviel loses Geld er mit sich herumschleppte.

»Beeilen Sie sich«, sagte Gerald, der darauf wartete, eine Rechnung einzutippen.

Paß auf, Prue, ermahnte sie sich, du schweifst ab.

Sie fuhr in einer Duftwolke nach Hause, mit der die Blumen für die Kirche den Wagen füllten, und der Wocheneinkauf klapperte und hüpfte in seinen Plastiktüten. An der Abzweigung nach Dainton fiel ihr ein, daß sie Janes Lieblingspizzas vergessen hatte, und sie fluchte. Als Teil ihrer Hilfsstrategie für Jane, die Max und Prue ausgearbeitet hatten, hatte Prue ihr erlaubt, am Freitag eine Freundin zum Abendessen mitzubringen, und ihr einen besonderen Leckerbissen versprochen.

Daß du viel beschäftigt bist, berechtigt dich nicht, nachlässig zu sein, schimpfte sie mit sich, was bedeutete: Ich habe ein Gewissen, und verbrachte den Rest der Fahrt damit, ihren Zeitplan umzugestalten, um es zu beruhigen.

Sie parkte am Anfang des Weges, der zur Kirche führte, breitete eine Decke über die Einkaufstüten und holte die Blumen vom Rücksitz. Das Wetter hatte sich geändert, ein laues Lüftchen wehte frisch und lieblich durch das Tal und den Hügel hinauf, und die Luft roch wie frisch gewaschen und weichgespült. Die harten Silhouetten der Bäume wurden durch sprießendes Laub gemildert, und die Gärten erstrahlten in jungem Grün.

Der Wind zerrte an Prues Kleidern, verwehte die Moränen aus Staub und Blättern zu neuen Mustern und überdeckte damit einen im Schlamm manifestierten Schuhabdruck, eine Schlitterspur – und die Zeugnisse eines langen Winters.

Beflügelt durch die ersten Vorboten des Sommers wanderte Prue den Weg hinauf und blieb bei einem Hagebuttenstrauch stehen, der so üppig geworden war, daß er den Durchgang behinderte. Niemand hatte sich die Mühe gemacht, ihn zurückzuschneiden, was nichts Neues war. Sie zog die Gartenschere heraus, die sie immer bei sich trug, und kappte die vorwitzigsten Zweige, entschied dann jedoch, Max vorbeizuschicken und sich der Sache fachgerecht annehmen zu lassen. Sie entfernte einen Brombeertrieb, der sich in ihrem Ärmel festgehakt hatte. Irgend jemand – vielleicht Emmy – hatte ihr erzählt, daß es in der Natur nur zehn Grundstrukturen gebe, die *ad infinitum* Wiederholung erführen. Das brachte sie auf einen Gedanken: Ich muß Emmys Mutter besuchen und ihr sagen, daß es Emmy gutgeht.

Ihr Blick glitt zu dem Stumpf der ehemals riesigen, herrlichen Buche, die der Sturm während eines Unwetters gefällt hatte. Die Baumfreunde in Dainton hatten um sie getrauert, und Prue entdeckte voller Freude, daß Schößlinge die Köpfchen aus dem Gras hochreckten. Prue lächelte: Händelkraut löste mal bei Jane Gekicher aus, weil Carey Scholfields ältere Schwester die Mädchen informiert hatte, es sei »phallisch« (»Was heißt ›phallisch‹, Mum?«).

Es hieß, die merkwürdige und fast unheimliche Hindeutung auf Verunstaltung zu ignorieren – und auf Abartigkeit. Prues Gesichtsausdruck wurde sorgenvoll. Konnte man das als Gleichnis dafür sehen, daß sie eine Lüge lebte, nachdem sie zeitlebens Ehrlichkeit praktiziert hatte – oder zumindest Geradlinigkeit? Dafür, daß sie auf zwei Ebenen lebte, wo bisher eine genügt hatte?

»Hallo, Prue, meine Liebe – ein Segen, daß ich Sie treffe!« Prue fuhr herum und sah Molly Greer auf sich zukommen. Molly schleppte sich mit einer in die örtliche Zeitung gewickelten

Riesenmenge von Narzissen und Weidenkätzchen aus ihrem Garten ab. Prue musterte die Pracht und erkannte sofort, daß ihre aus dem teuren Angebot eines Ladens in Winchester ausgewählten Blumen »unter ferner liefen« zu einem tristen Dasein hinter der Kanzel verdammt sein würden.

»Darf ich?« Molly hängte sich bei Prue ein. »Die Steigung macht mir immer Probleme mit der Hüfte.«

Prue bemühte sich, ihren Widerwillen zu unterdrücken, die hilfreiche Geste bereitwillig zu gewähren, doch es gelang ihr nicht. Molly trug ihr Ausverkaufs-Schnäppchen, einen Tweedmantel – der vermutlich dafür entworfen worden war, ein Schlachtschiff warm zu halten, und einen unangenehmen Geruch von Feuchtigkeit verströmte – und darunter über dicken grünen Strumpfhosen Wollsocken und Lammfellstiefel. Molly hielt sich nicht mit Gedanken über ihr Erscheinungsbild auf. Reine Zeitverschwendung, war der Standpunkt dieser Frau, die eine Expertin darin war, aus der Not eine Tugend zu machen. Mein Gesicht sieht aus, wie es aussieht – wozu Max, der gelegentlich Anwandlungen von Grobheit, aber nicht Originalität hatte, sagte, es sei gut, daß sie darauf hinwiese, daß es ein Gesicht sei, da man es sonst mit einem Bus verwechseln könnte.

Sie legten die Blumen an dem überdachten Kircheneingang ab, und Molly wies Prue an, die Vasen am Außenwasserhahn zu füllen. Molly mochte der Stützpfeiler der Gemeinde Dainton sein, fünfzehn Jahre älter und eine unermüdliche Verteidigerin des Dorfes gegen Gefahren in Gestalt von Autobahnen, Supermärkten und einer Neufestlegung der Ortsgrenzen, aber dreiste Ausübung von Macht (vor allem, wenn man die Person, die sie ausübt, nicht gewählt hat) löst Widerstand aus. Grimmig füllte Prue die Vasen und trug sie einzeln in die Kirche, sich deutlich bewußt, daß jeder Einspruch gegen Mollys Anordnungen ebenso wirkungslos wäre wie die Verhöhnungen der derzeitigen Labour-Partei.

Der Gedanke förderte Prues Entschlußkraft. »Ich schmücke den Altar«, erklärte sie, beschämt über ihre frühere Verzagtheit und etwas verwirrt über ihre soeben errungene Sicherheit, und verschwand in der Kirche, bevor sie wieder schwach werden konnte.

Als Prue fertig war, ging sie in Richtung Ausgang, um ihr Werk zu begutachten, das äußerst gelungen war, wozu sie sich gratulierte. Purpurrote Fresien und grüne Euphorbia waren eine interessante Kombination. Selbst Molly sagte anerkennend: »Sehr hübsch, Prue.«

»Danke. Ich finde, die Blumen sind ihr Geld wert.«

»Ach ja?« Molly schenkte Prue die Gunst eines ihrer prüfenden Blicke. »Prue, meine Liebe – Sie bringen sich doch nicht in irgendwelche Schwierigkeiten, oder?«

»Warum fragen Sie mich das?« Prue vermied es tunlichst, sich zu ihr umzudrehen.

»Ich bin kein Dummkopf, meine Liebe.«

»Nein, Molly – dafür habe ich Sie auch nie gehalten.«

Prue ging wieder nach vorne zum Altar und nahm eine kleine Korrektur bei der Euphorbia vor. Ich denke ... richtete sie im stillen das Wort an das bunte Kirchenfenster über dem Altar ... Molly vermutet, daß irgend etwas im Busch ist. Aber sie wußte bereits, daß die Möglichkeit für Molly, darauf zu kommen, um was es sich handelte, nicht mehr aufzuhalten war.

Molly legte letzte Hand an ein riesiges Arrangement für ein Fenster in der östlichen Mauer unter einem der beiden Wandgemälde – oder »Tugendhaftigkeiten« –, für die die Kirche berühmt war. Dieses zeigte den heiligen Georg, wie er den Drachen tötete, der drauf und dran gewesen war, die großäugige Prinzessin Cleodolinda zu verspeisen. Verständlicherweise beobachteten ihre Eltern die Vorgänge von den Zinnen des nahe gelegenen Schlosses aus mit tief sich in ihren Gesichtern widerspiegelnder Seelenpein. Eltern waren mit ihren Kindern durch ein pulsierendes, dehnbares Band aus Gefühl und Verpflichtung verbunden, und es brach ihnen das Herz und sie weinten, wenn ihre Kinder, kleine Ebenbilder ihrer selbst, starben. Seit der erste Höhlenbewohner einen Bison heimzerrte, existierte und gedieh die liebende Familie, und die Eltern taten alles für ihre Kinder. So wie Prue es für Jane tun würde. Wie Max es für seine Töchter tun würde. O ja. Sie sah ihn vor sich, den gebückten Riesen, wie er sich, rasend vor Wut, mit gehobenem Speer jedem entgegenstellte, der eine Bedrohung für die beiden darstellte.

Als Prue an diesem Ort des Glaubens die verschlungenen Wege ihres Herzens erforschte, vergaß sie, daß ein Unterschied zwischen Theorie und Praxis besteht.

»Können Sie mir mal helfen, Prue?« kommandierte Molly.

Prue schickte sich drein, mehrfach zum Komposthaufen zu laufen und in der Sakristei Reservevasen auszuwaschen.

»Was macht denn Ihre Stieftochter?« fragte Molly, als sie zu ihren Autos zurückgingen.

»Sie ist sehr beschäftigt. Der Job, das Baby, der Haushalt – Sie können sich vorstellen, wieviel Arbeit das ist.«

»Sie hat sich davongemacht.« Mollys Griff um Prues Arm verstärkte sich, als sie trittgefährlichen Schlamminseln auswich. »Man möchte nicht glauben, daß sie mal hier gelebt hat.«

Violet paßte mit ihren Rosinen im Kopf nicht nach Dainton – so sah es Dainton. Das war etwas unfair, da im Dorf mehr Pendler wohnten, die »die Welt da draußen« gut kannten, als Landarbeiter, die noch nie aus dem Tal herausgekommen waren.

Prue lenkte Molly in Richtung Dorfplatz, in dessen Schaufenstern allenthalben »Sonderangebot«-Plakate leuchteten, und bemerkte Clive Carter, der regungslos in seinem Vorgarten stand, was seine bevorzugte Beschäftigung war, seit er seinen Job als Maschinenbauer verloren hatte. Prue winkte ihm zu. Clive winkte nicht zurück.

»Zeit, daß ich dem alten Mann sein Mittagessen koche«, sagte Molly und fügte hinzu, daß sie ihm Weißkohl vorsetzen werde, weil sie im Radio gehört habe, daß der gut fürs Herz sei. Da Keith Greer sich auf seinem kranken Herzen ausruhte, sah es nicht gut für ihn aus. Prue meinte, es sei nicht angeraten, alles zu glauben, was man höre, worauf Molly ihr geradewegs in die Augen schaute und sagte, das stimme, und man höre ja eine Menge Dinge, nicht wahr?

Zum Abwaschen ihres Lunch-Geschirrs schaltete Prue das Radio ein, und Schuberts Violinkonzert füllte die Küche. Die Schönheit der Musik nahm ihr den Atem und griff ihr ans Herz. Sie ließ die Spülbürste in die ökologisch verwerfliche Seifenlauge fallen. Doch schließlich riß sie sich zusammen und wusch fertig ab, während Tränen über ihre Wangen und weiter über ihren Hals liefen.

»Jamie (schrieb sie)
als Thackeray Charlotte Brontë schließlich kennenlernte, erwartete er, in der berüchtigten Verfasserin von Jane Eyre eine Amazone vorzufinden. Statt dessen sah er sich ›einer sittenstrengen, kleinen Johanna von Orléans gegenüber, die gegen uns zu Felde zog und unserem Hang zur Bequemlichkeit und moralischen Unbekümmertheit einen scharfen Verweis erteilte‹. Wie wütend einen die Johannas und Charlottes dieser Welt machen! Allerdings glaube ich, daß Thackeray mit seiner Beurteilung falsch lag. Johanna ging es nicht so sehr um die Welt als darum, etwas aus sich zu machen. Sie sagte der allgemein-

gültigen Vorstellung, was eine Frau sein, denken und tun sollte, den Kampf an, gewann ihn und mußte entsetzlich dafür leiden. Aber es gab auch triumphale Momente in ihrem Leben. Am liebsten sehe ich sie ›in voller Montur‹ vor mir, wie sie in ihrem Beinkleid, den engen Stiefeln und der goldenen Huque, die sie so sehr mochte (Johanna liebte Kleider), in die Schlacht ritt. Und dann war da noch ihre Kommunikation mit Gott. Johanna hatte Glück, sie lebte in einer Zeit, die den Dialog mit Gott gestattete, es war den Menschen erlaubt, mit ihm zu sprechen, und umgekehrt. Viel mehr als die unsere war es eine Zeit, die – ob bewußt oder unbewußt – der Vielschichtigkeit der menschlichen Psyche Rechnung trug. Ja?
Nichtsdestoweniger werde ich mir Johannas/Charlottes Verweis bezüglich der moralischen Unbekümmertheit zu Herzen nehmen und Dich bitten, mich nicht mehr anzurufen. Das siehst Du doch ein, nicht wahr?«

Prue wußte genau, daß sie diesen Brief nicht abschicken würde, doch sie ging so weit, ihn in ein Kuvert zu stecken und die Adresse draufzuschreiben, ehe sie ihn zerriß und in den Mülleimer warf.

Als Prue am nächsten Morgen aufwachte, stand ein voll angezogener Max am Bett und schaute auf sie herunter.
»Ich dachte, du weinst«, sagte er.
Er wirkte noch gleichgültiger als sonst – ein sicheres Zeichen dafür, daß in seinem Innern starke Gefühle tobten.
»Nein.« Sie zwang sich zu einem Lächeln. »Ich bin ein bißchen erkältet, das ist alles.«
»Du wirst nicht vergessen, die Gasrechnung zu bezahlen.«
»Nein«, sagte sie und versuchte zu verbergen, wie elend und verworfen sie sich fühlte.

Max musterte sie prüfend, dann drehte er sich um, ging zum Fenster und schaute hinaus. Ein heftiger Wind kam auf, blies Wolkenfetzen vor sich her. Prue betrachtete den Rücken ihres Mannes, der so groß war und so beherrscht wirkte – und, das wußte sie, so leicht zu verletzen war. Max verstand es meisterhaft, seine Verletztheit zu verbergen.

»Viel Glück für heute, Max.«

Er wandte sich ihr zu. »Du hast es nicht vergessen?«

Die Freude in seiner Stimme und die Panik, die darunterlag, beschämten sie. »Natürlich nicht, Liebling. Ihr habt heute die große Brainstorming-Sitzung über den Aufbau des europäischen Netzes. Hast du deine Notizen eingepackt?«

»Ja.«

Max setzte sich aufs Bett und nahm ihre Hand. »Geht es dir wirklich gut? Ich bin ein wenig besorgt um dich.«

Ihr Herz fiel zusammen wie ein mißglücktes Soufflé. Verrat! dröhnte es in ihren Ohren. Sie streichelte seine Finger und versicherte ihm: »Es ist alles bestens. Mach dir keine Gedanken um mich.«

Wieder musterte er sie prüfend, dann beugte er sich vor, zog Prue in seine Arme und drückte sie an sich. »Ist es das wirklich, meine geliebte Prue?« fragte er an ihrem Hals und küßte die Haare, die sich über ihre Schultern ergossen. »Du mußt mir immer alles sagen.«

Was bin ich für ein glücklicher Mann, hatte er gesagt, als Prue ihn endlich soweit hatte, daß er ihr einen Antrag machte. Was bin ich für ein glücklicher Mann, daß ich eine zweite Chance bekomme.

Das war vor einundzwanzig Jahren gewesen, als Prue in der Londoner Kanzlei Stephenson Blackwell als Anwaltssekretärin gear-

beitet hatte – eine gelangweilte, unterforderte, unausgefüllte Prue.
Wie viele Frauen tun, was Prue tat – auf der Stelle treten? Und wie viele Frauen schauen von einem ihnen nicht zusagenden Schreibtisch auf, strahlen beim Anblick eines männlichen Wesens und warten auf das Klicken in ihrem Kopf (nicht in ihrem Herzen!), das ihnen sagt, daß es Zeit ist, in Aktion zu treten?
Max war hochgewachsen – ein eindeutiges Plus in den Augen der hochgewachsenen Prue – gut angezogen, verkörperte das Establishment und besaß den zusätzlichen Vorzug, mit einer Leidensgeschichte aufwarten zu können. Zwei Jahre zuvor hatte seine Frau ihn Hals über Kopf verlassen und ihr Auto in einen entgegenkommenden Lastwagen gebohrt. Sechs Wochen später war sie gestorben, und Max oblag jetzt die Aufgabe, seine kleine Tochter allein aufzuziehen, was sich um so schwieriger gestaltete, da er nicht bereit war, von Dainton nach London zu übersiedeln.
»Der Whiskey war schuld«, sagte Max später, als Prue ihn endlich um sieben Ecken dazu gebracht hatte, sie zum Dinner auszuführen, worauf sie viel Mühe und ein Vermögen für Parfum und raffinierte Seidenstrümpfe aufgewendet hatte. »Helen hatte schon eine Weile getrunken, und ich trank das Zeug ebenfalls wie Wasser.«
Prue dachte nach. »Es war nicht Ihr Fehler, daß Helen sich entschloß, zu gehen. Und es war auch nicht Ihre Schuld, daß sie eine halbe Flasche leerte, ehe sie es tat.« Damals war Prue von jugendlicher Rechtschaffenheit durchdrungen.
Max lehnte sich zurück. Das Restaurant war laut und voll, doch er war ganz still und wirkte entrückt. »Sie war so schön«, sagte er schließlich. »All meine Träume waren erfüllt von ihr.«
Und Prue war vor seiner Gefühlstiefe und seinem Gram auf die Damentoilette geflüchtet.

Später hatte sie es sich zur Aufgabe gemacht, ein Foto von Helen zu finden, und war enttäuscht gewesen von dem, was sie sah, denn die Frau auf dem Bild wirkte künstlich, und Prue war zu der Schlußfolgerung gelangt, daß es sich bei Helens Schönheit um die Art handelte, die nur in der Lebendigkeit zutage trat. Entweder das, oder die Vorstellung von Schönheit war wie Sekundenkleber: Einmal angewandt, hielt sie ein Leben lang.

Wie auch immer – da sie auf diesem Gebiet keine Chance hatte, ihre Vorgängerin auszustechen, blieb ihr nur die Möglichkeit, Helen charakterlich zu übertrumpfen. Erzähl mir von Helen, drängte sie den widerstrebenden, zurückhaltenden Max. Erzähl mir von ihr.

Kluge Prue. Denn am Ende redete Max wie ein Wasserfall und bewältigte sein Trauma schließlich, indem er die Verursacherin im richtigen Licht sah. Es war nicht angenehm, ihm zuzuhören, denn Max hatte ebenso Hiebe ausgeteilt wie eingesteckt – doch keinen so brutalen wie den, den Helen ihm versetzte, als sie ihm eröffnete, sie verlasse ihn.

»Ich erinnere mich genau an den Moment, in dem sie es mir sagte.« Max suchte nach den richtigen Worten. »Es war, als würde mir ein Messer in die Brust gebohrt. Ich weiß noch, daß ich dachte, es sei durch meinen Körper gedrungen und die Spitze schabe an meinem Rückgrat entlang.« Er streckte die Hand aus, die von »Helens Wunde« verunziert war. »Ich stach mir sogar ein Messer in die Hand, um zu testen, was mehr weh tat.«

O Gott, dachte Prue und schloß die Augen.

Jack war jünger als Helen, was Max, wie er sagte, überraschte, denn eigentlich zog Helen etablierte, ältere Männer vor. Sie hatte Max vorgeworfen, er altere frühzeitig, und sagte, dadurch fühle sie sich alt und Jack sei jung und vital. Wenn ich das richtig

verstehe, dachte Prue, alterten die Menschen seinerzeit früher als heute.
»Die Ironie ist«, sie saßen bei einem ihrer wöchentlichen Dinner, und Max legte sein Besteck auf den Teller, »daß Helen niemals alt werden wird. Im Gegensatz zu mir. Sie wird niemals faltig oder schlaff werden, und wenn ich sie wiedersehe, wird sie noch immer jung, ich dagegen werde alt sein. Du siehst – die Trennung war endgültig.«
Prue konnte nicht mehr. Sie senkte den Kopf über ihr Weinglas und faßte einen Beschluß. Als sie den Blick hob, fing sie damit Max' dunkle Augen ein und fragte: »Wirst du noch einmal heiraten?«
Max biß an. Zum ersten Mal lächelte er richtig. Er bestellte eine zweite Flasche Wein. »Wenn, dann nur eine Frau, die es nicht stört, zu altern.«
»Großer Gott«, sagte Prue – inzwischen bis über beide Ohren verliebt – mit der Nachdrücklichkeit ihrer neunzehn Jahre, »du bist doch erst neununddreißig.«
Von diesem Moment an stand ihre Zukunft fest. Max würde Prue heiraten, sie würden zusammen alt werden, und Prue war sich sicher, daß der Altersunterschied nie eine Rolle spielen würde.
Für die Hochzeitsnacht entführte Max Prue, nachdem er sich von einer hysterisch kreischenden Violet losgerissen hatte, in einen verwunschenen Landgasthof an einer Meeresbucht in Devon. In der kurzen Sommernacht sagte er Prue immer wieder, was für ein glücklicher Mann er sei, wie sehr er sie liebe und brauche und daß dies der Anfang vom Rest seines Lebens sei. Dann schlief er ein.
Mit vor Müdigkeit und nervlicher Anspannung brennenden Augen lag Prue wach, bis rosiges Licht unter den Chintzvorhän-

gen hindurchschlüpfte, hielt ihren schlafenden Mann in den Armen und fragte sich, warum die Nacht nicht ein wenig, nun ja ... umwerfender gewesen war.

Innerhalb eines Monats fühlte sie sich, als sei sie schon ihr ganzes Leben lang verheiratet, als sei sie tief in ein gemütliches Sofa gesunken, anstatt auf dem steifen Louis-quinze-Stuhl zu sitzen, den sie erwartet hatte. Es war behaglich und angenehm – abgesehen von Violet, die sich mit all der Entschlossenheit einer Siebenjährigen gegen ihre Stiefmutter stellte.

Sie hatte Glück gehabt. Aber als Freundinnen wie Kate sie fragten, ob sie sich an Helen und Violet störe, antwortete sie mit einem »Nein« und überkreuzte hinter dem Rücken die Finger, wie ihre Freundinnen es ihr beigebracht hatten, als sie in die Klosterschule eintrat.

Sie kannte die Vergangenheit, wußte um die Fehler, die gemacht worden waren, und die Strafen, war sich über die große Verpflichtung im klaren, die sie Max und Jane gegenüber hatte, spielte mit Überzeugung die Rolle, die sie im Laufe von zwanzig Jahren perfektioniert hatte, und war zufrieden mit ihrer Ehe und dem Leben in einer ländlichen Gemeinschaft – warum war Prue dann in diesem Frühsommer, in dieser Jahreszeit, da alles im Wachsen war, so angespannt und voller Erwartung, und warum verbargen ihre Augen Geheimnisse?

Warum nicht?

Warum nicht?

HOCHSOMMER

11. KAPITEL

Johanna nahm ihr Leben selbst in die Hand, sagte Prue voller Stolz auf das Mädchen zu Max. Sie brachte etwas ins Rollen. Das tat Pandarus ebenfalls, erwiderte er. Auch er hatte eine gewisse Macht. Prue war neugierig. Fungierte Pandarus nicht als Vermittler zwischen Troilus und Cressida? Genau, Max nickte zustimmend. Er arrangierte die Liebesbeziehung der beiden. Du stellst einen lüsternen, alten Kerl auf eine Stufe mit ihr? fragte Prue empört. Max musterte seine Frau mit undurchdringlicher Miene. Es gibt Schlimmeres als lüsterne, alte Männer, sagte er sanft. Weitaus Schlimmeres.

Was für ein Mensch war Johannas Dauphin, der »Embryo-König«, für den sie so viel wagte? Welche Mischung aus Lüsternheit, politischem Gespür, Gewissenhaftigkeit und Wahnsinn hatte er aus der Genvielfalt derer von Valois geerbt?
»Der Vater des Dauphin«, notierte sich Prue, »bekam regelmäßig Tobsuchtsanfälle, die sich verheerend auf die französische Regierung auswirkten.«
Der erste Anfall ereignete sich 1392. Der König drehte durch und tötete vier seiner Gefolgsleute. In der Folge erlitt er mindestens vierundvierzig weitere Anfälle, während derer er »schrie und zitterte, als werde er mit tausend glühenden Eisenspitzen gestochen«. Heutzutage würde die Diagnose höchstwahrscheinlich auf Schizophrenie hinauslaufen.
Isabella von Bayern, seine Mutter, war nicht viel gesünder. Trotz eines auffallend verkürzten Beines (ein Charakteristikum, das sie an ihren Sohn weitergab) war Isabella in ihrer Jugend eine

anziehende Erscheinung gewesen, jedoch ebenfalls geistig instabil. Unter allerlei Phobien, darunter auch Platzangst, leidend, hatte sie panische Angst vor Gewitter und der leisesten Andeutung jedweder Krankheit (was angesichts der Sterblichkeitsrate jener Zeit allerdings verständlich war) und ließ sich nicht dazu überreden, eine Brücke zu überqueren, die keine Geländer hatte – eine Marotte, die ihr Sohn ebenfalls mit ihr gemeinsam hatte.
Zunächst wurden Isabellas Mutterqualitäten nicht in Frage gestellt, doch nach 1425 stahlen sich Aussagen in die Berichte, in denen sie der Nachlässigkeit bezichtigt wurde. Ihre Verschwendungssucht war allgemein bekannt – und ihre intime Beziehung zu Louis d'Orléans, dem Bruder ihres Gatten, ebenso. Im Jahre 1417 war Isabella, juwelenbehängt und unappetitlich fett, Mittelpunkt eines Ausschweifungen frönenden Hofes in Vincennes, und die Skandalküche brodelte. Gerüchte wurden laut, der Dauphin sei nicht der Sohn des Königs, sondern das Ergebnis der Mesalliance seines Onkels.
Du siehst, sagte eine leise, aber nachdrückliche Stimme zu Prue – wenn eine Familie zu bröckeln beginnt, sind die Auswirkungen endlos. Denk an den Stein, den man in den Teich wirft. Denk an Dominosteine. Denk an … an was?
Das Telefon klingelte. Prue – sie saß im Arbeitszimmer – hob den Blick von ihren Notizen und nahm den Hörer ab. »Missis Valour?«
»Ja?«
»Hier spricht Emmy.«
»Oh! Hallo.« Prue ging in Gedanken blitzschnell verschiedene Katastrophen-Varianten durch. »Ist etwas passiert?«
»Nein, nein, es ist alles in Ordnung. Mister Beckett hat mich nur gebeten, Sie anzurufen, weil er heute den Frühzug erwischen mußte. Er muß heute zu einer Konferenz nach Winchester, und

ich soll Sie fragen, ob Sie Lust haben, im Coaching House Hotel mit ihm zu Mittag zu essen. Er ist ab drei Viertel eins dort.«

Prue nahm an, daß Jamie annahm, daß die Einladung dadurch, daß sie über eine dritte Person ausgesprochen wurde, akzeptabel für sie werde. Wenn man darauf besteht, daß schwarz weiß ist, dann ist es so.

Spitzfindigkeiten.

Irgendwo in den Tiefen von Prues Brust schnalzte eine Sprungfeder.

»Danke, Emmy«, sagte sie. »Das werde ich vielleicht tun. Ich möchte ja hören, was es Neues gibt.«

Darauf wette ich, dachte die schlaue, nicht mehr so spitzgesichtige Emmy, als sie den Hörer auf die Gabel legte. Das klingt mir alles viel zu kameradschaftlich.

Prue überflog die Bücher im Regal über ihrem Schreibtisch, aus denen sie ihre Informationen bezog. Vita Sackville-Wests »Joan of Arc«, eine Monographie über Eifersucht, eine kritische Würdigung weiblicher Schriftsteller des 19. Jahrhunderts, und »Footsteps: Adventures of a Romantic Biographer« von Richard Holmes. Die Anstrengungen von Biographen und Psychologen, ihr Thema zu Papier zu bringen, waren nichts im Vergleich zu dem Kampf, der in Prue tobte.

Wie konnte Jamie das wagen? Sie in die Enge zu treiben, sie zu zwingen, eine Entscheidung zu treffen.

Wäre es dir denn lieber, wenn es gar keine zu treffen gäbe? Wie würde Emmy ihre Vermittlerrolle interpretieren? Ein Glück, daß es Emmy gewesen war und nicht Molly Greer, deren Neugier ebenso erbarmungslos war wie der Schnabel eines Raubvogels, der sich in seine Beute bohrt. Hack. Hack. Blutige Informationsfetzen, herausgerissen, um der Welt damit vor der Nase herumzuwedeln.

Jamie verließ sich darauf, daß sie kommen würde.
Prue griff wieder nach ihrem Füller und schrieb »Rouen«. Der Füller war Teil eines Gelegenheitskaufs gewesen und bewies seine mindere Herkunft durch unregelmäßigen Tintenfluß. Sie schüttelte ihn, und ein Klecks klatschte auf die saubere Seite. Sie starrte auf ihre Finger, deren ansonsten unauffällige Identifikationsmerkmale jetzt als deutliche, blaugefärbte Wirbel und Kreise hervortraten.
Wie konnte Jamie es wagen, ihr über eine dritte Person eine Nachricht zukommen zu lassen? Und vor allem – wie konnte er es wagen, ihre wackelige Verteidigungsstrategie zu überrennen? Sie zwang sich fortzufahren.
Man kann nur mutmaßen, wie der Treibsand des Zweifels, durchsetzt mit Phobien und Wahnsinn, den mageren, schwachen, unsicheren Dauphin behinderte. Kombiniert man das mit hoher Intelligenz, Alkoholexzessen und einem abstoßenden Äußeren, ist der Untergang fast unausweichlich. Er hatte die Gabe, Menschen für sich zu gewinnen, doch zumeist nutzte er sie nur, um diese dann – nach Art seiner Eltern – mit Füßen zu treten.
Das war der Mann, den Johanna auf den Thron bringen wollte.
Fußnote, schrieb Prue: Isabella wurde so unförmig fett, daß man sie nicht als Regentin zuließ, da man der Ansicht war, daß ihre Körperfülle sie bei der Ausübung der Amtsgeschäfte behindern würde.
Zweite Fußnote: Obwohl sie sich demonstrativ fromm gab, bestanden Zweifel an ihrer Religiosität. Nichtsdestoweniger ist – biographisch und historisch übereinstimmend – überliefert, daß Isabella ein koloriertes Lebensbild der heiligen Margarethe von Antiochia für ihre Bibliothek in Auftrag gab, einen juwelenbesetzten Prachtband. Im Unterschied zu der heiligen Katharina, die als Symbol der Jungfräulichkeit galt, war die heilige Marga-

rethe das Symbol für Mutterschaft. Vielleicht wählte Isabella sie aus diesem Grund aus – als Schutzwall oder in einem Anfall von Gewissensbissen?
Die heilige Margarethe war natürlich – gemeinsam mit der heiligen Katharina und dem Erzengel Michael – eine von Johannas »Stimmen«.
Prue schaute auf die Uhr und hörte auf zu schreiben, nahm jedoch Abstand davon, ihr Werk durchzulesen, da sie aus Erfahrung wußte, daß sie an diesem Punkt von tiefen Zweifeln an ihrer Fähigkeit gequält würde, das Thema zu bewältigen. Vielleicht hatte Rembrandt ja die gleiche Krise während der Schaffung seiner »Nachtwache« gehabt. Gewiß hatte Tolstoi Sonya seine künstlerischen Zweifel während der vierzig Jahre, in denen er Meisterwerke verfaßte, nicht erspart. Warum sollte sie anders sein?
Max verstand es, Prue wieder auf den Weg zu bringen, wenn ihre Zweifel sich zur Behinderung des Fortschritts ihrer Arbeit auswuchsen. Er ermutigte sie, sprach einzelne Punkte mit ihr durch, recherchierte sogar hier und da – und es machte sie wahnsinnig.
Oft rief er, wenn sie zu Hause war, in seiner Mittagspause an und fragte: »Wie geht's Johanna?«
Laß das! hätte sie dann am liebsten geschrien. Hör auf damit!
Die platonische Idee vertritt die Theorie, daß die wahre, die eigentliche Welt eine geistige Welt sei. Johanna handelte dieser Lehre zuwider, indem sie erklärte, ihre Stimmen hätten Körper, trügen Kleider und sprächen Französisch. Nach Ansicht der mittelalterlichen Kirche sollten abstrakte Dinge abstrakt bleiben, und die Kirche verurteilte sie für ihren Verstoß dagegen. (Wie Johanna ohne die Möglichkeit, eine Sprachenschule zu besuchen, die Stimmen hätte verstehen sollen, wenn sie nicht

Französisch gesprochen hätten, wurde von den Vertretern der Institution nicht erklärt.)

Oben in ihrem Schlafzimmer betrachtete Prue ihre eigene Erscheinung im Spiegel – eine Frau in einer halsfernen Bluse, die ihr besonders gut stand, mit fächerförmigen Falten in den Winkeln der grauen Augen und langen, vom zu vielen Abwaschen geröteten Fingern.

Und wie stand es mit dem nicht-wahrnehmbaren, dem verborgenen Teil ihres Ichs? Der erwog zögernd, einen Kurs einzuschlagen, der bis vor kurzem undenkbar gewesen war. Undenkbar, weil er nicht existiert hatte, sagte eine innere Stimme. Prue drehte dem Spiegel den Rücken zu, zog sich aus, schlüpfte in Jeans und ein weißes T-Shirt und krönte das Ganze mit einem marineblauen Blazer, der ursprünglich Max gehört hatte, jedoch mit hochgekrempelten Ärmeln fetzig oversized aussah. Prue orientierte sich damit an einer Szene aus dem Film »Pretty Woman«, in der Julia Roberts in dieser Aufmachung signalisierte, daß sie jetzt eine ernsthafte, anständige Frau sei, die zu Prince Charming gehörte.

Unglücklicherweise besaß sie nicht Julias Hüften, doch das T-Shirt aus Sea-Island-Baumwolle sah teuer aus und brachte ihren Teint vorteilhaft zur Geltung. Die Entscheidung bezüglich des Schmucks nahm mehrere Minuten in Anspruch. Ehering? Selbstverständlich. Perlenohrringe? Viel zu klein – aber unechte erschienen ihr nicht passend. Goldkette?

Die Silberdeckel der Tiegel auf ihrem Toilettentisch schrien förmlich nach einem Poliertuch, und sie rückte sie mit dem Gedanken zurecht, wie lästig solche empfindlichen Dinge doch waren. Als sie die Schublade öffnete, in der sie ihre Halstücher aufbewahrte, sah sie sich dem üblichen Durcheinander gegenüber. Prue wühlte sich durch Seide und Wolle, alt und von zweitklassiger

Qualität, zu einer Zeit gekauft, da Max nicht so viel verdiente wie heutzutage, bis sie ein neues, teures, rotes fand. Sie zog es heraus und schloß die Schublade mit einem leisen Knall. Die Augen von Max' Fotografie auf ihrem Frisiertisch folgten Prue durch den Raum. Sie hatte nie zuvor registriert, daß sie das taten.

Am Griff des Kleiderschranks hingen Max' fast ausschließlich gestreifte Krawatten. Prue erinnerten sie – vom vielen Tragen sichtbar strapaziert – an die papierdünne Haut, die sich über seine Ellenbogen und Knie spannte und sich, erst andeutungsweise, über seine beginnenden Bauchfalten legte.

Sie wich dem Blick der Fotografie aus, setzte sich hin, um ihre Haare zu bürsten und faßte sie dann mit einem schwarzen Samtband zusammen. Als sie ihren Arm hob, fiel ihr auf, wie dick er war und wie schlaff das ehemals feste Fleisch herunterhing. Ein Anflug von Furcht vor dem Alter meldete sich, wurde jedoch von einem Schauer nervöser Erregung verdrängt.

»Schau mich nicht so an«, sagte sie zu Max' Foto. Was sie meinte, war: Richte nicht über mich.

Sie stand auf, schlüpfte, dazu mit den Füßen hin und her rutschend, in Mokassins und hängte ihre Schultertasche um.

Geh nicht.

Tu es nicht.

Doch sie tat es.

Das Hotel, das Prue gut kannte, war eine Symphonie in Chintz – jede Möglichkeit der Verwendung des glänzenden Stoffes war genutzt worden, und so waren die Fenster in verschwenderischer Fülle damit dekoriert und Stühle und Hocker damit bezogen.

Prue blieb in der Eingangshalle stehen und sah sich suchend um. Im gleichen Moment erhob sich Jamie aus einem großblumigen Lehnsessel.

»Wartest du schon lange?« fragte sie und wischte ein paar dem Samtband entkommene Strähnen aus ihrem Gesicht.
»Magst du Chintz, Prue?«
»Kommt drauf an.«
»Ich verabscheue ihn, und die drei Minuten und fünfundvierzig Sekunden, die ich davon umgeben auf dich gewartet habe, waren eine Qual.«
Sie lachte, wurde jedoch gleich wieder ernst. »Warum hast du mich gebeten, zu kommen?«
»Warum bist du gekommen?«
Sie rückte ihre Schultertasche zurecht. »Weil ...«
»Genau«, sagte er sanft. »Weil ...«
Er nahm ihre Hand, während er sprach, und strich mit der anderen seinerseits Prues vorwitzige Haarsträhnen zurück. Die Beschleunigung ihres Herzschlags registrierend, ließ sie ihn gewähren und verzieh ihm alles.
Er lächelte beruhigend. »Ich bin dienstlich hier, und es ist nicht das geringste gegen dieses Mittagessen einzuwenden.«
»Das sagte Caligula zu seinen Opfern, bevor er sie verspeiste.«
Beim Kaffee erzählte Jamie ihr von Lara und Jenny, und Prue, die an seinen Lippen hing, erkannte mit einem Gefühl von *déjà vu,* daß sie diese Geschichte schon einmal gehört hatte. Es war auch Max' Geschichte, und der Schmerz, der ihm zugefügt worden war, war ebenso intensiv wie seiner, wenn Jamie auch nicht so ehrlich mit sich selbst war – oder nicht soviel über sich selbst wußte –, um ihn einzugestehen, wie Max es getan hatte. Prue legte ihre Serviette auf den Tisch. Vielleicht hatte sie etwas an sich, das Männer anzog, die so bittere Erfahrungen mit sich herumschleppten? Lag es an ihrem Gesicht? An ihrem Ausdruck? An ihrer Unscheinbarkeit?
Wenn sie Jamie danach gefragt hätte, hätte er es erklären können:

Prue strahlte einen Frieden, eine Wärme und eine stille Aufmerksamkeit aus, die Männer dazu brachte, ihr gewohnheitsmäßiges Schweigen zu brechen.
Später bat er Prue, ihm die Kirche zu zeigen, und sie wanderten die Jewry Street hinunter und durch die Anlage, in der die Kathedrale aufragte. Die Touristen-Saison hatte begonnen, und die Innenstadt war voller Menschen, doch das Kirchengelände blieb vom Schlimmsten verschont. Der Sommer war gekommen und mit ihm die Sonne. Heiß und kraftvoll ließ sie die Luft flimmern, überzog die Haut der Menschen mit einem Schweißfilm, schien auf pralle Knospen in den Gärten und Gras hinunter, das noch dicht und saftig vom Frühlingsregen war. Leute saßen in Grüppchen beieinander oder schlenderten die Wege entlang, und eiscremeverschmierte Kinder hüpften übermütig herum wie lärmende Stare.
Prue und Jamie gingen gemächlich auf den Eingang der Kathedrale zu.
»Wie Pilger«, sagte Jamie, der eigentlich keine Ader für Poesie oder Geschichte hatte.
»Du heißt ja auch Beckett«, hielt Prue ihm vor Augen.
Jamie dachte nur selten über die Assoziation nach, die sein Name weckte. »Ein Tunichtgut und ein Heiliger.«
»Wenn man seinem Vorbild nacheifert, kann man sich eine wundervoll ausschweifende Zeit genehmigen und dann irgendwann in aller Ruhe Buße tun.«
Prues Hand streifte Jamies, Haut berührte Haut, verspürte den impulsiven Wunsch, zusammenzubleiben, und driftete wieder auseinander.
Im Inneren der Kathedrale bewunderte Jamie die Bodenfliesen aus dem dreizehnten Jahrhundert im Chorgang und den »Great Screen« hinter dem Hochaltar. Prue deutete auf eine

bildhauerische Darstellung. »Das Original wurde in der Reformationszeit zerstört und im neunzehnten Jahrhundert ersetzt – durch eine Vereinigung von Königin Victoria mit den Sachsen.«
Das amüsierte Jamie. Prues Blick wurde von seiner Erscheinung angezogen wie eine Motte vom Licht. Verstohlen musterte sie ihn. Er hatte eine Hand in der Tasche, in der anderen hielt er die Broschüre, die sie am Eingang der Kirche mitgenommen hatten. In Betrachtung versunken, leicht angespannt, mit zusammengekniffenen Augen, eine Komposition aus verschiedenen Hautschattierungen, blauen Adern, leichten Atemzügen, Pulsschlägen an Hals und Handgelenken, grauem Anzug und blau-grün gestreiftem Hemd bildete er einen sehr weltlichen Kontrast zu dem Dämmerlicht und der durchgeistigt-heiligen Atmosphäre der Kirche, wurde zum Gegenstand sinnlicher Begierde.
Bestürmt von Farben und Gerüchen und doch der Dunkelheit bewußt, die ihre Finger nach den Lichtkreisen ausstreckte, atmete Prue den Duft von Kerzenwachs und Weihrauch ein. Jamie wandte sich ihr zu, um etwas zu sagen, irgend etwas darüber, daß Königin Victoria kein guter Mensch gewesen sei, etwas, woran sie sich später nie erinnern konnte, und mit einem kleinen Seufzer ergab sich Prue in ihr Schicksal und sprang.
Wie ein großer Vogel stieg sie in die Dunkelheit auf, durchstreifte Räume, in denen Gott wohnte, bereichert und mit sich selbst und der Schöpfung im Einklang und voll inneren Friedens, ehe sie sich in den Kampf stürzte. Bis zu diesem Augenblick waren ihre Schritte die winzigen Schritte eines kleinen Kindes gewesen, die zögernden Reaktionen eines Neulings auf die lockende Versuchung. Jetzt ergriff sie die Initiative.
Zitternd und zutiefst erschüttert über das, was sich da Bahn brach, hörte Prue – eine Vierzigjährige mit Krähenfüßen in den Augenwinkeln, um Gottes willen –, die nicht gewollt hatte,

daß dies geschah, sich »Jamie?« sagen, und ihr Ton vermittelte ihm, worauf er – unbewußt – gelauscht und gewartet hatte. Sehr zart, leicht und behutsam, berührte er ihre Hand mit seinen Fingern.

Nach ein paar Sekunden setzte sie ihren Weg durch das Hauptschiff der Kirche fort.

»Willst du nicht eine Kerze anzünden?« rief er ihr nach und holte eine Münze aus der Tasche. Prue schaute darauf hinunter: ein einfaches Zwanzig-Pence-Stück zwischen schlanken Fingern. Im »Ivy« hatte er eine ähnliche Geste gemacht – doch jetzt bot er die Münze als Symbol für das an, was zwischen ihnen bestand – was immer es auch war. Sie zögerte nur einen Moment lang, dann nahm sie sie.

»Du solltest beten.« Sie dirigierte ihn zu dem St.-Swithun-Denkmal, wo auf einer Stellage Unmengen von Kerzen brannten, und fügte, um Gott zu beschwichtigen (falls er da war), der ihre Gefühle für Jamie als schreckliche Sünde werten mußte, hinzu: »Aber nicht um etwas Weltliches.«

»Ich bete schon lange nicht mehr, Prue.«

Das aufflammende Licht der anderen Kerzen beleuchtete Prues Profil, als sie den Docht an dem brennenden Wachsstock entzündete, umspielte ihre edlen Züge mit weichem Licht. Jamie zog hörbar die Luft ein.

Die Kerze gesellte sich zu den anderen. Flammen wiegten sich im Luftzug, und wie verzaubert starrte Prue sie an, bis sie zu einem grellen Meer verschwammen, das ihren Augen weh tat.

Die Farben draußen im Freien waren ebenso intensiv. Prue band ihr Tuch wieder richtig zu, dessen Knoten sich gelockert hatte.

»Jane Austen ist in Winchester gestorben«, sagte sie. »Möchtest du sehen, wo sie gewohnt hat?«

Sie führte Jamie durch die Close in die College Street, und er betrachtete pflichtschuldigst das Haus mit dem Erkerfenster. »Dies ist ein Privathaus« verkündete ein Schild an der Tür.

»Die Touristen müssen denen den letzten Nerv rauben«, sagte er, wandte seinen Blick von dem Haus ab und schaute auf Prue hinunter.

»Sie starb an der Addisonschen Krankheit, weißt du.«

»Was ist das denn?« Jamie erforschte ihre Augen mit den seinen, und sie schüttelte den Kopf. Es war, als würde ihr Körper in seine Einzelteile zerlegt und in anderer Form wieder zusammengesetzt.

Er mußte den Zug um 4 Uhr 5 nach London erwischen, und so wandten sie sich nach Norden und machten sich auf den Weg zum Bahnhof. Auf halbem Weg eine Straße hinunter kamen sie an einem Laden vorbei, in dem es Elektrogeräte und Videokassetten zu kaufen gab. »Dances with Wolves« – »Thunderbirds« – »Jean de Florette« – »Brief Encounter« ... Celia Johnsons Gesicht grüßte die Passanten mit der schwelenden Seelenpein einer Vierzigerin. Im Schaufenster stand ein Camcorder, der die Fußgänger auf seinem Bildschirm einfing. Prue sah sie beide dort im Vorbeigehen, körnige, unwirkliche Abbilder, Akteure in einem mit Laiendarstellern besetzten Film, auf Zelluloid gebannt – falls dieses Material überhaupt noch Verwendung fand.

»Schau, Jamie.« Sie blieb stehen. Auf dem Bildschirm war der Raum zwischen ihnen durch ein Schaufenster ausgefüllt. Jamie rückte näher an sie heran, und der Bildschirm spiegelte es gehorsam wider. Prue spürte, wie Jamie sie zu sich heranzog, seine Finger mit leichtem Druck auf ihrem Rücken, forschend und besitzergreifend, und sie hatte das Gefühl, ihr ganzes Leben lang auf diese Berührung gewartet zu haben. Und dann dachte sie: Ich verliere den Verstand.

Am Bahnhof bat Jamie Prue, nicht zu warten, und sie gehorchte.

Als sie den Bahnsteig hinunterging, fuhr der Zug aus London ein. Weil sie sich absichtlich nicht umdrehte, sah sie Max nicht aus dem Waggon steigen, in dem er immer saß.

Aber Max sah Prue – genauer gesagt, er sah das auffällige Tuch über dem Blazer. Im ersten Moment weckte es keine Assoziation bei ihm. Dann fiel ihm ein, daß Prue manchmal ein rotes Tuch und seinen marineblauen Blazer trug. Später, als er, nachdem er zweimal vergeblich zu Hause angerufen hatte, um abgeholt zu werden, in der Taxi-Schlange stand, dämmerte ihm, daß es Prue gewesen war.

Auf der Bahnfahrt nach London starrte Jamie, seinen Aktenkoffer unbeachtet neben sich, aus dem Fenster und dachte an Prue.

Bilder blitzten in seinem Kopf auf. Vorwitzige Haarsträhnen, die aus ihrem Band herausgerutscht waren. Ein rotes, über ihrer Brust zusammengeknotetes Tuch. Gemeinsames Würstchen-Essen in einer Küche, die aussah wie eine Baustelle. Ihre Art, ihn anzusehen – schläfrig und doch wach.

Wie konnten unwichtige Dinge eine solche Sehnsucht auslösen? Ein so unbändiges Verlangen? Stimmte es nicht, daß die Klischees – Schmetterlinge im Bauch, weiche Knie und ein wild klopfendes Herz – schlüssige Beweise für Verliebtheit waren?

Jamie setzte sich auf seinem Platz zurecht. Violet würde niemals zwei Würstchen essen und noch eines haben wollen. Violet, erkannte Jamie mit plötzlich gewonnener Klarsicht, hörte nie zu.

Während der Zug durch Südengland fuhr, vorbei an Gärten mit Apfelbäumen und Plastikspielzeug, Wäsche, die im Wind flatterte, und durch Witterungseinflüsse und Umweltverschmutzung pockennarbigen Rasenflächen, vorbei an häßlichen Bürogebäuden, als Autofriedhöfe mißbrauchtem Brachland und über

komplizierte Schienenverbindungen, begann Jamies Lebenskonstruktion, die ihm so stabil erschienen war, plötzlich an Tragfähigkeit zu verlieren, und während der Zug seinem vorgezeichneten Weg folgte, verlor Jamie die Orientierung.
Angst kroch in ihm hoch, Angst, daß er seine Mitte verlieren würde – aus eigener Schuld. Andererseits war er ein Mann, und das Testosteron, das ihn sein Erwachsenenleben hindurch dazu getrieben hatte, die Hand auszustrecken und zuzupacken, würde nicht versiegen. Ebenso wie beim Atmen handelte es sich dabei um unbewußte Reflexe.

»Warst du heute am Bahnhof?« fragte Max seine Frau beim Tee. »Ich dachte, ich hätte dich gesehen.«
Sie saßen auf der Terrasse vor der Küche. Die Luft war warm und duftete nach Sommer. Prue goß sich Tee ein und traf während dieser Sekunden eine Entscheidung. »Nein. Warum sollte ich? Ich wußte ja nicht, daß du früher nach Hause kommen würdest.«
»Ich hätte dir Bescheid sagen sollen, ehe ich das Büro verließ – dann hätte ich die Taxi-Kosten gespart.«
»Mach dir nichts draus, Liebling.«
Prues Teetasse klapperte auf der Untertasse.

... Nein, nein, Max – wie kommst du nur auf diese Idee? Natürlich sind Jack und ich nichts wie Freunde.
Nichts als Freunde, Helen.
Sei nicht so pedantisch! Das ist so typisch für dich!
Vor Zorn verengte Augen, streng zurückgekämmte Haare, ein Gesicht, das wie ein Totenschädel wirkte. Scharlachrote Lippen, die Lügen verbreiteten.
Später änderte Helen ihre Aussage in eine etwas wahrheitsnähere

Version ab. Ja, Max – da war tatsächlich was zwischen Jack und mir – aber nichts Ernstes, das mußt du mir glauben. Es ist nur so entsetzlich langweilig für mich, in Dainton festzusitzen. Es war doch nicht meine Schuld, daß er sich an mich ranmachte.
War es auch nicht deine Schuld, daß du ihn nicht zum Teufel schicktest?
Helen hatte sich von anfänglich täglich einem Whiskey zu diesem Zeitpunkt bereits auf vier gesteigert und im Zuge dessen das Essen fast gänzlich eingestellt. Der Alkohol und die Abmagerung vermittelten den Eindruck von Durchsichtigkeit und Unvollständigkeit – wie bei einem Blattgerippe, bei dem nur noch die Adern die ursprüngliche Form verraten.
Und Violet? hakte Max ein.
Gleichzeitig mit dem Whiskey hatte Helen sich das Achselzucken angewöhnt.
Und Violet?
Violet geht's gut. Mach dir keine Sorgen um sie. Wenn wir uns alle beruhigen, ist alles gut. Wenn du das willst, werde ich mit Jack Schluß machen.
Ja, das wollte Max – aber wie alles, was Helen versprach, hielt sie auch das nicht. Am Ende ihres blutigen Ehekrieges spielte es keine Rolle mehr, was Max wollte – es war nur noch das wichtig, was Jack wollte. Daß Jack nicht den Anstand hatte, bei dem Autounfall umzukommen, der Helen kurz danach das Leben kostete, hatte Max nie begriffen und auch nie akzeptiert.
Als ganz gewöhnlicher Mensch plötzlich von einer Woge aus Schmerz, Hilflosigkeit und häßlichen Gefühlen überspült zu werden, war – bestenfalls – verwirrend. Max hatte nicht damit gerechnet, daß sein ruhiger Lebensfluß sich zu einem reißenden Wildwasser wandeln könnte.
Über seine Teetasse hinweg betrachtete Max – nachsichtig

geworden und reich an Erfahrung mit weiblicher Unehrlichkeit – seine zweite Frau mit nachdenklichem Blick. Er hatte schon seit geraumer Zeit gewußt, daß der zwischen ihnen bestehende Altersunterschied sich irgendwann bemerkbar machen würde. Egal – er war darauf vorbereitet. Er sah eheliche Treue heutzutage mit anderen Augen als mit Vierzig. Nein – jetzt lag das Problem darin, die Möglichkeit, daß seine Frau sich anderweitig umsah, mit der Souveränität und Vernunft einzuräumen, die er – in der Theorie – bis zur Vollendung entwickelt hatte.

Gestatte ihr eine Affäre, hatte er sich gepredigt, wobei er der irrigen Meinung anheimgefallen war, sich dem Unvermeidlichen beugen zu müssen. Erlebnisse in der Vergangenheit beeinflussen nicht selten unser späteres Verhalten – und Helen hatte Max mit vielen prägenden Erfahrungen zurückgelassen. Wenn die Vorstellung, von Prue betrogen zu werden, zu schmerzhaft wurde, änderte er seine Selbstermahnung dahingehend ab, die Wahrscheinlichkeit einzuräumen, daß es geschehen würde.

Er betrachtete seine Schlußfolgerungen nicht als vermessen, doch das waren sie. Und er war auch nicht der Ansicht, Prue abzuwerten, indem er ihre Untreue voraussetzte. Es erschien ihm richtig, Vernunft zu üben, Verständnis zu zeigen, sich ihr nicht in den Weg zu stellen. Schließlich hatte er allen Grund, dankbar zu sein. Er hatte ein Heim und seine Töchter, und seine Gefühle für sie waren so befriedigend, daß sie ihm genügten.

Hinzu kam, daß er nicht jünger wurde, und sein Körper funktionierte nicht mehr mit der ehemaligen Spontaneität und Selbstverständlichkeit. Heutzutage erforderte ein Liebeserlebnis eine andere Kombination als Blutandrang in einem Organ und einen Hormonschub – es erforderte die Planung und Vorbereitung eines Menschen, der eine anstrengende Reise unternehmen wollte.

Bei all diesen Überlegungen vergaß Max eine grundlegende Tatsache: Theorie und Praxis sind zweierlei.
Prue schenkte ihm und sich Tee nach und hatte dabei das befremdliche Gefühl, daß Max sie ansah wie ein Wildbret, das er ins Visier seiner Waffe genommen hatte. Sie trank den kühl gewordenen Tee und lauschte dem abendlichen Vogelgezwitscher. Schuldgefühle … Sie versuchte, sich auf den Gedanken der Schuldgefühle zu konzentrieren. Schuldgefühle führen zu Lügen und zu Wahnvorstellungen. Doch anstatt sich schuldig zu fühlen, war sie von einem ungeheuren Glücksempfinden erfüllt.

»Wann?« fragte Jamie am nächsten Tag am Telefon. »Wann, Prue?«
»Ich weiß es nicht«, antwortete sie verzweifelt. Dann versuchte sie, sich korrekt und richtig zu verhalten. »Überhaupt nicht.«
»Das meinst du doch nicht ernst.«
»Doch, das tue ich.«
»Ich werde einen Weg finden«, erklärte Jamie. »Sag mir, wann du weg kannst.«
Sie machte den Mund auf – und wieder zu. Und noch einmal.
»Prue? Mach dir nichts vor – und mir auch nicht. Prue?«
Sie sagte ihm, wann.

12. KAPITEL

Emmy drehte den Kleinen um und legte ihn auf die Wickelunterlage. Das Kinderzimmer in der Austen Road war nicht mehr so steril wie einst. Ein Haufen schmutziger Babykleidung lag auf dem Boden, die Kommode war mit benutzten Wattebäuschen übersät, und aus einer umgefallenen Plastikflasche tropfte Baby-Lotion.

Edward hatte keine Lust, gewickelt zu werden, und wand sich protestierend. Emmy drückte ihm eine Hand auf den Bauch und griff mit der anderen nach einer frischen Windel. Nach einem kurzen Kampf schaffte sie es, die Klettverschlüsse an den vorgesehenen Stellen zu schließen.

»Du kleines Ungeheuer.«

Sie beugte sich zu ihm hinunter, bis ihre Nasenspitzen einander berührten. Edwards Augen vollführten einen wilden Tanz, und er kicherte und zog Emmy an den Haaren.

»He, laß das.« Sie bog seine Fingerchen auseinander und setzte ihn hin. »Zieh dich an deinen eigenen.«

Als sie, den lebhaften Edward nur mit Mühe und der Kraft ihrer beiden Arme bändigend, die Treppe hinunterging, klingelte das Telefon. Emmy zwang sich, die zwei noch verbleibenden Stufen vorsichtig und langsam hinter sich zu bringen. Dann deponierte sie ihren Schützling – in der Hast etwas unsanft – auf dem Fußboden und stürzte in Richtung des Läutens davon.

»Alles in Ordnung, Emmy? Ich wollte mich vor der Konferenz nur mal kurz melden.«

Sie mochte in der Schule kein großes Licht gewesen sein, aber Emmy hatte sehr schnell gelernt, daß die Formulierung »nur mal kurz melden« viele Bedeutungen in sich barg. Weil sie wohlmeinend und naiv war (es wäre Emmy nie in den Sinn gekommen, daß jemand ihre Motive mißdeuten könnte), hatte sie zunächst angenommen, daß dieses »nur mal kurz melden« Schuldgefühlen entsprang – doch dann begriff sie, daß sie damit kontrolliert wurde. Violet legte niemals Taktgefühl an den Tag – außer, sie hielt es für der Mühe wert. Es machte Emmy wahnsinnig.

Und heute machte sie die Enttäuschung dazu noch wortkarg. Sie stellte sich Violet an ihrem Schreibtisch vor, mit einer richtigen Tasse mit Untertasse (worauf sie bestand) neben sich, in der (echter) Kaffee dampfte, mit untadelig geschnittenen und kurgepflegten, weich fließenden Haaren und (makellos) leuchtendrot lackierten Fingernägeln. Makellos, weil sie ihre Hände niemals in Spülwasser tauchte.

»Alles bestens, Missis Beckett. Habe ihn gerade gewickelt.« Zu ihren Füßen spuckte Edward eine Speichelpfütze auf den neuen Teppich und schaute beifallheischend zu ihr auf. Sie verdrehte tadelnd die Augen.

»Sie sorgen doch dafür, daß er ordentlich ißt, ja?«

In der Gewißheit, nicht von ihr dabei ertappt zu werden, richtete Emmy ihren Blick himmelwärts und wickelte sich die Spiralschnur des Telefons um den Finger. »Steak und Chips«, murmelte sie. »Roh.«

»Was haben Sie gesagt, Emmy?« Mit jäh erwachendem Mißtrauen runzelte Violet an ihrem Ende der Leitung die Brauen.

»Nichts, Missis Beckett.«

»Na schön – ich muß los. Die Konferenz fängt an. Sagen Sie ihm, daß ich angerufen habe, ja?«

Emmy legte den Hörer auf die Gabel. Entweder hatte Violet nicht mehr alle Tassen im Schrank, oder sie war mit ihren Gedanken woanders gewesen – was sie nicht überraschen würde.

Sie ging neben Edward in die Hocke, umfaßte seine Händchen und zog ihn hoch, bis seine Füße sich fast vom Boden lösten. Der Kopf des Kleinen fiel nach hinten und hing da wie eine Pflaume an einem dünnen Zweig, und er stieß fröhliche Laute aus.

»Deine Mum hat angerufen«, informierte sie ihn und blies leicht auf seine Hände. »Mußte zu 'ner Konferenz und sich wichtig machen. Darum hatte sie keine Zeit, mit dir zu reden. Ich soll dich grüßen.«

Edward hatte zu dieser Eröffnung keinen verständlich artikulierten Kommentar abzugeben. Emmy trug ihn in die Küche, wobei sie es vermied, zum Telefon hinüberzuschauen, das so grell weiß an der Wand glänzte.

»Mittagessen, Teddybär.«

Das Mittagessen – jede Mahlzeit – erforderte Vorbereitungen wie für eine Schlacht. Emmy breitete eine Zeitungsdoppelseite auf dem Boden aus und stellte das Kinderstühlchen darauf. Dann schnallte sie Edward sein Geschirr um und legte ihm das Plastiklätzchen an, das sie an einen Landesteg auf dem Mond erinnerte.

»Steak«, verkündete sie und löffelte aus einem Gläschen einen widerlich aussehenden Brei – laut Aufschrift püriertes Rindfleisch mit Karotten (Violets Wahl) – in seinen Mund. »Ohne die Chips. Braves Kerlchen.«

Edward saugte sich mit der Kraft eines Sumo-Tintenfisches an jedem vollen Löffel fest und aß alles auf. Als Nachtisch gab Emmy ihm Apfelmus, und diesmal schlug er ihr den Löffel aus der Hand, beugte sich vor und starrte wie eine kleine Eule auf das Ergebnis seiner rabiaten Maßnahme hinunter. Emmy fluchte.

Das Telefon klingelte. Emmy ließ es genau fünfmal läuten, dann griff sie zu.

»Hi«, sagte Angus.

Emmy ließ sich auf einen Stuhl fallen. »Hallo.«

»Was machst du gerade?«

Emmy beäugte die Bescherung zu ihren Füßen. »Eine Apfelmusschlacht mit Edward.«

»Lust auf ein Bier?«

Sie stellte fest, daß ihre Zunge ihr nicht gehorchte und schluckte. »Jetzt?« brachte sie schließlich krächzend hervor.

»Warum nicht? Ich bin in der Gegend, und ich habe den Lieferwagen.«

Emmy seufzte und machte sich daran, ihm zu erklären, warum nicht. Nimm den Knirps doch einfach mit, schlug Angus vor. Ein behagliches Bild erstand vor Emmys geistigem Auge: Angus, Edward und sie in einem gemütlichen Pub mit einem Kaminfeuer und Hufeisen an der Wand, bei einem Bier. Ein Liebespaar, das nette, zärtliche Dinge zueinander sagte – wie zum Beispiel: »Du machst mich glücklich« oder – noch besser: »Wir sind so glücklich miteinander«. (Emmys Kenntnisse über Liebespaare beschränkte sich hauptsächlich auf die diesbezüglichen Schilderungen idealisierender Autoren.)

»Unsinn«, sagte Angus wegwerfend. »Wenn du's ihr nicht erzählst, wird die Mutter nie erfahren, daß du den Kleinen mitgenommen hast.«

Und so kam es, daß Emmy kurze Zeit später vor einem Pub an einem bierfleckigen Holztisch kauerte, während Edward neben ihr in seinem Buggy vor sich hin quengelte. Vom Lokal aus schaute man über die Wandsworth-Parkanlage, was hübsch war, doch es lag an einer Hauptstraße, durch die sich ein nie endender Verkehrsstrom wälzte. Emmys Nase lief, und das Bier war auch keine Offenbarung. Zwischen ihr und Angus stand ein voller Aschenbecher.

»Bist du nicht froh, daß du auf mich gehört hast?« Angus ignorierte Edwards Protestgenörgel.
Emmy hatte eine Entdeckung gemacht: Liebe – oder Verlangen (sie war sich nicht sicher, welches von beiden zutraf) – wärmte einen nicht. Der Juni hatte einen jener Tage eingestreut, die dazu gedacht sind, einen nicht in Euphorie verfallen zu lassen, und vermittelte die eindeutige Botschaft: Wenn ihr auf den Sommer gehofft habt – vergeßt es! Emmy hatte ein schlechtes Gewissen, weil Edwards kleine Hände bereits bläulich schimmerten. Zum fünftenmal beugte sie sich hinunter, um ihm seine Fäustlinge anzuziehen.
Edward riß sie herunter.
»Jetzt kannst du mich gern haben!« sagte Emmy.
Angus erzählte ihr von seinem derzeitigen Job, einem Umbau in Wandsworth.
»Schade, daß die Becketts gerade das Bad haben machen lassen«, sagte er. »Wir haben vor ein paar Tagen eins rausgerissen. Praktisch nagelneu. In Avocadogrün.«
Pastellgrün mit cremefarbenen Streifen ... Emmys Phantasie startete durch. Schimmernde, glatte, schillernde Tempel der Sauberkeit. Wasser, das an rosig überhauchter Haut herunterrann, in Falten dringend, zwischen die Zehen, entlang ebener Flächen. Hitze vermischt mit Dampf und Tuberosenduft aus den Flaschen auf den Borden.
»Schade«, sagte sie und staunte, wie schnell die Phantasie mit einem durchgehen konnte.
Angus schob den Aschenbecher beiseite. »Was machst du am Wochenende?«
Emmy zuckte mit den Schultern. »Nicht viel.«
»Lust, mit mir auszugehen?«
Emmy wollte nein sagen. Sie wollte aufspringen, Edward packen

und davonrennen – weg von diesem goldhaarigen Jungen, der sie mit einer verführerischen Einladung lockte, die, das wußte sie, das wußte sie, in einem Desaster enden würde. Warum sie das wußte? Weil es nicht einleuchtend war, daß er, der schöne, schöne Angus, den Wunsch haben sollte, sie, die unscheinbare Emmy aus Dainton, einzuladen, den besten Abend der Woche mit ihm zu verbringen. Unabhängigkeit, ein heiles Herz und Vorsicht waren weit besser als sich zu einem »Ja« hinreißen zu lassen und es anschließend zu bereuen.

»Na – was ist?« drängte Angus. »Ich werde dich nicht vergewaltigen.«

Emmy errötete kummervoll. »Natürlich nicht.«

»Ich versprech's dir.«

Ein bemitleidenswertes Trio mühte sich die Straße entlang: Eine alte Dame in einem motorisierten Rollstuhl, humpelnd begleitet von zwei ebenfalls alten Frauen, die ihre Kopftücher so gebunden hatten, daß sie Nonnenhauben glichen. Es sah aus, als führten sie einen makabren Tanz auf – einen Totentanz.

»Okay«, sagte Emmy, »ich komme mit.«

Violet knallte ihren Aktenkoffer auf den Küchentisch. Es war eine so aggressive Geste, daß Emmy, die am Spülbecken stand, erschrocken herumfuhr. Edward begann beim Anblick seiner Mutter zu quengeln.

»Ich muß mit Ihnen reden, Emmy.«

Emmy trocknete sich die Hände ab. Violet hatte die ihren in die Seiten gestemmt.

»Waren Sie oder waren Sie nicht zur Lunchzeit in einem Pub?«

Emmy schluckte. »Ja – war ich.«

»Mit Edward.« Es war eine Feststellung, keine Frage.

»Ja.«

»Wie konnten Sie das wagen?«

Verdattert über diesen Wutausbruch wich Emmy zurück bis zum Abtropfsieb.

»Wie konnten Sie das wagen, Emmy? Ich wollte es nicht glauben, als Mary Louder mir am Telefon erzählte, daß sie Sie mit einem Mann vor einem Pub gesehen habe. Biertrinkend! Was haben Sie sich dabei gedacht?«

»Es war nur ein Bier, Missis Beckett.«

»Ich bezahle Sie nicht dafür, daß Sie sich amüsieren, Emmy – Sie werden dafür bezahlt, daß Sie sich um meinen Sohn kümmern. Ihr Verhalten war völlig unverantwortlich. Es ist gut möglich, daß er sich erkältet hat. Aber selbst wenn nicht – ein Kleinkind hat nichts in einem Pub verloren!«

Eine lächerliche halbe Stunde.

Emmy dachte an die zahllosen Abende, an denen sie Überstunden gemacht, und an die Wochenenden, an denen sie babygesittet hatte (»Tun Sie uns den Gefallen, Emmy«). Eine für sie selbst ungewohnte Wut – teils über Violets Ungerechtigkeit und teils aufgrund der plötzlichen Erkenntnis, wie unfair Menschen sein konnten, wenn es um ihre eigenen Interessen ging –, die sie nur knapp unter Kontrolle zu halten vermochte, brodelte in ihr.

»Ich kann Ihnen nicht vertrauen.« Violet sprach mit leiser, dramatischer Stimme, die sowohl ihr echtes Entsetzen darüber verbarg, daß Emmy nicht zuverlässig war, als auch die Angst, mit der es sie erfüllte, daß ihr, der Supermanagerin, ein entscheidendes Fehlurteil unterlaufen war. »Sich um ein Baby zu kümmern ist eine verantwortungsvolle Aufgabe. Ich *muß* Ihnen trauen können.«

Wieviel kostete Vertrauen? Achtzig Pfund, hundert Pfund pro Woche (plus Steuer und Versicherung natürlich)? Billig fürs Geld, Mrs. Beckett. Violet wich Emmys zornentbranntem Blick

aus und wirkte auf einmal unsicher, und Emmy ging plötzlich ein Licht auf: Die äußerlich so selbstsichere Mrs. Beckett traute sich selbst nicht.
»Wer war der Mann? Ein völlig Fremder?«
»Er ist ...« Tja, was war Angus? Emmy erklärte, wodurch Angus der Familie bekannt war. Dankbar machte Violet von dem Hintertürchen Gebrauch (nach dem sie gesucht hatte): Unter diesen Umständen konnte sie sich die ebenso drastische wie ungünstige Maßnahme sparen, Emmy vor die Tür zu setzen.
»Hören Sie, Emmy – ich gebe Ihnen noch eine Chance.« Das war vorauszusehen, dachte Emmy – ein neues Kindermädchen zu suchen würde Zeit und Mühe kosten. »Aber«, Violet hielt es für angeraten, ihren Ton zu mäßigen, »wenn ich jemals dahinterkommen sollte, daß sich etwas Derartiges wiederholt hat, werden Sie gehen müssen.«
Vielleicht will ich das ja sowieso. Wie finden Sie das? Emmy war klug genug, ihre Gedanken nicht in Worte zu fassen.
Doch aus ihrem Unterbewußtsein klang eine leise Stimme herauf. Halt durch, sagte sie. Emmy lauschte angestrengt. Wovon sprach sie sonst noch? Von Aufsässigkeit, dem Wunsch, Violet mit gleicher Münze herauszugeben, von heraufdämmernden Gefühlen, die sich nicht kontrollieren lassen würden.
»Es tut mir leid«, sagte sie. »Ich dachte, es sei in Ordnung, etwas trinken zu gehen. Ich habe gut auf Edward aufgepaßt.« Mit einem kleinen Achselzucken, das Violet mehr als alle Worte überzeugte, fügte sie noch hinzu: »Das war doch selbstverständlich, Missis Beckett.«
Violett öffnete ihren Aktenkoffer, nahm die neueste Ausgabe von »Vanity Fair« heraus und warf sie auf den Tisch. Ihr Gesichtsausdruck vermittelte, daß sie es für lästig hielt, sich mit häuslichen Belangen auseinandersetzen zu müssen. Emmys

Erfahrung sagte ihr, daß ihre Arbeitgeberin das Interesse an der Angelegenheit verloren hatte.

»Vergessen wir die Geschichte, Emmy. Hat Ihr Trinkgelage Ihnen Zeit gelassen, die Einkäufe zu erledigen?«

Emmy seufzte. Edward hatte es satt, nicht beachtet zu werden. Er machte den Mund auf und stieß einen schrillen Schrei aus.

Am Samstag abend nahm Angus Emmy zum Bowling nach Streatham mit, wo er sich mit Freunden verabredet hatte. Violet musterte ihn, als er in Jeans und Stiefeln an der Haustür erschien, ließ ihn ohne ein Wort der Begrüßung stehen und kehrte in den Salon zurück. Jamie war zuvorkommender. Er forderte Angus auf, einzutreten, und machte Konversation, bis Emmy aus dem obersten Stockwerk herunterkam.

»Amüsiert euch gut«, sagte Jamie.

Emmy warf ihm von unten herauf einen Blick zu und nickte. Er lächelte gutmütig und ohne jegliche Zweideutigkeit.

»Hochnäsige Ziege«, sagte Angus, noch nicht ganz außer Hörweite des Vorgartens. »Die würde ich nicht über meine Schwelle lassen.«

Weil sie nervös war und es Angus recht machen wollte, hörte Emmy sich zustimmen, obwohl ihr plötzlich klar wurde, daß es einige Dinge gab, die sie an Violet mochte und – fast bewunderte.

Weibliche Solidarität kann viele Formen annehmen, aber am ausgeprägtesten wird sie wohl einer Frau zuteil, die von einem Mann betrogen worden ist. Emmy wußte natürlich nicht sicher, daß unerlaubte Motive hinter Jamies Mittagessen mit Mrs. Valour steckten – es war möglich, daß ihr eigener emotionaler Aufruhr sie Gespenster sehen ließ –, doch sie hatte so ihre Zweifel. Irgendwie spürte sie, daß da etwas war zwischen den beiden,

und obwohl es reichlich unwahrscheinlich schien, hielt ihr Verdacht sich hartnäckig. Emmy wurde zwar eben erst flügge, doch sie vertraute auf ihr Urteilsvermögen.
Sie schaute zum Haus zurück, aus dem die Klänge von Mozarts »Cosi fan tutte« drangen. Es sah so solide und gepflegt aus mit seinem neuen Anstrich, eine Behausung für staubgewischte Regale, bienenwachsbehandelte Möbel und gebügelte Bettwäsche. Das leere Haus in Dainton erschien vor ihrem geistigen Auge, ein ausgekochtes, sterilisiertes Behältnis für ihre Kindheit – bis Angus eine behandschuhte Hand auf ihr Knie fallen ließ und sie alles andere vergaß. Verärgert über Violets Benehmen ließ Angus den Motor ein paarmal aufheulen, der Lieferwagen klapperte beängstigend, und Angus lenkte ihn mit größtmöglicher Lärmentwicklung aus der Parklücke auf die Fahrbahn hinaus.
Angus' Kumpels – Ted, Bill und ein Hüne, der ihr als Nails vorgestellt wurde – zeichneten sich durch ihre Ohrringe aus, die, einer über dem anderen, eine silbern glänzende Einfassung für ihre Ohren bildeten. Emmy war fasziniert. In Andover war man noch nicht soweit – da war *ein* Ohrring bei einem Jungen schon der Gipfel der Kühnheit.
Cherry und Sal, die dazugehörigen Mädchen, trugen überhaupt keinen Schmuck – abgesehen von geflochtenen Freundschaftsarmbändern aus Stickgarn –, doch ihre Aufmachung entsprach der der Jungen: schwarze Jeans beziehungsweise Leggings, T-Shirts, ein Sweatshirt darüber, vorzugsweise in Schottenkaromuster, und kurze Haare. Eine von ihnen, Sal, verfügte über eindrucksvolle Rundungen.
Emmy zitterte in ihren Springerstiefeln und verfluchte den Tag, an dem sie zum ersten Mal das Wort »Dauerwelle« gehört hatte. Diese Mädchen waren so geil, so in, so »London« – und sie war eben nur »Andover«.

Sie musterten sie von oben bis unten, diese Julias und Portias der Straße, kamen zu dem Schluß, daß sie keine nennenswerte Bedrohung darstellte, und straften sie folglich mit Nichtachtung. Nicht überrascht, aber dennoch dankbar stellte Emmy fest, daß sie es im Bowling durchaus mit ihnen aufnehmen konnte.

»Nicht schlecht«, urteilte Sal am Ende des dritten Durchgangs. Ihre spitzen Brüste schwankten unter ihrem grauen T-Shirt wie Palmen in einer tropischen Brise, und ihre Lippen, die an dick gepolsterte Sofas erinnerten, glänzten.

Emmy gestattete sich einen abfälligen Gedanken und bekam gleich darauf einen Blickaustausch zwischen Angus und Sal mit – erotikgeladen und voller Erwartung. Ihre Selbstzufriedenheit erlosch, und eine Mischung aus Entsetzen, Eifersucht und schlimmer Vorahnung begann durch ihren Körper zu zirkulieren. Was in aller Welt tat sie hier? Da waren sie, die Sals, Cherrys und Emmys, verlockend wie Knospen am Apfelbaum für den lauernden Dompfaff – und sie rief sich in Erinnerung, was der Besuch des Dompfaffs bewirkte: keine Äpfel.

Nach dem Spiel kam Angus zu Emmy und legte den Arm um ihre Schultern. »Magst du lieber Indisch oder Chinesisch?« Sein Blick glitt von einem Mädchen zum anderen. Charme, Erotik und auch eine lässige Zärtlichkeit lagen darin. Warum konnte er nicht abstoßend sein?

Emmy mochte Curry nicht, doch sie aß das Chicken Vindaloo und das körbeweise servierte Naan-Brot, ohne sich etwas anmerken zu lassen. Das Restaurant war billig und drangvoll, die Luft rauchig und klebrig wie Tesafilm und ließ die grüne Rauhfasertapete feucht glänzen. Emmy schluckte einen Bissen Hähnchenfleisch hinunter und bereute es sofort.

Sal musterte sie. »Ist dir wohl nicht gut genug.«

Emmy versuchte zu antworten, was ein schwieriges Unterfangen darstellte, wenn der Gaumen weggesprengt worden ist. Währenddessen richtete Angus seine Aufmerksamkeit auf Sals Busen.

»Du haust ja rein wie ein Scheunendrescher«, konstatierte er.

Sal setzte sich in Positur. »Ich kann's mir leisten.«

Tja. Emmy warf einen verstohlenen Blick auf Sals tizianrote Haare, deren kühne Farbe ganz offensichtlich kein Geschenk der Natur war.

»Für den, der's mag, ist es das höchste«, meinte er und wandte sich Emmy zu. »Bist du satt?«

Sal zündete sich eine Zigarette an und blies den Rauch in Angus' Richtung. »Wohin als nächstes?«

Als nächstes? Emmy hatte in Vorstellungen von ihrer Wärmflasche und ihrem stillen, mit niemandem geteilten Bett geschwelgt.

»Für mich wird's Zeit«, erklärte sie und griff nach ihrem Fransenbeutel. Sie zwang sich, Angus anzusehen. »Es war riesig. Wir sehen uns bestimmt mal wieder.«

»Sei nicht albern«, sagte Angus. »Du weißt doch gar nicht, wie du nach Hause kommst. Komm mit uns. Ich bring dich dann.«

Sie zwängten sich in den Lieferwagen, bogen mit kreischenden Reifen in den South Circular ein und fuhren in Richtung Brixton. Über dem Eingang der dortigen Disco waren ein paar Kühlschränke montiert, und die Schlange davor war hauptsächlich schwarz, funky und laut. Als Emmy aus dem Wagen stieg, schauderte sie.

Ihr geistiger Horizont geriet verwirrend ins Wanken.

Im Innern der Disco bohrte der Lärm Löcher in die Trommelfelle. Sal ergriff die Gelegenheit, sich Angus zu schnappen, und dann lief eine beeindruckende Demonstration des Phänomens Körpersprache ab. Angus war ein Mann, und kein Mann hätte

sich den Reizen verschließen können, die ihm – praktisch unverhüllt – präsentiert wurden.
Ihre Tasche umklammernd sah Emmy den beiden zu, die inmitten der Quieker und Schreie, der bunten Lichter und rauchumwaberten Gestalten selbstvergessen tanzten. Emmys Phantasie entführte sie in einen Wunschtraum, der sie dahinschmelzen ließ – bis er wie eine Seifenblase zerplatzte und sie von einer Mischung aus glühender Eifersucht und ebenso glühendem Verlangen gebeutelt wurde.
Als Angus sich von Sal löste, um Emmy zum Tanzen zu holen, sah er sich einem abweisenden Gesicht gegenüber.
»Ich will heim«, erklärte Emmy, im grellen Discolicht bleich wie ein Geist. »Sag mir die Richtung – ich gehe zu Fuß.«
»Du läufst weg, Emmy?«
Sie sah keinen Sinn darin, zu lügen. »Ja.«
Das komische war, daß Emmy sich sicher war, daß Angus sie verstand.
»Ich fahre dich«, sagte Angus und versetzte ihr einen Kinnstüber. »Du bist dumm, weißt du das?«
»Was ist mit den anderen?«
Angus warf einen kurzen Blick über seine Schulter auf die rhythmisch zuckende Masse auf der Tanzfläche, und Sal warf ihm einen alles verzehrenden Blick zu. »Ich komme wieder her.«

Eine Weile war Emmy überzeugt davon gewesen, daß ein Fuchs im Garten von Nummer 6 wohnte. Das Aufblitzen von rotem Fell, ein Bellen in der Nacht, verstreute Abfälle um die Mülltonnen, ein beißender Geruch in der Luft – das waren die Hinweise, die sie zu dieser Schlußfolgerung gebracht hatten. Nach dem Bowlingabend verbrachte sie in mehreren Nächten die Stunden vor Tagesanbruch damit, angestrengt aus dem Fenster zu spähen.

Wenn das mit dem Fuchs auch nicht sicher war, so gab es doch keinen Zweifel an dem grauen Eichhörnchen-Paar, das sich im Buschwerk am Ende des Gartens häuslich eingerichtet hatte. Die beiden waren unglaublich flink und spitzbübisch, hüpften und tollten ausgelassen die Gartenzäune entlang.
Wenn Emmy sie tagsüber beobachtete, beneidete sie sie um ihre Unbekümmertheit und die Unverfrorenheit, mit der sie sich vor den Katzen produzierten, die aufgeregt vibrierten, aber von ihrem Büchsenfutter zu fett und unbeweglich geworden waren, um ihnen gefährlich werden zu können.
Eines der Eichhörnchen hatte unter dem Lavendelbusch einen Schatz versteckt, eine Nuß vielleicht, und kam mit steil aufgerichtetem Schwanz immer wieder unter die stacheligen Zweige zurück. Emmy verfolgte sein Treiben, doch es hütete sich, ihr zu zeigen, worin sein Geheimnis bestand.
Angus hatte sich an jenem Abend – nein, inzwischen war ja bereits Sonntag morgen gewesen – über sie gebeugt, als er sie zu Hause ablieferte, und ihre Sehnsüchte hatten Emmy dazu verleitet, die Augen zu schließen und ihm ihr Gesicht entgegenzuheben. Gleich darauf hatte sie es jedoch abrupt gesenkt. Sie war vielleicht nicht klug genug, um ihre Gefühle unter Kontrolle zu halten, doch sie verstand es, sie zu verbergen.
Vielleicht war es ganz gut, daß sie nicht herausfinden würde, was sich hinter Angus' sonnengebräunter Stirn abspielte, denn das hätte den Zauber auch zerstören können.

13. KAPITEL

»Wann, Prue?« fragte Jamie. Wann?

Janes Sommerferien fielen für gewöhnlich mit Max' Angelwoche in Schottland zusammen. Das war schade, aber nicht zu ändern. Das Datum nahm in Max' Kalender den gleichen Stellenwert ein wie seine Jagdtage im Herbst – und beides war so unabänderlich wie Weihnachten. Prue hatte diese Daten im Jahresablauf schon vor langer Zeit akzeptiert und begrüßte sie nun, nach den ersten Malen des Ausgeschlossenseins, als eine Unterbrechung der Routine und eine Chance, ihr geistiges Wissen zu ordnen.

Der Abreise gingen für gewöhnlich Last-Minute-Panikanfälle und spätnächtliche Suchaktionen nach Angelzeug und den Verschlüssen für den Spezial-Picknickkorb voraus, den Max von seinem Vater geerbt hatte. Jedes Jahr nahm Prue sich vor, sie an einem Platz auf dem Speicher zu deponieren, wo sie leicht wiedergefunden werden könnten, und jedes Jahr versäumte sie es.

Sie stand früh auf, machte Eiersandwiches, Tee und Kaffee und goß beides in die altmodischen Thermoskannen. Sie gehörten zu der Picknickausrüstung und waren liebgewonnene Überbleibsel aus einer anderen Zeit, unverwüstlich und praktisch. Prue streute gehackte Minze auf das Ei, bewunderte die Farbkomposition, fügte Mayonnaise hinzu und strich die Mischung auf das Brot.

Gekleidet in seine Lieblingscordhose und den Pullover, der ihm soviel besser stand als sein Geschäftsanzug, sah Max blaß aus und wirkte geistesabwesend. Prue führte es auf die schlaflose Nacht zurück, die sie beide hinter sich hatten, ohne es sich jedoch einzugestehen. Dem anderen Schlaflosigkeit zu offenbaren, war in einer Ehe eine Intimität, die nur möglich war, wenn die Beziehung gut lief.

Was ungewöhnlich war, war Prues mangelnde Bereitschaft, die Hintergründe zu erforschen.

Max gab Jane einen Abschiedskuß, und anstatt, wie üblich, zu sagen: »Paß auf deine Mutter auf!«, drückte er seine Tochter nur an sich.

»Bring mir einige Edinburgh Rock's mit«, murmelte sie an seiner Schulter. Die Farben der Bonbons gefielen ihr zwar besser als der Geschmack, aber es war eine Bitte, von der sie wußte, daß ihr Vater sie ohne Schwierigkeiten erfüllen könnte.

Max ließ Jane los, die spürte, daß ihn irgend etwas beunruhigte, und daraufhin eine Miene aufsetzte, die besagte, daß Abschiede etwas schrecklich Langweiliges seien. Max sah aus, als sei er im Geiste bereits weit weg, und er sagte in einem Ton, der Prue anriet, kein Theater zu machen: »Ich rufe an, wenn ich in Edinburgh bin.«

»Amüsier dich gut.« Prue reichte Max sein Angelzeug und den Picknickkorb.

Viel später, als sie Geschehenes rekapitulierte und die Wahrheit zu ergründen versuchte – wobei die Wahrheit ebenso schwer zu analysieren war wie der Duft in einem winterlichen Garten, die Form einer Wolke im Wind oder der Ruf eines Politikers –, erinnerte Prue sich daran, daß Max sie zum Abschied nicht geküßt hatte.

»Also – was machen wir zwei Hübschen, bevor wir nach London fahren, Janey?« fragte sie, als sie sich zu einem Lunch *à deux* hinsetzten.

Aufs Sofa gekuschelt hatte Jane den Vormittag mit Radiohören verbracht, doch die Frage weckte ihre Lebensgeister, und sie wartete mit mehreren Vorschlägen auf, unter denen sich ein Ausflug zu den Romsey Rapids befand, die grundlegende Aktualisierung ihrer Garderobe und der Kauf neuer Rollerblades.

»Wie wär's mit einer Radtour mit Picknickkorb?« fragte Prue, die im Geiste schon Mutter und Tochter gemächlich auf blumengesäumten Wegen durch unberührte Landschaften fahren sah. »Wir könnten eine Tagesfahrt machen.«

Jane schaute ihre Mutter an, als sei diese gerade von einem fremden Planeten gekommen. »Vergiß es, Mum – dazu ist es nicht warm genug.«

Prue stützte die Ellenbogen auf den Tisch und das Kinn in die Handflächen. »Du hast recht«, sagte sie.

Jane schwieg etwa eine halbe Minute lang. »Ich muß was für die Schule machen«, erklärte sie und kaute auf einem winzigen Bissen von ihrem Schweinekotelett herum. Prue war bereits fertig mit Essen. Dann fragte sie: »Mum – was ist Ehebruch?«

Prue spürte, wie ihr Gesicht sich in Sekundenbruchteilen verkrampfte und ihre Augen sich weiteten, und sie bemühte sich verzweifelt, ihre Züge unter Kontrolle zu bekommen, die ihre Schuldgefühle hatten entgleisen lassen. Schuldgefühle wegen etwas, das sie noch gar nicht getan hatte. Nicht vertraut damit, nicht geübt im Umgang damit, unsicher bezüglich der Merkmale (beinhalteten sie immer Übertreibung, Lügen und Verzerrungen?), ließ Prues Panik sie vergessen, daß nicht unbedingt ein Zusammenhang zwischen Dingen besteht, auch wenn es so scheint. Aber sie war vertraut mit der Lehre, die besagte, daß der Unterschied zwischen der Absicht und dem Begehen einer Sünde unwesentlich war.

»Wie kommst du denn darauf, Liebling?«
»Wir haben in Religion darüber gesprochen.« Janes ungeduldiger Ton machte deutlich, daß die Langsamkeit ihrer Mutter sie nervte. »Du weißt schon – die Geschichte in der Bibel von der Frau, die beim Ehebruch erwischt wird.«
Prue entspannte sich. »Ach, die«, sagte sie, ihre Erleichterung nur mühsam verbergend. »Die hatte ich vergessen.« Normalerweise nahm Prue ihre elterliche Erklärungspflicht sehr ernst – heute jedoch beschränkte sie sich auf das Nötigste.
Jane dachte über das Gehörte nach. »War es nicht dumm von ihr, sich in solche Schwierigkeiten zu bringen, Mum?« fragte sie dann.
Prue spielte mit ihrem Wasserglas. »Manchmal sind die Dinge nicht so einfach, Jane – das wirst du noch feststellen, wenn du älter bist. Denk daran, wenn du Ärger in der Schule hast – du willst es nicht, aber es passiert trotzdem.«
Als Verteidigungsargument taugte das nicht, das wußte Prue, aber die Sachlage an sich war ganz simpel: Entweder man tat etwas oder man tat es nicht.
»Aber weißt du«, Jane schob ihren noch halb vollen Teller weg, »es gefällt mir irgendwie, Ärger zu bekommen – es macht mehr Spaß.«
Vom Fenster eingerahmt, wiegte sich die Buche am Ende des Gartens im Wind, ein Gegenpol zu der *Prunus autumnalis*, die sich in frischem Grün präsentierte.
»Verdammter Unsinn!« entfuhr es Prue.
»Mum! Mir verbietest du immer, zu fluchen.«
Prue beugte sich über den Tisch und ergriff die Hand ihrer Tochter. Vertrauensvoll lag sie, leicht schmuddelig und nur Haut und Knochen, in der ihren. Prue überlegte, welches Chaos es auslösen könnte, wenn man ehemals untadelig aufgeräum-

te Wäscheschränke oder Küchen durcheinanderbringt und die Übersicht verliert.
Prue streichelte die Hand ihrer Tochter. »Du bist ja ganz schön streng mit mir, mein Mädchen.«

*

Letztendlich umfaßte das Programm einen Besuch des »Phantom der Oper« und den Kauf neuer Rollerblades. Das Fahren damit führte zu einer Menge Hautabschürfungen, deren Behandlung mit Arnika Jane verweigerte, da sie ihre Kriegsverletzungen in der Schule vorzeigen wollte.
Es war geplant, zwei Nächte in der Austen Road zu verbringen, was ihnen Zeit gäbe, das Musical zu sehen und, wie Prue Jane erklärte, einen für ihr Buch notwendigen Abstecher in die Bibliothek zu machen. Jane genoß die Vorstellung, und – in masochistischer Weise – Prue ebenfalls, die angesichts der Liebesqualen des Phantoms auf ihrer Unterlippe herumbiß, bis es weh tat. Doch der Dezibel-Pegel war so hoch, daß sie, als sie von ihren sündteuren Plätzen in die kühle Nacht hinausgingen, das Gefühl hatte, einen Hammer auf den Kopf bekommen zu haben.
»Phantastisch!« schwärmte Jane. »Ich find's herrlich, wenn eine Geschichte traurig ausgeht.«
Später lag Prue in dem frisch gestrichenen Gästezimmer und lauschte – wie Emmy – dem Bellen des stadtgewohnten Fuchses. Max würde jetzt, dank mehrerer Whiskeys, in seinem von Bergen, Schatten und regenschwangerer Highlandluft umgebenen Hotel tief schlafen. Schlaf schön, wünschte sie ihm über die vielen Meilen hinweg und registrierte machtlos, wie verbotene Regungen von ihr Besitz ergriffen. Sie versuchte verzweifelt, sich auf die wichtigen Dinge zu konzentrieren: auf die Versammlung

des Frauenbundes, auf die Düngung des Gemüsebeets, auf Janes Halbjahreszeugnis. Worüber hatte Molly sich so erregt? Ach ja: Darüber, wie schlimm es war, daß die Pfarrzeitung für die Debatte über die Fuchsjagd eingespannt worden war, die immer hitziger wurde. Das waren die Ziegel, aus denen ihr Lebenshaus gebaut war. Prues Finger suchten nach der Kante des Kopfkissenbezuges. Sie waren wichtig und durften nicht einfach ignoriert werden. Aber angesichts eines soliden, unauffälligen Stadthauses einerseits und Michelangelos atemberaubender sixtinischer Bibliothek oder der graugeschindelten Phantasievorstellung von Johannas juwelengleichen, turmbewehrten Städten andererseits, war es schwierig, sich nicht von ersterem abzuwenden und nach Schönerem Ausschau zu halten.

Der ungejagte Fuchs in dem Londoner Garten bellte erneut, und Prue driftete zwischen Schlafen und Wachen dahin. Tiere waren in den Städten weniger Gefahren ausgesetzt als auf dem Land. Niemandem würde auch nur im Traum einfallen, Hunde auf den räudigen, abgemagerten Aasfresser anzusetzen, der in den Abfalltonnen herumwühlte, die wie Plastik-Grabsteine am Straßenrand aufgereiht standen.

Am anderen Ende des mit beigem Teppichboden belegten Flurs schlief Jamie. Sie stellte ihn sich vor, ausgestreckt unter der Decke und in einem Schlafanzug, den sie, in einem seltsamen Vorgefühl von Intimität, mehrmals gewaschen hatte. Prue stellte sich vor, wie sie seinen Atemzügen lauschte und mit einem neugierigen Finger den Umriß seines Körpers nachzeichnete.

Sie lauerte. Sie wartete. Sie hauchte Küsse über die reglose Gestalt, spürte kühle, seidige Haut unter ihren heißen Lippen und versuchte zu schlafen.

Am nächsten Morgen war sie früh wach und schlüpfte in eine Hemdbluse aus smaragdgrüner Seide und Jeans. Sie bürstete ihre

Haare, die sie wachsen ließ, band sie zusammen und wählte als Schmuck ein Paar neue Perlenohrringe, die groß genug waren, um eine Aussage über ihr Selbstbewußtsein und ihre finanzielle Situation zu machen.

Eine Frau, die beim Ehebruch erwischt wird.

Die Träume der Nacht kehrten zurück, als sie sich an ihr Spiegelbild wandte. Frage: Wenn sie bereits im Geiste gesündigt hatte, spielte es mit Sicherheit keine Rolle mehr, wenn ihr Körper sich anschlösse, womit dagegen also nichts zu sagen wäre. Die Sünde war begangen worden. Hatten die Doktrinäre das zu Ende gedacht?

Jane hatte ihre Begeisterung für Edward entdeckt, und so griff sich Prue ihre Notizbücher und verabschiedete sich von Emmy und ihrer Tochter, die mit leuchtenden Augen zu ihr aufsah. »Paß auf dich auf, Mum.«

Prue zögerte einen Augenblick, dann verließ sie das Haus.

Das Blattwerk in den Gärten und an den Bäumen leuchtete im ersten Sonnenlicht, die Straße war mit Abfall übersät. Die Luft in der U-Bahn war stickig, überall lagen weggeworfene Morgenzeitungen herum, und der Zug fuhr quälend langsam. Irgend jemand hatte sich übergeben, und die Geruchsmischung aus Erbrochenem und einem widerlich süßlichen Desinfektionsmittel raubte Prue fast den Atem. Sie nahm sich die neben ihr liegende »Daily Mail« vor ... Dan Quayle kritisierte eine Seifenoper wegen der allzu anschaulichen Darstellung der Geburt des unehelichen Kindes einer der Hauptdarstellerinnen und tat außerdem die Meinung kund, daß die Straßenkrawalle in Los Angeles auf »dramatische Armut« zurückzuführen seien.

Dramatische Armut. Prue legte die Zeitung weg.

Am Eingang der Stadtbibliothek traf sie auf Adrian League, einen von Max' Kollegen, der letztes Jahr in Rente gegangen und ebenfalls ein begeisterter Angler war. Damals hatte er wie Achtzig ausgesehen. Jetzt ging er in seiner mit Bedacht ausgewählten, lässigen Kleidung als flotter Sechziger durch. »Mein Gott!« sagte sie. »Sie sehen zwanzig ...« Entsetzt über ihre Taktlosigkeit brach sie ab. »Sie sehen großartig aus.«

Adrian hatte noch nie etwas für Floskeln übrig gehabt und kam sofort zur Sache. »Was tun Sie hier, Prue?«

»Nachforschungen anstellen.« Sie hatte den Eindruck, nicht so überzeugend zu klingen wie sie sollte. Adrians Brauen hoben sich, womit er ausdrückte, daß das letzte, was er bei Prue vermutet hätte, Wissensdurst war. Das ärgerte sie.

»Ja«, sagte sie. »Ich schreibe eine Biographie der heiligen Johanna. Genau gesagt, ist sie schon so gut wie abgeschlossen.« Adrian nahm Prue beiseite. Sein Blick verriet Interesse. »Haben Sie einen Verleger?«

Das war eine Frage, die weltgewandte Leute Prue ständig stellten, und Adrian war sehr weltgewandt.

»Ja«, log sie mit zuckersüßem Lächeln. »Besser gesagt: Es wetteifern mehrere Verleger um die Rechte.« Vom Teufel geritten, setzte sie ihrer Prahlerei noch eins drauf. »Ich muß mich sehr bald entscheiden. Ist das nicht fabelhaft?«

Später, im Schutz der Regale in der Geschichtsabteilung, brannten Prues Wangen. Als ungeübte Lügnerin war sie fasziniert von der Geschwindigkeit und Entschlossenheit, mit der sie sich auf diesem unbekannten Terrain bewegte. Nichtsdestoweniger hatte seine Überheblichkeit Adrian einen Dämpfer eingebracht, und sie hatte voller Genuß beobachtet, wie er um Fassung rang. Wie sie sich, falls es nötig wäre, aus der Affäre ziehen sollte, wußte sie allerdings nicht. Aber spielte das überhaupt eine Rolle?

All diese Lügen.

Ja, nein, ja? Sie mußten eine Rolle spielen – täten sie es nicht,

hieße das, daß sie das Lebenszelt, das sie sich aufgebaut hatte, seines Bodens beraubte.
Prue beugte sich über ihre Bücher, doch alle paar Minuten schaute sie auf. Die Zeit schlich dahin. Die Luft roch nach Staub, verschiedenen Parfüms, die die Frauen im Raum verströmten, und nach jemandem, der sich offenkundig länger nicht gewaschen hatte. Prue fühlte sich, als hätte sie Fieber. Die Bücher in den Regalen wirkten so massiv, so groß, so geordnet, die Farben ihrer dunklen Rücken unergründlich und geheimnisvoll.
Um halb eins packte Prue ihre Bücher in eine Plastiktüte, deren Griffe ihr in die Finger schnitten, und machte sich auf den Weg. Die Oxford Street war voller Frauen mit ähnlichen Plastiktüten und ähnlichen Geheimnissen – eine weibliche Verschwörung, die den Boden für einen versteinerten Wald aus Lügen bereitete. In Prues Kopf lieferten sich egozentrische Leidenschaft und Schuldgefühle einen erbitterten Kampf.
An der Kreuzung Great Cumberland Street wandte sie sich nach rechts, steuerte in nördlicher Richtung auf ein Hotel zu, das an einer sichelförmigen Zufahrt lag, und blieb vor dem Eingang stehen, den eine rot-weiß-gestreifte Markise schmückte.
Jetzt hatte sie die Wahl, einen Schritt weiterzugehen oder kehrtzumachen und zu fliehen.
Warum war es nicht einfach passiert? Ehebruch war so viel leichter, wenn man aus türkisblauem Wasser an einen karibischen Strand gezerrt und einfach genommen wurde. Oder in sommerliches Heu geworfen wurde. Oder um Mitternacht von dem Äquivalent des Mannes mit der Schachtel »Milk Tray« aus der Fernsehwerbung geweckt wurde, der einem mitteilte, daß man keine andere Möglichkeit habe, als sich zu ergeben.
Der Weg die Great North Cumberland Street hinauf war schwieriger, ein Unterfangen, das nüchterne Vorkehrungen erforderte,

die ihm den Zauber und die Freude nahmen, die es ursprünglich so erstrebenswert gemacht hatten.

Warum ihn also gehen?

Die Plastiktüte zerrte schmerzhaft an Prues Arm, und sie verspürte einen stechenden Schmerz im Rücken. Haarsträhnen klebten an ihrer Wange, und ihre Strumpfhose fühlte sich in der Taille feucht an. Sie kam sich nicht verrucht vor, sondern unsicher und fadenscheinig. In Romanen – und in den Geschichten, die Kate von weiblichen Bekannten hörte – begingen Frauen Ehebruch mit Stil. Und so sollte es auch sein – es hatte keinen Sinn, die Grenze zu überschreiten, wenn man dabei den Kopf einzog.

Ich kann es nicht! Der Verkehrsstrom wälzte sich gleichgültig an ihr vorbei, und Prue floh zurück in die Richtung, aus der sie gekommen war. An der ersten Kreuzung blieb sie stehen und schaute über ihre Schulter zurück zu der rot-weiß-gestreiften Markise.

Wenn du *wirklich* Hunger hast – warum ißt du dann nicht? fragte eine innere Stimme.

Prue atmete die Abgase ein, schmeckte Schwefel und Kohlenmonoxyd auf der Zunge und spürte das Gift durch ihre Adern strömen – gemeinsam mit einer wollüstigen Sehnsucht nach Jamie. Oh, ja, sie konnte nicht leugnen, daß sie hungrig war.

Jamie.

Max?

Zwei Minuten später stand sie in der deprimierend cremefarbenen Hotelhalle mit unechten Kristallüstern.

»Kann ich etwas für Sie tun?« Der Portier hatte braune Augen, braune Haare – und zweifellos waren auch seine Gedanken braun. Prue schrumpfte innerlich unter seinem Blick zusammen, in dem sie Schlauheit und Verachtung zugleich zu lesen glaubte.

Weil – ihre innere Stimme hatte die Richtung geändert – du nicht die erste Frau bist, die sich mit sichtlichem Unbehagen in einer fremden Hotelhalle herumdrückt – und ganz sicher auch nicht die letzte sein wirst.
Sie lehnte das Angebot ab, sich hinaufbegleiten zu lassen, steuerte auf den Lift zu, überlegte es sich dann jedoch anders und stieg langsam die Treppe hinauf.
Warum mußte es so offensichtlich sein?
Den Blick unverwandt auf den Boden geheftet, geriet sie in den hypnotischen Sog des Ankermusters auf dem Teppich. Als sie sich schließlich losriß und aufschaute, sah sie sich der Zahl fünfunddreißig gegenüber. Ihr Herz schlug Purzelbäume, Anker tanzten vor ihren Augen.
Jamie war schon da. Zwei Sekunden nach ihrem Klopfen öffnete er die Tür, und Prue schlüpfte an ihm vorbei ins Zimmer. »Ich komme mir vor wie eine Figur aus einem dieser amerikanischen Fernsehfilme«, sagte sie mit einer Stimme, die ihr selbst fremd war.
Die Tür war aus billigem Sperrholz und vibrierte, als Jamie sie schloß. An einem Haken auf der Rückseite baumelten ein »Bitte nicht stören«-Schild und eine Anleitung für die Benutzung der Feuerleiter, falls dies erforderlich sein sollte. Prue ertappte sich dabei, daß sie sie las.
»Prue«, sagte Jamie, der sie noch nicht berührt hatte, »bist du hier oder nicht?«
Die Plastiktüte umklammernd, drehte sie sich zu ihm um. »Ich bin hier.«
Jamie nahm ihr die Tüte ab. »Hast du Angst?«
Sie nickte. Jamie stellte die Tüte auf den Boden und schaute Prue an – und plötzlich wußte sie, warum sie in dieses zweifelhafte Hotel gekommen war: aus Verlangen. Verlangen, Jamie mit

Haut und Haaren zu besitzen und zu spüren, wie er eins mit ihr wurde.

Jamie lächelte. »Schon wieder Chintz.« Er deutete auf die Tagesdecke, und Prue erwiderte sein Lächeln.

»Das Problem ist leicht zu beheben.« Sie ging zum Bett, rollte die Decke auf und versuchte sie in den Kleiderschrank zu stopfen, doch der rutschige Stoff war widerspenstig, und auf einmal hörte Prue sich lachen.

»Aus dem Tagebuch eines Zimmermädchens«, sagte sie und setzte sich auf das entblößte Bett.

Jamie trat zu ihr, und sie blickte zu ihm auf.

»Warum, Jamie?« fragte sie. »Du bist doch noch gar nicht lange mit Violet zusammen.«

Er hob die Hände und spreizte die Finger zu einer ratlosen Geste. »Ich kann es dir nicht erklären.«

Sie schaute auf ihre ineinander verkrampften, zitternden Hände hinunter.

»Du kannst es dir noch überlegen, Prue.« Jamie strich sich mit einer heftigen Bewegung die Haare aus der Stirn.

Er sah blaß und gestreßt aus – als überfordere ihn die Situation. Es schien Prue, als schaue Jamie durch sie hindurch, und sie bemerkte, daß auch seine Hände zitterten. Sie konzentrierte sich auf diese winzigen Hinweise, denn sie besagten, daß sie gleich empfanden – daß sie beide nicht in der Lage waren, es leichten Herzens zu tun.

»Aber ich bitte dich, es nicht zu tun«, setzte Jamie hinzu.

An einem Punkt zauderte Prue, denn sie wollte nicht, daß ihre Mängel registriert würden. Das Tageslicht ist unbarmherzig, und sie hatte keine Möglichkeit, ihre schlaffen Oberschenkel oder die Dehnungsstreifen auf ihren Brüsten zu verstecken. Bisher hatten diese Dinge sie nicht gestört, insbesondere die Dehnungsstreifen nicht, denn die waren ein Resultat ihrer Schwangerschaft und kennzeichneten sie als Mutter – aber sie wollte Jamie nicht verprellen. Sie wollte ihm die Verfallserscheinungen ihrer Weiblichkeit ersparen, sein Verlangen nicht durch den Anblick von Krampfadern und Cellulitis beeinträchtigen. Sie wollte ihm einen vollkommenen Körper geben.

Danach dachte Prue nicht mehr viel. Und wiederum später, als sie noch ungewohnt, aber doch vertraut, eng umschlungen dalagen, nahm Prue Abschied von der Ansicht, es handle sich nur um sinnliche Begierde. Die sinnliche Begierde war in der Kathedrale von Winchester zurückgeblieben. Es war schlimmer, viel schlimmer. Denn was sie empfand, war ein bekanntes Gefühl. Liebe.

Jamies Arm, der sie umfangen hielt, verstärkte seinen Druck, und seine Hand glitt leicht über ihren entspannten Körper.

»Prue«, sagte er mit Staunen in der Stimme. »Prue.«

Violet legte Wert darauf, um Punkt halb neun zu Abend zu essen. Jane, so hatte sie Prue erklärt, sei noch zu klein, um mit ihnen zu essen, und Prue hatte nicht protestiert. Und so machte sie Jane um halb sieben eine Pizza und steckte sie mit »Goodnight Mister Tom«, dem Lieblingsbuch ihrer Tochter, das sie überall hin mitnahm, ins Bett.

Als sie in die Küche kam, war Violet dabei, Mungobohnensalat und irgend etwas Unaussprechliches mit Tofu zuzubereiten. Prue unterdrückte ein Schaudern und spielte mit dem Stiel ihres Glases, das australischen Chardonnay enthielt. Der Gedanke an Essen verursachte ihr Unbehagen.

»Erzähl mir, wie du Jamie kennengelernt hast«, bat sie, da sie das Bedürfnis hatte, seinen Namen auszusprechen.

Violet fuhr herum und richtete einen unfreundlichen Blick auf ihre Stiefmutter. »Ich dachte, das hätte ich dir bereits erzählt.«

»Nicht richtig.«
Ein Stück Tofu zitterte am Ende von Violets Messer. Prue beobachtete es fasziniert.
»Es ist komisch, wie man Menschen erkennt.« Violet mischte den Salat. »Ich war im New Yorker ›Vier Jahreszeiten‹ beim Lunch.« Sie legte eine Pause ein, um Prue Gelegenheit zu geben, sich angemessen beeindruckt zu zeigen. »Jamie saß an einem der Ecktische. Ich musterte ihn mit einem Blick und dachte: Der ist es!« Wieder und wieder hob das Besteck den Salat hoch und ließ ihn fallen. »Er sagt, er brauchte zwei Blicke. Der Rest war einfach. Ich denke, wir sind aus demselben Holz geschnitzt.«
»Du hast ein Salatblatt fallen lassen«, sagte Prue und deutete auf den Boden.
»Mist!« Violet hob es auf. »Natürlich half die Tatsache, daß Jamie im ›Vier Jahreszeiten‹ saß, bei meiner Beurteilung – wenn ich ihn an einer Donut-Bude gesehen hätte, wie er mit einem Strohhalm aus einem Pappbecher trank, wäre es schwieriger gewesen.«
Violets Ehrlichkeit war manchmal geradezu erschreckend und – gestand Prue dem Chardonnay – bewundernswert.
Sie trank noch einen Schluck. Wir haben alle eine schlechte Seite, aber die Glücklichen unter uns begegnen ihr in frühen Jahren. Warum das besser ist? Weil man, wenn man, sagen wir mal, erst in den Vierzigern darüber stolpert, erschüttert feststellen muß, daß man sich sein halbes Leben lang nicht gekannt hat.
Prue ging hinauf, um nach Jane zu sehen, die lesend im Bett lag.
»Amüsierst du dich gut?« fragte Jane spitz, ohne aufzuschauen.
Prue setzte sich zu ihr. Die Anti-Violet-Einstellung lebte und erfreute sich bester Gesundheit. »Es tut mir leid wegen des frühen Zapfenstreichs, Schätzchen. Aber ich wünschte, du hättest die Pizza aufgegessen. Violet war verärgert.« Alarmiert bemerkte

sie feuchte Spuren auf dem Gesicht ihrer Tochter. »Hast du geweint?«
Jane zuckte mit den Schultern. »Nicht der Rede wert.«
»Bestimmt nicht? Du kannst es mir doch sagen.«
»Es ist nichts!« fuhr Jane zornig auf. Ihre nassen Augen bohrten sich in die ihrer Mutter. »Du siehst merkwürdig aus.«
Prue fuhr sich mit der Hand übers Gesicht. »Inwiefern merkwürdig?«
»Einfach nur merkwürdig.« Jane warf ihr Buch auf den Boden, von wo es sie mit geknicktem Rücken als personifizierter Vorwurf anstarrte.
»Was soll das?« Prues Ton war messerscharf. »Du weißt genau, daß man mit Büchern nicht so umgeht!«
Jane zog die Decke bis zum Kinn hoch und sagte in so lässigem Ton: »Entschuldige«, daß Prue sie am liebsten übers Knie gelegt hätte.
»Wenn London eine solche Wirkung auf dich hat, dann werden wir nicht mehr herkommen«, erklärte sie ihrer Tochter. Plötzlich kämpfte Jane mit den Tränen. »Du bist auch nicht gerade freundlich.«
Betroffen machte Prue das Licht aus und ging hinunter, um Tofu und Mungobohnen zu essen. Sie war normalerweise eine pflichtbewußte Mutter, doch bei ihrem letzten Schritt hatte sie ihre Tochter vergessen.
Violet hatte den Tisch im Speisezimmer gedeckt und Kerzen angezündet. Jamie goß Wein in die Gläser. Draußen verblaßte das Licht zu Grau und Opal. Eine weiße Clematis schimmerte blaß und anmutig in der Dämmerung aus dem Nachbargarten herüber und wurde in Prues stimulierter Phantasie zu einem Symbol der Unschuld, das sein Haupt mit der wachsenden Dunkelheit immer mehr verhüllte.

Der Wein spielte Spielchen mit ihrem angespannten und adrenalinüberfluteten Körper und trieb ihr das Blut in den Kopf. Da saß sie, in dem Bewußtsein, wehrlos gegen ihre Gefühle zu sein, und innerlich vor Verlangen dahinschmelzend, der Frau gegenüber, mit deren Mann sie eine verbotene Beziehung begonnen hatte. Sie trank ihren Wein, beobachtete Jamie, und ihr ganzer Körper prickelte und brannte vor Liebe.
Am anderen Ende des Tisches aß und trank Jamie und schaute Prue gelegentlich direkt in die grauen Augen, und sie wußte, daß es keine Möglichkeit zur Umkehr gab.

Während sie mit Jane im Waterloo-Bahnhof an der Fahrkartenschranke auf den Zug nach Dainton wartete, ersann sie ein Abreise-Szenario.
Zuerst eine Menschenansammlung vor dem Fahrplan, gefolgt von einem Run auf die Bahnsteige. Danach ein wildwassergleicher Strom von Last-Minute-Fahrgästen, die wußten, wo sie hinmußten, mit dem System vertraut waren, und hinter ihnen – verzweifelt und hektisch – diejenigen, die es nicht waren.
Mädchen in kurzen Röcken, blickdichten Strumpfhosen und Pumps mit »Bellas«, »Bests« und »Hello's« unter dem Arm. Männer mit Regenmänteln über Burton-Anzügen. Modische Städter mit Gucci-Mokassins und solider wirkende Anwaltstypen in nadelgestreiften Dreiteilern. Frauen in Barbours mit Tüten von Harrods' und überdimensionalen, braunen Lederhandtaschen, Überbleibseln aus den Siebzigern. Prue war überrascht, wie viele Männer Süßigkeiten aßen.
Welche moralischen Vergehen und Triumphe lagen hinter den blassen Gesichtern und in den erschlaffenden Körpern verborgen?
Der Waggon füllte sich in Windeseile, Zeitungen raschelten, Gesprächsfetzen drangen an Prues Ohr, Farben blitzten an ihren

Augen vorbei, Bewegungen setzten Gerüche frei – von Aftershave, Schweiß und fauligem Atem.
Die Hände im Schoß gefaltet, schaute Prue den sich leerenden Bahnsteig entlang. Eine riesige, schaumgekrönte Gefühlswelle brandete durch ihren Kopf und riß sie mit sich fort.
»Tut mir leid wegen gestern abend«, sagte Jane und hakte sich bei ihrer Mutter ein. »Danke, daß du mit mir nach London gefahren bist.«

14. KAPITEL

Dichter Regen fegte durch die Schlucht und hüllte Max in eine nasse Decke. Er hatte die typisch weiche Beschaffenheit des Highland-Regens, den man mit Hautcremes und teurem Tafelwasser assoziiert, und Max hob den Kopf himmelwärts und ließ ihn über sein Gesicht strömen.

Es war keine für ihn übliche Geste, und er hoffte, daß Peter Broughton, der weiter unten am Ufer angelte, sie nicht bemerkt hatte. Er überprüfte die Wolkensituation. Im Westen bauschten sich Cumuli nimbi, zwischen denen hier und da Blau hervorblitzte. Die Regenwolken über ihm wurden heller, was bedeutete, daß die Sturzflut ebenso schnell versiegen würde, wie sie losgebrochen war.

Was das Highland-Wetter betraf, hielt Max sich für einen Experten. All die Jahre – wie viele eigentlich? –, in denen er Erfahrungen damit gesammelt hatte, schienen ihn zu diesem kleinen Eigenlob zu berechtigen. All jene Ferien. All jene Erinnerungen, die sich unauslöschlich in sein Gedächtnis eingegraben hatten.

Wie erwartet ließ der Regen nach, und das dumpfe Klatschen, mit dem die Tropfen auf dem Grasboden aufschlugen, verstummte. Abgesehen von dem Murmeln des Baches, der zwischen seinen Ufern dahinfloß, senkte sich unter dem hohen, zur Ruhe gekommenen Himmel wieder Stille über die Erde, die Felsen und die gebleichten Tierknochen.

Auch Max hatte seine Schweigeperioden – und sie waren so beängstigend, daß sie manchmal sogar ihn selbst ängstigten. Sie entsprangen einer Gewohnheit, die er sich während einer Kindheit angeeignet hatte, in der er erlebte, wie Erwachsene sich schlecht benahmen, und wie alle Gewohnheiten, erwies sie sich teils als Erleichterung und teils als Belastung.

Sobald er die Fertigkeit beherrschte, sich abzuschotten, war es ganz leicht. Schweigen ist eine gute Waffe, und indem er sie einsetzt, vermittelt der Anwender den Eindruck, Macht und Selbstbeherrschung zu besitzen. Indem er sich in sich selbst zurückzog, war er in der Lage, die Anfechtungen im Schülerwohnheim oder auf dem Spielfeld zu ertragen, schikaniert und zum Weinen gebracht zu werden; und auch später, als Mann mit einer gescheiterten Ehe und einem Beruf, in dem er zwar erfolgreich war, es aber zu keiner spektakulären Karriere brachte, suchte er von Fall zu Fall Zuflucht in einer innerlichen, sonnenbeschienenen Landschaft, wo er in Ruhe seine Wunden lecken konnte.

Kein Allheilmittel wirkt ewig. Bakterien mutieren, um sich Penicillin und allen seinen Abarten zu widersetzen, und Max' Flucht ins Schweigen geriet im Laufe der Jahre vom Lebensretter zu einem Ungeheuer, das ihn beherrschte. Im Büro, wo es unabdingbar war, Standpunkte zu vertreten, war die Taktik, sich ruhig zu verhalten, äußerst unklug, und sein Mangel an Bereitschaft, sich Gehör zu verschaffen, war zum Teil verantwortlich für seine ihn unterfordernde Position. In einer Ehe führt Schweigen zur Entfremdung und zu einer Verhärtung der Fronten – andererseits bewahrt es einen davor, Farbe bekennen zu müssen.

Helen begriff das schon sehr früh und rannte gegen diese Mauer an. Feigling! versuchte sie ihn zu provozieren. Warum sagst du nicht, was du wirklich denkst? In diesem einen Fall war Helen berechtigt, ihn anzugreifen, denn sie hielt nie mit ihrer Meinung hinter dem Berg.

Prue, die ein freundlicherer Mensch war, versuchte hinter die Gründe zu kommen. Bitte sag mir, was du denkst, flehte sie ihn sechs Monate nach ihrer Hochzeit an, nachdem er zwei Tage kaum ein Wort gesprochen hatte. (Sie hatten sich nicht über ihr gemeinsames Urlaubsziel einigen können.) Wie soll ich dich sonst verstehen?

Das kannst du sowieso nicht, hätte Max am liebsten gesagt. Kein Mensch kann einen anderen Menschen verstehen – dazu sind die Gedankengänge eines jeden zu verschieden. Und ich will auch nicht, daß man mir hilft.

Nein?

Prue hatte ihm geholfen, liebevoll und behutsam. Obwohl er das vielleicht nicht zugeben würde, war das der Grund dafür, daß er sie geheiratet hatte. Und es war nicht Prues Schuld, daß er die Kunst des Überlebens in einer so harten Schule gelernt hatte. Damals bereitete es Max, einem Atheisten, der sich insgeheim sehnlichst wünschte, glauben zu können, Schwierigkeiten, zu akzeptieren, daß sich zwischen Männern und Frauen eine Partnerschaft und Vertrauen entwickeln konnten – und Prue war in diesem frühen Stadium ihrer Ehe noch nicht klug genug, um ihm vor Augen zu halten, daß es unmöglich wird, das Beste als gegeben anzunehmen, wenn man nur mit dem Schlechtesten rechnet. Doch sie hatten es miteinander gelernt.

Max machte sich daran, sein Angelzeug einzupacken. Er begann die verrohende Wirkung des Älterwerdens zu spüren. Es störte ihn nicht mehr so sehr, daß er keine große Karriere gemacht hatte, und das empfand er als Erleichterung – Frustration und Neid waren keine guten Schlafgefährten –, doch von Zeit zu Zeit registrierte er mit Besorgnis, daß es ihm nicht mehr wichtig war, sich gut zu benehmen. Mit anderen Worten – er war wie sein Vater geworden.

Und hier, in dieser Luft und in dieser dramatischen Bergkulisse, empfand er die Prägung seiner Kindheit besonders stark, während der die Highlands, das Angeln, der alljährliche Sommerurlaub im Northwater House eines der blutigeren Schlachtfelder im Ehekrieg seiner Eltern gewesen waren. Der Geruch von Panik, den die sterbenden Fische verströmten, das frische Blut aus den auf Steinen zerschmetterten Köpfen, der Schmerz eines Mückenstichs, klamme Kleidungsstücke, der beißende Geruch von Torferde, all das waren Erinnerungen, die ständig über die Grenze zwischen Vergangenheit und Gegenwart schwappten …

»Was tust du, Max?« Die Stimme kam aus der Vergangenheit, gebieterisch und antwortheischend.

»Nichts, Vater.«

»Irgend etwas *mußt* du doch tun – und wenn nicht, warum nicht? Elender Faulpelz – hilf zusammenpacken!«

Der dreizehnjährige Max hatte das Spiel des Lichts auf der Oberfläche des mit Wasser gefüllten Felsenbeckens beobachtet und die Brückenpfeiler, an denen – der Notiz im Gästehaus zufolge – Forellen nur darauf warteten, geangelt zu werden. An diesem Nachmittag war bei den Fischen jedoch keine Todessehnsucht zu erkennen, und sein Vater blies frustriert zum Aufbruch. Das Gesicht hatte sich vor Zorn verfinstert. »Strolche! Ich hätte gute Lust, mein Geld zurückzuverlangen.«

In den Notzeiten nach dem Zweiten Weltkrieg war Geld eine ernste Sache, und sein Wert wurde Max täglich eingebleut. Er dachte an den Vortrag, der vielleicht gleich auf ihn zukäme, und schloß die Augen. Bitte nicht!

Das Wetter war in diesem Jahr auf der Ardnamurchan-Halbinsel unberechenbar gewesen, an einem Tag glühend heiß, am nächsten kühl und regnerisch. Heute war es schwül, und ein Mückenschwarm tanzte über dem Bach. Max spürte, wie ihm der Schweiß über den Rücken rann und den Bund seiner grauen Flanell-Shorts durchweichte. (Mach sie nicht schmutzig, Schatz.) Hinter Vater und Sohn stiegen die Hänge der Berge an, sanft grün und braun, und über ihnen kreisten die Brachvögel in der atemlosen Stille.

»Nun mach schon!« schnauzte sein Vater.

Max kam auf die Füße, und sie verstauten die Ausrüstung – einen Klapphocker aus Armeebeständen (den Max noch immer benutzte), den klobigen Picknickkorb, riesige, altersteife Regenmäntel, eine Dose Pfefferminz, Whiskey und eine verbeulte Büchse, die die Fliegen enthielt. Er seufzte. Ferien sollten eigentlich eine fröhliche, übermütige Angelegenheit sein, mit Lagerfeuern, Schnitzeljagden und Grillfesten am Abend.

William Beckett versuchte mit viel Lärm den Rover aus einer Schlammpfütze zu manövrieren, in der er ihn unvorsichtigerweise geparkt hatte. (Er war ein Mensch, der Warnungen mit einem unwirschen »Unfug!« in den Wind schlug.) Der Rover steckte fest, und Max stieg aus, ging nach hinten und stemmte seine mageren Arme gegen das Wagenheck. Die Räder drehten durch. Schlamm bespritzte die Karosserie – und seine Shorts.

»Ich weiß nicht, was mit diesem Wagen los ist!« schimpfte sein Vater, als Max schweigend wieder einstieg.

Auf dem Rückweg zu ihrer trostlosen Pension überholten sie eine junge Frau, die mit Einkäufen beladen die Straße entlangwanderte. Sie hatte ein keltisch-blasses Gesicht, und ihre Hüften schwangen bei jedem Schritt.

»Ich könnte ...« Max' Vater bremste ab, und ein Ausdruck verzerrte seine Züge, den Max erst, als er älter war, als Begierde deuten konnte. »Ich würde ...«

Max wandte sich ab und starrte aus dem Fenster.

Seine Mutter erwartete sie in dem Gästehaus, in dem sie jeden Sommer wohnten, einer Scheußlichkeit mit kahlen Fenstern und nackten Steinwänden, die jeden Frohsinn im Keim erstickte. Nicht, daß Max diesen im Überfluß besessen hätte – aber er

war ein Kind, und manchmal verspürte er den Drang, zu rennen und zu schreien oder einfach laut zu lachen, doch er hütete sich, ihm nachzugeben.
Als sie ihn sah, ging seine Mutter auf ihn los, weil seine Shorts schmutzig waren. Ihr Zustand permanenter Gekränktheit hatte sich durch die aufgezwungene Untätigkeit des Tages noch stärker ausgeprägt. Um einen Ausgleich für ihre Ehe mit Max' Vater zu schaffen, nahm Antonia Zuflucht zu zwanghafter Ordnung. Sie besaß noch vier Röcke aus der Vorkriegszeit, die sie in wöchentlichem Turnus abwechselnd trug, und ein Dutzend Twinsets, die entsprechend der Jahreszeit getragen wurden. Heute hatte sie sich für Lindgrün entschieden – was den Betrachter darauf aufmerksam machte, daß Sommer war – und eine einreihige Kette aus grauen Süßwasserperlen, die Max an Zähne erinnerten.
»Es war ein langer Tag«, konstatierte sie, als sie sich mit den anderen Gästen zum Hering-Dinner im Speisesaal einfanden. »Ich dachte schon, ihr kämt überhaupt nicht mehr wieder.«
»Die reine Zeitverschwendung!« grollte Max' Vater, der den ersten von vielen Whiskeys mit seinem Wasserglas tarnte. »Verdammtes Pech dieses Jahr! Die verdammten Biester beißen einfach nicht!«
Antonia zuckte sichtbar zusammen, und eine feine Röte überzog ihr Gesicht. »Ich wünschte, du würdest dich weniger vulgär ausdrücken, William.«
Williams kalte Augen glitten über die reizlose Gestalt seiner Frau. Es war nicht fair, aber der Zufall wollte es, daß Antonia so saß, daß das Licht sie besonders unvorteilhaft beleuchtete. Sie sah noch verhärmter und blasser aus als sonst, aber nicht aufgrund von Überarbeitung, denn sie führte das Leben einer Privilegierten, sondern aufgrund von Enttäuschung. William führte

demonstrativ sein Glas zum Mund, und Max schauderte, denn er ahnte, was nun kommen würde.

»Und ich wünschte, du hättest Brüste wie eine weiße Taube, anstatt der schlaffen Schläuche, die dir da herunterhängen«, sagte sein Vater akzentuiert. Dann beugte er sich vor und fügte im Flüsterton hinzu: »Und die Fähigkeit, einen Mann zu reizen.«

»Oh, mein Gott!« Antonias Blick schoß wie ein aufgeschrecktes Tier in dem schmucklosen Speisesaal herum. Die Worte fielen wie Steine in die atemlose Stille, erinnerten die Gäste an unaussprechliche Dinge, die sie zu ignorieren vorzogen. Der Colonel und seine Frau am Nebentisch starrten wie hölzerne Nachbildungen unverwandt auf das Fensterbrett, wo eine tote Fliege lag.

»Oh, mein Gott!« wiederholte Antonia flüsternd. »Ich sterbe vor Scham.«

... Nach dieser Szene sprach Max drei Tage lang kaum ein Wort. Außer seinen Schweigeperioden – die mit dem Thema Sex in Zusammenhang standen – hatte auch seine tiefe Abneigung gegen Haferbrei und Hering ihren Ursprung im Northwater House.

Haferbrei und Hering hatte Max aus seinem Leben verbannt, das Angeln jedoch hatte er beibehalten. Jedes Jahr schwor er, sich diesen gewaltigen Aufwand nie mehr antun zu wollen, aber jedes Jahr stand er wieder Stunden in Wind und Regen oder ruderte in einem Boot herum und kam mit gesunder Farbe und dem neuesten Anglerlatein nach Hause. Ich kann nicht begreifen, was dich daran so fasziniert, beschwerte sich Prue. Tatsache ist, antwortete Max – für gewöhnlich mit verstopfter Nase, die von einer Erkältung herrührte, die er sich bei einem Highland-Wolkenbruch zugezogen hatte –, ich kann es auch nicht.

Unser ganzes Leben lang reagieren wir – oft, ohne es zu wissen – frühkindlichen Eindrücken und Erinnerungen zufolge. Als Max in seinem nach Fisch riechenden Wagen, in dessen Heck sich feuchte Kleider, schlammbeschmutzte Stiefel und in braunes Papier gewickelte Trophäen ein Stelldichein gaben, zurück nach Süden fuhr, hatte er ständig ein Bild vor Augen, das sich nicht verscheuchen ließ: Weiche, braune Haare, die in dem stinkenden Luftzug wehten, den ein einfahrender Zug verursachte, und eine Frau mit einem roten Halstuch, die sich gegen eine Reklamewand abzeichnete, die für die British Telecom warb.

Er verstärkte den Druck aufs Gaspedal, und der Wagen raste an blauen Autobahnschildern vorbei, an der Ansammlung häßlicher Gebäude im »Autobahn-Stil«, bei dem Glockentürme und rote Farbe vorherrschten, durch nasse, menschenleere Landstriche, vorbei an Dörfern, die ums Überleben kämpften, und an den geduckten Bauten der englischen Industrie. Max saß zusammengekrümmt hinter dem Lenkrad – kein Autofabrikat wurde seiner Größe wirklich gerecht – und arbeitete darauf hin, am späten Nachmittag zu Hause zu sein.

Jane würde in der Schule sein und Prue in der Bibliothek.

Prues Schreibtisch stand im Salon und war verbotenes Terrain. Ihr striktes Beharren darauf, daß niemand sich ihm näherte, war das einzig wirklich Ärgerliche, was ihm im Zusammenhang mit seiner Frau einfiel. Manchmal neckte er sie damit, welche Geheimnisse der Schreibtisch wohl enthielte. Jetzt, als er das leere Haus betrat und sein Gepäck in der Halle ablud, wünschte er, er hätte es nicht getan.

Der Schreibtisch war aus Rosenholz und duftete nach Prues bevorzugter Politur. Auf dem Kaminsims daneben tickte geräuschvoll die Uhr mit dem Schildpattgehäuse. Ein antiker blau-weißer Teller, den sie gemeinsam in Hay-on-Wye gekauft hatten, hing an seinem angestammten Platz an der Wand. Staubteilchen tanzten in der Nachmittagssonne, die eine rosa-weiße Porzellan-ballerina auf dem Schreibtisch wie feucht glänzen ließ. Eine Hand war abgebrochen und mit Tesafilm an den Tutu geklebt worden. Und außerdem klebte ein Zettel an der Ballerina, auf dem in Janes Handschrift stand: »Nicht berühren. Sehr, sehr kostbar.« Max schnitt eine Grimasse. Die Ballerina, nach einer Aufführung von »Schwanensee« in London erstanden, war eines von Janes sehr wenigen Kleinmädchen-Symptomen.

Dein Vater ist unbeschreiblich.

Deine Mutter ist eine gottverdammte Wüstenei.

Meine Mutter.

Mein Vater.

Meine Frau.

Meine Töchter.

Ich selbst: ein Bündel Neurosen, verborgen unter sechs Lebensjahrzehnten, mit abgetragenen Cordhosen, schottenkarierten Taschentüchern, After-shave, teuren Schuhen, einer Vorliebe für Biographien (der Richard Ellman war *so* gut) und einem starken Verlangen nach Malt Whiskey. Das bin ich.

Max streckte die Hand aus. Wie Jamies war auch sein Leben durch die Auswirkungen der Bombe in London beeinflußt worden, und der Gedanke daran hielt sich hartnäckig in seinem Kopf. Und so setzte er mit seiner Geste die des Terroristen gleich, mit der er (oder sie) einen Stift herauszog oder einen Kolben herunterdrückte. Seine Finger verkrampften sich. Sobald die Bewegung durchgeführt war, spielten nur noch die Resultate eine Rolle, von dem Moment an gehörten normale Hemmungen der Vergangenheit an, und es gab kein Zurück mehr.

Eine Schublade war Quittungen vorbehalten ... Sainsbury's, Fenez of Farnham, Marks and Spencer in Marble Arch – bei der letzten runzelte Max befremdet die Stirn. Eine Einzahlungsaufforderung für einen Rentenfonds. Max' Stirn blieb gerunzelt. Er hatte ihre finanziellen Regelungen mit Prue doch ausführlich durchgesprochen und dafür gesorgt, daß sie für den Fall seines Todes abgesichert wäre. Die Vorstellung, daß Prue in finanzieller Hinsicht unabhängig von ihm dachte, weckte den Gedanken in ihm, daß sie seiner Kontrolle entglitt.

Nein, Max hatte nicht »Kontrolle« gemeint – das war ein geistiger Versprecher. Kontrolle war kein Wort, das er auf seine Ehe anwenden wollte.

Die zweite Schublade enthielt ein Mischmasch. Einen Brief von einem ehemaligen Au-pair-Mädchen, das über seine neue Arbeitsstelle jammerte und gern wieder zurückkommen und für die *liebe* Mrs. Valour arbeiten wolle, deren Gutherzigkeit (wörtlich) sie so bewundere und der sie für ihr Leben gern (wörtlich) wieder zu Diensten sein wolle (wörtlich). Das Postscriptum dieses rührenden Appells informierte den Leser darüber, daß sie, im Gegensatz zu den fünfundvierzig Pfund die Woche, die Prue ihr gezahlt hatte, nun nur dreißig Pfund bekam. Als nächstes stieß Max auf ein Foto von Jane, das sie bei einer Schulaufführung im Kostüm des »Merrie Man« zeigte. Ein Schlüssel ohne Zuordnungsschildchen. Eine kaputte Uhr. Ein winziges Klinik-Armband mit der Aufschrift: Tochter von Prudence Valour, 24.7.81, 15 Uhr 26.

Max' Hand zitterte leicht.

Drei ist eine in Fabeln und Märchen gebräuchliche Zahl. Sie besitzt magische Eigenschaften, beinhaltet den Schlüssel zu Gefügen, die Aussicht auf nicht-materielle Belohnung. Dreimal versucht der Prinz, die Dame seines Herzens zu gewinnen. Der dritte und jüngste Sohn ist mit Stärke und Erfolg gesegnet. Die dritte Tochter ist vom Schicksal ausersehen. Im »Zinnsoldaten« muß der Soldat sich zwischen Kupfer, Silber und Gold entscheiden.

In der dritten Schublade entdeckte Max folgendes in Prues Handschrift auf einem zusammengefalteten Blatt Papier: »Ich habe immer und immer wieder über uns nachgedacht, und ich bereue ...« Das war durchgestrichen worden, und darunter stand: »Man ist bereit, alles zu tun, um wieder Frieden zu finden. Ich habe alles getan; ich habe mir Beschäftigungen gesucht ... Das ist wirklich erniedrigend ... nicht in der Lage zu sein, die eigenen Gedanken zu kontrollieren, der Sklave von Reue zu sein, von einer Erinnerung, von einer fixen und beherrschenden Idee, die den Verstand regiert« (Charlotte Brontë an Monsieur Héger).
Darunter hatte Prue noch geschrieben: »Wie ernst und gefährlich es ist, neugierig die Dinge zu erforschen, die jenseits unseres Verstehens liegen, und an neue Dinge zu glauben ... und sogar neue und ungewöhnliche Dinge zu erfinden, denn in solche Neugier schleichen sich nur allzugern Dämonen ein« (Ermahnung an Johanna von Orléans).
Es erforderte Max' ganze Selbstbeherrschung, um das Blatt Papier nicht zu einer Kugel zusammenzuknüllen. Hier, das erkannte er mit durch seine Liebe zu Prue geschärfter Intuition blitzartig, hielt er die Bestätigung seines Verdachts in der Hand. Als er die Zeilen an ihren Platz zurücklegte, bemerkte er einen Politur-Schmierer auf dem Rosenholz, eine Staubflocke hinter der Porzellan-Ballerina – und seine große, gebeugte Gestalt in dem Spiegel über dem Kamin.

Manchmal hatten in den Sonntagszeitungen Artikel über Eifersucht gestanden, und Max hatte sie im Laufe der Jahre gelesen. Er wußte damals aufgrund seiner Erfahrungen mit Helen, und er wußte jetzt, daß solche journalistischen Abhandlungen den Leser für gewöhnlich nicht befriedigten. Nichts konnte treffend die Seelenqualen schildern, die Isolation, die Empfindung, nicht atmen zu können, weil es schmerzte, die Scham darüber, eifersüchtig zu sein. Es das zweite Mal zu erleben, machte es nicht einfacher. Wie bei Geburtswehen oder Verletzungen errichtet der Verstand Schutzwälle, die uns gegen die präzise Erinnerung schützen.

Max hatte wirklich und wahrhaftig geglaubt, die Balance zwischen Vernunft und emotionalen und körperlichen Bedürfnissen hergestellt zu haben. Er hatte geglaubt, daß es mit Sechzig möglich sei zu akzeptieren, was einem mit Fünfundzwanzig nicht zu akzeptieren möglich war, und die Tücken der Sexualität zu kennen, sie einordnen, bewältigen und zähmen zu können.

An dem Sonntag, der seiner Rückkehr aus Schottland folgte, waren Max und Prue allein. In einem weiteren Versuch, ihr zu helfen, hatte Prue arrangiert, daß Jane das Wochenende bei einer ihrer Klassenkameradinnen verbringen konnte, die Bereitschaft zeigte, sich mit ihr anzufreunden.

Beim Mittagessen erklärte Max, er könne sein Roastbeef nicht aufessen. Überrascht schaute Prue von ihrem Teller auf. »Ich dachte, ich würde dir damit eine Freude machen.«

»Es ist zäh«, konstatierte Max, der normalerweise nicht an Prues Kochkünsten herummäkelte.

»Tut mit leid, Liebling – es ist mir offenbar mißlungen.«

Er zuckte mit den Schultern und stand auf. »Ich habe keinen Hunger – also werde ich auch keinen Nachtisch essen.«

Prues Erstaunen wuchs. »Ich habe Zitronen-Meringuen gemacht – dein Lieblingsdessert.«

Max antwortete nicht. Prues Magen krampfte sich zusammen. Max senkte den Blick, doch Prues Ausdruck stand deutlich vor seinen Augen: die leicht gehobenen Brauen, die fragend verzogene Unterlippe ... Früher einmal hatte er ihr Gesicht für ein offenes Buch gehalten – jetzt erschien es ihm als das Gegenteil.

»Ich mache einen Spaziergang«, verkündete er und stieß seinen Stuhl so heftig zurück, daß die Füße über den Boden kreischten.

»Max!«

Ich habe mich angehört wie mein Vater. Max ging mit ausgreifenden Schritten den Hügel hinauf. Ich habe mit Prue gesprochen, als sei ich William.

Die Natur befand sich nicht im Einklang mit Max' Gemütsverfassung. Es war einer dieser beschwingt machenden Sommertage mit blauem Himmel und warmem Sonnenschein, die noch größere Hitze verheißen. Die Feuchtigkeit des Winters und des Frühlings hatte Farbe an den kahlen Hecken, auf den Wiesen und entlang dem Horizont sprießen lassen, Sumpfeibisch und wilde Rosen sprenkelten das Grün mit zartem Rosa.

Als er den Hügelkamm erreichte und ihm der Wind entgegenblies, der dort oben stets wehte, fing Max an zu weinen. Da er normalerweise niemals weinte, verblüffte es ihn. Er hatte fast vergessen, wie die Kehle dabei schmerzte und das Wasser sich den Weg aus den Augen erzwang und die Wangen hinunterrann. Er blieb stehen, um sein Taschentuch herauszuholen.

»Hallo, Mister Valour.«

Emmy war in ihren gummibesohlten Springerstiefeln so lautlos hinter Max herangekommen, daß er zusammenfuhr. Verlegen drehte er sich zu ihr um, eine hochgewachsene Gestalt mit tränennassem Gesicht, und Emmys Herz zog sich zusammen, denn sie erkannte es, wenn jemand litt. Ohne nachzudenken, tat sie das einzig mögliche und berührte seinen Arm, um ihn zu trösten. Einen Moment lang standen sie regungslos da, während Emmys Hand auf dem starren Ärmel ruhte, und sie dachte, daß Max gegen ihre Dreistigkeit protestieren würde. Sie nahm die Hand weg.

»Ich dachte, Sie seien in London, Emmy – bei meiner Tochter.« Max putzte sich die Nase.

»Ich bin nur übers Wochenende heimgekommen«, erklärte Emmy. »Ich wollte meine Mutter mal wieder sehen.«
Die frische Luft hatte ihrem Gesicht Farbe verliehen, und ihre Haare sahen, soweit Max sie in Erinnerung hatte, besser aus.
»Geht es ihnen gut?«
»Ja. Edward hat schon eine ganze Menge Zähne.«
»Ich hoffe, meine Tochter tut nicht zuviel.«
»Oh, nein«, erwiderte Emmy, und natürlich entging Max ihr ironischer Unterton.
Ein Schwarm Vögel kreiste über ihren Köpfen, und Emmy schaute hinauf. »Dompfaffen«, sagte sie, und ihr Tonfall verriet, daß sie als selbstverständlich annahm, daß Max genau wußte, wovon sie sprach. »Sie müssen irgendwo hier nisten. Sie sind Vegetarier, wissen Sie.«
Max antwortete nicht, und Emmy hatte das Gefühl, daß sie weitergehen sollte. Sie steckte die Hände in die Taschen ihrer Jacke. »War nett, Sie zu sehen, Mister Valour.«
In diesem Moment kam Prue in Sicht. »Hier bist du!« rief sie. Zu Emmys Bestürzung drehte Max sich weg, so daß er seiner Frau den Rücken zuwandte. Prue blieb stehen.
»Max?«
Emmy schaute unsicher von einem zum anderen. Aha, dachte sie und sagte: »Ich muß weiter.«
»Ist in London alles in Ordnung?« fragte Prue.
»Ja. Ich habe Mister Valour gerade erzählt, daß der Kleine schon eine Menge Zähne hat.« Sie beschloß, sich nicht länger aufzuhalten. »Wiedersehen.«
Prue wartete, bis Emmy außer Hörweite war, und wandte sich dann bleich vor Zorn an Max. »Was in aller Welt ist los? Warum warst du so unhöflich?«
»Mach kein Theater, Prue.«

Sie überlegte sich ihre nächsten Worte sorgfältig und mäßigte ihren Ton. »Seit du aus Schottland zurück bist, benimmst du dich unmöglich. Ich weiß nicht, was in dich gefahren ist.«

Prues Stimme verlor sich. Wenn sie selbst ihre Empörung als unecht empfand – warum sollte Max sie ihr dann abnehmen? Was, wenn er es weiß? dachte sie. Dann dachte sie: Er weiß es. In ihrem ganzen Leben hatte sie noch keine solche Angst verspürt wie die, die jetzt in ihr aufstieg wie Öl in einem Bohrloch, heiß, übermächtig und erstickend. Nein, Max kann es nicht wissen … Sie versuchte, ihrer Angst mit gesundem Menschenverstand Herr zu werden. Er kann es unmöglich wissen.

»Ich finde, du schuldest mir eine Entschuldigung.«

»Wirklich, Prue?«

Er starrte auf seine Frau hinunter, und plötzlich wurde ihm klar, daß er die Frau nicht kannte, die da vor ihm stand, ihren Körper mit verschränkten Armen, einer typischen Pose, gegen den Wind schützend. Er hatte den Fehler gemacht, sich einzubilden, daß er es täte – so, wie er sich vor vielen Jahren eingebildet hatte, Helen einschätzen zu können.

Aber der Mensch, den Max tatsächlich nicht kannte, war er selbst.

Plötzlich schämte er sich. Schämte sich dafür, daß er in Prues Schreibtisch herumgeschnüffelt hatte, schämte sich der auf wakkeligen Füßen stehenden Schlußfolgerungen, die ihn seitdem peinigten – und schämte sich dafür, daß er nicht seiner eigenen Theorie entsprechend reagieren konnte, der zufolge eheliche Untreue nichts weiter war als ein fleischlicher Impuls. Und, ja, er schämte sich der Eifersucht, die in ihm wütete.

»Max.« Prue begann sich ihrerseits elend zu fühlen. »Bist du krank?«

Er hätte am liebsten geschrien, daß er alles satt habe. Er hatte keinen Beweis, nur ein paar Worte auf einem Blatt Papier – und eine Ehe sollte nicht durch etwas so Fadenscheiniges ins Wanken geraten.

»Nein«, antwortete er. »Es geht mir gut.«

»Da wir schon mal hier sind«, sagte Prue nach einer kurzen Pause, »was hältst du davon, wenn wir einen schönen Spaziergang machen?«

Noch immer mit dem schmerzlichen Unterschied zwischen Theorie und Praxis kämpfend, fuhr Max sie an: »Ach, halt den Mund, Prue.«

Und in diesem Augenblick verriet Prue sich. Normalerweise stürmte sie davon, wenn er so mit ihr sprach. Jetzt stand sie ein paar Sekunden lang wie erstarrt da und trat dann zu ihrem Mann.

»Liebling – ich kann es nicht ertragen, wenn du zornig bist.« Sie schob eine betrügerische Hand durch seinen angewinkelten Arm und legte sie auf seinen Ärmel. »Bitte, sei nicht so böse.«

Schweigend gingen sie nebeneinander her, in Richtung Danebury Rings, doch da der Wind sich gedreht hatte und ihnen schneidend scharf ins Gesicht blies, kehrten sie vorzeitig um.

»Ich werde das Haus streichen«, verkündete Max in der darauffolgenden Woche.

»Könnten wir nicht jemanden engagieren, der dir das abnimmt?« fragte Prue. Sie war mit der Buchführung des Frauenbundes beschäftigt und nicht besonders interessiert.

»Ich schaffe das schon.«

Prue zuckte mit den Schultern. Das Wetter war schlechter geworden und nicht ideal für eine Fassaden-Malaktion, doch sie sagte nichts. Statt dessen wurde sie Zeuge geräuschvollen Eimergeklappers und demonstrativer Tüchtigkeit auf der Leiter und konnte sich des Eindrucks nicht erwehren, daß Max etwas beweisen wollte.

Die Arbeit war anstrengend und unbequem, und manchmal war Max übel vom Geruch der Farbe. Einmal fiel er von der Leiter und prellte sich die rechte Hüfte. Ihn mit Farbeimern herumhumpeln zu sehen, war besorgniserregend, und das war auch der Bluterguß, der sich wie purpurroter Schlamm unter seiner Haut ausbreitete. Doch er lehnte Prues Arnikabehandlung ab und ersuchte sie nachdrücklich, ihn in Ruhe zu lassen.

15. KAPITEL

Am Sonntag abend rief Max Violet an und fragte, ob er eine Woche bei ihnen wohnen könne. Es täte ihm leid, ihr Umstände zu machen, aber sein Club sei ausgebucht. Der Grund für seinen London-Aufenthalt, erklärte er ihr, sei Maastricht. Violet bekundete verständlicherweise Unverständnis, bis ihr Vater ihr auseinandersetzte, daß die Senior-Partner der Firma ein Brainstorming angesetzt hätten, das die jüngsten Entwicklungen in der EU und ihre Auswirkungen auf die Rechtsprechung zum Gegenstand habe. Es gebe ihm außerdem Gelegenheit, seine Ideen für die Zusammenarbeit mit anderen europäischen Anwaltskanzleien darzulegen, und es sei unabdingbar, daß er rund um die Uhr daran teilnehme.

»Na, großartig«, sagte Violet trocken, als sie hörte, daß der Tagungsort das »Claridges« sei. »Da verhungert ihr wenigstens nicht.«

Glacé nougatine, dekoriert mit einer Praline, Schlagsahne und weißer Schokolade. Ein verführerisches Bild süßer Köstlichkeiten erstand vor Violets geistigem Auge und peinigte sie, bis sie es entschlossen durch eins mit gedünstetem Fisch ersetzte, den sie am Abend auf den Tisch bringen wollte. Sie hatte – auf verlagstechnischem Gebiet – ihrerseits mit den Tücken des Europäischen Marktes zu kämpfen und sagte: »Du kannst mir ja dann ein paar Tips geben, Dad.« Erst dann machte sie blitzschnell eine Bestandsaufnahme des Kühlschrankinhalts und knirschte mit den Zähnen.

Als er am Montag abend ankam, wirkte Max müde und auf Violet, der Veränderungen an Menschen nicht auffielen, wenn sie nicht ins Auge stachen, älter, was sie mit jäh aufsteigender, bislang nie gekannter Panik an die Sterblichkeit ihres Vaters erinnerte – und damit auch an ihre eigene.

Tod einer Siebenundzwanzigjährigen durch Oberschenkelumfangs-Reduzierer. Apparat reißt aufgehenden Stern am Verlags-Himmel, Violet Beckett, mittendurch. Ehemann schluchzt: »Sie wollte doch nur schlank werden!«

Der Tod erschien vor Violets geistigem Auge – ein grinsender Gnom, der die Zunge herausstreckte und auf einem Giftpilz hockte. Violet konnte ihn nicht ernst nehmen.

Abgesehen von seinem (ungesunden, wie Violet ihm vor Augen hielt) Wunsch nach Fleisch und zweierlei Gemüse zum Abendessen, war Max ein anspruchsloser Gast. Er spielte mit seinem Enkel, fügte sich in den Badezimmer-Zeitplan ein und unterhielt sich mit seiner Tochter, während sie kochte.

»Es ist schön, hier zu sein«, sagte er, als sie in der frisch gestrichenen, sandgestrahlten, gefliesten Küche saßen. »Du hast das Haus sehr elegant eingerichtet, Schatz.«

»Danke, Daddy.« Sie setzte sich ihm gegenüber und schenkte Wein ein. »Wie läuft das Brainstorming?«

Max saß gebeugt über seinem Glas. »Gut«, sagte er ohne Begeisterung. Er raffte sich zu ein paar näheren Erklärungen auf, doch das Thema war ganz offensichtlich nicht das vorrangige in seinen Gedanken.

Violet schaute auf seine Hände hinunter, große Hände, mit von Arthritis gezeichneten Fingern, mit Altersflecken gesprenkelt. Es waren sanfte Hände, Hände, denen sie mehr als allem anderen vertraute. Einem seltenen Impuls nachgebend, beugte Violet sich vor und drückte eine davon an ihre Wange.

»Mein geliebter Daddy«, sagte sie, als die Finger, denen sie so vertraute, über ihr Haar strichen. Ein paar Sekunden verharrten Vater und Tochter in dieser Innigkeit, dann sprang Violet, unheilbar ruhelos, von ihrem Stuhl auf, um fertig zu kochen. Er ließ sie los und trank seinen Wein. Ähnlich wie die schwarzen Löcher, die ohne Rücksicht auf Himmelskörper Energie und Materieteilchen schlucken, waren Max' ungeordnete Gefühle für seine Töchter so riesig und ihren eigenen Gesetzen unterworfen, daß er sie nur in schnellen, konzentrierten Feuerstößen abgeben konnte.

Es war schön, ihren Vater im Haus zu haben, gestand Violet sich ein, als sie an diesem Abend das Licht löschte. Es gab ihr ein Gefühl von Sicherheit.

Sie drehte sich auf die Seite. »Hattest du Streit mit Daddy?« fragte sie Jamie schläfrig. »Ich habe bemerkt, daß du ihm aus dem Weg gehst.«

Sie spürte, wie er von ihr abrückte. »Nein – warum sollte ich?«

»Ich dachte, ihr versteht euch, aber seit er hier ist, hast du kaum ein Wort mit ihm gesprochen.«

»Max hat Verständnis dafür.« Jamies Stimme klang in der Stille unnatürlich laut – und unfreundlich. »Er weiß selbst, wie geschafft man nach einem Arbeitstag ist.«

»Du egoistisches Ekel.« Violet war wieder hellwach. »Es ist wohl nicht zuviel verlangt, Höflichkeit von dir zu erwarten. Ich mache sowieso die ganze Arbeit – das einzige, worum du dich kümmerst, sind die Getränke.«

»Du hast nicht verstanden, worauf ich hinauswill.« Jamie bauschte das Kopfkissen um seine Ohren. Er versuchte einzuschlafen. Es war zu warm im Zimmer. Er wünschte, er hätte noch ein Fenster aufgemacht.

Nach einer Weile fing Violet wieder an zu reden. »Emmy hat

mir erzählt, daß Mrs. Latham mit einem Liebhaber auf und davon gegangen ist und die Kinder zurückgelassen hat.« Ihre Stimme zerschnitt die Stille wie eine Schere. Schnipp, schnapp schnitt sie Stücke für eine Patchworkdecke aus Klatsch zurecht – diesmal über eine Familie, die ein paar Häuser weiter die Straße hinunter wohnte. »Ich habe oft einen fremden Kerl aus dem Haus kommen sehen, wenn ich abends heimkam.«

Jamie schwieg.

»Stell dir vor«, sagte Violet, die, das mußte fairerweise angemerkt werden, normalerweise nicht tratschte, »Rod hat sich geweigert, ihr Geld zu geben, und ihr verboten, die Kinder zu sehen.«

Ein bestimmtes Verhalten zu praktizieren, öffnet einem die Augen für Gleichgesinnte. Jamie war lange vor Violet auf Marys Eskapade aufmerksam geworden. Er erkannte die Signale: ein fremder Wagen vor dem Haus, die Tatsache, daß Mary nicht verschwitzt war, als er sie nach einem angeblichen Morgenlauf auf der Straße traf, ihre Wortkargheit bezüglich ihres Ehemanns, die deutlichen Anzeichen von Kummer und Streß auf ihrem Gesicht ... In London war es einfach, eine Affäre zu haben.

»Arme Mary.« Er drehte sich auf die andere Seite.

»Arme Mary? Armer Rod!«

Jamie schlief schlecht und fragte sich immer und immer wieder, warum er tat, was er tat. Er hatte nicht die Absicht gehabt, jemals seine Ehe zu gefährden oder die Regeln mit Füßen zu treten oder seine Integrität zu verlieren – doch all dies geschah, war geschehen ... und er hatte den Fehler gemacht, diese Dinge als selbstverständlich zu betrachten, nicht zu begreifen, daß sie der ständigen Überwachung bedurften. Warum?

Die Antwort war einfach: Aus Liebe.

Die Liebe, die alles verzehrenden Sex beinhaltet, nimmt keine Rücksicht auf gesellschaftliche Regeln und kümmert sich auch nicht (viel) um Timing und ist – ganz im Gegensatz zum nicht verliebten Teil der Menschheit (ob uns das nun gefällt oder nicht) – unbelastet von moralischen Erwägungen.
Beim Frühstück erfuhr Jamie voller Entsetzen, daß Max mit dem Gedanken spielte, noch übers Wochenende zu bleiben. Glücklicherweise fand Violet, daß sie ihn lange genug genossen hatte.
»Du darfst doch das Sonnwendfest nicht versäumen, Dad«, hielt sie ihm vor Augen.
Max zuckte mit den Schultern. »Mir ist gar nicht danach. Es ist schön, hier zu sein, und ich genieße es, mal Urlaub von zu Hause zu machen.«
Das Wort »Zuflucht« leuchtete auf Violets geistigem Bildschirm auf.
»Sei nicht albern«, sagte sie schroffer als beabsichtigt. »Prue wäre außer sich. Du hast noch nie nicht deinen Beitrag dazu geleistet.«
»Grammatik!« mahnte Jamie.
Violet funkelte ihn wütend an. »Halt den Mund, Jamie.«
Eine Vision von Dainton, sommerlich-freundlich, nach Selbstgebackenem duftend, fahnengeschmückt und sonnenüberflutet nahm in den Köpfen der drei Menschen am Frühstückstisch Gestalt an, handkoloriert wie ein Werbeplakat – und ebenso zutreffend.
Zu seinem Schrecken hörte Jamie sich plötzlich fragen: »Macht es Prue nichts aus, wenn du sie allein läßt?«
»Nein«, erwiderte Max kurz angebunden. »Ich glaube nicht.« Er schaute über die Marmeladengläser, die Butterdose und die Teller in das Gesicht seines Schwiegersohnes und sah sich einer

jüngeren Ausgabe seiner selbst gegenüber. Er registrierte Jamies Charme, seine Intelligenz (aber nicht Genialität), seine Angewohnheit, mit dem ganzen Gesicht zu lächeln und jedem, der mit ihm sprach, seine ungeteilte Aufmerksamkeit zu schenken. Das Land wurde nicht von erstklassigen Promovierten regiert, es wurde von Charmeuren regiert und von Machern mit guten Durchschnittszensuren, wie vielleicht Jamies.

»Buh!« sagte Jamie zu Edward, der in seinem Hochstühlchen saß. Als Reaktion darauf schlug der Kleine mit wütendem Gesicht mit seinem Löffel auf den Rand seines Tellers. Jamie lachte, griff hinüber und zog seinen Sohn auf seinen Schoß. Die Miene des Kindes wandelte sich zu Zufriedenheit. Jamie strich ihm über den Kopf und küßte ihn auf den Scheitel.

In diesem Moment nahm Max Jugend und Selbstvertrauen wahr und stellte bei Jamie ein Potential an Leidenschaft und Warmherzigkeit fest – Elemente, die ihm, der sie nur begrenzt besaß, allmählich verlorengingen.

Violet machte eine Bemerkung über Prues selbstgebackene Kuchen, und Jamie lächelte sie an. Max konnte nicht genau sagen, was dieses Lächeln beinhaltete, aber es wurde ihm klar, daß er nach Hause fahren und sich dem, was auch immer ihn dort erwartete, stellen mußte.

Prue steckte bis über beide Ohren in den Festvorbereitungen und hatte am Freitag weder die Zeit, Max ein aufwendiges Essen zu servieren noch ihm bei seinem frugalen Mahl Gesellschaft zu leisten. Es war eine anstrengende Woche gewesen, und sie schlief nie gut, wenn sie allein war.

»Sie sehen erschöpft aus«, begrüßte Molly sie am Samstag morgen. »Und Sie haben abgenommen.«

»Großartig«, sagte Prue.

»Abnehmen«, Molly bohrte Prue ihren Finger in den weichen Teil ihrer Hüfte, »hat für gewöhnlich etwas zu bedeuten.«
»Ganz sicher nicht«, erwiderte Prue.
»Abnehmen ist Geldverschwendung.« Als Prue sie verständnislos anschaute, ergänzte sie ihre Aussage: »Man muß sich neu einkleiden.«
»So kann man es natürlich auch sehen.« Prue legte einen Stapel Leinentischtücher auf die nächststehende Bank. »Wollen wir sie schon auflegen?«
»Max schon zurück?« Molly nahm die oberste Tischdecke und schüttelte sie aus.
»Ja.«
»War ja 'ne ganze Weile weg«, sagte Molly, als sei es ihr gerade erst aufgefallen.
Prue wandte sich ab, um eine Vase mit Iris am Umfallen zu hindern. Molly enthielt sich weiterer Bemerkungen.
Obwohl er vor jedem festlichen Ereignis gründlich gelüftet wurde, hielt sich im Gemeindesaal hartnäckig ein leicht unangenehmer Geruch, eine Mischung aus Moder, verbrauchter Luft und Abwasser. Um elf waren alle Stände – sie erstreckten sich bis in den Hof hinaus – fertig vorbereitet. Prue gratulierte sich. Es hatte nur eine Unstimmigkeit gegeben – zwischen den Damen am Kuchenstand und denen, die für die Sparte »Geschenkideen« zuständig waren –, einen Streit, der sich zu Joyce-Grenfell-Lautstärke auszuwachsen drohte und die jeweilige Plazierung zum Gegenstand hatte. Feinfühlige Argumentation konnte die »Geschenkidee« schließlich dazu bewegen, sich mit einem Platz auf dem Hof einverstanden zu erklären, wo sie einen Anziehungspunkt darstellen würde. Da Dainton in Touristen-Prospekten aufgeführt war, direkt auf der Touristen-Route zwischen Winchester und Salisbury lag und es Urlaubszeit war, nahm Prue stark an, daß eine Menge

potentieller Opfer zum Kauf kunstvoll aus getrockneten Blättern und Büroklammern gefertigter Broschen verführt werden könnten.

Vorderhand jedoch füllte sich der Saal mit der bunt zusammengewürfelten Mischung von Dorfbewohnern: Ältere Paare aus dem Gemeindewohnhaus kamen und im Ruhestand befindliche Paare der Sherry-und-Rover-Sorte, die jüngere Generation war in Form von gestreßt aussehenden Müttern in Leggings vertreten (»Ich weiß, sie sehen schrecklich aus, aber sie sind so bequem!«), die Töchter an der Hand führten, die wie Abziehbilder von ihnen wirkten, und von Söhnen begleitet wurden, die T-Shirts mit Aufschriften wie »Rettet die Wale« trugen. Die dazugehörenden Ehemänner trugen olivgrüne Cordhosen und farbenfrohe Pullover und rissen Witze über Topfhandschuhe, Wäschesäckchen mit Lavendelduft und Tomatenpflanzen. Die Touristen waren im allgemeinen an ihrer Freizeitkleidung in verschiedenen Gelbbrauntönen zu erkennen.

Wie auch immer – das heute hier ausgegebene Geld bedeutete, daß bosnische Flüchtlinge, Blindenhunde und die Kirche in den Genuß von ein paar hundert Pfund kämen. Nicht viel, dachte Prue unerklärlich deprimiert, kaufte eine besonders scheußliche Makramee-Arbeit und machte sich dann Vorwürfe wegen ihrer Überheblichkeit, denn das gute Stück würde am Ende dieses Tages unweigerlich in der Schachtel fürs Rote Kreuz landen. Mitleid war ein unbehagliches Gefühl, und Prue vermied es soweit wie möglich. Statt dessen konzentrierte sie sich auf das weite Gebiet von Rußlands unverantwortlicher Handhabung seiner Atomkraftwerke, die Greuel des Jugoslawien-Krieges, die IRA, Somalia und Südafrika und klammerte sich an den Glauben, daß die heute zusammenkommende Summe Zustrom aus anderer Richtung erfahren und etwas Positives damit erreicht würde.

Könntest du, fragte die innere Stimme, die Prue jetzt fast überallhin begleitete, diese Logik auch auf Ehebruch anwenden?
Max erschien erst gegen Ende des Festes, unmittelbar bevor die Tombola-Lose von einem Journalisten gezogen wurden, dessen Anspruch auf Berühmtheit daraus erwuchs, daß er irgendwann ein paar Monate bei der »Sunday Times« gearbeitet hatte, dessen Status als »Schriftsteller« ihm jedoch eine Bedeutung verlieh, die ihm in London verwehrt war.
»Armer Kerl«, sagte Nigel Fraster, eine selbsternannte Geistesgröße des Ortes, zu Prue. »Hatte seit Monaten kaum Arbeit.«
Nach einer kurzen Ansprache, in der er ausführte, wie geschmeichelt er sei, für diese wichtige Aufgabe auserwählt worden zu sein, zog der Journalist ein Los aus der Metalltrommel.
»Rosa. Nummer siebenundfünfzig«, verkündete er.
»Ich, ich, ich!«
Prue hörte ihre Tochter von weitem kreischen, und ein eisiger Schauer überlief sie. Der erste Preis war ein Flug mit dem Hubschrauber, dessen Rotoren auf der Wiese unterhalb der Kirche mit großem Getöse warmliefen. Der Preis war vom Eigentümer, einem Futtermittelhändler, gestiftet worden, der vor kurzem das Gutshaus gekauft hatte und dessen Persönlichkeitsbeurteilung seitens der Dorfbewohner zwischen verächtlichen Bemerkungen über den »Neureichen« und der Wenn-man's-hat-warum-soll-man's-dann-nicht-zeigen-Einstellung schwankte.
»Ich bin das! Ich bin das!«
Mit vor Aufregung hochrotem Gesicht bahnte Jane sich den Weg durch die geschlossenen Reihen enttäuschter Jungen, die deutliche Haßsignale aussandten. Nachdem sein großer Augenblick vorüber war, lächelte der Ex-Journalist müde und wandte sich an Prue. »Der Besitzer besteht darauf, daß Kinder von einem Erwachsenen begleitet werden – nur für alle Fälle.«

»Damit im Zweifelsfall die Hälfte der Familie ausgelöscht wird, anstatt nur ein Viertel.«
»So ähnlich.«
Über die Köpfe der Menge hinweg sandte Prue verzweifelte Signale zu Max. Flieg du mit. Flieg du mit. Doch Max vermied den Augenkontakt mit ihr und wandte sich ab.
Der Teufel sollte ihn holen. Max wußte, daß sie panische Angst vor dem Fliegen hatte, aber er wußte auch, daß sie keine Szene machen würde. Er ließ sie tatsächlich im Stich. Der Teufel sollte ihn holen.
Irgend jemand hatte ihr einmal erzählt, daß man das Bewußtsein verlor, ehe man auf dem Boden aufschlug. Entweder das, oder die Angst brachte einen um.
Sobald sie und Jane in dem alarmierend kleinen Cockpit angeschnallt waren, beschleunigte das Geräusch der Rotorblätter vom Tschop-Tschop-Tschop zu einem Knattern, und in dem Wunsch, weder ihre Tochter noch sich selbst zu blamieren, betete Prue um Beherrschung.
Der Pilot schrie etwas, das Prue nicht verstand, und sie schüttelte den Kopf. Er deutete gen Himmel, grinste und betätigte die Schalter.
Der Motorlärm steigerte sich zum Crescendo, und Prue wurde plötzlich daran erinnert, wie sie an einem ganz gewöhnlichen Tag von der Tate Gallery zum Bahnhof ging und unterwegs auf eine Ansammlung von Menschen stieß, die um den zerschmetterten Körper eines Mannes herumstanden, der – ob aus Versehen oder mit Absicht, war nicht klar – in Victoria aus einem Fenster im neunten Stock gestürzt war. Furcht schloß sich wie eine eisige Hand um ihren Magen, und sie betete darum, nicht ohnmächtig zu werden.
Jane strahlte ihre Mutter in freudiger Erwartung an. Der Himmel

wirkte unendlich hoch und bedrohlich, und je höher sie stiegen, um so kleiner wurde alles unter ihnen, und die Kirche und die Wiese wirkten wie eine idyllische Darstellung auf einer Patchworkdecke. Die Luft schimmerte wie perlmuttfarbene Seide, zart wie ein Brautschleier, wurde aber von den Rotorblättern in Fetzen zerrissen, je höher sie sich schraubten.

Noch immer hoch am Himmel stehend, tauchte die Sonne alles in blendendhelles Licht. Der Pilot änderte den Kurs. Eine Karawane ameisengleicher Autos bewegte sich die A13 entlang. Dahinter lagen, unverhüllt und schutzlos den Blicken der Betrachter ausgeliefert, die Bogen der Danebury Rings. Weiter entfernt lagen Stockbridge und Landstriche, die dem Ackerbau anheimgefallen waren. Es war eine altberühmte Landschaft, die Vergangenheit atmete.

Schwebend, losgelöst von der Erde, von gleißendem Sonnenlicht überflutet, wurde Prue zur Ruhe gewiegt, und für einen kurzen Augenblick gelang es ihr, sich zu befreien: von der Liebe, vom Zorn, von der Furcht der Vergangenheit und der Gegenwart.

Die Erde kippte, und die Sonne brannte auf den Kopf ihrer Tochter herab. So einen Augenblick sollte es in jedem Leben geben, dachte Prue voller Dankbarkeit.

Eines Wochentags rief Violet an – Prue hörte im Hintergrund das Büroleben pulsieren – und lud sich und ihre Familie für das kommende Wochenende nach Dainton ein. Der Kleine brauche frische Luft, erklärte sie.

»Bisher hattest du nie etwas übrig für das Landleben«, bemerkte Prue.

»Nun ja«, entgegnete Violet, »Menschen ändern sich.«

Sie kamen Samstag vormittag mit einem Haufen Kindersachen

an, und ab sofort gehörte das Haus nicht mehr den Valours. Sobald der Trubel sich gelegt hatte, wurde Edward frisch gewickelt, in das gebrauchte Bettchen gelegt, das Prue in Oxfam gekauft hatte, und Emmy zu ihrer Familie heimgeschickt. Violet erwischte Prue in der Küche.

»Trink was«, sagte Prue, die ihrem Zeitplan hinterherhinkte. Violet ignorierte die Aufforderung und kam ohne Umschweife zur Sache. »Was ist mit Dad los?« fragte sie in dem Ton, den Prue noch aus den Tagen kannte, da es ihr nicht gelungen war, eine gute Stiefmutter zu sein.

Sie hackte auf die Zwiebeln ein. »Gar nichts. Es geht ihm gut.«

»Nein, das tut es nicht. Ich kenne Dad – er macht sich wegen irgend etwas Sorgen.«

Prues Messer verarbeitete die Zwiebeln zu Brei. »Es geht ihm gut«, wiederholte sie.

Violet betrachtete das Zwiebelmus auf dem Hackbrett, und eine sorgfältig gezupfte Augenbraue hob sich. Prue folgte ihrem Blick und schob die Zwiebeln mit dem Messer in die Pfanne auf dem Herd. Die moralische Überlegenheit einzubüßen war schlimmer, als Prue es sich vorgestellt hatte – besonders, wenn man es mit Violet zu tun hatte. Sie versetzte einem verbliebenen Stückchen Zwiebel einen letzten, brutalen Hieb und erwischte ihren Finger. Hellrotes Blut tropfte auf das Hackbrett. Prue starrte darauf hinunter. »Immer, wenn ich französisches Blut fließen sehe, stellen sich mir die Haare auf«, sagte Johanna. Vielleicht hätte sie verstanden, wie leicht es war, den Nichtsünder dafür zu hassen, daß er einem die eigene Unvollkommenheit vor Augen führte, und den Sünder zu lieben, der ebenfalls seine dunklen Seelenwinkel hatte.

»Da bin ich mir nicht so sicher«, sagte Violet. »Er ist doch nicht krank, oder?«

»Nein.« Prues hölzerner Kochlöffel schwebte ein paar Sekunden lang regungslos über der Bratpfanne. »Nein. Aber es ist natürlich möglich, daß ihn ein berufliches Problem beschäftigt.«
In diesem Augenblick kam Max in die Küche. Er hatte eine Gartenschere in der Hand.
Violet drehte sich zu ihm um. »Ich habe Prue gerade gefragt, ob es dir gutgeht.«
Und Prue, die Max' Mienenspiel gut kannte, stellte fest, daß er nicht sonderlich erstaunt dreinschaute. Er legte seiner Tochter die freie Hand auf die Schulter und ließ sie dort. Violet lächelte zu ihm auf.
»Es geht mir gut«, sagte er, fixierte dabei jedoch seine Frau.
Prue fuhr sich mit dem Ellenbogen über die zwiebeltränennassen Wangen. »Die Zwiebeln sind höllisch scharf«, erklärte sie.
Max ließ die Schere auf- und zuschnappen. Auf und zu.
»Mrs. Ryder hat mich gebeten, ihren Jasmin zu beschneiden«, sagte er, klang jedoch nicht besonders begeistert darüber. »Er wächst über ihr Fenster und blockiert den Lichteinfall.«
»Komm nicht zu spät zum Essen.« Prue drehte sich wieder zum Herd um.
Violet erklärte, sie müsse auspacken.
Irgend jemand hatte einmal geschrieben, daß es Liebe erfordere, göttlich zu kochen. Unsinn. Schuldgefühle genügten auch. Prue briet Hackfleisch und die Zwiebeln in kaltgepreßtem Olivenöl, bis beides die Farbe eines sonnengebräunten Schenkels hatte. Dann öffnete sie eine Dose Flaschentomaten, schüttete sie dazu, zerdrückte sie mit einer Gabel und mischte sie darunter, fügte Orange in Form geraspelter Karotten hinzu und Grün in Form von Basilikum. Danach zerließ sie Butter in einem gußeisernen Topf, löffelte Mehl hinein und wartete, bis die Schwitze eine feste Konsistenz annahm und sich nach der Gelbfärbung wieder

zu Weiß wandelte, ehe sie die Milch dazugoß. Eine gute Käsesauce sollte mit Schweizer Käse zubereitet werden, denn nur er verleiht ihr die fädenziehende Beschaffenheit und den leicht scharfen Geschmack, der die Vorstellung von sauberer Luft, heißer Sonne und Straßencafé-Atmosphäre weckt.

Eine Schicht Hackfleisch, eine Schicht Nudeln, eine Schicht Sauce.

Eine Schicht untadeligen Ehelebens. Eine Schicht Ehebruch. Eine Schicht … von was?

Ich will in Wirklichkeit gar keine Liebesaffäre. Ich will diesen innerlichen Aufruhr nicht, diese Neuorientierung, dieses Chaos.

Wir haben die Möglichkeit der Wahl, hatte Richard in einer seiner besseren Predigten gesagt. Das weist uns als intelligente Wesen aus. Unser Sinn für Gut und Böse unterscheidet uns von den Tieren. Blödsinn! Prue hatte heftig reagiert. Wir haben uns lediglich auf den Verstand spezialisiert, wie der Löwe sich auf Schnelligkeit und Stärke spezialisiert hat, und Intelligenz produziert zweckdienliche Vorstellungen. Gut und Böse sind Mythen.

Nichtsdestoweniger besitzen wir die Möglichkeit der Wahl. Sie war sich Jamies Gegenwart in der Küche bewußt, noch ehe er etwas sagte. Gänsehaut kroch über ihre Arme, ihre Beckenmuskeln verkrampften sich. Dann schoß ein Blutstrom in ihre Brust.

»Prue?«

Sie strich die letzte Hackfleisch-Lage glatt und goß die weiße Sauce darüber, bevor sie sich umdrehte.

»Jamie.«

Er stand mit dem schläfrigen Edward auf dem Arm in der Tür. Jahre später, als andere Details in Vergessenheit geraten waren, erlebte sie diesen Augenblick der Offenbarung – denn genau das war er – immer wieder in unverminderter Intensität.

Sie erinnerte sich, wie seltsam es für sie war, Jamie in ihrer Küche stehen zu sehen, und wie fehl am Platze er in dieser mit so vielen vertrauten Dingen angefüllten Küche wirkte. Sie erinnerte sich, daß sie dachte: Ich liebe ihn über alles, und ich habe keine Wahl.

Jamie sah müde aus, ein wenig durchsichtig und abgestoßen an den Kanten. Sie kannte ihn nicht gut genug – noch nicht –, aber wenn Max sie so angesehen hätte wie Jamie jetzt, hätte sie gewußt, daß er sie brauchte. Prue ihrerseits sehnte sich so sehr nach ihm, daß ihre Knie beinahe nachgaben.

Sie schob die Lasagne ins Rohr und schloß die Backofentür heftiger als nötig.

»Edward muß an die Luft«, sagte Jamie. »Komm doch mit, wenn du hier fertig bist. Violet hängt am Telefon.«

Als sie den Kinderwagen die Hauptstraße hinunterschoben, sagte Prue: »Ich fühle mich sehr merkwürdig.«

Jamies Gesicht wurde ernst. »Willst du damit sagen, daß du bereust, was passiert ist?«

Nach kurzem Nachdenken antwortete sie: »Das wäre eine weitere Lüge.«

Seine Züge erhellten sich. »Versprich mir, daß du das nie auch nur im entferntesten tun wirst.«

»Still!« sagte sie hastig. »Ich sehe Molly auf uns zukommen.« Und sie fragte ihn nach der Atmosphäre, die in London herrschte.

»Im großen und ganzen düster – und der Maastrichter Vertrag, der die Gemüter erhitzt, wirkt auch nicht gerade entspannend.«

»Bist du der Ansicht, er sollte ratifiziert werden? Die Dänen scheinen ziemlich unerschütterlich dagegen zu sein.«

»Wenn wir für ein vereintes Europa sind, dann sollten wir ihn unter Dach und Fach bringen.«

»Schönen Tag«, sagte Molly in spröderem Ton als sonst, als sie auf dem Weg zum Pfarrhaus mit einer Tüte Spinat an ihnen vorbeiging.

Mrs. Ryders Jasmin sah nicht so aus, als sei er beschnitten worden, und Max war, wie Prue ebenfalls registrierte, nirgendwo zu sehen. Normalerweise machte Prue sich keine Gedanken darüber, wo ihr Mann steckte, doch jetzt ging sie im Geiste die Möglichkeiten durch. Jetzt war es wichtig. Bei all den vorhergesehenen Konsequenzen, die eine Liebesaffäre mit sich brachte, hatte Prue die panische Vergewisserung bezüglich des jeweiligen Aufenthaltsortes des Ehepartners auf ihrer Liste vergessen.

»Wenn der Begriff des ›Bösen‹ etwas Abgedroschenes hat«, sagte sie, als Jamie zupackte, um ihr zu helfen, den Buggy die Steigung hinaufzuschieben, »dann hat der Begriff ›Ehebruch‹ es um so mehr.«

»Da hast du recht«, nickte Jamie und hielt ihre Hand einen Augenblick länger als nötig fest.

Der Buggy holperte mit quietschenden Rädern über Bodenwellen und Erhebungen aus getrocknetem Schlamm. Prues Rock war viel zu warm für die sommerliche Temperatur, und ihre abgetragenen Laufschuhe waren mit einer Staubschicht bedeckt. Sie zog ihren Pullover aus und schlang ihn sich um die Schultern. Jamie schaute Prue über den Kinderwagen hinweg an.

Erinnerungen an das, was zwischen ihnen vorgefallen war, drängten an die Oberfläche, Erinnerungen an ihre alles verzehrende Leidenschaft, das zitternde Staunen und den fleischlichen Ausrutscher, der sich unversehens zu tiefem Gefühl ausgewachsen hatte. Der glühende Wunsch, Jamie zu besitzen, stieg in Prue auf, tief unter diese durchsichtige Haut einzudringen, bis in seine Adern und sein Knochenmark, die Zähne in seine Seele zu graben.

Verlegen beschleunigte sie ihre Schritte.

»Nicht so schnell«, sagte Jamie.

Prue lenkte den Buggy einen Weg hinauf, den das Gefährt nur mit Mühe bewältigte, auf einen Pfad zu, der zwischen der Jacob's Farm und dem spitz zulaufenden Haselwäldchen hindurchführte. Sie zeigte auf das letztere.

»Ich wollte, daß du das siehst. Alt-England. Offenbar stammt es aus dem Mittelalter, und die Leute vom Naturdenkmalschutz hüten es wie ihren Augapfel.«

Auf der Hügelkuppe klemmte Jamie den Buggy in einer Wurzelnische fest und arretierte die Bremse. Eingelullt durch die Rüttelfahrt war Edward eingeschlafen, sein Kopf zur Seite gesunken.

Jamie griff nach Prue und zog sie an sich. Sie spürte sein Gesicht an dem ihren, seine Zähne durch seine Lippen, schmeckte ihn, roch ihn. Ein Feuer loderte in ihr auf und äscherte ihre Ungläubigkeit ein, daß dies tatsächlich ihr, Prue Valour, geschah.

Behindert durch ihre Kleidung unternahm Jamie eine linkische Reise in Richtung ihrer Brüste. Prue hielt still. Seine Hand glitt unter ihre Bluse, dann unter ihren Büstenhalter. Seine männlich-rauhen Finger glitten über die glatte, warme Haut unter ihrer Brust. Sie schloß die Augen. Jamie hielt inne.

»Du schweigst, Prue?«

Sie öffnete die Augen. »Ich weiß offengestanden nicht, was ich sagen soll. Ich hatte in meinem Leben nicht viele Liebhaber, dies ist mein erster Ehebruch – und noch dazu in Gegenwart eines kleinen Kindes. Und ich begreife das Ganze nicht.«

Jamies Hand umfaßte ihre Brust, und sie setzte ärgerlich hinzu: »Außerdem bin ich kein Napfkuchen.«

Er lachte, ließ seine Hand jedoch, wo sie war. »Was begreifst du nicht?«

»Unser Verhalten ist absolut selbstsüchtig. Aber warum ich, Jamie?«

Nicht vertraut mit der weiblichen Psyche, erschien er ehrlich verwirrt über diese Frage zu sein. »Genauso könnte ich fragen: Warum ich?«

Es lag ihr auf der Zunge, seine Vorzüge aufzuzählen, sein gutes Aussehen, seine Intelligenz et cetera, et cetera ins Feld zu führen und ihm vor Augen zu halten, daß sie sich ihm gegenüber entschieden im Nachteil befinde, doch sie hielt sich gerade noch rechtzeitig zurück.

Jamie ließ nicht locker. »Warum ich, Prue?«

Sie drehte den Kopf weg und zeigte ihm ein Profil, dessen Konturen von Emotion und Begehren weichgezeichnet waren. »Ich weiß es nicht. Ich habe mir dich nicht ausgesucht. Es ist einfach passiert.«

Kann man Verlangen zu seinem Ursprung zurückverfolgen? Erinnerungslabyrinthe ergründen? Den genauen Zeitpunkt einer Entscheidung rekonstruieren?

Oh, ja.

Sie wandte sich Jamie wieder zu und strich sich die Haare aus den Augen.

»Ich weiß nicht, was ich tun soll, Jamie.« Prue machte sich los. »Ich habe nicht die Kraft, zu widerstehen.«

»Zerrede es nicht«, bat Jamie. »Das macht alles kaputt.«

»Ja, da hast du wohl recht.«

Er küßte sie ein zweites Mal und dann noch einmal, ein Stück weiter den Weg hinunter, wo er sie an den Stamm einer Eiche drückte.

Edward schlief immer noch, ein Bild der Unschuld.

*

Weil sie so viele Personen waren, servierte Prue die (zu lange gebackene) Lasagne im Eßzimmer. Max machte ein paar Flaschen bulgarischen Pinot Noir auf. Eingedenk ihrer nächsten Analyse im Fitneßstudio nippte Violet an ihrem nur. Jamie ließ seinen fast unberührt, wogegen Max schon vor dem Käse bei seinem vierten Glas war.

Draußen schien die Sonne auf Dainton herab, entlarvte verschmutzte Fenster, dringend einer Wäsche bedürfende Vorhänge, schlaglöcherübersäte Straßen und abblätternde Fassaden. Und sie schien auch auf die »Zu verkaufen«-Zettel, die seit Monaten aushingen, auf den blauen, vor sich hin rostenden Volkswagen, den sein Besitzer, da er sich die Reparatur nicht leisten konnte, am Dorfteich abgestellt hatte, und auf den frischen Grabhügel auf dem Friedhof, den welke Sträuße bedeckten. Die Arbeitslosigkeit hatte schließlich auch Clive Carter ereilt, und er hatte sich daraufhin in seinem Dienstwagen umgebracht, ehe er von der Firma zurückgefordert wurde.

Die Sonne spendete Wärme, Verheißung und Klarheit.

Im Eßzimmer von Hallet's Gate vibrierte Prues Körper vor Verlangen, und die Reste ihrer Willenskraft wurden ebensoschnell davon geschluckt wie der Pinot Noir von Max.

Ich kann Jamie nicht *nicht* lieben.

16. KAPITEL

Er war schrecklich hartnäckig.

Emmy begriff nicht, warum Angus sich weiterhin mit ihr abgab, obwohl die sinnliche Sal und der Rest der Londoner Paradiesvögel nur darauf warteten, um mit ihm ... Emmy vertiefte sich nicht in ausführliche Mutmaßungen über Angus' Freizeitgestaltung.

Was sie quälte, war der Streß, den es mit sich brachte, daß ihre fünf Sinne sich in ständiger Alarmbereitschaft befanden. Sie haßte ihre Verletzlichkeit und die Art und Weise, in der Angus ihre Zeit beanspruchte.

Soviel zu der ach so geschätzten Unabhängigkeit der Emmy Horton.

Tatsächlich sah es so aus: Wenn sie die Augen aufschlug, bemächtigte Angus sich ihrer Gedanken, wenn sie abwusch oder Edward wickelte, in der Halle staubsaugte, auf das Klingeln des Telefons lauschte; er war allgegenwärtig, wie es nur ein Eroberer sein kann. Selbst die »Daily Mail«, »Neighbours« und ein Roman von Virginia Andrews waren kein Gegenmittel, ebensowenig wie der Plan, nach der gelbbraunen Eule Ausschau zu halten, von der sie hoffte, daß sie in der Scheune der Tarrants daheim nisten würde. Emmy war von einem Gesicht, einer Stimme und einem Körper überwältigt worden, deren Macht bis tief in ihr Unterbewußtsein reichte. Der durchtriebene Angus hatte sich Zugang zu ihr verschafft und hielt Emmy nun die Grenzen ihrer Macht vor Augen – und das Ausmaß der seinen.

Sie erkannte, daß man keinen klaren Gedanken fassen kann, wenn sie von einem Menschen beherrscht werden, der sich nicht daraus vertreiben läßt. Noch wußte Emmy nicht, daß die Zeit das nachhaltig bewirken würde.

Komm am letzten Juni-Wochenende mit, lud Angus sie ein. Die ganze Gang fährt, und am Ende des Ausflugs wartet ein gutes Pub darauf, von uns überfallen zu werden. Wir fahren mit dem Lieferwagen.

Und so kam es, daß eine völlig entnervte Emmy am Samstag morgen ihre Springerstiefel schnürte, ihr bestes schwarzes T-Shirt und die ebenfalls schwarzen Jeans bügelte und, wie in der Legende Ruth dem Boaz folgte, Angus in ein nahe Midhurst gelegenes Dorf in den South Downs begleitete.

Die Gang – okay, die Londoner – hoben sich störend gegen das Grün und Kalksteinweiß der Downs ab ... schwarz gekleidet, schrill gestylte Städter, über das Grün verstreut, das sich über die Kuppe und hinunter über die Wiesen ergoß.

»Es sieht alles so grün aus«, stellte Sal, die Augen mit der Hand beschirmend, fest.

Ein Gefühl der Überlegenheit stieg in Emmy auf, doch sie sagte nichts. Jeder Einfaltspinsel wußte, daß eine Landschaft von weitem eintönig wirkte, aber über Variationen von Farben und Beschaffenheiten verfügte, die so winzig und zahlreich waren, daß das Wort »grün« zur Bedeutungslosigkeit verkam.

An diesem Wochenende hatte die Sonne zu scheinen beschlossen, und es war heiß. Schweiß perlte auf Sals Oberlippe, und ihre Haare hingen strähnig auf die schottenkarierte Hemdjacke herunter, die sie über ihren Leggings trug. Emmy hatte ihre Haare in ihrer Verzweiflung in ein Tuch eingeschlagen, das nun wie ein Bündel Schmutzwäsche auf ihrem Nacken lag.

Auf halbem Weg zu dem Pub begannen Sal und Cherry zu jammern. »Ich bin die Lauferei nicht gewöhnt.« Sal stützte eine ihrer Brüste mit der Hand. »Zieht die Titten runter.«

Emmy wanderte mit festen, ausgreifenden Schritten über die zu kalkigen, verkrusteten Klumpen geballte und mit Feuersteinbrocken gesprenkelte Erde, spürte sie unter ihren Stiefelsohlen zerbröseln und gestand sich, umgeben von der schönen Landschaft, zögernd ein, daß sie glücklich war.

Das Gras war jung, saftig und stark. Sie bückte sich, um einen Halm auszureißen, und er schnitt ihr in den Finger. Angus trat von hinten an sie heran und piekte sie mit dem Finger in die Kehrseite.

»Geh weiter.«

Emmy schätzte es nicht, wie eine Kuh angetrieben und in ihren Betrachtungen unterbrochen zu werden. »Hau ab.«

Sie erreichten die Kuppe des Kalksteinhügels, und der Weg beschrieb eine Biegung und führte in Richtung eines großen Waldgebietes weiter. Das Blattwerk der Bäume ließ die Hitze der Sonne nur stark vermindert durch, und der plötzliche Temperatursturz machte Emmy frösteln. Kein Lüftchen rührte sich, und Lichtflecken tanzten zitternd über den Waldboden. Veilchen säumten den Weg, durchsetzt mit roten und blauen Farbtupfern anderer Blumen.

Eine so große Vielfalt, ein Fest für die Sinne. Emmy genoß, was die Natur zu bieten hatte, und begriff, daß ihre Wurzeln tiefer reichten, als sie gedacht hatte. Sie gehörte hierher. Ihr Körper reagierte auf das wechselvolle Licht und den unverwechselbaren Geruch vermoderter Blätter und wachsender Pflanzen. Wie im Traum ging sie weiter.

»Trink doch einen Apfelmost«, drängte Angus sie im Pub. Es war eines dieser auf rustikal gemachten Lokale mit unechten Deckenbalken und Hufeisen an den Wänden, wo alles in Körben serviert wurde – einschließlich der Chips. Als spektakuläre Demonstration der britischen Unfähigkeit, ein Verhältnis zum

Wetter herzustellen, brannte ein Feuer im Kamin, und die Gaststube war tropisch warm.
Sal und Cherry tranken Wodka, Vince und Nails Bier vom Faß. Emmy nippte an ihrem Most. Das Gespräch drehte sich nicht um die Arbeit, denn außer Emmy und Angus hatte keiner eine Anstellung. Und es drehte sich auch nicht um Aussichten darauf; es bestanden keine, so daß man die Zukunft am besten ignorierte. Nein – vernünftigerweise drehte sich die Unterhaltung um Filme, Beihilfen, Lotterie-Träume und Skandalberichte in der »Sun«.
Um halb drei waren Cherry, Sal und Vince betrunken, und Nails mußte auf die Toilette, von wo er nicht zurückkehrte. Die Hitze in der Gaststube wurde zur Qual. Emmy schwitzte, und Angus' Pferdeschwanz war naß.
»Laß uns gehen«, sagte sie.
Sal stöhnte. »Warum laufen die Gesundheitsfanatiker nicht zurück und holen den Lieferwagen?«
Zu spät erkannte Sal, daß sie Emmy einen Vorteil verschafft hatte. Sie zuckte mit den Schultern – und machte einen weiteren Fehler, indem sie den Feind unterschätzte.
Emmy konnte das Pub gar nicht schnell genug verlassen. Angus folgte ihr, und dann gingen sie schweigend hintereinander her in Richtung Wald. Sobald sie in die schattige Welt eintauchten, überschwemmte der verführerische Duft der Blumen und jungen Blätter Emmy erneut und veranlaßte sie dazu, abrupt stehenzubleiben. Wenn sie dieses überschäumende Leben absorbieren könnte, würden vielleicht das Selbstvertrauen und die Kraft der Natur auf sie übergehen. Angus umfaßte ihre Taille. Ihre schmale, biegsame, formlose Taille.
Berauscht von dem Duft und ihren Gefühlen drehte Emmy sich um und wartete die ein, zwei Sekunden, bis Angus sie küßte. Hinter ihren geschlossenen Lidern zuckten Lichtblitze.

»Schön«, sagte Angus und ließ sie los. »Und du riechst gut. Ich hatte schon lange Lust, das zu tun.«

Emmy dachte an die Brüste, die unter einem schwarzen T-Shirt wogten. »Was ist mit Sal?«

»Was soll mit ihr sein? Ich mag euch beide. Habe euch beide. Ich halte nichts davon, mich auf eine zu beschränken.«

»Laß mich in Ruhe, Angus.«

»Noch nicht«, sagte er, drehte ihr Gesicht nicht eben sanft zu sich herum und küßte sie ein zweites Mal.

Emmys umgebungsbedingte Entrücktheit wich, wurde durch eine Spannung ersetzt, die fast sichtbar zwischen ihnen flirrte. Emmy versuchte, sich auf den jetzt milchigen Himmel zwischen dem Horizont und der Sonne zu konzentrieren, doch es gelang ihr nicht. Statt dessen stellte sie sich eine Liebesszene vor, nackte Körper, ineinander verschlungene Glieder – wobei ihre diesbezüglichen Kenntnisse rein theoretisch waren. Ihr gesunder Menschenverstand sagte ihr, daß ihr Zustand im Augenblick ausgesprochen gefährlich war.

Beim Lieferwagen angekommen, steckte Angus den Schlüssel ins Schloß und öffnete die Tür.

»Kommst du heute abend mit zu mir, Emmy?«

Sie unterbrach das Einsteigen, als sie ein Puzzleteil ihres Gesichts im Außenspiegel sah. Ihre Lippen waren ungewohnt rot und ihre elenden Haare aus dem Tuch gerutscht.

»Nein danke.«

»Warum nicht?«

Emmy zuckte mit den Schultern. »Ich habe keine Lust.«

»Die würde ich schon wecken.«

Daran zweifelte sie keinen Augenblick. »Das würde sich nur rächen. Ich passe.«

Lieber Himmel, was soll ich tun? Ich bin hoffnungslos, beschämend verliebt. Aber er will nur das eine. Ich will mehr, aber ich weiß nicht genau, was.

Emmy starrte aus dem Fenster, und Angus steuerte den Lieferwagen in Richtung Pub. Es hatte einen Vorteil, keine *femme fatale* zu sein – sondern einen nüchternen Verstand zu haben. Einen nüchternen Verstand in einem hingabewilligen Körper.

Angus ließ seine Finger an Emmys Bein hinaufwandern. »Ganz sicher?« Sein gleichgültiger Tonfall verletzte Emmy – bis er seinen Pferdeschwanz mit einem Schwung über die Schulter warf, der den Eindruck vermitteln sollte, daß er der coolste, glühendste Liebhaber seit Casanova war. Die Geste war so pfauenhaft, so ähnlich dem Balzgehabe der Spatzen – aufgeplusterte Brust, gesträubtes Gefieder, Trippelschritte –, daß Emmy lächeln mußte.

»Ganz sicher«, sagte sie.

»Wie die verdammten Kronjuwelen – einbruchssicher verschlossen, ja?«

Sie wandte sich ihm zu, und nach einer Minute nahm er den Fuß vom Gas und erwiderte ihren prüfenden Blick. »Ich krieg dich schon noch, Emmy – keine Sorge.«

Samstagabend im Blue Orchid in Croyden sei *die* Sache, erklärte Cherry Emmy. Angus parkte den Lieferwagen eine Straße weiter, und die Mädchen zogen sich gleich nach Betreten des Clubs auf die Damentoilette zurück. Sie war neonbeleuchtet und roch nach Haarlack und Rauch. Eine Reihe von Mädchen stand, die Gesichter und Körper in verschiedenen Stadien der Verzerrung, vor dem hohen Spiegel. »Komm her«, sagte eine große Blondine und legte ihre brennende Zigarette auf den Rand ihres Kosmetikkoffers. »Hilf mir das Bustier schnüren, ja?«

Ihre kastanienbraune Freundin griff zu.

»Nicht so eng!« schrie die Blondine, deren Brüste herausquollen.

»Warum soll ich es dann überhaupt machen?« fragte ihre Freundin. »Willst du etwa lieber mit entzündeten Mückenstichen rausgehen?«
Sal zog sich aus und stolzierte in Slip und hohen Stiefeln herum. Emmy knirschte mit den Zähnen, denn Sals Figur war genau so wie verheißen, und sah zu, wie sie sich in ein Lycra-Minikleid zwängte und in Pumps schlüpfte, während Cherry sich um eine Imitation bemühte, die allerdings weniger spektakulär ausfiel. Emmy fuhr sich mit dem Kamm durch die Haare und tuschte ihre Wimpern, was ihr einen erschreckten Ausdruck verlieh.
»Gegen uns kann Kleopatra einpacken, was?« sagte Cherry. Der Lärm auf der Tanzfläche sammelte sich unter dem Dach zu einer erstickenden Decke. Glitzernde Kugeln hingen von der Decke, Röhrenblitze und Lichtwirbel zuckten durch den Raum. Dieses Etablissement war wirklich eine Kultstätte.
Sal hob die glänzenden Arme, wand ihren Lycra-Rumpf in Schlangenbewegungen, und ihr rotes Haar umflammte ihren Kopf – eine geschmeidige, selbstbewußte Göttin, die über Jugend, Sex und Vergnügen gebot.
»Los, Leute, nicht so zaghaft!« schrie der DJ ins Mikrophon. »Nun kommt schon!«
Zuerst tröpfelten die Tanzwilligen spärlich, doch schließlich überflutete ein Strom von Körpern den spiegelglatten Boden, die sich wie fluoreszierende Maisstengel in einer steifen Brise wiegten.
»Na, dann«, sagte Sal und warf Emmy einen Blick zu. Sie packte Angus, der mit Vince aus der Dunkelheit auftauchte, die die Tanzfläche umgab. Seinem Aussehen nach zu urteilen, hatte Vince seinen Alkoholspiegel erneut aufgestockt, und als er nach Cherry griff, war es eher Glück als gezielte Aktion, daß er sie zu fassen bekam.

»Mein Traumjunge.« Sal hing an Angus' Hals und bewegte vielsagend ihre Hüften.

O ja, Emmy konnte sehen, daß ihre Bemühungen Angus nicht unberührt ließen, und sie war wütend darüber, daß es ihr etwas ausmachte. Du hast ihm einen Korb gegeben, sagte sie sich immer wieder. Du hast nein gesagt. Nein. Nein. Nein. Sie beobachtete die Tanzenden, Vinces schleppende Schritte, Cherrys raumgreifendes Gehüpfe ... und Angus und Sal – bis andere Tänzer ihr die Sicht verwehrten.

»Hast du Lust?« Ein dunkler Typ war neben Emmy aufgetaucht. Die Art, wie er mit seiner Bierflasche spielte, verriet seine Nervosität, und er schwitzte. Schweißtropfen bedeckten sein Gesicht und verdunkelten sein T-Shirt.

Emmy starrte ihn an. Irgendwie war sie hier hineingeraten, und jetzt mußte sie damit zurechtkommen. »Ich habe nichts dagegen.«

Eine feuchte Hand legte sich auf ihren Arm, der Junge schleuderte seine Bierflasche in die Dunkelheit und zog Emmy in die Mitte der Tanzfläche.

Am Rand wurden die Gruppen von Jugendlichen, die auf der Jagd nach Mädchen waren, sichtlich draufgängerischer. Die willige Beute spreizte das Gefieder und formte ihre Gruppen neu, wenn eines der Mitglieder daraus entführt wurde. Die Musik bohrte Löcher ins Gehirn.

Zuerst bewegte Emmy sich wie ein ängstliches Tier, steifbeinig und mit sichernd umherschießenden Blicken. Das rhythmische Dröhnen wurde lauter, der Geruch von Schweiß, Füßen und Bier betäubte die noch verbliebenen Sinne, und plötzlich hörte sie ein Klicken in ihrem Kopf, das deutliche, entscheidende Geräusch eines Schalters, der von Negativ auf Positiv umsprang, von Aus auf Ein, und Emmy gab sich dem Beat des Soul,

House, Rap, oder was immer es auch war, und den Lichtblitzen und -kreiseln hin.
Ihr schwitzender Partner preßte sich an sie. »Schön?«
»Schön«, echote sie, verloren in dem Meer aus Körpern. Der Junge ließ seine Hand über ihren Rücken abwärts gleiten, bis sie auf ihrer Kehrseite lag.
Sie ließ es zu.
Sie hatte keine Ahnung, wie lange sie sich zuckend zu der Musik bewegten, war sich nur der Entspannung bewußt, die wie eine Flüssigkeit durch ihren Körper floß. Um ihre Wiedergeburt zu feiern, hob sie ihr Gesicht den abgehackten Lichteffekten entgegen.
Plötzlich war Angus neben ihr und schrie ihr ins Ohr: »Was fällt dir denn ein?«
Silberne Flecken tanzten auf Emmys Gesicht. Angus packte sie am Arm, zerrte sie weg und riß sie fordernd an sich.
»Schick ihn zum Teufel!« befahl er.
Sie war versucht zu erwidern: »Schick du erst Sal zum Teufel«, doch der Junge war verschwunden. Angus lockerte seinen Griff nicht, und nachdem sie eine Weile regungslos dagestanden hatten, fing er zu tanzen an und zwang Emmy, mit ihm zu tanzen, und ihr Herz begann einen eigenen wilden Takt zu schlagen. Angus beugte sich herunter, und Emmy spürte seinen Mund über ihr Kinn gleiten und kurz auf ihren Lippen ruhen.
»Warum nicht, Emmy?« fragte er dicht an ihrem Ohr.
Zum zweitenmal erwiderte Emmy: »Was ist mit Sal?«
»Die heizt sich bei einem anderen Typen auf.« Angus deutete vage in Richtung der dunklen, sich wellenartig bewegenden Tänzer, deren Gesichter und Körper wie ein einziges, pulsierendes Wesen wirkten.
»Schön für Sal.«

Sein Mund unternahm eine weitere Reise über ihre nicht kartographierte Gesichtslandschaft, und sie schauderte.
Später – wieviel später, konnte Emmy nicht genau sagen – zog Angus sie zwischen den enttäuschten Jägern hindurch, die keinen Abschuß zu verbuchen hatten, und um Pärchen herum, die keinen Wert auf eine intime Atmosphäre legten oder es nicht abwarten konnten, auf den Ausgang zu.
Draußen auf der Straße war die Luft wie kaltes Wasser und die Musik nur noch als dumpfes Pochen zu hören. Emmy wollte den Abend hier und jetzt beenden, doch Angus war entschlossen, den begonnenen Weg zu Ende zu gehen. Er öffnete die Lieferwagentür und forderte Emmy mit einer Geste zum Einsteigen auf. Von Panik ergriffen zögerte sie.
»Na, komm schon, Emmy – mach kein Theater.«
Und so stieg Emmy ein.

Wenn wir an ein bedeutendes Ereignis zurückdenken, wirkt die Erinnerung oft wie ein Traum und vermittelt damit den Eindruck von Unwirklichkeit, Hilflosigkeit, Schwerelosigkeit – und das Gefühl, als habe jemand anderer es erlebt.
Zwischen Emmys weißem, wollüstigem Körper und ihrem Verstand gähnte eine tiefe Schlucht. Und so betrachtete sie Angus' nackten Körper und sein manchmal offenes und manchmal rätselhaftes Gesicht wie jemand, der ein Gemälde bewundert. Was bedeutete es, daß er die Augen geschlossen hielt? Daß er ihr in einem bestimmten Augenblick den Rücken zukehrte? Daß er flüsterte: »Ist das gut?«
An ihre eigenen Worte konnte sie sich nicht erinnern, aber sie wußte, daß sie am liebsten aufgeschrien hätte – aus ihrer Liebe heraus, die sie so hilflos machte wie die Larve ohne ihren Kokon. Sie hätte Angus gern vermittelt, was sie empfand, was das alles

für sie bedeutete, doch es fehlte ihr der entsprechende Wortschatz, und die Jahre der Einsamkeit hatten ihr das Reden abgewöhnt, ja, sogar zu einer ausgeprägten Abneigung dagegen geführt.

Von der Straße drangen gedämpft Geräusche in den Lieferwagen. Eine Unterhaltung, ein Ruf, das Klappern einer Dose, die in den Rinnstein geworfen wurde. Der Laderaum war eng, nur von zuckendem Neonlicht beleuchtet. Die Decke, die Angus auf dem Boden ausgebreitet hatte, war unangenehm rauh unter Emmys Rücken, und jedesmal, wenn sie einen Fuß bewegte, stieß sie gegen ihrer beider hastig auf einen Haufen geworfene Kleider oder irgendeine der Taschen, die Angus' Arbeitsutensilien enthielten.

Er zündete sich eine Zigarette an, ließ sich zurücksinken, machte jedoch keine Anstalten, Emmy in die Arme zu nehmen. Sie hustete, und Trostlosigkeit überspülte sie, drang in die Spalten ihrer Seele und in die Haarrisse einer Vorstellung, die sich unklugerweise und blitzartig entwickelt hatte. Sie griff nach der Zigarettenschachtel.

»Wie war es denn, auf der Ladefläche eines Lieferwagens eine Jungfrau zu vernaschen?« fragte sie und hätte sich in der nächsten Sekunde am liebsten die Zunge abgebissen.

Angus' Hand legte sich auf Emmys Kehrseite. »Hübsch«, sagte er.

»Geben Sie Edward auch bestimmt genug Gemüse?«

»Aber sicher, Missis Beckett. Er ißt es gern.«

Violet hatte heute einen ihrer Berufstätige-Mutter-Anfälle, was vorzugsweise montags passierte, und wie üblich war Emmy das Opfer. Sie warf dem Mädchen einen Blick zu, der sie verdächtigte, alles mögliche mit dem pürierten Brokkoli anzustellen –

einschließlich des Wegschüttens. Emmy, die ihre Arbeitgeberin inzwischen gut kannte, hielt dem Blick stand. Hast du, fragte sie sie in Gedanken, jemals Liebe im Laderaum eines Lieferwagens gemacht?

Violet bohrte ihren Zeigefinger in den Haufen Wäsche im Korb. »Die waschen Sie doch heute, nicht wahr, Emmy?«

Es ist so verdammt anstrengend, eine Hausangestellte zu haben, dachte Violet. Von allein tun die gar nichts. Immer muß man hinter ihnen her sein, kann sich nie, nie auf sie verlassen. Wenn Violets Lesestoff über den aktuellen Bestseller hinausgegangen wäre, hätte sie festgestellt, daß ein Großteil der Literatur den Kampf zwischen Arbeitgeber und – dem mehr Macht als angenommen besitzenden – Arbeitnehmer zum Thema hat. Wobei keine der beiden Parteien siegte.

»Ich mache die Wäsche gleich als erstes, Missis Beckett – letzte Woche bin ich nicht dazu gekommen.«

Violets geschürzte Lippen besagten, daß sie sich nicht erklären konnte, wie die Versorgung eines einzigen kleinen Kindes einen überfordern konnte. Was sollte sie als Abteilungsleiterin denn da sagen? Was Emmy nicht sah, war die mit Schuldgefühlen durchsetzte Erleichterung unter der Fassade aus Yves-Saint-Laurent-Make-up und Chanel-Lippenstift, daß nicht sie, Violet, sich mit Edward herumschlagen mußte. Tief in ihrem Herzen vermutete Violet, daß sie dieser Aufgabe nicht gewachsen wäre.

Emmy, die nicht auf den Grund von Violets Seele schauen konnte, dachte, diese Frau ist unerträglich.

Violets Pumps bewegten sich klickend über den Küchenboden. Sie waren schwarz, extrem hochhackig und aus besonders weichem Leder. Außerdem trug sie ein Chanel-Kostüm mit langer Jacke und Faltenrock, das sie mit einer Fülle von goldenen Knöpfen und Ketten aufgemotzt hatte.

Emmy zog ihr ausgewaschenes T-Shirt bis über den Po hinunter und über die Leggings, die ein Loch im Schritt hatten. »Na, wie geht es meinem Jungen?« Violet beugte sich über Edwards Stuhl.
Edward musterte seine Mutter mit finsterer Miene, und Violet steckte einen Finger in eine kleine, geballte Faust. Edward zog an. »Er ist schon ganz schön kräftig, nicht wahr, Emmy?« Als er Emmys Namen hörte, öffnete Edward die Faust und drehte sich nach Emmy um. Violet verharrte einen Moment, dann zog sie ihre Hand weg.
»Er mag Sie, nicht wahr, Emmy?«
Emmy befürchtete, wenn Violet ihren Namen noch einmal in diesem Ton ausspräche, würde sie etwas Schockierendes sagen. Hau ab! flehte sie inständig in Gedanken. Mach dich an deine Arbeit oder an was auch immer, das dich so beschäftigt!
»Bist du fertig, Violet?« rief Jamie von oben.
Violet seufzte, griff nach ihrem Aktenkoffer, und ein ungewohnter Ausdruck breitete sich über ihre Züge aus. Emmy wußte, warum: Sie hatte die Becketts am Abend zuvor streiten gehört. Als unfreiwilliger Lauscher hatte sie in ihrem Zimmer unter dem Dach gesessen, auf die Stimmen gehorcht, die immer lauter und schärfer wurden, und sich gefragt, ob ihnen wohl klar war, wieviel sie davon mitbekam. Irgendwann hatte Violet sich in den Salon zurückgezogen, und Jamie hatte sein Bettzeug ins Gästezimmer getragen.
»Machen Sie bitte den Gemüseauflauf, Emmy.«
Emmy schaute Edward an. »Ja.«
Violet legte den Aktenkoffer auf den Tisch. »Emmy – ich denke, Sie sollten mich Violet nennen. Schließlich leben wir unter einem Dach, und ich vertraue Ihnen.«
Das wird Emmy hoffentlich motivieren, dachte sie.

Jamie erschien in der Tür. »Beeil dich, Violet.« Sein Ton war knapp, und das übliche Lächeln fehlte.
»Danke, Emmy«, sagte Violet.
Die Haustür fiel krachend ins Schloß. Augenblicklich schaltete Emmy von »Radio 4« auf »Capital« um. Popmusik füllte den Raum, und Edward spielte mit seinem Löffel Schlagzeug dazu. Emmy hob ihn hoch, und er schmiegte sich vertrauensvoll in ihre Arme. Sie drückte die Lippen auf seinen Scheitel und atmete seinen Geruch ein, eine komische Mischung aus Babycreme, Talkumpuder und einem Hauch aufgestoßener Milch.
»Gemüse, ha?« sagte sie zu ihm.
Wenn ein Liebeserlebnis in einem Lieferwagen in ein Haus führte, das von getrennt schlafenden und aufeinander zornigen Menschen bewohnt war, dann würde Emmy sich hüten, es zu betreten. Sie wußte, daß ihre Vorsicht berechtigt war. Ihr Blick umfaßte den vom Fenster eingerahmten Teil des Gartens. Eine Clematis war vom Brand befallen worden und hing als schwarzes Gewirr am Spalier. Der Rasen mußte gemäht werden. Der Gartenausschnitt enthielt auch die Vogelplattform auf dem Baum am unteren Ende.
Angus' Vogelplattform.
Emmy seufzte und schloß die Augen.

17. KAPITEL

Auch Prues Liebesaffäre blühte und gedieh. Während Emmy durch Angst und Unsicherheit bezüglich Angus' Motiven daran gehindert wurde, die ihre unbeschwert zu genießen, schwebte Prue auf Wolken aus intensivem sexuellem Erleben, Staunen, wilder Freude und Furcht. Ein derartiges Gefühl ist übermächtig und drängt andere, vielleicht alltäglichere, aber nicht weniger bedeutungsvolle Empfindungen in den Hintergrund. Im faszinierenden Licht des Neuen erscheinen Zuneigung und Gutartigkeit unbefriedigend und ungenügend.

Was geschieht mit mir? fragte sich Prue, als sie einmal, zweimal, dreimal Vorkehrungen traf, um sich mit Jamie in dem Hotel zu treffen, und dort zitternd und bebend vor Verlangen und Wollust in ein Meer des Vergessens eintauchte.

Und er war ebenso hungrig wie sie.

Warum geschieht das?

Aber Prue war zu glücklich, zu durchtränkt mit Emotionen, um etwas anderes zu tun, als sich hinzugeben.

Im Frühsommer 1429 (»überprüfen, ob der 7. Mai das korrekte Datum ist«, schrieb Prue in ihre Notizen), gegen sechs Uhr morgens, kam Johanna nach einer Nacht in der belagerten Stadt vor Tourelles (einer von den Engländern besetzten, steinernen Festung nahe des Kopfes der zerstörten Brücke über die Loire) außerhalb von Orléans an und berief sofort einen Kriegsrat ein. Eine Frau, eine Situation und ein Ort waren eine der bedeutsamen Verbindungen eingegangen, die Geschichte schreiben. Johannas große Stunde war gekommen – *la journée de*

Tourelles – und von da an würde ihr Name auf ewig mit Orléans assoziiert werden.

Wie Prue war auch Johanna begierig danach, die Anweisungen ihrer Stimmen in die Tat umzusetzen. Begierig und ebenso von Leidenschaft durchglüht.

Die Stadt hatte die Belagerung bis dato sechs Monate überlebt, was teils darauf zurückzuführen war, daß die Engländer unter dem Kommando des Duke of Bedford auffallend wenig Unternehmungslust zeigten und sich darauf beschränkten, ab und zu mittels des English Passevolant einen Hundert-Pfund-Stein in die Stadt zu schleudern, worauf ab und zu ein »Gegengeschenk« seitens des französischen Rifflard erfolgte. Das Kampfgeschehen hatte so wenig Kriegscharakter, daß die Engländer sich am Weihnachtsabend des Jahres 1428 eine Musikantentruppe von den Franzosen ausliehen. (»Anmerkung«, schrieb Prue. »Erinnert das nicht an einen anderen Krieg?«) Obwohl Johanna kein Soldat war, nichts von Strategie verstand und noch dazu kein Mann war, begrüßten die Bürger die Kunde, daß die berühmte *pucelle* aus Domrémy sich ihrer Sache annehmen würde, mit großer Begeisterung.

Johanna und die Hauptleute erwogen verschiedene Vorgehensmöglichkeiten, obwohl eigentlich nur eine Taktik in Frage kam: Die Schutzwälle vom Südufer des Flusses aus zu stürmen und danach Tourelles anzugreifen.

Es begann um sieben Uhr früh, und die Engländer kämpften wie wilde Tiere oder – wie der Chronist es formulierte – »als seien sie unsterblich«. Von ihrer vorteilhaften Position auf den Feldschanzen aus ließen sie Feuer, Kanonenkugeln und bleierne Schleudergeschosse auf die Franzosen in dem großen Graben hinunterregnen und schafften es, sie zurückzuschlagen.

Um die Mittagszeit machten die Franzosen Essenspause. Wie

charakteristisch und wie unangenehm für Johanna, die bekanntermaßen in dieser Hinsicht größte Enthaltsamkeit an den Tag legte und oft sogar nach einer harten Schlacht überredet werden mußte, etwas zu sich zu nehmen (was in unserer Generation die Mutmaßung weckt, daß sie magersüchtig war – ein weiterer Hinweis auf ihre außerordentliche Willenskraft). Danach sammelten sie sich zu einem erneuten Sturm auf die Feldschanzen. Johanna half mit, eine Stufenleiter anzulegen. Wieder war die Luft erfüllt von Lärm und fliegenden Gegenständen, und die Franzosen und Engländer bekämpften einander mit Äxten, Lanzen, Bogen und bloßen Händen.

Irgendwann im Verlauf dieses Kampfes wurde Johanna von einem Armbrust-Pfeil getroffen, der sich zwischen Hals und Brustansatz in ihre Schulter bohrte. Sie hatte die Verwundung vorhergesehen: Sowohl die heilige Katharina als auch die heilige Margarete hatten sie gewarnt. Es existiert tatsächlich ein Brief, vierzehn Tage vor dem Angriff aus Lyon geschickt, in dem Johanna ganz klar ankündigte, daß ihr das widerfahren würde.

Eine Verwundung vorherzusehen ist etwas ganz anderes, als sie tatsächlich zu erleiden. Offenbar zitterte und weinte Johanna vor Schreck und Schmerz. Sie war zwar erfreut darüber, daß ihre Prophezeiung so genau eingetroffen war, doch wenn sich mit Wucht eine stahlspitzenbewehrte Stange in lebendiges Fleisch bohrt, dann tut das weh. Als sie sie, begleitet von einem Blutstrom, aus ihrer Schulter zog, erbot sich einer der Soldaten, einen Zauberspruch über die klaffende Wunde zu sprechen.

Johanna lehnte ab. »Ich würde lieber sterben, als etwas zuzulassen, von dem ich weiß, daß es eine Sünde ist.«

Damals hatte man es leichter, Entscheidungen zu fällen, nicht wahr? sagte Prue zu Jamie, als sie in ihrem Hotel im Bett lagen.

Es war ein Schema vorgegeben, ein Regelkatalog, die Androhung postwendender Bestrafung für Abweichungen, und all das ließ keinen Zweifel daran zu, wie man sich zu benehmen hatte.

»Klingt schrecklich«, meinte Jamie schläfrig. »Wer will schon Regeln?«

»Die Menschen«, sagte Prue und knabberte an seiner nackten Schulter.

Nur die potentiellen Sünder natürlich. Diejenigen, die mit Begehrlichkeit geboren werden und dem normalen Quantum an Egoismus, Gier, Schlauheit und der Fähigkeit zu lügen. Geborene Heilige brauchen keine Regeln, denn sie kennen keine Versuchungen. Sie sind absolut anständig.

»Da bin ich mir nicht so sicher.« Jamie drehte sich herum und küßte Prues Brüste. »Ich dachte immer, Simon, der Säulenheilige, sei ein begeisterter Exhibitionist gewesen.« Er preßte seinen Mund in das weiche Fleisch. »Die einzige Möglichkeit für ihn, anständig oder ein Heiliger oder was auch immer zu sein, war die Plazierung auf einer verdammten Säule.«

»Wir sündigen.« Prue setzte sich auf.

Jamie zog sie zu sich herunter. »Und es ist ausgesprochen schön.«

Prue schnitt eine Grimasse. »Wenn es dich glücklich macht, könnte man zu unserer Verteidigung anführen, daß es auch Regeln gibt, die für uns und diese Situation gelten, Prue – und wir befolgen sie strikt!«

»Glaubst du das wirklich?«

Jamie stützte sich auf einen Ellenbogen, so daß er auf das Gesicht hinunterschauen konnte, das er, mehr als er sagen konnte, zu lieben gelernt hatte – und dementsprechend wurde seine Argumentation eher von Liebe geleitet als von Moral oder Philosophie oder auch nur gesundem Menschenverstand. »Die Dinge

sind niemals so einfach, wie sie aussehen, meine Prue«, sagte er und streichelte ihre Wange.
»Genau das habe ich Jane gesagt.« Prue entspannte sich.
»Aber glaubst du es auch?« Jamies Finger wanderten leicht wie Federn an Prues sensibilisiertem Körper hinab. »Hier geht es nur um uns – um niemand anderen. Dies ist ein Teil unserer Leben, der ausschließlich uns gehört.«
Sie hatte das Gefühl, daß ihr etwas Entscheidendes entging, doch Jamies Finger waren zum Stillstand gekommen.
Später fragte sie: »Was machen wir heute nachmittag?«
Es herrschte Dämmerlicht in dem Hotelzimmer, und Jamies Augen wirkten dunkel und rätselhaft und übten deshalb eine besondere Faszination auf Prue aus. »Ich hatte erwartet, daß du in diesem Bett bleiben wollen würdest. Habe ich mich geirrt?«
Prue beugte sich über ihn. Ihre Lippen waren wund, und ihr Körper war erschöpft, wundervoll, herrlich erschöpft. »Ich möchte etwas mit dir unternehmen. Ins Kino gehen, in eine Galerie – egal.«
Sie wünschte sich, Hand in Hand mit ihm eine Straße entlangzugehen, mit ihm zusammen als Paar in der Öffentlichkeit aufzutreten. Oder an einem Tisch in einem Café zu sitzen. Sie wünschte sich, daß Fremde sie ansähen und das aus Liebe geflochtene Band zwischen ihnen bemerkten.
Das Hotelpersonal kannte sie inzwischen, und der Portier an der Rezeption nickte mit wertfreier Miene, als sie an ihm vorbei auf die Straße hinausgingen.
»Er wird als Zeuge der Anklage gegen uns auftreten«, sagte Prue.
»Du hast heute ein schlechtes Gewissen, stimmt's?«
»Das habe ich immer«, erwiderte sie. »Wie könnte es anders sein?«
Er nahm ihre Hand. »Nicht, Prue.«

Um keinen Fehler zu machen, dachte sie sorgfältig nach, ehe sie antwortete. »Es ist okay, Jamie – ich werde dich nicht zwingen, meine Lasten zu tragen.«

Sie drückte ihren Daumen in Jamies Handfläche, und sie wanderten zur Oxford Street hinunter und durch die Unterführung in den Hyde Park. Hier wahrten sie körperlich Abstand voneinander, Prue mit büchergefüllter Umhängetasche und Jamie mit den Händen in den Taschen seines grauen Geschäftsanzugs, in dem er inmitten der Touristen und Kinder fehl am Platze wirkte.

»Eiscreme?« fragte er. Prue schüttelte den Kopf, und er zog sich ein scheußlich aussehendes Exemplar aus dem Automaten. Er hatte eine Idee. »Dinosaurier«, sagte er. »Die schauen wir uns jetzt an. Auf ins Natural History Museum!«

»Wenn du wüßtest«, Prue akzentuierte jedes Wort, »wie oft ich mir die schon angeschaut habe, hättest du diesen Vorschlag nicht gemacht. Aber du wirst später mit Edward hingehen. Immer wieder.«

Der Gedanke traf Jamie wie ein Schlag. »Ja, das werde ich wohl.«

Statt dessen ergötzten sie sich im Keller des Science Museums, wo sie die Original-»Crappers« bewunderten, blau-weiße Porzellanwaschbecken, alte Gasöfen, frühe Herde und andere häusliche Errungenschaften.

»Ein Bullauge«, urteilte Jamie nach der eingehenden Betrachtung eines frühen »Aga«. »Ein Kochgerät in Kompaktform. Wer immer das Ding erfunden hat, war genial.«

»Nicht so genial wie der Erfinder des Rades« entgegnete Prue, die von den Dampfmaschinen im Parterre fasziniert gewesen war.

Jamie zwickte sie in die Kehrseite, und sie lachte. Gemeinsam starrten sie in den Schaukasten mit den Glühlampen.

»Wann hast du es erkannt?« fragte Jamie. Sein Atem beschlug die Glasscheibe.

»Damals in der Kathedrale«, antwortete Prue, die genau wußte, was er meinte. »Ich wußte, daß ich nach Gott suchen sollte – aber ich fand dich.«
»Suchst du nach Gott?«
Sie deutete auf eine Lampe, deren Form ihr reizvoll erschien. »Ich weiß es nicht. Du?«
»Bankkaufleute und Gott!«
»Das ist ein Klischee«, sagte Prue, »aber ich verstehe, was du meinst.«
Sie schob ihre Hand in die seine, und er drückte sie an seine Brust.
Jamie bestand darauf, sie zum Zug zu bringen. Hab kein zu schlechtes Gewissen, sagte er, als sie einstieg. Ich versuch's, erwiderte Prue, aber es wäre merkwürdig, wenn ich mir keine Gedanken machen würde. Wenn du dich nicht zum Aussteigen entscheidest, bist du drin, sagte er und küßte sie schnell auf die Wange. Er meinte nicht den Zug.
Kein Wunder, daß Rationalisten der Liebe mißtrauten. Kein Wunder, daß die Kirche und die Moralisten sich verzweifelt bemüht haben, sie unter Verschluß zu halten, und nach Wegen gesucht haben, ihre Macht zu brechen. Kein Wunder, daß die Liebe als Monster verstanden wird, das alles verschlingt, was auf seinem Weg liegt. Kinder, Ehepartner, Haushalte. Geld und Vernunft.
Und doch gab Prue willig nach, als die Woge heranrauschte und sie erfaßte, sie überrollte (und Jamie mit), ihr Leben in Trümmer schlug und sie mit sich riß.
Auch in Tourelles ging vieles in Trümmer, als an jenem sonnigen Maitag die Franzosen und die Engländer von morgens um sieben bis abends um acht gegeneinander kämpften, ohne eine Entscheidung herbeizuführen.

Die Schulter bandagiert, um die Blutung zu stillen, trug Johanna ihrer Verwundung Rechnung, indem sie sich aus dem Kampf in einen Obstgarten zurückzog, wo sie betete. Danach kam sie zurückgaloppiert, entriß dem Basken, der sie für sie getragen hatte, ihre Standarte und schüttelte sie heftig. »Woraufhin«, informiert uns der Chronist, »die gesamte Armee der Jungfrau zusammenströmte und augenblicklich losstürmte.«
Dergestalt motiviert, gelang es den Franzosen, den Tag als Erfolg für sich zu buchen. Triumphierend rief Johanna dem englischen Kommandeur zu, er solle sich dem Herrscher des Himmels ergeben. »Sie haben mich eine Hure geschimpft, doch ich habe großes Mitleid mit Ihrer Seele.«
Die Bezichtigung sexueller Unschicklichkeit – »die Dirne der Armagnacs« – traf und empörte die Jungfrau stets besonders, und sie tat recht daran, ihren guten Ruf zu verteidigen: Ihre Jungfräulichkeit und ihre Tugend waren von unschätzbarem Wert, denn sie verliehen ihr Macht – nicht so sehr über Frauen, aber über Männer. Sie wußte, daß jegliche sexuelle Betätigung ihren Körper sowohl moralisch verderben als auch beflecken und ihre Macht in Geschichten über Lüsternheit und entweihtes Fleisch versickern würde.
Damit wäre Johanna erledigt gewesen.
Fußnote: Der englische Kommandeur, der Johanna eine Dirne geschimpft hatte, ertrank im Fluß, als Tourelles schließlich erobert wurde.

Max beobachtete seine zweite Frau, wie er fünfundzwanzig Jahre zuvor seine erste beobachtet hatte. Er war sich fast sicher, daß sein Verdacht richtig war. Fast, aber nicht absolut. Sie wirkte glücklich, hatte abgenommen, war ein wenig zerstreut. Nichts Bedenkliches an sich, und es lag eine Gefahr darin, etwas, das

man nicht sicher wußte, für wahr zu halten, denn dann wurde es wahr.
Max fragte sich wiederholt, was für einen Sinn es hätte, Bescheid zu wissen. Natürlich wäre es ihm lieber, wünschte er sich verzweifelt, daß seine Frau ihm treu bliebe, doch da das angesichts ihres Altersunterschieds und seines Alterungsprozesses eine unrealistische Erwartung war, rührte er da nicht ohnehin gefährliche Gewässer auf? Wenn er sie ihr prinzipiell zugestand, war es doch nicht notwendig, daß er ihre Untreue in allen Einzelheiten ergründete, oder?
Nun ja – andererseits besteht bei Menschen, die unter Zahnschmerzen leiden oder frische Verletzungen haben, der unerklärliche Wunsch, die schmerzende Stelle zu berühren. Und außerdem ist Neugier eine elektrisierende Kraft.
Nachdem er den Fassadenanstrich von Hallet's Gate bewältigt hatte, nahm Max sich die Renovierung des Hausinneren vor: Eßzimmer, Salon, Küche, das eheliche Schlafzimmer. Er begann mit letzterem. Als Prue sich über die Störung der häuslichen Ruhe beschwerte, sagte Max, sie solle aufhören zu meckern, warf ein schützendes Laken über ihr Doppelbett und löschte es mit dieser Aktion gewissermaßen aus.
»Wie immer, nehme ich an – oder, Prue?« Er deutete auf das Weiß auf der Farbkarte.
Prue, die oft mit dem Gedanken an ein blasses Rosa oder Grau gespielt hatte, jedoch nicht wußte, was in Max vorging, wagte nicht, einen entsprechenden Vorschlag zu machen. »Ja, natürlich«, sagte sie.
Max präparierte die Wände. Ein leergeräumtes, hallendes Zimmer gewinnt Symbolcharakter. Aller Farbe beraubt, bekommt es etwas Klösterliches, und Max wurde an die Rekonstruktion einer Mönchszelle der Beaulieu-Abtei erinnert. Wie lange brauchte

eine kahle Wand, um den Verstand zu Gehorsam und Gleichmut abzustumpfen? fragte er sich. Der Unterschied lag darin, nahm er an, daß der Mönch die kahle Wand als positive Aussage sah. Er, Max, tat das nicht.
Grimmig entschlossen wusch er die Wände ab, wischte die Scheuerleisten erst feucht und dann trocken, verspachtelte die Bohrlöcher so sorgfältig, als handle es sich bei dieser Tätigkeit um eine Kunstform, schmirgelte, bis sein Arm schmerzte, und verbrachte das Wochenende mit Vorstreichen.
»Nächste Woche werde ich fertig«, erklärte er Prue bei einem trostlosen Rührei-Dinner am Sonntag abend, und dann legten sie sich im Gästezimmer in die Einzelbetten.
In seinen Träumen kehrte Max in seine Kindheit zurück – zu dem Unbehagen, das Kind von Eltern zu sein, die ihn immer wieder bestürzten, jedoch eine schmerzliche Liebe in ihm auslösten. Wie hätte er sie nicht lieben sollen? Sie waren alles, was er hatte.
Max, Lieber, nimm die Füße vom Sofa.
Max, mußt du die Briefmarken über den ganzen Tisch verteilen?
Max, tu das – Max, tu das nicht ...
Wenn du mit einer Frau umgehst, wies sein Vater ihn an, vergiß niemals, daß du das Sagen hast. Es ist wie beim Autofahren. Du schaltest, du bestimmst, wohin die Fahrt geht. Denk immer daran, sonst gewinnen sie die Oberhand. Es spielt keine Rolle, ob es ein Morris Oxford ist oder ein Rolls-Royce – die Funktionsweise ist die gleiche.
Max stellte später fest, daß die Richtlinien seines Vaters auf ausgiebigen Probefahrten mit einer beträchtlichen Anzahl von Frauen beruhten – eine wenig rühmliche Bilanz –, und dann war da natürlich noch der Vorfall mit der Waffe, der in Max sowohl Mitleid als auch eine Mischung aus Entsetzen und Belustigung

hervorrief. Später versuchte er, Verachtung für den großen Schürzenjäger mit dem zotigen Wortschatz zu entwickeln, bis er sich an die Angelausflüge erinnerte, an die Cricket-Spiele, die langen, geselligen Autofahrten und die Krüge Bier im Pub, den Eindruck, daß eine Art Liebe über ihn wachte, und seine Verachtung von einem tiefempfundenen Gefühl eines unbewältigten Verlustes verdrängt wurde.
Zu dem Helen beigetragen hatte …

Sergeant Miles war einer jener Bilderbuch-Soldaten gewesen: Bürstenhaarschnitt, »Lenkstangen«-Schnurrbart, ausgeprägte Vorliebe für Schikanen und Sendungsbewußtsein bezüglich des Schleifens der Hoffnung Englands in Gestalt der Wehrdienstpflichtigen.
Wehrdienst! Verdammte Schinderei!
Die erste Erziehungsmaßnahme des Sergeants bestand in einer Baracke, deren Mobiliar sich in zwei Reihen Pritschen erschöpfte und in der es nach Schweiß, ungewaschenen Dekken und aus Einsamkeit und Frustration vergossenen Spermien roch. Ansonsten gestattete Sergeant Miles nichts: keine Bilder, keine Bücher. Sein Arbeitsmaterial war der nackte, pickelige Rekrut.
»Also, ihr Penner – für eine Weile wird diese Baracke eure Heimat sein.«
Max zwang sich, an andere Dinge zu denken. Ans Fischen, klares Wasser, sich wiegende Matten von Unterwasserpflanzen. An ein Gemälde, das er in Mayfair gesehen hatte. An Sex – die nicht selbstbefriedigende Variante, eine verführerische Spielart, mit der Betty ihn bekannt gemacht hatte, das diensteifrige Hausmädchen seiner Mutter.
»Schreiben wir ein Gedicht, Corporal?«

»Ja, Sir. Ich meine, nein, Sir.«

Eine schwere Hand senkte sich auf Max' Schulter. »Es ist komisch, Corporal – Ihre Art mißfällt mir irgendwie. Sie haben so einen Blick drauf, der sagt mir, daß Sie sich einen Dreck darum scheren, was ich sage.«

Ganz offensichtlich waren Sergeant Miles' hellblaue Schweinsäuglein nicht darauf geeicht, feine Nuancen zu erkennen. Max gab nach. Er kannte diesen Typ, er wußte, was von ihm erwartet wurde, und wollte die Sache möglichst unauffällig hinter sich bringen, was angesichts seiner Größe nicht einfach war.

»Ich bewahre dein Geheimnis, Bürschchen, keine Sorge.«

»Welches Geheimnis, Sir?«

Sergeant Miles zerrte an einem Ende seines Schnurrbarts. »Daß du ein nutzloses Riesenbaby bist, das glaubt, es könnte sich ohne größere Strapazen durch den Wehrdienst lavieren – aber da bist du im Irrtum.«

Dieses Gespräch läutete ein Schikaneprogramm ein, das der Sergeant bei jeder möglichen Gelegenheit praktizierte. Während der nächsten achtzehn Monate lernte Max, daß man hart sein mußte, um Erniedrigung, körperliche Erschöpfung und – allem anderen voran – Langeweile zu ertragen, daß es jedoch echte Härte sein mußte, keine gespielte. Max wußte, daß die Rettung im Humor lag, doch es war schwer, Humor aufzubringen. Würfeln Sie eingezogene Jugendliche zusammen, unterstellen Sie sie den Miles dieser Welt, zwingen Sie ihnen die schlimmsten körperlichen Strapazen auf, die Ihnen einfallen – welches Resultat erzielte man damit damals in den Fünfzigern bezüglich der englischen Männlichkeit?

Zum Beispiel Max. Das aus schmerzenden Knochen bestehende, zitternde Etwas, das Max Valour mit zwanzig war. Irgendwie mußte sich Max aus einer geknechteten, von Angst und Todessehnsucht erfüllten Kreatur zu einem lebenstüchtigen Menschen wandeln.

Viele Male fragte er sich, wie es kam, daß das Leben (in der Theorie) so vieles zu bieten hatte – Musik, Schönheit, starke Gefühle –, seine Zuteilung aber in einem Furunkel am Hals, durchgeschwitzten Unterhosen, grauenvollem Essen, Haß auf alles, was mit dem Militär zusammenhing, und (nachts) schnarchenden Männern bestand.

Als er ein paar Monate vor seiner Entlassung ins Zivilleben mit Dickie Bennett den »Boffin«-Nachtclub betrat, fiel Max Helen sofort auf. Sie unterhielt sich mit einigen Männern in grauen Anzügen, und ihre Schönheit war Labsal für Max' ausgehungertes Herz. Als Club-Angestellte trug Helen ein Kammerkätzchen-Kostüm mit abgrundtiefem Ausschnitt und extrem hochhackige Pumps, was ihr etwas Verruchtes gab. Sie hatte sich auf ihren schwindelnd hohen Absätzen umgedreht und ihren Blick auf Max und Dickie gerichtet, und ihre üppigen Brüste, intelligenten Augen (die zu schmalen Lippen bemerkte er nicht) und die im Gegensatz zu ihrer Aufmachung stehende Unschuld ihrer Züge ließen Max wie angewurzelt stehenbleiben.

Er hätte aus seinem Verhalten auf dem Schießstand (unermüdliches, verbissenes Training, bis ein Riesenloch in der Mitte seiner Zielscheibe gähnte und seine Kameraden gelb vor Neid waren) schließen müssen, daß er über ungeahnte Fähigkeiten verfügte. Er war der Meinung gewesen, keinen Mut zu besitzen, keine Terrier-Eigenschaften, nicht genügend Selbstwertgefühl, um den Versuch zu wagen, einen anderen Menschen zu erobern.

Doch er tat es. Nach endlosen Telefonaten, ausgetüftelten Arrangements zum Verlassen des Militärgeländes, Blumensträußen und Briefen erklärte Helen sich bereit, mit ihm essen zu gehen. Zu diesem Zeitpunkt war Max über so profane Dinge wie

Nahrungsaufnahme hinaus, trank statt dessen aus den bodenlos tiefen Seen, als die ihm ihre Augen erschienen, und war glücklich darüber, daß das Leben endlich auch ihm etwas von seinen Schönheiten zukommen ließ.

Sein so mühsam erworbener Humor kam ihm gut zupaß, denn Helen war nicht unkompliziert und verbarg es nie, wenn sie sich langweilte. Max' Furunkel weigerte sich zu heilen, und seine Unschuld und seine Übereifrigkeit langweilten sie mächtig. Er wollte ihren Körper besitzen, die weißen Brüste, die etwas zu üppigen Schenkel und die winzigen Fettpolster auf ihren Hüften. Doch vor allem wollte er die verlotterte, selbstsüchtige, habgierige Seele erobern, die in dem Körper wohnte, der ihn so faszinierte.

»Hör auf, Max«, wehrten ihre schmalen, scharlachrot-glänzenden Lippen ihn ab, wenn er sich ihr näherte. »Ich möchte einen erwachsenen Mann.« Sie waren gleich alt, doch Helen fühlte sich älter als er.

Nun erwachte der Terrier in Max zum Leben, und er ließ Kiefer zuschnappen, die jeden Tag kräftiger wurden.

»Na schön«, gab sie schließlich, erschöpft von der Belagerung, nach, wobei sie ihn mit Augen fixierte, die ihm alle Seligkeit des Himmels und der Erde versprachen, »gehen wir ins Bett. Das bin ich dir schuldig. Aber nur einmal.«

»Das genügt«, sagte der unwissende Max, der bereits an seinen Hemdknöpfen nestelte.

Sie waren in seiner Wohnung, und Dickie war mit Bier bestochen worden, damit er fernblieb. Das Gas-Kaminfeuer flackerte und verströmte seinen charakteristischen Geruch. Außerhalb seines Heizbereichs war das Zimmer eiskalt, und Max' Bett stand in einer Ecke des Polargebietes.

In ihrem stahlblauen Kleid (eine Farbe, die auch Prue gut stand) schaute Helen zu, wie Max seinen Oberkörper von seinem Hemd befreite und dann unsicher innehielt, nicht wagte, Helen in die Arme zu nehmen und auszuziehen. Nach ein paar Sekunden kam wieder Bewegung in ihn, er streifte seine Hose ab, und dann stand er vor ihr, sehr weißhäutig, in Socken und Unterhosen.

»Mein Gott«, sagte Helen, durch die Tatsache im Vorteil, daß sie angezogen war, »worauf habe ich mich da bloß eingelassen?«

Das Schicksal mochte Max mit Übergröße und einem Furunkel geschlagen haben, doch damit hatte er Erfahrung. Mit seinen Vorstellungen davon, mit Helen zu schlafen, bewegte er sich jedoch auf unbekanntem Terrain. Trotz des Hausmädchens Betty malte er sich aus, daß es einfach passierte. In einem Moment war man noch angezogen, im nächsten nicht mehr. Außerdem hatte er angenommen, daß der Liebesakt eine romantische Angelegenheit sei.

Das war er nicht. Seine knochigen Knie, Helens unverhüllte Verachtung, die arktische Temperatur, seine Unfähigkeit, die Regie zu übernehmen, und sein verzweifeltes Verlangen ließen keinerlei Romantik aufkommen. Und so sah sich Max, anstatt wie ein triumphierender Fisch zielstrebig tropische Gewässer zu durchpflügen, mit seiner Unkenntnis konfrontiert.

Helen wies ihm den Weg. Er hatte gewußt, daß sie Erfahrung hatte, doch es schmerzte, es so brutal demonstriert zu bekommen. Hier entlang, sagte sie. Dort entlang. Und Max, der so gern die Führung übernommen hätte, folgte ihren Anweisungen.

Nie, nie wieder, sagte sie danach. Ich will einen reichen Mann, der mich heiratet. Nicht dich. Max führte ins Feld, daß er als Anwalt nicht schlecht verdienen würde. Zwölf Monate Anlaufzeit, dann eine Partnerschaft. Innerhalb von zehn bis vierzehn Jahren eine gleichberechtigte Partnerschaft. »Gib mir zehn Jahre«, bat er.

Helen schaute Max an, als habe er den Verstand verloren, und ihre dunklen Augen übergossen ihn mit Verachtung. »Ich sitze doch nicht in einem billigen Baumwollfummel in einem Elendsquartier und warte darauf, daß du reich wirst.«
Er hätte ihr gern den Hohn von den scharlachroten Lippen geschlagen, sie bei den Schultern gepackt und geschüttelt, bis ihre Zähne klapperten, doch gleich darauf wurde dieser Wunsch von dem abgelöst, seinen Mund in die Höhlungen zu pressen, die ihre Schlüsselbeine bildeten, und wie ein Ertrinkender an dem höhnisch-verzerrten Mund zu saugen. »Wo willst du ihn finden, Helen?«
»Es laufen genügend davon 'rum«, sagte sie.
Nach diesem Wortwechsel gestattete Max sich einen tiefen Blick ins Glas, und anschließend brachte er Helen heim. Sie wohnte in einem baufälligen Haus in einer Nebenstraße der Sloane Avenue – damals war Chelsea noch kein Modeviertel. An der Tür verabschiedete sie sich in endgültigem Ton und machte Anstalten, im Haus zu verschwinden. Ein Hauch von Jasminduft und Tabakgeruch stieg ihm in die Nase, und Wut loderte in ihm auf.
»Nein, verdammt – du läßt mich hier nicht so einfach stehen!« fluchte er, packte sie an der Hand, zerrte sie die Treppe hinauf zu ihrem Zimmer und schubste sie hinein. Dann zog er ihr mit einem Ruck den Regenmantel aus und riß ihr die Bluse vom Leib.
»Hör auf, Max!«
Helen wehrte sich, so gut sie konnte, doch, gestählt durch zwei Jahre Wehrdienst, war er stärker.
Max spürte, daß Helen genoß, was folgte. Als er sich brutal den Weg zu seinem Ziel bahnte und ihre Protestschreie ignorierte, sah er, wie die schmalen Lippen sich plötzlich verlangend öffneten, und fühlte er, wie der weiße Körper ihm auf einmal ent-

gegenkam. Max drückte ihre Arme auf die Matratze und drängte ein Knie zwischen ihre Beine.
»Du wirst tun, was ich sage!« stieß er mit zusammengebissenen Zähnen hervor.
»Du Mistkerl!« schleuderte sie ihm entgegen, doch die letzte Silbe kam seidig weich und voller Begehren über ihre Lippen. Endlich doch triumphierend, lächelte er auf sie hinunter. »Hab dich!« sagte er.

Einen Monat später stand Helen mit hochgezogenen Schultern und elend aussehend auf Max' Schwelle. Er hatte sie seit jenem Abend nicht mehr gesehen, doch Bilder ihrer wild zuckenden Körper beherrschten die Träume, nach denen er zitternd vor Verlangen und Frustration in seinem einsamen Bett lag.
»Ich muß mit dir reden, Max.«
Er zündete den Gas-Kamin an und machte eine Kanne Tee. Verdrießlich ließ sie sich eine Tasse einschenken und stellte sie auf die häßliche Armlehne des Sessels.
»Was ist los, Helen?« Max' Tasse klapperte auf der Untertasse.
»Hör auf damit!« herrschte sie ihn an. »Das macht einen ja wahnsinnig!«
»Also?«
»Ich stecke in der Scheiße.« Sie warf ihm einen berechnenden Blick zu. »Und ich will, daß du die Abtreibung bezahlst.« Max ging in die Küche, um die Kanne erneut zu füllen. Helens Eröffnung schoß in seinem Kopf herum wie ein losgelassenes Atom. Vorsichtig goß er kochendes Wasser in die Porzellankanne. Dann setzte er den Deckel wieder drauf und lauschte dem Pop-pop des Gasfeuers.
Schließlich kehrte er ins Zimmer zurück. »Nein«, erklärte er, »ich werde keine Abtreibung bezahlen. Du wirst mich heiraten.«

Mit zu einer angewiderten Grimasse verzerrtem Gesicht schaute sie zu ihm auf, doch Max störte sich nicht daran. Er hatte sie da, wo er sie haben wollte.
»Hab dich!« sagte er mehr zu sich selbst.
So kam es, daß Max Valour Helen Beech heiratete, im Rathaus von Chelsea, mit Dickie Bennett als Trauzeugen. Der Bräutigam trug seinen besten – und einzigen – Anzug und sah überglücklich aus. Die Haare der Braut waren zu einem Pferdeschwanz zusammengebunden, und der Bund ihres billigen Baumwollrocks ließ sich schon nicht mehr ganz schließen.
Sechs Monate später wurde Violet geboren.

Und aus jener halben Vergewaltigung hatten Ehebruch und Tod resultiert, und Max war gezwungen gewesen, sich gegenüber fleischlichen Dingen Gleichgültigkeit anzueignen.
Und so, meine Prue, sagte er in Gedanken zu ihr, während er Farbe verdünnte, mit dem Roller auf Wänden verteilte und Lösungsmittel einatmete, bin ich in schwerer Rüstung unterwegs und wage alles – wie deine Johanna. Ich muß umsichtig vorgehen. Zwang bringt nichts. Um den Feind zu schlagen, muß ich dir Spielraum geben. Das ist das Geschenk meiner … Liebe. Mehr kann ich nicht tun. Aber es ist genug. Genug.

18. KAPITEL

Violets Füße trugen sie eine imaginäre Treppe hinauf. Das heutige Training war das letzte vor dem Urlaub – der letzte Schub. Mit zusammengebissenen Zähnen schaltete sie den Stepper-Widerstand auf Stufe neun hoch. Schweiß strömte über ihr Gesicht. Eins, zwei. Links, rechts. Gloria Estefan gab den Rhythmus vor. Rauf, runter. Eine Minute vorbei. Zwei Minuten vorbei ... Sie stellte sich vor, wie ihre Muskeln sich anspannten, wie ihr Fett in Windeseile in Energie umgewandelt wurde, die Zerlegung in Kohlenmonoxyd erfolgte und wie die Säure von dem heranströmenden Blut weggesaugt wurde.

Mit einem Blick, der zur Gewohnheit geworden war, überprüfte Violet in der Spiegelwand ihr Erscheinungsbild. Da war sie: ein vorgebeugter Körper, dünne Beine, die sich wie Kolben auf und ab bewegten. Sie hätte gut in den Schaukasten eines Botanikers gepaßt – aufgespießt als leuchtendbuntes Insekt.

Sie hielt inne, um Atem zu schöpfen, und ohne Vorwarnung wurde ihr Kopf von anderen – verbotenen – Bildern überschwemmt, jedes davon so wollüstig-detailliert und vollkommen, wie das Werk eines Meister-Pornographen. Erst heute morgen hatte Violet, als sie an der Konditorei vorbeigefahren war, etwas Megaverbotenes gesehen, doch der Dreisekundenanblick hatte ihrem ausgehungerten Verstand schon genügt, um sich in die wildesten Lustphantasien zu stürzen. Überzogen mit glitzerndem Zuckerguß und gekrönt mit Schlagsahne, federleicht, luftig und von makelloser Schönheit hatte sich ihren gierigen Augen provozierend ein Gâteau St. Honoré präsentiert, der alle bisher dagewesenen Gâteaux St. Honoré in den Schatten stellte.

Wie rücksichtslos der Verstand doch war! Violet rief andere Bilder auf den Plan, um ihn zu läutern und von den lüsternen Teufeln zu befreien. Den Papst. Gérard Depardieu. Das »Hello«-Magazin. Sie spürte, wie ihr Verstand gegen ihren Willen ankämpfte, so wie sie gegen das Trimmgerät ankämpfte – und ihr Wille verlor. Violet war hilflos wie der gefesselte Gulliver in Lilliput, wenn sie mit der mächtigen Chimäre konfrontiert wurde, deren Körper sich in ihrem Fall aus Gänseleberpastete, Steak mit Chips und einem dick mit Schoko-Haselnußcreme bestrichenen Weißbrot zusammensetzte. Verzweifelt suchte sie Hilfe bei ihrem ultimativen Schreckgespenst.

Cellulitis.

Dicke, braune Fettringe, die sich wie Kartoffelschalen um ihre Hüften drapierten – ein schockierender Gegensatz zu Violets platonischem Ideal –, erschienen gestochen scharf auf Violets geistigem Bildschirm, doch selbst die Vorstellung von Cellulitis vermochte ihre Phantasien nicht in die Knie zu zwingen.

Knie … Paul Gascoignes Knie. Jamies Knie – ziemlich knochig. Edwards Knie – rosig und rund wie Schaumzuckermäuse.

Nein! Nicht Schaumzuckermäuse!

Violet rieb sich mit einem Ende des Ton-in-Ton-gehaltenen Handtuchs, das um ihren Hals hing, das Gesicht ab, richtete ihre Füße optimal auf den Plattformen aus und ging erneut mit Druck auf ihre gequälten Oberschenkel los.

Danach ruhte sie sich im Umkleideraum aus und wartete darauf, daß ihr Herz zu seinem normalen Rhythmus zurückfände. Es war Mittagszeit, und um sie her wimmelte es von Frauen, deren schwammige Hinterteile, Schenkel und Oberarme schweißnaß glänzten.

Die allgegenwärtigen Spiegel bezeugten, brachen und verzerrten die ihnen ausgesetzten Körper und verkündeten lautstark größtenteils unwillkommene Wahrheiten. Violet studierte ihr Spiegelbild: hohler Bauch, hohle Wangen, ein schweißgetränktes Lycra-Ensemble.

Gâteau St. Honoré.

Nein, laß das! Sie drehte sich zur Seite, um ihren flachen Bauch und die schlanken Schenkel im Profil zu sehen.

Spieglein, Spieglein an der Wand …

Wer ist die Schönste …

Ganz gewiß nicht Prue – und außerdem würde Prue bald alt sein.

Als Helen, noch immer schön, nach dem Autounfall im Krankenhaus wochenlang dahinstarb, hatte Violet ihr Taschengeld gespart und davon einen Doughnut für Helen gekauft. Es war ein einfacher, nur mit Puderzucker bestäubt und mit Pseudo-Sahne gefüllt, und sie hatte ihn ihrer Mutter, die durch Kissen gestützt und durch Schläuche ernährt in ihrem Bett lag, in einer braunen Papiertüte mitgebracht.

Helen streckte die jetzt knochigen Finger aus, schaute in die Tüte, würgte und drehte den Kopf weg.

Heute verstand Violet ihr Verhalten, doch damals hatte sie es als Zurückweisung ihres liebevollen Geschenks empfunden – aber man kann in einer brauen Papiertüte präsentierte Liebe nun einmal nicht entsprechend würdigen, wenn man qualvoll stirbt.

Violet war sich nicht sicher gewesen, wie sie auf Helens Tod reagieren sollte. Sollte sie weinen? Sollte sie schrecklich, schrecklich tapfer sein und damit den Betrachtern Gelegenheit geben, auszurufen, was für ein außergewöhnliches Kind sie doch sei? Andererseits reizte es sie, während der Beerdigung herzzerreißend zu schluchzen und sich in einem gesmokten Schwarz und Start-Rite-Sandalen neben dem Sarg auf den Boden zu werfen.

Sie wurde der Entscheidung dadurch enthoben, daß ihre Großmutter kategorisch erklärte, Kinder hätten auf Beerdigungen

nichts zu suchen, und man sie zu Hause ließ. Warum Beerdigungen nur Erwachsenen vorbehalten waren, wurde nicht erläutert. Violet brach den Bann, indem sie zum Friedhof schlich, wo sie zusah, wie Helens Sarg in die Erde hinuntergelassen wurde – mit einem ihr unbewußten Ausdruck brennenden Interesses. Es ist nicht zu leugnen, daß die Beerdigung der eigenen Mutter zu erleben etwas Einmaliges ist.
Später schlich sie sich noch einmal hin und stand allein und weinend im strömenden Regen am Grab ihrer Mutter. Stand nur da, allein, bis sie völlig durchweicht war.
Violet schälte sich aus ihrem Lycra-Anzug und ging zur Dusche, wo sie das Wasser laufen ließ, bis es eiskalt aus dem Duschkopf prasselte. Sie biß die Zähne zusammen und stellte sich darunter.
Ich will nicht an Essen denken, beschwor sie sich mit tauben Lippen. Ich will nicht an Essen denken.
Als sie aus der Kabine trat, hatte sie das Gefühl, daß ihr Kopf ebenso gereinigt war wie ihr Körper und sie ihn im Moment unter Kontrolle hatte.

»Hallo, Dad.«
»Hallo, Liebling.« Max war überrascht, daß sie ihn im Büro anrief. »Ist alles in Ordnung?«
»Bestens. Wie geht's Jane und Prue?«
Max zögerte ein paar Sekunden. »Gut.«
Violet hob die Augenbrauen. »Ist Prue immer noch so mit der heiligen Johanna beschäftigt?«
»Um die Wahrheit zu sagen«, antwortete Max, »ich wünschte, ich hätte nie etwas von der verdammten Frau gehört. Aber warum rufst du mich an?«
»Liebster Daddy. Du weißt, du hast gesagt, wenn ich jemals einen Wunsch hätte …«

Max' Lachen schnitt ihr das Wort ab. »Worum geht's?«
»Ich habe kein Geld mehr, und ich brauche ein paar Sachen für den Italien-Urlaub. Ich habe nichts anzuziehen.«
»Warum bittest du nicht deinen Mann?«
»Ich will Jamie nicht darum bitten – es geht ihn nichts an. Bitte, Dad! Ich liebe dich sehr.«
»Du bist ein Ungeheuer.« Max griff bereits nach seinem Scheckbuch. »Wieviel willst du?«
»Zweihundert. Nein, drei«, berichtigte sie sich hastig.
Max klemmte den Hörer zwischen Ohr und Schulter und stellte einen Scheck über tausend Pfund aus. »Ich gebe dir das Geld mit der Auflage, daß du die Hälfte davon auf das für Edward eingerichtete Sparkonto einzahlst.«
»Wieviel, Dad?«
Er sagte es ihr und hörte erfreut, wie sie nach Luft schnappte. »Ich dachte gerade an deine Mutter, als das Telefon klingelte.« Max rückte den Hörer zurecht und unterschrieb den Scheck.
»Das ist komisch – ich habe auch an sie gedacht.« Wenn Violet ehrlich war, dann verhielt es sich mit der Erinnerung an ihre Mutter wie mit ausgefallen gemusterten Strumpfhosen in der Wäscheschublade: Sie waren da und heischten Aufmerksamkeit, wurden jedoch nur von Zeit zu Zeit hervorgeholt.
Max' folgende Sätze verblüfften Violet. »Deine Mutter und ich haben auch schöne Zeiten miteinander erlebt, aber unglücklicherweise haben wir einander im Stich gelassen. Jede Ehe bietet Annehmlichkeiten, doch bei meiner habe ich das Gewicht auf die falschen Dinge gelegt. Ich hoffe, du hast das besser gemacht.«
»Oh, ja«, antwortete Violet völlig verwirrt.
»Und wir haben alle überlebt.«
»Oh, ja.« Violet erinnerte sich an ihre Traumlandschaften und

an die Panik, mit der sie wie gehetzt durch die beängstigende Kulisse rannte.
»Und du, meine geliebte Tochter, bist mir wichtiger als alles andere.« Max' Stimme wurde leise, weich und liebevoll. Manchmal fürchtete er um Violets exquisite Schönheit und ihr exquisites Leben. »Und Jane, natürlich«, fügte er hinzu. Seine Zärtlichkeit rührte Violet in einer Weise, wie sie es nur selten zuließ. »Danke, Dad«, sagte sie mit erstickter Stimme. »Das ist schön zu wissen.«

Wegen Jamies beruflicher Verpflichtungen konnten die Becketts ihren Urlaub nicht vor Mitte Juli antreten. »Typisch«, giftete Violet. »Wir sind bestimmt die einzige Familie mit einem noch nicht schulpflichtigen Kind, die so blöd ist, Hochsaisonpreise zu bezahlen.«
Ihr Ziel war eine Villa in der Toskana, und um keinen Tag zu verlieren, hatten sie vor, die Strecke in einem Rutsch und via Autobahn zu absolvieren.
Prue erklärte Jamie, sie seien verrückt. »Wie wollt ihr das denn mit dem Kleinen schaffen?«
Jamie hatte nicht oft Gelegenheit, Prue von ihrer praktischen Seite zu erleben. Das ist bei Liebenden nicht üblich, was einen Teil des Reizes für beide ausmacht. Liebende brauchen sich nicht mit launischen Teenagern zu befassen oder mit undichten Dächern und der wöchentlichen Einkaufstour. Diese Dinge sind den Ehepartnern vorbehalten.
»Edward wird hinten im Wagen schlafen«, sagte Jamie unbekümmert.
»Das wird er nicht.« Prue piekste Jamie scherzend in den flachen Bauch. »Kennst du dich noch immer nicht mit Babys aus? Sie schlafen nie, wenn sie sollen.«
»Doch, er wird.«

Prue biß sich auf die Unterlippe. »Ich wünschte, ich wünschte …«, und plötzlich schaltete die Stimmung wieder auf die um, die ihre Leidenschaft in so befriedigender Weise nährte und mit der sie inzwischen vertraut waren. Sehnsucht, Verlangen, das keine Gefahr lief, gemindert zu werden, gewürzt mit dem Reiz des Verbotenen und Traurigkeit – das unweigerliche Beiwerk jeden Ehebruchs.

Ich wünschte, ich würde mit dir fahren, hatte sie sagen wollen.

Jamie verstand es, ohne daß sie es aussprach. »Ich weiß, Prue. Ich auch.«

»Gib mir einen Abschiedskuß.«

Er spürte Prues Körper unter einem Schauer erbeben und drückte sie fest an sich. Die Torpfosten schwankten, und zum ersten Mal gestand Jamie sich ein, daß die Situation seiner Kontrolle entglitt.

»Ich kann es nicht ertragen, Prue«, sagte er unter dem Eindruck der bevorstehenden Trennung. »Ich kann so nicht weitermachen. Wenn ich zurückkomme, müssen wir reden.«

»Küß mich und sei nicht albern.«

Mehrmals während der Alptraum-Reise erinnerte Jamie sich an Prues Warnung, die er Violet gegenüber natürlich nicht erwähnen durfte, da er ihre Abneigung gegen ihre Stiefmutter nicht noch unnötig verstärken wollte – vor allem nicht zu einer Zeit, da Edward sich redliche Mühe gab, Dantes Inferno wiedererstehen zu lassen.

Auf der Fähre wurde es Edward übel. Violet verbrachte die meiste Zeit im Aufenthaltsraum für Passagiere, wo sie ihren Sohn auf dem Schoß und eine Packung Papiertücher bereithielt, inmitten von Rotariern aus Yorkshire und Schulkindern, die nur Unsinn machten. Edwards Brechanfälle verwandelten Violets sorgfältig zusammengestelltes neues Outfit – Designer-

Shorts und eine schottenkarierte Jacke – in fleckige, säuerlich riechende Lappen.

Bei Dünkirchen wurde der Fahrer des Wagens hinter ihnen in der Schlange von einem Angestellten abgelenkt, der in französischer Sprache eine Anweisung brüllte, und sein Fahrzeug prallte gegen die hintere Stoßstange ihres Firmen-BMWs. Der Schaden war nicht nennenswert, doch von da an wurde die Stimmung immer schlechter.

»Ich hatte ganz vergessen, wie schnell die Franzosen fahren«, sagte Jamie auf der Autobahn.

»Vorsichtig!« Violet sprach mit zusammengebissenen Zähnen.

Jamie trat das Gaspedal durch. »Ich will nur mal den Tacho testen.«

Violet lehnte sich zurück. Frankreich flog vorbei. Es wurde heißer, der Asphalt glänzte, und hinten in seinem Sitz quengelte Edward ohne Pause. Der Wagen war nicht kleinkindgerecht, und die Hitze verstärkte den Geruch des Erbrochenen, den Violet mit zollfreiem »Chanel No 5« hatte neutralisieren wollen. Beiden lief der Schweiß am Körper herunter, und Violets Schenkel klebten unangenehm am Sitz.

Sie kam zu dem Schluß, sowohl ihren Mann als auch ihren Sohn zu hassen.

»Kannst du ihn nicht zum Schweigen bringen?« fragte Jamie schließlich in einem Ton, als sei es ihre Schuld, daß Edward weinte.

Ein paar kleine Peugeots schossen an ihnen vorbei, und ohne nachzudenken stieg Jamie aufs Gas. Violet, die sich umgedreht hatte, um nach dem Kleinen zu sehen, verlor fast den Halt.

»Bist du irre?« kreischte sie, und ihre erregte Stimme veranlaßte Edward, loszubrüllen.

»Halt an, Jamie! Sofort!«

»Wie soll ich?« Jamie verlor die Beherrschung. »Wir befinden uns auf einer gottverdammten Autobahn – ich kann nicht anhalten!«
»Dann fahr bei der nächsten Ausfahrt runter!« Sie zwängte sich zwischen den Sitzen nach hinten durch und setzte sich neben Edward. »Sei still, du kleines Biest«, sagte sie und tupfte sein verschwitztes, verschwollenes Gesichtchen ab. »Du machst es uns nicht gerade leicht.«
Warum habe ich Emmy nicht bestochen? dachte sie wütend. Warum habe ich ihr Urlaub gegeben? Edward fing den Blick seiner Mutter ein. Hilf mir, bat er stumm. Es ist deine Schuld, daß ich mich so unbehaglich fühle. Hin- und hergerissen zwischen Schuldgefühlen und Zorn darüber, daß Edward sich nicht anständig aufführte, befreite Violet ihn von den Sicherheitsgurten, hob ihn aus seinem gepolsterten Nest und hielt ihn an ihre Schulter gedrückt, bis Jamie stoppte, nachdem er weisungsgemäß von der Autobahn abgebogen war.
Die Villa wurde der vielversprechenden Reklamebroschüre nicht gerecht. Der Garten bot keine elegante Rasenfläche mit hier und dort majestätisch aufragenden Zypressen, wie angekündigt, sondern eine gelbbraun-trockene, mit vereinzelten Büschen bestandene Wiese, die auf die Straße hinausging und keinerlei Intimsphäre gewährleistete. Die Zimmer waren ungepflegt, und die Küche war mehr als primitiv ausgestattet. Nebenan schienen mindestens fünf Familien zu wohnen, von denen keiner jemals schlief oder das Radio ausschaltete.
»Was habe ich dir gesagt!« fauchte Violet ihren Mann an. »Wenn wir uns in dieser Gegend keine anständige Villa leisten können, hätten wir nach Umbrien fahren sollen!«
Jamie sehnte sich danach, sich hinzusetzen und ein Glas Wein zu trinken. Er wünschte, Violet würde ihre Lage mit Humor

nehmen. Unvermittelt drehte er sich zu ihr um. »Hältst du irgendwann mal den Mund?«
Violet verstummte.
Der Kleine litt hörbar unter der Hitze. »Warum«, maulte Violet mit zusammengepreßten Lippen, »sind wir nur mit einem so kränklichen Kind gestraft?« Nachts schwitzte Edward zuerst, dann fror er. Schweiß und Urin verursachten ein Wundsein, das, da Violet es nicht gleich entsprechend behandelte, schnell zu eitern begann. Dann hörte er auf zu essen, bekam eine Magenverstimmung, und der Zustand seines Hinterteils verschlechterte sich dramatisch, während die Augen in dem geschrumpften Gesichtchen riesengroß wirkten.
»Ich glaube, wir brauchen einen Arzt. Wieder mal.« Violet drückte den jammernden Edward an ihre Brust. Es war ihr vierter anstrengender Urlaubstag, und sie zitterte vor Erschöpfung und Frustration. »Ich bin mal gespannt, wie wir auf Italienisch zurechtkommen werden.«
Jamie legte den Band mit Larkin-Gedichten beiseite (den Prue ihm für die Ferien gekauft hatte) und nahm seiner Frau seinen Sohn ab. Trotz ihres leuchtendroten Lippenstifts war sie nur ein Schatten ihrer selbst, und ihm wurde bewußt, daß die Anstrengung und Verwirrung nach Edwards Geburt sie jeglichen Glanzes beraubt hatte. Was seitdem geschehen war, erfüllte ihn mit jähen Schuldgefühlen, unter denen sein Magen sich schmerzhaft zusammenkrampfte.
Erfahren mit Feriengästen, die ängstlich ihre kranken Kinder umklammerten, warf der Arzt einen Blick auf Edward und verschrieb ein Antibiotikum, ein Mittel zur Regulierung des kleinkindlichen Wasserhaushalts und das Äquivalent für Calpol. Seine Anweisungen waren trotz seiner begrenzten Englischkenntnisse bewundernswert klar. Er sagte, sie sollten sich keine

Sorgen machen, unterwies sie in der Behandlung des Kleinen und deutete an, daß es nicht ideal sei, mit einem so kleinen Kind in der heißesten Zeit des Jahres Urlaub im Süden zu machen.

»Ich hab's kapiert, mein Sohn«, sagte Jamie zu Edward, der in seinem Buggy schlief, während ein gut Teil der mitgebrachten Travellerschecks über den Ladentisch der Apotheke wanderte.

Violets Abneigung gegen ihre Mutterschaft wurde durch diese Episode nicht gemindert, und sie addierte sie zu den anderen Dingen, die sie aufregten. Die Rolle der Frau. Die Rolle der Männer – speziell Ehemänner. Unbefriedigend ausgestattete Ferienhäuser. Kindermädchen, die Urlaub verlangten. Warum, fragte sie sich, als sie die besten Tomaten fürs Mittagessen auswählte, hindern kleine Kinder einen daran, etwas ganz Normales zu tun wie zum Beispiel schlafen? Kleinkinder vereinnahmten einen vollkommen und saugten einem – ständig quengelnd und übel riechend – die letzten Tropfen des Blutes aus, das nach dem Geburtsvorgang noch übriggeblieben war.

Hack, hack machte Violets Messer.

Nicht einmal der Kopf gehörte einem mehr. Wohin man auch ging ... Violet hackte weiter ... die Kinder waren allgegenwärtig. Man konnte nicht arbeiten, ohne an sie zu denken, mittagessen, ohne sich Gedanken zu machen, ob das Kind auch etwas bekäme, mit Kollegen etwas trinken, ohne ein schlechtes Gewissen zu haben. Unkonzentriertheit führte zu Chaos und Untüchtigkeit, und beides haßte Violet mit einer Leidenschaft, die Jamie überrascht hätte, wenn sie in dieser Intensität auch ihm widerfahren wäre.

Aber ihre Freundinnen kamen zurecht. Sie klemmten sich ihre kleinen Rotznasen unter den Arm und nahmen sie in Schnellimbisse und Restaurants mit, fuhren in Urlaub, und alles schien wie am Schnürchen zu laufen. Was noch seltsamer war – diese Frauen erweckten den Eindruck, als genössen sie es.

»Geht's besser?« Jamie tippte Violet auf die Schulter und reichte ihr ein Glas Wein.

»Mmm.« Sie trank einen Schluck und zuckte die Achseln. »Ich frage mich immer wieder, weshalb Kinder so viele Probleme mit sich bringen.«

Früher hätte Jamie Violet in einem solchen Moment in die Arme geschlossen und ihr, welche Last auch immer, von den Schultern genommen. Jetzt sagte er nach kurzem Überlegen: »Wir müssen alle erwachsen werden, denke ich.« Er betonte das »denke ich«, und Violet blieb ungetröstet.

Andererseits waren da der Duft von Thymian und heißen Steinen, die sanften, auf Renaissance-Gemälden festgehaltenen, toskanischen Hügel, gesprenkelt mit dunkelgrünen Zypressen, die wie Ausrufezeichen in die Höhe ragten, und graugrünen Ölbauminseln ... Tagsüber war die Luft stickig und voller Gerüche, und die Sonne – köstlich in der morgendlichen Kühle – eine Metallkugel, die gnadenlose Hitzestrahlen aussandte. Manchmal lag am frühen Morgen ein chiffonzarter Nebelschleier über dem Tal. Manchmal breitete sich wie eine durchscheinende Stoffbahn eine Wolkenandeutung über die sinkende Sonne. Immer hingen der reizvolle Duft von Kräutern, Harz und heißen Steinen in der reglosen Luft und der Zauber des Fremdartigen.

Jetzt, da es ihm besserging, schlief Edward nach dem Mittagessen etwa eine Stunde und ermöglichte es Jamie und Violet, sich in ihr Schlafzimmer unter dem Ziegeldach zurückzuziehen, wo sie bei geschlossenen Fensterläden, durch deren Lamellen heißes Licht helle Striche auf den Boden und auf die unter ihren schwitzenden Körpern feucht werdenden Laken malte, ebenfalls ruhten. Die Nachmittagsluft war kaum atembar vor Hitze – meist auch vor Anspannung und, falls beide ehrlich gewesen wären, vor Enttäuschung.

Violets Haut hatte einen hellen Goldton angenommen, Jamies einen dunkleren. Beide begannen wohl und erholt auszusehen. Nichtsdestoweniger drückte Violets Miene trotz ihrer befriedigend schmalen Hüften in steigendem Maße Besorgnis aus.

Am Montag der zweiten Urlaubswoche drehte Violet sich während der Siesta zu Jamie um und schlang die Arme um ihn. Er stieß sie zwar nicht zurück, blieb jedoch regungslos auf dem Rücken liegen. Sie kuschelte sich an seine Brust, legte den Kopf auf seine Schulter, lauschte seinen Atemzügen – und dachte gleichzeitig, daß sie in dieser Position ziemlich albern aussehen mußte.

»Jamie? Hast du Lust?« Ihre Hand nahm einen vertrauten Weg.

Endlich rührte er sich und reagierte. »Natürlich.«

»Natürlich« war Welten von der Reaktion entfernt, die Violet gewohnt war und als selbstverständlich vorausgesetzt hatte. Immer war Jamie der Initiator gewesen – und immer mit erfreulicher Hartnäckigkeit. Bis vor kurzem. Violet dachte zurück, und ein Anflug von Nüchternheit ließ sie erkennen, daß »vor kurzem« zu einem dehnbaren Begriff geworden war. Seit »kurzem« war Jamie nicht »in Form« – ein Umstand, den Violet nur sehr schwer akzeptieren konnte, da sie davon ausging, begehrenswert zu sein. Sollte sich das ohne ihr Wissen geändert haben?

»Findest du, daß ich abgenommen habe?« fragte sie und präsentierte ihrem Mann ihren sonnengebräunten, wohlgeformten Körper in der ihrer Meinung nach vorteilhaftesten Position.

»Ja«, bestätigte Jamie, jedoch ohne echtes Interesse.

Er schlief mit seiner Frau, hielt die Augen dabei aber fest geschlossen – als ob ihr Anblick ihn abstieße, dachte sie gekränkt. Die Episode war kein Erfolg. Es war zu heiß, und sie hatten zum Mittagessen beide zu viel getrunken. Was noch schlimmer war –

Violet hatte den Eindruck, daß Jamie nur um des lieben Friedens willen mit ihr geschlafen hatte. Sie lag auf der Seite und starrte die Lampe mit dem hölzernen Fuß und dem Baumwollschirm an. Irgendwann war der Stoff mit der Glühbirne in Berührung gekommen und an dieser Stelle versengt worden. Etwa dreißig Zentimeter von ihr entfernt lag Jamie regungslos und mit dem Arm über den Augen auf dem Rücken. Es wurde ihr bewußt, daß eine Veränderung in ihrer Beziehung eingetreten war und daß es viel einfacher war, eine Karriere im Griff zu behalten als eine Ehe.

Nach einer Weile wanderten Violets Gedanken zu den Details der Versteigerung, die sie für den Tag ihrer Rückkehr angesetzt hatte. Es ging dabei um ein völlig neuartiges Diätbuch, und eine ganze Anzahl amerikanischer Verleger hatte sich um die Rechte beworben. Violet begann im Geiste Zahlen zu addieren. Zuerst wahrscheinliche und dann, als sie schläfrig wurde, Phantasiekombinationen, die die Länge von Telefonnummern annahmen. Bevor sie einschlief, beschloß sie, im Ort nach einem Faxgerät zu forschen, um den Hauptbieter noch ein wenig anzuheizen …

»Prue?«

»Jamie! Wo bist du?«

»In einem Café in Siena. Ich habe nur kurz Zeit und kaum Kleingeld. Ich wollte bloß schnell hören, wie es dir geht.«

In Prues Kehle bildete sich ein schmerzhafter Kloß, und sie blinzelte die aufsteigenden Tränen zurück. »Ich vermisse dich schrecklich.«

»Es ist teuflisch heiß hier. Der Kleine war krank.«

Und was ist mit Violet? hätte Prue gern gefragt, doch ihr Stolz ließ es nicht zu. »Ich hoffe, es geht ihm wieder gut.«

»Ja. Gott sei Dank. Wie geht es dir?«
»Großartig. Absolut großartig.« Prue wischte sich mit dem Handrücken über die Wangen.
»Hör zu – ich muß Schluß machen. Violet kann jede Sekunde zurückkommen. Sie versucht, ein Fax an ihre Firma zu schicken.«
»Danke, daß du angerufen hast.«
»Prue? Ich liebe dich.«
Drüben in England sank Prue auf einen Stuhl und weinte und weinte, bis ihre Augen sich wie gekochte Kartoffeln anfühlten.

*

Jamie stellte fest, daß die Abende am schlimmsten waren. Dann tauchte das Licht die Landschaft in Zartrosa und Gold, ein gerundetes, weiches, feminines Licht. Es zeichnete die dunklen Zypressen nach und streichelte die braunen und goldenen Hügel, die die ersten Bankkaufleute auf der Suche nach neuen Pfründen überquert hatten. (Es war ihm nicht entgangen, daß die heutigen Vertreter dieser Zunft sehr präsent waren: Die größte Villa im Ort war im Besitz einer Handelsbank und verfügte über eindrucksvolle Sicherheitsvorkehrungen, einen Reitstall, einen Pool, eine hauseigene Masseuse und sogar eine geweihte Kapelle.)
»Es ist so schön hier«, sagte er zu Violet, »daß der Anblick beinahe schmerzt.«
Violet warf einen Blick auf den Gedichtband, der neben ihm lag.
»Geht's dir gut?« fragte sie und legte prüfend die Hand auf seine Stirn.
Er vermißte Prue, und das Licht und die Landschaft weckten Gefühle in ihm, von denen er hoffte, daß es sich dabei nicht um Sentimentalität handelte. Es schien ihm nicht so, denn er

vermißte sie mit einer qualvollen Intensität, die er noch nie empfunden hatte.

Um ihn zu provozieren und zu testen, bot Italien ihm eine Ansammlung hinreißender Anblicke und Gebäude, die Jamies erwachte Phantasie beflügelten. Ein wie eine Brust schwellender Hügel, die Schwüle, die Düfte, die verführerische Atmosphäre der heißen Nächte, der gute Wein … ja, all das peinigte Jamie.

Wirklich?

In den samtigen, dahindösenden Nächten verglich er die Gefühle, die früher einmal Lara gehört hatten, dann Violet und jetzt, nach einer erschreckend kurzen Zeit, Prue, und fragte sich, zu was für einem Menschen ihn dieser sprunghafte Wechsel von Loyalität und Leidenschaft machte. Sicherlich zu keinem leichtfertigen – der war er nicht, und das wußte er. Jamie versuchte stets, immer alles gut zu machen und es zu durchdenken. Daß er unvorhergesehen vom Weg abgekommen war, zwang ihn zu der Schlußfolgerung, daß Liebe und Begehren durchaus nichts Absolutes, sondern extrem wandelbar waren.

Das machte sie jedoch nicht weniger intensiv.

Er hoffte, nicht überheblich zu sein, doch Jamie war stolz darauf, seinem Leben und seinem Beruf innerhalb der gültigen Grenzen nachzugehen. Er hatte Lara niemals betrogen, und im Büro versuchte er Entscheidungen immer im Kontext zu fällen: Was bedeutete eine Investition oder ihr Fehlen für die ortsansässigen Menschen, die Landschaft, zukünftige Generationen?

Nichtsdestoweniger hatte Jamie keinerlei Kontext bedacht, als er sich in Prue verliebte und sich für nachmittags in einem Londoner Hotel mit ihr verabredete. Er hatte nicht an den Aspekt Heim, Weib und Kind gedacht, als er seine Finger durch ihre Haare gleiten ließ und seine Hände ihren Körper nach

seinen Wünschen modellierten. Oder als er die Flamme der Leidenschaft in jenen grauen, schönen, schläfrigen Augen entfachte.
Und welche Aspekte ergäben sich, wenn er Frau und Sohn verließe und einem anderen Mann die seine wegnähme?
Die Frau seines Schwiegervaters heiratete – die Stiefmutter seiner eigenen Frau?

Zwei Tage vor ihrer geplanten Heimreise aßen sie auf dem Balkon zu Abend – Tomatensalat, in Olivenöl gebratene, mit Salbei gewürzte Schweinekoteletts –, als Violet übergangslos fragte: »*Willst* du ein zweites Kind?« Ihr Verhalten deutete darauf hin, daß sie darüber nachgedacht hatte.
Das Fleischstück, das Jamie auf seiner Gabel balanciert hatte, fiel auf den Teller zurück. Er mußte verblüfft dreingeschaut haben, denn sie beugte sich vor und sagte: »So eine abwegige Frage ist das nun auch wieder nicht.«
»Was hat dich zu der Entscheidung veranlaßt, es in Betracht zu ziehen?«
Violet lehnte sich auf ihrem Stuhl zurück und hob die Hände über den Kopf, um zu bewundern, wie dunkelbraun ihre Arme im Kerzenlicht wirkten. »Vielleicht war es albern von mir, mich dagegen zu sperren. Und vielleicht ist es besser, es ein für allemal hinter sich zu bringen.«
»Was ist mit deinem Job?«
»Das ist etwas problematisch, da ich eigentlich zwei Jahre in der Firma angestellt sein müßte, um Mutterschaftsurlaub zu bekommen – aber ich denke, ich kann das hinbiegen.«
Jamie hatte das Gefühl, ein Angelhaken bohre sich in den empfindlichsten Teil seines Körpers, und versuchte verzweifelt, sich zu befreien. »Aber ich glaube, du hattest recht, als du es ablehntest.

Es wäre höchst unklug, jetzt schwanger zu werden, wo du dich gerade eingearbeitet hast.«

Violet überlegte kurz und verblüffte ihn dann erneut. »Ich bin bereit, es zu riskieren.«

Sie schickte ihm einen ihrer weniger aggressiven Blicke über die flackernden Kerzen zu. »Was ist los, Jamie? Du warst doch immer ganz wild darauf.«

»Ich denke an die Arbeit, an die Erschöpfung, an die Kosten, die schlechte Wirtschaftslage. Was denkst du denn?«

»Ich denke ...« Violet stand auf und trat ans Balkongeländer. Unter dem Haus erstreckte sich das dunkle Tal und darüber der italienische Nachthimmel, mit Sternen besetzt und einem pausbäckigen, sattgelb leuchtenden Mond. Als sie wieder zu sprechen begann, klang sie unglücklich. »Ich wünschte, wir wären wieder in New York – da kam mir alles einfacher vor. Ich bin mir nicht sicher, daß London das Richtige für uns ist. Wenn die Rezession dich nur nicht gezwungen hätte, zurückzugehen.«

»Wir kommen schon klar.«

Sie fuhr herum. »Sei nicht so herablassend!« Die Hitze und die Dunkelheit steigerten ihre Frustration noch.

Jamie schob die Weinflasche in ihre Richtung. »Beruhige dich. Setz dich wieder und trink noch was.«

Er hörte, wie sie gereizt mit der Zunge schnalzte. Nach einer Weile zog er eine Schachtel Zigaretten aus der Hemdtasche und zündete sich eine an.

Jetzt ihrerseits verblüfft, hielt Violet, die dabeigewesen war, sich Wein einzuschenken, abrupt inne. »Großer Gott, Jamie! Du rauchst! Was ist denn in dich gefahren?«

Es wurde keine Entscheidung getroffen, nichts Weiteres diskutiert. Am vorletzten Urlaubstag rafften sie sich auf, die paar Galerien zu besuchen, die sie noch nicht besichtigt hatten. Hier behandelten die Gemälde in Farbenpracht und Sanftheit das Thema Mutterschaft: Sienas »Maesta«, Botticellis »Madonna mit Kind zwischen zwei Engeln« und Martinis »Madonna unter dem Baldachin mit aufrechtstehendem Kind«.

Jamie hatte vergessen, daß starke Gefühle wie Sandpapier Reaktionen freischmirgeln, die durch Zeit und Gewohnheit stumpf geworden sind, und die innigen Madonnen mit Kind drohten ihm die Fassung zu rauben. Violet äußerte sich nicht weiter – abgesehen von einem wütenden Schrei, als Edward zum x-ten Mal seinen Teddy fallen ließ.

Beim Einpacken und auf der Rückfahrt gen Norden fanden sie zu einer besseren Form der Zusammenarbeit. Sie hatten auf dem Weg nach Italien einiges gelernt, und Violet übernahm die Betreuung von Edward, den sie dazu bringen konnte, zu den gewünschten Zeiten zu schlafen. Sich an unverfängliche Themen haltend, unterhielten sie und Jamie sich während der langen Fahrt freundschaftlich. In den Bergen legten sie eine Pause ein und machten in harmonischer Stimmung ein ausgiebiges Picknick.

Als Violet sich auf der Suche nach einem zweckdienlichen Gebüsch entfernte, wickelte Jamie einen Löffelbiskuit aus und gab ihn Edward.

»*Che cosa fare?*« fragte er seinen Sohn.

19. KAPITEL

Prue wartete. In ihrem traditionellen englischen Dorf – eingebunden in überlieferte Bräuche, das Totenglöckchen der Maxime *Noblesse oblige* läutend (ein Prozeß, der allerdings einige Zeit beanspruchte), durchsetzt von Arbeitslosigkeit und Wochenendhäuschen, je nach Jahreszeit mit Festen, kirchlichen Feiertagen und der Frage beschäftigt, ob warme Unterwäsche unter den Barbours oder der geblümten Baumwolle angebracht war – wartete sie in Hallet's Gate auf die Rückkehr ihres Geliebten.

Zwei Wochen. Weniger als ein Menstruationszyklus, weniger als ein Mondzyklus, weniger als die Blütezeit der Fantin-Latour-Rose. Nüchtern-zeitlich gemessen war es eine kurze Periode, in Sehnsuchtseinheiten gemessen jedoch eine Ewigkeit.

Molly Greer erwischte sie, als sie gerade rückwärts aus der Einfahrt fahren wollte, und bedeutete Prue mit erhobener Hand, anzuhalten. Prue trat das Bremspedal durch, und der Kies knirschte. Molly veranlaßte Prue gestikulierend, das Fenster herunterzukurbeln. Amüsiert über Mollys Wichtigtuerei gehorchte sie.

»Prue! Sie haben sich nicht in die Blumenschmuck-Liste eingetragen.« Molly steckte den Kopf zum Fenster herein.

Prue ließ ihre Hände in den Schoß fallen und lächelte. »Mir war nicht danach – und außerdem bin ich im Moment ziemlich beschäftigt.«

»Wie kann man zu beschäftigt sein, wenn es um die Kirche geht?« fragte Molly in scharfem Ton.

»Ich bin meinen Pflichten lange Zeit nachgekommen – ich finde, ein Jahr Pause wäre durchaus gerechtfertigt.«

Mollys Züge verhärteten sich, doch sie konnte sich nicht ganz dazu überwinden, in Worte zu fassen, was sie dachte. Das war allerdings auch gar nicht nötig: Prue wußte ohnehin, was Molly dachte.

»Ich verstehe«, sagte letztere eisig. »Ich hoffe, Ihr Buch wird Sie uns nicht gänzlich entfremden.«

Prue war zu glücklich und ging zu sehr in ihrem Glück auf, um sich gekränkt zu fühlen. »Nein, das glaube ich nicht – aber ich brauche eine kleine Pause«, sagte sie und ließ den Motor wieder an.

»Sie können uns nicht einfach im Stich lassen, Prue.«

Prue schüttelte den Kopf. »Bis bald, Molly.«

Sie fuhr los. Im Rückspiegel sah sie, daß Molly ihr nachstarrte.

Mein liebster Jamie, ich bin auf dem Rückzug, erzählte sie ihm auf dem Weg nach Winchester. Du ahnst nicht, welche Mühe ich mir gegeben habe, mich in die Rituale des Dorflebens einzufügen. Ich weiß, es war kein so kühnes und spektakuläres Unterfangen wie das von Johanna, die, nachdem sie die Plünderung von Domrémy miterlebt hatte, auszog, um Frankreich zu retten, aber das turnusmäßige Schmücken der Kirche und Ausrichten von Sommerfesten hat auch seinen Stellenwert. Meinst du nicht?

Hier bin ich, Jamie, und nach zwanzig Jahren pflichteifrigen Funktionierens ist plötzlich die Watteschicht abgefallen, in die mein Herz gewickelt war. Ich nehme an, das ist nichts Ungewöhnliches, aber mir erscheint es wie ein Wunder.

Wie, fragte Prue sich wieder und wieder, sollte sie mit ihrem bloßliegenden Herzen umgehen?

»Liebling«, sagte Max, nachdem sie ihn vom Bahnhof abgeholt hatte, auf dem Weg nach Dainton, »ich weiß, es ist schon ein bißchen spät – aber was hältst du von einer Ferienreise?

Falls ich Urlaub bekommen kann – wie wär's mit zehn Tagen Schottland?«
»Nein!« protestierte Prue ungewollt heftig. »Nicht in diesem Jahr.«
»Was ist aus der Ich-sitze-das-ganze-Jahr-in-Dainton-fest-Klage geworden?«
»Ich bin mit meinem Buch über Johanna gerade an einem ungeheuer wichtigen Punkt angelangt«, erklärte sie, womit sie in Wahrheit meinte, daß sie es nicht ertragen könnte, genau zum Zeitpunkt von Jamies Rückkehr zu verreisen.
Max zog die unrettbar zerknitterte Zeitung aus seinem Aktenkoffer, und Prue runzelte verärgert die Stirn. »Schade«, sagte er.
Prue konzentrierte sich auf den Verkehr und fuhr so schnell sie konnte nach Dainton zurück.
Was war mit ihrer Ehe, die ihnen beiden so lange Zufriedenheit und Halt gegeben hatte? Max mußte die umwälzenden Veränderungen doch spüren, die in Prue vorgingen. Doch abgesehen von seinem hartnäckigen Beharren darauf, das Haus zu renovieren, schien Max wie immer zu sein.
Wenn man davon absah, daß er eine Spur reizbarer war und seinen lebenslangen Gewohnheiten ausgiebiger frönte, am Komposthaufen herumzupusseln, seine Angelfliegen zu sortieren und seine Waffen zu reinigen.
»Wie kann er es *nicht* wissen, Bella?« fragte Prue die Katze, die in der Küche auf dem Boiler saß. »Ich wüßte es.«
Bellas grünäugiger Blick besagte, daß Prue sich etwas vormachte.
»Ja, vielleicht hast du recht.« Sie streichelte Bellas Pfötchen. Es war die Unfähigkeit, ins tiefste Innere des Partners zu schauen, die eine Ehe bestehenließ. Wenn man zuviel über den anderen wußte, hatte die Ehe weniger Überlebenschancen, wenn Veränderungen eintraten.

Prue schöpfte Trost aus ihren Schlußfolgerungen, gewöhnte sich jedoch an, Max heimlich zu beobachten – vom Küchenfenster aus und unter gesenkten Lidern – und in ihren Gesprächen auf verborgene Botschaften zu lauschen. Gleichzeitig stellte sie Vergleiche an und haßte sich dafür: zwischen diesen Augen und jenen, zwischen diesem Mund und jenem. Selbstverständlich schnitt Jamies Gesicht aufgrund seiner jugendlicheren Festigkeit und Lebhaftigkeit – und zusätzlich begünstigt durch den Reiz der Abwesenheit – besser ab, woraufhin Prue hätte weinen können ob ihrer Ungerechtigkeit.

»Wie kommen wir mit dem Aufbau von Janes Freundeskreis voran?« erkundigte Max sich, als sie an diesem Abend zu Bett gingen.

Prue saß am Toilettentisch und schminkte sich ab. »Lydia kommt dieses Wochenende her.«

»Wir müssen uns noch mehr dafür engagieren.«

»Soll das heißen, daß ich zu wenig tue?« fragte Prue scharf.

»Das habe ich nicht gesagt.«

Prue griff nach der Kleenex-Schachtel. »Ich bin im Augenblick sehr beschäftigt.«

Max riß eine Schublade auf und suchte nach einem frischen Schlafanzug. »Wie beschäftigt wir auch sein mögen – es gibt einige Dinge, die keiner von uns vernachlässigen sollte«, sagte er.

»Ja.«

Prue wischte ihr Gesicht mit einem Papiertuch ab, während ihr Herz Purzelbäume schlug. Er weiß es. Er *weiß* es. Sie faltete das Papiertuch ordentlich zusammen und warf es weg. »Ja, Max – da gebe ich dir recht.«

Als sie im Bett lagen, griff Max nach Prue. Sie fügte sich, schöpfte in dem peinigenden Bewußtsein, daß die weibliche Psyche so unlauter und wirr ist, daß der Angstschauder, den ihre

Vermutungen auslösten, der Bestrafung die entscheidende Würze verlieh, einen perversen Genuß aus ihrer Fügsamkeit. Und Max, der seine Frau verdächtigte und den Verdacht hatte, daß Prue wußte, daß er wußte, erfüllte seine ehelichen Pflichten seinen Wünschen entsprechend, schweigend und ein wenig angestrengt, und Prue zahlte eine Rate ihrer Schuld ab.
So erwuchs daraus, daß sie beide einander etwas vormachten, eine seltsame gegenseitige Abhängigkeit.
Max drehte ihr den Rücken zu. »Entschuldige – ich bin müde.«
Prue richtete sich in den Kissen auf und schaute auf ihren Mann hinunter. Er erschien ihr plötzlich zart und zerbrechlich, und der Schatten ihres Verrats schwebte über dem Bett, das sie seit so langer Zeit teilten. Sie sah die winzige Narbe an Max' Nackenansatz, das Muttermal auf seiner Schulter und die nach unten verlaufende Falte, die sich tief in seine Wange gegraben hatte. Kummer und das Mitleid, das sie so fürchtete, regten sich in ihr.
»Ich auch«, sagte sie.
»Du warst schon immer taktvoll.« Max schwang die Beine über die Bettkante und ging ins Bad. Sie hörte das Knacken der Toilettenschranktür, das Geräusch, mit dem Tabletten aus einer Flasche geschüttelt wurden und dann Zahnputzgeräusche.
Prue schlug die Decke zurück, raffte ihr langes Nachthemd zusammen und gesellte sich zu Max. Er musterte sich gerade im Spiegel, und ihre Blicke trafen sich. Aufseufzend schmiegte Prue sich an seinen Rücken und schlang in dem Bestreben, ihm seine Müdigkeit und seinen Kummer abzunehmen, die Arme um ihn. Ihre Spiegelbilder verschmolzen miteinander. »Meine liebste Prue«, sagte er, und sie war so in Gedanken versunken, daß sie seinen bitter-spöttischen Unterton nicht bemerkte.
Vielleicht, dachte sie später, als sie wieder im Bett lag und den Rand ihres Einschlagtuches unter ihren Fingernägeln aufrollte,

war es ihre Liebe zu Max, aus der ihre Liebe zu Jamie entsprang. Vielleicht war Liebe wie eine Amöbe, vermehrte sich durch Teilung, ohne dem Mutterwesen zu schaden.

Geliebte Prue,
(Jamies Brief war ein paar Wochen nach der Rückkehr der Becketts in der Buchhandlung angekommen) ich sitze hier in einem Café, aber ich könnte genausogut im Bus 88 sitzen, denn um mich herum höre ich nur Englisch. Wir sind alle noch in einem Stück, gerade mal so. Der Kleine war krank, Violet ist mit ihren Gedanken bei der Arbeit – das kannst Du ihr sicherlich nachempfinden.

Ich denke gar nicht daran, ihr etwas nachzuempfinden, dachte Prue, nicht gänzlich frei von Boshaftigkeit.

Es ist schön hier, und ich wünschte, ich könnte es mit Dir genießen. Ich liebe die Olivenbäume, aber ich werde Dir nicht schriftlich beschreiben, was ich sehe – ich werde es mündlich tun. Erschütternd ist, daß meine Italienisch-Kenntnisse irgendwo verlorengegangen sind …

Prue bemerkte eine gewisse Ungeduld an sich, was die Erläuterung von Nebensächlichkeiten in seinen Zeilen betraf.

Ich vermisse Dich, Prue – mehr als ich sagen kann. Jeden Abend vor dem Einschlafen sehe ich Dich vor mir und male mir aus, Dein Gesicht zu küssen. Heute morgen ertappte ich mich in der Kathedrale von Siena (die aussieht wie ein schwarzweißer Eisbecher) dabei, daß ich eine Kerze anzündete und Deinen Namen flüsterte. Das ist sonst eigentlich nicht meine Art, aber ich wurde an Winchester erinnert. Gott sei Dank war Violet gerade mit Edward beschäftigt. Sie gibt sich wirklich Mühe mit ihm und ist, das muß ich ihr zugestehen, sehr geduldig – jedenfalls gemessen an …

Prue blickte von dem Brief auf. Das Gefühl, daß sich glühende Nadeln in ihr Herz bohrten, war nicht alltäglich für sie, und es entsetzte sie, wie körperlich spürbar Eifersucht sein kann. Violet die Betrogene war schon schlimm genug, aber Violet die Gute und Geduldige war unerträglich. Violet, die Prue wiederholt erklärt hatte, daß sie sie hasse, daß sie nur eine Bequemlichkeitslösung sei und langweilig, langweilig, langweilig …

Ich möchte Dir etwas mitteilen, Prue, etwas, das ich leichter schreiben oder zeigen kann als aussprechen: Was ich für Dich empfinde, Prue, beeinflußt alles. Es bereitet mir eine ungeheure Freude, Dir das zu gestehen, doch gleichzeitig auch ungeheuren Kummer über unsere familiären Bindungen und darüber, daß die Situation ist wie sie ist.
PS. Ich habe diese Karte mit dem Bild der Botticelli-Madonna für Dich gekauft, weil sie mich an Dich erinnerte.

Sie ist wie sie ist.
Die Postkarte war eines dieser kleinen Rechtecke aus dickem Papier, die mit Reproduktionen religiöser Motive bedruckt und in katholischen Kirchen und Andenkenläden verkauft wurden. Auf die Rückseite hatte er – ohne Unterschrift – geschrieben: »Ich wünschte, ich könnte Dir Italien zeigen. Ich liebe Dich.« Im Licht der blasseren englischen Sonne gewannen die Farben, in denen die Figuren und die Landschaft dahinter gestaltet waren, eine geheimnisvolle Leuchtkraft: Rosa mit einem Hauch von

Grün, eine Spur Gold – satte Töne, die Fröhlichkeit und inneren Frieden ausstrahlten.

Prue vernichtete mit blutendem Herzen den Brief, beschloß jedoch, das Risiko einzugehen, die Postkarte aufzuheben. Es gab in Hallet's Gate einige von männlicher Hand unberührte Plätze – den Plastikbehälter, in dem Prue die Reinigungsutensilien fürs Bad aufbewahrte, den Staubsauger und den Wäscheschrank – aber absolute Sicherheit bot nur die Schublade mit Stopfwäsche. Prue versteckte die Karte zwischen einem zerrissenen Sommerrock, dessen Wiederauferstehung ziemlich unwahrscheinlich war, und Janes grünem Polohemd mit dem Loch im Ellbogen.

Sie ist wie sie ist.

Prue stellte das Wasser so heiß ein, wie sie es ertragen konnte, ließ sich ein Bad einlaufen und blieb darin, bis ihre Haut die Farbe von Lachsmousse annahm, wusch ihre Haare mit zwei verschiedenen Shampoos und trug anschließend eine Kurpackung auf, die so teuer gewesen war, daß sie nicht einmal Kate den Kauf zu gestehen wagen würde. Nach der Haarprozedur folgte das Eincremen von Gesicht und Körper und das Einstäuben mit Parfum.

In dieser Weise bereiteten sich Frauen – sowohl Ehefrauen als auch Dirnen – seit Menschengedenken für Männer vor, doch wenn Johanna, die immer wieder wegen dieses leidigen Themas belästigt wurde, betreffs ihrer Männerkleidung zur Rede gestellt worden war, erklärte sie, daß Kleidung völlig unwesentlich sei.

Duftend und aufgestylt wählte Prue die Nummer von Kate, bei der Jane übernachten würde.

»Kate? Ich wollte nur hören, ob es Jane gutgeht.«

»Großartig. Sie und Judy verkleiden sich gerade und streiten darüber, wer Maria Stuart und wer der Scharfrichter sein darf.«

»Was benutzen sie als Axt?«
»Interessante Frage, Schätzchen – ich werde mich erkundigen.« Prue ging im Geiste die allesamt bedrohlichen Möglichkeiten durch.
»Das erinnert mich an etwas, Prue – laß uns das Datum für das Weihnachtskonzert festlegen.« Kate verriet Anzeichen dafür, sich auf eine ihrer ausgedehnten Unterhaltungen einzustellen, doch Prue blockte ab.
»Kate«, sagte sie »ich habe dieses Jahr keine Lust dazu. Ich finde, es sollte auch mal jemand anderer drankommen. Ich will ...«, sie warf eine Hand in die Luft, »ich will Zeit für mich haben.«
»Aber Prue! Du machst das doch immer!«
»Genau!«
Kates Stimme war ein wenig kühler geworden. »Es sieht dir gar nicht ähnlich, einen Rückzieher zu machen – vor ein paar Monaten warst du noch ganz scharf darauf.«
»Tut mir leid. Ich denke, es ist an der Zeit für frisches Blut.« Das Schweigen am anderen Ende der Leitung deutete darauf hin, daß Kate auf die Erklärung wartete, die beide Frauen nach einer solchen Eröffnung üblicherweise voneinander bekamen. Es kam keine.
»In Ordnung, Prue ... du *mußt* nichts sagen. Molly hat mich ja schon vorgewarnt ...«
»In welcher Hinsicht?« Prue knirschte mit den Zähnen.
»Es war nicht dramatisch – sie meinte nur, du seist sehr abweisend gewesen, was sonst nicht deine Art sei. Offenbar hast du deine turnusmäßige Mitwirkung bei der Kirchendekoration aufgekündigt.« Kates plötzlich höhere Stimmlage verriet, daß sie Unzufriedenheit witterte und nach rund zwanzig Jahren Anspruch darauf zu haben glaubte, ins Vertrauen gezogen zu werden. »Hattest du Streit mit Molly?«

Die Angst, daß die schlaue, neugierige Molly sich den Sachverhalt zusammengereimt hatte, machte Prue unvorsichtig. »Manchmal wünschte ich, Molly würde in den Fluß springen.«
»Prue!« Kate war ehrlich schockiert – aber gleichzeitig auch ganz fasziniert davon, Prue zum ersten Mal unbeherrscht zu erleben.
»Ich denke, wir beenden dieses Gespräch besser«, sagte Prue und legte den Hörer auf. Sie blieb sitzen, starrte auf den sandfarbenen Kunststoffapparat hinunter und kam zu dem Schluß, daß er das häßlichste Exemplar war, das sie je gesehen hatte. Dann barg sie das Gesicht in den Händen und malte sich ihre Rache an Molly aus. Nach etwa einer Minute wählte sie erneut Kates Nummer.
»Kate? Entschuldige, daß ich die Beherrschung verloren habe – und es ist sehr lieb von dir, dich um Jane zu kümmern. Ich werde mich revanchieren. Versprochen.«
»Schon okay.« Gelegentlich konnte Kate so nachtragend sein wie eine griechische Rachegöttin, doch als echter Bankerfrau widerstrebte es ihr, einen Gewinn in Form eines freiwilligen Entgegenkommens zurückzuweisen. »Da ich deine Freundin bin, werde ich dir nicht sagen, was ich von dir halte.«
Auch gut, dachte Prue, als sie angespannt und aufgeregt im Zug nach London saß. Ich bin wie ein Tier, das zu seinem Unterschlupf zurückkehrt. Eine Wölfin. Ein Schakal, eingefangen von der Kameralinse, als er am Horizont entlangschnürt. Schlau. Wildlebend. Läufig.
Der Zug fuhr in den Bahnhof von Basingstoke ein. Basingstoke hatte die höchste Scheidungsrate von Südengland. Oder war es die Selbstmordrate? Auf gepflegten, schachtelartigen Grundstücken stehend, erschienen die Landhäuser – die »Home Closes«, »Hill Rises« und »Manor Gates« – in Prues Blickfeld zu adrett und neu, um in ihren Mauern Scheidung und Tod

vermuten zu lassen – doch hinter den Stores und den eingetopften Begonien auf den Fensterbrettern ereigneten sich unerfreuliche Dinge, Menschen benahmen sich schlecht.
Sie dachte über gutes Benehmen nach und war zu der Schlußfolgerung gezwungen, daß es *ihr* keine Anstrengung abverlangt hatte, ergebene Ehefrau, liebende Mutter und eine Säule des Dorflebens zu sein – eine bestürzende Erkenntnis, nachdem sie sich zwanzig Jahre lang das Gegenteil eingebildet hatte.
Den »Independent« aufschlagend, versuchte sie, sich auf einen Artikel zu konzentrieren, in dem es um die Frage ging, ob das Kindergeld gestrichen werden sollte oder nicht. Wir sollten nicht egoistisch sein, schrieb der Journalist. Sollten wir nicht? Egoismus ist ein Wurzelschößling, der ohne Vorwarnung aus dem Hauptstamm sprießt und das ganze Gewächs zu zerstören droht. In Rosen-Handbüchern wird empfohlen, Schößlinge am Wurzelansatz abzuknipsen – nicht zu schneiden! Als der Zug sich wieder in Bewegung setzte, hob Prue den Kopf. Die Wahrheit war, sie wollte egoistisch sein! Sie *wollte* nicht länger brav sein, sondern loslassen, ihren Körper verlassen und ohne hinderliche Hülle, pulsierend, mit durch ihre Adern tosendem Blut, sonnengewärmt und windschlüpfrig durch dünne, an ihren Ohren vorbeirauschende Luft dahinschießen.
Fleet, Farnborough, Woking, Surbiton … eine Litanei südenglischer Orte huschte, in leuchtendgelbes Licht getaucht, an ihr vorbei – Orte, wie sie in Schwarzweißfilmen mit Kenneth More und Richard Todd verewigt waren, wo in den Pantiles endlos Tee getrunken wurde und jedermann sich beim Cricket streng an die Regeln hielt.
Prue legte die Zeitung weg und nahm das Hochglanz-Magazin zur Hand, das sie am Bahnhof gekauft hatte und das über das Selbstvertrauen der weiblichen Angehörigen afrikanischer Stäm-

me, die neuesten Faceliftings und drastische Diäten berichtete. Zwischen den Artikeln befand sich auch eine Reportage über untreue Ehefrauen, die jedoch an der Oberfläche blieb. Die Frauen berichteten von ihrer Sehnsucht nach Erfüllung. Jaja, dachte Prue. Sie wußte, daß eine Affäre – ein Geheimnis – die Macht besaß, die Herrschaft über ein bis dato ganz normales Leben an sich zu reißen und dieser neuen Variante eine größere Bedeutung zu verleihen, eben weil sie ein Geheimnis war.

Ja.

Sie wußte auch darum, daß die Angst vor einer Entdeckung wie ein Aphrodisiakum wirkte – und um die panische Frage, wie man sich in diesem Fall verhalten sollte: Fliehen? Angreifen? Sich verteidigen? Auch das Bedürfnis, sich einen Bereich zu schaffen, der nichts mit der eigenen Familie zu tun hatte, war ihr bekannt – ein Bereich, in dem man weder als Ehefrau noch als Mutter betrachtet wurde.

Ja.

Keine der interviewten Frauen sprach jedoch von dem verzehrenden, gierigen, leidenschaftlichen, pulsierenden Verlangen nach dem Körper des anderen, von Wollust und Zärtlichkeit, von Dunkelheit und Begierde, von der Innigkeit, mit der es einen erfüllte, sich an den Gedanken und der Seele des anderen zu weiden.

Und die Frauen sprachen auch nicht von dem Verlust der Unschuld, den Prue als einschneidender empfunden hatte als den Verlust ihrer Jungfräulichkeit oder den Vorgang des Gebärens. Sie wußte jetzt – ganz sicher –, daß wir alle unsere Dunkelzonen haben, und die, die das wissen, sind wirklich Ausgestoßene aus dem Garten Eden.

Und so eilte die sanfte, bis vor kurzem noch unbescholtene Prue auf dem Waterloo-Bahnhof den Bahnsteig hinunter, und Jamie, der an der Schranke wartete, beobachtete, wie sie nach ihm Ausschau hielt, und gewährte sich noch ein paar Sekunden der Vorfreude, ehe er die Hand hob und winkte. Sie standen voreinander und starrten sich mit hungrigen, sehnsüchtigen Augen an – und dann stieg plötzlich Angst in Prue auf. Der Sommerurlaub war lang gewesen – vielleicht hatte sich Jamies Einstellung zu ihr verändert …

Seine Augen lagen tief in seinem sonnengebräunten Gesicht. »Ich kann dich nicht anfassen, denn wenn ich es täte …«

Erleichtert machte sie einen Schritt auf ihn zu. »Du bist braun geworden.«

»Gebraten, um genau zu sein.«

Einen Augenblick lang war er wieder in der Toskana, empfand wieder die gleiche starke Sehnsucht, und er konnte sich kaum von dem intensiven Gefühl losreißen.

»Wie lange hast du Zeit?« fragte Prue.

»Rund eine Stunde.«

»Nicht genug fürs Hotel.«

»Nein.«

Sie gingen über die Hungerford Bridge in Richtung Embankment Gardens. Ein heißer Wind zerrte an ihren Kleidern, und unten floß, gegen die Pfeiler der Brücke klatschend, die Themse, stumpf-grünes, giftig aussehendes Wasser, auf dem alles mögliche Treibgut schwamm.

In der Anlage war es weniger windig, und die trockene Erde auf den Wegen mit Weggeworfenem gesprenkelt. Um diese Vormittagszeit waren kaum Leute hier, nur ein paar Stadtstreicher, die auf einer Bank saßen und sich den Inhalt einer Apfelmostflasche teilten. Jamie und Prue setzten sich auf die danebenstehende, und erst jetzt umfaßte seine braune Hand die ihre. »Du bist sehr schweigsam.«

Sie rückte näher an ihn heran und roch warmen Körper und vertrautes After-shave. »Mir ist im Augenblick nicht nach reden.«
Er lächelte. »Ich wünschte ...«
Ich wünschte. Sie wünschte. Sie wünschte was? Daß er sie wie eine Dirne in Boswells London packen würde, in den Schatten der Brücke zerren, sie an die Mauer drücken und sie nehmen, so heftig und schnell, daß ihr in der heißen, stickigen Stadtluft fast die Sinne schwänden und ihr quälendes Verlangen endlich gestillt würde.
Sie lauschte seinem Bericht über Ausflüge, Menüs, Edward, Gemälde, die primitive Küche ... und war dankbar, daß er Violet aussparte.
»Und was gibt es bei *dir* Neues?« fragte er schließlich.
Prue erzählte von der Hausrenovierung, von Jane, ihrem enttäuschenden Zeugnis, vom Garten. In ihren Ohren klang das alles entsetzlich langweilig, doch Jamie, der ihre Lippenbewegungen beobachtete und die zarte, cremefarbene Haut ihrer Wangen und ihres Halses betrachtete, spürte seine Gefühle für sie wachsen.
»Das war's«, endete Prue ein wenig verlegen.
Unvermittelt schlang Jamie den Arm um sie und hob ihr Gesicht dem seinen entgegen. »Es reicht auch«, sagte er und küßte sie.
Sein Mund brachte den mühsam errichteten Damm zum Einsturz. Mit der Gier einer fast Verdursteten trank sie von seinen Lippen, schob ihren Mann, ihr Heim und ihr Kind in eine dunkle Ecke, wo sie das alles nicht sehen konnte, und murmelte immer wieder seinen Namen. Jamie streichelte ihre Schulter, ließ seine Hand liebkosend über ihren weichen Oberarm gleiten und zwickte sie zärtlich.
»Fett!« sagte sie.
»Fang bloß nicht mit solchem Unsinn an.« Jamie küßte die zarte

Stelle hinter Prues Ohr, die ihn besonders faszinierte. »Ich liebe dich, Prue – und du hast mir gefehlt.«
Prue streckte sich und schloß die Augen. Die Sonne schien auf ihr Gesicht, und leuchtendes Orange und Rot überschwemmte die Innenseite ihrer Lider. Sie hatte sich noch nie so unbeschwert gefühlt – so lebendig. Einer der Stadtstreicher schaute zu ihnen herüber und lachte.
»So ist's recht«, sagte er mit überraschend kultivierter Stimme. »Macht nur weiter.«
Jamie ließ Prue los und stand auf. »Ich ruf dich bald an.«
Er hat mich satt, durchzuckte es Prue, und ihr Glücksgefühl erlosch. Plötzlich ihrer Verletzlichkeit müde und einer Situation, die sie so viel Kraft kostete, stand sie ebenfalls auf. Jamie nahm ihre Hand, schob seinen Daumen in ihre Faust, und sie gingen die Steinstufen zur Buckingham Street hinauf. Und dann hörte Prue sich aufbegehrend sagen: »Ich glaube nicht, daß mir das genügt, Jamie! Ich kann es nicht mehr ertragen.« Sie meinte den ständigen Wechsel von himmelhoch jauchzend, zu Tode betrübt, der sie folterte, doch Jamie mißverstand sie.
»Ich glaube, ich kann es auch nicht.« Jamies Daumen drückte schmerzhaft in ihre Handfläche. »Laß uns ins Hotel gehen.«
»Das habe ich nicht gemeint.«
»Laß uns ins Hotel gehen«, wiederholte er. »Ich werde mich unter irgendeinem Vorwand im Büro abmelden. Wartest du? Dann können wir besprechen, was wir tun werden.«
Es war erstaunlich, wie Leidenschaft Kummer, Unsicherheit und Verpflichtungen wegfegte. Prue wurde von Jane zurückerwartet, sie müßte das Abendessen vorbereiten. Kate hätte vielleicht keine Zeit, ihre Abwesenheit würde Befremden auslösen.

»Ja«, antwortete sie in Vorfreude erbebend, von Wogen des Glücks überrollt, weil er sie doch liebte. »Ich warte.«
Sie machte sich nichts daraus, daß Jane traurig klang, als sie anrief, daß Kate hörbar verärgert war, daß Max in ein leeres Haus heimkäme, scherte sich nicht um die von Fürsorglichkeit bestimmten Erwägungen, die ihr Leben so viele Jahre lang reglementiert hatten. Sie war der Ansicht, daß sie ihrer Pflicht lange genug Genüge getan hatte.
Sie wollte durch dünne Luft dahinschießen, sie an ihren Ohren vorbeirauschen hören.

Nein. Als sie und Jamie sich im Hotel die Kleider vom Leib rissen, erkannte Prue, daß ihre Betrachtungsweise sich geändert hatte – wie damals, als sie von Schwarzweiß- auf Farbfernsehen umgestiegen war, wonach sie ersteres sofort vergessen hatte.
»Sag mir, daß du mich liebst.« Jamie war dabei, sich die Socken auszuziehen.
Mit dem Kopf in ihrem T-Shirt sagte Prue es ihm und zog es mit einem Ruck aus. Plötzlich wurde ihr bewußt, daß Jamie von Violets straffer Schönheit zu ihrer bejahrteren Schlaffheit gekommen war, und sie verschränkte die Arme über der Brust. Jamie zog sie an sich, und sie erlebte die Köstlichkeit des Wiederentdeckens und das Glühen seiner Haut an der ihren.
»Ich bin völlig überrascht über mich«, sagte er. »Und ich denke, dir geht es ebenso. Das war nicht vorgesehen.«
Sie hob die Hand und berührte sein Gesicht. »Sag nichts. Nicht jetzt.« Sie streckte in einer theatralischen Geste die Arme gen Himmel, ein Sonnengott, der die Erde segnete, Moloch, der seine Opfer einforderte. »Ich bin hier, Jamie.«
Er ließ seine Hände über ihre Brüste gleiten, an ihren Armen

herab und umschloß mit Daumen und Mittelfinger ihre Handgelenke. Dann zog er sie zum Bett.

Ich kann nicht darauf verzichten, dachte sie später. Ich kann es nicht.

Der dreiteilige Spiegel des billigen Toilettentisches fing dreifach das Bild auf dem Bett ein und später die Einzelbilder, als sie sich anzogen und voneinander verabschiedeten.

20. KAPITEL

Jane setzte die Maus mit ihrem Mittelfinger in Bewegung, einmal, zweimal, dreimal, und die Symbole auf dem Computer-Schirm kamen und gingen auf ihr Kommando.

Klick. Sie beschwor eine Linie herauf, die sich über den Bildschirm erstreckte und durch ein weiteres Eingreifen der Maus zu einem Kreis wandelte. Diesen umwickelte sie mit einem Band (aus der Symbol-Schatzkiste) und »färbte« ihn hell- und das Band dunkler grün. Darunter schrieb sie mittels der Maus in grüner Schrift HAPPY BIRTHDAY DADDY und rückte den Text in die Mitte unter den Kreis.

Mit ernster Miene begutachtete sie ihr Werk, überprüfte es auf Unvollkommenheiten und druckte es aus. Das Resultat war genau ihren Wünschen gemäß ausgefallen. Sie faltete das Papier zu einer Doppelkarte zusammen und steckte es in einen Umschlag. Nun war das Geschenk für den nächsten Morgen bereit. Zufrieden schaltete sie den Computer aus und räumte den Schreibtisch auf.

Der Kippspiegel ihres Toilettentisches hatte sich nach vorne geneigt und zeigte Jane ihre Fußknöchel und ein Stück Teppich. Sie stand auf, um ihn geradezurichten, und Gesicht und Rumpf wurden sichtbar.

Typisch menschlich wurde sie von ihrem Anblick gefesselt und starrte etwa eine Minute lang in den Spiegel. Ein Kindergesicht schaute ihr entgegen, dem sie eilends die Züge verlieh, die sie sehen wollte. Unter dem hellhäutigen Gesicht mit den dicken, dunklen Augenbrauen befand sich ein Körper an der Schwelle zum Wandel, den sie mit der gleichen Aufmerksamkeit

musterte und sich dann in dem Wie-werde-ich-aussehen-wenn-ich-erwachsen-bin-Spiel verlor.
Groß, blond, dünn? Alice sagte, sie sähe aus wie ein Pferd ohne Kinn. Lydia hatte gesagt, das sei nicht *ganz* richtig, womit sie andeutete, daß es *fast* richtig war, was – falls sie damit ihre Loyalität beweisen wollte – eine ziemlich schwache Leistung war.
Würden Alice und die anderen sie im nächsten Schuljahr mögen? Angst davor, was sie vielleicht erwartete, senkte sich mit dem Gewicht von hundert unerledigten Hausaufgaben und aberhundert verabscheuter, gekochter Puddings auf ihre Seele. Jane haßte sich dafür, so zart besaitet zu sein und dafür, daß es sie störte, doch die Erinnerung an die Qualen des vorangegangenen Schuljahres verursachte ihr Übelkeit.
»Du darfst nicht weglaufen«, hatte ihre Mum (mit einem Zittern in der Stimme) gesagt, als Jane ihren Kopf in Prues Schoß vergraben und sie angefleht hatte, das Internat verlassen zu dürfen.
»Warum nicht?« hatte Jane mit der typisch kindlichen, geradlinigen Logik gefragt. »Warum darf man nicht weglaufen, wenn man sich dadurch retten kann?«
Ja – warum nicht? hatte Prue sich selbst gefragt, doch geantwortet hatte sie: »Wir müssen uns Schwierigkeiten stellen, sonst würden wir nur noch davonlaufen, denn vieles, was wir tun, hat auch unangenehme Seiten.«
Das war ganz schön hochtrabend – doch auch Hochtrabendes war zuweilen wahr.
Prue nahm Jane in die Arme, und sie besprachen das Problem ausführlich.
Jane hob die Brauen und streckte die Zunge heraus. Ihr Spiegelbild tat dasselbe. Sie hatte ihrer Mutter nicht klarmachen können, daß *Verständnis* nicht genügte: Es veränderte nichts. Es brachte Alice und die anderen nicht dazu, sie zu mögen. »Aber

du wirst dich verändern«, hielt ihr Vater ihr vor Augen, als sie ihm das Problem vortrugen, um noch eine zweite Meinung dazu einzuholen. »Weißt du noch, wie du dich weigertest, die Treppe hinunterzugehen, weil die Stufen dir so groß und erschreckend erschienen?«

»Du verwechselst mich mit Violet!« tadelte Jane ihn. »Sie war der Angsthase.«

»Nein, Schätzchen«, mischte Prue sich ein. »Daddy hat recht. Du hast dich eine Ewigkeit geweigert, allein die Treppe hinunterzugehen.«

Tröstlich war, daß erst die Hälfte der Ferien vergangen war. Sieben Wochen waren eine lange Zeit, wie die Erwachsenen ihr nervenderweise immer wieder erklärten. Aber es kam darauf an, wie man das sah und wie es einem selbst erschien, und Jane neigte zum Pessimismus. Dreieinhalb Wochen würden sich in Nichts auflösen – einfach so. Sie wußte es, sie *wußte* es. Wie sehr sie sich auch bemühte, etwas Besonderes aus ihren Ferien zu machen, sie würden ihr entgleiten.

Abgelenkt durch ihre rosa Zunge, wackelte sie damit hin und her, übte ein Lächeln und strich versuchsweise die Haare aus dem Gesicht. Dann drehte sie sich zur Seite, um die Silhouette ihres Körpers zu überprüfen, und zog den Bauch ein, der sich ihrer Meinung nach zu weit vorwölbte. Jane runzelte die Stirn. Sie war zu dick. *Viel* zu dick. Und wieder einmal wünschte sie sich eine Schwester, mit der sie diese Probleme besprechen könnte. Halbschwestern – genauer gesagt, Violet – taugten dafür nicht.

Jane beendete ihre Inspektion und machte sich auf die Suche nach ihrem grünen Cordrock und dem Polohemd, was sie zum Geburtstags-Dinner ihres Vaters tragen wollte. Der Rock fand sich unter dem Bett, und sie strich, so gut sie konnte, die Knitterfalten glatt.

Das Polohemd zu finden erwies sich als schwierig – bis ihr einfiel, wo es sein könnte.
Jane rannte die Treppe hinunter, die ihr früher solche Angst gemacht hatte, und stürmte in den Salon. Die Kommode, in der ihre Mutter die Stopfwäsche und das Nähzeug aufbewahrte, stand unter einem der Fenster, und für gewöhnlich stellte Prue jede Woche frische Blumen darauf. Diesmal hatte sie es offenbar vergessen, denn die Blumen waren verwelkt. Ein fauliger Geruch stieg Jane in die Nase, und sie rümpfte sie angewidert. Versehentlich verschüttetes Wasser hatte auf dem Holz neben der Vase eine Ansammlung kleiner, heller Flecken verursacht. Jane wußte, daß ihre Mutter sich darüber ärgern würde, und rieb mit dem Ärmelende ihrer Strickjacke daran herum, doch es war zu spät.
Sie zog die Schublade auf.

Ein paar Stunden später sah Molly Jane die Hauptstraße entlangtrotten und winkte ihr zu.
»Genießt du die Ferien?« Ihre Fröhlichkeit versiegte jäh, als Jane ihr ein verquollenes, tränenfleckiges Gesicht zuwandte. Es war, berichtete Molly ihrem Mann später bei Hackbraten und Kohl, als sei das Kind über Nacht erwachsen geworden – beinahe alt.
»Ihre Augen waren so merkwürdig leer«, sagte sie. »Es war richtig unheimlich.«
Nach dem Abwaschen nahm Molly den Hörer ab und wählte Kates Nummer.

Zur gleichen Zeit wurde Max im Rahmen einer Partner-Konferenz gebeten, zusätzlich zu seinen sonstigen Pflichten die Verwaltung der Zweigstellen in Brüssel und Madrid zu übernehmen. Hätte er irgendwelche Einwände dagegen?

Verschiedene Gedanken und Gefühle durchzuckten Max – unter anderem Freude über die Anerkennung. Sich bewußt, daß die Klarheit einer Antwort oft durch Bedenken vernebelt wird (in diesem Fall: Boten sie es ihm an, weil kein anderer es machen wollte?), konzentrierte er sich darauf, seine freudige Erregung zu genießen, ehe er antwortete, ja, er würde sie gern übernehmen.

Der anschließende Gedanke war, daß er weniger Zeit zu Hause verbringen würde.

War es die Zeit wert, die du darauf gewartet hast? fragte Prue, als sie nach dem Dinner Kaffee tranken. Oh, ja, erwiderte er. Ich bin kein Heiliger und – glaube es oder nicht – Ehrgeiz versiegt im Alter nicht unweigerlich. Natürlich nicht, sagte Prue, ihn fixierend. Natürlich nicht.

In diesem Augenblick klingelte das Telefon, und Max stand auf. Prue ging in die Küche, um noch eine Kanne Kaffee zu machen.

»Wie nett, von Ihnen zu hören«, sagte Max ohne jegliche Begeisterung.

»Ich wollte mit Ihnen reden, Max.« Molly wirkte untypisch zögerlich. »Ich habe gerade mit Kate gesprochen.«

»Ach, ja?« Max wußte sofort, daß diese Unterhaltung einen Hintergrund hatte, und wappnete sich für die Verteidigung seiner Frau. »Aber warum wollten Sie mir diese faszinierende Tatsache unbedingt mitteilen?«

»Wir machen uns beide Sorgen um Prue – sie ist nicht mehr sie selbst.«

»Das klingt ja interessant. Was genau meinen Sie damit?«

Sie waren zwar nicht eng befreundet, aber Max und Molly kannten einander gut. Molly zumindest nahm an, Max gut genug zu kennen, um den Stier bei den Hörern zu packen. »Sparen Sie sich das Anwaltsgehabe, Max – Sie wissen sehr gut, was ich meine. Bitte überreden Sie Prue, das Weihnachtskonzert wie üblich zu organisieren. Kate kann das unmöglich allein schaffen.«

»Warum spricht Kate nicht selbst mit Prue?«

»Das wird sie, das wird sie.« Man hörte Molly die Verärgerung darüber an, daß Max sich mit Nebensächlichkeiten aufhielt. »Aber ich dachte, es könnte nicht schaden, wenn ich vorher ein paar Worte mit Ihnen rede – es ist besser, wenn Sie mit ihr sprechen.«

Ist es das, mein Gott? Max zog sein kariertes Kavalierstuch aus der Reverstasche, faltete es auseinander und wieder zusammen. Diese beiden Frauen hatten seine schöne, verschlossene Prue durchgehechelt und analysiert, und seine Stirn umwölkte sich.

»Hören Sie, Molly – es war gut gemeint, mich anzurufen, aber ich werde Prue nicht in ihre Entscheidungen hineinreden ...«

»Es geht um unser *Dorf* – und wir haben nicht so viele Leute, daß wir uns Drückeberger leisten können.«

»Wenn auch nicht viele – aber es gibt andere. Meinen Sie nicht, daß sie genug für die Gemeinde getan hat?«

»Um Himmels willen!« Mollys Ausruf vermittelte tief empfundene Empörung über die Vorstellung, daß irgend jemand Dainton abschreiben könnte – und Max, der unablässig sein kariertes Taschentuch zu allen möglichen geometrischen Formen faltete, mußte zugeben, daß Mollys – provozierende – Integrität der Stoff war, aus dem Heldinnen gemacht wurden. Boudicca und Florence Nightingale hatten wahrscheinlich ziemlich ähnliche Reden geführt. Und natürlich die verwünschte Johanna.

»Sie wissen so gut wie ich, Max, daß nur ein bestimmter Menschentyp Organisationstalent hat – und daß Prue dazugehört.«

»Vielleicht hat sie den Typ gewechselt.«

»Das kann sie nicht.«

»Prue hat eine Verschnaufpause verdient – aber ich werde sehen, was ich tun kann«, sagte er. »Damit müssen Sie sich vorerst zufriedengeben, Molly.«
Max beendete das Gespräch, und ein kleines Lächeln umspielte seine Lippen, als er das Kavalierstuch wieder in die Tasche steckte. Welchen Kummer sie ihm auch bereitete – wenigstens gehörte Prue ihm und nicht denen.

»Was ist mit Johanna geschehen?« fragte Jamie am Telefon.
»Viele Dinge«, antwortete Prue. »Sie wurde fallengelassen, starb auf dem Scheiterhaufen, wurde wiederentdeckt, zur Märtyrerin erklärt und heiliggesprochen. Zum Zeitpunkt ihrer Gefangennahme war sie dem Dauphin, für dessen Inthronisation sie gekämpft hatte, lästig geworden, und er machte keine Anstalten, sie freizukaufen. Und das in einer Zeit«, fügte sie hinzu, »da Freikauf so alltäglich war wie heutzutage die Vorlage einer Kreditkarte.«
Arme, wundervolle, verteufelte, leidenschaftlich überzeugte Johanna, die die Engländer aus Frankreich vertreiben wollte – was muß sie in ihrem Kerker gedacht haben?
»Sie hätte niemandem vertrauen dürfen«, sagte Jamie. »Das hätte sie wissen müssen. Politik steht immer über Religion oder Moral.«
»Nicht immer«, gab Prue zurück, und dann schwiegen sie beide einen Moment lang, um die erotische Spannung auszukosten, die diese winzige Meinungsverschiedenheit ausgelöst hatte, und wurden abgelenkt.
»Was auch immer geschah«, sagte Prue später – diesmal zu Max (in dieser Zeit schienen all ihre Gespräche in doppelter Ausführung stattzufinden) –, »es war klar, daß die Engländer sich nicht um ihr Freudenfeuer würden bringen lassen.«

»Wir lieben Freudenfeuer, nicht wahr?« sagte Max. »Denk nur an Guy Fawkes.«

Prue schaute ihn an. »Du verstehst das mit Johanna nicht, stimmt's?« sagte sie. »Nicht wirklich.«

»Vielleicht nicht«, gab Max mit einem Seufzen zu.

»Die Kirche setzte alles daran, Johanna als Ketzerin zu verurteilen, ein besonders schwierig nachzuweisender Tatbestand, der eine umfassende Kenntnis des Angeklagten erforderte.«

»Wie haben sie es geschafft?« fragte Max.

Prue merkte, daß sie sehr schnell atmete. »Die Versicherungspolice der Kirche war der Grundsatz, daß jeder Angeklagte bis zum Beweis seiner Unschuld schuldig ist. Dieses Vorabverurteilungsprinzip war in einem Fall wie Johannas von großem Nutzen.«

»Ah«, sagte Max. »Ja, ich verstehe.«

»Aber«, fragte er nach einer langen Pause, »bedeutete das nicht, daß der König von Frankreich von einer Ketzerin gekrönt worden war?«

»Dazu muß man wissen«, erwiderte Prue, »daß der König, nachdem er ihre Brüder in den Adelsstand erhoben hatte, im Jahr 1450 einen gewissen Guillaume Bouillé beauftragte, zu beweisen, daß es bei dem Prozeß gegen Johanna seitens der Engländer nicht mit rechten Dingen zuging. Das war der erste Schritt zu ihrer Rehabilitation – aufgrund komplizierter, politischer Erwägungen, nicht weil sie eine Heilige und eine Heldin war.«

»Wie ging die Sache mit Johanna weiter?« griff Jamie das Thema bei ihrem nächsten Telefonat erneut auf.

»Sie wurde ›vermarktet‹«, erzählte Prue ihm, »von ihrer eigenen Familie. Und die Ironie ist, daß deren – wenn auch harmlose – Habgier und niedrige Gesinnung dazu führte, daß die Kunde von Johannas sensationeller Laufbahn sich wie durch einen Werbefeldzug für ein Produkt verbreitete. Fünf Jahre nach ihrem Tod tauchten ihre Brüder in Orléans auf – ein Pferd am Zügel führend, auf dem eine Frau in voller Rüstung saß. Sie behaupteten, sie sei die aus dem Feuer auferstandene Johanna. Das Volk jubelte. Sie wurden als Betrüger entlarvt, erschienen jedoch keineswegs eingeschüchtert 1455 in Notre Dame, um ihrer Mutter bei der rührenden Vorstellung zur Seite zu stehen, die sie vor einer päpstlichen Kommission gab, wo sie schreiend, weinend und stöhnend um die Rehabilitierung ihrer Tochter flehte.

In späteren Jahrhunderten, als Johannas Leben und Tod zur Fußnote verblaßt waren und sie fast vergessen war, bedienten Nachkommen ihrer Brüder sich ihrer über jeden Zweifel erhabenen Tugendhaftigkeit und Loyalität, um zu beweisen, daß die Familie im Grunde vornehm war, und veröffentlichten Bücher zu diesem Thema, aufgrund derer wieder über Johanna gesprochen wurde, und das neu geweckte Interesse an ihr führte schließlich zu ihrer Heiligsprechung.

›Kein Dienst, der Frankreich je erwiesen wurde‹, schrieb einer dieser noblen Autoren, ›kann sich mit dem der Jungfrau messen.‹ Schön gesagt, was?

Aber er hatte recht, wenn er es auch aus den falschen Beweggründen schrieb, nicht wahr, Jamie?«

Daraus folgt: Man muß nicht mit wehender Standarte in die Schlacht reiten und seine Tapferkeit bis an ihre Grenzen ausreizen, man muß nicht in Anwesenheit einer johlenden Menge auf dem Scheiterhaufen verbrannt werden, um unsterblich zu werden. Man muß nicht fast täglich Zwiesprache mit Gott halten, an Wunder grenzende Taten vollbringen und die Engländer aus Frankreich vertreiben. Um vor dem zweiten Tod bewahrt zu werden, braucht man lediglich einen säbelbeinigen, großnasigen König, der willens und in der Lage ist, ein Papier zu

unterzeichnen und zu besiegeln, mittels welchem die nichtsnutzigen Brüder in den Adelsstand erhoben werden.
Randfiguren der Geschichte.
Und so spielten, als ein Faden aus Mutmaßungen, Halbwahrheiten, voreiligen Schlußfolgerungen und, ja, echter Besorgnis zwischen Max und Prue, Violet und Emmy, Jamie, Molly und Kate gesponnen wurde, die Randfiguren dieses Stückes eine ebenso wichtige Rolle wie diejenigen, deren Leben direkt betroffen war. Wie Mollys leidenschaftlicher Einsatz für das Fortbestehen des Gemeindelebens von Dainton, wie Helen, die nicht damit gerechnet hatte, daß ihr ein Wagen mit einem Führerschein-Neuling am Steuer entgegenkommen würde, als sie in volltrunkenem Zustand die Herrschaft über ihr Fahrzeug verlor und in die Mitte der Fahrbahn geriet, und wie die zerrissene Bluse, die zusammengeknüllt auf etwas Bedeutsamem in einer Kommodenschublade lag, es sind die Nebensächlichkeiten, die schlußendlich Tragweite besitzen.

HERBST

21. KAPITEL

Beine auseinander«, befahl die Kosmetikerin.
Violet gehorchte. Sie zitterte leicht, nachdem sie unter die Dusche geschickt worden war, um das Peeling abzuwaschen, das die Kosmetikerin mit ein wenig zuviel Enthusiasmus mittels eines Luffa-Handschuhs in ihre Haut gerieben hatte. Jetzt wurde Violet – das war der raffinierte Teil der Prozedur – in nasse Bandagen gewickelt, breite Flanellstreifen, die in Krankenhäusern zum Abdecken großer Platzwunden verwendet, in diesem Fall jedoch gegen Violets (eingebildete) Cellulitis an den Hüften eingesetzt wurden.
»Sie haben eine wundervolle Farbe, Mrs. Beckett.«
»Ja«, nickte sie mit einer gewissen Befriedigung. »Wir waren im Juli in Italien, und die Bräune hat sich gut gehalten.«
»Weiter«, kommandierte die Kosmetikerin, deren Gesicht und Körper straff und schlank waren, und kramte eine plastikummantelte Rolle Draht aus dem Durcheinander in dem offenen Regal. Mit dem rechten Bein beginnend, wickelte sie ihn um Violets bandagierten Körper, worauf ausgedehnte Positionsbestimmungen folgten. Die Beine gehorsam gespreizt haltend, schloß Violet die Augen, während Hände sie an Stellen berührten, die normalerweise nicht der Öffentlichkeit zugänglich waren, und beschwor als Ausgleich für diese Entwürdigung ein kombiniertes Bild von Cindy Crawford, Jane Fonda und der Princess of Wales herauf.
»Und jetzt hopsen Sie auf den Tisch, meine Liebe.«
Hopsen! Violet hatte Mühe zu atmen! Nichtsdestoweniger schaffte sie es irgendwie, sich auf den Tisch und in die gewünschte horizontale Lage zu bringen.

»Okay«, keuchte sie mit ersterbender Stimme.
Die Kosmetikerin befestigte Elektroden an den – wie Violet inständig hoffte – richtigen Stellen ihres Körpers und wickelte sie dann in eine Plastikfolie, die sie mit Wäscheklammern schloß. Und so lag Violet wie ein Brathähnchen in der Fleischtheke eines Supermarktes auf dem Tisch und opferte ihre Seele – und eine Menge ihres Geldes – für einen weiteren Schritt in Richtung des perfekten Körpers.
»Es geht gleich los«, kündigte die Kosmetikerin an, die an dem Gerät herumhantierte, Zahlen eintippte und Schalter umlegte.
Ein Ziehen, bemerkenswert ähnlich den Anfängen der Geburtswehen, bemächtigte sich Violets Rumpf, der unter der Attacke erschauderte. Weder die Empfindung noch die Erinnerung, die sie hervorrief, reizten Violet dazu, sich näher damit zu befassen. Ihr Unbehagen steigerte sich noch, als ein besonders starker Stromstoß durch ihre Beckenregion schoß, und sie zuckte zusammen.
»Halten Sie durch, Mrs. Beckett.« Die Kosmetikerin tätschelte ihre Wange. »Sind wir okay?«
Wenigstens lautete das Kommando diesmal gottlob nicht: »Pressen!«
Violet schloß die Augen und stellte sich elektrische Würmer vor – nein, Tausendfüßler – die sich durch die Grübchenlandschaft ihrer Cellulitis vorankämpften und das verhaßte Fett in die Kanalisation ihres Körpers schaufelten. Gesammelt wie Nilschlamm wälzte es sich an rosafarbenen Muskeln und Organen in dem grellen Grün und Rot der chinesischen Porzellandekors der dreißiger Jahre dahin ... Wohin? Nicht sicher, auf welchem Weg es ihren Körper verlassen würde, brach Violet ihre geistige Reise ab. Irgendwie würde es sich in einer glänzen-

den, weißlichen Flut in das Rohrsystem unter Londons Straßen ergießen.
Verzückung.
»Wir bemühen uns jetzt um innere Ruhe, Mrs. Beckett, um an unserer positiven Einstellung zu arbeiten.«
Mit fest geschlossenen Augen arbeitete Violet an ihrer positiven Einstellung und reihte, mit dem von Liebe und Verlangen geschwängerten Genuß eines Geizhalses, der sein Geld zählt, Zahlen aneinander: ein Zentimeter, zwei Zentimeter, vielleicht sogar drei weniger auf den Hüften …
Das Telefon schrillte durch den winzigen Raum. Die Kosmetikerin schnalzte mißbilligend mit der Zunge und zwängte sich an dem Tisch vorbei, auf dem Violet lag, um den Hörer abzunehmen. Violet warf einen weiteren Zentimeter in die Waagschale.
»Ja, sie ist hier«, sagte die Kosmetikerin erstaunt. »Aber meine Kundin unterzieht sich gerade einer Behandlung und darf nicht gestört werden.«
Es folgte eine lange, nur von einigen ansatzweisen »Aber …« unterbrochene Stille. Violets Lider klappten auf. Ihr erster Gedanke war, daß die von ihr durchgeführte Versteigerung schiefgelaufen war, ihr zweiter, daß Gardener's, der amerikanische Verlag, als Bieter ausgestiegen war. Sie würde ziemlich albern aussehen, wenn niemand zu dem von ihr veranstalteten Ball käme. Den Prioritäten zufolge, die sie sich in ihrem Leben gesetzt hatte, regte sich erst jetzt eine private Befürchtung in ihr: Vielleicht ist etwas mit Edward?
»Wenn es unbedingt sein muß!« sagte die Kosmetikerin mit eisiger Stimme. »Aber nur eine Minute.«
Nach einer ausgedehnten Auseinandersetzung mit dem Kabel wurde der Hörer Violet unters Kinn geklemmt.
»Hallo?« sagte sie forsch, um sich nicht anmerken zu lassen, daß

sie im Augenblick an eine Mumie aus dem British Museum erinnerte. Ein elektrischer Abendwind strich über ihrem Bauch hin und her.

»Violet – hier ist Lavinia. Gardener's hat gefaxt, daß sie maximal hunderttausend zahlen. Ich dachte, Sie sollten das wissen. Sie wollen unsere Antwort heute nachmittag haben – sonst ziehen sie ihr Gebot zurück.«

Lavinia hatte sich nicht für die Störung entschuldigt, und Violet hatte es auch nicht erwartet. »Sie scheinen ganz wild darauf zu sein«, fuhr die atemlose, aufgeregte Stimme fort. Violets seitlich festgebundene Hände zuckten. Sie rückte den Hörer mit dem Kopf zurecht.

»Sind sonst noch Angebote eingegangen?«

»Keine.«

»Okay. Sagen Sie Bescheid, daß ich in ein paar Stunden anrufe, und informieren Sie Hayden über den Stand der Dinge. Ich bin in einer Stunde im Büro.«

»Ich richte es aus.«

Fast zu spät erkannte Violet, daß sie einen strategischen Fehler gemacht hatte. Es war nicht klug, den Geschäftsführer wissen zu lassen, daß sie sich eine verlängerte Mittagspause genehmigte – zumindest nicht im Moment. Sie änderte ihre Taktik.

»Vergessen Sie das, Lavinia. Rufen Sie nur bei Gardener's an und sagen Sie ihnen, daß wir uns noch vor Feierabend bei ihnen melden – nach unserer Zeitrechnung.«

Der Abendwind änderte die Richtung und machte sich über ihr Hinterteil her, wo er kribbelnd durch die Falten wehte.

»Okay, Violet.« Lavinia klang angemessen beeindruckt von Violets Entscheidungsfähigkeit. Die Verbindung wurde unterbrochen.

»Tut mir leid«, sagte Violet, der die Bestätigung ihrer wichtigen

Position – selbst einer Kosmetikerin gegenüber – tiefe Befriedigung bereitete.
»Nun – es scheint, als gönne man Ihnen nicht viel Ruhe.« Die Kosmetikerin machte sich wieder an dem Gerät zu schaffen und wirkte nicht sonderlich beeindruckt. Sie hatte derlei schon oft erlebt. »Nicht günstig für die Streßlevels.«
»Wie lange muß ich hier noch liegen?«
»Für ein optimales Ergebnis noch eine Dreiviertelstunde.«
Ein kurzer, aber erbitterter Kampf tobte in Violets Kopf. Eine weitere Dreiviertelstunde an der Maschine, eine halbe Stunde für den Rückweg – das ließe ihr nur ein Minimum an Zeit für einen Rundruf und die Motivierung anderer Bieter. Wenn sie eine Spitzenleistung abliefern und eine Spitzensumme an Land ziehen wollte – und den entsprechenden Ruhm ernten –, mußte sie sich ans Telefon setzen.
Andererseits hatte sie endlos auf einen Termin für diese Behandlung warten müssen und wollte sie nun optimal nutzen, um den auf diesem Wege möglichen Fettverlust voll auszukosten.
»Alles in Ordnung, Mrs. Beckett?«
Lianen aus Fett fesselten Violet an den Tisch. Pfund- und Dollarzeichen blinkten an der Decke, wo der Ventilator die stickige Luft umschaufelte. Was, wenn in ihrer Abwesenheit eine Entscheidung getroffen würde? Die Konferenz, bei der sie den Verlagsleiter verärgert hatte, war ihr noch sehr lebendig in Erinnerung, und es gab Kollegen – allen voran diesen Schwätzer Sebastian Westland –, die nur darauf warteten, Violets Platz einzunehmen. Außerdem legte der kaufmännische Direktor größten Wert auf die Demonstration loyalen Geschäftsgebarens und hatte deutlich zum Ausdruck gebracht, daß er es für angebracht halte, die Buchrechte dem Mutterhaus in den Vereinigten Staaten zu verkaufen. Das Mutterhaus bot nicht so viel wie

Gardener's, aber es war möglich, daß der Loyalitätsgedanke ihre Bestrebungen zunichte machte.

»Schalten Sie das Gerät bitte ab«, sagte sie. »Ich muß weg.«

»Nun ...« Das gekonnt geschminkte Gesicht der Kosmetikerin rötete sich vor Verärgerung.

»Keine Sorge – ich bezahle den vollen Preis. Kann ich einen anderen Termin haben?«

»Außer Montag um halb acht in den nächsten zwei Wochen keinen.«

»Wunderbar«, sagte Violet. »Tragen Sie mich ein. Ich komme dann gleich vom Büro aus her.« Ungeduldig ließ sie sich aus den straffenden Bandagen schälen.

Was ist mit Edward? fragte eine Stimme in ihrem Kopf, als sie ein Taxi herbeiwinkte. Du bist nächste Woche schon zwei Abende nicht zu Hause.

Emmy macht das schon, sagte eine zweite, lautere Stimme. Und Edward ist noch viel zu klein, um zu merken, ob ich da bin oder nicht.

*

Als Violet schließlich aus ihrem Büro kam, befand sie sich in Hochstimmung. Ihr Verhandlungsgeschick – eine Kombination aus Schmeichelei, Unverfrorenheit und Verschlagenheit – hatte eine Summe erbracht, die dreißigtausend Dollar über dem Gebot von Gardener's lag, und Violet war von allen Seiten beglückwünscht worden.

»Ich schicke Julia eine Flasche Wein holen«, erklärte Sebastian und schnippte seine teure, gemusterte Krawatte in Violets Richtung. »Oder muß das kleine Frauchen schon nach Hause?« Sebastian liebte solche Bemerkungen – er hielt sie für lustig. Violet, die sich den Trick angeeignet hatte, sich angeblich am Handgelenk zu kratzen, um unauffällig auf ihre Uhr schauen zu können, rieb sich ihr Handgelenk. Sechs Uhr. Im grünen Bereich.

Julia, Sebastians Sekretärin, teilte ihrem Chef mit, er solle den Wein gefälligst selbst besorgen, was zu einer kurzen, heftigen Auseinandersetzung führte. Einige Zeit später wurden ein paar Flaschen Chardonnay entkorkt, und es wurde voll in Violets Büro.

Sie trank nicht viel: Alkohol hatte sie noch nie gereizt, und sie fürchtete außerdem den dadurch drohenden Verlust der Selbstkontrolle. Bei anderen störte er sie nicht – vorausgesetzt, sie benahmen sich nicht zu sehr daneben –, sie zog sogar Nutzen daraus. Was sie selbst betraf, achtete sie sehr darauf, nicht aus der Rolle zu fallen, beobachtete aber voller Vergnügen, wie ihre Kollegen sich zum Narren machten, und konzentrierte sich darauf, ihren Geist sprühen zu lassen. Heute abend jedoch hatte sie das Gefühl, daß ihr Energiereservoir – das, wie sie erkannt hatte, nicht grenzenlos war – ausgeschöpft war. Nach einer Weile rutschte sie von ihrem Schreibtisch, auf dem sie sich plaziert hatte, um den anderen Gelegenheit zu geben, sich an dem Anblick ihres kurzen Rockes zu weiden.

»Ich muß los, Leute.«

Sebastian löste sich von der Gruppe, bei der er gestanden hatte. Violets Nüstern blähten sich wie bei einem Tier in freier Wildbahn, das ein Warnsignal empfangen hat. »Ich teile mir ein Taxi mit Ihnen, Vi.« Er betonte das »Vi«. »Wir müssen ja in die gleiche Richtung«, fügte er hinzu und schaute sie ausdruckslos an. Das war die Miene, die er immer aufsetzte, bevor er bei einer Konferenz jemandem widersprach. Violet öffnete den Mund, um den Vorschlag abzulehnen, denn sie wollte endlich etwas Ruhe haben, doch dann erinnerte sie sich an den Rat, den sie in

einer amerikanischen Zeitschrift gelesen hatte – lassen Sie niemals eine Gelegenheit verstreichen, einen Feind für sich zu gewinnen – und machte den Mund wieder zu.
In den Londoner Straßen herrschte die typische Atmosphäre eines verregneten Sommers, Fahrbahnen und Bürgersteige verströmten Feuchtigkeit. Noch immer ölig von ihrer Schlankheitsbehandlung, sehnte Violet sich nach einem Bad. Sebastian deutete auf das nächstgelegene Café. »Haben Sie Lust auf einen richtigen Drink?« Da war sie, die Nachtigall mit den Nagelstiefeln.
»Nein, danke.« Violet war die Liebenswürdigkeit in Person.
Er drang nicht in sie, sondern winkte ein Taxi heran und nannte dem Fahrer das gewünschte Ziel. Violet hielt ihren Aktenkoffer auf den Knien, womit sie nachdrücklich die Powerfrau zu dokumentieren hoffte, und überlegte, ob es klug wäre oder nicht, die Veränderungen anzusprechen, die sie bezüglich der Marketing-Konferenzen vorgeschlagen hatte und die noch immer diskutiert wurden. Die Vorsicht gewann, und sie hielt den Mund. Sebastian rückte näher.
»Was macht denn Ihr Göttergatte?«
»Er ist Bankkaufmann. Warum?«
»Hat mich nur mal interessiert.« Sebastians Finger wanderten über ihren Oberschenkel und zogen sich wieder zurück. »Entschuldigung.«
Violet wollte ihm gerade empfehlen, seine Hände bei sich zu behalten, wurde jedoch von Sebastian überrumpelt, der sich mit einem kleinen spöttischen Lächeln zu ihr herüberbeugte. »Sie sind sehr schön, Vi.«
»Danke.« Violet fiel plötzlich ein, daß sie nichts fürs Abendessen vorgesehen hatte – und es war sieben Uhr!
»Sehr.« Diesmal fand Sebastians Hand den Weg zum Ausschnitt ihrer Bluse.

Violet war gezwungen, ihre Gedanken von Dosensuppe und tiefgekühlter Vollkorn-Pizza zu lösen. Sie schaute Sebastian an.
»Sebastian«, sagte sie. »Ich bitte Sie!«
Seine Hand schloß sich um ihre Brust und drückte sie schmerzhaft zusammen. »Komm schon, Schätzchen.«
»Sebastian! Ihr Verhalten ist pubertär und firmenpolitisch unkorrekt.«
Er hörte ihr gar nicht zu, und Violet wußte, daß sie eine Entscheidung treffen mußte, dieses alberne Schuljungengehabe ihrem Ehrgeiz zuliebe zu dulden – Sebastian war ihr vorgesetzt und im Aufsteigen begriffen – oder nicht. (Um die Wahrheit zu sagen, er duftete gut und teuer und hatte offensichtlich einiges Geld.)
Nicht. Sie schob ihren Aktenkoffer mit einem Ruck nach rechts, wodurch sie Sebastians Annäherung blockierte, befreite sich aus seinem Griff, klopfte an die Trennscheibe und bat den Fahrer, anzuhalten. Als sie auf dem Bürgersteig und in Sicherheit war, dankte sie dem Mann und sagte: »Gute Nacht, Sebastian. Danke, daß Sie mich mitgenommen haben. Bis morgen.«
Nicht im mindesten verlegen, noch immer lächelnd, winkte er ihr lässig durchs Fenster zu, als wolle er sagen, er habe diese kleine Szene schon oft durchgespielt und es kümmere ihn nicht, wie sie ausgegangen war. Die Andeutung, daß sie nur ein Rock war, schmerzte ein wenig. Nichtsdestoweniger überflog Violet im Geiste die möglichen Auswirkungen dieser Episode auf ihre Stellung in der Firma und machte den Fehler, dem Taxi nachzuschauen, bis es außer Sicht war. Dann kam ihr ein angenehmer Gedanke: Sie war schlauer und härter als Sebastian Westland, und wer wußte, wer überleben würde, wenn es zum Krieg käme?

Da sie wußte, daß am Waterloo-Bahnhof immer eine Menge Taxis standen, beschloß sie, zu Fuß dorthin zu gehen, verirrte sich jedoch, verwirrt durch den aufgrund der Endstation des Kanaltunnels vorgenommenen Umbaus, und fand sich unversehens auf dem Bahnhofsgelände.
Es wimmelte von Pendlern und Ferienreisenden, einschließlich einer Horde Rucksacktouristen, die dem Abendzug entgegenstrebten. Ein paar Geschäftsleute tranken hastig in den Bars ein Bier – die klügeren im Coffeeshop Kaffee. Andere Fahrgäste drängten sich vor den Zeitschriftenregalen von W. H. Smith und durchforsteten die als Sonderangebote ausgewiesenen Bücher. Violet sog prüfend die Luft ein. Sie mochte den Bahnhofsgeruch.
Auf dem Weg zum Taxistand sah sie Jamie.
Er sprach mit einer Frau in einem kurzärmeligen, steingrauen Leinenkostüm, die mit dem Rücken zu Violet stand. Sie kam ihr bekannt vor – und doch auch wieder nicht – und schaute zu Jamie auf, als sie sprach. Es dauerte ein paar Sekunden, bis die Szene in Violets Kopf richtig einrastete und sie nach einem Vergleich suchte. Vor langer Zeit, bevor ihr Ehrgeiz erwacht war, hatte sie einen Roman von Elizabeth Bowen gelesen, in dem ein Treffen in einem Bahnhof eine Schlüsselrolle spielte. Eine lang verschüttete Erinnerung kämpfte sich an die Oberfläche. Und dann fielen Violet die französischen Filme ein, die sie in New York so oft gesehen hatte, weil das in ihrem Freundeskreis »in« war. Die Menschen in diesen Filmen waren klug, übten sich in Nachsicht und handelten souverän – und immer trafen sich Pärchen in einem Bahnhof, wodurch ein Unheil angerichtet oder eingeläutet wurde.
Der Mann, der wie Jamie aussah, trug einen grauen Anzug und eine Paisley-Krawatte – beides hatte sie an diesem Morgen gese-

hen. Schwarze Schuhe. Ja, auch darin war sie sich sicher. Hemd mit Nadelstreifen. Ja, ja. Graue Socken. Du siehst, sagte sie in den Sekunden, die sich über ihrem Kopf zusammengeballt hatten, zu sich selbst, ich kenne meinen Mann in- und auswendig. Er kann nicht um halb acht Uhr abends hier sein, weil er mit der U-Bahn nach Hause fährt.

Im Taxi starrte Violet aus dem Fenster in die Dämmerung hinaus und bemerkte zum ersten Mal die Baufälligkeit der Ziegelhäuser in Vauxhall Bridge und die Schlange vor dem Obdachlosenasyl. Einer der Stadtstreicher, zerbrechlich und bärtig, saß im Rollstuhl. Er wirkte wie ein ausgesetztes Haustier, eine Belastung, die keinen Nutzen mehr brachte.

Jamie am Waterloo-Bahnhof? Warum?

Emmy, die schon startbereit mit ihrem Fransenwildlederbeutel über der Schulter in der Küche wartete, war ungewöhnlich kurz angebunden. Violet verstand ihre unausgesprochene Beschwerde.

Emmy rückte ihre Schultertasche zurecht und stand auf. »Edward geht's bestens. Er hat von allem zwei Portionen gegessen.«

»Danke, Emmy«, sagte Violet mit unüblicher Dankbarkeit in der Stimme und fügte hinzu: »Tut mir leid, daß ich Sie aufgehalten habe.«

Emmy schaute Violet an, und Violet ertappte sich dabei, ihrem zornigen Blick auszuweichen. »Ist etwas nicht in Ordnung, Emmy?«

Emmy hätte gern gesagt, daß ein paar Dinge verbesserungsbedürftig seien (Lohn, Arbeitszeit, Rücksichtnahme), beschränkte sich jedoch auf einen Punkt: »Ich weiß, daß Sie nicht wollen, daß Edward tagsüber schläft, aber ich habe ihn heute nachmittag ein Schläfchen machen lassen, weil er so müde war.«

Violet hatte die Anordnung in der optimistischen Annahme

getroffen, daß Edward auf diese Weise nachts durchschliefe. »Sie meinen, Sie wollten Ihre Ruhe.«
Die Worte waren heraus, ehe Violet ihre Arbeitgebertaktik überdenken konnte. Emmy, die einen strapaziösen Tag hinter sich hatte, zuckte mit den Schultern. »Wenn Sie es so sehen wollen, Missis Beckett.«
Violet sah es so. Sie runzelte die Stirn. »Es bedeutet, daß ich nachts werde aufstehen müssen.«
Emmy öffnete den Mund, um zu sagen: »Ein hartes Schicksal!«, ließ es dann jedoch bleiben. Violet öffnete ihrerseits den Mund zu einer scharfen Bemerkung, wurde jedoch von der Mischung aus Auflehnung und Empörung auf Emmys Gesicht davon abgehalten. Violets Verärgerung erstarb, und plötzlich fühlte sie sich erschöpft, niedergeschlagen und untypisch ängstlich.
»Nun denn, Emmy ...«
»Nun denn, Missis Beckett.« Emmy widerstand dem Drang, die Hände in die Seiten zu stemmen und Violet mit einem vernichtenden Blick zu strafen. Statt dessen spielte sie mit den Wildlederfransen ihrer Tasche. »Ich habe getan, was ich für das Beste hielt.«
»Ja«, sagte Violet, »ich denke, das haben Sie.«
Violets Kapitulation verblüffte Emmy zutiefst, und später, in der Wein-Bar, erzählte sie Marie-Laure, daß ihre Arbeitgeberin Gefahr liefe, nachgiebig zu werden. Marie-Laure, die aus Brüssel stammte und, was Arbeit und Disziplin betraf, strenge Maßstäbe anlegte, hatte das Pech, bei einer liberalen Familie zu arbeiten, und erklärte Emmy, daß sie froh und glücklich über ihre Chefin sein solle.
»Ach ja?« meinte Emmy überrascht und bestellte sich noch ein Bier.
Normalerweise fiel Violet, kaum, daß sie im Bett war, in einen

tiefen Schlaf, aus dem sie nur durch Edwards Weinen gerissen wurde. Heute abend las sie »Das ruhelose Kleinkind: Das Problem des Schlafmangels und seine erfolgreiche Bewältigung«, bis ihre Augen brannten. Warum sie mit einem Kind gestraft war, das Schlaf als eine Art Folter zu betrachten schien, wußte sie nicht – nur, daß Mordlust in ihr erwachte, wenn andere Mütter erstaunt die Augen aufrissen und Bemerkungen machten wie: »Gütiger Himmel – meiner schlief schon ab der dritten Woche durch!«

Dann lag sie wach, und ihr Verstand arbeitete auf Hochtouren, als sie die Bestandteile ihres Lebens analysierte: Mutterschaft, Ehe, Beruf – zu einem Block verschmolzen, den sie zu tragen gezwungen war. Schlimmer noch: Im Herzen dieses Blocks befand sich der Kern – weich wie der Tofu, den sie so liebte – aus ihren Sorgen und ihrer Erschöpfung, die sie sich so zu verbergen bemühte. Aus der Abneigung gegen ihren Sohn.

Da – sie hatte es zugegeben! Schreckliche Worte mit schrecklicher Bedeutung. Doch das Eingeständnis brachte ihr keine Erleichterung, die eine kühlende Hand auf ihre glühenden Schuldgefühle gelegt hätte, keine plötzliche Befreiung von dem Gift, das aus einem Geschwür fließt.

Violet wechselte das Thema.

Niemand könnte sie und Jamie bezichtigen, eine schlechte Ehe zu führen. Im Gegenteil – sie war sogar gut. Violet dachte an ihre erste gemeinsame Zeit in New York zurück, als Jamie nicht genug von ihr bekommen konnte, und ihre Macht über ihn so selbstverständlich für sie war wie das Atmen.

Damals hätte Jamie sich nicht im Waterloo-Bahnhof mit einer Frau unterhalten, die ihr so vertraut vorkam und doch wieder nicht.

Violet ließ ihre Hand unter der Decke zu ihrem Mann hinübergleiten und tastete nach seinem Körper, wie er früher nach dem ihren getastet hatte. Jamie rührte sich nicht, und Violet seufzte. Sie war noch immer wach, als Edward seinen ersten Schrei ausstieß – wie üblich zwischen halb zwei und drei –, und verließ widerstrebend das Bett. Im »Ruhelosen Kleinkind« wurde der vernünftig klingende Vorschlag gemacht, dem Sprößling Wasser anstatt Saft oder Milch ins Fläschchen zu tun, um ihn durch Langeweile zum Durchschlafen zu bringen.

Edward hatte jedoch andere Vorstellungen und kämpfte erbittert um ihre Durchsetzung. Das ganze Haus schien unter den Schreien der hilflosen, abhängigen – unvernünftigen – Kreatur zu erbeben. Irgendwann hob Violet ihr Gesicht der dunklen Zimmerdecke entgegen, und es verzog sich in abgrundtiefem Kummer. Sie hatte es satt, in einem weiblichen Körper zu stecken, ein kleines Kind und weibliche Kurven zu haben, sie hatte die ewige Fütterei satt und den Monatszyklus, durch den sie sich so eingekerkert fühlte wie eine Laborratte. »Oh, Gott!« flüsterte sie. »Werde ich nie mehr Ruhe haben?« Vor Müdigkeit schwitzend und von einem in dieser Intensität nie gekannten Zorn erfüllt, grub Violet, die ihren sich protestierend windenden Sohn im Arm hielt, ihm ihre scharlachroten Fingernägel ins Fleisch. Edward reagierte mit einem Brüllen, das sowohl auf Überraschung als auch auf Schmerz beruhte.

»Halt den Mund, du kleines Biest!« zischte sie. »Sei endlich still!«

Edwards Brüllen wurde lauter. Ein Beatrix-Potter-Wandbild, Teddybären, flackernde Kaminfeuer, eine Alphabet-Tapete und Leere, die ihre Mutter hätte ausfüllen sollen, Erinnerung und Sehnsucht wirbelten in Violets hämmerndem Kopf herum wie die Flocken in einer Schneekugel. Zorn, Verrat, tiefer Gram waren darin gefangen und eine fast bodenlose Erschöpfung, und dann, am Ende ihrer Nerven und voll ohnmächtiger Wut darüber, was ihr durch die Mutterschaft genommen worden war, warf Violet Edward – ihren ungeliebten Sohn – in sein Bettchen zurück.

Das Schreien brach ab. Einfach so. Stille hüllte den Raum ein.

»Violet! Was *tust* du?!« Jamie stand in der Tür.

In den folgenden Sekunden hätte alles geschehen können – ein Mord, ein hysterischer Ausbruch, eine willkommene Ohnmacht.

Jamie stieß Violet beiseite und nahm seinen Sohn auf, der mit vor Anstrengung hochrotem Gesicht nach Luft rang. Jamie hielt ihn hoch, und ein paar verzweifelte Sekunden lang ruderte Edward stumm mit Ärmchen und Beinchen. Dann stieß er ein Heulen aus, in dem Verblüffung und Schrecken mitschwangen. Mit einem erstickten Laut drückte Jamie den kleinen Körper an seine Brust und fuhr zu seiner Frau herum.

»Raus!«

Violet floh in ihr Bett, zog sich die Decke über den Kopf. Frieden. Ruhe. Flucht?

Die nach Weichspüler duftenden Laken und die Eiderdaunendecke waren Balsam für ihre Seele. Es war nicht ihre Schuld, daß sie so müde war, daß sie nicht mehr klar denken konnte. Vielleicht nicht einmal mehr verantwortlich für ihre Handlungen war?

Das Bild ihres wild in der Luft herumfuchtelnden Sohnes, der in durch sie verschuldeter Todesangst nach Atem rang, drängte sich ihr auf. Sie drehte sich auf den Bauch und vergrub das Gesicht in ihrem Kissen. Wie Hammerschläge donnerte ihr Puls in ihren Ohren.

Sie dachte ans Sterben.

Als sie aus ihrer Höhle auftauchte, stand Jamie vor dem Bett. »Ich habe ihn beruhigt«, sagte er, »und ihm Milch gegeben.«

»Danke.« Violet schaute mit einem Ausdruck zu ihm auf, den er als Trotz deutete.
»Ich werde im Gästezimmer schlafen – ich denke, du brauchst Ruhe.«
»Ich bin okay.«
»Und ich denke auch, du solltest morgen zum Arzt gehen.«
Er sprach in einem Ton mit ihr, als sei sie eine entfernte und lästige Verwandte.
»Es besteht kein Anlaß für diesen Ton.« Violet war sich im klaren, daß eine Entschuldigung anstand. »Es tut mir leid, daß ich das getan habe.«
»Das sollte es auch!«
In diesem Augenblick erkannte Violet, daß er ernsthaft böse war – und endlich wurde ihr in vollem Umfang die Ungeheuerlichkeit ihres Verhaltens bewußt. Wie so oft reagierte Violet mit einem Angriff. »Es wäre hilfreich, wenn du mehr zu Hause wärst – du überläßt alles mir.«
»Ich leiste meinen Beitrag.«
Wieder auf sichererem Boden fuhr Violet vom Kissen hoch, ihre Augen wurden schmal. »Ach ja? Wer kümmert sich darum, was eingekauft werden muß, was es zu essen geben soll, ob die Toilette saubergemacht werden muß? Ob wir genügend Windeln im Haus haben, Briefpapier, Shampoo? Sag mir doch, wer das alles tut! Und sag mir, ob das nur einmal nötig ist oder Woche für Woche!« Sie schlang die Arme um ihre schmaler gewordenen Schultern und umfaßte sich fest. »Es endet nie, Jamie – und es schafft mich. Mittagessen, Tee, Abendessen, Bügeln, Bettenmachen, Putzen – und dann noch ein schwieriges Kind …«
»Hör auf, ja!« Es kostete Jamie ungeheure Anstrengung, sein Zittern zu unterbinden. Violet beobachtete, wie er die Fäuste ballte und sich gleich darauf zwang, sie wieder zu öffnen. »Ande-

re Frauen bewältigen das auch – und du hast sogar Emmy für den Kleinen und Mrs. Stone zum Großreinemachen.« Er konnte sich gerade noch den Nachsatz verkneifen: »Prue macht das alles allein.«
»Andere Frauen sind aber nicht voll berufstätig.«
Oh, Gott – das war wieder mal ein Eigentor! Jamie beugte sich über sie und stützte die Hände links und rechts von ihrem Körper auf. »Das müßtest du auch nicht sein! Ich verdiene genug.« Sein Atem streifte ihre Wange.
Auf eine seltsame Weise begann Violet die Situation zu genießen. »So ist's richtig – kehr den Macho und dein Bankguthaben nur heraus! Aber ich *will* arbeiten, und ich mache meine Sache gut! Du hast nicht begriffen, worum es geht.«
»Nämlich?«
»Daß alles an mir hängenbleibt. Du verläßt jeden Morgen das Haus im Vertrauen darauf, daß du abends eine warme Mahlzeit vorgesetzt bekommst, dein Hemd gebügelt und das Bett gemacht wird. Richtig? Wer kümmert sich darum? Wer sorgt vor dem eigenen Arbeitstag dafür, daß du dein Fleisch und zweierlei Gemüse genießen kannst?«
Schweigen antwortete ihr, und Violet zückte ihr Schwert und stach zu. *»Du* nicht, oder?«
Sie bereitete sich darauf vor, den Kampf fortzusetzen, angesichts seiner Unterlegenheit Großherzigkeit zu üben, sich noch einmal zu entschuldigen, doch plötzlich zog Jamie sich zurück. Buchstäblich. Sie spürte, wie er sich ihr entzog – und das erschreckte sie mehr als ihr Streit, mehr als ihre Alpträume, mehr als ihre selbstsüchtige, unmütterliche Seite, über die sie nicht gern ausführlich nachdachte, mehr als das, was sie mit Edward gemacht hatte.
»Gute Nacht.« Jamie seufzte, band seinen Morgenmantel fester

zu und ging in Richtung Tür, nahm sein verwirrendes, neues Ehemann-Erscheinungsbild mit sich.

»Jamie! Warte. Warst du ...« Violet sah, wie ihre Hände die Daunendecke umklammerten, »warst du heute abend im Waterloo-Bahnhof?«

Nach einer winzigen Pause log er: »Nein, war ich nicht.« (Prue und er hatten sich auf einen Drink getroffen, bevor sie Max zu einem Geschäftsessen begleitete, wozu sie hin und wieder verpflichtet war.)

Violet ließ seine Aussage im Raum stehen. »Ich glaube, das Bett im Gästezimmer ist nicht bezogen«, sagte sie mit einer Befriedigung, die an Brutalität grenzte. Nachdem er gegangen war, ließ sie sich in ihr Kissen zurücksinken.

Riesenportionen aller möglichen Leckerbissen segelten über ihren geistigen Bildschirm. Buttertriefende Teekuchen. Erdbeerkuchen. In sämiger, glänzender Sauce schwimmendes Rindfleisch. Rosige Shrimps, in geklärter Butter zusammengerollt wie Babys in ihren Bettchen.

*

Ein paar Stunden Schlaf genügten Violet, um die Risse in ihrem Schutzpanzer zu übertünchen – und sich selbst von einigen Dingen zu überzeugen. Erstens: Sie mußte sich ein paar Tage freinehmen und auf einer Gesundheitsfarm ihre Batterien aufladen. Zweitens: Sie hatte nichts außergewöhnlich Schreckliches getan. Wenn man ein wenig an der perfekten Oberfläche kratzte, förderte man bei jeder Mutter irgendeinen beschämenden Vorfall zutage – oder mehrere. Drittens: Es war nicht Jamie, den sie im Waterloo-Bahnhof mit einer fremden Frau gesehen hatte. Sie hatte sich geirrt, war einer optischen Täuschung aufgesessen. So brauchte Violet sich keine Sorgen um ihre Ehe zu machen, denn es stand keine Verfehlung zur Debatte. Ihre Ehe würde bestehen, komme, was da wolle.

An diesem Morgen zog sie ihre Lippen mit einem leuchtendroten Konturstift nach und füllte den so geschaffenen Rahmen entsprechend aus.

22. KAPITEL

Der Sommerurlaub kam und ging, und, wie Prue es wünschte, blieben die Valours zu Hause. Max beendete die Renovierungsarbeiten, pusselte im Garten herum und beobachtete Prue. Prue wurde noch dünner, gewöhnte sich an, ihre Haare mit einem elastischen Samtband zusammenzubinden und beobachtete Max.

Jane verbrachte viel Zeit mit Judy, Kates Tochter, an ihrem Computer und verschwand häufig mit ihrem Fahrrad. Und sie ging ihrer Mutter aus dem Weg, erschien häufig nicht zum Essen und war ungewöhnlich schwierig. Prue, die ihre Zeit zwischen der Buchhandlung und dem Haushalt aufteilte und – abgesehen von den abgeknapsten Minuten im Waterloo-Bahnhof – wegen der Schulferien keine Gelegenheit hatte, sich mit Jamie zu treffen, sah ihre wachsende Gereiztheit schließlich in einem Wutausbruch gipfeln, worauf Jane ihr erklärte, sie sei unfair, lieblos und darüber hinaus sei sie, Jane, zu alt, um sich von jemandem wie *ihr* herumkommandieren zu lassen, und außerdem schere Prue sich nicht im geringsten um ihre Tochter.

Das stimmt nicht, das stimmt nicht, hätte Prue am liebsten gerufen.

Aber es hätte vielleicht nicht ganz echt geklungen. Tief in ihrem Herzen wußte sie, daß ihr, was Jane betraf, irgend etwas Wichtiges entging, doch ebendieses Herz war zu voll, zu gierig darauf, neue Sinnesreize zu erforschen, zu gedankenverloren, um über sich selbst hinauszublicken.

Prue entdeckte die Faszination absoluter Egozentrik. Sie rechtfertigte sie, indem sie sich sagte, daß es ihr gestattet war, selbst-

süchtig zu sein, daß sie das Recht hatte, ein einziges M
anderes Leben zu führen als das ihrer Familie gewidmet
Schließlich wurde Jane wieder dem Internat überantwortet, was im Vorfeld – seitens Prue – Hektik mit sich brachte, da sämtliche Dinge ihrer Tochter mit Namensetiketten versehen werden mußten, und – seitens Jane – Rebellion heraufbeschwor, da Prue eine Leggings, die sie unbedingt mitnehmen wollte, für ungeeignet erklärte. Auf der Fahrt zur Schule drückte Jane ihre Software-Disketten an die Brust, still, verschlossen und geistesabwesend – als lausche sie Gesprächen aus einer anderen Welt, dachte Prue.

Die ersten beiden Wochenenden des Schuljahres mußten die Mädchen immer im Internat bleiben, und für das dritte Wochenende wurde Jane von Lydia eingeladen – ein Hoffnungsschimmer, weil sich hier die Entwicklung einer echten Freundschaft abzeichnete.

Früh am Morgen des 25. September – dem Tag, an dem ein zwölfjähriger Junge in Florida die »Scheidung« von seinen leiblichen Eltern durchsetzte – rief Mrs. Harriman, Janes Hausmutter, bei Prue an. Sie war freundlich, aber besorgt und fragte geradeheraus, ob sich während der Ferien etwas ereignet hätte, das Jane verändert haben könnte.

»Nein«, antwortete Prue. »Nicht, daß ich wüßte.«

»Sie gibt sich nicht die geringste Mühe, Mrs. Valour, und ihre Leistungen sind, gemessen an ihren Fähigkeiten, erschreckend schlecht.« Mrs. Harriman ließ Prue ein wenig Zeit, um diese Information zu verdauen, und fügte dann hinzu: »Noch mehr Sorgen macht mir allerdings ihre Appetitlosigkeit.«

»Ihre Appetitlosigkeit?!«

Mrs. Harriman gelang es, durch ihr anschließendes Schweigen sowohl eine Anklage als auch eine Verurteilung auszudrücken –

und mit einem Schlag begriff Prue, in welcher Lage sich Johanna befunden hatte. Selbst wenn die Kirche sie von der Anschuldigung der Ketzerei freispräche, würde sie auf jeden Fall von den Engländern als Verräterin angeklagt. Die Angeklagte war auf jeden Fall schuldig – wenn nicht dieses Verbrechens, dann des anderen. »Ja, ich muß Ihnen leider sagen, daß sie kaum etwas ißt.«
»Haben Sie mit ihr darüber gesprochen?«
»Ich dachte, wir sollten zuerst mit Ihnen sprechen.«
»Ich komme gleich nach der Arbeit zu Ihnen.«
Es liegen Welten zwischen dem distanzierten »Wir« einer Schule und dem ängstlichen »Ich« einer Mutter. Prue rief Gerald an, um ihn vorzuwarnen, daß sie heute früher gehen würde. Dann sagte sie die Tee-Einladung bei Kate ab und bat Molly, sie bei der Gemeindeversammlung zu entschuldigen.
»Ich verstehe«, sagte Molly.
Nein, das tun Sie nicht, hätte Prue am liebsten gesagt. Sie verstehen überhaupt nichts! »Es tut mir so leid, Molly – aber ich muß hinfahren.«
»Nun ja ...« Molly vermittelte ihr ohne Worte, daß ihre Pflichtverletzung dem Tatbestand gleichkam, die eigene Großmutter zu verkaufen, um mit dem Erlös eine Spielschuld zu begleichen.
Der Herbst begann mit braunen und goldenen Zungen über die Bäume, die abgeernteten Felder und in die Bodenfalten der Landschaft zu lecken, und das Licht war der Jahreszeit entsprechend milchig und sanft. Die Zugvögel wappneten sich für den Flug nach Süden, versammelten sich auf Telefonleitungen oder probten Formationsflüge.
Prue, die zusammengesunken hinter dem Steuer saß, nahm zum ersten Mal keine Notiz davon.
Die Erkenntnis, eine Schuld auf sich geladen zu haben, tritt nicht mit einem Donnerschlag ein. Nein, sie stiehlt sich ins Bewußtsein,

tropfenweise, gewinnt stetig an Tiefe und Ausdehnung, bis sie es schließlich überflutet. Und an diesem Punkt verwebt sich dann eine scheinbar nicht damit zusammenhängende Tatsache mit einer anderen, und plötzlich wird ein Zusammenhang deutlich. Prue hatte ein Verhältnis – Jane hatte Probleme.

Prue wurde klar, wie wenig sie sich um Jane gekümmert hatte. Sie hatte sich nicht bemüht, zu begreifen, was in ihrer Tochter vorging, war nur mit sich selbst beschäftigt gewesen. Sie hatte nicht erkannt, daß Janes äußerliche Ruhe vielleicht nur eine Maske war, unter der sie ihren inneren Aufruhr verbarg.

Ihre Finger umklammerten das Lenkrad. Der Vorzug, etwas tun zu können, ohne daß das gesamte Umfeld in Mitleidenschaft gezogen wurde, war anscheinend nur einigen wenigen gegönnt: den sehr Einsamen und wild Entschlossenen.

»Ich habe einen Fehler gemacht.« Prue riß sich das Samtband herunter, das sie trug, weil es Jamie gefiel, und gleichzeitig stiegen Zorn und Frustration über die Einschränkungen in ihr auf, mit denen ihr Leben behaftet war.

Zwei Minuten später war Prue überzeugt davon, daß sie sich albern benahm, daß Mrs. Harriman sich geirrt hatte und Jane nach den langen Ferien nur eine gewisse Eingewöhnungszeit brauchte.

Nein, so sei es nicht, widersprach Mrs. Harriman Prue, als sie einander in dem spartanisch eingerichteten Büro gegenübersaßen. »Was wir« – wieder »wir« – »an Jane bemerkt haben, ist nicht Aufsässigkeit. Jeder, der Erfahrung mit Kindern hat, erkennt den Unterschied zwischen Ungehorsam und Zorn und Verschlossenheit. *Wir* sehen ihn«, erklärte sie und deutete mit dieser Betonung an, daß auch Prue ihn hätte sehen müssen. Darüber hinaus war Jane zweimal dabei erwischt worden, wie sie das Essen von ihrem Teller in einer Papiertüte auf ihrem Schoß versteckte.

»Was meinen Sie – woran könnte es liegen?« fragte sie Prue mit einem Bitte-versuchen-Sie-nicht-mir-Sand-in-die-Augen-zu-streuen-Blick. »Gibt es ein Problem zu Hause?«
Ihr Tonfall verriet, daß sie davon ausging, eine Lüge zu hören. Obwohl erst seit kurzem Hausmutter, hatte sie bereits gelernt, daß viele Eltern logen – oder die Wahrheit zumindest beschönigten – jedoch noch nicht die Fähigkeit erworben, dieses Wissen zu verbergen.
Unsicher, wütend darüber, vorverurteilt zu werden, und voller Schuldgefühle wäre Prue der Frau am liebsten ins Gesicht gesprungen, zwang sich jedoch, sich vor Augen zu halten, daß Janes Wohl allem anderen voranstand und Mrs. Harriman Erfahrung auf diesem Gebiet hatte. Außerdem brachten Wutausbrüche nur vorübergehende Befriedigung.
»Nein, es gibt keine Probleme, Mrs. Harriman«, sagte sie und hatte dabei das Gefühl, daß ihr ganzer Körper sich mit flammender Röte überzog – und sie malte sich aus, was ihr Erröten Mrs. Harriman vermitteln würde. Zorn, eine der neuen Regungen, die der jetzt in ihrem Innern brodelnde Vulkan ausspuckte, flammte in Prue auf.
Warum sollte die Tatsache, daß sie sich vor einem anderen Mann als dem ihr angetrauten auszog, etwas, das sie allen Menschen, die in ihrem Leben eine Rolle spielten, verheimlicht hatte, nicht geheim bleiben?
Weil Menschen keine Karnickel sind. In jeder großen Liebesgeschichte weint am Ende irgend jemand tief verletzt in seine Kissen. Marcus Antonius, Octavia, Karenin, der arme, naive Charles Bovary. Pierre Abelard wurde sowohl seelisch als auch körperlich kastriert (aber wenigstens mußte er nicht jahrelang in einem Kloster schmachten wie die arme Heloïse).
Weil, sagte die Stimme, man nicht in einem Vakuum lebt.

Oh, Johanna, dachte sie – wie klug von dir, allem Fleischlichen zu entsagen.
Gebieterisch verlangte sie Jane zu sehen.
Als sie ihrer Mutter ansichtig wurde, erschrak Jane sichtlich, und ihre Unterlippe begann zu zittern. Prue streckte ihr die Arme entgegen, doch Jane kam der stummen Aufforderung nicht nach.
»Es ist doch nichts mit Dad, oder?« fragte sie ängstlich. »Er ist doch nicht krank?« Ihre Finger hinterließen verwischte Abdrücke auf der hochglanzpolierten Messingtürklinke.
»Nein, nein – es geht ihm gut.« Prue schluckte. »Kommst du mal her, Schätzchen? Mrs. Harriman macht sich ein wenig Sorgen um dich, und ich würde gern mit dir darüber sprechen.«
Jane senkte den Kopf – eine Geste, die Prue nichts verriet und gleichzeitig zuviel.
»Ich bin okay, Mum«, sagte sie aufgebracht. »Ich wünschte, es würden nicht alle so ein Theater machen. Ich habe einfach keinen Hunger!«
Prue hatte das Essensproblem noch gar nicht erwähnt.
»Schatz …«
»Bitte laß mich in Ruhe, Mum.« Es war nicht länger ihr kleines Mädchen, das da sprach und das Prue noch deutlich in Erinnerung hatte, sondern ein unsicheres, seidenhaariges Geschöpf, das sich zu einem blassen, mißmutigen, hungerstreikenden Teenager entwickelt hatte.
Früher oder später wird jedem jungen Menschen die Unschuld genommen, für gewöhnlich von einem Erwachsenen – das ist unvermeidlich. Aber wenn ich dafür verantwortlich bin, daß Jane ihre Unschuld zu früh verloren hat, werde ich mir das nie verzeihen. Prues Zorn war vollständig verflogen.
»Schatz …«
»Bitte, Mum!« wiederholte Jane.

»Aber …«
»Mach kein Theater«, sagte die neue Jane abweisend und unversöhnlich, und zum ersten Mal in ihrem gemeinsamen Leben wurde Prue eine Tür vor der Nase zugeschlagen. Die Erkenntnis ließ Prue hörbar nach Luft schnappen. Janes Blick bohrte sich in den ihrer Mutter, und Prue bildete sich ein, ein Leuchten darin zu erkennen, das sowohl beschwörend als auch verzweifelt war.
»Schatz!« Sie ging auf ein Knie hinunter. »Bitte sei nicht so!« Sie fing Janes Hand ein, wie die reuige Sünderin auf dem Gemälde, und küßte sie: die Hand, von der sie Schmutz und Farbe gewaschen, die sie nach dem Baden zum Nägelschneiden auf dem Schoß gehalten und in deren feuchte Innenwölbung sie Küsse gedrückt hatte.
Mein Kind.
Jane entriß sie ihr. »Ich gehe meine Tasche holen.«
Ihrer mütterlichen Autorität beraubt – nein, sie hatte eher das Gefühl, darauf verzichtet zu haben – stand Prue mitten im Zimmer und starrte verlegen auf den Boden. Kinder spürten Dinge, nicht wahr? Jede Tat hatte Folgen, das wußte sie – und hinzu kam, daß Jane erwachsen wurde und die von ihren Eltern in Besorgnis und Liebe um sie gezogene Schutzzone verließ.
Es war, erklärte sie später nacheinander ihrem Liebhaber und ihrem Ehemann, als habe Jane ein Band durchschnitten und hinter sich wieder zusammengeknotet, um die Zurückbleibenden daran zu hindern, ihr zu folgen. Jamie hatte dazu nicht viel zu sagen, außer, daß sie Janes Erwachsenwerden und ihrer beider Verhältnis nicht in einen Topf werfen und als einen Fall für den Henker sehen dürfe.
Max sagte noch weniger.
Nachdem sie sich von Mrs. Harriman verabschiedet hatte, wartete Prue im Wagen auf Jane. Erst wie ein Rinnsal und dann wie

eine Flut, strömten die Mädchen aus verschiedenen Türen, die kleineren mit noch unschuldigen Gesichtern über ihren Uniformen, die älteren bereits mit mehr, jedoch noch nicht fundiertem Wissen in den glänzenden Augen.

So erschien es Prue jedenfalls.

Sie mußte lange auf Jane warten. Lydia und Fee, ein anderer Flüchtling aus dem Lager der gefürchteten Alice, sagten »Hallo, Missis Valour« und entschwanden. Noch immer keine Jane. Prue drehte an den Radioknöpfen, stopfte herumliegende Bonbonpapiere in den Aschenbecher, überlegte es sich anders, pulte sie wieder heraus und steckte sie in die Tasche. Ein Luftzug streifte ihre Wange, und sie kurbelte das Fenster mit unnötiger Heftigkeit hoch.

Endlich trat Jane aus der Seitentür und kam mit zögernden Schritten auf den Wagen zu. Die Waden unter ihren glatten, runden Kniescheiben waren jetzt spindeldürr – ebenso wie der restliche Körper, der sich von ansehnlicher Schlankheit zu erschreckender Knochigkeit gewandelt hatte. Sie stützte sich am Auto ab, ehe sie die Tür öffnete. Prues Hände umfaßten das Lenkrad. »Ich dachte schon, du kämst gar nicht mehr, Schatz.« Rühreier mit Sahne, beschloß sie. Spinat mit Sahne? Nein, das könnte Jane mißtrauisch machen. Nudeln? Vollkornbrot?

Sie ließ den Motor an. Jane setzte sich zurecht.

Schweigen. Keine Fragen. Kein »Danke, daß du gewartet hast«. Kein »Was machen wir am Wochenende?« Nur Schweigen. Prue konzentrierte sich aufs Fahren.

»Ich habe ein schönes Abendessen für dich«, kündigte Prue an. Taktisch unklug! »Und vielleicht gehen wir ein bißchen spazieren.«

»Ich will kein Abendessen.«

»Sei nicht albern«, sagte Prue mütterlich-autoritär und wünschte sich gleich darauf, sie hätte es gelassen. »Natürlich willst du ein Abendessen.«

Zu Hause machte Prue Buttertoast und Tee. Jane nahm einen Bissen und kaute endlos darauf herum, was Prue verärgerte. Um Himmels willen! hätte sie am liebsten gesagt, die Kinder in Bosnien wären glücklich, wenn sie etwas zu essen hätten! Du kannst nicht behaupten, daß es nicht schmeckt! Jane legte ihr Messer auf die übereinandergestapelten Toastscheiben. Dunkle Ringe lagen unter ihren Augen.

»Gehen wir ein Stück?« schlug ihre Mutter vor.

Die Musik der Blätter hatte sich vom sommerlich-volltönenden Rauschen zu einem Rascheln gewandelt, das ihren Herbsttod ankündigte. Prue lauschte der Botschaft, als sie neben Jane die Hauptstraße hinunter in Richtung des Reitweges ging, der zu den Feldern führte. Jeden Tag wanderte die Sonne in einem flacheren Bogen über den Himmel und versank manchmal leuchtend rotorange, manchmal durch Dunstschleier zu milchigen Rosa- und Malventönen verblaßt. Die Luft wurde merklich kühler.

Als sie am Dorfladen vorbeikamen, trat Molly mit einer marineblauen Baskenmütze und ihrem unvermeidlichen Tweedrock heraus.

»Haben Sie noch mal darüber nachgedacht, ob Sie uns beim Weihnachtskonzert im Stich lassen wollen?« fragte sie ohne Einleitung. Dann wandte sie sich an Jane: »Kneifen sieht deiner Mutter gar nicht ähnlich.«

Mollys Kinnfalten zitterten. Prue schob die Hände in die Taschen und verzog das Gesicht, als ihre Finger auf dicke Fusselschichten stießen.

»Ich fühle mich der Aufgabe dieses Jahr einfach nicht gewach-

sen, Molly – und außerdem finde ich, daß andere auch mal eine Chance bekommen sollten.«
»Nicht, wenn sie es nicht können – damit ist niemandem ein Gefallen getan. Es wird nicht klappen, Prue.«
Es wird nicht klappen. Manche Frauen wußten, was Sache war, und bevormundeten die, die es nicht wußten. Molly war eine von ihnen, und so funktionierte die Welt. Gott sei Dank für sie, dachte Prue.
Auf dem Reitweg trödelte Jane hinter Prue her, und schließlich blieb sie stehen, um auf ihre Tochter zu warten.
»Geht's dir gut, Süße?«
Einen Moment lang war es wie in alten Zeiten, denn Jane hakte sich bei Prue ein – doch die Berührung war so leicht, daß der Stoff auf Prues Arm glatt blieb.
»Ja.«
Prue legte ihre Hand auf Janes, und einige ihrer schlimmsten Phantasien verflüchtigten sich. Das Ziehen an ihrem Ellenbogen, so gering es auch war, erinnerte sie daran, wo ihr Platz war, den sie bis vor ein paar Monaten auch ungeteilt innegehabt hatte. Verbunden mit ihrem Dorf, mit ihrem Heim, mit ihrer Familie – und immer da für ihre Tochter.
Aber anstatt von Zufriedenheit und einem Gefühl der Rechtmäßigkeit erfüllt zu sein, rannten Ungeduld und Frustration gegen die Gitter an, die Prues Bewegungsfreiheit einschränkten, und die Intensität und die Rücksichtslosigkeit, die diese Empfindungen beinhalteten, erschreckten Prue zutiefst.

An diesem Abend machten sie Feuer im offenen Kamin, das erste der Saison. Prue hatte vergessen, den Schornstein kehren zu lassen, und stellte sich voller Bekümmerung die vielen Vogelnester vor, die sie dort oben vermutete und die nun ein Raub der

Flammen würden. »Es sieht dir gar nicht ähnlich, das zu vergessen«, bemerkte Max, der vor dem Kamin kniete und das Feuer in Gang zu bringen versuchte.
Er setzte sich mit einem Gesichtsausdruck auf seine Fersen, der Prues Haut prickeln ließ, denn sie kannte ihn: Er drückte Nachdenklichkeit aus. Sie hatte ihn manchmal bei ihm gesehen, wenn Max über Helen sprach.
»Ich werde mich darum kümmern, daß der Schornsteinfeger kommt«, erklärte er.
Sie kehrte die Holzreste vor dem Kamingitter zusammen und wünschte, es wäre ebenso einfach, das Durcheinander in ihrem Herzen zu beseitigen. Max klopfte Staub von seiner Hose.
»Schön, so ein Feuer.«
»Eigentlich lächerlich um diese Jahreszeit«, meinte Prue.
Das Feuer wollte zuerst nicht so recht, besann sich dann jedoch und verströmte eine behagliche Wärme. Jane und Max ließen sich auf dem Sofa nieder und begannen zu lesen. Prue lauerte hinter ihnen, bemüht, die Botschaft zu entschlüsseln, die die Rücken von Mann und Tochter ihr übermittelten, sagte sich schließlich aber, daß sie auf dem besten Wege war, Verfolgungswahn zu entwickeln.
Sie war dabei, für das Abendessen auf den Knien, das zu einer Freitagstradition geworden war, Nudelsauce zuzubereiten, als Max in die Küche kam. Er entkorkte eine Flasche Wein und goß ein wenig in ein Glas.
»Sie ist wirklich zu dünn«, sagte er. »Wir müssen etwas dagegen unternehmen. Sie muß den ganzen Sommer über abgenommen haben, aber es ist mir nicht aufgefallen.«
»Sie wächst sehr schnell.«
Max drehte sich um und starrte aus dem Fenster. »Was sollen wir tun?« Er wandte ihr weiterhin den Rücken zu.

»Ich denke, wir sollten sie noch ein Weilchen beobachten, ehe wir etwas tun.«
Max fuhr herum und schaute seine Frau mit Augen an, aus denen ihr plötzlich Feindseligkeit entgegenschlug. »Machst du dir gar keine Sorgen, daß es vielleicht etwas Ernstes sein könnte?«
»Natürlich tue ich das!« entgegnete sie scharf.
Max trank wieder einen Schluck Wein. »Wie immer die Situation auch sein mag«, sagte er so leise, daß Prue sich nicht sicher war, daß er es überhaupt sagte, »Jane darf auf keinen Fall gefährdet werden.«
»Selbstverständlich nicht.«
»Eßstörungen sind gewöhnlich ein Zeichen für Ärger«, sagte Max, »oft eine Folge familiärer Probleme.«
Prue fiel ihm gereizt ins Wort: »Jane wächst sehr schnell! Sie hatte Kummer im Internat, und das Essen dort hat ihr noch nie geschmeckt. Das ist das ganze Geheimnis.«
Prue nahm sich auch ein Glas – Max hatte ihr keines angeboten –, schenkte sich großzügig ein und trank schweigend. Es war, als warte Max auf etwas, doch das Verzwickte an Spielen war, daß sie Regeln erforderten. Sie hielt ihm den Ölzweig hin.
»Du hast natürlich recht.«
»Wir reden später darüber.«
Max verließ die Küche und hinterließ einen eisigen Hauch. Prue stellte den Küchenwecker für die Nudeln. Auf einer von Kates Dinnerparties hatte sie sich vor einigen Jahren mit einem Arzt unterhalten. Er hatte ihr erzählt, daß Epidemien sich einem Schema folgend ausbreiteten. Die Ironie dieses Umstandes hatte einen makabren Reiz: Eine so umfassende, für die am schlimmsten Betroffenen möglicherweise tödliche Katastrophe konnte in ihrer Entwicklung exakt vorausgesehen, aber oft nicht verhindert werden.

Zuerst verlief die Linie auf der graphischen Darstellung aufwärts, bezeichnete den Weg der Mikrobe, die sich in dem von ihr gewählten Gebiet vorankämpfte. Dann, an dem Punkt, wo die Linie stockte, eine Kurve beschrieb und ihren Abwärtsweg antrat, wurde eine Überprüfung eingeschoben – Schuldgefühle, die in dunklen Adern in die Liebe, den Wahnsinn und die Begierde rannen, bis schließlich – vielleicht – der Rückzug erfolgte.
Was bewies: Eine Epidemie hatte viel mit einem Ehebruch gemeinsam – von der Entdeckung an (dem Aufgehen der Saat im Kopf und der daraus resultierenden körperlichen Reaktion) bis hin zu dem alles verwüstenden Chaos. Die Qual des Verlangens. Sinne, die sich dehnten, bis sie transparent waren und schmerzten. Erschöpfung, die den Körper antrieb und ihm keine Ruhe gönnte. Die Selbstsucht.
Und was dann?
Das wußte Prue nicht, denn sie war auf dem Millimeterpapier noch nicht weit genug nach oben geklettert.

»Ich mag nichts«, sagte Jane, das mit rosa Rosen bemalte Blechtablett auf den Knien balancierend. »Ich habe keinen Hunger.«
»Nur ein paar Bissen!«
»Oh, Mum – hör auf, mich zu bedrängen.«
Max' große Hand senkte sich auf Janes mageren Arm. »Deine Mutter hat recht – du solltest etwas essen.«
Jane warf ihrer Mutter einen Blick zu, seufzte und stocherte mit der Gabel in ihren Nudeln herum. »Ihr könnt mich nicht zwingen zu essen!«
Wieder warf sie Prue einen Blick zu. Hilf mir, flehte er. Hilf mir, meine Hilflosigkeit auszudrücken.
»Komm schon, Hübsche«, sagte Max. Der Kosename aus ihrer Kleinkindzeit rührte offenbar etwas in ihr an, denn sie wandte

ihr jetzt unendlich müdes und verwirrtes Gesicht ihrem Vater zu. Er streckte den Arm aus und zog sie zu sich heran. Mit der freien Hand drehte er eine Ladung Nudeln auf die Gabel.
»Aufmachen«, kommandierte er. »Hier kommt das Flugzeug.«
Der Bezug auf ihr neuestes Computerspiel entlockte Jane ein Grinsen. »Das ist doof, Dad.«
Trotzdem öffnete sie den Mund.
»Kauen!« kommandierte er sanft. »Na, los. Um neun kommen die Banditen.«
Die Augen über dem vollen Mund hielten Max' Blick fest und füllten sich mit Tränen. Prue hielt eine qualvolle Ewigkeit lang die Luft an. Janes Kiefer begannen zu mahlen. Prue ließ in einem Seufzer die Luft aus ihren zum Bersten gefüllten Lungen entweichen. Sie sah zu, wie Max, leise auf seine Tochter einredend, mit dem Daumen die Tränen von ihren Wangen wischte, sie an seinen Körper drückte und sie Gabel für Gabel fütterte, bis der Teller leer war.
Danach schlief Jane im Arm ihres Vaters vor dem Feuer ein.

Max hielt sich die meisten Samstage im Garten auf. Tatsächlich verbrachte er mehr und mehr Zeit dort, und der Garten begann ein geradezu zwanghaft gepflegtes Aussehen zu bekommen.
Zur Zeit richtete seine Besessenheit sich auf die Verlegung des Komposthaufens.
An jenem Morgen stand er unter dem Pflaumenbaum am Ende des Gartens, der zur Straße hin durch eine Steinmauer begrenzt wurde. Es würde ein warmer Tag werden, doch die Wärme hatte noch nicht eingesetzt, und die Sonne war noch immer damit beschäftigt, die frühmorgendlichen Dunstschleier aufzulösen. Pflaumen in verschiedenen Stadien des Verfalls lagen im Gras, blaue Edelsteine, aus denen süßer, zähflüssiger Saft quoll,

der Schwärme von Fliegen anlockte. Inmitten der herbstlich-üppigen Natur wirkte Max merkwürdig einsam.

Jedenfalls hatte Emmy diesen Eindruck, als sie die Straße heraufkam.

»Hallo, Mr. Valour.«

Sie war übers Wochenende nach Hause gekommen und oben am Flugplatz spazierengegangen, hatte jedoch nicht widerstehen können, über Hallet's Gate zurückzugehen, denn was sich in der Familie tat, begann sie, wie sie Anna erklärte, wirklich zu interessieren. (Anna verlangte einen umfassenden Bericht, vor allem etwaige pikante Einzelheiten, und Emmy ihrerseits war nach so langer Abwesenheit selbst gespannt darauf, was es Neues gab.)

Kluge Anna. Es stimmte – Emmy veränderte sich. Es war, als sei sie in ein Zimmer gezogen worden, das sie nicht zu betreten vorgehabt hatte, oder habe eine Brille bekommen, die ihr Gesichtsfeld erweiterte. Trotzdem war es unwahrscheinlich, daß eine Cindy Crawford aus ihr würde.

Max blickte auf. »Hallo, Emmy. Ich habe gerade überlegt, wohin ich meinen Komposthaufen verlegen soll. Der jetzige Platz ist nicht ideal.«

Das versetzte Emmy in ihr Element. Sie beugte sich über die Mauer und spähte in die Richtung seines ausgestreckten Armes.

»Haben Sie vor, einen zu bauen oder zwei?«

»Bauen?« Max' Schatten auf dem Gras wirkte riesig. »Ich wollte eigentlich nur den Standort des Haufens verlagern.«

»Es wäre viel besser, wenn Sie einen Holzrahmen dafür konstruieren würden«, erklärte Emmy voller Eifer. »Dann würde keine Luft drankommen, und Sie könnten zwei betreiben.«

»Wie wär's – wollen Sie mich beraten?«

Das ließ Emmy sich nicht zweimal sagen. Max fiel die Veränderung auf, die mit Emmy vorgegangen war. Sie sah sehr viel ansprechender aus, die Jeans und der Guernsey-Sweater waren eine echte Verbesserung, ebenso wie die kurzen, endlich von Mr. Twists in Clapham verbrochener Dauerwelle befreiten Haare.

»Schauen Sie her …« Emmy zog einen Kugelschreiber und ein Stück Papier aus der Tasche. »So könnte der Kasten zum Beispiel aussehen: Dazu brauchen Sie vier Eckpfosten, sieben Komma fünf auf zwei Komma fünf, und vier Fußbodenbretter, zwei Komma fünf mal fünfundsiebzig oder fünfundsechzig Zentimeter breite Fußbodenbretter. Besonders billig kriegen Sie die bei einem Abbruchunternehmen.«

»Woher wissen Sie das alles?« Max schaute mit zusammengekniffenen Augen auf das Papier hinunter.

Emmy zuckte mit den Schultern und wedelte mit der Hand, um die Fliegen zu verscheuchen, die um ihren Kopf summten. »Ich interessiere mich eben für solche Dinge.«

Sie lobte den Garten, Max hatte jedoch den Verdacht, daß die exakten Blumenrabatten und das kreisrunde Beet in der Mitte des Rasens nicht ihre Billigung fanden. Es amüsierte ihn, daß ihm das etwas ausmachte.

»Ich habe versucht, meine Mutter dazu zu überreden, Würmer zu kaufen.« Emmys Gesicht leuchtete vor Eifer. »Aber sie will nicht.«

»Würmer? Erzählen Sie mir davon!«

Max war fasziniert. Emmy kam seiner Aufforderung nur zu gern nach, und sie vertieften sich in ein Gespräch, in dem es um Flüssigdünger, die Wirkungsweise von Würmern, Luftzirkulation, Bakterien und Schlamm ging.

Max lieh sich Emmys Zettel und machte sich begierig Notizen. »Man muß ihn zweimal umgraben?« Er schaute auf das Papier hinunter und gab Emmy die Gelegenheit, sein von der Sonne beschienenes Gesicht zu studieren. Er hat Sorgen, dachte sie mit jäh aufsteigendem Mitgefühl und kam zu dem Schluß, daß sie ihn viel sympathischer fand als den augenfälliger attraktiven Jamie – vor allem, wenn das, was sie vermutete, wirklich nur vermutete, der Wahrheit entsprach.

»Wie lange werde ich dazu brauchen?«

Ehe sie recht wußte, was sie tat, hatte Emmy ihm schon ihre Hilfe angeboten. Er lächelte sein liebes, müdes Lächeln. »Das wäre sehr nett. Haben Sie jetzt zufällig Zeit, mir beim Kauf des Materials zu helfen?«

Ein Motorrad kam die Straße heruntergedonnert und bremste. Wie eine Marionette, an deren Fäden ein Puppenspieler riß, fuhr Emmy herum.

»Hier bist du!«

Ein in Leder gehüllter Riese beugte sich über die Mauer, und Max sah fasziniert, daß sich ein Pferdeschwanz unter dem Helm hervorringelte.

»Angus!« Emmy schaute von Max zu dem Adonis. Jede Pore ihres schmalen Gesichts leuchtete vor Sehnsucht, und Max erbebte für sie. »Tut mir leid, Mister Valour – ich helfe Ihnen ein andermal. Bestimmt!«

Natürlich konnte Max nicht mit dem testosterongeladenen Angus konkurrieren – hätte es nie gekonnt.

»Morgen?« Emmy wurde von einer unsichtbaren Kraft aus dem Garten gezogen.

»Natürlich.«

Erstaunlicherweise kam sie tatsächlich am nächsten Tag. Mit Angus.

Kompostkästen zu konstruieren schweißt zusammen. Die Zutaten sind Nägel, Bretter, Pfosten und Finger – zumeist mit

Hansaplast verklebt. Das und der Geruch von Holz: trocken, harzig, intensiv genug, um die Haare in der Nase zu kitzeln. Und die Mischung aus dem säuerlichen Geruch zusammengepreßter Erde und frisch umgegrabenem, von Septemberregen durchfeuchtetem Grasboden. Vier einfache Seitenwände und einen Deckel zusammenzufügen, um dafür zu sorgen, daß Unkrautsamen und schädliche Keime zerstört werden, schafft eine Verbindung zwischen Baumaterial und Baumeister, zwischen Bakterien und Gartenabfällen, zwischen der kalten äußeren Schicht und dem Kern, den sie abschirmt und dessen Hitze sie bewahrt. Max und Prue hätten gemeinsam einen Kompostkasten bauen sollen.

23. KAPITEL

Jamie meinte, es wäre eine freundliche Geste, die Valours ins Theater einzuladen. »Seit wann bist du Theaterfan?« fragte Violet. »Na schön. Deine Sekretärin soll die Karten organisieren – am besten für ein Shakespeare-Stück.« Als sie seinen verwirrten Gesichtsausdruck sah, fügte sie hinzu: »Sei doch nicht so schwer von Begriff, Jamie: Shakespeare hat Bildungswert für Jane.«

Sie trafen sich im Foyer des National Theatre. Max und Prue waren längere Zeit nicht im Theater gewesen, und Jane war ganz aufgeregt. Das Theater war hell erleuchtet und der Geräuschpegel hoch. Als sie durch die Glastüren eintrat, regte sich freudige Erregung in Prue, ein angenehmes Gefühl, draußen in der großen Welt zu sein – und noch dazu an einem interessanten Ort. Violet, die auffallend schlank war und sehr selbstbewußt wirkte, jedoch voller Aggressionen war und sich wie ein Kind fühlte, das sich im dunklen Wald verirrt hatte, kniff Prue in die Wange.

»Du siehst blaß aus, Prue. Brütest du zuviel über der heiligen Johanna?« Ihr Ton vermittelte den Eindruck, als handle es sich dabei um etwas Unanständiges.

»Nein, eigentlich nicht.« Prues Finger spielten wie üblich mit den Flusen in ihrer Manteltasche.

»Vielleicht liegt es dann an dem Grau – ich fand schon immer, daß das nicht deine Farbe ist.« Violet ließ ihren Blick über Prues Krepp-Kostüm gleiten.

Prue hatte Jamie bisher noch nicht angeschaut, doch jetzt tat sie es. »Es war sehr lieb von euch beiden, uns einzuladen. Bevor ich deinen Vater heiratete, ging ich oft ins Theater.«

»Ach ja – die Fünfziger«, sagte Violet wie aus der Pistole geschossen.
»So alt bin ich nun auch wieder nicht«, widersprach Prue.
»Ich weiß«, nickte Violet. »An manchen Tagen sieht man dir dein Alter wirklich nicht an.«
»Hi«, sagte Jane zu Jamie.
Jamie beugte sich hinunter und gab ihr einen Kuß. »Ich habe mich darauf gefreut, dich zu treffen. Ich brauche deinen Rat zu einem Computer, den ich kaufen will.«
Janes Gesicht leuchtete auf wie ein Abendstern.
Violet küßte ihren Vater. »Hol uns was zu trinken, ja, liebster Vater? Für mich Mineralwasser – mit Eis und Zitrone.«
Max gehorchte.
Das Foyer füllte sich, und Prue spürte, wie der Lärm und die Farbenpracht ihre Sinne ankurbelten.
»Ach übrigens«, Violet rückte sich geschickt in Prues Blickrichtung, »ich habe mich auf einer Gesundheitsfarm angemeldet.« In der nachfolgenden Pause ordnete Prue ihre Züge zu einem Ausdruck höflichen Interesses. »Ich fühle mich in letzter Zeit etwas überfordert und dachte, das würde mir guttun.«
Jamie schien überrascht. »Hast du das?«
Violet warf ihrem Mann einen Blick zu. Er war ins Ehebett zurückgekehrt, doch das war bisher auch alles. »Ich habe es dir neulich erzählt.«
Jamie schob eine Hand in die Hosentasche. »Ich muß es vergessen haben.«
Manche Ehepartner, zwischen denen zu Hause ein unbehagliches Schweigen herrscht, gehen in der Öffentlichkeit auffallend unfreundlich miteinander um – eine Taktik, die Violet mit Vorliebe anwandte. »Du bist neuerdings ständig geistesabwesend – hörst du überhaupt nie zu, Jamie?« Sie unterstrich die Rolle der

Frau-ohne-die-alles-im-Chaos-versinken-würde (eine ihrer Lieblingsrollen) durch einen Blick gen Himmel.
»Ich hoffe, du hast dir eine schöne Klinik ausgesucht«, sagte Max, der die Idee als einziger zu billigen schien.
»Ja, sie ist sehr hübsch.« Violet wurde vorübergehend durch den Anblick einer Frau abgelenkt, die ein großes Räucherlachsbrötchen aß.
»Ich habe Durst«, meldete sich Jane.
»Warum hast du das nicht früher gesagt?« fragte ihr Vater.
Violet ignorierte die Unterhaltung der beiden. »Sie liegt in der Nähe von Newbury«, sagte sie. »Ich habe die ausgesucht, die Dainton am nächsten ist ...« Da wußte Prue, was kommen würde. »... und ich wollte dich fragen, ob du Edward nehmen könntest. Nur Samstag und Sonntag. Jamie oder Emmy könnten ihn bringen ...«
»Nein«, erwiderte Prue, deren Wohlgefühl abrupt erloschen war. »Ich kann nicht.«
»Ich habe Durst!« meldete Jane sich erneut, diesmal bereits hörbar mißmutig.
»Ich habe dir ja noch gar nicht die Daten genannt, Prue, wie kannst du da schon nein sagen?«
»Ganz einfach.«
»Mum, zur Zeit dringt man einfach nicht zu dir durch!«
Prue schaute Jane an und sah statt ihrer geliebten, kleinen Tochter einen schlacksigen Teenager mit zornigem Blick und mürrisch verzogenem Mund. Draußen glänzte der Fluß im Licht, das Tausende anderer Leben beleuchtete.
Jane warf in einer bemerkenswerten Imitation von Emma Hughes die Haare nach hinten, einer Sechstkläßlerin, die, nach der Häufigkeit zu urteilen, mit der Jane ihren Namen einfließen ließ, ihre neueste Favoritin war. »Mum kümmert sich nur noch um sich

selbst, und sie läßt unheimlich nach. Vorgestern gab es doch tatsächlich Tütenpudding!«

»Jane ...« Max' Stimme war zwar leise, enthielt jedoch eine Warnung. Sich auf ein Spiel mit einem aufsässigen Teenager einzulassen, löste wahrscheinlich die gleiche unangenehme Mischung aus Zorn und Heiterkeit aus wie ein Tennismatch mit John McEnroe. Prue warf Max, dem Schiedsrichter, ein Lächeln zu.

Violet ließ sich nicht beirren. »Um noch einmal auf Edward zurückzukommen, Prue, er wäre keine Last für dich. Jamie könnte dir helfen, und Emmy wohnt auch nur ein paar Meter die Straße runter.«

Das Klingelzeichen kündigte den Beginn der Vorstellung an, und Jamie dirigierte die kleine Gesellschaft durch die Türen und zu ihren Plätzen. Prues Entschluß, hart zu bleiben, festigte sich. Sie dachte an schwere, unverrückbare Dinge: die Steine von Stonehenge, die Pyramiden, den Koloß von Rhodos.

»Violet«, sagte sie, als sie durch den Mittelgang nach vorn gingen, »ich glaube, du hast mich nicht verstanden: Ich will Edward nicht nehmen, ich habe andere Dinge zu tun.«

»Bitte überleg's dir noch mal, Prue.« Violet hatte sich in der Mitte einer Reihe im Parkett niedergelassen, beugte sich an ihrem Vater vorbei zu ihrer Stiefmutter hinüber und bohrte ihr den spitzen Nagel ihres Zeigefingers in den Oberschenkel. Sie hatte nicht die Absicht aufzugeben und senkte ihre Stimme um ein, zwei Noten, um ihr zusätzliche Dringlichkeit zu verleihen, wobei sie gleichzeitig geschickt Überraschung darüber ausdrückte, daß Prue sich so vehement dagegen sperrte, ihr eine so harmlose Bitte zu erfüllen. »Mach dir keine Gedanken wegen des Tütenpuddings.«

Säure kochte hoch – destilliert aus Jahren des Mißtrauens, der Abneigung und des Wissens, daß sie bei ihrer Stieftochter versagt hatte, wobei ihr Versagen und die daraus resultierenden Schuldgefühle die Abneigung gleichermaßen steigerten. Prue bemühte sich, nicht kleinlich zu sein und sorgsam mit ihrer Umwelt umzugehen, was sie für ihre Pflicht hielt, bemühte sich zu vergessen, wenn sie nicht vergeben konnte. Diesen Bemühungen standen die Verletzungen eines Egos gegenüber, das wußte, daß es versagt hatte, und sein Bedürfnis, gemocht zu werden.

Sie wandte sich Violet zu und sagte laut genug, um das Interesse des umsitzenden Publikums zu wecken: »Würdest du bitte endlich Ruhe geben, Violet?!«

»Violet«, sagte Jamie, der sich sichtlich unbehaglich fühlte, fast entsetzt über Prues Reaktion wirkte, wie Prue bemerkte, als sei sie ihm in den Rücken gefallen, »warum lassen wir das Thema nicht einfach?«

Violet schenkte ihrem Mann einen ihrer Unschuldsblicke. »Ich habe Prue doch nur geraten, sich nicht so viele Gedanken um alles zu machen.«

Sie sah so ernsthaft, glaubwürdig und schön aus. Durchtriebene, schlaue Violet, die ihre Geheimnisse so gut verbarg. Jamie legte seiner Frau die Hand auf die Schulter. »Vorsicht, Liebling«, sagte er, und – umgewandelt durch die heimtückische Alchimie der Eifersucht – zerschmolz Prues Entschlossenheit zu einer heißen Woge, und sie hätte am liebsten geschrien: »Berühr nicht sie, nicht sie – berühr *mich!*«

Jamie spürte Violets durch keine Fettschicht gepolstertes Schulterblatt unter seiner Hand. Er hatte Prue noch nie wütend erlebt (sie ihn natürlich auch nicht), und die Erfahrung würde sein Bild von ihr unterschwellig ändern. Jamie machte Bekanntschaft mit einem Phänomen: mit der Veränderung der Menschen, die er liebte. Oder vielleicht begriff er auch erst jetzt, wie sie ursprünglich gewesen waren.

Violet beugte sich vor. »Prue!« zischte sie. »Kann es sein, daß dir die Wechseljahre Beschwerden bereiten?«

»Also wirklich, Violet – jetzt reicht es!«

Zorn stieg in Prue auf und der Drang, sich schlecht zu benehmen – und sie gab ihm nach. Sie sprang auf, drängte sich an den Knien der Leute entlang durch die Reihe, womit sie grollendes Gemurmel und allenthalben das Zurechtrücken von Kleidung auslöste.

»Mum?« Janes unsicheres Flüstern folgte Prue. »Mum?«

Prue ignorierte ihre Tochter. Ein weiterer Minuspunkt. Ein weiterer kalter Stein, den Jane auf die Mauer legen konnte, die zwischen ihnen emporwuchs.

An der Tür zum Foyer drehte sie sich um. Jamie wirkte wie vom Donner gerührt, Max gleichgültig, Jane erschrocken und Violet – nun, Violet wirkte wie Violet, wenn sie ein Scharmützel gewonnen hatte. Ansonsten wirkten sie wie eine völlig normale Gesellschaft, die miteinander ins Theater gegangen war.

Ohne Zweifel war auch ihr Zorn völlig normal, doch so wie das Gehirnpotential des Frosches nicht ausreicht, um alles zu verarbeiten, was er sieht, hatte Prue das Gefühl, daß ihr Nervenpotential nicht ausreichte, um mit den Veränderungen in ihrem Leben zurechtzukommen.

Draußen vor dem Theater, am Flußufer, atmete sie unter dem Eindruck, daß das Gewicht ihrer Empfindungen – Schmerz, Eifersucht und eine Leidenschaft, die unter der Belastung zu ersticken drohte – allen Sauerstoff aus ihren Lungen gepreßt hatte, gierig die Londoner Luft ein.

Sie versäumte den ersten Akt eines Stückes, auf das sie sich gefreut hatte.

Wind wehte von der Themse herauf, ein klammer, übelriechender Wind, der von zu dicht aufeinander lebenden Menschen kündete. Sie sehnte sich nach Jamie. Oh, wie sie sich nach ihm sehnte. Und sie wünschte, ihre Tochter wäre noch immer so vollkommen und unbelastet wie am Tag ihrer Geburt. Sie wünschte sich das zweite Kind, das sie nicht zustande gebracht hatte. Sie wünschte sich, daß es Max nichts ausmachte. Sie wünschte sich, wieder Herr ihrer selbst zu sein. »Bevor man sich auf eine leidenschaftliche Beziehung einläßt«, schrieb im siebzehnten Jahrhundert eine Nonne, auf deren Brief Prue im Zuge ihrer Recherchen gestoßen war, »sollte man das Ausmaß des Kummers bedenken, der daraus erwachsen kann, die Ungewißheit, die widerstreitenden Impulse, die Verzweiflung, die Zweifel, die Eifersucht …«

Prue hatte das alles nicht bedacht. Das sah ihr so gar nicht ähnlich. Sie war in einen Wildbach gesprungen, ohne sich Gedanken über die Felsen darin zu machen. Die Nonne, das hätte sie sich vor Augen halten sollen, war von ihrem französischen, adligen Liebhaber verlassen worden.

Als Prue so dastand und den ungewohnten Flußgeruch und die Autoabgase einatmete, erwachte das Gefühl in ihr, sich hoffnungslos verirrt zu haben.

In der Pause machte sie sich – wieder die alte Prue, auf die sich alle verließen – auf die Suche nach ihnen, um sich zu entschuldigen. Natürlich würde sie Edward nehmen, nein, es mache ihr keine Mühe. Selbstverständlich wäre auch Jamie willkommen, und sie sei sich sicher, daß sie Emmy nicht brauchen würde. Schließlich sei Violet eine berufstätige Mutter und habe Anspruch auf jede nur mögliche Unterstützung. (Prue bemühte sich redlich, überzeugend zu klingen.)

Max und Jamie lauschten ihrer Reue-Orgie, ohne sie zu unterbrechen. Violet war sich die Nase pudern gegangen.

»Das ist sehr nett von dir, Prue«, sagte Jamie schließlich. »Wir wissen deine Hilfsbereitschaft zu schätzen.«

»Ich gehe es Violet sagen.«

»Das kannst du dir sparen«, sagte Jamie. »Sie hat fest damit gerechnet, daß du klein beigeben wirst.«

Prue starrte ihn an. Das war möglicherweise das Taktloseste, was ihr Liebhaber je zu ihr gesagt hatte, und ihr Vertrauen in ihn war erschüttert. Um zu verhindern, etwas Nichtwiedergutzumachendes zu sagen, trank sie einen großen Schluck Gin-Tonic.

Max legte den Arm um ihre Schultern.

»Gut gemacht, Liebling«, sagte er ihr leise ins Ohr.

Sein Ton vermittelte ihr Solidarität und Verständnis für ihr schlechtes Benehmen, und Dankbarkeit für seine Güte wallte in Prue auf. In seinem Arm verharrend, wandte sie sich ihm zu und küßte ihn zuerst auf die Wange und dann auf den Mund.

Violet kämpfte sich durch die Menge auf sie zu, doch dann stieß sie auf einen Bekannten und blieb stehen.

Du und ich, dachte Prue, sind beide Gefangene unseres Geschlechts. Geschminkte, parfümierte und feucht einladende Gefäße. Johanna war sich dieser mißlichen Lage bewußt und versuchte, aus diesem Gefängnis auszubrechen – doch sogar sie versagte.

Jamie sammelte ihre Gläser ein, um sie zum Buffet zurückzubringen, und streifte im Vorbeigehen verstohlen Prues Schenkel. Prues ganzer Körper begann zu glühen, und das Blut rauschte in ihren Ohren.

Sie war hilflos.

Als sie sich nach der Vorstellung verabschiedeten, verabredeten sie sich für den kommenden Sonntag in Dainton.

Da der Sonntagmorgen vielversprechend aussah, überdachte Prue den Tagesplan und schlug vor, einen Spaziergang nach

Danebury Rings zu machen und das Mittagessen auf später zu verschieben.

»Einverstanden«, sagte Jamie.

»Nicht einverstanden«, protestierte Violet, die tatsächlich müde aussah. »Ich habe keine Lust, den Kleinen da raufzuschleifen – und außerdem bin ich schon hundertmal dort gewesen. Ich nehme den Wagen und warte auf euch.«

Prue holte einen Eintopf aus der Speisekammer und bat Violet, ihn ins Backrohr zu stellen.

»Das ist doch nicht nötig«, sagte Violet, die Vision eines Estragon-Hähnchens mit Bratkartoffeln beiseite schiebend. »Mir reicht ein Apfel und Hüttenkäse.«

Prue schaute ihr in die Augen. »Wir anderen möchten aber etwas Richtiges essen – und ich wäre dir dankbar, wenn du in Janes Gegenwart nicht zuviel Aufhebens um deinen Apfel und Hüttenkäse machen würdest.«

Violets Miene verfinsterte sich, und Prue wandte sich ab.

Du hast mich verraten, Prue. Nein, schlimmer – du hast mir nicht gegeben, was ich brauchte.

Ich hasse dich, ich hasse dich. Daddy hat dich nur aus Bequemlichkeit geheiratet.

Was für ein Unsinn! Helen hatte ihre Tochter verraten, lange bevor Prue sie ersetzte beziehungsweise darin versagte – aber wenn Ersatz gleichbedeutend mit Verrat ist, auch gut.

Doch wie stand es mit dem Verrat seitens ihrer Stieftochter – befand sich Prue denn nicht selbstverständlich in der Position eines Elternteils und hatte auch Anspruch darauf, entsprechend behandelt zu werden? Aber wahrscheinlich praktizieren alle Familien diese Gegenrechnungstaktik. Prue tat es, die Nachbarn taten es. Das ganze Land tat es.

Widerstrebend stellte Prue sich die Frage – wie ein Patient, der gezwungen ist, sich einen schnellwachsenden Tumor anzusehen: War *Rache* das Motiv für ihre Liebesaffäre?

Das Wetter bescherte ihnen einen jener warmen, goldenen Tage, auf die der Herbst spezialisiert ist, und es wurde rasch heiß. Die kleine Gesellschaft wanderte im Gänsemarsch den mit krümeligem, verkrustetem Schlamm bedeckten Weg entlang und sah die Luft über den Hecken flimmern. Natürlich waren die Felder abgeerntet und erstreckten sich, gesäumt von vereinzelten Mohnblumen, Schafgarbe und Kaskaden von Brombeerbüschen, wie eine braungoldene Patchworkdecke über die sanft hügelige Landschaft. Auf den dazwischenliegenden Grasstreifen setzten Bibinellen ihre winzigen, orangefarbenen Akzente, und Immergrün rankte sich an den Stämmen der Heckenreihen empor. Ein Geruch nach heißen Früchten und verdampfendem Tau, nach kühler Erde und Reife hing in der Luft. Ungeachtet der Angriffe seitens der Chemie und der Menschen machte die Natur einen ausgesprochen gesunden Eindruck.

Jamie blieb stehen, um den Rucksack zurechtzurücken, der Wasser und ihre Marschverpflegung enthielt.

»Möchte jemand einen Apfel?« fragte Prue.

Jamie näherte sich ihr, und seine Hand berührte sie. Sie schloß für eine Sekunde die Augen. Sein Daumen streichelte kurz ihre Haut, dann war er wieder weg. Das ist dein Schicksal, dachte sie.

Sie wanderten weiter den holperigen Weg entlang. Aus irgendeinem Grund war zu ihrer Linken irgendwann eine Tannenallee gepflanzt worden, die nirgendwohin führte. Kaninchen spielten auf dem grasbewachsenen, mit unregelmäßigen, dunklen Schattenflecken gesprenkelten Reitweg.

Dieses Gras: sattgrün und dicht. Barfuß über diesen Teppich zu gehen, die Feuchtigkeit zwischen den Zehen hochsteigen zu spüren ... Sie stellte sich vor, in Erwartung Jamies auf die Knie zu sinken und sich langsam nach hinten fallen zu lassen, auf eine Decke aus feuchtem Boden, wo Brennesseln ihre Haut streiften und trockene Erdklumpen sich schmerzhaft in die empfindlichen Stellen ihres Körpers bohrten, als sie die Beine hochzog und die Sonnenstrahlen darauf trafen.

Jamie würde sie blockieren, und dann würde sie sich willenlos und zitternd vor Verlangen von den heißen Wellen der Liebe überspülen lassen. Und sie malte sich auch aus, wie sie anschließend aussehen würde: voller roter Pusteln von den Brennesseln, mit Abdrücken von Grashalmen, entrückt und zutiefst befriedigt.

Prue nagte an einem Apfel herum. Jane brauchte neue Jeans. Der Tiefkühler mußte abgetaut werden, und Molly, die offenbar bestrebt war, ihr angespanntes Verhältnis wieder in ein herzliches zu verwandeln, hatte eine ganze Steige Tomaten aus dem Greer-Gewächshaus vorbeigebracht, die dringend zu Sauce verarbeitet werden mußten. Und zum Erntedankfest waren zehn Apfelkuchen fällig.

Die Vision ihres nackten, befriedigten Körpers floh den Weg zwischen den Tannen hinunter, wurde durchsichtig, verlor die Bodenhaftung. Und verschwand.

Die kleine Gesellschaft hielt am Rand des größten Feldes an, das an Danebury grenzte.

»Gehen wir quer rüber.« Jamie schaute mit zusammengekniffenen Augen zu dem Hang dahinter hinauf.

Max testete den Boden mit einem Stiefel. »Zu weich – da würde man nach ein paar Schritten die Schuhe voller Erde haben.«

»Unsinn«, entgegnete Jamie und marschierte zuversichtlich los, ging etwa fünfzig Meter weit und trat den Rückzug an. Die Sonne ließ seine blonden Haare und den Schweißfilm auf seiner

Stirn glänzen. Er sah jung und unbeschwert aus, und Prue nahm seinen Anblick gierig in sich auf.
»Du hattest recht«, sagte er und setzte sich hin, um seine Schuhe auszuleeren.
Wieder streifte er Prue, und ihr nackter, von Verlangen gequälter Körper lief über die Stoppeln und die zu weiche Erde und sank zu Boden.
Am Fuß des Hügels stiegen sie über einen professionell aussehenden Zaun und kamen zu einem dichten Wald, der sich um die tieferen Hänge zog.
»Na, dann aufwärts.« Max bahnte einen Weg durchs Unterholz. Jane folgte ihrem Vater unter einem Bogen aus ineinander verschlungenen Ästen einer Haselnußstaude und einer Buche hindurch. Prue band sich ihren Pullover um die Taille und holte tief Luft.
»Verdammter Mist!« hörten sie Max fluchen, und gleich darauf kam er auf sie zugeschlittert. »Irgend jemand hat da oben einen hohen Stacheldrahtzaun gezogen. Wir müssen außen rumgehen und auf der anderen Seite hoch.«
Jamie spähte durch die Bäume. »Da kommen wir drüber. Zäune sind doch zum Drübersteigen da.«
Max warf ihm einen Blick zu. »Ich glaube nicht, daß Prue das schafft.«
»Doch, das wird sie.«
Max zuckte mit den Schultern. »Das wird sie nicht.«
»Doch, das werde ich.« Prue drängte sich vor. »Und ihr habt die große Ehre, mir dabei zu helfen.«
Als es soweit war, drückte Max den Draht nach unten, während Jamie seinen Pullover über die tückischen Spitzen drapierte, und dann stieg Prue mit einem großen Schritt darüber, wobei sie sich allerdings festhalten mußte und die Zacken sich schmerzhaft in

ihre Hände bohrten, der Zaun unter ihrem Druck nachgab und jede Bewegung Gefahr in sich barg.
Endlich hatten sie das Hindernis überwunden und wandelten nun auf historischem und sagenumwobenem Boden.
Vor Hunderten von Jahren – tausend vor Christus? – hatte in der Eisenzeit eine Gruppe von Menschen diese Erhebung in einer Talsenke zu ihrem Wohnsitz erkoren. Es ist gut möglich, erklärte Prue in bester Fremdenführerart, daß das schon zweitausend vor Christus war. Die Höhe des Hügels ermöglichte es den Siedlern – im Gegensatz zu dem Dorf in der Senke –, das Tal zu beherrschen, und bot ihnen Schutz gegen Feinde.
Die Festung selbst verrät beträchtliches verwaltungstechnisches, bauliches und strategisches Geschick. Zum Beispiel – Prue hatte sich jetzt regelrecht in die Thematik hineingesteigert – wurde der Osteingang klugerweise an die Kreuzung mehrerer Wege gelegt.
»Ähnlich wie in Salisbury«, sagte Jamie. »So hatten sie die Wegkreuzungen vor den Stadtmauern unter Kontrolle.«
»Es war gut durchorganisiert.« Max deutete auf die Mitte der Festungsanlage, wo Schafe grasten. »Das Gelände ist mit Hunderten von Vorratsspeichern unterkellert, einem für jede Familie, die eifersüchtig bewacht wurden. Man konnte einem anderen Festungsbewohner vielleicht ungestraft die Frau wegnehmen, aber Unheil kam über einen, wenn man sich an seinem Getreide vergriff.«
Ein unbehagliches Schweigen folgte seinen Worten.
Max glitt den Abhang hinunter und landete – für einen so großen Mann – geschickt im Graben.
»Fang mich auf, Dad!« schrie Jane und rannte mit rotierenden Windmühlenflügelarmen die Böschung hinunter, die mit

tückischen, an der Oberfläche entlanglaufenden Wurzelsträngen durchsetzt war.

»Fang sie auf, Max.« Prues Stimme war ganz klein vor Angst.

Jane stolperte und schwankte, verfehlte den Ast, an dem sie hatte Halt suchen wollen, wurde schneller und schoß wie eine Gewehrkugel abwärts.

»Mein Gott!« Ohne zu zögern, stürzte Prue hinter Jane her. Aber es war alles in Ordnung. Max schätzte Janes Ankunftswinkel ab, brachte sich in die entsprechende Position und fing seine auf ihn zutaumelnde Tochter auf. Er wartete nicht auf Prue, die Schwierigkeiten mit dem Abstieg hatte, sondern half Jane, die innere Feldschanze hinaufzuklettern. Und so kam Prue mit einem Purzelbaum unten an und spürte, wie sich beim Überschlagen ihr Knöchel verdrehte – nicht schlimm, aber schmerzhaft genug, daß sie nach Luft schnappte.

»Bist du okay?« rief Jamie von der äußeren Feldschanze herunter.

Sie rappelte sich auf und testete ihren Knöchel. »Ja.«

Jane und Max waren oben angekommen und gingen im Uhrzeigersinn los. Prue machte versuchsweise ein paar Schritte. Abgesehen von einem Ziehen war der Knöchel in Ordnung. Sie schaute zu Jamie auf, dessen Silhouette sich schwarz gegen den klaren Himmel abhob.

»Ich suche mir einen einfacheren Weg hinauf«, rief sie ihm zu.

Keiner der drei kümmerte sich um sie. Sie begann sich allein den Graben entlangzukämpfen und bahnte sich mit schleppenden Schritten den Weg durch das Gestrüpp und das hohe, dichte Gras. Einmal schaute sie nach oben und sah Max und Jane zu ihrer Linken im Gänsemarsch dahinwandern, Max in seiner typisch ausgreifenden Gangart, Jane hinter ihm mit Trippelschritten. Jamie war verschwunden.

Prue war allein mit den leise rauschenden Bäumen und dem

Chor blökender Schafe. Über ihr spannte sich ein Himmel mit Schlagsahnewölkchen und einer heißen Sonne, und rechts und links von ihr ragten die rutschigen, tückischen Wände des Burggrabens auf.
Wartet auf mich, hätte sie ihrem Mann und ihrer Tochter gern zugerufen, doch sie hatte das Gefühl, dieses früher unzweifelhafte Recht dazu nicht mehr zu besitzen. Einsamkeit verleiht einem angeblich Kraft – aber nur, wenn sie selbstgewählt ist. Man denke an die Mystiker. Wenn sie einem aufgezwungen wird, ist sie ein hartes Brot. Prues Knöchel stieß an einen Brombeerstrauch, löste einen Zweig mit Dornen, und sie verfluchte sich dafür, keine lange Hose angezogen zu haben. Sie bückte sich und rieb vorsichtig über die Kratzer. Plötzlich verstand sie, warum Gott als Begleiter so gefragt war und warum Johanna ihn mehr als alles andere gebraucht hatte, mehr als die – bekanntermaßen wankelmütige – Gunst eines Königs, mehr als die verzierten *Huques*, die reinrassigen Hengste und die lilienbestickten, persönlichen Banner. Sogar noch mehr als den Märtyrertod, den sie – unbewußt – gesucht und in Rouen gefunden hatte.
Auf der Suche nach einem Weg nach oben folgte Prue einem Pfad.
»Noch immer da unten?« Jamie stand über ihr.
Sie schaute zu ihrem Liebhaber hinauf, der ihr so nah war und doch so fern, und liebte ihn mehr als je zuvor.
»Die anderen kommen.«
Sie drehte sich um und sah Max und Jane näher kommen. »Das ist absolut cool!« rief Jane ihr zu.
Über den Graben hinweg, der Prue von den anderen trennte, sahen Max und Jane einander an, und Prue, die es nicht ertragen konnte, das mit anzusehen, senkte den Kopf und wandte sich ab.

Max murmelte irgend etwas, legte den Arm um Jane und drückte sie an sich.
»Kommst du nicht rauf?«
Prue drehte sich zu ihrem Mann um. Er schaute auf sie herunter, die Augen wegen des hellen Sonnenscheins zusammengekniffen, die Lippen wissend aufeinandergepreßt, mit einem Ausdruck, der verriet, daß er sich mitschuldig fühlte. Was will ich? fragte sie sich voller Verzweiflung.
»Hier oben läuft es sich viel leichter«, sagte Jamie.
Unschlüssig und verwirrt schaute sie von einem zum anderen. Sie wußte, daß dieser Augenblick bedeutsam war, daß es die alte Prue nicht mehr gab, daß sie durch eine Frau ersetzt worden war, die sich eingestand, daß ihr zwei Seelen und die Saat des Verfalls innewohnten, und die diese Dinge akzeptierte.
Es war ein schwieriger Prozeß gewesen, doch jetzt war es geschafft. Wenn Dunkelheit in die Seele kriecht, löst sie ein Gefühl der Verlorenheit aus, Qual und Angst. Sie war auch in Prues Seele gekrochen.
Langsam öffneten sich die Fäuste in ihren Taschen. Vor dem Hintergrund der Sonne rasselte die Kette an einem Tor im Herbstwind, und eine scharfe Bö fegte über die Stoppeln. Krähen stiegen auf. Prue stand regungslos da. Zum ersten Mal begriff sie wirklich, was sie getan hatte. Sie hatte sich den Mann ihrer Stieftochter genommen, damit Max Schlimmes angetan und seine Familie entehrt.
»Ich bleibe hier unten«, sagte sie.
Aber etwa hundert Meter weiter rief Jamie herunter: »Ich komme dich holen«, was er auch tat, indem er Prue an der Hand zu dem äußeren Weg hinaufzog, wo sie schweigend und in der ihrem Mann und ihrer Tochter entgegengesetzten Richtung dahinwanderten.

24. KAPITEL

In der Austen Road beobachtete Emmy vom Flurfenster im ersten Stock aus ein Rotdrosselpärchen und eine Wacholderdrossel, die sich an den verkehrsampelroten Beeren des *Viburnum opulus* im Nachbargarten gütlich taten. Nur auf den eigenen Vorteil bedacht, lieferten sie sich heftige Scharmützel um die begehrten Leckerbissen, obwohl mehr als genug davon da waren.

Emmy rückte eine von Violets Bronzestatuetten beiseite und stützte das Kinn auf die Hände.

»Wußtest du, daß Vögel auf rote Farbe ansprechen?«

»Nein«, antwortete Angus und schob seine Hand unter Emmys rote Bluse.

»Es ist wirklich so.« Emmys Haut kribbelte vor Genuß. »Wenn sie die Wahl zwischen roten und weißen Beeren haben, entscheiden sie sich immer für die roten.«

»Aha«, sagte Angus und ließ seine Hand weiterwandern.

Emmy biß sich auf die Lippe. »Sie ziehen dieses Ende des Farbspektrums vor.«

»Wie ich.«

Sie schaute ihn über ihre Schulter an. »Wie verträgt sich das mit deiner Vorliebe für Sal? Die trägt Schwarz!«

»Ja, das tut sie.« Angus rückte näher. »Können wir nach oben gehen und andere Spektren erforschen?«

Emmys Mundwinkel zuckten. »Nein, du Teufel – ich muß mich um den Kleinen kümmern.«

Angus legte den Kopf schief und horchte. »Hört sich an, als ob er schläft. Ich kann das beurteilen.«

Unten in der Küche veranstalteten die Waschmaschine und der Geschirrspüler eine Wasserorgie. Der Salon war saubergemacht, Edwards Bügelwäsche erledigt, und Emmy hatte sich, als Angus kam, gerade über ihr eigenes Zimmer hermachen wollen. Sie hatte nicht damit gerechnet, daß es klingeln, Angus in die Halle treten, wie immer seine Stiefel von den Füßen kicken und sagen würde: »Ich war gerade in der Gegend.«
Irgendwie erschien ihr Sex um zehn Uhr vormittags trotz der von »Cosmopolitan« verfochtenen, gegenteiligen Ratschläge nicht passend. Emmy drehte sich zu Angus um, und ihre winzigen Brüste wurden gegen seine Brust gepreßt.
»Warum bist du vorbeigekommen?« fragte sie neugierig.
»Einfach so.« Er grinste. »Ich habe dich seit letzter Woche nicht gesehen.«
Seit vier Tagen, um genau zu sein.
»Warst du mit Sal zusammen?« Emmy hielt den Blick unverwandt auf die Vögel gerichtet. »Übers Wochenende, meine ich.«
»Ich wußte schon immer, daß du einen sechsten Sinn hast. Woher weißt du es?« Angus rückte ein wenig von ihr ab, um seine Finger auf interessanten Wegen über ihre Brüste zu führen.
»Ich rieche sie.«
Es hing noch deutlich der Geruch des aufdringlichen Moschusparfums an ihm, das Sal stets großzügig über sich verteilte. Emmy drehte den Kopf weg. Angus' Hand machte einen Ausfall in Richtung des Schritts ihrer Hose, und sie drückte die Schenkel zusammen.
»Geh!«
»Nein.«
»Geh, Angus! Geh wieder zu Sal.«
Seine Hand lag auf ihrem Venushügel. »Willst du das wirklich?

Soll ich?« Seine Fingerspitzen beschrieben kleine, sehnsüchtige Kreise auf dem gefährlichen Terrain, die in Emmys ganzen sinnlichen Körper ausstrahlten. »Ich weiß nicht, warum ich mich mit dir abgebe. Em – aber ich tue es nun mal.«

»Dann laß es einfach – ich komme gut ohne dich zurecht.«

»Ist das dein Ernst?« Angus' Hand drang weiter vor. »Aha.«

»Hörst du bitte auf?«

Angus gehorchte zum Schein, packte Emmys Arm und zog sie zur nächstgelegenen Tür, die zufällig zu Jamies und Violets Schlafzimmer führte. Emmy wehrte sich und protestierte, doch dann fand seine Hand ihr Ziel.

Sex um zehn Uhr morgens ist doch gar keine so schlechte Idee, dachte sie danach. Ganz und gar nicht. Aber wie stellte man sich nach einer so pflichtvergessenen Entrückung dem Rest des Tages? Dem Rest der Woche?

Angus rollte sich auf Violets spitzengesäumten (und erschreckend teuren) Kissenbezügen von »Macy's« aus New York auf den Bauch und küßte Emmys nackte Schulter. Sie schloß die Augen, um diese zärtliche Geste besser genießen zu können. Dann versteifte sie sich plötzlich und fuhr hoch. »Was ist, wenn sie dahinterkommen?«

Angus zog sie zu sich herunter und legte sich bequem zurecht. »Verdirb uns doch damit nicht die Stimmung.«

Sie zog an einer Locke, die sich über seine Schulter ringelte. »Hör auf zu nörgeln.«

»Nörgel, nörgel.«

Eine Stunde später klappten Emmys Lider hoch wie U-Boot-Luken. Oh, mein Gott! dachte sie, von einer Sekunde zur anderen hellwach. Der Kleine! Sie horchte, doch das Haus war still – sogar die Maschinen in der Küche schwiegen. Angus lag ruhig atmend neben ihr, mit tiefschlafentspannten Muskeln und Ge-

sichtszügen. Ein paar Sekunden lang gestattete Emmy sich den Luxus einer ungestörten Betrachtung.
Der Schwung seiner Hüfte, die gebräunte Brust, die leuchtendweißen Lenden, die Sehne, die an seinem Unterarm entlanglief, der Knöchel über dem wohlgeformten Fuß – er war ein Mann, auf den sie ihr Verlangen konzentrierte, aber nicht ihre Hoffnung.
»Hübsch, stimmt's?« Angus' Stimme klang schleppend und verschlafen. »Wie ein Ölgemälde.«
»Ja – oh, ja!« hörte sie sich, noch immer in seinen Anblick versunken, unbedacht murmeln.
Langsam hob er die Hand und berührte die flache Erhebung ihrer Brust. »Du auch.«
Emmy sprang aus dem Bett und fuhr hastig in ihre Kleider. »Ich muß nach dem Kleinen sehen.«
»Klar.«
In der Tür drehte sie sich noch einmal um. Splitternackt und ohne jede Scham ausgestreckt auf dem Bett liegend, erwiderte er ihren Blick und sagte etwas, das ihn selbst verblüffte und Emmy den Atem nahm: »Ich möchte, daß wir heiraten. Was hältst du davon?«

Bei einem Becher entkoffeiniertem Kaffee aus Violets Beständen und mit Edward auf dem Schoß legte Emmy dar, aus welchen Gründen eine Heirat für sie im Moment nicht in Frage käme.
Sie war zu jung.
»Zwanzig«, sagte Angus. »Kein Küken mehr.«
Sie wollte einen Beruf erlernen und reisen.
»Mach es zu deinem Beruf, dich um mich zu kümmern«, schlug er vor.
Sie war sich nicht sicher, daß sie zur Ehefrau taugte.

»Dann zieh wenigstens mit mir zusammen«, sagte Angus.
Er lehnte sich über den Tisch, warf seinen Pferdeschwanz über die Schulter und fragte sie, warum sie Ausflüchte mache. Liebte sie ihn nicht? Er fragte so lieb und mit solcher Zärtlichkeit, daß Emmy ganz schwach wurde, doch gleich darauf überspülte sie einer Flutwelle gleich die Angst, daß Angus ein übles Spiel mit ihr triebe – und sie konnte sich selbst nicht verstehen.
Außerdem war ihr aufgefallen, daß er mit keinem Wort erwähnt hatte, sie zu lieben, was sie für eine unabdingbare Voraussetzung für einen Heiratsantrag hielt.
Liebte sie ihn nicht?
»Ich bin mir nicht sicher, daß ich das tue. Dich lieben, meine ich«, log sie und genoß die zweifelhafte Befriedigung, seine Miene finster werden zu sehen. Sie zog Edward, der am Tischrand riskante Manöver mit dem leeren Kaffeebecher vollführte, aus dem Gefahrenbereich.
»Doch, das tust du. Ich weiß, daß du es tust.«
Er lehnte sich zurück und verschränkte die Hände hinter dem Kopf. Es war allerhand nötig, um Angus' Selbstvertrauen zu erschüttern.
»Nicht genug, um dich zu heiraten.« Emmys Lippen zitterten, als sie sich diese Aussage abrang. »Ich möchte einen Mann, dem ich vertrauen kann.«
Angus hörte sich das schweigend an, dann stand er auf. »Du bist altmodisch, Em.« Er nahm seine Jacke von der Stuhllehne. »Ich geh' dann mal wieder.«
»Angus …«
Er tapste auf Strümpfen in die Halle hinaus und kam mit seinen Stiefeln in der Hand zurück. »Was?«
»Es tut mir leid.«

Er zwängte seine Füße in die Stiefel und bückte sich, um sie zuzubinden. »Du brauchst mich nicht zur Tür zu bringen.«
Zu spät erkannte sie, daß sie ihn gekränkt hatte.
Die Haustür schloß sich mit einem leisen Klicken, und Emmy saß mit einem sich ungeduldig windenden Kind auf dem Schoß am Küchentisch und starrte nachdenklich auf die leeren Kaffeebecher hinunter. Edward stieß Laute aus, die ihr vermittelten, daß er Durst hatte, und sie setzte ihn in seinen Hochstuhl, um ihm etwas zu trinken zu holen. Er trank gierig, und Emmy deutete den schrillen Schrei, der darauf folgte, als Aufforderung, sein Fläschchen noch einmal zu füllen. Nachdem er auch das ausgetrunken hatte, trug sie ihn nach oben und schälte ihn aus seiner tropfnassen Windel. Edward genoß ihre ungeteilte Aufmerksamkeit, strampelte vor Freude mit den nackten Beinchen und gurrte zufrieden. Emmy säuberte ihn und cremte sein kleines Hinterteil großzügig ein, was ihm glucksendes Gelächter entlockte.
Ein sauberer Po, eine trockene Windel, etwas zu trinken … wenn ihr Leben doch auch so einfach wäre!
Die Küche kam ihr so leer und still vor, daß Emmy das Radio einschaltete und mit beiden Händen den Becher umfaßte, aus dem Angus getrunken hatte und der immer noch Restwärme verströmte. Die Vision, die ihr einmal so erstrebenswert erschienen war – ein Haus mit Bastteppich und Topfpflanzen – wirkte plötzlich glanzlos und unpassend.
Der Becher war leer, Angus war fort, und Edward wartete auf seinen Morgenspaziergang.

Jamie bemerkte Emmys Veränderung als erster.
»Sie ist sehr still geworden«, sagte er zu Violet.
Seine Gespräche mit ihr beschränkten sich neuerdings auf häusliche Themen – eine stillschweigende Übereinkunft, daß es im

Moment am besten war, sich auf ungefährlichem Terrain zu bewegen. Violet kramte in ihrem Aktenkoffer nach den Notizen zu einer Konferenz, die sie noch einmal durchgehen wollte.
»Mir erscheint sie wie immer.«
»Ich finde, sie ist anders als früher.«
»Unsinn. Sie ist kein bißchen anders – obwohl ich es ihr mehrmals aufgetragen habe, hat sie im Gästezimmer immer noch nicht staubgewischt.«
»Sie scheint nicht mit dem Herzen bei der Arbeit zu sein.« Jamie hatte Emmy mehrmals dabei ertappt, daß sie aus dem Fenster starrte, und zwar, wie er zu erkennen meinte, mit einem verzweifelten Ausdruck. Ihr Kummer löste ein Echo in ihm aus, ein Mitgefühl, das in seiner eigenen Verwirrung wurzelte – und wer sagte, daß ein aus Verrat geborenes Mitgefühl weniger wert war als ein auf Ehrlichkeit fußendes?
Wie auch immer. Jamie merkte jetzt, wie wenig er bisher begriffen, wie wenig er sich um das Leben um ihn herum gekümmert hatte. Das beschämte ihn. (»Du brauchst dich deshalb nicht zu schämen«, sagte Prue, als er ihr das gestand. »Wie sollen wir denn alles auf einmal begreifen?«)
»Sie ist nicht mit dem Herzen bei der Arbeit?« Als ihr bewußt wurde, welche Folgen Jamies Aussage – falls zutreffend – in sich bergen konnte, ließ Violet sich auf dem Sofa zurücksinken. »Ist das dein Ernst, Jamie? Meinst du, Emmy will uns verlassen? Soll ich mal mit ihr reden?«
»Könnte vielleicht nicht schaden.«
Violet ging im Geiste ihren Terminplan durch. »In ein paar Tagen muß ich nach Frankfurt und im November in die Staaten. Sie kann unmöglich gehen!« Sie setzte auf eine Lösung – die einfachste. »Vielleicht sollten wir ihr eine Gehaltserhöhung geben.«

Jamie zuckte die Achseln. »Wir können sie nicht zwingen, zu bleiben, wenn sie hier nicht glücklich ist.«

»Doch, das können wir! Ich zwinge sie.« Violet stopfte ihre Notizen in den Aktenkoffer zurück. »Sie ist es mir schuldig, zu bleiben.«

Jamies Gesichtsausdruck war nicht freundlich. »Manchmal hast du wirklich seltsame Ansichten, Violet. Emmy schuldet dir nicht das geringste.«

Violet begann auf einem eleganten, schwarzen Lederblock Berechnungen anzustellen. »Ich bin mir sicher, es ist das Geld. Sie wollen immer mehr.«

Jamie seufzte. Jetzt wurde Violet doch heftig. Sie fuhr herum. »Sei bloß nicht so herablassend! Du hast den ganzen Tag mit Geld zu tun – also tu nicht so, als stündest du über so vulgären Überlegungen.«

Bis zu diesem Moment war Emmy nie die Honigfarbe des Küchenbodens aufgefallen: gelb, mit transparentem Wachs behandelt, normalerweise spiegelblank, jetzt jedoch durch die Reinigungsmilch leicht getrübt. Während Violet sprach, starrte sie darauf hinunter. Zur Zeit bereiteten ihr allerhand Dinge Überraschungen. Ihre Gefühle. Ihre Körperfunktionen. Die nie gekannten Wachphasen in der Nacht, während denen sie in die Dunkelheit und ins Nichts starrte. Der plötzliche Absturz in einen bodenlosen Erschöpfungsschlaf. Was sie sagte und tat.

Aber vor allem erstaunte Emmy, wie verborgen ihre Empfindungen ihr selbst gewesen waren – der Person, die ihnen immerhin den Nährboden für ihre Entwicklung zur Verfügung gestellt hatte. Frage: Wie standen die Chancen, einen anderen Menschen zu verstehen, wenn die Chancen, sich selbst zu verstehen, so gering waren?

»Ich meine – haben Sie irgendwelche Sorgen, Emmy?« fragte Violet. »Sie wirken so still. So unglücklich. Brauchen Sie irgend etwas?« Viel zu schlau, um in der Anfangsphase einer Verhandlung den Gesichtspunkt Geld zu erwähnen, setzte Violet auf die Ich-bin-ja-so-besorgt-um-Sie-Einleitung, die bei den Angestellten in der Firma wahre Wunder bewirkte. Emmy schluckte. »Ich bin ganz okay, danke.«

Der Teekessel pfiff, Violet goß Wasser auf Pfefferminzteebeutel und fischte sie mit einem Löffel heraus. Sie stellte einen Becher vor Emmy hin und setzte sich mit ihrem ihr gegenüber.

»Sie würden es mir doch sagen«, Violet öffnete ihre Augen extra weit – eine weitere Taktik, die den Anschein absoluter Ernsthaftigkeit vermittelte –, »wenn Sie Hilfe bräuchten?«

Oh, ja, das tue ich, das tue ich, dachte Emmy verzweifelt.

»Ich meine ... Jamie ...« Es fiel Violet noch immer schwer, Emmy gegenüber die Vornamen zu gebrauchen, »Jamie und ich würden es sehr bedauern, Sie zu verlieren. Wir empfinden Sie ja fast als Familienmitglied.«

Diese Aussage weckte in Emmy Erinnerungen, wie oft sie gebeten worden war, ihr Abendessen auf einem Tablett nach oben mitzunehmen, Tüten aus dem Auto zu holen und ins Haus zu schleppen, wie oft ihr verboten worden war, während ihrer Arbeitszeit mit Freunden zu telefonieren, und wie jeder ihrer Schritte überwacht worden war. Das komisch-seltsame war, daß sie – im Gegensatz zu ihrem stillen und einsamen tatsächlichen Zuhause – hier mehr das Gefühl gehabt hatte, zu einer Familie zu gehören.

Auf der anderen Seite des Tisches bewegten sich Violets Lippen, und ihre glänzenden Haare wogten und zuckten begleitend, ohne jedoch jemals den Rahmen ihrer teuren Frisur zu sprengen. Emmy beobachtete sie wie aus großer Entfernung. Und dann

drehte Violet plötzlich den Kopf und schaute aus dem Küchenfenster, und Emmy machte eine verblüffende Entdeckung: Violets Ausdruck verriet eine vorübergehende Unsicherheit und – noch unerwarteter – ein Gefühl der Verlorenheit.
Sie also auch, dachte Emmy. Wie erstaunlich, daß ausgerechnet sie und Violet etwas gemeinsam hatten.
Der Lichtblick verflog. Violet nippte an ihrem Pfefferminztee, erwog im stillen das Für und Wider ihrer Taktik und sprang ins kalte Wasser. »Ich hoffe nicht, daß Sie daran denken, uns zu verlassen, Emmy!? Darüber wären wir sehr traurig.«
Emmy schnitt eine Grimasse und starrte in ihren Becher.
»Hätten Sie lieber Kamille?« fragte Violet.
»Ich bin okay«, sagte Emmy, und zu ihrem Entsetzen spürte sie Tränen in ihre Augen schießen. Sie kämpfte mit sich. »Soll ich Edward heute in die Klinik bringen? Seine Jahresimpfung ist fällig.«
Es war Montag morgen, und Violet war Tränen vor der Arbeit nicht gewachsen. Also schlug sie den Weg ein, den Emmy ihr mit Bedacht gewiesen hatte. Mit einem schwitzenden, unruhigen Kleinkind in einer überheizten, lärmerfüllten Klinik zu warten, war nicht in ihrem Mutterschaftsplan vorgekommen, als sie ihn in jener herrlichen, unbeschwerten Zeit vor der Empfängnis entworfen hatte. Und auch jetzt war sie nicht wild darauf.
»Ja, tun Sie das.«
Sie spielte mit dem Gedanken, noch einmal zu versuchen, den Grund für Emmys Veränderung zu erfahren, kam dann jedoch zu dem Schluß, daß in diesem Fall die Unwissenheit des Arbeitgebers vorzuziehen war.
Als sie allein war, widerstand Emmy dem Impuls, Anna anzurufen. Was gibt's denn, altes Mädchen? würde Anna fragen, noch träge von den Exzessen des Wochenendes. Hältst du die Beine

auch brav geschlossen? Erzähl mir das Neueste von deiner Madam. Wie viele Unterhöschen hat sie diese Woche aufgearbeitet? Mal sehen – habe ich Neuigkeiten für dich ...«

Nein, *ich* habe Neuigkeiten für *dich*, würde Emmy sagen.

Statt dessen schleppte sie sich in den ersten Stock hinauf. Die Tür des ehelichen Schlafzimmers stand offen (Emmy konnte sich nicht dazu überwinden, hineinzuschauen), enthüllte auf dem Boden liegende Kleidungsstücke und ein ungemachtes Bett. Der Abfluß im Bad gurgelte leise.

Sie umfaßte das Geländer und hangelte sich daran in den zweiten Stock hoch, in dem ihr kleines Reich lag. Hier wurden die Türen geschlossen gehalten, denn Emmys Ordnungssinn hatte in letzter Zeit drastisch nachgelassen. Falls Violet, wie sie annahm, tatsächlich regelmäßig heraufschaute, kam sie neuerdings in den Genuß von Kleiderbergen auf dem Fußboden und überquellenden Papierkörben.

Ihr Zimmer roch ... wonach? Verzweiflung? Das wäre verständlich. Nichtbewohnen? Danach sah es zumindest aus. Emmy drückte den Zeigefinger in die weiße Schicht, die die gesprungene Platte des Couchtisches (ein ausrangiertes Stück aus der Garage von Hallet's Gate) bedeckte, und schrieb »Schwachkopf« in den Staub.

Es hatte keinen Sinn, länger den Kopf in den Sand zu stecken.

Die Badezimmertür öffnete sich mit dem üblichen Plopp, und die entweichende Luft hob den Rand des Teppichbodens an, der nur lose auflag. Emmy ließ den Blick über den nassen Waschlappen gleiten, die muschelförmige Schale, in der in einer Wasserpfütze die zum Teil aufgeweichte Seife schwamm, die fünf Flaschen Shampoo – jede mit einem anderen Versprechen – und eine von Edwards Gummienten.

Und dann wurde er – unwiderstehlich wie die Motte zum Licht –

zu dem Teströhrchen hingezogen, das sie auf der Ablage über dem Waschbecken deponiert hatte.

Hunderte, nein, Millionen von Frauen waren schon über diese Brücke gegangen. Nein, es war nichts so Vertrauenerweckendes wie eine Brücke – eher ein schmales, halb verfaultes Brett, das schwankend über einem großen Fragezeichen lag und unter dem sich zerstörte Leben zu Haufen türmten wie die Schrottautos, Kinderwagenreste, Küchenabfälle und Altkleider auf dem Gemeindemüllplatz.

Emmy hatte keine Übung im Überqueren riskanter Behelfsbrücken, und bereits ein hochfloriger Teppich verursachte ihr Höhenangst.

Sie malte sich aus, wie sie ihre Füße zentimeterweise voranschob und hörte, wie die brüchigen Holzfasern unter ihrem Gewicht mit einem nassen Knirschen nachgaben. Sie malte sich aus, wie sie am ganzen Leib zitterte und das gefrierende Blut sich den Weg durch ihre Arterien bahnte und, tief unten, die Schlucht, in die sie stürzen würde.

Zwanzig, dreißig Jahre früher – Emmy wußte nicht genug, um es genau abschätzen zu können –, hätte sie keine Wahl gehabt. Schwanger, am Ende, wahrscheinlich von den Eltern krumm und lahm geprügelt, hätte sie zu Hause gesessen, fürs Leben gebrandmarkt. Jetzt hatte Emmy zwei Wahlmöglichkeiten, was die Sache für sie allerdings schlimmer machte, weil sie nicht wußte, für welche sie sich entscheiden sollte. Sie wußte weder was sie wollte noch was richtig wäre.

Emmy überraschte sich selbst, denn sie beschäftigte sich für gewöhnlich nicht mit ethischen Erwägungen, und es fiel ihr nicht leicht.

Jamie trat eiligst beiseite, als Emmy die letzten sechs Stufen in einem Satz heruntersprang. Es war ein seltsames Gebaren für einen erwachsenen Menschen, und Jamie fühlte sich unversehens in die Zeit zurückversetzt, da er genau das mit seinen Freunden als Mutprobe praktizierte – in den Tagen der Shorts und aufgeschürften Knie. Bei Emmy hätte er eine Neigung zu so waghalsigen Unternehmungen, wie dem freien Fall, nicht vermutet.
»Üben Sie für die nächste Olympiade?«
Emmy errötete und murmelte etwas Unverständliches, doch das Glitzern ihrer Augen verriet Jamie, daß sie geweint hatte.
»Ich dachte, solche Sachen mache nur ›Eddie der Adler‹.«
Emmy gewann ihr Gleichgewicht wieder. »Ich weiß nicht, was über mich gekommen ist«, sagte sie wahrheitsgemäß.
Jamie sah sie nachdenklich an. Schuldgefühle hatten unvorhersehbare und körperliche Auswirkungen, und Jamie litt seit einiger Zeit an Appetitlosigkeit und Schlafstörungen. Aber sie hatten auch noch andere Folgen. Jamie hatte plötzlich Interesse an anderen Menschen, konnte gar nicht genug über sie erfahren, weil es ihm das Gefühl gab, geerdet zu sein. Indem er sich mit den Fehlern und Leiden anderer befaßte, erwarb Jamie sich die Möglichkeit, nicht zu schlecht von sich zu denken.
Völlig vergessend, daß er locker war, lehnte Jamie sich nach hinten an den Heizkörper und sprang erschrocken vor, als er in seiner Verankerung knackte und sich bewegte. Er prallte gegen Emmy.
»Oh, Gott – tut mir leid, Emmy.«
Er schenkte ihr ein schiefes Lächeln. »Wenn wir irgend etwas für Sie tun können, Emmy, brauchen Sie es nur zu sagen.«
Mit ihrem spitzen Gesicht und dem mageren Körper, in der neuerdings intensivierten Herbstkühle zitternd, war Emmy die reine

Verkörperung eines Häufchen Elends. Rote Flecken erschienen auf ihren Wangen, und Jamie mißdeutete sie als Zeichen des Zorns. Gleich darauf erfuhr er den wahren Grund dafür, denn Emmy gestand mit bebenden Lippen: »Ich bekomme ein Kind.«
Und Jamie reagierte mit einer Frage, die ihn viele Monate verfolgen sollte: »Ist das alles?«
Violets Reaktion war nicht viel besser.
»Ich hoffe, sie will es nicht«, sagte sie, hatte aber den Anstand, den Gedanken nicht weiterzuspinnen – zumindest nicht laut. Röte überzog ihre Wangen, als sie mißbilligend sagte: »Damit will ich natürlich nicht sagen, daß ein Baby ein Wegwerfartikel ist«, denn sie dachte plötzlich an das Angebot, das sie Jamie gemacht hatte, über das aber seitdem nicht mehr gesprochen worden war. »Das sind sie keineswegs.«
Nun – in gewisser Weise war es doch so. Helen, die reizende Mutter Helen, war dieser Ansicht gewesen. Tschüs, kleine Tochter. Ich will weg, und ich habe keine Lust, dich wie eine Wochenendreisetasche mitzuschleppen (die Art, wie Violet sie in teuren Geschäften kaufte: elegant, aber schrecklich unbequem zu tragen). Ich kann dich nicht brauchen, wenn ich mit Jack zusammen bin.
Violet fragte sich oft, ob es nicht besser gewesen wäre, wenn Helen in der örtlichen Schwangerschaftsberatung vorbeigeschaut hätte und Violet hopplahopp in der Gemeindekanalisation entsorgt worden wäre. (Wahrscheinlich hätte sie sich dort in guter Gesellschaft befunden. Man denke nur an die Filmstars, Politikerinnen und Aristokratinnen, die sich plötzlich mit der Aussicht auf eine lästige Wochenendreisetasche konfrontiert sahen, ganz zu schweigen von den Karriere-Mädchen, potentiellen ledigen Müttern, Geliebten und One-Night-Stands.)
Das Seltsame war: Violet verurteilte diese Frauen nicht dafür.

Das Leben mußte irgendwie durchgestanden werden. Es war viel schlimmer, geboren und dann nicht geliebt zu werden. Korrekter: Nicht genug geliebt zu werden.

An diesem Punkt endete Violets Analyse. Sie stellte keine Verbindung zwischen Helens Einstellung zu ihr und ihrer Einstellung zu Edward her.

»Wollen Sie es?« fragte sie Emmy, die mit grünem Gesicht pürierte Sojabohnen und Tomaten in Edwards Mund schaufelte. »Geben Sie her.« Sie entwand ihr den Löffel. »Ich fütterte ihn weiter.«

Sich um Vernunft zu bemühen war kein Mittel gegen abgrundtiefe Verwirrung und Angst. »Ich weiß es nicht.« Emmys Hand zitterte in Höhe ihres Magens.

»Nun, Sie müssen sich bald entscheiden – sonst wird es schwierig.«

Violet erinnerte sich an ihre Überraschung, als sie eines Morgens, in der vierundzwanzigsten Schwangerschaftswoche, beim Aufwachen spürte, wie die Erhebung unter ihren Rippen sich bewegte, und sie dachte: Vom Gesetz her könnte ich es noch loswerden. Und auch: jetzt nicht mehr – es *lebt*. Emmy lehnte sich auf ihrem Stuhl zurück. Violet beherrschte das Füttern immer noch nicht richtig, und nachdem ihr Übelkeitsanfall verebbt war, beobachtete Emmy nun mit wissenschaftlichem Interesse die falschen Bewegungen und die Mischung aus Unsicherheit und Ungeduld auf Violets schönem Gesicht.

»Warten Sie doch ein bißchen zwischen zwei Löffeln«, sagte sie schließlich. »Er ißt gern langsam.«

Das war Violet neu, aber sie beherzigte den Rat, und so ging der Rest der Mahlzeit für Mutter und Sohn streßfrei vonstatten. Nach dem letzten Löffel warf Edward sich in seinem Hochstuhl nach hinten und strahlte seine Mutter mit einem seiner unvermittelten Lächeln an. Violet merkte, daß sie zurücklächelte.

»Na, du kleines Ungeheuer«, sagte sie weicher, als Emmy sie je erlebt hatte, und tupfte Edwards Mund mit einem nassen Waschlappen ab.
Emmy atmete langsam aus und redete sich ein, daß ihr Magen nicht zu ihr gehörte. Violet fing eine von Edwards herumfuchtelnden Händen ein und hielt sie übertrieben weit von sich weg, während sie seine klebrig-schmutzigen Finger abwischte.
»Ist es taktlos zu fragen, wer der Vater ist?«
Emmy schluckte und wartete darauf, daß ihre Lippen das Wort Angus formten. Sie taten es nicht. Wenn sie eine verletzende Bemerkung von Violet erwartete, so irrte sie sich, denn Violet gab Edward seine Hand zurück – als sei sie eine Tüte mit Abfall – und sagte: »Vergessen Sie's – es geht mich nichts an.«
Emmy revidierte ihre Vorstellung von Violet.
Zwei Tage später brachte der Postbote ein aufwendig verschnürtes Paket für Emmy.
»So was sieht man heutzutage nur noch selten«, bemerkte Jamie, als er es Emmy gab, die sofort wußte, von wem es kam. Sie hielt es in ihren kalten Händen und wußte auch, was es enthielt: die Bücher, die sie ihm geliehen hatte, und ihre CD von »Shakespeare's Sisters«. Die sorgfältige und gründliche Verschnürung schnitt Emmy ins Herz: Sie war so charakteristisch für Angus. Zu ihrer eigenen Überraschung schlug sie die Hände vors Gesicht und brach vor Kummer und Übelkeit in Tränen aus.
Jamie sprang auf. »Violet – ich überlasse es dir, sie zu trösten.«
Seine Frau warf ihm einen Blick zu, der ihm ein »Typisch!« entgegenschleuderte, doch gleich darauf spürte Emmy einen Arm um ihre Schultern.
»Hören Sie«, sagte Violet an ihrem Ohr, »Sie müssen zu einem Entschluß kommen, Emmy – so können Sie nicht weitermachen.

Ich schlage vor, Sie gehen noch heute vormittag in die Beratungsstelle.«

Sie schaute auf ihre Uhr – eine neue Piaget –, sah, daß es knapp für sie wurde, rang sich aber trotzdem zu einer hilfsbereiten Geste durch: »Wenn Sie möchten, rufe ich an und mache einen Termin für Sie aus.«

Emmy versprach, etwas zu unternehmen, putzte sich die Nase und entfernte die Schnur von dem Paket. In dem Roman von Virginia Andrews, den Angus sich geschnappt hatte, ehe sie ihn ausgelesen hatte – einer Geschichte, die von Kindern in Gefahr handelte –, lag ein Zettel: »Es war schön, Dich kennengelernt zu haben. Mach Dir nicht zu viele Gedanken. Ich und Sal sind weggefahren – wir verbringen den Winter auf dem Land.«

Es war auch so charakteristisch für ihn, alles zurückzugeben.

Der Herbst hatte die Stadt fest im Griff. Von einem ständigen Verkehrsstrom umkreist war der Wandsworth Common eine graugrüne Insel der Trostlosigkeit mit nassen Wegen, auf denen die Schuhe schlammig wurden. Hier und da fiel Licht aus einem Gebäude, leuchtete ein grellroter Bus durch die feuchte, abgastrübe Luft. Bäume, Dächer, Tore tropften. Emmys Sohlen hinterließen dunkle Spuren auf dem Gras, und der Buggy bockte und blieb immer wieder stecken.

Was soll ich tun? Sie beobachtete ein mottenzerfressenes Kanada-Gänsepärchen am Rand des Sees. Panik machte es ihr unmöglich, eine vernünftige Entscheidung zu treffen. Ein wildes Gedankendurcheinander – Abtreibung, Sozialhilfe, allein zurechtkommen, Wehen, eine Gemeindewohnung – tobte durch ihren Kopf, der seine Konzentrationsfähigkeit eingebüßt hatte.

Sie bemühte sich verzweifelt, einen klaren Gedanken zu fassen, einen konkreten Plan zu entwerfen, an den sie sich halten könnte. Vergeblich. Ihre Gedanken machten sich immer wieder selbständig und glitten verzweifelt, wirr und ohne große Hoffnung zu dem einzigen Thema zurück, an das sie denken wollte: Angus.

Sie hatte ihn weggeschickt, und sie wußte nicht, ob sie ihn dazu überreden könnte, zurückzukommen.

25. KAPITEL

Prue bemerkte, daß Helens Foto in Max' Arbeitszimmer wieder an seinem ins Auge springenden Platz auf dem Tisch stand.

»Ich hasse dich«, sagte sie zu dem Bild und gestand dann: »Aber ich glaube, ich verstehe dich jetzt ein bißchen besser.« Helens Hochglanzgesicht antwortete ihr mit Verständnislosigkeit.

Sie ordnete mit unnötigem Energieaufwand die Unterlagen auf Max' Schreibtisch und leerte einen Aschenbecher aus, wodurch sich ein Geruch nach verbranntem Tabak und Staub ausbreitete. In diesem Moment entdeckte sie die Patronenschachtel auf der rechten Seite des Schreibtisches. Ein wenig befremdet überprüfte sie den Inhalt und schloß den Deckel wieder. Die Schachtel war fast voll und hätte nicht so offen herumliegen dürfen. Es war eine strikte Hausregel, daß die Gewehre und Patronen grundsätzlich im Waffenschrank aufbewahrt wurden.

Prue ging in den ersten Stock hinauf, holte den Schlüssel aus seinem Versteck unter dem Waschbecken im Bad und sperrte den Waffenschrank auf. Es war reichlich Platz darin, und sie schob die Schachtel hinein und schloß ihn wieder ab.

Später, als sie Max' schottenkarierte Taschentücher bügelte und in der von ihm bevorzugten Weise zusammenlegte, fiel Prue etwas ein. Das Bügeleisen, das in den letzten Zügen lag, zischte und spuckte rostrotes Wasser auf den Stoff. Prue fluchte und stellte es aufrecht auf das dafür vorgesehene Gitter. Warum, fragte sie sich, war so viel Platz im Waffenschrank gewesen?

Sie überflog im Geiste den Inhalt. Max besaß zwei Gewehre: eines, das er von seinem Vater geerbt hatte, und eines von einem Onkel. Max zog das letztere vor, und es war das seines Vaters, das fehlte. Vielleicht wurde es überholt.
Sie legte ein Hemd auf. Der Hemdsärmel streckte sich unter dem Bügeleisen, gestärkt und glatt. Der Geruch sauberen, heißen Stoffes stieg ihr in die Nase. Merkwürdig, daß die Patronenschachtel fast voll gewesen war. Aber nicht ganz. Wurde Max nachlässig? Das Bügeleisen zischte protestierend, als sie es mit einem Ruck senkrecht hinstellte. Wo war das Gewehr? Prue legte sich ins Zeug und bügelte, bis der Wäschestapel ihr bis zur Schulter reichte.
Sie war in der Küche, als das Telefon klingelte.

Der Anruf kam von Jamie.
»Wirst du kommen, Prue?«
Sie hatte auf die Küchenuhr geschaut und den Blick über die Kochzutaten wandern lassen. Jetzt bot sich die Gelegenheit, zu sagen: Nein. Es ist vorbei. Aus. Es reicht. Ende.
»Bitte, Prue! Wir sind seit dem Sommer nicht mehr zusammengewesen, und ich kann nicht länger warten. Es war eine schwierige Zeit.« Damit meinte er Violet, die Arbeit – und Geldsorgen, denn so gut Jamie auch verdiente, sein Gehalt schmolz erschreckend schnell dahin.
Nein, Jamie, könnte sie sagen, ich will nicht mehr überwältigt werden. Nicht von Schuldgefühlen und auch nicht von Liebe. Dieser Betrug muß aufhören. Irgendwann sowieso, warum also nicht gleich?
Aber ihr Körper sagte etwas anderes, und Prue öffnete bereits die Schublade, räumte die Küchenmesser weg und runzelte die Stirn, als sie sich zu erinnern versuchte, wann Max

nach Hause käme und ob vielleicht noch ein Eintopf im Tiefkühler war.

Es war einer da. Und sie stellte ihn zum Auftauen auf die Anrichte, wischte in aller Eile über Arbeitsflächen und verstaute Töpfe in Schränken. Seit dem Beginn ihres Doppellebens hatte Prues Küche sich verändert. Je tiefer sie sich in die Beziehung zu Jamie verstrickte, um so schneeweißer und gestärkter wurden die Geschirrtücher, um so polierter glänzten die Möbel. All diese Leistungen (schneeweiße Geschirrtücher, um Himmels willen!) mußten Verdacht erregen, denn Prue war nie eine pingelige Hausfrau gewesen. Jetzt hatte sie das Gefühl, indem sie das Spülbecken von seinen Kaffeeflecken befreite und ein Abendessen auf den Tisch brachte, ein Gleichgewicht herzustellen, ihren Teil eines Vertrages zu erfüllen.

Sie hängte das Spültuch über den Wasserhahn. Mit anderen Worten – Ehebruch ist eine Unternehmung, die man zwischen Kochen, Waschen und Staubwischen, nach einer Geburt und in den kurzen Zeitraum zwischen Heirat und Tod hineinquetscht.

Von ihrem Platz auf dem Boiler starrte Bella ihre Herrin an und ließ auch noch ihre letzte Pfote unter ihrem molligen Körper verschwinden. »Ganz so einfach ist es nicht, stimmt's, Bella?« sagte Prue und blickte in die großen, starren Augen. Prue fuhr ein Drittel des Weges nach Winchester – und wendete plötzlich. Sie hatte zuletzt ihre Einkaufstasche benutzt – ein schreckliches, altes Plastikungetüm, das aber genügend Platz für ihre Notizbücher bot – und vergessen, ihr Scheckbuch und die Kreditkarten in das elegantere Lederexemplar umzuräumen. Folge: keine Zugfahrkarte.

Sie fluchte und raste mit Höchstgeschwindigkeit zurück.

»Wie schaffst du es eigentlich immer, aus dem Büro wegzukommen?« fragte Prue Jamie, als sie sich schließlich in Zimmer 35 trafen. Prue hatte sich ein wenig verspätet, und Jamie war deshalb leicht verstimmt. »Da muß doch irgend jemand zwei und zwei zusammenzählen.«

Es war – vielleicht – bedeutsam, daß sie nicht übereinander herfielen, sondern sich hinsetzten und miteinander sprachen. »Das Büro ist wie ein Mönchskloster, in dem Armut und Gehorsam verlangt werden ...« Jamie setzte sich aufs Bett, »... bis man die Regeln beherrscht, und die lauten: Mach, was du willst und erklär es später.«

»Wie läuft's im Büro – und tut sich was?« Prue warf ihre Handtasche achtlos auf einen Stuhl, als hätte sie sie nicht zusätzliches Benzin und Nerven gekostet und gezwungen, die meisten Dinge, die sie eigentlich nötig brauchte, zu Hause zu lassen.

»Im Büro? Stressig. Und Dyson ist immer noch sehr schwierig bei Konferenzen.«

»Erzähl.«

Jamies Brauen rückten zusammen. »Da gibt es nicht viel zu erzählen. Seine und meine Ansichten liegen meilenweit auseinander, und wir kreuzen regelmäßig die Klingen. Die Serben spielen sich in Bosnien auf, die Reblaus vernichtet die kalifornischen Weinfelder, Clinton wird US-Präsident – und meine Energie und Aufmerksamkeit werden zum größten Teil von den Problemen mit Dyson beansprucht.«

Prue legte die Hand auf Jamies Knie. »Dann geht es uns beiden ähnlich. Ich habe erkannt, daß ich mein Leben damit zubringe, mich auf Zehenspitzen zwischen Freund- und Feindschaften zu bewegen. Aber so schlimm ist das gar nicht.« Sie schwieg einen Moment, überlegte, was sie sagen sollte. Ihre Hand fiel in ihren Schoß zurück. »Ich habe das Gefühl, Max weiß etwas«, gestand sie schließlich.

Jamie erstarrte. »Bist du dir sicher?«
»Nein, das bin ich nicht, es ist nur so ein Gefühl. Ein Gefühl, als ob er mich unentwegt beobachtet.«
Wenn man jemandem ein Unrecht zugefügt hat, hilft es einem, wenn derjenige einem Grund zur Beanstandung gibt – wie klein die Verfehlung auch sein mag. Die Vorstellung, daß Max Prue beobachtete, gab Jamie, der versuchte, nicht an seinen Schwiegervater zu denken, die Gelegenheit, seine Achtung für ihn zu reduzieren.
Prue las die Gedanken ihres Geliebten, und ihr Beschützerinstinkt bezüglich ihres Ehemannes erwachte. »Tu das nicht«, sagte sie scharf. »Verurteile ihn nicht dafür. Hast du mit Lara nicht genau das gleiche getan?«
Lara? Glückliche, verlogene Lara. Ah ... so glücklich, wie die Unachtsamkeit eines jungen Mannes sie werden ließ, und so verlogen ...? Sei ehrlich, Jamie Beckett: So verlogen wie du selbst dich erwiesen hast.
Jamie ergriff Prues Hand und zog sie vom Stuhl mit einem fast brutalen Ruck neben sich. Sie stieß ein kurzes Lachen aus und zierte sich ein wenig. Sein Mund glitt an ihrem Unterkiefer entlang bis zu der weichen, pulsierenden Stelle unter ihrem Ohr. »Ja«, sagte er. »Ich beobachtete sie, lange bevor sie wußte, daß ich wußte.«
Sie atmete den schwachen Duft seiner Haut ein und drehte den Kopf, so daß ihre Lippen sich fast berührten. »Wie bist du dahintergekommen?«
Jamies Mund verweilte auf Prues, und sie nippte genießerisch an seiner Unterlippe. »Jenny hat es mir erzählt. Sie war sich dessen nicht bewußt. Sie erzählte mir nur, daß Mummy den Nachmittag mit Onkel Robert verbringe.«
»Arme Jenny.«

»Armer Max.«
Prue war immer wieder über sich selbst verblüfft. Wie brachte sie es fertig, über Max zu sprechen, während sie ihre Hand unter Jamies Hemd schob? Vielleicht – ja, vielleicht waren die Dinge, die sie zur Festlegung der Form ihres Lebens ausgewählt hatte, nur Requisiten gewesen.
»Es wäre jedenfalls kein Wunder, wenn Max Verdacht geschöpft hätte«, sagte sie. »Ich bin zerstreut und vergeßlich. Ich fahre unentwegt nach London und bin gereizt. Die Beziehung zwischen Violet und mir erreichte im Theater einen nie dagewesenen Tiefpunkt. Und dann ist da noch Janes Veränderung ...«
Nach einer kleinen Pause sagte sie: »Daran gebe ich mir die Schuld.«
Jamie umschloß ihre Hand mit der seinen und drückte sie an seine durchtrainierte Brust. »Sei still, Prue.«
Sie stellte sich vor, was unter der noch immer leicht sonnengebräunten Haut lag – ein pulsierendes Gewirr aus Organen, die dazu da waren, Jamies festem, faltenlosem Körper zu Diensten zu sein.
»Max sagte einmal, es gäbe Schlimmeres als ein Verführer zu sein, Jamie. Damals wußte ich noch nicht, was er damit meinte.«
Mit der verzweifelten Gier des Todeskandidaten – denn Jamie spürte, daß ihre Beziehung in ein anderes Stadium eingetreten war –, fiel Jamie mit den Lippen über Prues geschlossene Lider und die Linie zwischen ihrem seidigen Haaransatz und den Schläfen her. »Ich brauche dich, Prue.« Sie schlang die Arme um seinen Oberkörper und drückte ihn an sich. Ihre Vertrautheit, zusammengesetzt aus Sex, Befriedigung, Gefahr, geteilten Schuldgefühlen und Unentschlossenheit, verstärkte sich.

»Was willst du tun, Prue? Ich frage das, weil ich das Gefühl habe, daß du etwas tun willst.«
Sie zögerte. »Niemand weiß, woher eine Welle kommt, doch sie bringt das Schiff dennoch ins Schwanken. Aber … aber ich will nicht für einen Schiffbruch verantwortlich sein.«
»Ich verstehe.« Jamie machte sich los und stand vom Bett auf. »Dann machen wir also nicht weiter, bis wir alt und darüber hinaus sind?« Er beugte sich aus seiner großen Höhe herunter, flocht seine Finger in Prues Nackenhaare und zog ihren Kopf nach hinten. »Viele Leute führen ein Doppelleben.«
»Das weiß ich jetzt auch.« Sie empfand den ziehenden Schmerz in ihrem Nacken wie den sexuellen Verlangens. »Ich hatte mich früher nur nie damit beschäftigt.«
Jamie versuchte sich vorzustellen, wie es wäre, wieder »normal« zu sein, ein normales Montag-bis-Sonntag-Leben zu führen – ohne Prue. »Haben sich deine Gefühle verändert?«
»Nein.« Prue streckte die Hand aus. »Schau, Jamie – sie zittert deinetwegen. Mein Mund schmerzt vor Sehnsucht nach dir. Meine Knie sind weich, mein ganzer Körper ist auf Hingabe eingestellt. Kann ich es dir noch besser beweisen?«
Jamie hatte eine plötzliche, bestürzende Vision von seiner Zukunft – Violet (wo waren seine ganzen Gefühle für sie geblieben?), Edward, das Büro, Rechnungen, Dienstwagen, ein bißchen Gartenarbeit, Verhandlungen, Last-Minute-Ferien in Italien – und eine unendliche Trauer und ein schreckliches Einsamkeitsgefühl überfluteten ihn.
»Verlaß Max.«
Er war mit seiner Bitte einem Impuls gefolgt, doch das Gefühl, als entrolle sich in seinem Innern eine betriebsbereit geölte Feder, deutete darauf hin, daß er den Gedanken schon längere Zeit mit sich herumgetragen hatte. In den Winkeln der menschlichen

Seele wohnen Phantasien, und wenn sie ans Licht geholt werden, kann man sie in jedes Kostüm stecken, um sie glaubwürdig erscheinen zu lassen.
»Was hast du gesagt?« Auf Prues Gesicht malten sich Freude und Furcht ab – aber keine Überraschung.
»Verlaß Max.«
Entgegen aller Ratschläge hatte Johanna versucht, das Unmögliche zu schaffen – Paris zu erobern. Die größte Stadt der christlichen Welt mit ihren hunderttausend Einwohnern, Burggräben und Kanonen auf den Festungswällen. Auf der Gegenseite Johannas Armee und ein wankelmütiger König, der heimlich mit dem Feind verhandelte und sein eigenes Süppchen kochte. Johanna zerbrach ihr Schwert – das sie, wie sie behauptete, von Gott bekommen hatte –, als sie einer Lagerdirne die flache Klinge überzog. Es war ein schlimmes Vorzeichen und wurde auch als solches gesehen. Der Angriff auf Paris stand unter einem schlechten Stern, und Johanna erlitt eine schwere Niederlage. Paris ließ sich nicht erobern, und sie wurde von der Flutwelle einer geschlagenen, mißmutigen Armee davongetragen.
Danach versiegten ihr Glück und ihre visionäre Kraft.
Max verlassen? Es erschien so unmöglich und falsch wie die Eroberung von Paris. Prues Gedanken zogen Kreise wie die der Lerche, hoch oben in berauschend dünner Luft.
»Ich könnte wieder in Amerika arbeiten. Es wäre aufregend, Prue. Es würde dir gefallen. Du brauchst eine Veränderung.«
Tue ich das? Soll ich Dainton verlassen? Das Marmelade-Einkochen, das Gärtnern und Blumenarrangieren und die Buchführung des Frauenbundes, mit der sie sich jedes Jahr herumschlug? Ein Heim, einen Ehemann und ein Kind? Sollte sie sich von der Vorstellung trennen, daß man an einer Ehe festhalten und sich um ihr Funktionieren bemühen mußte? Die Tür

hinter sich schließen und den Staub von ihren Schuhen schütteln? Es war schon von anderen Frauen praktiziert worden. Oft. Helen hatte es zum Beispiel getan. Statistisch gesehen tun es mehr Frauen als Männer. Nachdem ihre Ideale in Spülwasser und Babyöl ertränkt worden sind, verlassen sie ihre Ehemänner – nicht umgekehrt.

»Was wird mit den Kindern?« fragte sie ihn.

»Ja, was wird mit ihnen?« Seine Stimme klang traurig.

Es folgte ein langes Schweigen, und Jamie schaute auf seine Hände hinunter. »Komm – wir gehen«, sagte er unvermittelt.

Sie ließ den Blick durch den Raum wandern, der im Laufe der Monate seinen Glanz verloren hatte. Früher einmal hatte seine Schäbigkeit etwas Aufregendes gehabt, jetzt wirkte sie trostlos und provisorisch. Prue strich in einer Abschiedsgeste das unbenutzte Bettzeug glatt.

Ein Novembernachmittag in London kündet auf düstere Weise von späterem Nebel und kaltem, grellem Neonlicht. In der Oxford Street flutete ein Strom von Menschen an den bunt dekorierten Weihnachtsschaufenstern der Geschäfte vorbei, deren Türen unablässig Kunden einsaugten oder ausspuckten. Auf der Fahrbahn schob sich laut und abgasintensiv der Verkehr dahin. Das Gedränge auf dem Bürgersteig gestattete nicht, nebeneinander zu gehen, und sie wurden immer wieder für einen Moment getrennt. Jamies Gereiztheit kehrte zurück.

»Wohin?« fragte sie und hängte sich bei ihm ein.

»Ich weiß es nicht.« Er wünschte, es wäre schon spät genug für einen Drink. »Möchtest du einen Kaffee?«

Sie steuerten das Café bei Selfridges an und ergatterten einen Tisch. Der bestellte Cappuccino kam, schäumend und mit Schokoladenstückchen gesprenkelt. Um Zeit zu gewinnen, ehe sie sich der Thematik stellen mußte, steckte Prue den Löffel in den

Schaum, schöpfte ihn ab und ließ ihn wieder in die Tasse zurücklaufen. Wie ein kleines Kind, dachte sie.

So übermächtig wie der aus der Flasche befreite Geist bemächtigte sich ein Bild von Max in seinem Geschäftsanzug, gefolgt von einer dünnen, blassen Jane ihrer Gedanken. Sie sah sie davongehen. Lange Zeit hatte sie ihre Bindung an die beiden ignoriert. Oder die Bindung der beiden an sie. Sie schaute in Jamies Gesicht, und ihr Kopf wurde klar. Was war übriggeblieben? Eine leere Kaffeetasse, Scham und Reue, gemischt mit einem intensiven Glücksgefühl, das Wissen, daß sie erwachsen geworden war, und eine verschwommene Erinnerung an die alte Prue.

Sie klopfte mit ihrem Löffel gegen die Tasse und bemerkte, daß Jamies forschender Blick etwas Strenges hatte, was darauf hindeutete, daß er einen Entschluß gefaßt hatte.

»Ich hatte keine Ahnung, daß ein Abweichen vom Weg … Sündigen … so anstrengend sein würde.«

»Wie meinst du das?«

»Es nistet sich in deinem Gehirn ein und wirkt wie ein Magnet. Alles wird dorthin gezogen, und man kann nicht aufhören, daran zu denken.« Prue schob ihre leere Tasse in die Mitte des Tisches. »Statt Unbeschwertheit regiert Befangenheit. Ich dachte nicht, daß es so schwierig sein würde – ich dachte, man ziehe sich aus, und das wäre alles.«

Jamie verspürte einen Anflug von Ungeduld. Er schenkte Prue eines seiner angedeuteten Lächeln, die – wie die Kunden inzwischen gelernt hatten – bedeuteten, daß er strategische Überlegungen anstellte. »Wer immer dich ins Kloster gesteckt hat, erwies dir einen schlechten Dienst, Prue. Sünde kommt in der Geschichte nicht vor.« Jamie hatte eine weltlichere Erziehung genossen, was ihm gestattete, sich direkter zu äußern. Er beugte sich zu Prue vor. »Du hast meine Frage noch nicht beantwortet, Prue. Wirst du Max verlassen?«

»Ich habe dir noch nicht geantwortet, weil ich es nicht kann.« Der Gedanke, Jamie zu verlieren, ließ plötzlich Panik in ihr aufsteigen. »Ich weiß nicht, was ich denken soll – oder tun.«

»Vielleicht«, sagte Jamie trocken, »brauchst du einen Frontalzusammenstoß mit Gott, um zu testen, ob er wirklich existiert.«

Sie verstand den Witz. »Touché. Ich werde den Mund halten.«

Jamie schaute auf seine Uhr. »Ich muß weg.«

Zum allerersten Mal hatte ihr Treffen sich als unbefriedigend erwiesen. Prue sah zu, wie er die Rechnung bezahlte und ging. Sie wußte, daß sie nie ganz begreifen würde, wie oder worauf sie sich eingelassen hatte – nur, daß in ihr ein Gefühl überschäumte, nach dem sie süchtig geworden war. Es war so stark und verzehrend, daß sie sich fragte, wie sie jemals hatte ohne Jamie leben können.

Prue trat auf die Straße hinaus und fädelte sich in das Gedränge der Oxford Street ein, in Richtung Marble Arch. Sie hatte sich kein festes Ziel gesetzt, ging einfach nur so dahin. An der Kreuzung blieb sie kurz stehen und stieg dann die Treppe zur U-Bahn hinunter.

Im Untergrund erstreckten sich die Tunnel des Niemandslandes, gespickt mit plötzlichen Biegungen, Sackgassen und versteckten Eingängen, urinimprägniert, verunziert durch Schmutz und Essensreste, trüb durch gelbe Lampen beleuchtet.

Auf halbem Wege hörte sie Schritte hinter sich. Sie kamen näher. Schnell. Verschiedene Schreckensphantasien zuckten durch ihren Kopf, doch sie zwang sich, ruhig und zielstrebig weiterzugehen. Es bestand kein Grund zur Panik. Sie überlegte, ob sie sich umschauen sollte, entschied sich dagegen und rückte den Riemen ihrer Schultertasche zurecht. Trotz ihrer Bemühung um Vernunft schlug ihr Herz in wilder Angst gegen ihre Rippen.

Die U-Bahn-Lichter blinkten, und die Zeit dehnte sich zu Sekunden unerträglicher Anspannung – lang genug für Prue, um sich ihre gerechte Strafe auszumalen: einen brutalen Überfall, eine schmerzhafte Ahndung ihres Vergehens in Form eines körperlichen Angriffs. Sollte sie sich umdrehen und die Schläge ebenso bereitwillig entgegennehmen wie die Zärtlichkeiten ihres Liebhabers?

»Prue!«

Sie blieb wie angewurzelt stehen, fuhr herum und rief – wütend vor Erleichterung: »Jamie! Warum hast du das getan?«

Er packte sie an den Revers ihres Mantels und zog sie zu sich heran. »Ich wollte dir Angst einjagen – und es ist mir gelungen.«

»Das war nicht besonders nett«, flüsterte sie, ihr Kopf sank nach hinten und ihre Knie zitterten gleichermaßen vor Furcht und Verlangen.

»Nein.«

Als er sie küßte, schmeckte sie Metall und Abgase, und sie nahm an, daß es ihm bei ihr ebenso erging. Schwer atmend barg sie ihr Gesicht an seiner Schulter. Eine Frau kam vorbei und musterte das engumschlungene Paar mit unverhülltem Abscheu. Prue erinnerte sich an die Zeiten, da sie empört über Pärchen gewesen war, die einander verschlangen, und scherte sich nicht darum.

»Jamie – hier können wir nicht bleiben.«

Sie gingen den Bahnsteig entlang, die Treppe hinauf und in den Park, der noch geöffnet war. Von der Dunkelheit zu einer kompakten Masse zusammengeschweißt, leuchteten die Bäume außen im Neonlicht, doch in ihrer Mitte herrschte tiefe Schwärze. Ein einzelner Mann ging mit klickenden Absätzen in Richtung Speaker's Corner. Ansonsten war die Anlage menschenleer.

»Warum wolltest du mir Angst einjagen, Jamie? Warum? *Warum?*«

Seine Hand drängte sich zwischen ihren Mantelknöpfen hindurch. »Wenn ich erklären könnte, was mich bewegt, wenn ich an dich denke, und wie ich für dich empfinde, wäre ich ein reicher Mann.«

Prue schüttelte ihre Haare aus dem Mantelkragen und legte den Kopf in den Nacken, damit Jamie die entblößte Haut mit seinem Mund bedecken konnte. Dann zog er sie lächelnd in Richtung Dunkelheit und Verborgenheit. Ihre Schuhe hinterließen parallele Abdrücke in dem feuchten Boden.

»Hier«, sagte Jamie und drückte sie gegen den hintersten Baum. »Und sag nicht nein, sonst zwing ich dich.«

»Ja«, hauchte Prue, als seine Hände mit festem Druck an ihrem Rock heraufglitten, und sie erlebte das triumphierende Rauschgefühl der Hingabe, ganz Frau und Weib zu sein. Sie veränderte ihre Position ein wenig, um es ihm bequemer zu machen. Jamie drückte sich noch fester an sie.

»Warte«, sagte sie und machte sich für ihn bereit, schauderte aber, als die kalte Luft an die Innenseite ihrer Schenkel kam. Dann flüsterte sie mit Triumph in der Stimme: »Jetzt!«

Danach lehnte Jamie schlaff und schwer auf ihr, nagelte sie regelrecht an den Stamm des Baumes. Er keuchte und lachte. »Ich hätte niemals, niemals gedacht ...«

Prue lehnte den Kopf an die Rinde und lächelte zu den Positionslichtern eines Flugzeugs hinauf, das in einem Bogen über den Himmel zog. Wo es wohl herkam? Von Pest, Hunger, politischer Ungewißheit? Es kümmerte sie nicht. Die Episode hatte nur ein paar Minuten gedauert, aber sie, Prue Valour, war in dieser Zeit zu den höchsten Sphären der Lust gereist.

Sie drehte sein Gesicht in ihre Richtung. »Ich liebe dich«, sagte sie und versuchte, in der Dunkelheit seine Züge auszumachen.
Er umschloß ihre Hand mit der seinen und fuhr mit dem Daumen über ihre Handfläche. Die Geste drückte so viel Innigkeit und Zärtlichkeit aus, daß Prue der Atem stockte.
»Ich liebe dich«, wiederholte sie und schloß seinen Daumen mit ihrer Hand ein. »Und ich muß nach Hause.«
Behutsam knöpfte er ihre Bluse zu, strich ihren Rock glatt, und sie fuhr sich mit den gespreizten Fingern durch die Haare. Die Temperatur war gesunken, und ihr miteinander verschmelzender Atem bildete weiße Wölkchen in der Finsternis.
»Wann sehe ich dich wieder?«
Sie holte tief Luft. »Ich weiß es nicht, Jamie.«

Als sie im Zug saß, suchte Prue in ihrer zu kleinen Handtasche nach einem Zettel und machte sich daran, eine Liste von Weihnachtsgeschenken aufzustellen, ergänzte sie durch »Essen« und »Besorgen«. Mit der Zeit verflüchtigten sich die wilden, primitiven Gefühle, die ihren Körper erschütterten, und mit ihnen die Sehnsucht und der Drang, die Sterne zu berühren. Der Zug schwankte hin und her, und der für Elektrozüge typische Geruch stieg vom Boden auf. Die Dunkelheit vor dem Fenster war so undurchdringlich wie eine schwarze Decke. Prue ließ die Liste in den Schoß sinken und schloß die Augen.

»Ist dort ZBD-Software?«
»Ja«, erwiderte eine unendlich gelangweilte Stimme.
Prue schaute mit zusammengekniffenen Augen auf Janes Wunschzettel hinunter, der keine Bemühungen in Richtung Lesbarkeit erkennen ließ. »Hören Sie. Für mich ist dieses Gebiet

ein Buch mit sieben Siegeln, aber ich möchte ein paar Dinge für meine Tochter bestellen.«
»Den Namen auf der Kreditkarte, bitte.«
»Bevor ich etwas bestelle, möchte ich mich vergewissern, daß die Sachen vor Weihnachten geliefert werden.«
»Tut mir leid – solange ich nicht die Kreditkarten-Angaben habe, kann ich gar nichts tun.«
Nach einem schier endlosen Hin und Her wegen der Schreibweise von Dainton fragte Prue nach einem Universal Printer Sharer, Standard 2-1, passend für einen Acorn Archimedes.
»Den haben wir nicht, aber wir können Ihnen ein ähnliches Modell anbieten.«
»Kann ich es zurückschicken, wenn es nicht das Richtige ist?«
»Das kostet dann aber Bearbeitungsgebühren.«
Stille drang aus dem Hörer. Prue faßte sich ein Herz. »Okay, ich bestelle.«
»Das macht fünf Pfund für Porto und Verpackung.«
»Aber das ganze Ding kostet doch nur neun Pfund!«
»Wollen Sie es oder wollen Sie es nicht?« Die Stimme war ungeduldig geworden.
»Ich nehme lieber etwas, das die Kosten wert ist.« Prue beäugte die ZBD-Anzeige. »Könnte ich Saloon Cars Deluxe haben?«
Computertasten klickten. »Das macht dann noch mal sechs Pfund Porto.«
»Aber Sie haben doch eben schon Porto für den Universal Printer Sharer berechnet.«
»Es fallen für jeden Artikel Portokosten an.«
Prue knallte den Hörer auf die Gabel und vergrub das Gesicht in den Händen. Wenn ich ganz still sitze, dachte sie bei sich, dann wird vielleicht alles verschwinden. Wenn ich ganz besonders still sitze, wird sich vielleicht alles als Traum erweisen.

Weihnachtsgeschenke, Schulgespräche, Hotelzimmer, wilde, skandalöse Liebesspiele in einem öffentlichen Park, ein verletzter, leidender Ehemann, ein Liebhaber, der sich durch die Dornenhecke zu dem bescheidenen Haus (und bescheidenen Leben) hindurchgehackt hatte, in dem sie tief schlafend gelegen hatte. Eine Stieftochter. Eine Tochter, deren anklagendes Gesicht und verwirrter Blick unverwandt auf ihre Mutter gerichtet waren. Das Leben mußte weitergehen.

26. KAPITEL

Es war Mittagszeit, und entgegen aller Erwartung hatte ein früher, vorweihnachtlicher Run auf die Forsightsche Buchhandlung eingesetzt. Der Laden war ungewöhnlich voll und stickig. Es schien, als gewinne das Buch als Geschenk um so mehr an Ansehen, je fester die Rezessionsschraube angezogen wurde. »Unbestreitbar billiger als Kaviar«, sagte Gerald und stellte einen umgefallenen Papierkorb wieder aufrecht hin. Entweder lag es daran oder an der Gratiswärme und der unaufdringlichen Berieselung mit klassischer Musik, daß immer wieder Kunden kamen.

Das Telefon klingelte zum x-ten Mal, und diesmal hielt Gerald Prue den Hörer hin, die den Stapel Paperbacks, die sie einordnen wollte, am Ladentisch abstützte. An die Wand gedrückt, um dem Gewimmel zu entgehen, nahm sie den Anruf entgegen. Es war Mrs. Harriman.

»Wir würden es begrüßen, wenn Sie oder Mr. Valour Jane heute holen würden«, sagte sie. »Wir glauben, daß sie ein paar Tage zu Hause braucht.«

Furcht schloß ihre Fänge um Prue und schüttelte sie. Ihre Lippen konnten das »Warum?« kaum artikulieren.

»Jane war in dieser Woche sehr schwach – und das gilt auch für ihre Leistungen.« Müdigkeit und echte Besorgnis milderten Mrs. Harrimans Mißbilligung, doch es gelang ihr – wieder einmal – durchblicken zu lassen, daß sie Prue dafür verantwortlich machte. Tief im Innern des Teiles von Prue, der nicht zuhören wollte, sagte eine Stimme: Sie könnte recht haben.

All die Jahre hatte Selbstzufriedenheit Prue wirkungsvoll gegen

Erschütterungen abgeschirmt, und sich deutlich im Unrecht zu fühlen, war eine neue Erfahrung, mit der umzugehen sie erst lernen mußte.

War es an der Zeit, Farbe zu bekennen? An der Zeit, zuzugeben, daß das Leben härter und kräftezehrender war, als sie sich eingestanden hatte? Im Alter von einundvierzig Jahren, während des Telefonats mit der Hausmutter ihrer Tochter, gelangte Prue zu der Erkenntnis, daß sie sich den größten Teil ihres Erwachsenenlebens in einem sicheren Schlupfwinkel aufgehalten hatte.

»Ja, Mrs. Harriman«, sagte sie.

»Die Rektorin hat sie heute früh zu sich gebeten, und das Gespräch scheint Jane sehr aufgeregt zu haben – um die Wahrheit zu sagen, sie wurde regelrecht hysterisch, und so halten wir es für das Beste, wenn sie nach Hause fährt, um wieder zur Ruhe zu kommen«, erklärte Mrs. Harriman. »Wir haben auch, wie Sie uns gebeten hatten, ein Auge darauf gehabt, daß sie richtig aß.«

»Das haben wir auch getan«, erwiderte Prue, wobei sie jegliche Andeutung einer Verteidigung aus ihrem Ton heraushielt. »Ihr Gewicht ist im Augenblick stabil, ja?«

Diesmal legte Gerald nicht die übliche Großzügigkeit an den Tag, als sie fragte, ob sie eher gehen dürfe. Er nahm seine Brille ab und stopfte sie mit einer heftigen Bewegung in ihr Etui.

»Wenn Ihnen der Job zuviel wird«, sagte er, »müssen Sie es mir sagen.«

»Es tut mir leid, Sie im Stich zu lassen.« Prue schaute Gerald direkt in die Augen, doch er zog nur wortlos seine Brille wieder aus dem Etui heraus und wandte sich ab.

Prues Blick wanderte an den Bücherregalen entlang und verhielt in der Abteilung Romane beim Buchstaben W. War es nicht

Evelyn Waughs Buch »Eine Handvoll Staub«, in dem Brenda Last, nachdem sie informiert worden ist, daß John tot ist, einen erleichterten Seufzer ausstößt, als sie erfährt, daß der tote John nicht ihr Geliebter ist, sondern ihr Sohn?

Jetzt verstand Prue das – denn es hatte während ihres inneren Kampfes Zeiten gegeben, da sie Jamie nicht aufgegeben hätte. Vielleicht würde sie es nie tun. Eine Wahrheit zu erkennen kann zu einer extremen Reaktion führen, und Prue mußte sich vor Augen halten, daß ihre Seelenverwandtschaft mit Brenda nicht bedeutete, daß sie ein und dieselbe Person waren. Aber ja, sie und Kate hatten in einem ihrer vorbehaltlosen Gespräche (die nicht ehrlich genug waren, wie es schien) übereinstimmend erklärt, daß sie niemals ihre Kinder gefährden würden. Beide hatten aus Unschuld heraus gesprochen – damals hatte die so pflichtbewußte und auf ihre Familie konzentrierte Prue noch nicht gewußt, daß man keine absoluten Regeln aufstellen kann –, am wenigsten für sich selbst.

Mit einem schlechten Gewissen gegenüber Gerald räumte Prue die Paperbacks in die Regale ein und ging ihren Mantel holen. Menschen im Stich zu lassen war zu einer regelmäßigen Unsitte bei ihr geworden. Sie hatte bereits ihren Arbeitgeber im Stich gelassen, ihren Mann, ihre Tochter, ihre Freunde. Wen könnte sie jetzt noch im Stich lassen? Die Katze?

Jane wartete in der Eingangshalle des Internats und war sichtlich nicht in der Verfassung für eine Strafpredigt. Die junge Rektorin, die sie bewachte, übergab sie Prue mit der Fröhlichkeit, durch die extreme Verlegenheit verborgen wird, und Prue verfrachtete ihre Tochter ins Auto.

»Heim«, sagte sie.

»Heim?« Jane sprach das Wort wie ein erst kürzlich erlerntes einer fremden Sprache aus.

In Hallet's Gate schob Prue ihre schweigende Tochter in die Küche, nahm ihr das Halstuch ab, zog ihr die Wollhandschuhe von den Fingern und den Schulmantel von den steifen Schultern. Dann rieb sie Janes Hände zwischen den ihren. Sie fühlten sich kalt und leblos an.

»Jane.« Früher wäre Prue in dieser Situation selbstsicher aufgetreten – jetzt war sie von Unsicherheit erfüllt. »Kannst du mir sagen, was los ist?«

Jane schüttelte den Kopf. »Laß mich in Ruhe, Mum.«

»Aber es stimmt doch etwas nicht.«

Prue brauchte keine verbale Bestätigung dafür, und Jane konnte sie ihr nicht geben. Sie ließ es zu, daß ihre Mutter sich an ihr zu schaffen machte, und betrachtete sie währenddessen mit erwachsen gewordenen Augen. Das war nicht die Mutter, die Jane beschützt und sie die Form der Welt gelehrt hatte. Das war nicht mehr die Mutter, die auf ihrer Seite war, sondern eine Fremde mit einem Geheimnis. Jane wußte – sie *wußte* einfach, daß das Geheimnis Kummer bedeutete. Vor allem anderen haßte Jane Prue dafür, daß sie sich verändert hatte.

In der Schule hatte Victoria (die mit den geschiedenen Eltern) gesagt, daß alle Menschen irgendwann aufhörten, einander zu lieben. Jane hatte ihr nicht glauben wollen, doch Victoria hatte darauf beharrt. »Es passiert überall. Wart's nur ab. Dann kriegst du jemand anderen serviert.«

Natürlich mußte Victoria das sagen, und Jane wußte nichts über die Relativitätstheorie. Obwohl ihre Kenntnisse über die Vorgänge zwischen Männern und Frauen sich in Grenzen hielten, begriff Jane, daß die Postkarte mit dem prachtvollen Gemälde auf der Vorderseite und dem hastig hingekritzelten Text, die unter ihrer Polobluse lag, die Macht hatte, ihren Vater zu verletzen. Ihre Mutter konnte ihren Vater verletzen.

Jane dachte daran, wie einsam sie sich fühlte, wenn sie gehänselt wurde, mit welcher Verwirrung sie die Erkenntnis erfüllte, daß die Welt sich gegen sie verschworen hatte, ohne daß sie wußte weshalb, wenn sie Mädchen kichern hörte, wenn sie vorbeiging und unwillkommene Dinge in ihrem Schreibtisch fand, wenn sie nachts wachlag, allein, frierend und voller Furcht. Sie konnte den Gedanken nicht ertragen, daß ihr Vater vielleicht das gleiche empfände. Sie dachte so viel über die Karte nach und rätselte darüber, was sie bedeutete und was sie tun sollte, daß sie keinen Schlaf fand und ihr Appetit, der sich ein wenig gebessert hatte, wieder schwand.

»Ich möchte, daß du eine Tasse Tee trinkst, Schatz.«

»Ich will aber keine.«

»Bitte! Ich werde auch eine trinken, und dann reden wir.«

Die Gesundheitsschuhe wirkten erschreckend übergroß an ihren Füßen, und die Strumpfhosen warfen Falten an den Knöcheln.

»Was hältst du von einem Buttertoast?« Prue streckte die Hand nach der Brotdose aus.

Hin- und hergerissen zwischen dem verzweifelten Wunsch, sich in die Arme ihrer Mutter zu stürzen und das Gesicht an ihrer Schulter zu bergen, und dem Bedürfnis, ihre Mutter so zu verletzen, wie sie verletzt war, starrte Jane sie mit flammenden Augen an. »Ich will nicht mit dir reden. Ich will nichts essen. Ich will ›Neighbours‹ anschauen.« Und dann fügte sie, um ihrer Mutter einen vernichtenden Schlag zu versetzen, leise hinzu: »Und du darfst mir dabei zuschauen, wie ich verhungere.«

Prues Gesicht wurde leichenblaß und dann hochrot. Sie ließ sich auf einen Stuhl sinken und schlug die Hände vors Gesicht. Jetzt versucht sie wohl zu vergessen, daß ich hier bin, dachte Jane zornig.

Als sie die Küche verlassen hatte, starrte Prue eine Weile auf den der Form nach an eine Leiche erinnernden Haufen Kleidungsstücke auf dem Boden hinunter. Schließlich bückte sie sich, hob Janes Mantel auf und strich die Ärmel glatt. Dann faltete sie das Halstuch zusammen und brachte die Handschuhe in ihre ursprüngliche Form. So alltägliche, profane Dinge aus weicher, abgetragener Wolle – und sie ging so behutsam damit um, als handle es sich um heilige Reliquien. Sie schaute auf, und ihr Blick blieb an dem *Prunus autumnalis* hängen, der kahl und unbeugsam in die Winterdämmerung emporragte.

»Johannas Leben«, schrieb einer ihrer Biographen, »war von intensiven Gefühlen geprägt, und so war es passend, daß auch ihre Todesart von intensiven Gefühlen geprägt war.« Mit anderen Worten: Es wäre undenkbar gewesen, daß Johanna nach dem Paris-Debakel demütig nach Domrémy zurückgekehrt wäre, um wieder Schafe zu hüten, oder sich hingesetzt und Taschentücher für ihre Aussteuertruhe umsäumt hätte. Es wurde allgemein verlangt, daß sie auf dramatische Weise stürbe – von denen, die sie liebten (genauer gesagt das Symbol, das sie verkörperte), ebenso wie von denen, die sie haßten und darauf brannten, daß die Zungen der Flammen an ihr emporleckten. Mutig, heldenhaft, als Frau, die Stimmen hörte und viel dazu beigetragen hatte, das landläufige Bild der Frau zu verändern, verlangte Johanna das auch selbst von sich.
Stellen Sie sich vor, Sie hätten in der Kathedrale von Reims neben Ihrem Souverän gestanden, als er mit heiligem Öl und auf Ihr Betreiben hin zum König gekrönt wurde, während Sie die Kriegsfahne hielten. (Alle anderen Banner waren ausgeschlossen – nur Johannas war zugelassen. Wie sie sagte: »Sie hat die Bürde getragen – diese Ehre steht ihr zu.«) Sie wären mit dem Wind in den Ohren und der Sonne auf dem Rücken geritten,

hätten Schweiß und Pferde und Blut gerochen, voller Angst und Schmerz über Ihre eigenen Verwundungen geweint, den Lärm und das Hochgefühl des Angriffs erlebt, mit Ihren Kameraden in weißem Staub und in schwarzem Schlamm gekämpft, ihren Flüchen gelauscht, dem Klang der Trompete, die »Sieg!« signalisierte, und den leisen Befehlen Gottes. Wie hätten Sie da aufgeben können? Wie hätten Sie zu Spinnrad und Reisigbesen zurückkehren können?

Es ist interessant, meinte der gleiche Biograph, wie das Leben eines Menschen »sich in die ihm vorgegebene Richtung entwickelt«.

Das gibt dem Briefträger oder dem Fischhändler keine große Chance auf eine spektakuläre Karriere – oder der Durchschnittsfrau, die einen wesentlichen Teil ihres Lebens mit Zwiebelhacken und Staubsaugen zubringt. Oder Prue, deren Leben nichts Besonderes gewesen war. Eine Ehe. Eine Geburt. Eine Affäre. Und was dann?

Stellen Sie sich weiterhin vor, daß Sie auf den Befestigungen der Stadt Mélun stehen und den Stimmen der heiligen Katharina und der heiligen Margarethe lauschen, die Ihnen mitteilen, daß Sie in Kürze gefangengenommen werden, daß Sie nicht überrascht sein sollen, daß Sie die Dinge nehmen müssen, wie sie kommen – wie schlimm sie auch immer sein mögen.

Daß Gott sich um Sie kümmern wird.

Was dann?

»Ich möchte mit dir sprechen, Prue«, sagte Max an jenem Abend und erhob sich aus seinem Lehnsessel. Sein Gesicht war verschlossen und bar jeglichen Humors. Er ging zum Fenster und schaute, eine Hand in der Tasche, auf den Garten hinaus. »Wir müssen etwas unternehmen.«

Sie wagte nicht zu fragen, worauf sich das beziehe, und suchte Zuflucht in einem »Oh.«
»Wir müssen ein paar Dingen ins Gesicht sehen, Prue.« Max drehte sich mit einem Ruck um und schaute seine Frau an. »Ich … wir neigen dazu, den Kopf in den Sand zu stecken.« Sie stand von dem Stuhl mit der durchgesessenen Sitzfläche auf, die sie schon eine Ewigkeit lang auswechseln wollte, und trat neben ihn. »Sprichst du von Jane?«
»Auch.«
Sie bemerkte, daß seine Hand zitterte, und streckte die ihre aus, um ihn zu berühren. Blitzschnell wich er zurück, außerhalb ihrer Reichweite, und sie stand da, mit der Hand in der Luft und dem Gefühl, einen Tritt bekommen zu haben.
»Ich verstehe.«
»Nein, das tust du nicht.«
»Du bist böse auf mich, nicht wahr, Max?« sagte Prue leise.
Er wandte sich wieder dem dunklen Garten zu, der ihn an den seiner Kindheit erinnerte, als dort unheimliche Monster ihr Unwesen getrieben hatten. Das Froschmonster. Der böse Fuchs. Das mit Fangzähnen ausgestattete Wiesel, schlaue, hungrige Killer. »Ich bin auf mich selbst böse.«
Ungehalten darüber, daß sie sich in diesem entscheidenden Moment so schwach fühlte, hätte Prue gern gesagt: »Ich auch.« Nichtsdestoweniger muß man, wenn man der Tatsache ins Auge zu blicken gezwungen ist, daß man nicht nur keinen untadeligen, sondern nicht einmal einen durchschnittlich guten Charakter vorzuweisen hat, damit rechnen, daß es schmerzt. Prue schluckte. Um den Schaden so gering wie möglich zu halten, mußte sie schlau und weise vorgehen – sehr viel weiser als bisher.
»Setz dich wieder hin, Prue – es fällt mir leichter, von weitem mit dir zu reden.«

Welcher Wandel! Wie oft hatten Max und sie sich im Laufe der Jahre nah beieinandersitzend unterhalten? Wie oft hatte er dabei den Arm um ihre Schulter gelegt, mit einer Strähne ihres Haares gespielt oder mit seiner großen Hand ihre zartere umschlossen, während sie dies oder das besprachen? Welchen Wagen sie kaufen sollten. Welche Schule die richtige für Jane wäre. Wohin die Ferienreise gehen sollte. Ungezählte Male.

Und wie oft hatte Prue sich in Max' Arme gestürzt und wegen Violet geweint und dann wegen des Babys, das kam, und danach wegen des Babys, das nie kam, aus Erschöpfung, aus Frustration? Und wie oft hatte er sie getröstet und sie ihn? Viele, viele Male.

Das Leben bestand aus einer Aneinanderreihung von Verlusten – man verlor sein Selbstvertrauen und das in andere, man verlor eine Liebe, Geld, die Gesundheit, die körperliche Straffheit, die Scharfsichtigkeit ... Max hatte geglaubt, mit diesem Wissen umgehen zu können und es unter Kontrolle zu haben. Als er jetzt vom anderen Ende des Zimmers aus seine Frau betrachtete, wurde ihm bewußt, daß er die Willenskraft verloren hatte, zu schweigen.

Zusätzlich dazu war Max bewußt, daß man die Oberhand gewinnt, wenn man dem anderen zuvorkommt. »Das ist das Schlimme an dir«, hatte Helen ihn während einer ihrer Auseinandersetzungen angefaucht, »du läßt mir keine Luft zum Atmen.«

»Bleib dort, Prue«, sagte er, um seinen Standpunkt zu bekräftigen.

Prue ließ sich wieder auf dem durchgesessenen Stuhl nieder und hätte aus Furcht vor dem, was kommen würde, am liebsten den Kopf eingezogen. Mut! beschwor sie sich. Mut, Mut! Max räusperte sich. »Wir *müssen* etwas unternehmen, Prue – wir können Janes Zustand nicht länger hinnehmen.«

»Da hast du recht.«
»Weißt du, warum sie so ist?«
»Nein.«
Das Schweigen, das ihrer Leugnung folgte, wurde durch das Klirren der Schlüssel zum Waffenschrank unterbrochen, die Max von einer Hand in die andere warf.
»Ich glaube, ich weiß es, Prue.«
Hör auf, hätte sie am liebsten inständig gerufen. Dreh die Uhr zurück. Ich will nicht, daß es ausgesprochen wird. Lassen wir es, wie es ist – provoziere keine Konsequenzen.
Klirr! machten die Schlüssel.
»Bist du ... bist du unglücklich, Prue?«
Vielleicht hatte Max ursprünglich eine andere Frage stellen wollen, jedoch in letzter Sekunde, aus Vorsicht oder verständlicher Angst, verletzt zu werden, davon Abstand genommen. Er wirkte völlig ruhig, und niemand – nicht einmal Prue – hätte sagen können, was sich hinter seiner gelassenen Fassade verbarg.
Als diejenige, die, solange sie zurückdenken konnte, aufgebaut und gefestigt hatte, sah sich Prue plötzlich in der Rolle eines Werkzeugs der Zerstörung: auf einer Ebene mit den Vandalen und dem Stanley-Messer oder mit Johannas Männern, die nach ihrem ersten, großen Sieg Orléans plünderten.
»Um auf Jane zurückzukommen«, sagte sie verzweifelt. »Sie ist in der Pubertät – und sie wird in der Schule ständig gehänselt.«
Die Schlüssel verschwanden in Max' Faust. »Ich dachte, du würdest eine direkte Frage direkt beantworten«, sagte er. »Du enttäuschst mich.«
Sie seufzte. »Natürlich bin ich glücklich.«
»Du vergißt, daß ich Erfahrung auf diesem Gebiet habe – ich kenne die Anzeichen.«

»Ja«, bestätigte Prue bitter, »du hast Erfahrung auf diesem Gebiet, und das tut mir leid. Ich weiß, daß ich in dieser Hinsicht hinter dir herhinke – aber gelitten habe ich darunter ebenfalls. Helen und Violet wurden mir wie Mühlsteine um den Hals gehängt, und ich konnte mich nie von ihnen befreien. Sie waren immer gegenwärtig in unserer Ehe.«

Während sie sprach, erwachte eine Erinnerung in Prue – an jemand anderen, der das gleiche sagte.

»Du hast nie etwas gesagt.«

»Ich habe vieles nie gesagt.« Sie bewegte sich leicht, und das Licht fiel auf ihr schmaler gewordenes Gesicht und hob die Anspannung in ihren Zügen hervor.

Natürlich: Jamie hatte ihr einmal erzählt, daß Violet ihm vorgeworfen habe, ihr Lara als Mühlstein um den Hals gehängt zu haben.

»Du würdest mich doch nicht anlügen, oder, Prue?« Er schlug sanft mit der Faust an die Wand. »Ich möchte das nicht annehmen.«

»Nein, das tue ich nicht, Max – ich habe keinen Grund dazu.«

»Ich habe also keine Veranlassung, mir Gedanken zu machen?« Max hatte sich wieder unter Kontrolle.

Ihre grauen Augen trafen sich mit seinen blauen. Ich weiß genau, daß du eigentlich schweigen willst, vorausgesetzt, ich bringe das Familienschiff nicht zum Kentern. Warum fragst du mich also jetzt? lautete die Botschaft in ihren.

Liebes Mädchen, nimm, was ich dir anbiete, so wie es gemeint ist. Ich verstehe besser, viel besser, als du dir vorstellen kannst, was in dir vorgeht – aber hab Mitleid, denn es ist schwerer für mich als erwartet.

Aus solchen heimlichen Absprachen ziehen Ehen ihren Nährstoff, wachsen und gedeihen und tragen sogar Früchte. »Ich habe keine Veranlassung, Prue?«

Prue holte tief Luft ...

Anfang Mai 1430 war jedem Menschen mit Sinn für Strategie klar, daß die Stadt Compiègne mit Unterstützung der Engländer belagert werden würde. Compiègne hatte Frankreich die Treue gehalten, doch seine Brücken waren für jede Armee, die den als »Ile de France« bekannten Landstrich kontrollieren wollte, von entscheidender Bedeutung.

Johanna, die nach der Krönung neun unbehagliche Monate ungeduldig am französischen Hof darauf gewartet hatte, wieder ins Feld ziehen zu können, ritt voller Tatendrang los, um die Stadt zu retten.

Sie war in Crépy-en-Valois, als sie die Kunde erreichte, daß der Sturm auf Compiègne begonnen hatte. Im Schutz der Nacht ritt Johanna mit einigen handverlesenen Begleitern durch den dichten Wald. Die Zaumzeuge klirrten leise in der Stille, die Hufe der Pferde sanken bei jedem Schritt in den weichen Waldboden ein. Kurz vor Anbruch der Dämmerung erreichte das Grüppchen, unbemerkt von den Belagerern, die Stadt.

»Ich frage dich noch einmal«, sagte Max. »Ich habe keine Veranlassung, mir Gedanken zu machen?«

Prue starrte ihn geistesabwesend an.

Das waren Johannas letzte Augenblicke in Freiheit, und Prue hoffte, sie hatte sie so verbracht, wie sie es ihr wünschte. Es war das letzte Mal, daß Johanna die Wellenbewegungen des Pferdeleibes zwischen ihren Schenkeln spürte, Leder und Schweiß roch, dem knappen Gedankenaustausch ihrer Männer lauschte und zu einem friedvollen Himmel aufblickte.

Um fünf Uhr an jenem Nachmittag war Johanna angriffsbereit. Auf dem Rücken eines Kavalleriepferdes ritt sie mit wehen-

dem Lilienbanner durch den milden Maiabend mit seinen langen Schatten, seinem Geruch nach schwellender Natur und seiner Ankündigung kommender Hitze gegen das burgundische Lager.
Es war ein harter Kampf, und am Ende wurde Johanna der Rückzug nach Compiègne durch ein Sonderkommando von Burgundern und Engländern abgeschnitten. Von der Straße auf das sumpfige Flußufer abgedrängt, wurde sie an den losen Stoffstreifen ihrer rot-goldenen Huque gepackt und von ihrem Pferd gezerrt.
Sie wurde gefangengenommen …
Prue tat, was sie für das beste hielt. »Nein«, antwortete sie. »Du hast keine Veranlassung, dir Gedanken zu machen.«
Max steckte zitternde Hände in die Taschen.
Der Anblick dieser zitternden Hände schnürte Prue die Kehle zusammen. Johanna mußte leiden, mußte ihre physische Freiheit aufgeben – und ohne Frage mußte Prue das auch. Nur mit dem Unterschied, daß Prue log und ihre Lüge als Bürde auf dem Rücken tragen müßte, landauf und landab, bis ihre Haut in Fetzen hing – als Strafe dafür, daß ihre Tochter in Hungerstreik getreten war, weil sie vermutete, daß etwas nicht stimmte, und dafür, daß die Hände ihres Mannes bei dem Bemühen, ihrer beider Ehe zu retten, vor Gram zitterten.
»Wir müssen uns auf Jane konzentrieren.«
»Ich denke ja an Jane!« Prue spürte, wie ihr Herzschlag sich normalisierte. Erleichterung fegte durch ihren Kopf, machte ihn klar. »Ich denke fast immer an sie.« Sie fuhr fort: »Ich bin dafür, daß wir sie den Rest der Woche zu Hause behalten und ich sie dann zurückbringe – sonst grämt sie sich, weil ihr ihre Freundinnen fehlen. Und in den freien Tagen werde ich ihr helfen, mit dem Lernstoff auf dem laufenden zu bleiben.«

»Und was ist mit ihrer Esserei?«
»Die ist beunruhigend – aber ich habe mich bei ihrer Hausmutter erkundigt, und die sagte, Jane habe diese Woche nicht abgenommen. Also muß sie doch ziemlich normal gegessen haben. Außerdem wächst sie sehr schnell ... Mrs. Harriman sagte, daß die Mädchen untereinander über Magersucht gesprochen und ein oder zwei von ihnen ausprobiert hätten, wie lange sie ohne Essen auskämen.«
»Dad?«
Jane stand in der Tür – in dem alten rosa Nachthemd, von dem sich zu trennen sie nicht bereit war, obwohl Prue ihr neue, viel hübschere gekauft hatte. Sie drückte ihre Ausgabe von »Goodnight Mr. Tom« an die Brust.
Max hatte den Kopf gehoben, als die Tür aufgestoßen wurde, und schaute seine Tochter mit dem weichen Ausdruck in den Augen an, der für seine Frauen reserviert war. »Warum bist du nicht im Bett?«
Blaß und mit Riesenaugen trat Jane ins Zimmer. »Ich habe gelauscht«, gestand sie mit einem Lächeln, das ihre Eltern bei ihrer elfjährigen Tochter nicht kannten. Es war ein Lächeln, das zu einem älteren Gesicht gehörte – zu einem Menschen mit mehr Lebenserfahrung.
»Du ungezogenes Mädchen«, sagte Prue. »Geh sofort zurück ins Bett.«
Sie legte Jane die Hand auf die Schulter. Jane fixierte sie mit einem Blick, in dem sowohl Haß als auch Liebe lagen – enttäuschte Liebe, vermutete Prue – und schüttelte die Hand ihrer Mutter ab. Das Buch in ihren Händen klappte auf, und eine Postkarte flatterte zu Boden. Sie landete mit dem Gemälde nach oben.
Max hob sie auf, schaute sich das Bild an und drehte die Karte

um. Prue hörte das Blut in ihren Adern rauschen und war ein, zwei Sekunden lang einer Ohnmacht nah. Max schaute auf. Jane lauerte neben dem Stuhl ihres Vaters, ein Bein hinter dem anderen in einer Pose kindlicher Unschuld abgeknickt. Max' Lippen verzogen sich zu einem ungewohnt bitteren Lächeln, doch seine Augen waren feucht.

Es ist also wahr, sagten diese Augen, als er Prue die Karte hinhielt.

»Ist das deine?«

Die Pulsschläge in Prues Ohren und Handgelenken trommelten ein wildes Crescendo. Du wußtest es, gaben ihre Augen zurück. Sie nahm die Karte und betrachtete die heitere, von Sünden freie Madonna. »Oh«, sagte sie. »Die gehörte ursprünglich Kate – sie hat sie mir geschenkt, weil mir das Bild so gefiel.«

»Was ist los, Mum? Was ist bloß los? Warum war Dad so traurig?«

Prue war mit Jane hinaufgegangen. Sie entfernte den Stapel Computer-Zeitschriften vom Bett, bürstete ihre blonden Haare und hielt ihr ihre Zahnbürste vor die Nase. »Manchmal sind eben auch Erwachsene traurig. Irgendwann werde ich es dir erklären«, sagte sie, »aber nicht heute.«

»Warum nicht?« murmelte Jane, den Mund voller Zahnpasta.

»Weil du noch zu klein bist – damit mußt du dich abfinden.«

»Von wem war die Karte?«

»Von einem alten Freund von Kate, glaube ich.« Prue beobachtete Janes Spiegelbild. Es nahm einen Schluck Wasser aus dem Becher und spuckte es, weiß von Zahnpasta, wieder aus. »Oh«, sagte es, und Prues Anspannung lockerte sich ein wenig.

Als Jane ordentlich zugedeckt im Bett lag, beugte Prue sich über sie, um ihr einen Gutenachtkuß zu geben. Ihre Lippen berührten die zarte, glatte Haut und verharrten kurz darauf. »Aber weißt du, Mum«, sagte Jane unvermittelt, »es macht mir angst, wenn ich nicht Bescheid weiß.«

Prue setzte sich auf die Bettkante. »Das verstehe ich – aber du mußt dich noch gedulden. Bis dahin mußt du Dad und mir einfach vertrauen.« Sie ließ den Rand des Einschlagtuches unter ihren Fingernägeln entlanggleiten. »Warum hast du die Karte überhaupt an dich genommen? Sie gehört dir doch gar nicht.«

Janes gesenkte Lider verbargen den Ausdruck ihrer Augen. »Ich weiß es nicht«, antwortete sie. »Ich hab's einfach getan.«

Nach kurzem Schweigen fragte sie: »Warum war sie in der Kommode, Mum?«

Unten im Salon saß Max, die Arme auf den Lehnen, regungslos in seinem Sessel. Ein Glas Whiskey stand unberührt neben ihm auf dem Boden.

Als Prue zurückkam, hatte die Dunkelheit die Dämmerung vertrieben, und er war nur noch als Silhouette zu erkennen. Sie beugte sich herunter, um die Tischlampe anzumachen, und ging zum Fenster, um die Vorhänge zuzuziehen.

»Hast du sie ins Bett gepackt?«

Prue nickte.

»Ich liebe dich, Prue.«

Im Gegensatz zu seiner Frau war Max mit Einsamkeit vertraut, und er hatte den Verdacht, daß sie, wie schon in der Vergangenheit, vielleicht auch in der Zukunft sein Los wäre. Er kannte sie gut – sie war seine Lebensgefährtin. Die Aussicht darauf machte den Kopf frei und reinigte die Seele und gestattete den Gefühlen, die Knochenschale zu durchfluten, die sein Gehirn beherbergte.

Das Leben mußte weitergehen, und er wollte sich den Luxus

gönnen, es in Ruhe zu genießen. Kriege richten Schaden an, Tornados ebenso, selbst die Rezession richtete Schaden an – aber die Schäden, die durch Ehebruch entstehen, zerstören bei weitem mehr Leben als all das.

»Trink doch einen Whiskey«, sagte er. »Und dann schauen wir uns die Nachrichten an, ja?«

Prue dachte, ihr Herz würde brechen.

27. KAPITEL

Auf halbem Weg von Winchester nach Hause fiel Max am Samstag vormittag das Gewehr ein.

Es lag abholbereit bei dem Waffenschmied, bei dem er es hatte reparieren lassen. Die Reparatur war nicht unbedingt notwendig gewesen, und Waffen ließ man am besten im Schrank. Trotzdem hatte Max es zum Waffenschmied gebracht.

Mit einem ärgerlichen Ausruf lenkte er den Wagen in die Mitte der Straße, vergewisserte sich, daß kein anderes Fahrzeug kam, und wendete.

Der Umweg würde ihn zu spät zum Mittagessen kommen lassen. Das spielte allerdings keine Rolle – außer für Max, der hungrig war –, denn zu Hause herrschte aufgrund der für den nächsten Tag anberaumten, alljährlichen Valourschen Vorweihnachtsparty das Chaos.

Und außerdem waren die Becketts übers Wochenende da.

»Willst du sie heuer lieber ausfallen lassen?« hatte Prue das Thema in der merkwürdigen und ominösen Ruhe zur Sprache gebracht, die alles und nichts vermuten ließ und sich über ihr häusliches Leben gesenkt hatte.

»Warum sollte ich?« hatte er zurückgefragt.

»Weil …«, hatte Prue begonnen, die – wie es auch Johanna gegangen sein mußte, als sie am französischen Hof von einem Fuß auf den anderen trat – die durch irgendeine Art von Kampf bewirkte seelische Entspannung herbeisehnte, irgendeine Äußerung, die ein gefühlsmäßiges Engagement verriet, einen Hinweis darauf, wer wo stand. Aber Max schnitt ihr das Wort ab.

»Also schön«, sagte sie gottergeben, »wenn du die Party machen willst, mir soll's recht sein.«
Wenn man, dachte Max, intensiv genug über Ereignisse nachdachte, wurde es möglich, vorauszusagen, was passieren würde. Wie die gleichen Dinge – Verrat, Enttäuschung, Lieblosigkeit, Gier und Torheit – sich in jeder Generation, in jeder Familie, in jeder Beziehung wiederholten. Die Menschen gewöhnten sich an die ihnen vorgegebenen Muster, oder sie wurden mit einer Neigung dazu geboren.
Max fuhr weiter. Er brauchte Zeit, um seine Würde wiederherzustellen, die er in diesem Stadium seines Lebens für wichtiger hielt, als er angenommen hatte. Wenn er überleben wollte, würde Max an sich selbst denken müssen – und Prue würde ihm Zugeständnisse machen müssen, wie er sie ihr gemacht hatte.
Mit einiger Schwierigkeit – das in weihnachtlicher Dekorationspracht schwelgende Winchester wimmelte von Kaufwilligen – fand er einen Parkplatz und holte das Gewehr ab.
»Es ist eine Schönheit«, schwärmte der Assistent des Waffenschmieds und ließ die Hand über den Kolben gleiten. »Zu Großem fähig. Man sieht, daß Sie es sehr pflegen.«
»Ja, das tue ich«, bestätigte Max. »Das tue ich.«
Kurz darauf lag es neben ihm im Wagen, und er warf während der Fahrt immer wieder einen Blick auf das von Altersrissen durchzogene Lederfutteral. Er nahm das Gewehr nie mit auf seine Jagdausflüge. Es hatte seinem Vater gehört.
Wenn jemand Max zu dem Vorfall befragte – es waren allerdings nicht mehr viele da, die sich noch daran erinnerten –, antwortete er mit einem Achselzucken. Seinerzeit war die Geschichte ein gefundenes Fressen für die Zeitung gewesen und hatte seine Familie empfindlich in Verlegenheit gebracht.

Was genau seinen Vater durchdrehen ließ, hatte Max nie durchblickt. Alkohol? Die stetigen, den Stein höhlenden Tropfen von Enttäuschung und Frustration? Der Wunsch, diesen Tag von den anderen abzuheben, die wie alte Zeitungen aufeinandergestapelt und zu Jahren zusammengebacken waren?
Wie auch immer – eines Morgens gegen Ende des Frühlings war William aufgestanden, hatte ein herzhaftes Frühstück zu sich genommen und dann eine Waffe auf Max' Mutter gerichtet und gedroht, sie umzubringen.
Was er natürlich nicht tat. Statt dessen hatte er ein kleines Loch in Antonias Fuß geschossen und ein großes in den Küchenboden.
Soviel zu dem großartigen wagnerianischen Finale, dem dramatischen Ende mit heulendem Wind und Sturm, das William vorschwebte. Statt dessen war es ein jämmerlicher und nicht besonders blutiger Zwischenfall in einer Vorortküche, der Tristan mit vom vielen Whiskey geplatzten Äderchen im Gesicht und Isolde in einer geblümten Kittelschürze. Zwischen sich Jahre enttäuschter Erwartungen.
Erstaunlicherweise empfand William das Gefängnisleben als zufriedenstellend und erkundigte sich an den Besuchstagen mit größerem Interesse nach Neuigkeiten in Max' Leben – Prüfungen, Schulsportfesten und dergleichen –, als er es je zuvor getan hatte. Als er entlassen wurde, inzwischen beträchtlich weniger rotgesichtig und stämmig als bei seiner Inhaftierung, zog er in eine entlegene Hütte auf der Ardnamurchan-Halbinsel, wo er Holz hackte und, nachdem er im Gefängnis zu einer Art Baumexperten geworden war, Bäume pflanzte, bis er aufgrund eines Herzinfarkts tot umfiel. Max besuchte ihn oft, und sie verbrachten gesellige Abende im Pub, tranken einheimischen Malzwhiskey und wanderten über die Hügel oberhalb des engen Tals.

Als sie den anfänglichen Schock überwunden hatte und die Wunde verheilt war, blühte auch Antonia auf und verbrachte den Rest ihres Lebens glücklich und zufrieden bei einer unverheirateten Kusine in Croydon. Nachdem sie sich – auf wie bizarre Weise auch immer – mit dem Leben arrangiert hatten, schienen beide sehr viel zufriedener zu sein.
Aber Max mochte das Gewehr nie.

»Es ist Weihnachten«, sagte Max fünfundvierzig Jahre später, als er durch die Küchentür von Hallet's Gate trat. »Die Männer verlangen nach Whiskey – entweder das, oder die Party ist ein Reinfall.«
Ein Meer von Gläsern, Flaschen und Überresten nicht sonderlich inspirierter Snacks, die Prue mit untypischem Widerwillen und viel Aufhebens am Morgen hergestellt hatte, verunstalteten die Küche bis zur Unkenntlichkeit.
»Dann haben wir ein Problem.« Sie kämpfte mit einem Eiswürfelbehälter. »Ich habe nur eine Flasche gekauft. Überrede sie dazu, den Sherry zu trinken. Es ist ein guter, und sie sollten sich glücklich schätzen.«
»Hallo«, sagte Kate fröhlich von der Tür her. »Ich habe noch gar nicht richtig mit dir gesprochen.«
Zu Ehren des besonderen Anlasses hatte Kate sich von Lycraleggings zu einem wollenen Faltenrock gesteigert. Sie strahlte Tüchtigkeit, Offenheit und Lebhaftigkeit aus. Die Eiswürfel lösten sich aus dem Behälter und schossen über das Spülbecken hinaus. Prue konnte ihre Schlitterfahrt gerade noch rechtzeitig bremsen.
»Nimmst du die bitte mit, Kate? Ich komme gleich nach.« Kate hatte es nicht eilig und blieb am Spülbecken stehen.
»Molly belabert Richard wegen der Kirchenreinigung«, be-

richtete sie, »aber seine Begeisterung dafür hält sich in Grenzen.«
Prue hatte den deutlichen Eindruck, daß Kate ihre Sensoren auf sie und Max ausgerichtet hatte, um so viel Informationen wie möglich zu sammeln.
»Kümmerst du dich darum, daß alle zu trinken haben?« wandte Prue sich an Max und verschluckte ihr ansonsten übliches »Liebling« am Ende der Frage. Sie klappte die Backofentür herunter und holte ein Blech mit Krabbenpastetchen heraus. Sie waren zu dunkel geworden.
»Verdien dir deine Verpflegung«, sagte sie zu Kate. »Mach die Chipstüten auf und fahr deine Sensoren ein.«
Kates in die Höhe schnellende Brauen drückten Empörung und Unschuld aus, daß sie keine Ahnung hatte, was Prue mit ihrer letzten Bemerkung meinte.
Prue hängte sich die Topfhandschuhe über die Schulter. »Wenn du es unbedingt wissen willst – Max und ich machen gerade eine Krise durch, eine ziemlich ernste, um genau zu sein –, und ich weiß nicht, wie sie enden wird. Aber er wollte nicht auf die berühmte Valour-Party verzichten, und nun muß ich sie irgendwie durchstehen.« Sie lächelte auf eine Art, die Kate neu war. »Bist du damit ausreichend auf dem laufenden?«
Kate sah wie die Frau aus, die, nachdem sie entschlossen gewesen war, auch das Schlimmste erfahren zu wollen, beschließt, ihre Neugier ab sofort zu zügeln. »Oh, Prue«, sagte sie traurig – und auch ein wenig angewidert. »Das tut mir leid.«
Prue begriff zu spät, daß Kate lieber nichts über ihre Eheprobleme gehört hätte. Sie konnte ihr ihre Vogel-Strauß-Einstellung sogar nachfühlen. Was hatte ich denn erwartet? dachte sie.
Der Salon war tags zuvor fast gänzlich ausgeräumt worden und

hallte ein wenig. Die Party hatte das Mittelstadium zwischen der anfänglichen Befangenheit und dem Wir-müssen-nach-Hause-solange-wir-noch-atmen-können-Stadium erreicht. Ein beißender Mief aus Zigarettenrauch und zentralheizungsbedingten menschlichen Ausdünstungen waberte durch den Raum. Prues Arrangement aus rotem Geschenkband und Föhrenzapfen (nicht ihr schönstes) thronte unter dem Aquarell einer Highlandszenerie. Als sie ins Zimmer trat, zeigte Violet das Gemälde gerade einem Gast – einer Frau, deren Kleid »Emporio Armani!« schrie.

Molly kam auf Prue zugestürzt. Molly war nicht in Emporio Armani gekleidet. Als Konzession an die Valour-Party hatte sie ein Hemdblusenkleid in dem Stil, den Doris Day in den Fünfzigern bevorzugte, ausgegraben, wozu sie bequeme Schnürschuhe trug.

»Wo ist Jane?« Mollys kleine, glänzende Vogelaugen schossen durch den Raum.

Sie bereitete Prue Unbehagen. »Sie ist drüben bei Judy. Die beiden meinten, sie würden sich auf der Party nur langweilen«, antwortete sie.

Sie war froh, als Richard, der Vikar, zu ihnen stieß. Er hielt sein Glas so, daß sie sehen konnte, daß es leer war. Prue griff sich eine Flasche und füllte es. Richards Leben war weiß Gott arm an Luxus.

»Gut, daß ich Sie beide zusammen antreffe«, sagte er dankbar. »Da können wir gleich über die Kirchenreinigung sprechen.«

Mit jeder Faser spürend, daß Jamie nur ein paar Schritte von ihr entfernt stand, füllte Prue Mollys Glas. Molly warf sich mit Feueifer ins Zeug, und Prue wußte, wenn sie noch einen Rest von Anstand besaß, wenn ihre Liebe zu Jamie eine Bedeutung haben sollte, mußte sie sich auf das Thema konzentrieren.

Man konnte sein Leben nicht einfach hinter sich lassen, wie verführerisch der Gedanke auch sein, wie stark einen das sexuelle Verlangen auch dazu drängen, wie immer es in einem aussehen und wie weit man sich innerlich auch schon davon entfernt haben mochte.

»… staubwischen«, sagte Richard.

Wenn das regelmäßige Polieren des Kirchengestühls der Motor war, der das Gemeinschaftsleben von Dainton am Laufen hielt, dann sollte es ihr recht sein.

»… staubwischen«, sagte sie und beobachtete dabei Jamie aus dem Augenwinkel.

Drüben beim Fenster hielt Emmy seiner Mutter einen mißgelaunten, verknautscht aussehenden Edward hin.

»Warum in aller Welt haben Sie ihn nicht gewickelt? Er riecht!«

»Tut mir leid, Violet.«

Edward hatte eine leichte Magenverstimmung. Typisch! dachte Violet grimmig. Sie senkte verärgert ihren schimmernden Kopf. Neuerdings hatte sie sich angewöhnt, einen noch röteren Lippenstift zu tragen, was ihr gut stand und wie ein Leuchtturm wirkte, was sie damit allerdings nicht bezweckte, denn wenn sie sich auch nach Aufmerksamkeit sehnte, so hatte sie doch nicht den Wunsch, ein weiterführendes Interesse zu erregen. (Sie kopierte lediglich den Look einer von ihr bewunderten Autorin, die in »Vanity Fair« ausführlich interviewt worden war.) Ein paar der älteren Männer auf der Party hatten bei Violets Eintreten aufgestrahlt und lauerten hoffnungsvoll in der Nähe.

»Es ist schöner zu reisen als anzukommen.« Prue stieß Kate mit dem Ellenbogen in die Seite und deutete auf die Hoffnungsvollen.

»Ich wollte heute mit Edward angeben!« flüsterte Violet, sorgsam darauf bedacht, daß niemand anderer es hörte, Emmy zu, während ihre roten Lippen lächelten und – unehrlich – einladend glänzten. Darauf hätte ich gewettet, dachte Emmy. »Das kann ich aber nicht, wenn er riecht!«

Edward achtete nicht auf den Wortwechsel, sondern schaute durch das Fenster auf ein Paar hinaus, das seinen Golden Retriever spazierenführte und – als nicht eingeladen – das Haus demonstrativ mit Nichtachtung strafte. Beim Anblick des Hundes verzog sich sein Gesicht zu einem plötzlichen, hinreißenden Lächeln, und er hüpfte an Emmys Schulter auf und ab.

»Ich werde ihn wickeln«, erklärte Jamie, der sich aus der Gruppe um Mrs. Patterson gelöst hatte, die unter dem Spitznamen »Gottesanbeterin« bekannt war, weil sie am Totenbett dreier Ehemänner gesessen hatte, die einander mit verblüffender Geschwindigkeit ins Jenseits gefolgt waren.

Edward wurde weitergereicht, und sein Vater trug ihn davon. Violet warf einen stirnrunzelnden Blick in die Richtung ihrer hoffnungsvollen Verehrer, die sich daraufhin hastig entfernten, griff sich ein paar schmutzige Gläser und steuerte auf die Küche zu. Emmy blieb allein zurück, mit einem nassen Fleck auf ihrem T-Shirt und einer Stoffwindel in der Hand. Einerseits fühlte sie sich unbehaglich in dieser Gesellschaft, doch andererseits war sie fasziniert und auch eine Spur neidisch auf den Reichtum im Raum. Sie drehte die Windel zwischen den Fingern, wußte, daß sie nie dazugehören könnte, und fragte sich, ob sie einen Abstecher nach Hause wagen dürfte.

»Hallo!« Max wedelte mit einer Sherryflasche vor ihrem Gesicht. »Wollen Sie einen?«

»Nein, danke, Mr. Valour.«

»Max«, korrigierte er.

Er lächelte sein sanftes Lächeln, und Emmy, deren Leben seit

zwei Monaten hauptsächlich aus Angst und Übelkeit bestand, fühlte sich plötzlich beinahe klug und schön und normal.
»Ich wollte schon lange mal mit Ihnen sprechen.« Er stellte die Flasche vorsichtig aufs Fensterbrett. Nach einer Pause sagte er: »Wie ich gehört habe, erwarten Sie ein Baby.«
Emmy spürte Röte ihr Gesicht überfluten, doch es hatte keinen Zweck, zu leugnen.
»Haben Sie schon entschieden, was Sie tun wollen?«
»Ja«, erwiderte sie. »Nein. Ich meine – ja.« Sie biß sich auf die Unterlippe, und ihre spitzen Züge wurden durch ihre offensichtliche Erregung noch betont. »Ich werde das Baby kriegen.« Und sie fügte hinzu: »Das ist endgültig!« Ihre Finger umklammerten die Stoffwindel. »Eine Weile kann ich bei Mum bleiben, denke ich. Zuerst werde ich von der Sozialhilfe leben und, wenn das Baby ein bißchen größer ist, versuchen, mit ihm als Kindermädchen unterzukommen. Manche Leute stellen dem Kindermädchen eine Wohnung zur Verfügung, wissen Sie.«
Max fühlte sich plötzlich schrecklich alt. In seiner Jugend beschränkte sich die Sozialhilfe auf ein Bett im Obdachlosenasyl. Und auch die Zuversicht, die hinter Emmys traurigem kleinen Plan stand, rührte ihn an.
»Machen Sie sich keine Sorgen«, sagte er plötzlich, und seine Freundlichkeit trieb Emmy fast die Tränen in die Augen. Sie schaute zu ihm auf, und eine Strähne ihrer hoffnungslosen Haare lag an ihrer Wange, die so weiß war, daß Max geschworen hätte, daß niemals Blut in ihr pulsierte. Wie immer in solchen Situationen (und Max hatte Erfahrung im Umgang mit schwangeren Frauen) erwachte seine Ritterlichkeit.
Säure brannte in Emmys Magen, und sie sehnte sich nach etwas Stärkehaltigem, das sie aufsaugen würde. »Mum muß erst noch mit Dad reden – sie wartet auf den richtigen Moment.«

»Mir ist eine Idee gekommen.« Max erwischte Emmy kalt. »Und ich würde Ihnen gern einen Vorschlag machen.«
Emmy brauchte ein paar Sekunden, um zu verarbeiten, was er gesagt hatte. Dann weiteten sich ihre Augen, und ihr Blick verhärtete sich mißtrauisch. Du schweinischer alter Mann, dachte sie tief enttäuscht. Ich dachte, *du* wärst anständig.
Max verstand. Er trat einen Schritt zurück, um Abstand zwischen ihnen zu schaffen. »Keine Sorge, Emmy – es hat alles seine Ordnung. Das steht außer Frage. Ich melde mich bei Ihnen.«
Völlig verwirrt suchte Emmy ihr Heil in der Flucht. Ohne ein Wort des Abschieds glitt sie an Max vorbei und verschwand.
Draußen in der Halle zwängte sie sich in ihre zu kleine Jacke.
Was werden Sie tun?
Die Antwort war: Ich weiß es nicht – also hört alle auf, mich zu löchern. Abgesehen von dieser lästigen Frage quälten sie der Schmerz und das Rätsel ihrer Liebe zu Angus, die zu verleugnen sie sich so sehr bemühte. Doch sein Baby in ihrem Bauch konnte sie nicht verleugnen.
Lady Truscott putzte ihren dritten Drink weg und schwankte ein wenig, als sie sich erneut nachschenken ließ. Prue machte lächelnd die Runde, tat ihr Bestes, um einen schüchternen Junggesellen ins Geschehen zu integrieren, der mit der Wand verschmolzen zu sein schien, und erwog, ihn der Gottesanbeterin vorzustellen.
Jamie hatte seine Wickelpflicht erfüllt, war wieder heruntergekommen und unterhielt sich mit Major Hutton. Seine Aufmerksamkeit gehörte ganz dem Major – abgesehen von einem kurzen Moment, als er den Blick hob und dem Prues begegnete.

Prue ging von einem zum anderen und bot Pastetchen an – freundlich und gelassen, als trommle ihr Herz keinen wilden, sinnlichen Rhythmus, als sei ihr Kopf nicht so leicht wie der Blätterteig und ihr Heim nicht drauf und dran, in Schutt und Asche zu zerfallen.

Nachdem Johanna von den Burgundern gefangengesetzt worden war, wandten ihre ehemaligen Freunde sich von ihr ab. Vor allem der König – ihr König, für den sie so viel gewagt hatte – blieb untätig. (Jean Jouvenal des Ursins, ein zeitgenössischer Beobachter, war mutig genug, den Souverän für seine mangelnde Hilfsbereitschaft zu tadeln. Natürlich wußte er nicht, daß Gleichgültigkeit – insbesondere angesichts von Gefahr – als charakteristisch für die Kinder der Schizophrenie angesehen wird.)

Arme Johanna. Die sich an ihre Inhaftierung anschließenden, bohrenden Verhöre und neugierigen Blicke nahmen sie derart mit, daß sie sich in Beaurevoir vom Turm stürzte – aus einer Höhe von achtzehn bis zwanzig Metern. Erstaunlicherweise überlebte sie fast unverletzt. Sie muß sehr, sehr verzweifelt gewesen sein – und sehr gläubig.

Prue starrte vom Turm von Hallet's Gate auf das erbarmungslose Gelände hinab, auf dem er stand.

Nachdem der letzte Gast hinauskomplimentiert worden war, setzten sich die Becketts und die Valours hin und aßen Brot, Käse und Salami.

Max legte sein Messer mit der vorsichtigen, leidenschaftslosen Anwaltsmiene auf den Teller, die Prue so gut kannte.

»Ich möchte ein paar Dinge besprechen«, sagte er, »und ich denke, der Moment ist günstig dafür.«

Eine Hand griff nach Prues Herz und schloß sich darum, und sie war sich nicht sicher, ob es ein Ausdruck von Furcht war oder der eines merkwürdigen Hochgefühls darüber, daß eine Katastrophe bevorstehen könnte. Oh, Mum, hatte Jane gesagt – hatte die Frau, die beim Ehebruch ertappt wurde, nicht Schwierigkeiten bekommen *wollen?*

Früher hätte Max niemals ein Thema öffentlich zur Sprache gebracht, ohne vorher mit Prue darüber zu sprechen. Wenn man ihr Leben mit dem Lesen eines Buches gleichsetzen wollte, so hatte Prue das Gefühl, den kritischen Punkt erreicht zu haben, an dem die Handlung nach einer Lösung schreit. Wie widersprüchlich die menschliche Psyche ist: Einerseits sehnt sich der Mensch nach Freiheit, andererseits danach, in das richtige Fach einsortiert zu werden. Wie die Post, dachte Prue mit einem Anflug von hysterischem Humor.

Sie hatte Jamie haben wollen, und sie hatte ihn sich genommen. Sie hatte ihn mit jeder Faser gewollt und zugelassen, daß die Flammen ihres Verlangens an ihrem Körper emporzüngelten und ihn verzehrten, wie sie Johannas auf dem Scheiterhaufen verzehrt hatten. Doch auf dem Grund ihrer nur halberforschten weiblichen Seele rechnete Prue damit, dafür bezahlen zu müssen.

Natürlich war Prue nicht die einzige mit gemischten Gefühlen.

»Es mag überraschend für euch kommen«, Max wirkte völlig gelassen, »aber ich werde das nächste halbe Jahr oder so in London leben – in der Betriebswohnung.«

Prue schaufelte Obstsalat aus der Schüssel in ihr Schälchen. »Max!«

»Ich werde die Zweigstellen in Brüssel und Madrid leiten und die zusätzlichen europäischen Büros einrichten, aber das Pendeldasein ist mir zu anstrengend. Prue bleibt hier.«

Prues Löffel entwickelte einen eigenen Willen und fiel klappernd in ihr Schälchen. Offenbar hatte sie die getroffene Abmachung mißverstanden.

Sie dachte daran, wie Johannas Dauphin sich zurückgezogen hatte.

»Natürlich komme ich ab und zu übers Wochenende nach Hause, wenn es sich machen läßt.«

Jamie entspannte sich unmerklich. Violet starrte ihren Vater entgeistert an.

»Wovon in aller Welt redest du, Dad? Willst du Prue tatsächlich ein halbes Jahr allein lassen?« Sie musterte Prue wie ein Tier hinter Zoo-Gitterstäben. »Macht dir das nichts aus, Prue?«

»Wenn dein Vater es so haben will ...«

Prues Tonfall und ihr verkrampfter Körper weckten den Verdacht in Violet, daß hinter der Eröffnung ihres Vaters mehr steckte, als die Erklärung für seinen Entschluß offenbarte.

Ihre Lider senkten sich über plötzlich mißtrauischen Augen und verbargen die Überlegungen, die sie anstellte. Als sie aufschaute, drückte ihr Blick Protest aus. »Jamie«, wandte sie sich im Befehlston an ihren Mann, »sag Daddy, daß das eine schlechte Idee ist. Nicht nur schlecht, sondern auch unnötig.« Jamie zögerte, und sie schnalzte unwillig mit der Zunge. »Du meine Güte, Daddy – du bist dein ganzes Leben lang gependelt. Was ist plötzlich anders?«

Max lächelte seine Tochter an. »Es besteht kein Grund, aufzubrausen, mein Liebling.«

»Du kannst das nicht tun!« sagte Violet, und Prue hätte schwören können, daß ihre Stieftochter den Tränen nahe war.

»Es ist nicht gut und es ist nicht recht. Wenn wir alle in den Sonnenuntergang reiten würden, wenn wir Lust darauf haben, unser Leben zu verändern – und ich nehme an, daß das dein Motiv ist –, dann würde alles zusammenbrechen.«

Violet hatte keine Ahnung, daß sie ins Schwarze getroffen hatte. Eine glatte Eins, Violet – für gesunden Menschenverstand und für ein gewisses Maß an Mut. Das gestand Prue ihrer alten Widersacherin zuerst widerwillig und dann mit einem Anflug von Bewunderung zu.

»Liebling«, sagte ihr Vater, »du kannst nicht über alle Menschen bestimmen, auch wenn du das gern möchtest.«

»Denk an Jane«, erwiderte seine Tochter, die dies all die Jahre nie getan hatte.

Verblüfft über Violets späte Entdeckung eines schwesterlichen Verantwortungsgefühls nahm Prue ihren Löffel wieder auf und jagte einen Kirschkern durch ihr Schüsselchen. »Ich halte das alles nicht für so dramatisch.« Sie wandte sich ihrem Mann zu. »Ich verstehe dich, Liebling – die Kommission bringt ja wirklich viel Arbeit mit sich.«

»Ich habe mir noch etwas anderes überlegt«, fuhr Max fort. »Ich werde Emmy vorschlagen, zu mir in die Londoner Wohnung zu ziehen, bis sie auf eigenen Füßen stehen kann, wenn sie bei euch aufhört.« Letzteres war an die Becketts gerichtet.

Mit einem Laut, der sich verdächtig nach einem Schluchzen anhörte, schlug Violet die Hände vors Gesicht. »Du mußt den Verstand verloren haben, Dad! Was werden die Leute sagen? Man wird dich der Unzucht mit einer Minderjährigen beschuldigen. Oder sie werden denken, daß das Kind von dir ist!«

»Sie braucht Hilfe, und ich brauche eine Haushälterin.«

»Um Himmels willen …« Violet hob den Kopf und knüllte ihre Serviette zusammen, auf der blutrote Lippenstiftringe leuchteten, »du hast eine Frau!«

Lippenstift … Prue ging im Geiste ihr Hausfrauenbuch durch. Wie bekommt man den raus? Mit Paraffin? Mit Petroleum?

»Schwangere Frauen sind kein Problem«, sagte Max, als habe er nichts gehört. »Problematisch wird es erst nach der Geburt.«
Ein paar Sekunden lang war Prue verwirrt und wußte nicht, wovon er sprach. Dann verstand sie. Helen. Was mit Max geschehen war – und mit ihr –, war zum großen Teil das Resultat seiner Ehe mit Helen.
Auch sie hätte am liebsten die Hände vors Gesicht geschlagen und geschluchzt. Statt dessen schaute sie seltsam enttäuscht auf ihre Uhr und sagte: »Es ist Zeit, Jane bei Kate abzuholen – sonst kommen wir zu spät zur Weihnachtsmesse.«

St. Mary's hielt die Weihnachtsmesse früher ab als die meisten Pfarreien. Sonst, sagte der bewundernswerte und weise Richard, würde Weihnachten zu einem unverdaulichen Klumpen.
Wieder einmal war St. Mary's – nach Meinung einiger übertrieben – von Daintons Armee der Blumenarrangeure dekoriert worden (unter denen Prue sich in diesem Jahr nicht befand). Efeugirlanden hingen von den Säulen herab, schlängelten sich über Kanzel und Lesepult und wanden sich um alles, was rund war und sich nicht bewegte.
Die vieldiskutierten Kerzen waren zu Dutzenden angezündet worden, und die Wirkung war magisch – gleichermaßen vertraut und geheimnisvoll. Die Kirche roch nach Wachs und würzigem Tannengrün. Sie war bis auf den letzten Platz besetzt – sogar die Pfarrmitglieder, die sich der Zumutung von »Serie B« im Gesangbuch und der überschwenglichen Predigten der Frühmessen, mit denen Richard seine jüngeren Schäfchen geißelte, das Jahr über nicht auszusetzen bereit waren, hatten sich eingefunden, um ihr Gnadenreservoir wieder für ein Jahr zu füllen.
Inbrünstig »Once in Royal David's City« schmetternd, bewegte sich der Chor gemessenen Schrittes den Mittelgang hinauf,

gefolgt von Richard, der eine heiter-gelassene Miene zur Schau trug, die eine Leben-und-leben-lassen-Einstellung ausdrückte. (Schließlich war er sich als realistischer Gottesmann darüber klar, daß diejenigen, die am Althergebrachten festhielten, bald tot sein würden.)

Violet war in Hallet's Gate geblieben – sie hatte erklärt, sie brauche dringend ein wenig Ruhe, da ihr sonst die Nerven durchgehen würden –, aber Jamie war mitgekommen. Die meisten Menschen leben in der Annahme, daß, wie schlecht sie sich auch benommen haben, immer noch ein Rest von Vergebung übrig ist, der darauf wartet, ihnen gewährt zu werden. Prue stand zwischen Jane und ihrem Mann, Jamie neben Max. Sie fühlte sich schlecht und zittrig und – vielleicht zum ersten Mal in ihrem Leben – völlig allein.

»Was ist mit Jane?« hatte sie Max in der Halle zugeflüstert, als sie ihre Mäntel holten. »Wie soll sie das verkraften?«

»Ich mache mir mehr Gedanken um sie als irgend jemand sonst«, hatte er entgegnet.

»Warum hast du deine Idee nicht zuerst mit mir besprochen? Wir *müssen* reden, Max ...«

In diesem Augenblick bemerkte Prue, daß Max weinte. Sie hätte sich am liebsten das Herz aus der Brust gerissen, um zu sühnen, was sie ihm angetan hatte, und es ihm gegeben, damit er nach seinem Wunsch mit ihm verführe.

»Max ...« Sie wollte ihn berühren, doch Max hob abwehrend die Hand vor sein Gesicht und wandte sich ab.

Der Erzengel Gabriel grüßte die Jungfrau Maria und überbrachte ihr die Kunde ihrer bevorstehenden Schwangerschaft – so stand es im Lukasevangelium, und so wurde es im Schnellfeuergewehrtempo von Molly vorgelesen. Das Thema behagte ihr ganz offensichtlich nicht.

»Il est né, le divin enfant«, drang in Prues Gedanken, voller Begeisterung vom Chor gesungen, und dann wurde die Lukasgeschichte fortgesetzt, diesmal in normaler Geschwindigkeit und mit Gefühl von Mrs. Paulton vorgetragen, der der Dorfladen gehörte.

In der Pause, als der Chor und die Glaubensgemeinschaft sich für den Angriff auf »Adam lay y-bounden« sammelten, hatte Prue das Gefühl, als umhülle der Schein der Kerzen sie wie eine zweite Haut und als züngelten deren Flammen durch ihren Körper. Sie schaute Jamie an.

Es ist ein Hunger in mir erwacht, dachte sie, und es wird unmöglich sein, ihn einzuschläfern, denn ich bin noch nicht alt und vertrocknet.

Die hohe, klare Stimme von Jane, die neben ihr »O Little Town of Bethlehem« sang, veranlaßte Prue, in Seelenqual die Augen zu schließen. Wohin hatte ihr Hunger sie geführt?

»Glauben Sie, Sie sind im Stand der Gnade?« lautete die listige Frage, die Cauchon, der Inquisitor, bei der Verhandlung an Johanna stellte. Die Frage war so unfair, daß einer der Richter (die schließlich zusammengekommen waren, um sie zu verurteilen) protestierte. Doch die schlaue, leidenschaftlich-engagierte Johanna wußte, daß es viele Antworten auf eine Frage gab. Immer.

»Wenn ich es nicht bin«, sagte sie, »dann möge Gott mich hineinversetzen, und wenn ich es bin, möge er mich darin belassen.«

Wie nahmen sie die Erwiderung auf, diese Gottesmänner? Genauer gesagt nicht so sehr Gottes- als Kirchenmänner – eine erwähnenswerte Unterscheidung. Darüber hinaus waren sie Kirchenmänner, die in einen Bürgerkrieg eingebunden waren, und diejenigen, die in Rouen über Johanna zu Gericht saßen, hatten sich entschieden, mit den Engländern und Burgundern zusammenzuarbeiten. Der Fairness halber muß gesagt werden, daß der Duke von Bedford und Philip der Gute von Burgund einen Anstand und eine Ordnung repräsentierten, womit es weder Johannas der Schizophrenie zuneigende Charles noch seine Kohorten aufnehmen konnten.

Von mittlerem Alter, zölibatär lebend und studiert, sahen diese Männer sich einer jungen, aufsässigen, außergewöhnlichen Frau gegenüber, die viel Mühe darauf verwandte, ihr Geschlecht zu verbergen. Sie waren Männer des Friedens – sie war eine Frau des Krieges. Ihre Botschaft war eine politische – bis dato nie gehört von einer Frau. Vertreibt den Feind aus Frankreich! lautete Johannas Schlachtruf. Außerdem erklärte sie, sie brauche sich nicht um die zu scheren, die über sie zu Gericht saßen – es sei denn, Gott (ihre Stimmen) befehle es ihr.

Mit anderen Worten: Johanna war nicht bereit, der theologischen oder kirchlichen Orthodoxie der damaligen Zeit gegenüber Ergebenheit zu heucheln.

Man kann sich ihr Entsetzen, ihre Verblüffung und ihren Zorn darüber vorstellen, daß ihr Autorität und ihr Status – die Grundfesten der Kirche und des Staates – in einer solchen Weise verächtlich gemacht wurden.

Doch als sie – in einem Stadium des Prozesses, da es für angebracht erachtet wurde, ihn der Öffentlichkeit zugänglich zu machen (sie war zu diesem Zeitpunkt seit neun Monaten inhaftiert und erschöpft von den unausgesetzten Verhören) – auf den Saint-Ouen-Friedhof von Rouen gebracht und dort in Anwesenheit von Publikum den Richtern vorgeführt wurde, achtete man darauf, daß sie so stand, daß sie einen wartenden Karren und den Scharfrichter im Blickfeld hatte. Im Gegensatz zu vielen anderen Märtyrern suchte sie den Schmerz nicht und empfand eine gesunde Furcht vor körperlichen Leiden. Vielleicht ging der ständige Anblick jenes schweigenden Todbringers über ihre Kräfte.

Johanna widerrief. Sie schwor ihren Stimmen ab, sie entsagte ihren Männerkleidern, sie unterwarf sich in vollem Umfang der Kirche.

Welche Pein sie litt, kann man nur erahnen – besonders, als sie feststellen mußte, daß sie nicht auf freien Fuß gesetzt würde. Ihre Stimmen erklärten Johanna voller Zorn, daß sie ein Verbrechen begangen habe, indem sie klein beigab, und die ungehobelten englischen Soldaten machten ihr das Leben in ihrer Zelle mit täglichen Schikanen unerträglich. Johanna muß am Ende ihrer Nerven gewesen sein, als die Einfühlsameren unter ihnen ihr die Frauenkleider wegnahmen, so daß sie gezwungen war, wieder Wams und Beinkleid zu tragen.

Als Johanna das getan hatte, war der Würfel gefallen. Mit den Kleidungsstücken kehrte ihre Entschlossenheit zurück, und sie brannte erneut darauf, in die Schlacht zu ziehen. Sie werde lieber sterben, erklärte sie Cauchon, »als noch länger die Qual der Gefangenschaft zu ertragen«.

Dann informierte sie ihn, daß sie nur aus Angst vor dem Flammentod das Geständnis unterzeichnet habe.

Mit nichts hätte sie Cauchon, der ihren Tod wünschte, eine größere Freude machen können. Mit ihren Worten hatte Johanna ihn in die Lage versetzt, sich von ihrer körperlichen Existenz zu befreien.

Und sie hatte einen Entschluß gefaßt: zu sterben. Das Unrecht, das ihr widerfahren war, und das Unrecht, das sie sich mit ihrem Geständnis angetan hatte, hatte auch seine Richtigkeit gehabt.

Ich habe mich geirrt, dachte Prue, und gleichzeitig hatte ich recht. In der Trostlosigkeit ist auch Trost zu finden, denn es gibt viele Antworten, weil nichts nur schwarz oder weiß ist und die Menschen die Grautöne ebenso brauchen wie die Extremfarben. Das wußte ich bisher nicht.

Am Ende der Messe – Prue schwor sich, sie würde niemals wieder freiwillig »Hark the Herald Angels« singen – schob sich die Glaubensgemeinschaft den Mittelgang hinunter, am Kollekten-Teller an der Tür vorbei, in die kalte, dunkle Welt hinaus. Prue legte fünf Pfund hinein, Jamie zwanzig.

»Man erkauft sich Gnade«, murmelte sie.

»Richtig«, sagte er. »Das ist Tradition an Weihnachten.«

Nach einer Rundumverabschiedung löste sich die Versammlung auf und strömte, weiße Atemwolken ausstoßend, in kleinen Grüppchen forschen Schrittes dem jeweiligen Zuhause entgegen. Max war mit Jane und Molly vorausgegangen, und Prue zupfte Jamie am Ärmel. »Warte.«

Er drehte sich halb zu ihr um, und sie spürte sofort, wie angespannt er war. »Max hat gewonnen, stimmt's?«

Ihre Gesichter waren in der Dunkelheit kaum zu erkennen. Prue gestattete ihren Fingern, auf der weichen Kaschmiroberfläche seines Wintermantels zu verweilen. »Nein«, antwortete sie. »Nicht Max allein. Die Situation verlangt uns allen zuviel ab.«

»Hat Max nicht beschlossen, den Bruch zu vollziehen? So hatte ich ihn jedenfalls verstanden.«

Sie blieb bei dem frischen Grab von Mollys Schwester stehen und starrte darauf hinunter. »Ich weiß es nicht – ich habe noch nicht mit ihm darüber gesprochen.«

Jamie antwortete nicht.

Sie gingen an den anderen Gräbern mit ihren ungleichen Gedenksteinen vorbei, deren Inschriften durch Flechten unleserlich geworden waren, und mühten sich den Hang zwischen Kirche und Straße hinauf. Das Gras war glitschig und tückisch. Prue rutschte aus und landete auf einem Knie. Jamie wartete, bis sie sich abgewischt hatte. Dann sagte er: »Willst du damit sagen, daß es zu Ende ist?«

Ein Stück die Straße hinunter blieb eine große Gestalt, die mit schlenkerndem Gang neben Molly hergegangen war, abrupt stehen.

28. KAPITEL

War das Fernsehen wie das Leben – oder das Leben wie das Fernsehen? Vergleichen und Gegensätze aufzeigen. Die Regeln für Aufsätze, die ihr in der Klosterschule eingebleut worden waren, hämmerten in Prues Kopf.

Angelernte Reflexe sterben nie. Sie mögen sich niederlegen und ein Schläfchen machen, doch schon bei der leichtesten Berührung springen sie auf und sind wieder hellwach. Prue schaute Jamie an, spürte die Erde unter ihren Fingernägeln und verglich und zeigte Gegensätze auf. Kein Hochglanz-Fernsehdrama hätte ihr das Gefühl vermitteln können, daß sie in Stücke gerissen wurde. Und ein Regisseur hätte als Kulisse niemals einen schlammigen, mit Gras bewachsenen Hang gewählt.

Prue und Jamie brachten kaum ein Wort heraus, waren unfähig, auszudrücken, wie sie diesen Augenblick empfanden oder sich die Zukunft ohne einander vorstellten.

Er befeuchtete seine Fingerspitze mit der Zunge und rieb damit an ihrer Wange herum. »Du hast da einen Schmutzfleck.« Prue ließ ihn gewähren. »Glaubst du, Violet ahnt etwas? Es erscheint mir unmöglich, daß sie unsere intensiven Gefühle nicht gespürt hat.«

»Nein, ich glaube nicht, daß sie etwas ahnt.« Jamie dachte über Violet nach. »Das ist ihre Stärke.«

»Du darfst es ihr nie erzählen, Jamie! Nicht einmal, wenn du alt und grau bist!«

»Das mußt du schon mir überlassen«, entgegnete er barsch.

»Wir müssen doch nicht alle in die Knie gehen.«

»Wie bitte?«

»Wie beim Ringelreihen: Auf Kommando gehen alle in die Knie.«

In der Dunkelheit vorsichtig einen Fuß vor den anderen setzend, seufzte Jamie – voller Bedauern und sich bewußt, daß er gefangen war. Nicht so sehr durch seine Ehe, sondern vielmehr durch sein Alter und die Vaterschaft und dadurch, wer und was er war. Wie eine schwere Decke senkte sich Niedergeschlagenheit auf ihn herab.
»Willst du es dir nicht noch einmal überlegen, Prue?« fragte er unvermittelt.
Sie schluckte. Jamie wartete. Zwei, drei Sekunden dehnten sich und wurden Vergangenheit.
»Nein«, antwortete Prue. Sie kletterte das letzte Stück des Hanges zur Straße hinauf und stellte Betrachtungen über ein wieder unkompliziertes Leben ohne doppelten Boden an. »Ich kann es nicht erklären – aber ich weiß, daß du es verstehst.«
Jamie verstand in diesem Moment wahrscheinlich weniger als Prue glaubte, doch es ist eine der Illusionen von Liebenden, daß jeder umfassende Kenntnis der Gedanken des anderen besitzt. Diese irrige Vorstellung mindert jedoch nicht den Schmerz.
»Ich wußte nicht, wie weh es tun würde – das ist alles«, erklärte Jamie.
Nichts, was er je zuvor gesagt hatte, hatte Prue so weh getan. Nichtsdestoweniger bewerkstelligte sie ein halbherziges Lächeln, während sie sich verzweifelt bemühte, ihr Leben auf den geraden Weg zurückzuführen, in die profane Welt, in der die Beschäftigung mit Würstchen, sauberer Bettwäsche, Katzenflöhen und Staubsaugerbeuteln dazu beitragen würde, die überirdisch strahlende, berauschend duftende und von einem geradezu schmerzhaften Glücksgefühl erfüllte Landschaft aus ihrem Bewußtsein zu verdrängen, durch die sie mit Jamie gewandert war.
»Die anderen werden schon zu Hause sein und aufs Abendessen warten«, sagte sie.

Ohne Vorwarnung zog Jamie Prue in seine Arme. Sie gestattete sich, ein paar Sekunden an seiner Schulter zu lehnen, und schloß die Augen.

Schwankende Lichtkegel deuteten auf die Taschenlampen hin, mit denen heimkehrende Pfarrmitglieder ihren Heimweg erhellten. Sie tanzten auf und nieder, eine *Aurora borealis,* die der Basis und Gin und Sherry entgegenstrebte, in dem beruhigenden Gefühl, ihre Gläubigenpflicht erfüllt zu haben – und einige sogar innerlich bereichert durch die Messe.

»Sollten Sie nicht zurückgehen und schauen, wo Prue so lange bleibt?« fragte Molly Max. Es war zu dunkel, als daß er ihren Gesichtsausdruck hätte erkennen können.

Max blieb abrupt stehen. »Wir sehen uns am Sonntag, Molly.«

»Richtig.« Sie zog ihren scheußlichen Tweedmantel enger um sich und steuerte ihrem Heim entgegen, wo Keith darauf wartete, daß sie ihm ein weiteres Kohlgericht vorsetzte.

Max' hoch aufragende Silhouette bewegte sich – abhängig von dem Wind, der vom Hügelkamm herunterwehte und Wolken vor den Mond schob – abwechselnd in Licht und Dunkelheit auf der vielfach ausgebesserten und von Furchen durchzogenen Straße in die Richtung, aus der er gekommen war.

Er wollte gerade rufen: »Kommst du, Prue?«, als ihm die Worte im Hals steckenblieben.

Er blieb wie angewurzelt stehen und beobachtete, wie seine Frau im Licht der Lampe über dem Kircheneingang endlich die Straße erreichte, wie sein Schwiegersohn ihre Wange berührte und Prue sich ihm entgegenneigte. Und er sah, wie Jamie sie an sich zog. Da verstand er.

Prue hob den Kopf von dem weichen Mantelstoff an Jamies

Schulter und sah eine hochgewachsene Gestalt zurückweichen, auf dem Absatz kehrtmachen und loslaufen.
»Oh, mein Gott – Max hat uns gesehen!« keuchte sie entsetzt, stieß Jamie weg und lief ebenfalls los – wie ein Tier, das nach erfolgreicher Jagd ganz selbstverständlich in seinen Bau zurückkehrt.
An der Einmündung der Zufahrt kam sie schlitternd zum Stehen. Der unter ihren Füßen aufspritzende Kies landete auf dem Grasrand. Irgend etwas rührte sich, und die mit dem Bewegungsmelder gekoppelte Lampe leuchtete auf. Prue erstarrte. »Nein, Max«, sagte sie hinter der Hand, die sie vor den Mund geschlagen hatte. »Nein – nicht so!«
Max war aus der Dunkelheit aufgetaucht, wo der Wagen geparkt war. Das gespenstische Licht ließ ihn noch größer erscheinen und sein Gesicht entschlossener und bleicher, als sie es je gesehen hatte. Und in seinen Händen schimmerte das polierte Gewehr seines Vaters.
»Wo hast du das plötzlich her?« fragte sie verblüfft.
»Es lag im Auto.«
»Aber du sperrst die Waffen doch immer weg!«
»Nun – diesmal habe ich es offensichtlich nicht getan, nicht wahr?«
»Zurück, Prue!« kommandierte Jamie hinter ihr. »Geh aus dem Weg!«
Aber Prue hörte nicht auf ihn. Sie machte einen Schritt vorwärts, doch Jamies Arm schoß vor und fegte sie beiseite. Sie schnappte erschrocken nach Luft und taumelte.
»Was hast du vor, Max?« fragte sie kleinlaut. Der glänzende Lauf der Waffe zeigte in ihre Richtung.
Max blickte auf seine Frau herunter. »Ich werde dich töten«, antwortete er gelassen. »Qualvoll und langsam.«

Ihre Finger spielten mit den Fusseln in ihren Manteltaschen.
»Max – wo ist Jane? Sag mir, wo Jane ist!«
»Ich weiß es nicht. Im Haus, nehme ich an.«
Mann und Frau starrten einander an. Die Gewehre. Die Gewehre waren ihre ganze Ehe lang dagewesen, hatten auf ihren Einsatz gewartet.
»Max«, Prue verlieh ihrer Stimme den Tonfall einer Bittstellerin, »bitte, tu nichts Unüberlegtes.«
Einige Sekunden später dachte sie: Komisch, mir ist vorher nie aufgefallen, daß der Gewehrlauf die Farbe herbstlichen Buchenlaubes hat. Eine weitere Sekunde verging, und sie überlegte: Max wird einen Menschen umbringen. Wie wird Jane es verkraften, einen Mörder zum Vater zu haben?
»Leg das Gewehr weg, Max.« Jamie klang gefaßt. »Damit löst du das Problem nicht.«
»Ich kenne jetzt die Wahrheit.« Max richtete die Mündung der Waffe auf Jamies Brust. »Die Wahrheit ...«
»Ja«, sagte Jamie. »Und es tut mir leid.«
»*Das* macht es noch schlimmer! Wenn du meine Frau schon fickst, solltest du auch dahinterstehen. Wenn du meine Tochter schon betrügen wolltest ...«
Max konnte den Satz nicht beenden und rang nach Luft. Jamie schwieg und bewegte sich langsam vorwärts, bis ein Teil seines Körpers zwischen Max und Prue stand. »Das tue ich. Ich habe voll dahintergestanden. Und das«, er deutete auf das Gewehr, »ist keine Lösung.«
»Halt's Maul!« fuhr Max ihn an.
Wie seltsam – und auch wieder nicht, dachte Prue, die verzweifelt nach einem Strohhalm angelte. Ich dachte, wir wären so zivilisiert. Und dann erinnerte sie sich an die wilde, leidenschaftliche Wollust und die sich auf dem Bett wälzenden Leiber, die Begier-

de, das Keuchen, die Befriedigung, die Gier nach mehr, die Rücksichtslosigkeit, mit der sie gestillt wurde – und ihr wurde klar, daß letztendlich niemand zivilisiert ist. Warum sollte Max da eine Ausnahme machen?

Max spürte, wie Dunkelheit seinen Verstand umnebelte. Langsam schwenkte er den Lauf wieder in Prues Richtung. »Nach welchem Muster gehst du vor, Jamie? Ein kurzes Intermezzo und dann Schluß? Bleibst du in der Nähe, um zu sehen, wieviel Schaden du angerichtet hast? Ist das deine Vorgehensweise?«

»Glaub mir«, Jamies Atem strömte in einer weißen Dampfwolke aus seinem Mund, »ich tue das nicht gewohnheitsmäßig.«

»Max!« Glühender Zorn flammte in Prue auf. »Du weißt genau, daß du das in Wirklichkeit nicht denkst! Du weißt, was passiert ist, und du hast am Spielfeldrand gesessen. Es ist unsinnig, Jamie in dieser Form anzugreifen.«

Max fixierte seine Frau. »Ich habe dich nie vorher für dumm gehalten. Für eine Ehebrecherin – vielleicht. Für eine Lügnerin – im Bedarfsfall. Es gibt Schlimmeres. Aber dumm ...«

»Oh, mein Gott!« Prue begriff. »Es geht dir um Violet, nicht wahr? Nicht um mich!«

Sie streckte ihm die Hand entgegen. »Max, mein Liebling. Hör zu, hör mir zu ...«

Mit einem Laut, der Schmerz und Wut ausdrückte, umfaßte Max das Gewehr seines Vaters noch fester. »Es genügte dir nicht, deine Freiheit zu haben, Prue? Damit konnte ich umgehen, das konnte ich verstehen. Und verkraften. Gerade mal. Aber ich kann dir nicht verzeihen, daß du dir ausgerechnet den Mann meiner Tochter für deinen Fehltritt ausgesucht hast.«

»Max!«

»War das eine Art Rache dafür, daß du Violet übernehmen mußtest, als du mich heiratetest?«

Er hat dich nur aus Bequemlichkeit geheiratet. Ich hasse dich, Prue.
»Max! Mich oder Jamie zu erschießen wäre nur eine Geste. Es würde das Geschehene nicht auslöschen. Was geschehen ist, wieviel Leid es auch verursacht, hat mehr verdient als eine bloße Geste.«
Prues Zähne klapperten unkontrollierbar, und innerlich weinte sie vor Mitleid und Gram. Und sie hatte Angst – mein Gott, was hatte sie für Angst! Selbst in sanfte Riesen fahren Dämonen hinein, wenn ihnen Unrecht geschieht, wenn sie verletzt werden.
»Max«, sagte sie. Sie wußte jetzt, daß Max sie töten wollte und nicht Jamie – und seltsamerweise akzeptierte sie das. »Soll ich mich vor dir auf die Knie werfen?«
Und schon sank sie auf den Kies. Die spitzen Steine bohrten sich in ihr Fleisch wie Tierzähne. Eine heilige Johanna der Midlands. Reuig, aber voller Verlangen. Aufgewacht, aber bekümmert.
Jamie spürte, daß diese Szene einer Ehe keine Einmischung von außen duldete, und blieb regungslos stehen, wo er war. Als er den Anblick der in der Einfahrt knienden Gestalt nicht mehr ertrug, drehte er den Kopf weg.
»Du hast Violets Glück bedroht, Prue – das ist dein schlimmstes Vergehen gegen mich.«
»Ist es das? Bist du dir sicher?«
Prue würde die Komplexität ihrer Ehe nie ganz begreifen, und Angst minderte ihre Reaktionsfähigkeit.
»Meiner Tochter etwas anzutun ist gleichbedeutend damit, mir etwas anzutun. Wie konntest du uns derart mit Füßen treten?«
Der Wind frischte auf, brachte den toten, kalten Geruch des Winters mit. Prues Knie schmerzten, die Steine gruben sich immer tiefer in ihr Fleisch, doch Max' Worte schmerzten sie noch mehr.

Irgendwie mußten in den Schluchten der Blindheit und Torheit doch Vernunft, gesunder Menschenverstand und Weisheit zu finden sein. Prue rappelte sich auf.

»Du mußt das verstehen, Max – es kam mir nicht so vor«, sagte sie und genoß (zum letzten Mal?) das Pulsieren der Leidenschaft für Jamie tief in ihrem Innern. »Wenn man im Gefängnis sitzt, hat man kein Mitleid mit dem Aufseher. Du mußt begreifen, daß mein Blickwinkel ein anderer war.« Prue atmete tief ein. »Wenn du mich tötest, wird Jane leiden.«

Jamies Augen verengten sich, als er bemerkte, daß das Gewehr in Max' Händen sich eine Spur gesenkt hatte.

Prue hob in einer Vergebung heischenden Geste die Arme. »Das Schreckliche ist ... daß es nichts mit dir oder Jane zu tun hat, Max – es betraf nur mich allein.« Sie deutete auf das Gewehr. »Bitte, gib es mir, Max.«

Mit einem Aufschrei, der Schmerz, Wut und Befreiung ausdrückte, hob Max die Waffe, zielte, drückte ab – und schoß in den Himmel.

Der Knall zerriß die Stille und echote durch das Dorf. Prue hatte das Gefühl, als spüre sie das Vorbeizischen heißen Metalls und wie sich die Luft über ihren noch immer hochgereckten Fingerspitzen teilte. Sie ließ die Hände fallen.

Im Haus begann Edward zu weinen, und in Janes Zimmer wurden die Vorhänge aufgerissen. Dann öffnete sich die Hintertür einen Spalt, und Violet spähte heraus.

»Was in aller Welt ...?«

Das Telefon klingelte.

Hinter Prue spannte Jamie seine Muskeln an, machte einen Satz auf Max zu und nahm ihm das Gewehr ab. Mit verbissenen Gesichtern starrten der jüngere und der ältere Mann einander in die Augen. Schweißperlen traten auf Jamies Stirn.

»Reg dich nicht auf, Violet«, rief er hinüber. »Der Schuß löste sich aus Versehen, als Max die Waffe aus dem Wagen holte. Sag Jane, sie braucht sich keine Sorgen zu machen.«
»Wie unachtsam von dir, Dad«, rügte Violet und verschwand, um ans Telefon zu gehen.
»Es tut mir leid, Max«, sagte Jamie. »Mehr als Worte ausdrücken können.«
Mit einem leisen Aufschrei riß Prue Jamie das Gewehr aus der Hand und drückte es ungeschickt an ihre Brust. »Es tut mir leid, es tut mir so leid«, flüsterte sie dem kalten Stahl zu. Eine Minute schleppte sich dahin, während der die drei zur Unbeweglichkeit erstarrt verharrten. Dann gingen sie gemeinsam ins Haus.

»Das war Molly«, erklärte Violet, als sie in die Küche kamen. »Sie wollte wissen, ob hier alle wohlauf seien. Du hättest mit deiner Unvorsichtigkeit allerhand Unheil anrichten können. Ich habe ihr dafür gedankt, daß sie sich so um uns sorgt. Dann rief der Vikar an, um sich zu erkundigen, wer geschossen hätte und warum.«
»Ich mache heiße Schokolade für Jane«, sagte Prue. »Möchte sonst noch jemand welche?«
»Ja, ich.« Jamie fing Prues Blick ein. Heiße Milch, Leidenschaft und Lebensgefahr lautete die in seinem Wunsch enthaltene Botschaft. Wie kommt dir das vor?
Es kam ihr absurd vor, komisch – abgrundtief wahr. »Ich bringe Janes nach oben.«
Sie streifte den Mantel ab und ging ins Arbeitszimmer, um das Gewehr wegzuräumen. Die Patina auf dem Lauf schimmerte ihr entgegen, teuer und sorgfältig gepflegt. Sie strich mit der Fingerspitze darüber und schloß die Waffe ein. Als sie zurückkam, saßen Violet und die beiden Männer am Tisch und sprachen über

die Börsenkurse. Sie gesellte sich, ihren Becher locker mit beiden Händen umschließend, zu ihnen.

Börsenkurse und saubere Socken waren Bestandteile des Lebens, und auch Liebe, Sex und Leidenschaft mußte man ihren Platz darin einräumen. Aber wenn das stimmte – und die Gesellschaft am Küchentisch schien das zu bestätigen –, dann ließ es sich auch nicht leugnen, daß zwischen den Grundpfeilern des Lebens (Einkaufen, Kochen, Rente kassieren) tiefverwurzelte, beharrliche Emotionen schwelten, die manchmal zu Gewalttätigkeit und Blutvergießen hochkochten. Dann verschwanden sie.

Manchmal beinhalteten diese Eruptionen auch eine gewisse Ironie. So würde in diesem Fall ausgerechnet mit Rücksicht auf die rücksichtslose Violet Stillschweigen über die Krise bewahrt werden.

Jamie leerte seinen Becher – ein Werbegeschenk einer Tankstelle, das Jane unbedingt hatte mitnehmen wollen – und stand auf. Mit einer Geste in Richtung des leeren Bechers sagte er »Danke …«, und einen Augenblick lang hatte Prue die absurde Vermutung, daß er Max dafür danken würde, ihn nicht erschossen zu haben. Violet streckte sich und schob Prue ihren leeren Becher hin, was diese als Aufforderung verstand, ihn abzuwaschen.

»Ich werde ein Bad nehmen«, verkündete Violet und zog sich zurück.

Wie wenig privat Prues Liebesaffäre gewesen war. Wie unmöglich es war, sie von der Welt zu isolieren. Sich als verheiratete Frau in einen anderen Mann zu verlieben, ist ein öffentliches Unterfangen, doch sie hatte weder den Durchblick noch die Erfahrung gehabt, um das erkennen zu können.

»Ich werde abreisen.« Jamie trommelte mit den Fingerspitzen gegen seinen Becher, der ein Echo von sich gab. »Ich werde Violet erzählen, daß es im Büro Probleme gibt.«

»Je eher du verschwindest, um so besser«, sagte Max, ohne Jamie anzuschauen, und jetzt klang er ganz und gar nicht zivilisiert.
Jamie teilte seine Ansicht offenbar. »Ich nehme morgen früh den Zug. Violet kann dann abends mit dem Wagen nachkommen.«
»In Ordnung«, nickte Max.
Und das war's.

Violet erklärte, wenn ihr Mann darauf bestehe, an ihrem wohlverdienten, ihnen gesetzlich zustehenden Wochenende zu arbeiten, dann solle er das tun – sie bleibe bei der Familie. Hinter dieser plötzlichen Anhänglichkeit steckte ihre Abneigung gegen die Vorstellung, einen Sonntag in London allein mit Edward zu verbringen.
»Schau, Daddy«, sie beugte sich über Max, der sich nach dem Frühstück in den Salon ans Kaminfeuer gesetzt hatte, »das ist unser Vorweihnachtstreffen. Wenn Jamie seine Familie im Stich lassen will, dann muß er das tun – ich bleibe hier.«
Prue, die am Schreibtisch mit der Aufstellung weiterer Listen beschäftigt war, spielte mit dem silbernen Brieföffner und starrte das allgegenwärtige Foto von Helen an. Von Helen, die ihre Tochter verlassen hatte. Du hast mehr als tausend Schiffe vom Stapel laufen lassen, du Hexe, klagte sie das Bild mit einem neu gewonnenen Verständnis an, das ihr einen eiskalten Schauer über den Rücken jagte, aber wenigstens warst du ehrlich. Auch wenn Helen die Kampfhunde in die Familie gebracht hatte, war es Prue, die sie von der Kette gelassen hatte.
Zum zehntausendsten Mal lächelte Helens schönes Hochglanzgesicht Prue an, doch zum ersten Mal empfand sie eine Seelenverwandtschaft mit ihr.
Ein Schauer trockener Tannennadeln, die zu Boden rieselten,

unterbrach die Stille. Durch die Bewegung begann sich eine der Kugeln, das Licht widerspiegelnd, zu drehen.
Max griff nach Violets Hand. »Wie immer du möchtest, Liebling.«
»Also abgemacht«, sagte Violet. »Wir entlassen Jamie in seine Londoner Öde und machen es uns gemütlich. In mancher Hinsicht ist es sogar angenehmer ohne ihn.« Und nach einem Moment des Überlegens fügte sie hinzu: »Weißt du was, Dad – ich bleibe vielleicht sogar bis Montag früh.«
Sie schlang den Arm um Max' Hals und legte ihre Wange auf seinen Scheitel.

Es ergab sich, daß Prue Jamie nach Winchester fuhr, denn Violet wollte das Kochprogramm »Gourmet Dieting« nicht versäumen. »Es ist egal, wo du Jamie hinbringst – es muß nur ein Bahnhof da sein.« Violet sprach von ihm, als handle es sich um ein Kleidungsstück für die chemische Reinigung. Max sagte nichts, doch Prue vermutete, daß er ihr gestatten wollte, sich ungestört zu verabschieden. Max war schon immer großzügig gewesen.
Es war ein kalter, unfreundlicher Morgen, und der aus Richtung London wehende Wind pfiff den Bahnsteig entlang, brachte den scharfen Geruch von Salz, Ruß und Abwasser von der Küste mit. Der winzige Warteraum war stickig und roch nach Gasofen. Ein paar Frauen in derben Schuhen besprachen ihren geplanten Angriff auf die Weihnachtsangebote der Geschäfte. Sie warfen den Eindringlingen einen Blick zu, und ihre Unterhaltung brach ab. In stillschweigendem Einverständnis zogen Prue und Jamie sich nach draußen zurück, wo die feuchte, windige Kälte ihnen ins Gesicht schnitt.
»*Annus horribilis*«, sagte Jamie, den Blick auf die Fußgängerbrücke gerichtet. »Ist es das für dich gewesen, Prue?«

Sie brachte tatsächlich einen Scherz zustande. »Wenigstens sind wir nicht beim Zehenlutschen fotografiert worden.«

Sie verfielen in Schweigen. Prue bohrte die Fäuste in ihre Taschen. »Wie geht es weiter, Jamie?«

»Ich dachte, es hieße Abschiednehmen – zumindest in einer Hinsicht.«

»Für dich, meine ich.«

»Übersee.« Er zuckte leicht mit den Schultern. »Ich denke, ich kann es einrichten, meinen alten Job in New York wiederzukriegen.«

»Und Violet?«

»Wird hoch erfreut sein.«

Für einen Moment breitete sich die Zukunft flach und entmutigend vor ihr aus – wie ein Puzzle, dessen Teile noch eingepaßt werden mußten. Jamie ging ein paar Schritte den Bahnsteig entlang, blieb stehen, kehrte zu ihr zurück und legte die Hände auf ihre Schultern.

»Prue, liebste Prue. Ich bitte dich noch einmal: Komm mit mir.«

Sie starrte in das Gesicht, das sie so qualvoll liebte, und ihr sehnlicher Wunsch, ja zu sagen, alarmierte und entnervte sie. Das schöne an ihrer Liebe zu ihm war das Gefühl der Ganzheit gewesen, im Garten Eden zu sein. Sie hatte Prue zwar die Harmonie und ihre Unschuld gekostet, doch das war sie ihr wert. Das mußte sie, sonst hätte sie anderen Menschen für nichts und wieder nichts Kummer und Schmerz zugefügt. Der Zug kam in Sicht. Ein ständig größer werdender Fleck auf seiner Frontplatte gähnte Prue wie ein Bohrloch entgegen. Zischend und mit quietschenden Rädern fuhr er in den Bahnhof ein. Türen öffneten und schlossen sich mit einem hohlen Klicken. Stimmen erhoben sich über den Lärm, riefen einander Anweisungen zu.

Passagiere ergossen sich in einem ungeordneten Strom in Richtung Fahrkartenschranke.

Prue rieb ihre Finger gegeneinander, spürte die vom Abwaschen ohne Gummihandschuhe aufgerauhte Haut.

»Prue?« Jamies Hände lagen schwer auf ihren Schultern.

»Es ist unmöglich.«

»Es ist sehr wohl möglich.«

Rückblickend hätte ich es nicht missen wollen, wie ein Laken auf der Wäscheleine vom Wind gebeutelt zu werden – auch wenn das Ende mich jetzt umbringt. Ich hatte das Glück, mitten in der Woche Sonntage zu erleben.

Glaube? Prue besaß nur das Gefäß, nicht den Inhalt. Glaube an die Ehe? Ja – und nein. Eine skeptische Einstellung zur Leidenschaft? Auf keinen Fall.

»Sag mir den wahren Grund«, bohrte Jamie.

»Jane ist der Grund.« Sie lächelte in das Gesicht ihres Geliebten. »Und Edward.«

»Sind die beiden der einzige Grund?«

»Sie wären an sich Grund genug«, antwortete sie, »aber sie sind nicht der einzige.«

Sie hatte in schlaflosen, von quälendem Verlangen und Sehnsucht erfüllten Nächten nach der richtigen Formulierung gesucht – bisher vergeblich.

Tränenüberströmt ging Johanna in einem schwarzen Hemd und mit einem Tuch auf dem Kopf ihrem Tod entgegen. An den Scheiterhaufen war ein Brett genagelt worden, auf dem zu lesen stand:

Johanna, die sich »Jungfrau« nennen ließ, eine Lügnerin, schändliche Irreführerin der Menschen, Hexe, abergläubisch, Gotteslästerin, Verhöhnerin des Glaubens an Jesus Christus, prahlerisch, götzendienerisch, grausam, liederlich, Heraufbeschwörerin von Dämonen, abtrünnig, schismatisch und ketzerisch.

So ein kleines Schild für eine so große Schmähung – und an neun Zehntel des Publikums vergeudet, die nicht lesen konnten. Und als sei der Rahmen der Veranstaltung nicht schon furchterregend genug, hatte die an ein zu Tode geängstigtes, weinendes Mädchen, dem bald die Flammen das Fleisch von den Knochen fressen würden, gerichtete Predigt ein Zitat aus dem ersten Korintherbrief als Motto: »Und wenn auch nur einem Leid widerfährt, leiden alle anderen mit ihm.«
Johanna wurde formell aus der Kirche ausgestoßen und den weltlichen Gewährsleuten zur Vollstreckung des Urteils übergeben. Dazu wurde sie mit einer Mitra gekrönt. »Ketzerisch, vom christlichen Glauben abgefallen, abtrünnig, Götzenanbeterin.«
Sie müssen sich sehr vor Johanna gefürchtet haben, all diese Männer – und vor ihrer Macht, Dinge zu verändern.
Vielleicht lag der Schlüssel in dem Puzzle von Johannas Tod. Weil der Scheiterhaufen so hoch aufgerichtet worden war, hatte es lange gedauert, bis sie starb – länger als nötig, da der Vollstrecker nicht hinaufklettern und sie erdrosseln konnte, wie es der Brauch war. Sie war sich dieses kleinen Details sicher nicht bewußt, als sie Cauchon den Widerruf ihres Geständnisses ins Gesicht schleuderte und ihren Feinden damit die Rechtfertigung lieferte, sie auf einem sorgsam aufgeschichteten Gebilde aus Holz und Reisig in den Feuertod zu schicken.
Nichtsdestoweniger war Johannas Tod ihre eigene Entscheidung gewesen.
Auch Prues Entscheidung war ihre eigene. Sie sprach langsam, bemüht, die richtigen Worte zu finden. »Wenn ich meine Ehe

aufgäbe, dann nicht aus gutem Grund«, sagte sie. »Es gibt keinen Grund, sie nicht zu Ende zu führen. Und das gleiche gilt für dich, Jamie: Du hast keinen Grund, Violet und Edward im Stich zu lassen – aber allen Grund, bei ihnen zu bleiben.«

Anständigerweise – und dafür liebte sie ihn um so mehr – sah Jamie das ein.

»Meine liebste Prue.« Seine Hände fielen von ihren Schultern, er bückte sich, um seine Reisetasche aufzuheben, und richtete sich wieder auf. »Ich habe es versucht.«

»Ja, das hast du.«

Als der Zug nur noch ein schwarzer Punkt am Horizont war, verließ Prue widerstrebend den Bahnsteig. Sie ging über die Fußgängerbrücke, durch die Fahrkartenschranke und auf den Bahnhofsparkplatz hinaus. Und dann saß sie inmitten von Pendlerfahrzeugen regungslos hinter dem Steuer. Auf einer der Bänke saß ein Mann. Er hielt einen Pudel auf dem Schoß – so vorsichtig und zärtlich, als sei er ein Kind – und beugte sich immer wieder hinunter und flüsterte dem Tier etwas ins Ohr, worauf der Hund den Kopf hob und seinen Herrn mit der Nase in die Wange stupste. Prue kniff in dem Bemühen, ihren Schmerz zu mindern, so fest sie konnte die Augen zu. Dann grub sie ihre Fingernägel so brutal in ihre Handflächen, daß sie rote Einkerbungen darin hinterließen, doch der damit einhergehende Schmerz hatte keinerlei lindernden Einfluß auf das, was sie im Innern fühlte – die homöopathische Taktik wirkte nicht.

Sie ließ den Motor an und fuhr nach Hause.

Es war wie ein Schock für Jamie, als er im Zug, auf die Zeitung hinunterstarrend, zu der Erkenntnis gelangte, daß er wahrscheinlich mehr litt als Prue. Es ist natürlich einfacher, Entscheidungen zu fällen, als sie aufgezwungen zu bekommen – das

ist der Grund dafür, daß Männer gern darauf bestehen, Entscheidungen selbst zu treffen.
Die Landschaft wurde vorortlich, und die Vielfalt und Farben der herumliegenden Spielsachen in den Gärten entlang der Strecke veranlaßten Jamie zu einem Vergleich mit seinen Gedanken: Auch dort lagen Dinge herum, mit denen er einstmals begeistert gespielt hatte – doch Prue hatte es ihm verboten.
Hatte er wirklich ernsthaft vorgehabt, Violet und seinen Sohn zu verlassen? Was, wenn es wieder passiert? dachte er. Ist das mein Schicksal?
Der Zug fuhr in Clapham Junction ein. Jamie warf einen uninteressierten Blick auf das Bahnhofsschild, nahm seine Reisetasche und trat auf den Bahnsteig hinaus. Der Bahnhof war kürzlich durch »British Rail«-Zubehör aufgemotzt worden, doch er strahlte immer noch Trostlosigkeit aus, und der umherliegende Abfall raschelte im Dezemberwind.
Er stieg in die Unterführung hinunter.
Auf dem Heimweg plante Jamie Taktiken und die Strategie für den Job in New York, worüber er mit seinem Boß bereits gesprochen hatte. Die Tasche wurde schwer, und er wechselte die Hand und beschleunigte seine Schritte.
Der Morgen über London machte erschöpft dem Vormittag Platz.

In Hallet's Gate schnallte Violet Edward in seinem Reisehochstuhl fest und ließ den Blick über den fürs Mittagessen gedeckten Tisch gleiten.
»Ich bin froh, daß Jamie aus dem Weg ist«, sagte sie. »Ich möchte nämlich mit euch über diesen London-Plan reden.«
Max bediente sich mit Schinken, Salat und einer gebackenen Kartoffel und schickte seiner Tochter ein frostiges Lächeln hin-

über. Prue setzte sich neben ihn. Nicht jetzt, Violet, dachte sie genervt. Lebensverändernde Entscheidungen zu fällen und zu tun, was man für das Richtige hielt, oder zumindest für das Beste, war eine Sache – einen altklugen Vortrag gehalten zu bekommen, eine ganz andere.

Violet griff auf eines ihrer Lieblingsthemen zurück. »Daddy – es gibt so etwas wie männliche Wechseljahre.«

Flammende Röte überspülte Max' Gesicht, und seine Gabel kam auf halbem Wege zwischen Teller und Mund abrupt zum Stillstand.

»Es passiert andauernd. Männer in mittleren Jahren werden plötzlich von Ruhelosigkeit gepackt und machen alle möglichen, komischen Dinge. Aber da spielen lediglich die Hormone verrückt – und die beruhigen sich wieder.« Violet wandte sich Prue zu. »Habe ich nicht recht?« fragte sie mit durchdringendem Blick. »Wenn man älter wird, trauert man seiner verlorenen Jugend nach.«

Während all der von Schlachten und Unerfreulichkeiten geprägten Jahre ihrer Beziehung war Prue nie die Idee gekommen, daß Violet sich irgendwann einmal auf ihre Seite schlagen würde.

»So wird behauptet«, brachte sie mühsam hervor.

Violet bohrte weiter. »Für Frauen ist es schlimmer, weil sie ihre äußerliche Attraktivität einbüßen – stimmt's, Prue?«

Prue sah sich außerstande, sich dazu zu äußern.

»Siehst du«, triumphierte Violet sichtlich befriedigt. »Sie weiß, wovon ich rede.«

»Liebling«, sagte Max. »Du solltest vorsichtig mit deinen Schlußfolgerungen sein – sie müssen nicht immer zutreffen.«

Violet ließ sich gegen ihre Stuhllehne sinken. »Aber in diesem Fall liege ich richtig, liebster Pa. Ich habe eine Menge darüber gelesen. Ein junges Mädchen zu dir in die Wohnung zu nehmen,

ist eine unmögliche Idee – wie harmlos es auch sein mag. Es schadet deinem Ruf. Du kannst Emmy nicht zu dir holen!«
Nachdem sie sich einmal auf eine Angriffsrichtung eingeschossen hatte, fiel es ihr – wie immer – schwer, ein Ende zu finden. Diesmal krönte sie ihre Argumentation mit dem nochmaligen Appell: »Denk an Jane!«
Max und Prue schauten einander an, und der Gedanke, den sie einander übermittelten, war ihnen ebenso gemeinsam wie das Garn den Längs- und Kettfäden in einem Stoff. Die Sicherung des Wohlergehens von Kindern hatte ihren Preis.

29. KAPITEL

Emmy hatte das ganze Wochenende über den Brief nachgegrübelt, den sie in der Woche zuvor bekommen hatte.

Sie finden es vielleicht seltsam, daß ich Ihnen schreibe, aber ich bitte Sie, diesen Brief zu lesen, ehe Sie entscheiden, ob Sie ihn ignorieren wollen oder nicht.

Daß Max mit Leib und Seele Anwalt war, wurde auch in seinem Briefstil deutlich.

Wie ich bei unserem letzten Treffen erwähnte, habe ich mir Gedanken über Ihre Situation gemacht. Ich schreibe dies in der Annahme, daß Sie Ihr Kind allein aufziehen werden. (Falls ich das falsch verstanden habe, bitte ich Sie, mir zu verzeihen.)
Ich werde die nächsten Monate in London leben, möglicherweise auch länger. Ich weiß, daß Violet der Meinung ist, daß es schwierig für Sie wäre, weiterhin bei ihr zu arbeiten – besonders nach der Geburt des Babys. Dies stellt Sie, wie ich meine, vor ein Problem, und ich würde Ihnen gern eine Lösung vorschlagen. Ich biete Ihnen den Posten einer Haushälterin an. Ihre Pflichten wären minimal – Kochen, Putzen und Einkaufen. Nichts *anderes wird verlangt. Ich schlage Ihnen dies vor, weil ich denke, es könnte Ihnen von Nutzen sein – und es wäre mir lieb, zu wissen, daß Sie und Ihr Kind ein Dach über dem Kopf haben.*

Emmy las den auf Max' reinweißes, handgeschöpftes Bütten geschriebenen Brief ein zweites Mal und schaute dann aus dem

Küchenfenster von Hallet's Lane Nummer 5. Die Aussicht war der aus dem Küchenfenster von Hallet's Gate sehr ähnlich, aber die Augen und das Gehirn werteten die gelieferten Informationen unterschiedlich. Doch nach einem Jahr bei den Becketts hatte Emmy genug gesehen, um zu wissen, daß das Leben in allen Gesellschaftsschichten seine Tücken hatte.

Ihr Vater saß im Pub – inzwischen zweifellos schon weit gediehen auf seinem Weg ins Vergessen –, und ihre Mutter hatte den samstäglichen Weihnachtseinkaufs-Sonderbus nach Salisbury genommen. Ein schwacher Geruch von Desinfektionsmitteln, überlagert von dem noch übelkeiterregenderen des Kamineinsatz-Reinigers, attackierte ihren derzeit extrem sensiblen Magen. Angetrieben durch eine Quarzbatterie starrte die Uhr von einer Wand auf sie herunter, die aufgrund ständiger Anwendung von Reinigungsmilch glänzte. Kein altmodisches Ticken lockerte die tiefe Stille auf.

Tick, tack, Emmy.

Wie immer sich ihr Leben auch entwickeln würde – Emmy beschloß, als erstes eine Uhr zu kaufen, die tickte.

Eine Hand hatte sich ihr entgegengestreckt, um sie aus dem Sumpf zu ziehen, in dem sie zu versinken drohte, um ihr, der einfältigen, häßlichen Emmy, zu helfen, die in die älteste Falle der Welt getappt war. Max' Geste legte einen heilenden Finger auf die abgeschürften Stellen ihrer Seele.

Die Aussicht, die sich ihr vor dem Fenster bot, lieferte ihr keine schlüssigen Antworten, und sie schlug die Hände vors Gesicht und drückte sie fest auf ihre Lider. Angus erschien zwischen den tanzenden Kreisen und Farbklecksen dahinter. Er sah nicht glücklich aus, und Emmy, die keine Heilige war, fühlte sich augenblicklich besser.

Mrs. Horton zuckte mit den Schultern. Es war keine Geste, die zur Ermutigung angetan war, und Emmy faßte sie auch nicht so auf. »Dein Dad ist wütend«, sagte sie. »Und er will dich nicht hierhaben.«

Emmy war nicht überrascht. »Keine Sorge – ich werde euch nicht zur Last fallen«, erwiderte sie äußerlich gelassen, doch ihr Magen krampfte sich in Grauen und Panik zusammen.

»Warum in aller Welt mußte dir das passieren?« Mrs. Horton attackierte die Mikrowelle mit einem speziell dafür imprägnierten Tuch mit unnötiger Heftigkeit. Emmy malte sich aus, welcher Kampf zwischen der Loyalität zu ihrer Tochter und der zu ihrem Mann unter der Zuckerguß-Dauerwelle tobte, und starrte ihre Mutter mit offenem Mund an, als diese verkündete, daß Emmy ihr offenbar nachgerate, denn sie habe ihren Mann aus ebendiesem Grund geheiratet.

Emmy zog sich einen Stuhl heran und setzte sich. »Das hast du mir nie erzählt, Mum.«

Erst viel später, als sie an diesem Abend schlaflos auf dem Nylonlaken lag, das so sauber war, daß es jedesmal, wenn sie sich bewegte, Funken sprühte, fragte Emmy in die Dunkelheit hinein: »Warum hilfst du mir dann nicht, verdammt noch mal?«

Daraus folgend erschien ihr der Gedanke, ein Dach über dem Kopf, einen Platz für das Baby und Hilfe und Unterstützung zu haben, plötzlich reizvoller. Sie stellte sich vor, wie sie das Kind in einem frisch gestrichenen Zimmer zum Schlafen legte, in dem ein Mobile mit grauen und roten Elefanten tanzte, wie sie es in der Zeitschrift »Mothercare« gesehen hatte. Und sie stellte sich auch vor, wie sie bei Radiomusik in der Küche saß und Suppe und frisches Brot aß. Es waren hartnäckige und schwer zu ignorierende Bilder, und sie zeigten Emmy allein.

Emmy marschierte nicht in den Reihen der Feministinnen,

war keine glühende Verfechterin der absoluten Notwendigkeit, allein zurechtkommen zu müssen, und das gab ihr eine gewisse Flexibilität und gestattete ihr die Erwägung überraschender Möglichkeiten. Glückliche Emmy.

Ich könnte mich dazu überwinden, zu Mr. Valour zu ziehen, erklärte sie der Dunkelheit. Es ist ganz einfach, wirklich. Nur für eine kleine Weile. Bis ich auf eigenen Füßen stehen kann. Dann nehme ich das Baby und haue ab.

Sie bedauerte das egoistische Element in ihren Plänen, doch das ließ sich nicht ändern, denn sie begriff intuitiv, daß Alleinsein einem nicht die Freiheit garantierte – eher das Gegenteil. Es nahm einem die Freiheit, weichherzig und großzügig zu sein.

Es war kalt in ihrem Zimmer, und Emmys Lippen fühlten sich an wie ausgedörrt. Draußen im Garten raschelte etwas. Ein Fuchs? Eine Ratte vom Bach unten? Sie stellte sich die letztere vor, wie sie mit gesenktem Kopf von ihrem feuchten, moosumwachsenen Schlammloch zu dem nach Frost duftenden, lockeren Blätterhaufen unter der Buche heraufwieselte, wobei ihre Füße winzige Abdrücke auf der nachtfeuchten Erde hinterließen.

Mußte sie allein sein?

Kurz vor Tagesanbruch stand Emmy auf und stellte sich zitternd ans Fenster, hinter dem noch tiefe Dunkelheit herrschte. Bald würden die Misteldrosseln aufwachen und ihr helles Federkleid aufschütteln. Bald würden sie mit unmelodischem Geschnatter den neuen Tag ankündigen und sich daranmachen, einen Wurm, eine Schnecke oder eine Beere zu suchen. Nach der Brutzeit speisten Misteldrosseln oft im Familienverband.

Zehn Punkte für die Misteldrosseln. Null Punkte für die Menschen.

Es wäre nicht schlecht, mit jemandem zusammenzuwohnen, der

einem gleichgültig war. Darin hatte Emmy schließlich Erfahrung – ihre Eltern hatten das jahrelang praktiziert.
Sie wusch sich, bürstete ihre widerspenstigen Haare zu einer Art Frisur und zog schwarze Leggings an. Schwarz und Weiß waren die Farben der Elster – passend für jemanden, der vorhatte, das Nest des Ehemanns einer anderen zu besetzen. Auf Zehenspitzen schlich sie die Treppe hinunter. Bloß nicht dem Vater heute morgen begegnen – sie fühlte sich seinem unweigerlich zu erwartenden Zornausbruch nicht gewachsen. Zwei Löffel Frosties, und ihr Magen rebellierte. Und ihre Knie wurden weich. Sie hatte doch gleich gewußt, daß mit den netten Valours etwas nicht stimmte – Madam und ihr Mann machten nicht gerade einen glühendverliebten Eindruck. Wenigstens hatte sie noch genügend Energie und Interesse an ihrer Umwelt, um neugierig zu sein. Das war doch immerhin etwas.
Den ganzen Tag schlich Emmy um das Telefon herum und verschwendete Zeit und Energie darauf, den Hörer nicht abzunehmen. Ja, bitte, könnte sie zu Max sagen – ich komme als Haushälterin zu Ihnen. Ich kriege in Winchester das Baby, bleibe danach ein Weilchen bei meiner Mutter, und dann komme ich. Das wäre sehr schön, würde er sagen, und es beruhigt mich.
Emmy rief sich den dicken Teppich, die chemisch gereinigten Vorhänge und das hübsche Geschirr in Hallet's Gate in Erinnerung. Sie roch förmlich den zarten Duft des Potpourris und der teuren Bienenwachs-Möbelpolitur, die Mrs. Valour bevorzugte. Verkaufte sie ihr Baby für eine bestimmte Sorte Möbelpolitur? Ihre Seele für eine Schale mit Rosenblättern und ein Sofakissen mit Quasten?
Denn tief im Innern glaubte Emmy nicht ganz, daß es bei der Haushälterinnen-Funktion bleiben würde.
Und was war mit Angus – wo immer er auch sein mochte?

Dachte er jemals an sie, wenn er den Sals und Cherrys die Höschen herunterzog und seinen Körper in den ihren senkte? Erinnerte er sich an ihre gemeinsamen Geheimnisse, die Scherze, das Keuchen auf dem Weg zum Gipfel der Leidenschaft, die ausgebreiteten Haare auf einem Kissen und die Augenblicke, in denen sie das gleiche dachten?

Emmy tat es, doch sie wußte auch, daß die Erinnerung wie ein Nebelschleier wirkte: Sie verzerrte die Form von Dingen und verbarg Gefahren.

Bevor er das Haus in der Austen Road zum letzen Mal verließ, hatte Angus sich noch einmal umgedreht.

»Ich habe dich nie für ängstlich gehalten, Em«, sagte er. »Ich dachte, du wärst mutig.«

»Das bin ich nicht«, hatte sie geantwortet. »Ich will kein Risiko eingehen.«

Und was tat sie jetzt? Und wieviel lieber würde sie, dumme Kuh, die sie war, dieses Risiko mit Angus eingehen?

Siebzig Pfund die Woche auf die Hand bei Mr. Valour, als reguläre Angestellte gemeldet (wozu seine Tochter sich nicht hatte durchringen können). Es bedeutete zwar, daß sie unter diesen Umständen staatlicherseits keine Unterstützung mehr kassieren könnte, doch darauf könnte sie dann leichten Herzens verzichten.

Emmy tat, was sie immer tat, wenn sie nicht weiterwußte: Sie ging aus. Weihnachtsbäume schickten, durchsetzt mit blendendem Weiß, durch Fenster rot und grün blinkende Lichter in einen Tag hinaus, der sich nicht besonders anstrengen würde, an Helligkeit zu gewinnen. Emmy schaute nach oben. Die riesigen Buchen, die dieses Ende des Dorfes beherrschten, standen reglos da, wie im Winterschlaf erstarrt.

In ihrem von Erregung und Sorge geprägten Gemütszustand

schien es Emmy, als warteten das Dorf und seine Bewohner auf etwas. Auf was? Auf Weihnachten? Auf das Ende der Wirtschaftskrise? Auf hoffnungsvollere Zeiten?
Sie trottete weiter. Wieder würde sie nicht ihr eigenes Leben leben können, würde in einer Wohnung wohnen, die nicht die ihre war, und einen Ehemann versorgen, der nicht der ihre war.
Das Licht auf der Hügelkuppe war trübe und trostlos, die Landschaft ertrank in abgestandenem Wasser, und die Pfützen waren an den Rändern gefroren. War sie noch fähig, das pulsierende Leben im Wald und unter den Heckenreihen auszumachen, das ihr soviel Freude bereitete, das sie ebenso notwendig zum Leben brauchte wie das Glas klaren, kalten Wassers? Oder hatte es sich in den Untergrund zurückgezogen, damit sie es nicht finden könnte – wie Angus? Plötzlich sah Emmy sich den Torpfosten der Ovens-Farm umklammernd und bitterlich schluchzend.

Emmy wählte Cherrys Nummer. Die weibliche Stimme, die sich meldete, klang vertraut.
»Bist du das, Sal?« fragte Emmy überrascht.
»Ja.« Ihr Ton war nicht freundlich.
»Hier ist Emmy. Erinnerst du dich an mich? Weißt du, wo Angus steckt?« Und warum bist du nicht auf dem Land? hätte sie gern hinzugefügt.
Der Ton wurde noch unfreundlicher. »Wenn du es wissen willst – ich habe den Penner seit Wochen nicht gesehen, was typisch für ihn ist.«
Emmy schluckte und stellte nach einer Pause die schwerste Frage ihres Lebens: »Weißt du, wo ich ihn erreichen kann?«
»Ist das wichtig für dich?«
Emmy befeuchtete ihre Lippen mit der Zungenspitze. »Sehr.«
Langeweile, Ernüchterung oder vielleicht auch ein Anflug von

Bosheit besiegten Sals Widerwillen. Sie sagte Emmy die Nummer und gab ihr – in einem seltenen Anflug weiblichen Solidaritätsempfindens – einen Tip mit auf den Weg: »Er wird seine Hand immer unter irgendeinen Rock schieben, du Schwachkopf. Willst du dir das antun?«
Nein, das wollte Emmy nicht – und nach ihrem Tonfall zu urteilen, gefiel es Sal auch nicht. Andererseits – es gab Schlimmeres. Mangel an Verständnis. Eine klinisch saubere Küche und ein kaltes Herz. Angus' Frauengeschichten taten ihr weh und machten ihr angst, doch sie hatte gelernt, daß Angst ertragbar und das Leben aus einer Reihe von Lasten zusammengesetzt war – dem Korb, in den Einkäufe gestopft wurden, schweren Brüsten – nicht, daß sie eine Vorstellung von letzteren gehabt hätte, noch nicht zumindest – und dem Gewicht der Pflichten, das einen in die Knie zwang, wenn man nicht stark genug war.
Dreißig Sekunden später wählte sie die Nummer.
»Könnte ich bitte mit Angus sprechen?«
»Wer spricht denn da?« fragte eine harte Stimme.
»Sagen Sie ihm, Emmy ist am Apparat.«
Sie hörte Angus' Namen durch das Haus schallen. Es dauerte eine Weile, bis er ans Telefon kam.
»Wer ist da?«
»Emmy.«
»Na so was. Geht's dir gut?«
Emmy stellte fest, daß ihre Kehle zugeschnürt war und Tränen aus ihren Augen strömten. »Natürlich.«
Die Unterhaltung erstarb. Angus' Begeisterung über ihren Anruf hielt sich merklich in Grenzen, und Emmy begriff, daß sie eine Dummheit gemacht hatte. Sie konnte Angus nicht aus heiterem Himmel erklären, daß sie ihre Meinung geändert habe und er Vater werde. Man kann den Krieg nicht für beendet erklären und

dann bei der Unterzeichnung des Friedensvertrages eine Atombombe werfen.
»Wolltest du mir was sagen?« Angus klang erschreckend kühl und desinteressiert.
»Nein. Ja. Nein.« Auch Emmys Stimme klang nicht, wie sie sollte.
Angus' Stimme wurde weicher. »Bist du wirklich okay?«
»Ja. Es ist nichts. Vergiß, daß ich angerufen habe.«
»Wo bist du denn?«
»Bei meiner Mutter. Bis Montag früh. Hör zu, Angus – es ist alles bestens. Es geht mir gut. Tschüs.«
Und dann lag der Hörer wieder auf der Gabel, und Emmy stand davor und starrte darauf hinunter und auf den Block daneben, dessen Deckblatt den Eindruck vermittelte, es handle sich um eine Tüte Lakritzmischung. Emmy legte eine Hand auf ihren Leib. Du und ich, dachte sie. Du und ich. Wir.

Nach dem Tee brach Mrs. Horton zu einer Unterwäsche-Verkaufsparty auf. Emmys Vater verschlief den Tag im ehelichen Schlafzimmer. In ihrer Verzweiflung machte Emmy den Fernseher an. Der Drehbuchschreiber dieser Folge von »Casualty« war offenbar der Ansicht, daß eine Magenblutung hohen Unterhaltungswert besaß. Von Ekel ans Sofa gefesselt, schaute sie ein paar Minuten zu und schaltete den Apparat dann genau in dem Augenblick aus, als der glücklose Arzt und die Wand von einem Schauspieler, zu dessen Gunsten sprach, daß er dreinschaute, als würde er dem Drehbuchschreiber am liebsten den Hals umdrehen, künstlerisch mit Blut bespritzt wurden. Wenn das Unterhaltung war, dann war Emmy eine Schönheit.
Sie ging schlafen.

Um sieben stand sie auf und spulte die Routine ab. Zähne. Haare. Leggings. T-Shirt. In einem Anflug von Masochismus musterte sich Emmy in dem fleckenlosen Badezimmerspiegel. Der Anblick war nicht ermutigend. Einem Impuls folgend griff sie nach der in die hinterste Reihe verbannten Flasche »Charlie« und tupfte sich etwas davon an die Ohrläppchen und auf die Handgelenke. Zu spät fiel ihr ein, daß der Duft ihr Übelkeit verursachte.

Ein Lärm wie von einem beschädigten Flugzeug, das zur Notlandung ansetzte, knatterte die Straße entlang, und die Hand mit der Parfumflasche erstarrte mitten in der Bewegung. Das Geräusch weckte die Erinnerung an die Zeit, als Angus auf seiner glänzenden Maschine die Straße heruntergebraust kam und sie entführte, ein Ritter auf einem Motorrad, der nach Maschinenöl roch.

Traurigkeit und ein überwältigendes Verlustgefühl schnürten ihr die Kehle zu, und sie sah im Spiegel, wie sich Tränen in ihren Augen stauten und dann über die Wimpern auf ihre Wangen stürzten.

Schau mich an, höhnte ihr Spiegelbild. Das ist alles, was du hast, Emmy.

Emmy war so in diesen erschütternd tragischen Anblick vertieft, daß sie es nicht sofort registrierte, als der Lärm verstummte. Vor dem Haus. Das Tor wurde zugeknallt, und jemand stampfte den Weg herauf.

Nur ein einziger Mensch tat das.

Emmy schraubte den Deckel wieder auf die Parfümflasche und stellte sie mit übertriebener Vorsicht auf ihren Platz auf der Konsole zurück. Schwangere Frauen haben absonderliche Ideen – man denke nur daran, daß manche angeblich Kohle essen oder sonst irgendwelche ausgefallenen Essensgelüste haben.

Eine Faust trommelte an die Tür, und ihr Vater brüllte aus dem Schlafzimmer: »Fahr zur Hölle!«
Emmy lief die Treppe hinunter und öffnete die Haustür. Davor stand, verdrießlich und müde aussehend, Angus. Emmy schlug die Hand vor den Mund.
»Was …?«
Angus packte sie am Arm und zerrte sie mit einem Ruck auf die Betonschwelle hinaus. »Ich bin gekommen, um zu erfahren, was los ist.«
Emmy begann vor Kälte und Erregung zu zittern. Der Geruch des Parfums steigerte die Wellen ihrer Übelkeit zu schaumgekrönten Wogen.
»Also?«
Es gibt Augenblicke, da fallen Schutzwälle in sich zusammen, und Emmys stürzte wie ein wackeliger Gartenzaun im Wind mit einem Krachen um.
»Oh, Angus – hilf mir!«
Er musterte sie – lange genug, um echte Angst in ihr zu wecken. Dann sagte er: »Warum, glaubst du, bin ich hier, blöde Kuh. Also – was gibt's?«
Sie hob ihm ihr blasses, tränenfleckiges Gesicht entgegen, und ihre Lippen bildeten die Worte, doch es kam kein Ton aus ihrem Mund. Statt dessen legte sie die Hände auf ihren Leib. Angus' Blick wanderte an Emmys Körper hinunter und blieb auf ihren geballten Fäusten liegen.
»Oh, Emmy«, sagte er, als es ihm dämmerte. »Das hätte ich mir denken können.«
»Tür zu!« brüllte Mr. Horton von der obersten Treppenstufe.
Angus legte den Kopf schief. »Kommst du diesmal mit?« Und diesmal zögerte Emmy nicht. Sie zog die Haustür zu und antwortete: »Ich bin hier.«

»Braves Mädchen.«
Sie folgte ihm den Weg hinunter und durch das quietschende Gartentor. Angus holte eine Lederjacke und einen Ersatzhelm aus seinem Gepäckkasten und warf Emmy beides zu. Sie fing die Sachen mit beiden Händen auf.
Sie malte sich die Kommentare aus – die Art, die sie in ihrer Zeit bei den Becketts kennengelernt hatte –, die hinter den Fenstern von Daintons feinen und weniger feinen Häusern laut wurden, als Angus und sie mit ohrenbetäubendem Motorlärm daran vorbeirauschten. Rowdies. Rücksichtslos. So was sollte verboten werden.
Hallet's Gate und sein feuchter, sich im Innern aufheizender Komposthaufen blieb links hinter ihnen.
Es war nett von Ihnen, mir helfen zu wollen, Mr. Valour. Tut mir leid. Ich hätte mein Bestes getan. Wirklich.
Autos, gesteuert von Männern in Hemdsärmeln, deren Aftershave-Lotion noch nicht ganz in die Haut eingezogen war, stießen rückwärts aus ihren Garagen. Wie üblich hatte der Verkehr in Richtung Hauptstraße sich gestaut. Nur die Radfahrer in ihren Nadelstreifenanzügen, deren Hosen sie mit Klemmen von der öligen Kette fernhielten, strampelten ungehindert dahin. Ein Bus hielt an der Haltestelle an der Kreuzung, und ein paar Mädchen in kurzen Lycra-Röcken, Springerstiefeln und feuchtglänzender Dauerwelle stiegen ein.
Emmy zitterte unkontrollierbar. Sie zupfte an Angus' Jacke. »Ich werde erfrieren.«
»Wir werden an einer Raststätte Halt machen.«
Andover lag jetzt hinter ihnen, und Emmy sang ein Abschiedslied für die Stadt, die sie so genau kannte. Auf dem Marktplatz würden Verkaufsstände wie rosafarbene Kunststoffpilze aus dem Boden schießen, und die Armen und Arbeitslosen würden sich

auf der Suche nach günstigen Angeboten langsam daran entlangschieben.
Da gibt es billig Ochsenschwanz und dort drüben preiswerten Käse, informierte Emmy sie im stillen. Und Kaninchen sind auch für wenig Geld zu haben.
Die Türen zum Marktbereich wären wieder für ihr tägliches Auf und Zu eingesetzt, und synthetische Düfte würden den Ständen entströmen, die auf Heiltränke und kleine Leckerbissen spezialisiert waren. Wie können diese Leute davon leben?
Ein Angestellter würde ein »Vorweihnachtliche Sonderangebote«-Schild an das Schaufenster des Porzellan- und Elektroladens kleben, und der Fleischer würde vakuumverpackte Hähnchenschenkel, Schinken und terrakottafarbenes Hackfleisch in der Kühltheke ausstellen. Und wie jeden Tag würde in scheußlich türkisfarbenen Lettern die Barkleys Bank-Reklame aufleuchten, eine Erinnerung daran, daß Geld und Einkaufen miteinander verbunden waren wie Rote Grütze und Sahne, Liebe und Ehe.
Sie und Angus?
Auf Wiedersehen, sagte Emmy mit heftig klopfendem Herzen, klappernden Zähnen und aufgeregt in ihrem Bauch herumflatterndem Baby.
Angus raste zur Fleet-Raststätte, als sei der Teufel hinter ihm her. Am Ziel angekommen, hielt er an und half Emmy, die durch die Kälte in einen totenstarreähnlichen Zustand verfallen war, vom Soziussitz. Ihre Knie gaben nach, und er faßte zu und führte sie zum Restaurant.
»Tee«, sagte er. »Eier und Chips.«
»Ich kann es gar nicht erwarten«, erwiderte Emmy.
Die Musikuntermalung ging in dem Stimmengewirr fast unter, Dampf- und Zigarettenqualm-Schwaden schwängerten die Luft.

Angus dirigierte Emmy an den Rauchern vorbei und drückte sie auf einen Stuhl am Fenster.

»Ich bringe dir das beste Frühstück deines Lebens, vertrau mir, Em.«

Das war es: Emmy mußte warten und vertrauen. Vertrauen, obwohl es riskant war.

Halb im Traum schloß sie die Augen. Als sie sie wieder öffnete, sah sie Angus auf sich zukommen, der in einer Hand ein voll beladenes Tablett trug und in der anderen zwei Flaschen Milch. Er ließ das Tablett auf den Tisch gleiten. Beide Teller verschwanden unter Spiegeleiern, gebackenen Bohnen, zu kroß gebratenem Speck und gegrillten Tomaten. Wieder schloß Emmy die Augen.

Wenn mir jetzt deinetwegen schlecht wird, wandte sie sich in Gedanken energisch an ihr Baby, werde ich dir das nie verzeihen.

»Okay?« Angus schnippte schmerzhaft mit dem Mittelfinger an Emmys Kinn.

Die Übelkeit, die sich beim Anblick und Geruch von Bratfett und Essen geregt hatte, verstärkte sich alarmierend.

Wag es ja nicht!

Sie ließ nach.

»Okay«, sagte Emmy und griff nach Messer und Gabel.

30. KAPITEL

Einige Zeit später an diesem Morgen klingelte in Hallet's Gate das Telefon. Prue nahm den Hörer ab.

»Ja, Emmy«, sagte sie, nachdem sie eine Weile schweigend zugehört hatte. »Sie glauben gar nicht, wie ich mich freue, das zu hören.«

Sie machte sich auf die Suche nach Max. Er war im Arbeitszimmer, wo er den Kolben des Gewehrs polierte, das Prue zuletzt im Mondlicht hatte schimmern sehen. Mit weichen Knien blieb sie abrupt in der Tür stehen, spürte wieder den stechenden Schmerz, mit dem sich die Kieselsteine in ihr Fleisch bohrten, roch wieder die kalte, nach Rauch und verfaulten Blättern riechende Nachtluft.

»Solltest du es nicht besser wegräumen?« fragte sie schließlich.

Wenn zwanzig Jahre einen nicht aufgrund besserer Selbstkenntnis zu einem klugen Umgang mit der eigenen Person befähigten, so taten sie es erst recht nicht für den klugen Umgang mit dem Ehepartner. Das einzige, was Prue jetzt genau wußte, war, daß sie weniger wußte als am Anfang und daß das Leben – wenn auch nicht immer merkbar – einem ständigen Wandel unterworfen war.

Max zuckte mit den Schultern. »Keine Sorge – ich werde es nie wieder benutzen.« Er schaute nicht auf.

Prue verkniff sich die Erwiderung: Das sagen sie alle. Statt dessen steckte sie die Hände in die Taschen ihrer Wolljacke und schob sie, wohl wissend, daß diese Geste ihre Nervosität verriet, vorne übereinander.

»Emmy hat gerade angerufen. Ich soll dir ausrichten, es tue ihr leid, aber sie könne den Job nicht annehmen.«

Sichtlich enttäuscht schaute Max nun doch auf.
»Sie wird mit ihrem Freund zusammenziehen – dem Vater. Das ist die beste Lösung – auch wenn ich nicht weiß, wie sie zurechtkommen wollen.«
Max betrachtete den makellos glänzenden, gemaserten Gewehrkolben. »Ich bin überzeugt davon, daß sie ausgezeichnet zurechtkommen werden«, erwiderte er, und sein Ton machte deutlich, daß Prue sich der Überheblichkeit schuldig gemacht hatte. Und so war es auch. Sie trat in den Raum, der ungemütlich kalt war und, da in letzter Zeit niemand hier saubergemacht hatte, eine dünne Staubschicht aufwies.
»Können wir reden, Max?«
Ihn um Vergebung zu bitten war so, als bitte der Vollstrecker den Todeskandidaten, ihn von Schuld freizusprechen. (Johannas Vollstrecker war das nicht vergönnt. Vor Angst zitternd tauchte er bei den »Frères Pécheurs« auf. Gott würde ihn dafür verfluchen, daß er eine Heilige verbrannt hatte, jammerte er. Und es wird überliefert, daß er sagte, es sei ihm trotz allen Zünd- und Brennstoffs nicht gelungen, Johannas Herz und Eingeweide in Brand zu setzen. Sie und alles andere, was von ihr übrigblieb, sei in die Seine geworfen worden.)
Noch immer ihre Strickjacke über dem Leib zusammenhaltend, trat eine alte, sanfte, schläfrig dreinblickende Prue zu ihrem Mann – nur war sie die nicht mehr. »Max – bitte leg das Ding weg, das Gewehr, meine ich – und sprich mit mir.« Nach zwanzig Jahren darauf konditioniert, reagierten seine Sinne auf ihre Nähe. Er wußte, daß das Bild, das er von ihr hatte, trügerisch war – und warum auch nicht? Sein eigenes war es ebenfalls. Der einzige Mensch, der nicht versucht hatte, etwas zu verbergen, war Helen gewesen – und ausgerechnet sie hätte allen Grund dazu gehabt. Mit einem Seufzen trat Max' hochgewachsene

Gestalt aus dem Tageslicht, das durch das Fenster hereinfiel, in den dunklen Teil des Zimmers, um das Gewehr wegzuräumen.
»Willst du die Scheidung?«
Das Schloß des Lederfutterals rastete hörbar ein, und Prue stieß einen Seufzer der Erleichterung aus. Max atmete ihren Duft ein und den frischen Geruch erst kürzlich gebügelter Wäsche, hob die verpackte Waffe vom Tisch und öffnete den Waffenschrank.
»Es ist schon komisch ...« Prue hielt die Luft an, und Max sprach weiter: »Da meint man, das Leben stehe auf sicherem Boden ...« Prue schrumpfte in sich zusammen. »Um deine Frage zu beantworten, Prue: Ich weiß nicht genau, was ich will oder was passieren wird.« Er stellte das Gewehr seines Vaters an seinen Platz und nahm das Purdey heraus.
Prue dachte an die Klischees, zu denen sie Zuflucht suchen konnte. Sie und Jamie – das hatte nichts mit ihrer Ehe zu tun. Der Tanz der Hormone durfte nicht die Oberhand gewinnen. Max und Jane waren zu wichtig, um einfach im Stich gelassen zu werden. Obwohl die Bruchstellen einer Vase immer von innen – und möglicherweise auch von außen – sichtbar bleiben, kann man sie doch weiterhin benutzen, wenn man genügend Zeit und Mühe darauf verwendet, sie zu kitten ... Keines dieser Argumente würde greifen, denn Prue hatte Jamie geliebt, und es war wichtig gewesen und hatte ihr Familienleben verändert.
»Mußt du das jetzt machen?« fragte sie mit einer Geste in Richtung des Purdey.
Er schaute seine Frau über den Rand seiner Bifokalbrille hinweg mit zusammengekniffenen Augen an. »Ja, das muß ich. Die Waffen brauchen Pflege.«
Sie stieß einen Seufzer aus. »Es tut mir leid, daß ich dich verletzt habe, Max. Ich wünschte, ich hätte es nicht getan.«
»Du hast mit bewundernswerter Scharfsichtigkeit genau die Stelle

gefunden, an der ich am empfindlichsten bin.« Max nahm die Brille ab und rieb sich die Augen. »Warum bist du nicht klüger gewesen, Prue? Du hättest dich nicht darauf einlassen dürfen.«

»Verzeih mir, Max. Verzeih mir.«

Ja, Prue hätte *viel* klüger sein können. Prinzipientreuer, härter, sie hätte zu Hause bleiben können. Aber sie war (wie andere auch) in einem unbewußten Drama gefangen, angetrieben von uralten, primitiven Kräften.

Prue schaute Max an und hob die Schultern. Seltsamerweise verstand er die Geste. Sie verkörperte den Geist, in dem er Helen geheiratet hatte – wider alle Vernunft. Man tat etwas, weil es unvermeidbar war. Er beschloß zu reden und legte das Purdey auf den Tisch.

»Wie ich bereits sagte, wußte ich schon seit einiger Zeit davon«, begann er, »nur nicht, wer mein Rivale war.«

»Und dabei war ich so vorsichtig.«

»Du vergißt, daß ich dich sehr gut kenne. Ich mag vielleicht nicht wissen, was du denkst, aber ich kenne deine mentale Landkarte. Sie veränderte sich, Prue, und plötzlich fand ich mich nicht mehr zurecht.«

Das stimmte.

»Wie auch immer – du kauftest dir eine neue Unterwäschegarnitur, und auf deinen Johanna-Notizen sammelte sich Staub. Aber weißt du, ich war auf das alles vorbereitet.«

»War es so offensichtlich?« Prue schaute auf den Teppich hinunter, der förmlich nach dem Staubsauger schrie. »Ich weiß, es ist ein Klischee – aber die Geschichte hatte nichts mit dir zu tun.«

»Das ist nicht gerade eine deiner intelligentesten Aussagen.« Max ging zum Bartisch hinüber.

»Ist es nicht noch ein bißchen früh dafür?« Sie sah zu, wie er sich einen Whiskey einschenkte.

»Bevormunde mich nicht.« Er goß Wasser dazu.
Sie dachte an Jamie, wie er sich in dem Hotelbett über sie beugte, das Gesicht angespannt vor Leidenschaft, und ihre nackte Schulter küßte, und sie dachte, der Schmerz würde sie umbringen.
Verlustempfinden stellt sich nicht mit einem Donnerschlag ein: Es dringt wie eine Injektion unter die Haut und breitet sich im ganzen Körper aus. Dann verfliegt die Wirkung – bis zum nächsten Mal, wenn die Nadel sich aufgrund eines Geruchs, eines Wortes, einer Erinnerung erneut ins Fleisch bohrt.
»Ich habe mir euch beide vorgestellt«, sagte Max. »Ich dachte daran, was du mit mir tatest, wenn wir miteinander schliefen, und ich fragte mich, ob ich das nun mit ihm teilen müßte. Oder hast du dich bei ihm anders verhalten?«
Sie spürte, wie eine rote Flutwelle ihr Gesicht überspülte. »Ich habe nie Vergleiche angestellt.«
Max lehnte sich an den Kaminsims und spielte mit seinem Glas. »Ich weiß, daß ich älter werde, Prue. Wir wissen alle, wie sich das auf die Potenz auswirkt, und es war mir klar, daß es gewisse Zugeständnisse meinerseits erforderte, wenn ich eine so viel jüngere Frau heiratete. Ich hatte sogar irgendwie das Gefühl, du habest das Recht auf eine Affäre. Mein Fehler war zu glauben, daß ich alles bedacht hätte. Ich glaubte, Helen hätte mich gelehrt, daß Fleischeslust das Wichtigste und gleichzeitig das Unbedeutendste ist. Ich ahnte nicht, wie tief es mich verletzen würde. Und ich ahnte nicht, daß es auch meine Tochter betreffen würde. Meine Töchter. Und das darf nicht sein.«
Sie drehte den Kopf weg und kämpfte gegen die aufsteigenden Tränen an.
»Jedenfalls«, fuhr Max fort, »hat mich die Sache ein paar Dinge über Sex gelehrt. Das Ausmaß der Mitschuld. Daß man sich in

diesem Stadium des Lebens eine Menge Dinge nur ausmalt, anstatt sie in die Tat umzusetzen.«

Die Tränen rollten über Prues Wangen. »Dann hast du diese alberne Szene doch nicht nur wegen Violet aufgeführt, sondern auch meinetwegen ...?«

Max' Finger umfaßten das Glas fester. »Ich fand es unverzeihlich«, er suchte nach den richtigen Worten, »unerträglich und heimtückisch, daß du dir ausgerechnet den Mann meiner Tochter ausgesucht hattest, und ich mußte etwas für sie tun.«

Da wußte Prue, daß sie nie frei von Violet sein würde. Niemals. Das war ihre Strafe. »Der Straßenkehrer oder der Bürgermeister wären dir also recht gewesen – oder irgendein x-beliebiger Hinz oder Kunz. Nur Violets Mann durfte es nicht sein«, konstatierte sie.

»Das mußt du verstehen, Prue.«

Sie akzeptierte es schweigend. »Das Tiger-Prinzip«, sagte sie schließlich und wischte sich mit dem Handrücken die Tränen ab. »Ich habe verstanden. Wirst du mich zurücknehmen?«

Max' Whiskey gluckerte, und aufgestörter Staub kitzelte Prue in der Nase. Sie wartete.

»Wahrscheinlich – um Janes willen.«

»Nein – das siehst du falsch. Nicht um Janes willen – um meinetwillen! Weil ich dich gefragt habe. Weil ich beschlossen habe, dich zu bitten, mitzuhelfen, unsere Ehe wiederaufzubauen.«

»Und Jane?«

»Diese Sache geht nur uns beide an.«

Max wandte sich von Prue ab und ließ den Inhalt seines Glases von einer Seite zur anderen schwappen.

Prue streckte die Hände aus. Ihre Finger zitterten. »Bitte, Max.«

Er reagierte nicht. Sie wiederholte die Geste. »Gib mir deine Hand, Max.«

Er ließ sie noch immer warten.
»Bitte, Max.«
Langsam kam seine Hand ihr entgegen, legte sich in die ihre, seine kühle, manikürte Anwaltshand, so vertraut auf ihrem heißen, unsteten Fleisch. Ihre Finger faßten einander, bewegten sich und verschlangen sich ineinander.
»Oh, Max«, sagte sie, auf die weiße Narbe von »Helens Wunde« hinunterstarrend.
»Am Tor hat sich ein Ziegel in der Mauer gelockert«, sagte er und fragte dann: »Was gibt's zum Mittagessen?«
Nach einer Weile nahm er das Purdey vom Tisch und stellte es in den Waffenschrank zurück, den er mit einem metallischen Klicken absperrte.

Reverend Richard Williams sah richtig glücklich aus. Obwohl Ostern natürlich ungemein wichtig war, bildete die Mitternachtsmesse den Höhepunkt des Kirchenjahres von Dainton. Von Kerzen erhellt, strahlte die Kirche eine entrückte Schönheit aus. Im Gegensatz zur weltlichen Welt.
Ohne Rücksicht auf das Schlafbedürfnis seiner Schäfchen hatte Richard beschlossen, eine Predigt zu halten. Er hatte das Bedürfnis, zum Abschluß eines Jahres, das finanziell, politisch und seelisch belastend gewesen war, etwas Bedeutendes zu sagen. Gab es noch einen Menschen, der von Zynismus frei war und einem Politiker vertraute? Er glaubte, nein. Allerdings mußte man sagen, daß die Kirche Nutzen aus dem durch die Rezession erwachsenen Elend gezogen hatte, wenn der arbeitslose Kirchgänger auch nur da war, um die Eintönigkeit seiner Tage zu unterbrechen.
Molly hatte ihren Mann auf den Platz hinter der Säule verbannt und schmetterte inbrünstig »It Came Upon the Midnight

Clear«, und Richard vermutete, daß sie sich ein paar Schnäpschen genehmigt hatte. Die Valours saßen in der Bank dahinter. Mrs. Valours sah gestreßt aus, und er fragte sich, ob sie irgend etwas quälte. Und die Tochter war blaß und – er schaute genauer hin – viel zu dünn.

In dem Glauben, daß man irgendwann zur Rechenschaft gezogen werde, hatte er lange und angestrengt an seiner Predigt gefeilt. Vikare waren als Opferlämmer da oder – noch schlimmer – als Angriffsziele, aber auch als Vorbilder für ihre Herden. Er wußte, daß er Widerspruch ernten würde und sah dem bange entgegen, doch mit der gesuchten und gefundenen Einstellung eines Märtyrers stieg er auf die Kanzel.

»Die Familie«, begann er, »ist in Gefahr, und darüber möchte ich heute mit Ihnen sprechen.«

Prue warf aus dem Augenwinkel einen Blick zu Max hinüber, doch er schaute stur geradeaus.

»Es wird einem zu leicht gemacht ...« Richard steigerte sich mit Feuereifer in sein Thema hinein. »Es ist sehr einfach, sich jemand anderen zu suchen, weil man plötzlich findet, daß der Partner langweilig ist oder einen nicht mehr zufriedenstellt. Es ist viel schwerer, zu dem Ehegelöbnis zu stehen und an der Beziehung zu arbeiten. Ich beschuldige die Anwesenden, dann und wann den Versuchungen zu erliegen.«

Die Familie Paulton reagierte mit einem unterdrückten Gähnen, und Keith Greer hatte seine Deckung zu einem Nickerchen genutzt. Ein Großteil der Zuhörer bekundete durch ausdruckslose Mienen Desinteresse und wünschte, der Vikar würde bald zum Ende kommen. Jeremy North dachte mit einigem Genuß an mehrere kleine Episoden, Fred Stokes mit weniger. Alter Schwätzer, dachte er und fixierte den Vikar mit einem um Strenge bemühten Blick.

Prue dachte an den Aufruhr in ihrem Körper, der Jahre brauchen würde, um sich zu legen. An überbordende Gefühle, an die noch nicht verheilten Narben, an die Momente, da sie in nie gekannte Höhen aufstieg, an den Kummer ihrer Tochter – und dann dachte sie brutal und starrköpfig: Trotzdem – ich *kann* es nicht bereuen.

»Was wollen wir?« Richard Williams' Frage war eine rhetorische, denn er wollte nicht riskieren, die falsche Antwort zu bekommen. »Sicherheit, echte Sicherheit, in der unsere Kinder in Ruhe groß werden können. Wir wollen Familien, echte Familien, die unsere Gemeinden bilden und zukünftigen Generationen als Beispiel dienen. Wir wollen Vorbilder.«

Jung verheiratet, neu zugezogen und Pfefferminzfrische ausstrahlend, rückten Carole und Peter Danby näher zusammen und versuchten zu verbergen, daß sie Händchen hielten. Max drehte den Kopf und deutete mit einem Nicken auf das Pärchen. Was erwartet sie? fragte sein Blick Prue.

Sie erwiderte ihn, bemerkte die neue Nachdenklichkeit darin und kam zu dem Schluß, daß die Ereignisse des letzten Jahres auf eine seltsame Weise belebend auf Max gewirkt hatten. Sie zurückzugewinnen hatte sich als Aphrodisiakum erwiesen.

Aber Prue mußte sich darüber klar sein, daß er nie vergessen würde, was sie getan hatte, und daß sie seinen Zorn akzeptieren mußte. Die Wirtschaftskrise hatte das Gesicht des Dorfes, des ganzen Landes verändert und warf ein trübes, aber vielleicht ehrliches Licht auf sie alle – ähnlich wie eine unkluge Liebesaffäre, die Altersfalten in ihrer Ehe zutage gefördert hatte. Prue könnte ihren Mann nie mehr so sehen wie früher – und Max sie ebenfalls nicht –, aber ihr Horizont hatte sich erweitert.

Sie richtete ihre Aufmerksamkeit wieder auf den Vikar. Max beurteilte die Situation jedoch etwas anders. Er dachte: Es gibt keinen größeren Narren als einen alten. Nichtsdestoweniger empfahlen ihm seine Augen, wenn er seine Frau anschaute, die Perversionen des Geistes hinzunehmen, das Oxymoron, auf dem tiefverwurzelte, langfristige Beziehungen oft fußten. Besonders seine eigene.

»Wir sollten die Scheidung als allerletzte Lösung in Betracht ziehen ...« Richard machte eine Pause, um die Dramatik zu steigern, »sexuell Abartige sollen Hilfe und Mitleid erfahren, jedoch niemals als etwas Normales angesehen werden.«

Joe Tatchett stand mit hörbarem Mantelrascheln auf und warf im Hinausgehen sein Gebetbuch auf den Tisch an der Tür.

Die Kerzen waren kleiner geworden, und das Gähnen wurde lauter.

Jane rutschte unruhig neben Prue hin und her, und sie beugte sich zu ihrer Tochter hinunter.

»Es dauert nicht mehr lange«, flüsterte sie.

»Es ist so langweilig«, flüsterte Jane zurück und lehnte sich kurz an ihre Mutter.

»Die Versprechen, die wir uns selbst und anderen geben«, brachte Richard seine Predigt mit einem Schnörkel zum Abschluß, »sollten in dem festen Willen gegeben werden, daß wir versuchen, sie zu halten – nicht auf Ich-probier's-mal-Basis.«

Ich nehme an, dachte Prue mit Blick auf ihre Liebe zu Max und Jane, daß die Kirche das sagen muß, und es ist nützlich. Aber es ist nicht so einfach. Ganz und gar nicht.

*

Zwölf Tage später war der Baum zum Abschmücken fällig. Max würde die Schachteln mit dem Schmuck an ihren angestammten Platz auf den Speicher stellen – neben die Angelruten, die er bei dieser Gelegenheit für gewöhnlich mit herunterbrachte, um sie zu überprüfen.

Prue und Jane waren dabei, Silberkugeln in Küchenkrepp zu wickeln, als Max hereinkam und – wie gehabt – in Segeltuch gewickelte Angelruten und eine spinnwebenüberzogene Anglertasche auf das Sofa legte.

»Hilfst du mir mit dem Baum?« fragte Prue, bevor er abgelenkt würde. »Ich glaube, wir müssen ihn zusammenschneiden und stückweise rausbringen.«

»Hübsche«, wandte Max sich mit dem alten Spitznamen an seine Tochter, »holst du die Baumschere aus dem Schuppen und einen schwarzen Plastikmüllsack?«

Prue hielt eine Kugel ins Licht. Sie war aus zartem, durchsichtigem Glas, und das Licht glitt darüber wie buntes Öl. »Schön«, sagte sie.

Max und Jane spiegelten sich in der gewölbten Fläche, verkleinert und verzerrt. Ich war verreist, sagte Prue sich, ihren Gram unterdrückend. Ich habe mir ein anderes Land angesehen und wanderte an einem Flußbett entlang, in dem Honig floß. Aber ich mußte zurückkommen, mußte den Weg nach Hause finden.

Das Bild verschwamm durch die Wärme ihrer Finger, und nachdem Prue die Kugel sorgfältig eingewickelt hatte, legte sie sie an ihren Platz in der Schachtel.

Viele Frauen kommen aus fremden Ländern zurück, um das Feuer neu anzufachen und sich an den Herd zu stellen. Es war keine schlechte Entscheidung – ganz im Gegenteil –, aber nicht jederfrau Sache. Doch um zu ihr zu gelangen, war es unerläßlich, vollkommen ehrlich zu sich selbst zu sein, denn sonst würde das Feuer weder Licht noch Wärme spenden.

Prue vermutete, daß das vor ihr liegende Schlachtengetümmel

sie stärken würde. Liebe war schließlich ein Willensakt. Leidenschaft war es nicht.

Jane kam zurück und gab ihrem Vater die Schere.

»Halt den Baum fest«, sagte er. »Und du halt den Sack auf, Prue.«

Leise fluchend, als die Nadeln ihn in die Hände stachen, befreite Max den Baum von seinen Ästen und stopfte sie in den Müllbeutel. Es regnete Nadeln auf den Teppich, der unter einem grünen Meer verschwand, und der Baum schrumpfte in sich zusammen und wurde kahl.

Als der letzte Ast verstaut war, richtete Max sich auf. »Damit ist Weihnachten offiziell vorüber«, verkündete er. »Schaffen wir das Ding nach draußen, dann schneide ich ihn zusammen.«

Prue beugte sich beim Verschließen des Plastiksacks unnötig tief darüber, weil sie nicht wollte, daß Max oder Jane sahen, daß sie weinte.

Jane beobachtete ihre Mutter. Ihr Ausdruck deutete darauf hin, daß sie etwas über die Anfälligkeit der Erwachsenenwelt gelernt hatte. Er drückte auch Ungeduld und Erregung aus – wie kann ich dieses Wissen nutzen? – aber hauptsächlich Erleichterung. »Beeil dich, Mum«, sagte sie. »Ich habe Hunger. Was gibt's zum Abendessen?«

Johanna verschwand nicht aus dem Bewußtsein, indem man ihre sterblichen Überreste in die Seine warf und die Asche ihres Scheiterhaufens dem Wind überantwortete. Und auch Prues Liebe zu Jamie tat das nicht. Oder seine zu ihr. Doch wie Johanna als Mythos wiedergeboren wurde, als Legende, als Heldin und schließlich als Heilige, wie sie – wie ein anderer Biograph es ausdrückte – durch die Jahrhunderte getanzt war, erst in der einen Erscheinungsform und dann in einer anderen, lernte Prue, ihr Erlebnis in ihr Leben einzugliedern. Auch wenn Sie das leugnen mögen – die Vergangenheit reicht in unser Leben hinein, und manchmal spielen die Randfiguren des Dramas eine ebenso wichtige Rolle wie der Held – wie Molly, als sie Max zum Umkehren überredete. Aber Prue wußte, o ja, sie wußte, daß Verzeihen vielleicht die größte Tugend ist, und sie hatte das Glück, seine heilende Wirkung erlebt zu haben.

Sie mögen der Ansicht sein, daß es für ein junges, naives Mädchen mit einem Hang zur Männlichkeit, einem Durst nach Kampf (aber nicht nach Töten) und einem hochentwickelten Heimatbewußtsein (und das in einer Zeit, da die Grenzen nicht klar definiert waren) besser gewesen wäre, zu Hause zu bleiben. Aber dann wären wir um dieses von Leidenschaft, Mut, außergewöhnlicher visionärer Kraft und feurigem – das Wort ist nicht spöttisch gemeint – Glauben getragene Schauspiel gebracht worden. Wir wären für alle Zeit um eine Heldin ärmer.

Sie mögen der Ansicht sein, daß es viel besser für Prue gewesen wäre, in ihrem bequemen Nest zu bleiben und keinen Ausflug über den Rand zu wagen. Natürlich hätte sie ihre Familie nicht aufs Spiel setzen, ihren Mann und ihre Tochter verletzen und sich auf die Gefahren und die einen aus dem Gleichgewicht bringenden Kräfte der Leidenschaft einlassen sollen.

Doch so war es nun einmal.